HEYNE BÜCHER

SCIENCE FICTION

Herausgegeben
von Wolfgang Jeschke

Von **Robert Silverberg** erschien in der
HEYNE ALLGEMEINEN REIHE:

Einbruch der Nacht · 01/10090
(nach Isaac Asimov)
Der positronische Mensch · 01/10624
(nach Isaac Asimov)

In der Reihe
HEYNE SCIENCE FICTION & FANTASY:

Gast aus der Zukunft · 06/3193
Das heilige Atom · 06/3224
Die Sterne rücken näher · 06/3248; auch in 06/1001
Die Seelenbank · 06/3256
Exil im Kosmos · 06/3269
Schwingen der Nacht · 06/3274; erneut 06/3929
Macht über Leben und Tod · 06/3282; auch in 06/1006
Dimension 12 · 06/3309
Die Mysterien von Belzagor · 06/3345; auch in 06/4337
Der Gesang der Neuronen · 06/3392; auch in 06/1005
Kinder der Retorte · 06/3441; auch in 06/1003
Es stirbt in mir · 06/3445
Ein glücklicher Tag im Jahr 2381 · 06/3477; auch in 06/1007
Der Seher · 06/3590; auch in 06/4354
Schadrach im Feuerofen · 06/3626; auch in 06/4337
Mit den Toten geboren · 06/3644; auch in 06/4337
Drei Romane in einem Band · 06/4337
(Die Mysterien von Belzagor/ Schadrach im Feuerofen/Mit den Toten geboren)
Tom O'Bedlam · 06/4456
Zigeunerstern · 06/4541
Über den Wassern · 06/4973
Der heiße Himmel um Mitternacht · 06/5665
Die Jahre der Aliens · 06/6358

GILGAMESCH-ZYKLUS:
König Gilgamesch · 06/4420
Das Land der Lebenden · 06/5542

ZYKLUS NACH DER DUNKELHEIT:
Am Ende des Winters · 06/4585
Der neue Frühling · 06/4894

Als Herausgeber:
Die Mörder Mohammeds · 06/3264
Menschen und andere Ungeheuer · 06/3378
Das neue Atlantis · 06/3755

Dies ist eine Autorenbibliographie, kein Verzeichnis lieferbarer Bücher

ROBERT SILVERBERG

DIE JAHRE DER ALIENS

Roman

Aus dem Amerikanischen von
WALTER BRUMM

Deutsche Erstausgabe

WILHELM HEYNE VERLAG
MÜNCHEN

HEYNE SCIENCE FICTION & FANTASY
Band 06/6358

Titel der amerikanischen Originalausgabe
THE ALIEN YEARS
Deutsche Übersetzung von Walter Brumm
Das Umschlagbild ist von Arndt Drechsler

Umwelthinweis:
Dieses Buch wurde auf chlor- und säurefreiem Papier gedruckt.

Redaktion: Wolfgang Jeschke

Erstausgabe 1998 by HarperPrism,
a division of HarperCollins*Publishers*, New York
Mit freundlicher Genehmigung des Autors
und Paul & Peter Fritz AG, Literarische Agentur, Zürich
(# 56289)

http://www.heyne.de
Deutsche Erstausgabe 8/2000
Printed in Germany 5/2000
Umschlaggestaltung: Nele Schütz Design, München
Technische Betreuung: M. Spinola
Satz: Schaber Satz- und Datentechnik, Wels
Druck und Bindung: Presse-Druck, Augsburg

ISBN 3-453-17101-2

Inhalt

Wenn die Sonne verhüllt wird und die Sterne herabfallen und die Berge sich fortbewegen und die schon zehn Monate trächtige Kamelstute der Milch entbehrt und die wilden Tiere zusammenlaufen und die Meere in Flammen aufgehen und die Seelen sich mit den Körpern wieder verbinden … und wenn die Bücher offengelegt und die Himmel weggezogen werden wie die Haut vom Kamel und wenn die Hölle lichterloh brennt und das Paradies nahe gebracht wird, dann wird jede Seele wissen, was sie getan hat …

Der Koran
81. Sure

1

Nach sieben Jahren

Carmichael mochte an diesem Morgen der einzige Mensch westlich der Rocky Mountains gewesen sein, der nicht wusste, was vorging. Was vorging, war der Weltuntergang, mehr oder weniger, aber Carmichael – sein Name war Myron, obwohl alle ihn Mike nannten – war eine Weile fort gewesen und hatte eine Woche herrlicher Einsamkeit und innerer Sammlung in den kargen, großartigen Ödländern des nordwestlichen New Mexico verbracht, ohne sich um das Weltgeschehen zu kümmern.

An diesem frischen klaren Herbstmorgen war er vor Sonnenaufgang von einem holprigen ländlichen Flugplatz gestartet und in seiner kleinen Cessna 104 FG auf Westkurs gegangen, heimwärts. Der Flug verlief auf der ganzen Strecke turbulent, denn ein heftiger, böiger Wind aus dem Herzen des Kontinents stieß sein Flugzeug herum und beutelte es vom Augenblick des Abhebens an.

Dieses Wetter barg Gefahren. Ein so starker Ostwind konnte das Küstengebiet Kaliforniens in Schwierigkeiten bringen, besonders um diese Jahreszeit. Es war Ende Oktober, die Zeit, in der die Gefahr von Buschfeuern und Waldbränden in Südkalifornien am größten war. Entlang der Küste hatte es zuletzt am fünften April geregnet, und die ganze Region war wie ein riesiges Pulverfass. Dieser heiße, trockene Wind aus der Wüste war imstande, aus jedem kleinen Funken, jedem weggeworfenen Zigarettenstummel einen verheerenden Flächenbrand von unbezähmbarer Wildheit zu entfachen. Es geschah beinahe jedes Jahr. So war er nicht überrascht, weit voraus am Horizont einen dünnen, dunstigen Streifen braunen Rauches zu sehen, als er in die Gegend von San Bernardino kam.

Der Streifen verdichtete sich und wurde dunkler, sobald er über den Kamm der San Gabriel Mountains kam und das Becken von Los Angeles unter ihm lag. Es schien kleinere Zonen brauner Verfärbung im Norden und Süden zu geben, nicht nur den langen, von Osten nach Westen verlaufenden Streifen über den Höhen entlang der Küste. Augenscheinlich gab es mehrere Buschfeuer gleichzeitig, und vielleicht waren sie auch etwas größer als gewöhnlich. Das war beängstigend. Um diese Jahreszeit war in Los Angeles alles in Gefahr. Ein Wind von dieser Stärke konnte die ganze verrückte Stadt in Brand setzen.

Die Stimme des Mannes von der Flugsicherung klang heiser und ermattet, als er Carmichael zu seiner Landung auf dem Flughafen Burbank dirigierte; es konnte ein Hinweis darauf sein, dass etwas Besonderes geschah. Aber diese Leute klangen immer heiser und ermattet. Dieser Gedanke tröstete Carmichael ein wenig.

Beim Verlassen der Maschine stach ihm der Rauch in die Nase: der wohlbekannte beißende Geruch eines schlechten Oktobers. Noch ein paar Minuten, und seine Augen würden brennen und wässern. Beinahe konnte man mit der Fingerspitze Bilder in die rauchige Luft malen. Diesmal musste es wirklich ein Hammer sein, erkannte Carmichael.

Ein langer, hagerer Kerl im Overall eines Mechanikers trottete an ihm vorbei. »He, wo brennt's?« rief Carmichael ihm zu.

Der Mann hielt inne, und sah ihn seltsam ungläubig an, als ob Carmichael die letzten Monate hinter dem Mond gelebt hätte. »Sie wissen es nicht?«

»Wenn ich es wüsste, hätte ich nicht gefragt.«

»Naja, überall. Im ganzen verdammten Becken.«

»Überall?«

Der Mechaniker nickte. Mit dem hängenden Unterkiefer und den dämlich blinzelnden Augen sah er wie ein ausgemachter Trottel aus. »Hoi, Sie meinen wirklich, Sie haben nichts davon gehört?«

»Nein, ich habe nichts gehört.« Carmichael hätte ihn am liebsten geschüttelt. Die ganze Zeit stieß er auf diese Art von tölpelhafter Begriffsstutzigkeit, und sie ging ihm auf die Nerven. Er machte eine ungeduldige Handbewegung zum rauchverhangenen Himmel. »Ist es so schlimm wie es aussieht?«

»Oh, es ist schlimm, Mann, ganz schlimm! Das schlimmste Feuer überhaupt. Wie ich sagte, überall brennt es. Sie haben alle verfügbaren Maschinen zum Dienst bei der Brandbekämpfung angefordert. Am besten gehen Sie gleich zum Direktor.«

»Ja«, sagte Carmichael, schon in Bewegung, »das wird das Beste sein.«

Er rannte ins Hauptgebäude des Flughafens. Leute wichen ihm aus, als er durch die Abfertigungshalle stürmte. Carmichael war ein stämmig gebauter Mann, nicht besonders groß, aber breitschultrig und mit einem mächtigen Brustkorb, und wie alle Carmichaels hatte er durchdringende blaue Augen, die einen Scheinwerferkegel vor ihn zu werfen schienen. Wenn er wie jetzt in schneller Bewegung war, gingen die Leute ihm aus dem Weg.

Sogar in der Abfertigungshalle des Terminals konnte man den bitteren Geruch des Buschfeuers riechen. Die Halle war ein Tollhaus aufgeregter Fernpendler und Geschäftsleute, die hin und her drängten, einander anschrien und mit Aktenkoffern fuchtelten. Irgendwie gelang es Carmichael, sich zu einem offenen Datenanschluss durchzukämpfen. Er war von herkömmlicher Bauart, kein neumodisches Ding für Biochipimplantate. Carmichael brachte über das Notrufnetz eine Verbindung mit dem Bezirksdirektor für Brandbekämpfung zustande, und sobald dieser hörte, wer am anderen Ende war, sagte er: »Ah, Mike, kommen Sie schnellstens hier heraus.«

»Wo brauchen Sie mich?«

»Am gefährlichsten sieht es zur Zeit nordwestlich von Chatsworth aus. Auf dem Flugplatz von Van Nuys haben wir beladene Maschinen startbereit stehen.«

»Ich brauch Zeit um zu pinkeln und meine Frau anzurufen, okay?« sagte Carmichael. »Dann kann ich in fünfzehn Minuten dort sein.«

Er war so müde, dass er es bis in die Zähne zu fühlen glaubte. Es war neun Uhr früh, und er war seit halb fünf geflogen, hatte gegen diesen tückischen Ostwind gekämpft, denselben Wind, der jetzt die Flammen überall um Los Angeles anzufachen drohte. Es war von der ersten bis zur letzten Meile ein anstrengender und mühsamer Job gewesen, der volle Konzentration verlangte. Carmichael war sechsundfünfzig Jahre alt, kein junger Mann mehr, und die alten Säfte strömten jedes Jahr träger. In diesem Augenblick wollte er nichts als nach Haus und unter die Dusche und ins Bett. Aber er betrachtete die Brandbekämpfung nicht als freiwilliges Engagement. Nicht angesichts der Möglichkeit eines

Feuersturms, der um diese Jahreszeit immer über der Stadt hing. Sie war lebensnotwendig.

Es gab freilich Zeiten, wo er sich beinahe wünschte, dass der schlimmste Fall eintreten und ein gewaltiges reinigendes Feuer den ganzen verdammten Ort auslöschen würde.

Natürlich wollte er so eine Katastrophe nicht wirklich, nicht im Entferntesten; aber Carmichael hasste dieses riesenhafte, von Abgasen geschwängerte, billige und geschmacklose Babylon von einer Stadt, sein endloses Gewirr von verstopften Stadtautobahnen, die heruntergekommenen, eigentümlich aussehenden Häuser, der dunstigen, verschmutzten Luft, den glänzenden, fleischig-exotischen Blättern allenthalben, mit seinen Drogen, dem Schnaps, den Scheidungen, der Trägheit, der Schäbigkeit, den Stadtstreichern, der Straßenkriminalität, den Winkeladvokaten und ihren widerlichen Klienten, den Pornoläden und Massagesalons, den Peitschen und Ketten, den Salons für Nacktbegegnungen, den schäbigen Schnellrestaurants, den verrückten Leuten, die ihren verrückten trendigen Jargon sprachen und ihre verrückten Kleider trugen und ihre verrückten Wagen fuhren und ihr Haar zu verrückten Frisuren schnitten und färbten und sich wie die Wilden, die sie tatsächlich waren, Knochen durch die Nasen steckten. An allem hier war etwas Gewöhnliches, Schundiges, dachte Carmichael. Sogar die prächtigen Villen und die vornehmen Restaurants waren so: hohl und unecht wie Filmkulissen.

Manchmal hatte er das Gefühl, dass diese erbärmliche Schundigkeit von beinahe allem ihn mehr störte als das durch und durch verkommene Böse, das in den dunklen Winkeln lauerte. Wenn man Acht gab, wo man ging, konnte man die meiste oder sogar die ganze Zeit außer Reichweite des Bösen bleiben, aber die Schundigkeit drängte sich auf, umgab einen auf allen Seiten, gleichgültig wie gut man seine eigenen Werte im Blickfeld behielt, und man konnte nicht dagegen ankämpfen; sie infiltrierte die Seele ohne dass man es merkte. Er hoffte, dass sein Aufenthalt in Los Angeles das nicht auch ihm antat.

In Südkalifornien lebten Carmichaels seit General Fremonts Zeit, aber niemals in Los Angeles selbst, kein einziger. Er war der Erste seiner Sippe, der es irgendwie fertig gebracht hatte, hier zu landen. Die Familie kam aus dem Tal, und wenn die Carmichaels vom »Tal« sprachen, meinten sie das ungeheuer ausgedehnte, landwirtschaftlich geprägte San Joaquin Valley, das hinter Bakersfield begann und sich weithin nach Norden erstreckte, und nicht die elende, übervölkerte Reihe scheußlicher Vororte hinter den Höhen von Beverly Hills und Santa Monica, die Angelenos unter dem Begriff verstanden. Was Los Angeles selbst betraf, so beachteten sie es nicht; es war der Splitter im Auge, der unaussprechliche Klecks in der Landschaft Südkaliforniens.

Aber Los Angeles war Cindys Stadt, und Cindy liebte Los Angeles, und Mike Carmichael liebte Cindy, alles an ihr, den Gegensatz ihrer schlanken, koboldhaften Zierlichkeit zu seinem bulligen, kartoffelnasigen Selbst, ihre Wärme, ihre Intensität, ihren verspielten, schnurrigen Sinn für Humor, ihre lebhaften dunklen Augen und ihr glänzendes schwarzes Haar mit der Ponyfrisur, sogar die skurrilen Philosophien, die ihr Lebenselixier waren. Sie verkörperte alles, was er nie gewesen war und niemals hatte sein wollen, und er war ihr verfallen, wie er es bis dahin noch nie gewesen war. Cindy zuliebe war er der Angeleno der Familie geworden, obwohl er die Stadt verabscheute, weil sie nicht anderswo leben konnte und wollte.

Also hatte Mike Carmichael die letzten sieben Jahre dort gelebt, in einem kleinen Holzhaus oben in Laurel

Canyon, umgeben vom üppigen Grün immergrüner Sträucher. Und sieben Oktober hintereinander hatte er sich pflichtbewusst als Pilot von Löschflugzeugen zur Verfügung gestellt und mit Feuer hemmenden Chemikalien versetztes Wasser auf die alljährlichen Buschbrände abgeladen, um die Einheimischen vor den Folgen ihrer eigenen idiotischen Achtlosigkeit zu retten. Nahezu jeder Carmichael wurde nach dem Grundsatz erzogen, dass man seine Verantwortung auf sich zu nehmen hatte, ohne zu klagen und Fragen zu stellen. Sogar Mike, der in der Familie noch am ehesten als ein Rebell gelten konnte, verstand das.

Buschfeuer brachen jedes Jahr aus. Das war eine Gegebenheit. Qualifizierte Piloten wurden gebraucht, um die Brände aus der Luft zu bekämpfen und ihre Ausbreitung zu verhindern. Mike Carmichael war ein qualifizierter Pilot. Er wurde gebraucht, und er stellte sich zur Verfügung. So einfach war es.

Das Telefon läutete sieben Mal, bevor Carmichael auflegte. Cindy hatte für Anrufbeantworter, Fax oder E-Mail und dergleichen nie etwas übrig gehabt. Solche Dinge seien entmenschlichend, mechanistisch, sagte sie. Was sie praktisch zu den letzten Menschen im Land machte, die ohne solche Geräte auskommen wollten, aber sei's drum. Das war eben, wie Cindy es haben wollte.

Als Nächstes rief er in der kleinen Werkstatt in einer Nebenstraße der Colfax Avenue an, wo sie ihren Schmuck anfertigte, aber auch dort wurde nicht abgenommen. Wahrscheinlich war sie unterwegs zur Galerie, die draußen in Santa Monica war, würde aber noch nicht dort sein – bedingt durch die Buschfeuer, würden die Stadtautobahnen in dieser Richtung noch ärger verstopft sein als an einem normale Werktag, und es hatte kaum einen Sinn, es dort zu versuchen.

Es störte ihn, nicht in der Lage zu sein, sich gleich nach seiner Rückkehr von sechstägiger Abwesenheit bei ihr zu melden und nun wahrscheinlich auch in den nächsten acht bis zehn Stunden keine Gelegenheit zu haben. Aber es ließ sich nicht ändern.

Er bekam von Burbank die vorgezogene Starterlaubnis, und sobald er die Cessna vom Flugfeld hochgezogen hatte, konnte er das Feuer nicht weit im Nordwesten erkennen. Es war jetzt dichter, eine fettige braunschwarze Wolke, darunter ein hier und dort unterbrochener schmaler orangegelber Saum. Und als er wenige Minuten später auf dem Flughafen Van Nuys aus seiner Maschine stieg, schlug ihm sofort eine unvorstellbare Hitze entgegen. In Burbank war die Temperatur etwas unter dreißig Grad gewesen, heiß genug für neun Uhr früh, aber hier lag sie bei vierzig. Die Luft flimmerte, löste alle entfernteren Konturen in Schlieren auf, und ihm schien es, als ob er das ferne Brausen der Flammen hören könnte, das Knacken und Knistern brennenden Unterholzes, das unheilvoll hohle Zischen schlagartig aufflammender Flächen trockener Gräser. Es war, als ob das Feuer nur drei Kilometer entfernt wäre. Vielleicht war es so, dachte er.

Van Nuys glich einem frontnahen Feldflugplatz. Unaufhörlich starteten und landeten Maschinen, und die Brände waren offenbar so gefährlich, dass die reguläre Flotte konventioneller Tankflugzeuge durch Maschinen jeder Art und fast jeden Alters ergänzt worden war. Carmichael sah Flugzeuge, die vierzig und fünfzig Jahre alt und noch älter waren, umgebaute B 17-Bomber, DC 3s und eine Douglas Invader, sowie – zu Carmichaels Verblüffung – ein dreimotoriges Ford-Flugzeug aus den 1930er Jahren, das vielleicht aus der Sammlung eines Filmstudios herbeigeschafft worden war. Manche waren mit Tanks ausgerüstet, die Feuer hemmende Chemikalien enthielten, manche pumpten

Wasser mit und ohne Beimengungen, und einige waren Aufklärer mit Infrarot- und elektronischen Suchgeräten. Überall liefen überanstrengt und nervös aussehenden Männer und Frauen hin und her, verständigten sich wild gestikulierend über weite Entfernungen oder riefen in tragbare CB-Funksprechgeräte, bemüht, das schnelle Tanken der landenden Maschinen zu organisieren. Es sah alles nicht sehr geordnet aus.

Carmichael fand den Weg zur Einsatzleitung, die voll von abgespannten Leuten vor Computerbildschirmen war. Die meisten kannte er von früheren Brandbekämpfungen, und sie kannten ihn.

Er wartete auf eine Unterbrechung der allgemeinen Hektik und tippte einem der Einsatzleiter auf die Schulter. Der blickte auf, nickte abwesend, grinste dann, als er ihn erkannte, und sagte: »Mike. Gut. Wir haben eine DC 3 für Sie.« Er fuhr mit dem Finger über den Bildschirm vor sich. »Sie laden Feuerhemmstoffe entlang dieses Bogens ab, der vom Ybarra Canyon ostwärts zu den Horse Flats führt. Das Feuer ist in den Santa Susana-Vorbergen, und einstweilen weht der Wind noch aus dem Osten, aber wenn er auf Nordost dreht, wird der Brand auf alles zwischen Chatsworth und Granada Hills übergreifen, bis hinunter zum Ventura Boulevard. Und das ist nur dieses Feuer.«

»Verdammte Scheiße. Wie viele gibt es?«

Der Betriebsregler gab seiner Maus ein paar Klicks. Die Karte des Tals von San Fernando verschwand vom Bildschirm und wurde durch eine andere ersetzt, die das gesamte Becken von Los Angeles zeigte. Carmichael starrte entsetzt auf den Bildschirm. Zwei große scharlachrote Streifen kennzeichneten die Brände. Einer verlief am Westrand des Geschehens entlang den Santa Susana Mountains, eine zweite, annähernd so große Feuerzone erstreckte sich weiter östlich vom Highway 210 bei Glendora bis San Dimas, und eine dritte wütete unten im östlichen Orange County hinter den Hügeln von Anaheim. »Unser Brand ist der bisher größte«, sagte der Einsatzleiter. »Aber die beiden anderen sind nur ungefähr sechzig Kilometer auseinander, und wenn sie miteinander verschmelzen …«

»Ja«, sagte Carmichael. Eine einzige Feuerwand, die den gesamten östlichen Rand des Beckens einnahm, angetrieben vom trockenheißen Ostwind, der Funkenströme westwärts über Pasadena, Los Angeles und Hollywood trug, über Beverly Hills zur Küste nach Venice, Santa Monica, Malibu … Ihn fröstelte. Dann würde es auch Laurel Canyon treffen, das Haus, alles. Schlimmer als Sodom und Gomorrha, schlimmer als der Fall von Ninive. Über Hunderte von Kilometern nichts als Asche. »Herrgott nochmal«, sagte er. »Alles hat eine wahnsinnige Angst, dass Terroristen einen atomaren Sprengsatz zünden könnten, und ein paar zündelnde Jungen oder Schwachköpfe, die Zigarettenstummel wegwerfen, schaffen es genauso leicht.«

»Aber diesmal waren es keine Zigaretten, Mike«, sagte der Einsatzleiter.

»Nein? Was dann, Brandstiftung?«

Wieder dieser seltsame Blick, wie er ihn schon draußen vom Mechaniker bekommen hatte. »Ist das Ihr Ernst? Sie haben es noch nicht gehört?«

»Ich bin die vergangenen sechs Tage in New Mexico gewesen. Weit weg im Hinterland.«

»Dann sind Sie der einzige Mensch auf der Welt, der es noch nicht gehört hat. He, schalten Sie nie die Nachrichten ein, wenn Sie fahren?«

»Ich bin hin und zurück geflogen. Mit der Cessna. Radio hören gehört zu den Dingen, vor denen ich nach New Mexico geflohen bin. Um Himmels willen, was soll ich gehört haben?«

»Von den E-Ts«, sagte der Einsatzleiter müde. »Sie lösten die Brände aus. Drei Raumschiffe, die heute früh um fünf an drei verschiedenen Stellen des Talbeckens von L. A. landeten. Die Abgase ihrer Triebwerke setzten das dürre Gras in Brand.«

Carmichael lächelte nicht. »E-Ts, ja. Sie haben einen merkwürdigen Sinn für Humor, mein Lieber.«

»Sie meinen, ich mache Witze?« sagte der Einsatzleiter.

»Raumschiffe? Von einer anderen Welt?«

»Mit fünf Meter großen Kerlen an Bord«, sagte der Mann am benachbarten Computer. »Er macht keine Witze. In dieser Minute gehen sie draußen auf den Highways spazieren. Fünf Meter hohe purpurrote Tintenfische, Mike.«

»Marsmenschen?«

»Kein Mensch weiß, wer, zum Teufel, sie sind und woher sie kommen.«

»Herrgott noch mal«, sagte Carmichael. »Herrgott im Himmel!«

Halb zehn am Vormittag, und Mike Carmichaels älterer Bruder, Oberst Anson Carmichael III., den alle Welt gewöhnlich nur den »Oberst« nannte, stand vor seinem Fernseher und starrte mit offenem Mund. Vor fünfzehn Minuten hatte ihn seine Tochter Rosalie aus Newport Beach angerufen und gesagt, er solle den Fernseher einschalten. Das wäre ihm andernfalls nicht in den Sinn gekommen. Der Fernseher stand für die Enkelkinder da, nicht für ihn. Aber da stand er jetzt, ein magerer, langbeiniger, energischer, starrsinniger und geradliniger ehemaliger Armeeoffizier Anfang der sechzig, von aufrechter Haltung und mit durchbohrenden blauen Augen unter dem vollen weißen Haar und glotzte wie ein Vorschulkind am helllichten Vormittag seinen Fernseher an. Auf dem großen Bildschirm nach dem letzten Stand der Technik, der bündig in die Eschenholztäfelung der Wohnzimmerwand eingesetzt war, waren in den ganzen fünfzehn Minuten, seit er das Gerät eingeschaltet hatte, auf allen Kanälen immer wieder abwechselnd dieselben zwei verblüffenden Szenen erschienen:

Die erste war eine Luftaufnahme des großen Buschfeuers an der nordwestlichen Flanke des Beckens von Los Angeles: braunschwarze brodelnde Rauchwolken, durchschossen von orangegelben Flammenzungen, davor eine Reihe brennender Häuser. Die andere bot den grotesken, unglaublichen Anblick eines halben Dutzends riesenwüchsiger Lebewesen, die in einem Viertel namens Porter Ranch feierlich auf dem halbleeren Parkplatz eines großen Einkaufszentrums umhergingen. Im Hintergrund ragte die schlanke, metallische Gestalt von etwas, das er für eine Art Fahrzeug der Unbekannten hielt, wie eine schimmernde Nadel aus einem durcheinander geworfenen Haufen ausgebrannter Wagen. Die spitze Nase zeigte in einem Winkel von 45 Grad aufwärts.

Die Blickwinkel der Kameras wechselten von Zeit zu Zeit, aber die Szenen waren immer dieselben. Eine Aufnahme von Feuer, dann der Schnitt zu den Außerirdischen auf dem Parkplatz des Einkaufszentrums. Wieder das Feuer, das diesmal noch bedrohlicher aussah, dann wieder der Schnitt zu den hohen, eigenartigen Gestalten auf dem Parkplatz. Wieder und wieder und wieder.

Und immer wieder gingen dem Oberst dieselben Gedanken durch den Kopf:

Das ist eine Invasion. Wir sind im Krieg.

Mit dem ersten Teil kam sein Verstand ohne weiteres zurecht. Er hatte früher schon brennende Häuser gesehen. Katastrophale Flächenbrände und Buschfeuer waren eine hässliche Begleiterscheinung des Lebens in Kalifornien, aber sie waren unvermeidlich in einer Gegend, wo mehr als dreißig Millionen Menschen beschlossen hatten, sich in einer Region niederzulassen, die als ein absolut normales Merkmal des Klimas eine Trockenzeit hatte, die jedes Jahr von April bis November dauerte. Oktober war der Monat der Brände, wenn die von Buschwald und Gestrüpp überwachsenen Hügel knochentrocken waren und der teuflische Santa Ana-Wind aus der Wüste im Osten blies. Kein Jahr verging ohne eine Anzahl von Bränden, und alle fünf oder zehn Jahre kam es zu wirklich gefährlichen Feuersbrünsten wie dem Feuer in den Hügeln von Hollywood 1961, als er ein Jüngling gewesen war, und der hier unten in Santa Barbara 1990, und dem furchtbaren Flächenbrand oben im Gebiet der Bucht, der ein oder zwei Jahre danach große Teile Oaklands ausgelöscht hatte, nicht zu vergessen das große Feuer von Pasadena am Tag des Erntedankfestes, und so weiter.

Aber das jetzt: fremde Raumschiffe, die in Los Angeles und, wie sie im Fernsehen berichteten, in mindestens einem Dutzend anderer Orte in allen Teilen der Welt gelandet waren – bizarre Besucher, sehr wahrscheinlich feindselig und kriegerisch, die völlig überraschend gekommen waren, aus Gott weiß welchen Gründen auf dem in diesen frühen Jahren des 21. Jahrhunderts im Großen und Ganzen friedlichen und florierenden Erdball niedergingen …

Das war Stoff fürs Kino. Das war Science Fiction. Es verstieß gegen jede vernünftige Einschätzung der geordneten Strukturen der Welt und den vorhersehbaren Strom der Ereignisse des Lebens.

Der Oberst hatte in seinem Leben nur ein Science Fiction-Buch gelesen, *Der Krieg der Welten,* von H. G. Wells. Das war lange her, und er war damals nicht der Oberst gewesen, sondern nur ein lang aufgeschossener, magerer Oberschüler, der sich fleißig auf das Leben vorbereitete, das er bereits in klaren Umrissen vor sich sah. Es war ein intelligenter, unterhaltender Roman, letztendlich aber hatte er das Buch verdrießlich aus der

Hand gelegt, weil es die interessante Frage stellte, was man tun sollte, wenn man sich einem völlig unschlagbaren Feind gegenüber sah, und dann keine brauchbare Antwort darauf hatte. Die Eroberung der Erde durch Marsianer war nicht an irgendeiner klugen Militärstrategie gescheitert, sondern bloß durch einen glücklichen Zufall, ein passendes biologisches Missgeschick.

Er hatte nichts gegen schwierige und unangenehme Fragen, glaubte aber, dass man versuchen musste, gute Antworten auf sie zu finden, und er hatte von Wells erwartet, dass er mit etwas Befriedigerendem aufwarten würde als die unbesiegbaren marsianischen Eroberer an einer unvertrauten irdischen Krankheitsbakterie zugrunde gehen zu lassen, als die Armeen der Erde geschlagen und hilflos am Boden lagen. Das war von Wells geschickt ausgedacht, aber es war nicht die richtige Art von Einfallskraft, weil es der geistigen Fähigkeit und dem Mut der Menschen keinen Raum und keine Entfaltungsmöglichkeit ließ; es war einfach so, dass ein äußeres Ereignis ein anderes aufhob, wie ein ungeheurer Wolkenbruch plötzlich niederging und einen tobenden Waldbrand löschte, während alle Feuerwehrleute herumstanden und Daumen drehten.

Nun, hier hatte sich Wells' Buch bewahrheitet, so seltsam es scheinen mochte. Die Marsianer waren tatsächlich gelandet, richtige, obwohl sie sicherlich nicht vom Mars kamen. Waren aus dem Nichts auf die Erde niedergegangen – was war mit unseren orbitalen Frühwarnsystemen, fragte er sich, den satellitengestützten Teleskopen, die den Raum nach sich annähernden Asteroiden und anderen kleinen kosmischen Überraschungen absuchen sollten? –, und wenn man für bare Münze nehmen konnte, was das Fernsehen zeigte, stolzierten sie bereits wie Eroberer umher. Die Welt schien sich wohl oder übel im Kriegszustand zu befinden, und augenscheinlich hatte sie es mit Vertretern einer überlegenen Technik zu tun, da es ihnen gelungen war, von irgendeinem anderen Stern zu kommen, und das war etwas, was die Menschheit nicht hätte zustande bringen können.

Natürlich blieb abzuwarten, was diese Eindringlinge wollten. Vielleicht war es nicht einmal eine Invasion, sondern nur eine Gesandtschaft, die in einer einzigartig ungeschickten Art und Weise eingetroffen war. Aber wenn es Krieg war, dachte der Oberst, und diese Lebewesen hatten Waffen und Fähigkeiten jenseits menschlichen Vorstellungsvermögens, dann würden wir Gelegenheit erhalten, uns mit dem Problem auseinanderzusetzen, das H. G. Wells vor hundert Jahren mit einem willkommenen kleinen Taschenspielertrick hinweg eskamotiert hatte.

Schon begann sein Verstand die Litanei der Optionen durchzugehen. Er fragte sich, welche Leute er in Washington anrufen müsse, ob jemand von dort ihn anrufen würde. Sollte es wirklich zu einem Krieg gegen diese Außerirdischen kommen, und er war intuitiv davon überzeugt, wollte er eine Rolle darin spielen.

Der Oberst liebte den Krieg nicht und war keineswegs begierig, in ihn verstrickt zu werden, und nicht nur, weil er seit bald einem Dutzend Jahren aus dem aktiven Militärdienst ausgeschieden war. Er hatte den Krieg niemals verherrlicht. Krieg war eine böse, schlimme Sache und bedeutete gewöhnlich nur das Versagen rationaler Politik. Sein Vater, Anson II., der Alte Oberst, hatte im Zweiten Weltkrieg gekämpft und die Narben davongetragen, die es bewiesen, und hatte seine drei Söhne nichtsdestoweniger zum Soldatenberuf erzogen. Der Alte Oberst pflegte gern zu sagen: »Leute wie wir gehen zum Militär, um dafür zu sorgen, dass niemand jemals wieder wird kämpfen müssen.« Sein ältester Sohn Anson hatte nie aufgehört, daran zu glauben.

Manchmal aber wurde einem der Krieg einfach aufgedrängt, ließ einem keine andere Wahl, und dann war es notwendig zu kämpfen oder unterzugehen, und dies sah wie solch ein Fall aus. Sollte es wirklich zum Krieg kommen, mochte er, obschon im Ruhestand, etwas zu bieten haben. Schließlich war die Psychologie fremder Kulturen seit dem Vietnamkrieg seine besondere Spezialität gewesen, obwohl er niemals daran gedacht hatte, mit einer so fremden Kultur wie dieser umgehen zu müssen. Immerhin gab es gewisse allgemeine Prinzipien, die wahrscheinlich anwendbar sein würden, sogar in diesem Fall …

Auf einmal ärgerten ihn die ständigen Wiederholungen des Zeugs, das sie im Fernsehen brachten, und er ging wieder hinaus.

Unberechenbare Aufwinde von der Feuersbrunst stießen Carmichaels Maschine hin und her, als er aufstieg. Das verschaffte ihm ein paar schlimme Augenblicke, aber die DC 3 war ein gutmütiger Vogel, und es gelang ihm ohne besondere Schwierigkeiten und mehr instinktiv als bewusst, die Stöße der unvermittelten Böen auszugleichen. Es war wichtig, die richtigen Reaktionen in den Fingern, den Schultern und Beinen zu haben, statt in den bewussten Bereichen des Gehirns. Mit bewusster Überlegung konnte man weit kommen, aber wenn es auf schnelle Reaktionen ankam, musste man aus dem Unterbewusstsein arbeiten oder man war tot.

Schließlich war dies nichts, verglichen mit dem, was er in Vietnam mitgemacht hatte. Heute würde wenigstens niemand von unten auf ihn schießen. In Vietnam hatte er auch alles gelernt, was er über das Durchfliegen thermischer Aufwinde wusste.

Die Trockenzeit im sumpfigen Süden jenes unglücklichen Landes war die Jahreszeit, wenn die Bauern die

Stoppeln von ihren Reisfeldern brannten, und unten war alles Rauch und Hitze, und die Sichtweite betrug vielleicht tausend Schritte, im Höchstfall. Das war bei Tag. Mehr als die Hälfte seiner Kampfeinsätze hatte er nachts geflogen. Oft war er auch während der Monsunzeit geflogen, die wegen ihrer schweren, von der Seite einfallenden Regenböen berüchtigt war, eine Zeit, die für den Flieger annähernd so schlimm wie die Zeit des Stoppelabbrennens war. Die Vietkong und ihre Kumpel von den nordvietnamesischen Armeebataillonen zogen es im Allgemeinen vor, ihre Truppenbewegungen bei schlechtem Wetter durchzuführen, wenn kein vernünftiger Mensch fliegen würde. Also hatte Carmichael gerade dann über ihnen sein müssen.

Der Krieg lag mehr als dreißig Jahre hinter ihm, und er war in seinem Leben noch immer so frisch und gegenwärtig, als wäre es Saigon und nicht New Mexico gewesen, wo er gerade die letzten sechs Tage verbracht hatte. Weil er zu sehr der ungezogene Junge der Familie gewesen war, um folgsam zur Armee zu gehen, wie man von ihm erwartete, nichtsdestoweniger aber genug Carmichaelblut in den Adern hatte, um nicht im Traum daran zu denken, sich der Verpflichtung gegenüber dem Vaterland zu entziehen, war er während des Krieges Marinepilot geworden und hatte als Angehöriger des Kampfgeschwaders 4, das von Binh Thuy aus operierte, zweimotorige Turboprop-Kampfflugzeuge vom Typ OV-10 geflogen.

Er hatte zwölf Monate in Vietnam Dienst getan, von Juli 1971 bis Ende Juni 1972. Das hatte gereicht. Die OV-10 war ursprünglich als Nahaufklärer gedacht, aber in Vietnam flog sie Unterstützung für Hubschraubergruppen mit Luftlandeeinheiten und war mit Raketen, 20 mm Revolverkanonen, Trauben von Splitterbomben und allen möglichen anderen Waffen ausgerüstet. Voll beladen schaffte die Maschine es kaum höher als tausend Meter. Die meiste Zeit flogen sie unter den Wolken, manchmal in Baumwipfelhöhe, nicht mehr als vierzig Meter hoch, und das sieben Tage in der Woche und meistens bei Nacht. Carmichael glaubte seine militärische Pflicht gegenüber seinem Land erfüllt zu haben, und mehr als das.

Aber die Verpflichtung, diese Buschfeuer zu bekämpfen – man wurde nie fertig damit, sie zu erfüllen.

Das Flugzeug reagierte jetzt, und er lächelte mit zusammengepressten Lippen. DC 3s waren zähe alte Vögel. Er flog sie gern, obwohl die Neuesten von ihnen hergestellt worden waren, bevor er das Licht der Welt erblickt hatte. Er flog alles gern. Das Fliegen war für Carmichael kein Mittel, um sich den Lebensunterhalt zu verdienen, nicht mehr – er brauchte sich seinen Lebensunterhalt nicht mehr zu verdienen –, aber er tat es, wann immer er eine Gelegenheit dazu hatte. Es gab Monate, in denen er mehr Zeit in der Luft als am Boden verbrachte, so schien es ihm jedenfalls, weil die am Boden verbrachten Stunden oft unbemerkt verstrichen, während die Zeit in der Luft eine Erhöhung, Intensivierung und Vergrößerung erfuhr.

Er schlug einen Bogen südwärts über Encino und Tarzana, bevor er über Chatsworth und Canoga Park die Feuerzone erreichte. Ein feiner Dunst von Asche trübte die Sonne. Unten sah er die kleinen Häuser, die blauen Schwimmbecken, die winzigen aufgeregten Menschen, wie sie ihre Wagen beluden und die Dächer ihrer Häuser mit Gartenschläuchen abspritzten, bevor die Feuerfront sie erreichte. So viele Häuser, so viele Menschen, riesige menschliche Schwärme, die jeden Quadratmeter zwischen der See und der Wüste ausfüllten, und nun war es alles in Gefahr.

Die Fahrspuren des Topanga Canyon Boulevards in Richtung Süden waren jetzt am Vormittag so verstopft wie die Stadtautobahn nach Hollywood zur Zeit des

Berufsverkehrs. Nein, es war schlimmer. Sie fuhren auf den Seitenstreifen, und da und dort gab es Staus und Knäuel ineinander verkeilter, umgestürzter und quer stehender Fahrzeuge. Die anderen fuhren weiter, wo es irgendwie möglich war, zwängten sich durch, so gut es ging.

Wohin wollten sie alle? Irgendwohin. Überallhin, solange es sie aus dem Gefahrenbereich der Brände brachte. Viele hatten auf den Dachträgern Möbelstücke festgezurrt, Kinderbetten, Babykrippen, Schränke, Kommoden, Tische, Stühle, sogar Bettzeug. Er konnte sich vorstellen, wie es in diesen Wagen aussah – Berge von Familienfotos, Computerdisketten, Fernsehgeräten, Spielzeug, Kleidung, was immer ihnen lieb und wert war oder was sie davon hatten verstauen können, bevor der panische Drang zu fliehen sie überwältigte.

Anscheinend zog es sie zu den Stränden. Vielleicht hatte ihnen irgendein Fernsehprediger erzählt, dass draußen im Pazifik eine Arche warte, sie in Sicherheit zu bringen, während Gott Bimsstein auf Los Angeles regnen ließ. Und vielleicht lag wirklich eine dort draußen. In Los Angeles war alles möglich. Eindringlinge aus dem Weltraum spazierten auf den Stadtautobahnen herum. Nicht zu fassen! Carmichael wusste kaum, wie er anfangen sollte, darüber nachzudenken.

Er fragte sich, wo Cindy sein mochte, was sie von der Sache hielt. Wahrscheinlich fand sie es sehr komisch. Cindy hatte die wundervolle Fähigkeit, sich über alles zu amüsieren. Sie zitierte gern etwas von Vergil, dem alten römischen Dichter: Ein Sturm zieht auf, das Schiff ist leckgeschlagen, auf einer Seite ist ein Strudel, auf der anderen lauern Seeungeheuer, und der Kapitän wendet sich zu seinen Männern und sagt: »eines Tages werden wir vielleicht zurückblicken und über dies alles herzlich lachen.«

Das war Cindys Art, dachte Carmichael. Der trockenheiße Ostwind blies, drei fürchterliche Buschfeuer wüteten rings um die Stadt, und gleichzeitig sind Eindringlinge aus dem Weltraum erschienen, und eines Tages werden wir vielleicht zurückblicken und über alles das herzlich lachen.

Sein Herz strömte über vor Liebe zu ihr, und vor Sehnsucht.

Bevor er ihr begegnet war, hatte Carmichael nie etwas von Dichtung gewusst. Er schloss für einen Moment die Augen und brachte sie auf den Bildschirm seines Geistes. Dichtes, glänzendes schwarzes Haar, ein schnelles, blendendes Lächeln, der kleine schlanke und gebräunte Körper schimmernd und funkelnd von den erstaunlichen Ringen und Halsketten und Anhängern, die sie entwarf und anfertigte. Und ihre Augen. Er kannte keine andere Frau, die solche Augen hatte, aus denen der Schalk blitzte. Und dazu diese ganz und gar originelle Phantasie, die er am meisten an ihr liebte. Dass dieses verdammte Feuer jetzt zwischen sie kommen musste, gerade nachdem er fast eine ganze Woche fort gewesen war! Und die verdammten Marsmenschen, der Teufel sollte sie holen!

Als der Oberst auf die Terrasse hinaustrat, fühlte er den scharfen Ostwind, der heiß und trocken blies und seit dem frühen Morgen noch stärker geworden war. Er pfiff ums Haus, rauschte im Laub der immergrünen Eichen und wirbelte dürre Blätter von den bewaldeten Berghängen weiter landeinwärts hoch durch die Luft. Ostwind bedeutete immer Ärger. Und dieser brachte ihn ganz gewiss: schon war ein schwaches Aroma von Holzrauch in der Luft.

Die Ranch lag auf einer sanft geneigten Geländestufe an der Südseite und ungefähr auf halber Höhe der Santa Ynez Mountains über Santa Barbara, ein ansehnlicher Besitz, der sich über viele Morgen erstreckte und die Stadt und den Ozean überblickte. Er lag zu hoch für den Anbau von Avocados oder Zitrusfrüchten, war aber für Walnüsse und Mandeln sehr gut geeignet. Die Luft hier oben war fast immer klar und rein, der Himmel hoch und weit, die Aussicht umfassend. Das Land war mehr als hundert Jahre im Familienbesitz der Frau des Obersten gewesen, aber sie lebte nicht mehr, und so blieb es ihm überlassen, sich selbst darum zu kümmern. Durch diese Abfolge von Ereignissen sah sich einer der soldatisch geprägten Carmichaels noch in seinem siebten Lebensjahrzehnt in einen landwirtschaftlich geprägten Carmichael verwandelt. In den vergangenen fünf Jahren hatte er allein in diesem großen, herrschaftlichen Landhaus gelebt, unterstützt vom fünfköpfigen Personal, das ihm bei der Arbeit half.

Es lag eine gewisse Ironie darin, dass der Oberst seine Tage als Landwirt beschließen sollte, war es doch der andere Zweig der Familie Carmichael, der ältere Zweig, der immer Landwirtschaft betrieben hatte. Der jüngere Zweig, dem der Oberst ebenso wie Mike Carmichael angehörten, hatte sich traditionell dem aktiven Dienst beim Militär verschrieben.

Clyde, der Großonkel des Obersten, seit bald dreißig Jahren tot, hatte als letzter der Sippe die Familienfarm betrieben. Auf ihrem in Parzellen aufgeteilten Land stand jetzt eine Vorortsiedlung mit dreihundert Eigenheimen. Die meisten von Clydes Söhnen und Töchtern lebten noch immer verstreut in den Städten des zentralen Tales von Fresno und Vitalia bis Bakersfield, verkauften Versicherungen oder Traktoren oder Investmentfonds-Anteile. Der Oberst hatte seit Jahren keine Verbindung mehr mit ihnen.

Was den anderen Zweig betraf, den militärischen, so hatte er schon seit langem seine Verwurzelung im zentralen Tal gelöst. Der verstorbene Vater des Obersten, Anson II., der Alte Oberst, hatte sich nach seinem Ausscheiden aus dem aktiven Dienst in einem Vorort von San Diego niedergelassen. Einer seiner drei Söhne, Mike, der Pilot bei den Marinefliegern werden wollte, Gott hab ihn selig, war schließlich in L. A. gelandet, direkt im Bauch des Ungeheuers. Ein weiterer Sohn, Lee, der jüngste der drei Brüder, war vor zehn Jahren bei der Erprobung eines Jagdflugzeug-Prototyps umgekommen. Er hatte draußen in Mojave gelebt, unweit vom Luftwaffenstützpunkt Edwards. Und hier war er, der Älteste der drei Jungen, Anson III., streng und aufrecht und rechtschaffen. Einst hatte man ihn den Jungen Oberst genannt, um ihn von seinem Vater zu unterscheiden, nun aber war er nicht mehr jung und verbrachte seinen mehr oder weniger friedlichen Ruhestand auf dem von seiner Frau geerbten schönen Landsitz in den Bergen über Santa Barbara. Manchmal fand er die verschlungenen Wege des Schicksals sehr seltsam.

Von der Veranda, die das Herrenhaus auf drei Seiten umgab, genoss Oberst Carmichael eine ungehinderte Aussicht in weite Fernen. Von der Vorderseite konnte er über die absteigende Serie von vorgelagerten Rücken und Hügeln zu den mit roten Ziegeln gedeckten Dächern der Stadt Santa Barbara und dem dunklen Ozean jenseits davon sehen, und an klaren Tagen wie diesem reichte der Blick bis zu den gebirgigen Umrissen des Santa Barbara-Archipels. Von der Ostseite hatte er freie Sicht über die unregelmäßigen Höhen der niedrigen küstennahen Vorberge bis Ventura und Oxnard, und manchmal konnte er sogar eine Andeutung der gelblichgrauen Dunstglocke sehen, die über dem Becken von Los Angeles lag, hundertdreißig Kilometer entfernt.

In dieser Richtung war die Luft heute nicht klar oder sommerlich dunstig. Eine breite bräunlichschwarze Rauchwolke stieg über den brennenden Buschwäldern auf und wurde in der Höhe vom scharfen Ostwind fächerförmig verteilt. Er vermutete, dass die Brandherde bei Moorpark oder Simi Valley oder Calabasas sein mussten, einer der Vorstädte von Los Angeles, die entlang der Autobahn 101 wie Pilze aus dem Boden geschossen waren. So der aufsteigende Rauch vom Höhenwind erfasst wurde, verteilte er sich in scharfer Abgrenzung nach oben zu einem horizontalen, schmutzigbraunen Schmierer, der die Himmelsmitte einnahm und an den Wolkenfächer eines aufziehenden Gewitters erinnerte.

Aus dieser Entfernung war es unmöglich, das Feuer selbst zu sehen, nicht einmal mit dem Feldstecher. Der Oberst bildete sich ein, er könne etwas sehen, überredete sich selbst, dass er sechs oder acht rötliche Flammenzungen ausmachen könne, die in der Mitte dieser furchtbaren, schmutzigen Wolke aufwärts schossen, aber er wusste, dass es nur eine selbsterzeugte Täuschung war, dass es ausgeschlossen war, einen Brand zu sehen, der hundert Kilometer entfernt über der Küste wütete. Den Rauch ja, aber nicht das Feuer.

Aber die Ausdehnung der Rauchwolke war genug, seinen Puls zu beschleunigen. Eine so gewaltige Rauchentwicklung – ganze Vorstädte mussten dort in Flammen aufgehen! Er dachte an seinen Bruder Mike, der dort mitten in der Stadt wohnte: ob er wohlauf war, ob das Feuer seine Nachbarschaft bedrohte. Der Oberst tastete zum Mobiltelefon an seinem Gürtel. Aber Mike war vorige Woche nach New Mexico geflogen, nicht wahr? Wanderte allein zu Fuß in einem verlassenen, öden Winkel des Navajo-Reservats herum, um einen klaren Kopf zu bekommen, wie er sagte, was er zwei- bis dreimal im Jahr nötig zu haben schien. Außerdem war Mike Mitglied der freiwilligen Brandbekämpfungseinheit, die mit Löschflugzeugen versuchte, Buschfeuer unter Kontrolle zu bringen. Wenn er aus

New Mexico zurückgekehrt war, musste er aller Wahrscheinlichkeit nach jetzt dort drinnen mit einem wackligen alten Flugzeug im dicksten Qualm herumkurven.

Ich sollte ihn trotzdem anrufen, dachte der Oberst. Aber wahrscheinlich würde ich nur Cindy an den Apparat bekommen.

Der Oberst sprach nicht gern mit der Frau seines Bruders Mike. Sie war zu aggressiv munter, zu emotional, zu verdammt seltsam. Sie dachte und sprach und benahm und kleidete sich wie ein Hippie, die dreißig Jahre nach der ihr gemäßen Ära lebte. Der Oberst fand nichts Gutes an der Vorstellung, jemand wie Cindy als Teil der Familie zu haben, und er hatte seine Abneigung gegen sie niemals vor Mike verborgen. Das war ein Problem zwischen ihnen.

Nach aller Wahrscheinlichkeit würde Cindy auch nicht zu Hause sein, sagte er sich. Zweifellos war eine panische Evakuierung im Gange, Hunderttausende von Menschen waren unterwegs zu den Highways, rasten in alle Richtungen davon. Viele von ihnen würden in diese Richtung kommen, vermutete der Oberst, die Küstenstraße oder den Highway nach Ventura herauf. Es sei denn, sie wurden durch einen Ableger des Buschfeuers vom Santa Barbara County abgeschnitten und gezwungen, die andere Richtung einzuschlagen, in den chaotischen Strudel des eigentlichen Los Angeles. Er konnte sich vorstellen, wie es jetzt in der Innenstadt zugehen musste, wenn am Rand des Beckens überall der Teufel los war.

Schließlich drückte er trotzdem die Tasten von Mikes Nummer. Er musste den Anruf machen, ob jemand zu Haus war oder nicht. Selbst wenn es Cindy war, die sich meldet. Er musste es tun.

Wo die ordentlichen Reihen und Kreise der Siedlungsstraßen endeten, erstreckte sich offenes, hügeliges Grasland, vom langen, trockenen Sommer zur Farbe von Löwenfell gedörrt, und jenseits davon lagen die Berge, und zwischen dem Grasland und den Bergen stand die Feuerwand, überragt von braunschwarzem Rauch. Sie schien bereits Hunderte, vielleicht Tausende von Morgen Land zu überziehen. Hundert Morgen brennendes Buschland, hatte Carmichael einmal gehört, erzeugen so viel Wärmeenergie wie die auf Hiroshima abgeworfene Atombombe.

Durch das Knistern der atmosphärischen Störungen kam die Stimme des örtlichen Einsatzleiters, der die Operationen aus einem Hubschrauber dirigierte:

»DC 3, wer sind Sie?«

»Carmichael.«

»Wir versuchen den Brandherd auf drei Seiten zu begrenzen, Carmichael. Sie arbeiten nach Osten zu, Limekiln Canyon und die Flanke vom Porter Ranch Park abwärts. Verstanden?«

»Verstanden«, sagte Carmichael.

Er flog niedrig, weniger als dreihundert Meter. Das gab ihm einen guten Blick auf das Geschehen: Waldarbeiter in orangefarbenen Jacken und mit Helmen fällten Bäume, dass sie zum Feuer hin fielen, Planierraupen räumten vor der Feuerfront Schutzschneisen von Sträuchern frei, Feuerwehren pumpten Wasser in isolierte Brandherde.

Er stieg zweihundert Meter höher, um einem einmotorigen Beobachterflugzeug auszuweichen, dann stieg er weitere zweihundert, um dem Rauch und den heftigen Luftturbulenzen des Feuers zu entgehen. Aus dieser Höhe gewann er einen klaren Überblick; die flammende Front des Brandes verlief wie eine blutige Schnittwunde von Westen nach Osten, mit einer Verbreiterung am westlichen Ende.

Knapp östlich vom Ende der Feuerzone sah er einen kreisrunden geschwärzten Fleck, der ungefähr hundert

Schritte Durchmesser haben mochte. Dort war das Grasland bereits abgebrannt, und genau in der Mitte dieses Kreises stand ein massives graues Etwas, das ungefähr wie ein Aluminiumsilo aussah und die Höhe eines zehnstöckigen Gebäudes haben mochte. Es war in respektvoller Entfernung von einem Kordon von Militärfahrzeugen umgeben.

Carmichael verspürte eine Welle von Schwindelgefühl, die sein Bewusstsein durchlief. Dieses Ding, begriff er, musste das E-T-Raumschiff sein.

Es sei in der Nacht aus dem Westen gekommen, sagten sie, wie ein gigantischer Meteor über dem Ozean erschienen und habe seine Bahn über Oxnard und Camarillo bis zum Westrand des San Fernando-Tales gezogen. Dort musste es mit dem Glutstrahl und den sengend heißen Abgasen das Gras verbrannt haben, bevor es sanft dort unten aufgesetzt und das selbsterzeugte Feuer in einem sauberen Kreis um sich selbst gelöscht haben, ohne sich im Geringsten der Feuersbrunst anzunehmen, die es weiter hinter sich entfacht hatte. Dann waren Gott weiß was für Kreaturen herausgekommen, um Los Angeles in Augenschein zu nehmen.

Es passte, dass die UFOs, als sie sich endlich zur Landung entschlossen, dies in L. A. taten. Wahrscheinlich hatten sie diesen Landeplatz gewählt, weil sie die Stadt so oft im Fernsehen gesehen hatten – hieß es nicht in all den Geschichten, dass die UFO-Leute unsere Fernsehsendungen ständig überwachten? Also sahen sie in jeder zweiten Show und jedem dritten Film L. A. und dachten wahrscheinlich, es sei die Hauptstadt der Welt, der ideale Ort für die erste Landung. Aber warum, fragte sich Carmichael, hatten sie die Zeit höchster Brandgefahr für ihre Landung ausgewählt?

Er dachte wieder an Cindy, wie fasziniert sie von all diesem UFO- und E-T-Zeug war, den Büchern, die sie darüber las, den Ideen, die sie hatte, und wie sie eines

Nachts, als sie im Hochland des Kings Canyon kampiert hatten, zum klaren Sternhimmel aufgeblickt und von den Wesen gesprochen hatte, die dort oben leben mussten. »Für mich wäre es das Höchste, sie zu sehen«, hatte sie gesagt. »Sie kennenzulernen und herauszufinden, was in ihren Köpfen vorgeht.«

Sie glaubte an alles das, kein Zweifel.

Sie wusste sogar, dass sie eines Tages kommen würden.

Sie würden kommen, nicht vom Mars – jedes Kind konnte einem erklären, warum es auf dem Mars kein höheres Leben geben konnte – aber von einem Planeten namens HESTEGHON. So schrieb sie es immer in den kleinen poetischen Fragmenten, die er manchmal auf Zetteln im Haus herumliegen sah: mit Großbuchstaben. Selbst wenn sie den Namen laut aussprach, schien er mit besonderer Betonung herauszukommen. HESTEGHON war auf einer anderen Vibrationsebene von der Erde, und die Leute von HESTEGHON waren intellektuell und moralisch höhere Wesen, und eines Tages würden sie plötzlich aus heiterem Himmel unter uns auftauchen und auf unserer armen, bedauernswerten Erde Ordnung schaffen.

Carmichael hatte sie nie gefragt, ob HESTEGHON ihre eigene Erfindung oder etwas war, das sie von einem Guru aus West Hollywood gehört oder in einem der billig gedruckten Bücher über Esoterik und spirituelle Lehren gelesen hatte, die sie gern kaufte. Er zog es vor, sich nicht mit ihr auf eine Diskussion darüber einzulassen.

Und doch hatte er nie gedacht, dass sie eine Schraube locker habe. Los Angeles war voll von Verrückten, die in fliegenden Untertassen fliegen wollten oder behaupteten, sie hätten es bereits getan, aber es hörte sich nicht verrückt an, wenn Cindy davon sprach. Sie teilte mit den Angelenos die für sie typische Liebe zum Exotischen und Absonderlichen, ja, aber er glaubte ziemlich sicher zu wissen, dass ihre Seele niemals von der verrückten Korruption hier berührt worden war, dass sie von der vorherrschenden Gier nach dem Phantastischen und Irrationalen, das ihm die Mentalität der Stadt so verächtlich machte, unberührt war. Wenn sie ihre Phantasie den Sternen zuwandte, geschah es in staunender Verwunderung, nicht aus verrückter Überspanntheit; diese Neugierde, dieser Hunger nach allem, was außerhalb ihrer Erfahrung lag, die Sehnsucht, das Unbekannte zu umarmen – dies alles war einfach ein Teil ihrer Natur.

Carmichael glaubte so wenig an E-Ts wie an die Schneekönigin, aber ihr zuliebe hatte er erklärt, dass er hoffe, sie würde die Erfüllung ihres Wunsches erleben. Und nun waren die UFO-Leute wirklich hier. Er konnte sich vorstellen, wie sie mit leuchtenden Augen am Rand dieses Absperrungskordons stand und sehnsuchtsvoll liebend das Raumschiff anstarrte.

Beinahe hoffte er, dass sie dort sei. Es war schade, dass er jetzt nicht bei ihr sein und all diese Erregung miterleben konnte, die in ihr aufbranden musste, die Begeisterung, die staunende Bewunderung, die Magie.

Aber er hatte Arbeit zu erledigen. Er ließ die DC 3 nach Westen abdrehen, ging über der Feuerfront so tief hinunter, wie er riskieren zu können glaubte, und drückte den Auslöser, der nacheinander die Reihe seiner Löschtanks öffnete. Hinter ihm breitete sich eine karmesinrote Wolke aus, eine Mischung von Ammoniumsulfat und Wasser, dick wie Farbe und vermischt mit rotem Farbstoff, damit man erkennen konnte, welche Flächen besprüht waren. Die Feuer hemmende Mischung hing in Tropfen an der besprühten Oberfläche und hielt sie stundenlang feucht.

Nachdem er seine vier Löschtanks zu je 500 Gallonen entleert hatte, flog er zum Auftanken zurück nach Van

Nuys. Seine Augen brannten vor Müdigkeit, und der bittere Geruch der nassen, verkohlten Erde unter ihm drang durch jede Ritze zwischen den Aluminiumplatten der Rumpfverkleidung des alten Flugzeugs. Es war noch nicht Mittag. Aber er war die ganze Nacht auf gewesen.

Der Oberst stand da und hielt das Mobiltelefon, während es läutete und läutete, aber im Haus seines Bruders meldete sich niemand, und es gab auch keine Möglichkeit, eine Botschaft zu hinterlassen. Eine Ersatznummer erschien auf dem kleinen Bildschirm des Mobiltelefons: Cindys Schmuckatelier. Was soll's, dachte der Oberst. Er hatte sich darauf eingelassen, nun wollte er nicht vorzeitig aufgeben. Er wählte die Nummer, aber auch dort meldete sich niemand.

Eine zweite Ersatznummer erschien. Diese gehörte zur Galerie in Santa Monica, wo sie ihre Sachen verkaufte. Ohne zu zögern wählte der Oberst diese Nummer. Ein Angestellter meldete sich, nach dem Klang seiner hohen, kratzigen Stimme ein junger Bursche, der vielleicht sechzehn war, und der Oberst fragte nach Mrs. Carmichael. Ist heute noch nicht dagewesen, sagte der Angestellte. Müsste inzwischen hier sein, aber irgendwie war sie wohl verhindert. Er schien nicht sehr besorgt zu sein und erweckte den Eindruck, als täte er dem Oberst einen Gefallen, indem er den Anruf überhaupt entgegennahm. Niemand unter fünfundzwanzig hatte Respekt vor Telefonen. Sie ließen sich alle Biochips implantieren, hatte der Oberst gehört. Das war jetzt das heißeste Ding. Man konnte jede Menge Daten übertragen, indem man den Unterarm gegen eine X-Platte drückte. Das hatte sein Neffe Paul gesagt. Paul war siebenundzwanzig, jung genug, um über diese Dinge Bescheid zu wissen. Telefone, hatte Paul gesagt, seien für Dinosaurier.

»Ich bin Mrs. Carmichaels Schwager«, sagte der Oberst. Es war ein Ausdruck, den bisher gebraucht zu haben er sich nicht erinnern konnte. »Sagen Sie ihr, sie möchte mich anrufen, wenn sie kommt, bitte«, sagte er dem Jungen und schaltete aus.

Dann fiel ihm ein, dass eine ausführlichere Botschaft nützlich gewesen wäre. Er drückte die Rückwahltaste, und als der Junge sich wieder meldete, sagte er: »Hier noch mal Oberst Carmichael, Mrs. Carmichaels Schwager. Ich hätte Ihnen sagen sollen, dass ich tatsächlich versuche, meinen Bruder zu erreichen, der die ganze Woche nicht in der Stadt gewesen ist. Ich dachte, Mrs. Carmichael könnte vielleicht wissen, wann er zurück sein soll.«

»Sie sagte gestern Abend, dass sie ihn heute zurückerwartet«, sagte der Junge. »Aber wie ich schon erwähnte, habe ich sie heute noch nicht gesprochen. Gibt es ein Problem?«

»Ich weiß nicht, ob es eins gibt oder nicht. Ich bin oben in Santa Barbara und fragte mich, ob – das Feuer, wissen Sie – ihr Haus …«

»Ach ja. Richtig. Das Feuer. Es ist irgendwo draußen bei Simi Valley, nicht?« Er sagte es so, als wäre es in einem anderen Land. »Die Carmichaels wohnen in L. A., wissen Sie, auf den Höhen direkt über dem Sunset Boulevard. An Ihrer Stelle würde ich mir keine Sorgen machen. Aber ich werde veranlassen, dass sie bei Ihnen anruft, wenn sie sich bei mir meldet. Hat Mrs. Carmichael Ihren Zugangscode für das Implantat?«

»Ich verwende das reguläre Mobilfunknetz.« Ich bin ein Dinosaurier, dachte der Oberst. Ich habe da eine lange Ahnenreihe. »Sie kennt die Nummer. Sagen Sie ihr einfach, sie möchte mich sobald wie möglich anrufen. Bitte.«

Sobald er das Gerät wieder eingesteckt hatte, machte

es das kleine piepsende Geräusch eines eingehenden Anrufs. Er zog es wieder hervor und schaltete ein.

»Ja?« sagte er etwas zu eifrig.

»Hier Anse, Paps.« Der tiefe Bariton seines älteren Sohnes. Der Oberst hatte drei Kinder. Rosalie und die beiden Jungen. Anse – Anson Carmichael IV. – war der gute Sohn, ein ordentlicher Familienvater, nüchtern, stetig, berechenbar. Der andere, Ronald, hatte sich nicht ganz wie erwartet entwickelt. »Hast du gehört, was vorgeht?« fragte Anse.

»Das Feuer? Die Marsmenschen? Ja. Vor einer halben Stunde rief Rosalie mich deswegen an. Ich habe den Fernseher eingeschaltet. Und von hier draußen auf der Veranda kann ich den Rauch sehen.«

»Meinst du, dass bei dir nichts passieren kann, Paps?« In Anses Stimme war ein unverkennbarer Unterton von Anspannung. »Der Wind weht mit Stärke fünf bis sechs von Ost nach West, direkt auf euch zu. Es heißt, das Feuer in den Santa Susanas habe bereits auf das Ventura County übergegriffen.«

»Das ist noch weit von hier«, sagte der Oberst. »Zuerst müsste es nach Camarillo und Ventura und vielen anderen Orten kommen. Irgendwie glaube ich nicht, dass das geschehen wird. Wie sieht es bei euch aus, Anse?«

»Hier? Wir bekommen den Ostwind, dass sich die Bäume biegen, aber der nächste Brand ist oben hinter Anaheim. Man kann ausschließen, dass das Feuer sich hierher ausbreiten wird. Auch Ronnie und Paul und Helena haben keine Probleme.«

Mike Carmichael und seine Cindy hatten es nie zu einem Kind gebracht, aber der jüngste Bruder Lee hatte in seinem kurzen Leben zwei Kinder gezeugt. Alle unmittelbaren Angehörigen des Obersten – seine beiden Söhne und seine Tochter und seine Nichte und sein Neffe Paul und Helena, die inzwischen Ende zwanzig und verheiratet waren – lebten in hübschen, gutbürgerlichen Vororten an der südlichen Küste, in Orten wie Costa Mesa und Huntington Beach und Newport Beach und La Jolla. Sogar Anses Bruder Ronald, der nicht so gutbürgerlich war, wohnte dort unten. »Ich machte mir Sorgen um dich, Paps.«

»Brauchst du nicht. Sollte das Feuer wirklich in die Gegend kommen, werde ich mich in den Wagen setzen und nach Monterey, San Francisco oder Oregon fahren, irgendwohin. Aber es wird nicht dazu kommen. Wir wissen in diesem Staat mit Buschfeuern umzugehen. Diese E-Ts interessieren mich mehr. Was, zum Teufel, mögen sie sein? Ist das alles nicht irgendein fauler Zauber der Filmindustrie?«

»Glaube ich nicht, Paps.«

»Nein, ich auch nicht, eigentlich. Niemand ist so dumm, das Becken von L. A. für eine Werbeaktion oder was in Brand zu setzen. Außerdem höre ich, dass sie auch in New York und London und vielen anderen Orten sein sollen.«

»Washington?« fragte Anse.

»Von Washington habe ich nichts gehört«, antwortete der Oberst. »Hab auch nichts aus Washington gehört. Merkwürdig, dass der Präsident sich nicht über Radio oder Fernsehen dazu geäußert hat.«

»Du meinst doch nicht, dass sie ihn gefangen genommen haben, Paps?«

Es hörte sich nicht ernsthaft an. Der Oberst lachte. »Es ist alles so verrückt, nicht? Marsmenschen, die durch unsere Städte marschieren. Nein, ich kann mir nicht denken, dass sie ihn gefangen genommen haben. Ich denke mir, dass er irgendwo in einem atomsicheren Bunker ist und eine äußerst lebhafte Sitzung des Nationalen Sicherheitsrates abhält. Meinst du nicht auch?«

»Wir haben keine Pläne für den Eventualfall außerirdischer Invasionen, soviel ich weiß«, sagte Anse.

»Aber ich bin in solchen Dingen nicht mehr auf dem laufenden.« Anse war Offizier im Materialbeschaffungsamt des Heeres gewesen, hatte aber vor ungefähr zwei Jahren den Dienst quittiert, angelockt von einem lukrativen Angebot der Luft- und Raumfahrtindustrie. Der Oberst war davon nicht sehr erbaut gewesen. Nach einem Moment sagte Anse in dem halbverlegenen Ton, den er immer anschlug, wenn er etwas sagte, was der Oberst nach seiner Vermutung hören wollte, obwohl er selbst nicht daran glaubte: »Nun, wenn es Krieg mit dem Mars geben sollte, oder woher immer diese Wesen kommen, so sei es. Ich bin bereit, wieder in den Dienst einzutreten, wenn ich gebraucht werde.«

»Ich auch. Ich bin nicht zu alt. Wenn ich die Sprache beherrschte, würde ich meine Dienste als Dolmetscher anbieten. Aber davon kann natürlich keine Rede sein, und bisher hat mich noch niemand um meinen Rat gefragt.«

»Sie sollten es tun«, sagte Anse.

»Ja«, bekräftigte der Oberst, vielleicht ein wenig zu vehement. »Das sollten sie wirklich.«

Am anderen Ende blieb es eine kleine Weile still. Sie bewegten sich in gefährlichem Gelände. Der Oberst war nur widerwillig aus dem aktiven Dienst ausgeschieden, selbst nachdem er seine dreißig Jahre abgeleistet hatte, und nie hatte er aufgehört, seinen erzwungenen Rückzug in den Ruhestand zu bedauern. Dagegen hatte Anse kaum einen Augenblick gezögert, in die Privatwirtschaft zu gehen, als er nach der Zahl seiner Dienstjahre die Pensionsberechtigung hatte.

Schließlich sagte Anse: »Willst du noch was Verrücktes hören, Paps? Heute Morgen in den Fernsehnachrichten glaubte ich Cindy in der Menge vor dem Einkaufszentrum Porter Ranch auszumachen.«

»Cindy?«

»Oder ihre Zwillingsschwester, wenn sie eine hat.

Sah genau wie sie aus, das war sicher. Vor dem Wal-Mart waren fünfhundert oder sechshundert Menschen zusammengeströmt und beobachteten die E-Ts, die dort herumgingen, und einen Augenblick holte die Kamera die Zuschauermenge nahe heran, und ich war überzeugt, dass ich dort Cindy vorn in der ersten Reihe stehen sah. Ihre Augen leuchteten wie die eines Kindes am Weihnachtsabend. Ich war überzeugt, dass sie es war.«

»Porter Ranch, das ist oben hinter Northridge, nicht? Was sollte sie dort draußen so früh am Morgen tun? Sie wohnt doch viel weiter südöstlich.«

»Das Haar war genau wie ihres, schwarz und im Ponyschnitt. Und große Ohrringe hatte sie, die Reifen, die sie immer trägt. Nun, vielleicht war sie es nicht, aber ich würde es ihr ohne weiteres zutrauen, dass sie zum Einkaufszentrum fährt, um sich die E-Ts anzusehen.«

»Die Landeplätze müssen sofort nach der Ankunft abgesperrt worden sein«, meinte der Oberst, während ihm der Gedanke durch den Kopf ging, dass sie um diese Zeit draußen in der Galerie in Santa Monica erwartet wurde, aber nicht gekommen war. »Unwahrscheinlich, dass die Polizei Schaulustige so nahe herangelassen haben sollte. Du musst dich geirrt haben. Jemand anders von ähnlicher Erscheinung. Der Typ ist hier unten nicht allzu selten.«

»Kann sein. Mike ist nicht in der Stadt, oder? Irgendwo im hintersten Winkel von New Mexico, glaube ich.«

»Ja«, sagte der Oberst. »Wird aber heute zurückerwartet. Ich rief bei ihm an und bekam keine Antwort. Wenn er schon zurück ist, wird er sich zur Brandbekämpfung gemeldet haben, wie er es jedes Jahr tut. Mit dem Löschflugzeug voll dabei, denk ich mir.«

»Kann gut sein. Das ist genau, was er tun würde.«

Anse lachte. »Er würde einen Anfall kriegen, wenn sich herausstellte, dass Cindy wirklich da draußen bei den E-Ts vor dem Einkaufszentrum war.«

»Das ist anzunehmen. Aber es war nicht Cindy, dort draußen – hör zu, Anse, es ist wirklich nett, dass du angerufen hast. Wir bleiben in Verbindung. Sag Carole meine Grüße.«

»Wird gemacht, Paps.«

Der Oberst schaltete das Mobiltelefon aus, und dann, als es wieder läutete, dachte er: Lass es Mike sein, lass es Mike sein.

Aber nein, es war Paul, sein Neffe, Lees Junge, der an der Universität Computerwissenschaften lehrte. Machte sich Sorgen um den alten Mann und wollte sich erkundigen. Die übliche kalifornische Katastrophenprozedur, gut für Erdbeben, Buschfeuer, Rassenunruhen, Überschwemmungen und Schlammlawinen: man ruft alle Verwandten im Umkreis von zweihundert Kilometern vom Ereignis an, auch alle Freunde, vergewissert sich, dass alle wohlauf sind, blockiert alle Telefonleitungen und überlastet das gesamte Netz mit unnötiger, gut gemeinter Kommunikation. Er hätte erwartet, dass wenigstens Paul es besser wissen würde. Aber natürlich hatte er selbst gerade erst vor zehn Minuten das Gleiche getan und in der Stadt herumtelefoniert, um die Frau seines Bruders zu erreichen.

»Ach was, mir geht's gut«, sagte der Oberst. »Die Luft wird ein wenig dunstig vom Rauch dort unten, das ist alles. Ich habe gerade vier Marsianer im Wohnzimmer sitzen und bringe ihnen das Bridgespiel bei.«

Am Flughafen hielten sie Kaffee, belegte Brote, Tacos und Burritos bereit. Während Carmichael wartete, dass das Bodenpersonal seine Tanks auffüllte, ging er hinein, um noch einmal Cindy anzurufen, und wieder meldete sich niemand, weder zu Hause noch in der Werkstatt. Er rief die Galerie in Santa Monica an, und der interesselose Bursche, der dort arbeitete, sagte träge, dass sie sich den ganzen Morgen nicht gemeldet habe.

»Sollte sie kommen oder anrufen«, sagte Carmichael, »sagen Sie ihr, dass ich Feuerlöscheinsätze vom Van Nuys-Flughafen fliege und nach Haus kommen werde, sobald sich die Lage ein wenig beruhigt. Sagen Sie ihr auch, dass ich sie vermisse. Und sagen Sie ihr, dass ich, sollte mir ein E-T begegnen, ihn stellvertretend für sie umarmen werde. Haben Sie das verstanden? Sagen Sie ihr das.«

»In Ordnung. Ach, übrigens, Mr. Carmichael ...«

»Ja?«

»Ihr Bruder rief zweimal an. Oberst Carmichael, glaube ich. Er sagte, Sie wären seines Wissens noch in New Mexico, und er versuchte Mrs. Carmichael zu sprechen. Ich sagte ihm, Sie würden heute zurückkommen und wüsste nicht, wo Ihre Frau ist, aber dass das Feuer nirgendwo in der Gegend ist, wo Sie wohnen.«

»Gut. Sollte er wieder anrufen, sagen Sie ihm, was ich tue.«

Das war komisch, dachte Carmichael, dass Anson versuchte, Cindy zu erreichen. In den letzten fünf bis sechs Jahren hatte der Oberst ziemlich erfolgreich so getan, als ob Cindy nicht existierte. Carmichael hatte nicht mal gewusst, dass sein Bruder die Nummer der Galerie in Santa Monica hatte, noch konnte er verstehen, warum er dort angerufen haben sollte. Es sei denn, der Oberst machte sich aus irgendeinem Grund Sorgen um ihn, so sehr, dass es ihm nichts ausmachte, ein Gespräch mit Cindy auf sich zu nehmen.

Wahrscheinlich sollte ich ihn jetzt gleich anrufen, dachte Carmichael, bevor ich wieder starte.

Aber es gab jetzt keinen Wählton. Wahrscheinlich Netzüberlastung. Überall in der Gegend rief jeder jeden an. Es war ein Wunder, dass er gerade eben nach Santa Monica durchgekommen war. Er hängte ein, versuchte es wieder, bekam noch immer keinen Wählton. Und hinter ihm standen die Leute Schlange.

»Nur zu«, sagte er zu dem ersten Mann in der Reihe, als er aus der Telefonzelle trat. »Versuchen Sie's. Die Leitung ist tot.«

Er machte sich auf die Suche nach einem anderen öffentlichen Telefon. In der Abfertigungshalle sah er eine kleine Menschenmenge, die sich um jemanden versammelt hatte, der ein tragbares Fernsehgerät hatte, eins von den Miniaturdingern mit einem postkartengroßen Bildschirm. Carmichael arbeitete sich mit den Ellbogen näher, als der Ansager erklärte: »Von den Insassen der Raumschiffe in San Gabriel und im Orange County ist bis zur Stunde nichts zu sehen. Aber dies war der erschreckende Anblick, der sich den verblüfften Bewohnern der Gegend von Porter Ranch heute Morgen zwischen neun und zehn Uhr bot.«

Der winzige Bildschirm zeigte zwei aufrechte röhrenförmige Gestalten, die wie große Tintenfische aussahen, welche auf den Spitzen ihrer büschelförmig um die unteren Enden angeordneten Fangarme gingen. Ihre Haut war purpurgrau und sah lederig aus, mit Reihen leuchtender orangegelber Flecken, die entlang den Seiten glommen. Sie bewegten sich vorsichtig über den Parkplatz eines Einkaufszentrums und blickten aus runden gelben Augen von Untertassengröße hierhin und dorthin. Es war etwas beinahe Anmutiges an ihren Bewegungen, aber Carmichael sah, dass die Außerirdischen größer als die Laternenpfähle waren, was bedeutete, dass sie mindestens vier, vielleicht fünf Meter hoch waren. Eine Menge von mindestens mehreren Hundert Zuschauern beobachtete sie aus vorsichtiger Distanz; die Leute schienen zugleich abgestoßen und unwiderstehlich angezogen.

Hin und wieder hielten die Lebewesen inne, um einander in einer Art stummer Kommunikation mit den Stirnen zu berühren. Die Kamera holte sie für eine Nahaufnahme heran, dann wackelte und schwankte sie wild, als eine enorm lange, elastische Zunge aus der Brust eines der Außerirdischen schnellte und wie ein Lasso in die Menschenmenge flog.

Einen Augenblick war nur der Himmel auf dem kleinen Bildschirm zu sehen; dann kam ein ungefähr vierzehnjähriges Mädchen in Sicht, das mit schreckensstarrer Miene von der langen Zunge um die Mitte gefasst, in die Luft gehoben und wie das von einem Entomologen gefangene Musterexemplar einer Insektenart in einen schmalen grünen Sack gesteckt wurde.

»Gruppen der Riesengeschöpfe durchstreiften beinahe eine Stunde lang das Einkaufszentrum und seine unmittelbare Umgebung«, berichtete der Ansager. »Es wurde eindeutig bestätigt, dass zwischen zwanzig und dreißig menschliche Geiseln eingefangen wurden, bevor die fremden Wesen zu ihrem Fahrzeug zurückkehrten, das jetzt gestartet ist, und zum fünfzehn Kilometer weiter westlich stehenden Mutterschiff zurückkehren. Unterdessen nehmen die Brandbekämpfungsmaßnahmen trotz ungünstiger Windverhältnisse in der Nachbarschaft aller drei Landeplätze ihren Fortgang und …«

Carmichael schüttelte den Kopf.

Los Angeles, dachte er angewidert. Herrgott noch mal! Diese Leute stellen sich hin und lassen sich von den E-Ts einfach schlucken wie Fliegen von einem Leguan. Vielleicht denken sie, es sei bloß ein Film, und wenn die letzte Spule abgedreht ist, werden sie ihre Komparsenhonorare kriegen und alles wird in Ordnung sein.

Und dann erinnerte er sich, dass Cindy der Typ war, der direkt auf einen von diesen E-Ts zugehen würde.

Cindy war der Menschentyp, der in Los Angeles lebte, sagte er sich, bloß war Cindy anders. Irgendwie.

Noch immer standen lange Schlangen vor jeder Telefonzelle. Leute schlugen den nutzlosen Hörer zornig gegen die Wand. Es hatte also keinen Sinn, an eine Verbindung mit Anson auch nur zu denken. Carmichael ging wieder hinaus. Die DC 3 war beladen und startbereit.

In den fünfundvierzig Minuten, seit er den letzten Einsatz geflogen hatte, schien sich der Brand merklich nach Süden ausgebreitet zu haben. Diesmal schickte der Einsatzleiter ihn in den Abschnitt zwischen der Highway-Kreuzung De Soto Avenue und dem nordöstlichen Rand von Porter Ranch. Rasch leerte er die Tanks und kehrte wieder zum Flughafen zurück. Vielleicht würden sie in der Einsatzzentrale ein funktionierendes Telefon haben und ihn benutzen lassen, dass er Anrufe bei seiner Frau und seinem Bruder machen konnte.

Aber als er über das Flugfeld ging, kam ein Mann in Militäruniform aus dem Gebäude der Einsatzleitung und winkte ihm. Carmichael ging stirnrunzelnd hinüber.

»Sind Sie Mike Carmichael?« sagte der Mann. »Wohnhaft in Laurel Canyon?«

»Richtig.«

»Ich habe eine etwas unangenehme Nachricht für Sie. Gehen wir hinein.«

Carmichael war zu müde, um Beunruhigung zu empfinden. »Können Sie es mir nicht gleich hier sagen?«

Der Offizier befeuchtete sich die Lippen. Offensichtlich war es ihm sehr unangenehm. Er hatte ein rundes, glattes, jugendliches Gesicht, dessen einziges auffallendes Merkmal unpassend große Augenbrauen waren, die wie zottige Raupen über seine Stirn krochen. Er war ziemlich jung, jedenfalls viel jünger als Carmichael von einem Offizier seines Ranges erwartete, und offensichtlich lag ihm das Überbringen von Hiobsbotschaften nicht.

»Es handelt sich um Ihre Frau«, sagte er. »Cynthia Carmichael, ist das der Name Ihrer Frau?«

»Nun machen Sie schon«, sagte Carmichael. »Kommen Sie zur Sache, in Gottes Namen!«

»Sie ist eine der Geiseln, Mr. Carmichael.«

»Geiseln?«

»Haben Sie es nicht gehört? Die Leute, die von den Außerirdischen gefangen wurden?«

Carmichael schloss für einen Moment die Augen. Ihm blieb die Luft weg, als hätte er einen Schlag in die Magengrube bekommen.

»Wo ist es passiert?« wollte er wissen. »Wie haben sie sie gefangen?«

Der Offizier lächelte gezwungen. »Es geschah auf dem Parkplatz des Einkaufszentrums in Porter Ranch. Vielleicht sahen Sie etwas davon im Fernsehen.«

Carmichael nickte. Er war wie betäubt. Das Mädchen, das von dieser langen elastischen Zunge von den Füßen gerissen, durch die Luft geschwenkt und in diesen grünen Beutel gesteckt worden war …

Und Cindy – Cindy?

»Sie sahen den Teil, wo diese wandelnden Gurken auf dem Parkplatz umhergingen? Und dann schnappten sie sich plötzlich Leute, und alle rannten vor ihnen davon?«

»Nein. Den Teil muss ich versäumt haben.«

»Da wurde sie gefangen. Sie stand anscheinend ganz vorn in der ersten Reihe, als es losging, und vielleicht hätte sie eine Chance gehabt, davonzukommen, aber sie wartete ein bisschen zu lange. Soviel ich weiß, fing sie an zu laufen, blieb dann aber stehen und sah sich nach ihnen um. Einer unserer Leute sagte, sie hätte ihnen etwas zugerufen, und dann … nun, und dann …«

»Dann fingen sie meine Frau ein. Steckten sie in den Sack?«

»Leider muss ich Ihnen sagen, Sir, dass es sich so verhält.« Das glatte runde Gesicht bemühte sich um einen tragischen Ausdruck. »Es tut mir schrecklich leid, Mr. Carmichael.«

»Das glaube ich Ihnen gern«, sagte Carmichael mit steinerner Miene. Ein Abgrund begann sich in ihm aufzutun. »Mir auch.«

»Alle Zeugen sind sich darin einig, dass Ihre Frau nicht in Panik geriet und nicht schrie. Wir können Ihnen die Videoaufzeichnung zeigen. Sie war sehr tapfer, als eines dieser Monster sie einfing. Wie man die Fassung behalten kann, wenn etwas von der Größe einen von den Füßen reißt und in die Luft hält, kann ich nicht so ganz verstehen, aber ich kann Ihnen sagen, Sir, dass die Augenzeugen …«

»Es leuchtet mir ein«, sagte Carmichael.

Er wandte sich zur Seite, schloss für einen Moment die Augen und tat mehrere tiefe Atemzüge der heißen, rauchigen Luft.

Es passt zu ihr, dachte er. Vollkommen einleuchtend.

Natürlich war sie sofort nach Porter Ranch gefahren, sobald die Nachricht von der Ankunft der Außerirdischen sich verbreitet hatte. Natürlich. Wenn es in Los Angeles jemand gab, der nichts Eiligeres im Sinn hatte, als zu diesen Geschöpfen zu gehen und sie mit eigenen Augen zu sehen, vielleicht mit ihnen zu reden und etwas wie Verständigung mit ihnen zu erreichen, dann war es Cindy. Sie würde keine Angst vor ihnen gehabt haben. Sie schien nie vor etwas Angst zu haben. Und dies waren schließlich die weisen höheren Wesen von HESTEGHON, nicht wahr? Carmichael hatte keine Mühe, sich Cindy in dieser von Panik ergriffenen Menge auf dem Parkplatz vorzustellen, beglückt und strahlend, lächelnd sogar in dem Augenblick, als sie gepackt wurde.

In gewisser Weise war er sogar stolz auf sie. Aber der Gedanke, dass sie in ihrer Gewalt war, machte ihm Angst.

»Dann ist sie in dem Schiff?« fragte er. »Dem, das ich auf diesem Feld jenseits der Feuerzone stehen sah?«

»Ja.«

»Hat es schon ein Zeichen von den Geiseln gegeben? Oder von den Außerirdischen, was das angeht?«

»Tut mir leid. Es steht mir nicht zu, diese Information preiszugeben.«

»Ich riskiere meinen Arsch, um dieses Feuer zu löschen, und meine Frau ist eine Gefangene von außerirdischen Tintenfischen, und Ihnen steht es nicht zu, irgendwelche Informationen preiszugeben?«

Der Offizier lächelte vage. Carmichael sagte sich, der Kerl sei bloß ein Milchgesicht, ein Junge, geradeso wie die Polizisten und die Hochschullehrer und die Bürgermeister und Gouverneure und alle anderen heutzutage auf geheimnisvolle Weise bloß Jungen zu sein schienen. Ein Junge, der einen unangenehmen Auftrag zu erledigen hatte.

»Ich erhielt Anweisung, Ihnen die Nachricht über Ihre Frau mitzuteilen«, sagte der Junge nach einem Augenblick. »Ich bin nicht befugt, über andere Aspekte dieses Ereignisses zu sprechen, zu niemandem. Militärische Sicherheit.«

»Ja«, sagte Carmichael, und für einen Augenblick war er wieder im Krieg, versuchte etwas über Bewegungen des Vietkong in dem Gebiet herauszubringen, das er am nächsten Tag patrouillieren sollte, und stieß auf dieses gleiche vage Lächeln, die gleiche feierliche und bedeutungslose Anrufung militärischer Sicherheit. Namen kamen ihm in den Sinn, an die er in Jahrzehnten nicht gedacht hatte, Phu Loi, Binh Thuy, Tuy Hoa, Song Bo. Cam Ranh. Der U Minh-Wald. Bilder aus der Vergangenheit schwammen um ihn. Die schmierigen

Gehsteige der Tu Do-Straße in Saigon, magere Huren, die aus jeder Bar grinsten, überall ARVNs mit roten Baretten. Weiße Sandstrände, gesäumt von Kokospalmen, hübsch wie aus einem Reiseprospekt; verstümmelte Eingeborenenkinder, denen ein Bein fehlte, die an improvisierten Krücken humpelten; Schilfhütten im Delta, die in Flammen aufgingen. Und die Offiziere, die einen in den Einsatzbesprechungen belogen, immer belogen. Seine begrabene Vergangenheit, wachgerufen von einem einzigen vagen Lächeln.

»Können Sie mir wenigstens sagen, ob es Informationen gibt?«

»Es tut mir leid, Sir, ich bin nicht befugt ...«

»Ich weigere mich zu glauben«, sagte Carmichael, »dass dieses Schiff da draußen steht und dass überhaupt nichts getan wird, um Verbindung aufzunehmen.«

»Eine Befehlszentrale ist eingerichtet worden, Mr. Carmichael, und gewisse Bemühungen sind im Gange. Soviel kann ich Ihnen sagen. Und ich kann Ihnen sagen, dass Washington beteiligt ist. Aber darüber hinaus kann ich zum gegenwärtigen Zeitpunkt keine weiteren Angaben machen.«

Ein anderer Junge, mit rosigem Gesicht, der wie ein Pfadfinder aussah, kam gelaufen. »Ihre Maschine ist beladen und startbereit, Mike!«

»Ja«, sagte Carmichael. Das Feuer, das verdammte Feuer! Er hatte beinahe geschafft, es zu vergessen. Beinahe.

Er zögerte kurz, hin und her gerissen zwischen widerstreitenden Verantwortlichkeiten. Dann sagte er zu dem Offizier: »Ich muss zurück zur Brandbekämpfung. Ich möchte mir diese Videoaufzeichnung von Cindys Gefangennahme ansehen, aber ich kann es nicht jetzt tun. Können Sie hier eine Weile bleiben?«

»Nun ...«

»Vielleicht eine halbe Stunde. Ich muss mit dem Löschflugzeug einen Einsatz fliegen. Dann möchte ich, dass Sie mir die Aufzeichnung zeigen. Und mich anschließend zu diesem Raumschiff und durch die Absperrung bringen, damit ich selbst zu diesen Wesen sprechen kann. Wenn meine Frau an Bord ist, dann will ich sie da herausholen.«

»Ich sehe nicht, wie das möglich sein sollte.«

»Nun, versuchen wir es«, sagte Carmichael. »Wir treffen uns in einer halben Stunde hier, in Ordnung?«

Sie hatte noch nie etwas so Schönes gesehen. Sie hatte sich nie auch nur vorgestellt, dass solche Schönheit existieren könnte. Wenn ihr Raumschiff so aussah, dachte Cindy, wie würde dann erst ihre Heimatwelt sein?

Es war wie in einem Palast. Die Außerirdischen hatten sie auf einer Art Rolltreppe durch eine scheinbar endlose Serie spiralig angeordneter Räume aufwärts befördert. Jeder Raum war mindestens sieben Meter hoch, was angesichts der Größe der Außerirdischen zu erwarten war. Die glänzenden Wände vereinigten sich oben in einer Art gotischem Gewölbe, das aber nicht immer symmetrisch wie die gotischen Gewölbe aussah, sondern seltsam verschoben, als ob die Decke teilweise in einer Dimension und teilweise in einer anderen wäre.

Und das Schiff war ein riesiger Spiegelsaal. Alle Oberflächen hatten einen reflektierenden metallischen Glanz. Wohin man auch sah, überall erblickte man Tausende von schimmernden Spiegelbildern, die sich Schwindel erregend in die Unendlichkeit fortsetzten. Es schien keine eigentlichen Lichtquellen zu geben, nur ein diffuses Leuchten, das aus dem Nichts kam, als würde es durch das Zusammenwirken all dieser spiegelhellen Metalloberflächen erzeugt.

Und die Pflanzen, die Blumen …

Cindy liebte Pflanzen, je exotischer, desto besser. Der Garten ihres kleinen Hauses in Laurel Canyon war voll von Farnen und Orchideen und Kakteen und Bromeliazeen und Aloebäumen und Philodendron und Zwergpalmen und allen möglichen anderen Pflanzen aus den reichhaltig bevorrateten Gärtnereien und Baumschulen im Umkreis von Los Angeles. Meinen Traumgarten, nannte sie ihn. Sie hatte die Pflanzen wegen ihrer exotischen Fremdartigkeit ausgewählt, ihrer korkenzieherartig gedrehten Stämme, ihrer seltsam geformten Blätter und ungewöhnlichen Blütenfarben. Jede vorstellbare Form und Beschaffenheit und Farbe war dort auf engstem Raum vertreten.

Aber verglichen mit den phantastischen Pflanzen, die überall an Bord gediehen, die sogar freischwebend in der Luft trieben und anscheinend weder Erde noch Wasser benötigten, kam ihr der eigene Hausgarten jedoch prosaisch und langweilig vor, als bestünde er nur aus Petunien und Ringelblumen.

Da gab es verzweigte Pflanzen mit gigantischen, fleischigen, türkisfarbenen Blättern, groß genug, um als Matratzen zu dienen; es gab Pflanzen, die wie gebündelte Speere aussahen, andere wuchsen von oben nach unten und breiteten ihre gefiederten, purpurfarbenen Blätter aus. Und die Blumen! Grüne Blüten mit leuchtenden orangeroten Augen in der Mitte; pelzige schwarze Blüten, goldgefleckt, die wie Mottenflügel bebten; Blumen, die aus Silberdraht geflochten schienen; Blumen, die wie explodierende Flammenbündel aussahen. Und es gab Blumen, die leise musikalische Töne von sich gaben.

Cindy war begeistert von ihnen. Sie sehnte sich, ihre Namen zu erfahren. Der Gedanke, wie ein botanischer Garten auf dem Planeten Hesteghon aussehen musste, versetzte sie in ein ekstatisches Hochgefühl.

Acht Geiseln waren mit ihr in diesem Raum, drei

männliche, fünf weibliche. Die Jüngste war ein ungefähr elfjähriges Mädchen; die Älteste ein Mann, der über achtzig sein musste. Alle schienen völlig verängstigt und verstört. Sie kauerten in einem jämmerlichen kleinen Haufen beisammen, schluchzten, zitterten, beteten, murmelten. Nur Cindy war auf den Beinen und sah sich um, durchwanderte den großen Raum wie Alice im Wunderland, betrachtete entzückt die prachtvollen Blumen, die wundersamen Kaskaden einander überschneidender Spiegelbilder. Zu sehen, wie jämmerlich elend die anderen alle angesichts solch phantastischer Schönheit waren, entnervte sie. Sie ging zu ihnen und trat vor sie hin. »Hört auf zu weinen!« sagte sie. »Dies wird der wundervollste Augenblick eures Lebens. Sie haben nicht vor, uns Schaden zuzufügen.«

Zwei oder drei von ihnen starrten finster zu ihr auf. Diejenigen, die geschluchzt hatten, schluchzten nur noch mehr.

»Es ist mein Ernst«, sagte sie. »Ich weiß es. Diese Leute sind vom Planeten Hesteghon; von dem ihr im *Zeugnis des Hermes* hättet lesen können. Das ist ein Buch, das vor sechs Jahren erschien, übersetzt aus dem Altgriechischen. Die Leute von Hesteghon kommen alle fünftausend Jahre zur Erde. Sie waren die ursprünglichen sumerischen Götter, müsst ihr wissen. Sie brachten den Sumerern bei, wie sie auf Tontafeln schreiben konnten. Bei einem früheren Besuch lehrten sie die Cro Magnons auf Höhlenwände zu malen.«

»Sie ist eine Verrückte«, sagte eine der Frauen. »Kann jemand sie bitte zum Schweigen bringen?«

»Hört mich an«, sagte Cindy. »Ich verspreche euch, dass wir in ihren Händen absolut sicher sind. Bei diesem Besuch ist es ihre Aufgabe, uns endlich zu lehren, wie wir für immer in Frieden leben können. Wir werden ihre Sprachrohre sein. Sie werden durch uns sprechen, und wir werden ihre Botschaft in alle Welt tragen.« Sie lächelte. »Ihr denkt, ich sei ein Fall für den Psychiater, ich weiß, aber tatsächlich bin ich die Vernünftigste hier. Und ich sage euch ...«

Jemand schrie. Jemand zeigte, stieß mit dem Finger wild in die Luft. Sie alle krümmten sich, zogen den Kopf ein, drängten sich enger zusammen.

Cindy fühlte eine Ausstrahlung plötzlicher Wärme hinter sich und blickte über die Schulter.

Einer der Außerirdischen war in den großen Raum gekommen. Er stand ungefähr zehn Schritte hinter ihr leicht schwankend auf den kleinen Spitzen seiner büschelartigen Gehwerkzeuge, wie eine gigantisch vergrößerte, Kopf stehende Seeanemone. Eine Aura großer Ruhe ging von ihm aus. Cindy spürte einen wundervollen Strom von Liebe und Frieden, der von dem Wesen ausging. Seine zwei enormen goldenen Augen waren gutartige Quellen ruhig-gelassener Ausstrahlung.

Sie sind wie Götter, dachte sie. Götter.

»Mein Name ist Cindy Carmichael«, sagte sie dem fremden Wesen. »Ich möchte Sie auf Erden willkommen heißen. Ich möchte Ihnen sagen, wie froh ich bin, dass Sie gekommen sind, Ihr altes Versprechen zu erfüllen.«

Die Riesengestalt fuhr fort, sich gemächlich auf ihren zahlreichen elastischen Beinen zu wiegen. Sie schien nicht zu bemerken, dass Cindy gesprochen hatte.

»Sprechen Sie mit Ihren Gedanken zu mir«, sagte Cindy. »Ich habe keine Angst vor Ihnen. Die anderen sind ängstlich, aber ich nicht. Erzählen Sie mir von Hesteghon. Ich möchte alles wissen, was es darüber zu wissen gibt.«

Eine der schwebenden Blumen, samtschwarz mit blassgrünen Flecken auf den fleischigen Blütenblättern, trieb näher zu ihr. Aus dem Zentrum der Blütenblätter, einem langen, dunklen Schlitz, kam ein kleiner Fühler wie ein Staubgefäß, der leicht erzitterte und dabei ein kleines, tiefes Geräusch von sich gab, und auf einmal fand Cindy sich unfähig zu sprechen. Sie hatte die Macht, Worte zu formen, vollständig eingebüßt. Aber das war nicht weiter beunruhigend; sie verstand ohne irgendeinen Zweifel, dass der Außerirdische einfach nicht wünschte, dass sie jetzt sprach, und wenn er bereit wäre, ihre Fähigkeit zu sprechen wieder herzustellen, würde er es gewiss tun.

Ein zweites Geräusch drang aus dem Schlitz im Herzen der schwarzen Blüte, ein höherer Ton als zuvor. Und Cindy fühlte, wie der Außerirdische in ihr Bewusstsein eindrang.

Es war eine beinah sexuelle Erfahrung. Das fremde Bewusstsein drang mühelos und vollständig in ihren Geist ein und füllte sie aus wie eine Hand einen Handschuh. Sie war noch in sich selbst, aber etwas Anderes war auch in ihr, etwas Gewaltiges und Allmächtiges, das ihr keine Verletzung zufügte, nichts aus ihr vertrieb, sich aber in ihr einnistete, als hätte es immer schon einen Raum in ihr gegeben, der groß genug war, um den Geist eines gigantischen Außerirdischen aufzunehmen.

Sie hatte das Gefühl von Gehirnmassage. Das war die einzig zutreffende Bezeichnung dafür: Gehirnmassage. Ein sanftes, beruhigendes, knetendes Gefühl wie von Fingerspitzen, welche die Falten und Windungen ihres Gehirns behutsam bearbeiteten. Sie begriff, dass der Außerirdische methodisch die gesamte Akkumulation ihres Wissens und Gedächtnisses durchging und jede einzelne Erfahrung ihres Lebens vom Augenblick der Geburt an bis zu dieser Sekunde untersuchte. Im Laufe von – wie viel? Zwei Sekunden? – war er fertig, und nun, glaubte sie, würde er imstande sein, ihre vollständige Biographie zu schreiben, wenn er es wollte. Er wusste alles, was sie wusste, die Straße, in der sie als kleines Mädchen gewohnt hatte, den Namen ihres ersten Freundes und die genaue Form und Ausführung des Ringes mit dem Sternsaphir, den sie am letzten Dienstag fertiggestellt hatte. Er hatte auch ihre Art zu rechnen gelernt, und wie man auf Spanisch »Wo ist die Toilette, bitte?« sagte, und wie man von der Highway, die von Ventura im Westen kam, zur südwärts gerichteten Highway nach San Diego gelangte, und alles Übrige in ihrem Kopf, darunter sehr wahrscheinlich vieles, was sie selbst längst vergessen hatte.

Dann zog er sich von ihr zurück, und sie konnte wieder sprechen und sagte, sobald sie es merkte: »Jetzt wissen Sie, nicht wahr, dass ich mich nicht vor Ihnen fürchte. Dass ich Sie liebe und alles tun möchte, was ich kann, um Ihnen bei der Erfüllung Ihrer Mission zu helfen.«

Und da sie inzwischen vermutete, dass er es vorzog, telepathisch statt akustisch zu kommunizieren, sagte sie auch in Gedanken, aber mit aller Geisteskraft, die sie aufbieten konnte: *Erzählen Sie mir alles über Hesteghon.*

Aber der Außerirdische schien nicht bereit, ihr irgendetwas zu erzählen. Einen Moment betrachtete er sie ernst und, wie Cindy dachte, zärtlich, aber sie hatte nicht das Gefühl irgendeines Kontaktes mit seinem Geist.

Und dann ging er einfach fort.

Als Carmichael wieder gestartet war, bemerkte er sofort, dass das Feuer sich ausbreitete. Der Wind war noch stärker und böiger geworden, hatte auf Nordwest gedreht und trieb die Flammen auf den Ortsrand von Chatsworth zu. Schon hatte der Funkenflug die Stadtgrenze überschritten, und zu seiner Linken sah Carmichael brennende Häuser, vielleicht ein halbes Dutzend.

Mehr Häuser würden in Flammen aufgehen, ganze Reihen, wenn die Hitze der näher rückenden Feuerwalze unwiderstehlich wurde. Carmichael zweifelte nicht daran. In der Brandbekämpfung entwickelte man einen eigentümlichen sechsten Sinn dafür, wie das Ringen sich entwickelte, ob man im Ringen mit dem Feuer die Oberhand gewinnen oder den Kürzeren ziehen würde. Und dieser sechste Sinn sagte ihm jetzt, dass die enorme Anstrengung, die zur Eindämmung des Brandes gemacht wurde, vergeblich war, dass das Feuer noch auf der ansteigenden Kurve war und dass ganze Stadtrandsiedlungen bis zum Abend in Schutt und Asche liegen würden.

Er flog mit voller Konzentration, als die DC 3 in die Feuerzone eindrang. Der Flächenbrand sog jetzt wie verrückt Luft an, und die Turbulenz war gewaltig; es fühlte sich an, als ob die Hand eines Riesen die Maschine bei der Nase gepackt hätte. Der Hubschrauber des Einsatzleiters wurde herumgeworfen wie ein Luftballon an einer Schnur.

Carmichael meldete sich über Funk und wurde zur Südwestseite der Front geschickt, unweit der ersten von Siedlungshäusern flankierten Straße. Feuerwehrleute mit Schaufeln schlugen dort erste Brandherde aus, die sich in den Gärten gebildet hatten. Die trockenen gelben Wedel, die an den Stämmen einer Palmenallee herabhingen die die Straße säumte, gingen in präziser Reihenfolge kurz nacheinander in Flammen auf – puff, puff, puff, puff. Verängstigte Hunde rannten hin und her. Wenn es brannte, bewiesen Hunde ihre Treue: sie blieben in der Nähe. Dagegen mussten die Katzen der Nachbarschaft inzwischen über alle Berge sein, vermutete er.

Carmichael ging herunter auf Baumwipfelhöhe und löste einen Schwall rot gefärbten, mit Chemikalien versetzten Wassers aus, der alles Brennbare unmittelbar vor der prasselnden Front des Feuers einhüllte. Die Feuerwehrleute und die mit Schaufeln bewaffneten Hausbewohner blickten auf und winkten ihm zu und grinsten, und er wackelte mit den Tragflächen, bevor er um den Westrand des Feuers auf Nordkurs ging. Nun sah er, dass der Brand sich auch nach Westen ausbreitete, sich draußen bei der Grenze zum Ventura County die Hänge und Schluchten hinauffraß, dann flog er ostwärts die Hügel von Santa Susana entlang, bis er wieder das fremde Raumschiff ausmachte, das wie ein Hochhaus von seltsam futuristischer Architektur isoliert in seinem Kreis schwarz verbrannter Vegetation und Erde stand, als hätte ein wagemutiger Immobilienspekulant es hier draußen mitten ins Nichts gesetzt. Der Absperrgürtel von Militärfahrzeugen war offenbar verstärkt worden, und nun sah es aus, als hätte eine ganze Panzerdivision in konzentrischen Ringen, beginnend mit einem Kilometer Abstand, um das Schiff Stellung bezogen.

Carmichael starrte wie gebannt auf das fremde Raumfahrzeug, als könnte er Cindy durch die Wand aus schimmerndem Metall sehen.

Er stellte sich vor, wie sie an einem Tisch saß, oder was immer die Außerirdischen anstelle von Tischen gebrauchten, umringt von sieben oder acht der massigen Gestalten, ruhig ihre Fragen beantwortete und sich von ihnen erklären ließ, woher sie kamen und was sie wollten. Er zweifelte nicht im Geringsten daran, dass sie in Sicherheit war, dass ihr kein Schaden zugefügt wurde, dass man sie weder folterte noch sezierte oder sie mit elektrischem Strom behandelte, um zu sehen, wie sie reagierte. So etwas passierte Cindy einfach nicht. Das Einzige, was er befürchtete, war, dass sie zu ihrer Heimatwelt abreisen würden, ohne sie freizulassen. Diese Idee war wirklich beängstigend. Der Schrecken, den sie in ihm erzeugte, war so stark wie jede Art von Furcht, die er je empfunden hatte, stieg wie ein Klumpen von geschmolzenem Blei in ihm auf und breitete sich aus, verstopfte ihm die Kehle und sandte glutflüssige Ausläufer brennend in seinen Schädel.

Als Carmichael weiter auf den Landeplatz zuhielt, sah er die Zwillingsrohre leichter Flakgeschütze auf ihren gepanzerten Selbstfahrlafetten in seine Richtung schwenken, und über Funk meldete sich eine kurz angebundene Stimme: »Sie sind im Sperrgebiet, DC 3. Fliegen Sie zurück zur Feuerzone. Dies ist verbotener Luftraum.«

»Verzeihung«, erwiderte Carmichael. »Mein Fehler. Kein Verstoß beabsichtigt.«

Aber im Abdrehen ging er noch tiefer, dass er noch einen letzten Blick auf das riesige Raumschiff werfen konnte. Wenn es Bullaugen hatte und Cindy zufällig herausschaute, sollte sie wissen, dass er in der Nähe war. Dass er beobachtete, dass er auf ihre Rückkehr wartete. Aber die Außenhaut des Schiffes war aus glattem Metall ohne irgendwelche sichtbaren Öffnungen.

Es war wie etwas aus einem Traum, dass sie in diesem Ding stecken sollte. Und doch passte es zu ihr, entsprach so vollkommen ihrer Art und ihren Neigungen, dass er beinahe glauben konnte, sie habe es selbst so gedeichselt.

Immer war sie auf das Fremdartige, das Geheimnisvolle, das Unvertraute aus. Die Leute, die sie nach Haus brachte: einmal einen Navajo, ein anderes Mal einen verwirrten Türken, dann einen Jungen aus New York. Die Musik, die sie hörte und zu der sie sang. Die Räucherkerzen, die Lampen mit Duftöl, die Meditation. »Ich suche«, sagte sie gern. Immer suchte sie einen Weg zu finden, der sie zu etwas bringen würde, was völlig außerhalb ihrer Welt und ihrer selbst war. Versuchte mehr zu werden, als sie war. So hatten sie zueinander gefunden, ein unmögliches Paar, sie mit ihren Perlen und Sandalen, er mit seiner ruhigen Zuverlässigkeit, seiner nüchternen Weltsicht. Sie hatten sich damals in einem Plattenladen in Studio City kennengelernt, und Gott allein wusste, was ihn überhaupt dorthin verschlagen hatte. Sie waren über irgendetwas ins Gespräch gekommen und hatten geredet und geredet, den ganzen Abend geredet, und sie hatte alles wissen wollen, was es über ihn zu wissen gab, und als der nächste Tag begonnen hatte, waren sie noch immer zusammen gewesen, und seither waren sie unzertrennlich geblieben. Er hatte niemals wirklich verstehen können, was sie an ihm fand und wozu sie ihn gewollt hatte, den Provinzler aus dem San Joaquin-Tal, den alternden Flieger, obwohl er überzeugt war, dass sie ihn für etwas Wirkliches wollte, dass er eine Notwendigkeit für sie war, wie auch sie für ihn, die man mangels eines genaueren Begriffes Liebe nennen konnte. Auch sie hatte immer danach gesucht. Wer tat es nicht? Und er wusste, dass sie ihn aufrichtig liebte, wenn er auch nicht ganz verstand, warum. »Liebe ist Verstehen«, sagte sie oft. »Verstehen ist lieben.« Versuchte sie die Raumschiffleute in diesem Augenblick über die wahre Liebe aufzuklären? Ach, Cindy, Cindy …

Das Mobiltelefon piepte wieder. Der Oberst griff hastig danach, bereit für die Stimme seines Bruders.

Wieder falsch. Nicht Mike. Dies war eine herzhaft dröhnende, unvertraute Stimme. »Anson? Anson Carmichael? Lloyd Buckley hier!«

»Tut mir leid«, sagte der Oberst ein wenig vorschnell. »Ich fürchte, ich weiß nicht …«

Dann fiel ihm die richtige Zuordnung des Namens ein, und er bekam Herzklopfen, und ein Prickeln von Erregung lief ihm über den Rücken.

»Ich rufe aus Washington an.«

Ich will verdammt sein, dachte der Oberst. Also haben sie mich doch nicht vergessen!

»Lloyd, wie, zum Teufel, geht es Ihnen? Wissen Sie, vor fünfzehn Minuten saß ich hier und hoffte, Sie würden anrufen! Erwartete Ihren Anruf.«

Es war nur zum Teil gelogen. Sicherlich hatte er gehofft, dass Washington anrufen würde, obwohl er tatsächlich nichts erwartet hatte. Und der Name Lloyd Buckleys war keiner von denen gewesen, die ihm in diesem Zusammenhang durch den Kopf gegangen waren, obwohl er jetzt begriff, dass er an den Mann hätte denken sollen.

Ja, Buckley. Ein großer, fleischiger Mann mit rotem Gesicht, laut, fröhlich, schlau, wenn auch vielleicht nicht ganz so schlau, wie er selbst glaubte. Berufsbeamter im Außenministerium; während der letzten Jahre der Amtszeit Clintons ein stellvertretender Staatssekretär für kulturelle Beziehungen mit der Dritten Welt, der diplomatische Missionen in Somalia, Bosnien, Afghanistan, Türkei, den Seychellen und anderen Krisenherden in der Zeit nach dem Kalten Krieg in enger Zusammenarbeit mit dem Militär durchgeführt hatte. Wahrscheinlich arbeitete er noch immer in diesem Bereich. Er nannte sich gern Student der Militärgeschichte und warf mit den Namen Clausewitz, Churchill, Fuller, Creasy um sich. Sah sich auch als Anthropologe und hatte als Gasthörer ein Semester des Kurses besucht, den der Oberst an der Militärakademie über die Psychologie orientalischer Kulturkreise gehalten hatte. Vor sieben oder acht Jahren hatten sie einige Male zusammen gegessen.

»Sie sind natürlich über die Situation im Bilde«, sagte Buckley. »Ziemlich sensationell, nicht wahr? Sie haben kein Problem mit den Buschfeuern dort, nicht wahr?«

»Nicht hier. Sie sind achtzig bis hundert Kilometer entfernt. Der Wind trägt Rauch herüber, aber ich denke, wir werden hier unbehelligt bleiben.«

»Gut, gut. Großartig. Haben Sie in der Röhre schon

die Wesen gesehen? Die Sache beim Einkaufszentrum und alles?«

»Natürlich. Wir nennen sie also die Wesen?«

»Die Wesen, ja. Die Außerirdischen. Die Eindringlinge aus dem Weltraum. ›Wesen‹ scheint einstweilen der beste Begriff zu sein, wenigstens vorläufig. Es ist ein schöner neutraler Begriff. ›E-T‹ klingt zu sehr nach Hollywood, und ›Fremdlinge‹ hört sich zu sehr nach einem Problem für die Einwanderungsbehörde an.«

»Und wir wissen noch nicht, dass sie Eindringlinge sind, oder?« sagte der Oberst. »Können Sie mir sagen, Lloyd, was, zum Teufel, dies alles zu bedeuten hat?«

Buckley schmunzelte. »Das ist gut, Anson. Eigentlich hofften wir, Sie könnten uns etwas sagen. Ich weiß, dass Sie theoretisch im Ruhestand sind, aber meinen Sie, dass Sie Ihre alternden Gebeine morgen als erstes nach Washington in Bewegung setzen können? Das Weiße Haus hat eine Konferenz führender Leute und hoher Tiere einberufen, um über unsere zweckmäßigste Reaktion auf das … ah … Ereignis zu diskutieren, und wir bringen eine kleine Gruppe von Sonderberatern mit, die vielleicht hilfreich sein könnten.«

»Das ist ziemlich kurzfristig«, hörte der Oberst sich zu seinem Entsetzen sagen. Er wollte auf keinen Fall widerwillig erscheinen. Rasch fügte er hinzu: »Aber ja, selbstverständlich. Würde mich freuen.«

»Die ganze Sache kam für uns alle ziemlich überraschend, mein Freund. Glauben Sie, Sie könnten an Bord klettern, wenn wir morgen früh um halb sechs einen Luftwaffenhubschrauber auf dem Rasen vor Ihrem Haus landen lassen, um Sie abzuholen?«

»Natürlich könnte ich, das wissen Sie, Lloyd.«

»Gut. Ich war überzeugt, dass Sie kommen würden. Seien Sie um halb sechs draußen und erwarten Sie uns, ja?«

»In Ordnung. Sie können sich darauf verlassen.«

»Hasta la mañana«, sagte Buckley und legte auf.

Der Oberst starrte verwundert auf das Mobiltelefon in seiner Hand. Dann steckte er es bedächtig ein.

Washington? Er? Morgen?

Ein Mischmasch von Gefühlen brandete durch sein Bewusstsein, als die Erkenntnis eindrang, dass sie ihn wirklich zurückgerufen hatten: Erleichterung, Befriedigung, Überraschung, Stolz, Neugierde, Selbstbestätigung und fünf oder sechs weitere Empfindungen, einschließlich einer gewissen bangen Besorgnis, ob er der Sache wirklich gewachsen sei. Im Grunde fühlte er sich geschmeichelt. Es war ein gutes Gefühl, in seinem Alter gebraucht zu werden, wenn er überlegte, wie unbedeutend und überflüssig er sich gefühlt hatte, als er widerstrebend aus dem Dienst geschieden und in den Ruhestand gegangen war. Auf der höheren Ebene der Carmichael-Tradition war es fein, eine Chance zu erhalten, noch einmal seinem Land zu dienen, sich in einer Krisenzeit wieder nützlich machen zu können.

Insgesamt war es ein sehr, sehr gutes Gefühl.

Vorausgesetzt, dass er von Nutzen sein konnte, was im Falle des gegenwärtigen ... ah ... Ereignisses fraglich blieb.

Vorausgesetzt.

Das einzige, was Mike Carmichael daran hindern konnte, vor Erschöpfung umzufallen, als er seine DC 3 nach Van Nuys zurückflog, um für den nächsten Einsatz über der Feuerzone aufzutanken, war die Vorstellung, wieder in New Mexico zu sein, wo er noch vor vierundzwanzig Stunden gewesen war, allein unter einem nackten, harten Himmel, von gelegentlichen kleinen Wolken gesprenkelt. Ringsum dunkle Sandsteinmonolithen, Tafelberge, auf denen sich vereinzelt Inseln von Salbei und Mesquite behaupteten, und gerade voraus die zerklüftete braune hochragende Zinne, die der *Ise Bi't'ai* war, wie die Navajo ihn nannten, der Felsen mit Vögeln, dieser erodierte Turm aus Basaltlava, der sich hoch aus der flachen, trockenen, silbergrauen Ebene des Wüstenbodens erhob, ein herauspräparierter urzeitlicher Vulkanschlot, dessen umgebendes vulkanisches Auswurfgestein längst abgetragen und eingeebnet war.

Er liebte diesen Ort. Dort war er mit sich und der Welt in vollkommenem Frieden gewesen.

Und von dort zurückzukommen und in dieses Chaos hineinzuplatzen, wo von Panik ergriffene Massen alle Highways verstopften, um vor etwas zu fliehen, von dem sie selbst nicht genau wussten, was es war, wo schmutziger Rauch den Himmel verdunkelte, Häuser in Flammen aufgingen, alptraumhafte Wesen auf dem Parkplatz eines Einkaufszentrums umhertappten, wo Cindy eine Gefangene an Bord eines Raumschiffes von einem anderen Stern war, eines Raumschiffes von einem anderen Stern …

Nein. Nein. Nein.

Denk an New Mexico. Denk an die Leere, die Einsamkeit, die Stille. Die Majestät der Berge, der Mesas, der Vollkommenheit des reinen Himmels. Reinige deinen Geist von allem anderen.

Von allem.

Ein paar Minuten später landete er wie ein Mann, der im Schlaf fliegt, auf dem Flughafen Van Nuys und ging in die Einsatzzentrale.

Dort schien inzwischen jeder zu wissen, dass seine Frau eine der Geiseln war. Der Offizier, den Carmichael gebeten hatte, auf ihn zu warten, war fort. Das überraschte ihn nicht sonderlich. Einen Moment lang dachte er daran, selbst zu dem Schiff zu gehen und den Versuch zu machen, durch die Absperrung zu kommen, um etwas für Cindys Freilassung zu tun, aber ihm war klar, dass das eine dumme Idee war. Das Militär hatte die Dinge in die Hand genommen und würde weder ihn noch sonst jemanden näher als zwei Kilometer an das Schiff heranlassen, und er würde bloß von Zeitungsschreibern und Fernsehreportern aufgehalten werden, die es auf herzzerreißenden Scheiß über die Angehörigen der gefangenen Geiseln abgesehen hatten.

Dann kam der Chefeinsatzleiter zu ihm herüber, ein gebräunter Mann mit glatten, angenehmen Zügen namens Hal Andersen, der das Aussehen eines abgehalfterten Filmstars hatte. Andersen schien nahe daran, vor Mitleid in Tränen auszubrechen, und sagte Carmichael mit bebender Begräbnisstimme, dass es ihm recht sein würde, wenn er es für heute gut sein ließe und nach Haus ginge, um abzuwarten, wie die Dinge sich entwickelten. Aber Carmichael schüttelte ihn ab. »Wissen Sie, Hal, ich werde sie nicht zurückbekommen, wenn ich im Wohnzimmer sitze. Und dieses Feuer wird auch nicht von selbst ausgehen. Ich werde noch eine Runde fliegen.«

Es dauerte zwanzig Minuten, bis das Bodenpersonal die Tanks der DC 3 mit Feuer hemmender Mischung voll gepumpt hatten. Carmichael stand abseits, trank Cola und sah die Flugzeuge landen und starten. Leute starrten ihn an, und diejenigen, die ihn kannten, winkten ihm aus einiger Entfernung zu, und ein paar von den Piloten kamen herüber und drückten ihm schweigend den Arm oder legten ihm tröstend eine Hand auf die Schulter. Es war alles sehr rührend und dramatisch. In dieser Stadt sah jeder sich selbst als Hauptrollenträger in einem Film. Nun, dies hier war ein Horrorfilm. Der nördliche Himmel war schwarz von Ruß, ging im Osten und Westen allmählich in Grau über. Die Luft war heiß wie in einer Sauna und beängstigend trocken. Man konnte sie mit einem Fingerschnippen in Brand setzen, dachte Carmichael.

Jemand rannte vorbei und rief, dass draußen in Pasadena beim Jet Propulsion Lab ein neuer Brandherd festgestellt worden sei, und ein weiterer im Griffith Park. Der Wind begann Feuerbrände nach Westen bis ins Zentrum von Los Angeles zu tragen. Das Dodger Stadion brannte, sagte jemand. Und die Rennbahn von Santa Anita, sagte jemand anders. Es wird noch die ganze verdammte Stadt erwischen, dachte Carmichael. Und unterdessen sitzt meine Frau in einem Raumschiff von einem anderen Planeten und trinkt mit den Jungs von Hesteghon Tee.

Als seine Maschine startklar war, flog er wieder hinaus zur Feuerzone und entleerte die Tanks knapp über Baumwipfelhöhe praktisch auf die Köpfe der Feuerwehrleute und Helfer, die am Ortsrand von Chatsworth arbeiteten. Diesmal waren sie zu beschäftigt, um zu winken. Um zum Flughafen zurückzukehren, musste er eine große Schleife hinter dem Feuer machen, über die Santa Susana-Hügel und hinunter zum Golden State Highway, und zum ersten Mal sah er jetzt die Brände im Osten, zwei riesige Feuersbrünste, welche die Stellen markierten, wo die glühenden Abgasstrahlen der beiden anderen Raumschiffe Grasland und Busch in Brand gesetzt hatten. Eine Anzahl kleinerer Brände zog sich in einer nach Süden schwenkenden Linie von Burbank oder Glendale hinunter ins Orange County.

Seine Hände zitterten, als er in Van Nuys landete. Er war jetzt ohne Ruhepause seit ungefähr zweiunddreißig Stunden auf den Beinen und in der Luft und erreichte allmählich einen Zustand ausgepumpter, schlafloser Erschöpfung, der jenseits gewöhnlicher Müdigkeit lag.

Der Chefeinsatzleiter wartete wieder auf ihn, als er die Maschine verließ. Diesmal lag ein eigenartig frisches Lächeln auf seinen ungewöhnlich ebenmäßigen, hübschen Zügen, und Carmichael glaubte zu verstehen, was es bedeutete. »In Ordnung, Hal«, sagte er gleich, »ich gebe nach. Ich mach fünf oder sechs Stunden Pause und leg mich hin, und dann können Sie mich zurückrufen ...«

»Nein. Das ist es nicht.«

»Das ist *was* nicht?«

»Weshalb ich herausgekommen bin, um es Ihnen zu sagen, Mike. Sie haben einige der Geiseln freigelassen.«

»Cindy?«

»Ich denke schon. Wir haben hier einen Wagen der Luftwaffe, der Sie nach Sylmar bringt. Dort hat das Militär die Befehlszentrale aufgebaut. Sie sagten, ich solle Sie verständigen, sobald Sie von Ihrem letzten Löscheinsatz zurückkommen würden, und Sie hinüberschicken, damit Sie mit Ihrer Frau sprechen können.«

»Also ist sie frei!« rief Carmichael. »Mein Gott, sie ist frei!«

»Gehen Sie nur, Mike. Wir können das Feuer eine Weile ohne Sie beharken, wenn es Ihnen recht ist.«

Der Wagen der Luftwaffe sah wie eine Generalslimousine aus, lang und niedrig und schnittig, dessen Fahrer ein ungemein kantiges Kinn hatte. Zwei knallhart aussehende junge Offiziere saßen mit ihm im Fond. Sie sagten kaum etwas und zeigten Anzeichen von Übermüdung. »Wie geht's meiner Frau?« fragte er, als der Wagen anfuhr, und einer von ihnen sagte: »Soviel wir wissen, ist sie nicht verletzt.« Die Art und Weise, wie er es sagte, mit tiefer und ernster Stimme, kam Carmichael steif und seltsam und melodramatisch vor. Er zuckte die Achseln. Wieder einer, der sich für einen Schauspieler hält, dachte er. Dieser hier hat zu viele alte Luftwaffenfilme gesehen.

Die ganze Stadt schien jetzt in Flammen zu stehen. In der klimatisierten Limousine war nur minimaler Rauchgeruch festzustellen, aber im Osten sah der Himmel furchterregend aus, mit apokalyptischen roten und gelben Streifen, die wie umgekehrt fliegende Meteore durch die Schwärze aufwärts schossen. Carmichael fragte die Offiziere danach, bekam aber nur eine knappe Antwort. »Die Lage ist ziemlich ernst, soweit wir unterrichtet sind.«

Irgendwo auf dem San Diego-Highway zwischen Mission Hills und Sylmar schlief Carmichael ein, und als er wieder zu sich kam, hatte einer ihn am Arm gefasst und schüttelte ihn sanft. Dann führten sie ihn in ein riesiges, düsteres Gebäude wie ein Hangar.

Überall lagen Kabel, standen Datenanschlüsse mit Bildschirmen, militärisches Personal bediente verschiedene geheimnisvolle Biochip-Dinger und jede Menge konventioneller Computer und Telefone. Er ließ sich mit schleppenden Schritten durch die Halle führen, bewegte sich mechanisch, kaum imstande, seine Augen auf etwas zu konzentrieren, und kam zu einem inneren Büro, wo ein Oberstleutnant mit blondem Haar, das erste Spuren von Grau zeigte, hinter seinem Schreibtisch aufstand, und wie ein Schauspieler, der den spannenden und dramatischen Teil seiner Rolle erreicht, auf Carmichael zutrat und sagte: »Dies mag die schwierigste Aufgabe sein, die Sie jemals zu bewältigen hatten, Mr. Carmichael.«

Carmichael runzelte die Stirn. In dieser verdammten Stadt war jeder reinstes Hollywood, dachte er. Und sogar die Oberstleutnants waren heutzutage zu jung.

»Man sagte mir, dass die Geiseln freigelassen wurden«, sagte er. »Wo ist meine Frau?«

Der Oberstleutnant zeigte zu einem Fernsehschirm. »Wir lassen Sie gleich mit ihr sprechen.«

»Soll das heißen, dass ich sie nicht zu sehen bekomme?«

»Nicht sofort.«

»Warum nicht? Ist sie wohlauf?«

»Soviel wir wissen, ja.«

»Sie meinen, meine Frau ist nicht freigelassen worden? Man sagte mir, die Geiseln seien freigekommen.«

»Alle bis auf drei sind freigelassen worden«, sagte der Oberstleutnant. »Zwei Personen wurden nach den Außerirdischen bei der Gefangennahme leicht verletzt und werden an Bord des Schiffes medizinisch behandelt. Auch sie werden in Kürze freigelassen. Die Dritte ist Ihre Frau, Mr. Carmichael.« Nur die Andeutung einer Pause, um den dramatischen Effekt zu verstärken, der diesen Leuten so wichtig zu sein schien. »Sie ist nicht bereit, das Schiff zu verlassen.«

Die Wirkung war tatsächlich dramatisch. Für Carmichael war es wie ein plötzliches Durchsacken in ein Luftloch.

»Nicht bereit?«

»Sie behauptet, sich freiwillig gemeldet zu haben, um die Reise zur Heimatwelt der Außerirdischen zu machen. Sie sagt, sie wolle als unsere Botschafterin dienen, unsere Sondergesandte. Mr. Carmichael, hat Ihre Frau eine pathologische Neigung zu geistiger … ah … Unausgeglichenheit?«

Carmichael sah ihn finster an. »Cindy ist geistig sehr gesund. Glauben Sie mir.«

»Ist Ihnen bekannt, dass Ihre Frau keinerlei Furcht zeigte, als die Außerirdischen sie heute Morgen auf dem Parkplatz des Einkaufszentrums ergriffen?«

»Das ist mir bekannt, ja. Es bedeutet nicht, dass sie verrückt ist. Sie ist, nun, ungewöhnlich. Sie hat ungewöhnliche Ideen. Aber sie ist nicht geistesgestört. Ich auch nicht, übrigens.« Er schlug die Hände vors Gesicht und drückte die Fingerspitzen leicht gegen die Augen. Dann richtete er sich auf und ließ die Hände sinken. »Also gut«, sagte er. »Lassen Sie mich mit ihr sprechen.«

»Meinen Sie, dass Sie Ihre Frau zum Verlassen dieses Schiffes überreden können?«

»Ich werde es, weiß Gott, versuchen.«

»Sie selbst sympathisieren nicht mit dem, was Ihre Frau tut, nicht wahr?« fragte der blonde Oberstleutnant.

Carmichael blickte auf. »Doch, ich sympathisiere. Sie ist eine intelligente Frau und tut etwas, was sie für wichtig hält, und tut es aus freien Stücken. Warum sollte ich damit nicht sympathisieren? Aber ich werde trotzdem versuchen, ihr das auszureden, das dürfen Sie mir glauben. Ich liebe sie und möchte sie behalten. Jemand anders kann den Botschafter auf Beteigeuze machen. Lassen Sie mich mit ihr sprechen.«

Der Oberstleutnant machte mit einem kleinen Stab von der Größe eines Bleistifts eine Geste, und der große Fernsehschirm erwachte zum Leben. Zuerst zuckten mysteriöse farbige Abstraktionen in beunruhigend willkürlicher Art und Weise über den Bildschirm, dann machte Carmichael schattige Laufgänge aus, komplizierte metallene Verstrebungen, die einander in eigenartigen Winkeln kreuzten; und dann erschien für einen Augenblick einer der Außerirdischen im Bild. Gelbe Augen von Untertassengröße sahen ihn selbstzufrieden an. Carmichael fühlte sich hellwach.

Das Gesicht des Fremden verschwand, und Cindy kam in Sicht.

In dem Augenblick, als er sie sah, wusste Carmichael, dass er sie verloren hatte.

Ihr Gesicht strahlte. In ihren Augen war eine Begeisterung, die an Ekstase grenzte. Er hatte sie bei vielen Gelegenheiten so gesehen, aber dies war anders: dies war jenseits von allem, was sie bisher zur Schau gestellt hatte. Es war Nirwana. Diesmal hatte sie die beglückende, beseligende Vision gesehen.

»Cindy?«

»Hallo, Mike.«

»Kannst du mir erzählen, was da drinnen passiert ist, Cindy?«

»Es ist unglaublich. Der Kontakt, die Kommunikation.«

Klar, dachte er. Wenn jemand mit den Bewohnern des lieben alten *HESTEGHON*, dem Land der Bezauberung, Kontakt aufnehmen konnte, würde es Cindy sein. Sie hatte eine gewisse Magie an sich: die Gabe, jede Tür zu öffnen.

Sie sagte: »Sie sprechen von Geist zu Geist, weißt du, ohne irgendwelche Barrieren. Keine Worte. Du weißt einfach, was sie meinen. Sie sind in friedlicher Absicht gekommen, um uns kennenzulernen, sich in Harmonie mit uns zu verbinden, uns in der Konföderation der Welten willkommen zu heißen.«

Er befeuchtete sich die Lippen. »Was haben sie mit dir gemacht, Cindy? Haben sie dir eine Gehirnwäsche verpasst oder was?«

»Nein, Mike, nein! Es ist nichts dergleichen! Sie haben mir überhaupt nichts getan, das schwöre ich. Wir redeten nur.«

»Redeten!«

»Sie zeigten mir, wie ich mit meinem Geist ihren berühren kann. Das ist keine Gehirnwäsche. Ich bin immer noch ich, Cindy. Ich bin ganz normal. Sehe ich aus, als ob ich verletzt wäre? Sie sind nicht gefährlich. Glaub mir.«

»Weißt du, dass sie mit ihren glühenden Abgasstrahlen die halbe Stadt in Brand gesetzt haben?«

»Das bekümmert sie schrecklich. Es war ein unglücklicher Zufall. Sie wussten nicht, wie trocken die Hügel hier waren. Wenn sie eine Möglichkeit hätten, die Flammen zu löschen, würden sie es tun, aber die Brände sind sogar für sie zu groß. Sie bitten uns um Vergebung. Sie möchten, dass alle wissen, wie leid es ihnen tut.« Sie machte eine Pause. Dann sagte sie sehr sanft und freundlich: »Mike, wirst du an Bord kommen? Ich möchte, dass du sie erfährst, wie ich sie erfahre.«

»Das kann ich nicht tun, Cindy.«

»Natürlich kannst du! Jeder kann es! Öffne einfach deinen Geist, und sie berühren dich, und ...«

»Ich weiß. Aber ich will nicht. Komm dort heraus und komm nach Haus, Cindy. Bitte. Bitte. Es sind sechs Tage gewesen – sieben jetzt. Mir kommt es wie ein Monat vor. Ich möchte dich umarmen, an mich drücken ...«

»Du kannst mich umarmen und an dich drücken, so fest du willst. Sie werden dich an Bord lassen. Wir können zusammen ihre Welt besuchen. Du weißt, dass ich mit ihnen zu ihrer Welt reisen werde, nicht wahr?«

»Das wirst du nicht tun. Nicht wirklich.«

Sie nickte ernst. Es schien ihr schrecklich ernst damit zu sein.

»Sie werden in ein paar Wochen starten, sobald sie eine Gelegenheit hatten, Geschenke mit der Erde auszutauschen. Dies war nur als ein kurzer diplomatischer Besuch gedacht. Ich habe Bilder von ihrer Welt gesehen – wie Filme, bloß machen sie es mit ihrem Geist – Mike, du kannst dir nicht vorstellen, wie schön alles ist, die Gebäude, die Seen und Hügel, die Pflanzen! Und sie wünschen so sehr, dass ich mitkomme, dass ich es mit eigenen Augen sehen und erfahren kann!«

Schweiß rann ihm über die Stirn in die Augen, machte ihn blinzeln, aber er wagte ihn nicht wegzuwischen, aus Furcht, sie würde glauben, dass er weinte.

»Ich will nicht zu ihrer Welt, Cindy. Und ich will auch nicht, dass du gehst.«

Sie blieb eine Weile still.

Dann lächelte sie fein und sagte: »Ich weiß, dass du es nicht willst, Mike.«

Er ballte die Fäuste, öffnete sie und ballte sie wieder. »Ich kann nicht dorthin gehen.«

»Nein, du kannst nicht. Ich verstehe das. Los Angeles ist für dich fremdartig genug, glaube ich. Du musst in deiner eigenen realen Welt bleiben, nicht zu irgendeinem fernen Stern davonlaufen. Ich werde nicht versuchen, dich zu überreden.«

»Und du wirst trotzdem gehen?« fragte er, und es war nicht wirklich eine Frage.

»Du weißt schon, was ich tun werde.«

»Ja.«

»Es tut mir leid. Aber nicht wirklich.«

»Liebst du mich?« fragte Carmichael und bedauerte die Worte in dem Augenblick, als sie ihm über die Lippen gingen.

Sie lächelte traurig. »Du weißt es. Und du weißt, dass ich dich nicht verlassen will. Aber sobald sie meinen Geist mit ihrem berührten, sobald ich sah, was für Wesen sie sind – verstehst du, was ich sage? Ich brauche es nicht zu erklären, nicht wahr? Du weißt immer, was ich sage.«

»Cindy ...«

»Ach, Mike, ich liebe dich so sehr.«

»Und ich liebe dich. Und ich wünsche, du würdest aus diesem verdammten Schiff herauskommen.«

Ihr Blick blieb fest. »Du wirst das nicht von mir verlangen, weil du mich liebst, nicht wahr? Genauso wie ich dich nicht noch einmal bitten werde, mit mir an Bord zu gehen, weil ich dich wirklich liebe. Verstehst du, was ich sage, Mike?«

»Ja, ich verstehe«, zwang er sich zu sagen.

»Ich liebe dich, Mike.«

»Ich liebe dich, Cindy.«

»Sie sagen mir, dass die Reise achtundvierzig von unseren Jahren dauern wird, sogar mit mehr als Lichtgeschwindigkeit, dass es mir aber nur wie ein paar Wochen vorkommen werde. Oh, Mike! Leb wohl, Mike! Gott segne dich, Mike!« Sie warf ihm eine Kusshand zu. Er sah ihre Lieblingsringe an ihren Fingern, die drei kleinen Sternsaphire, die sie gemacht hatte, als sie mit dem Entwerfen und Anfertigen von Schmuck angefangen hatte. Es waren auch seine Lieblingsringe. Sie liebte Sternsaphire, also tat er es auch.

Er suchte nach einem neuen Ansatzpunkt, der sie noch umstimmen könnte, einer Argumentation, der sie sich nicht würde verschließen können, aber er konnte nichts finden. Eine große Leere begann sich wieder in ihm aufzutun und auszuweiten, ein Abgrund, als würde er von einer wirbelnden Klinge ausgehöhlt.

Ihr Gesicht leuchtete. Sie kam ihm plötzlich vollkommen fremd vor. Sie schien jetzt ganz und gar die typische Traumtänzerin, von denen es in L. A. so viele gab, verloren in verstiegenen Phantasien und Träumen, und es war, als hätte er sie nie wirklich gekannt, oder als hätte er sich vorgemacht, sie sei etwas anderes als das, was sie war. Nein. Nein, das ist nicht richtig, sagte er sich. Sie ist nicht eine von *denen,* sie ist Cindy. Folgt ihrem eigenen Stern, wie immer.

Auf einmal war es ihm unmöglich, noch länger in den Bildschirm zu sehen, und er wandte sich ab, biss sich auf die Lippen und machte eine wegwerfende Geste mit der linken Hand. Die Luftwaffensoldaten im Raum zeigten die betretenen Mienen von Leuten, die unabsichtlich Zeugen der intimsten Augenblicke eines anderen geworden waren, und versuchten so zu tun, als hätten sie nichts gehört.

»Sie ist nicht verrückt, Oberstleutnant«, sagte Carmichael mit Nachdruck. »Ich möchte nicht, dass jemand glaubt, sie sei eine Irre oder was.«

»Natürlich nicht, Mr. Carmichael.«

»Aber sie wird dieses Raumschiff nicht verlassen. Sie haben sie gehört. Sie bleibt an Bord und will mit ihnen dorthin, wo sie herkamen. Ich kann es nicht ändern. Sie verstehen das, nicht wahr? Um sie zum Dableiben zu bewegen, müsste ich an Bord gehen und sie mit Gewalt herausholen, und das würde ich niemals tun.«

»Selbstverständlich nicht. Sie werden verstehen, dass es uns ohnedies nicht möglich wäre, Ihnen das Betreten des Sperrkreises um das Schiff zu gestatten, selbst wenn es um einen Versuch ginge, Ihre Frau herauszuholen.«

»Das ist in Ordnung«, sagte Carmichael. »Es würde mir nicht im Traum einfallen, sie mit Gewalt herauszuholen oder mit ihr an der Reise teilzunehmen. Ich habe nicht das Recht, sie zum Bleiben zu zwingen, und habe selbst nicht das geringste Verlangen, an dieser Reise ins Ungewisse teilzunehmen. Lassen wir sie gehen, wenn sie meint, dass dies ihr Lebensziel sein muss. Aber für mich ist das nichts, wissen Sie. Das ist einfach nicht meine Sache.« Er holte tief Atem, wischte sich Schweiß von der Stirn. Er merkte, dass seine Hand zitterte, und spürte aufkommende Übelkeit. »Würde es Ihnen etwas ausmachen, Oberstleutnant, wenn ich hinausginge? Vielleicht würde ich mich besser fühlen, wenn ich an die Luft und auf andere Gedanken käme. Vielleicht sollte ich wieder zurück zur Brandbekämpfung. Ich denke, das könnte helfen. Würden Sie mich zum Flughafen zurückbringen lassen, Oberstleutnant?«

Also startete er ein letztes Mal mit der DC 3. Er hatte die Zahl der Einsätze, die er an diesem Tag geflogen hatte, aus den Augen verloren. Sie wollten, dass er seine Feuer hemmende Ladung über der westlichen Ausbreitungszone des Brandes ausbringen sollte, doch er ging auf Ostkurs, wo das Raumschiff war, und umkreiste es in einem weiten Bogen. Eine Stimme forderte ihn über Funk auf, das Sperrgebiet zu verlassen, und er sagte, dass er es tun würde.

Während seines Umkreisungsmanövers öffnete sich eine Luke in der Seite des Raumschiffes, und einer der

Außerirdischen erschien. Selbst aus Carmichaels Höhe und Entfernung sah er kolossal aus. Das riesenhafte, ins Violette spielende und aus der Distanz an eine Aubergine gemahnende Wesen trat aus dem Schiff, reckte die elastischen Gliedmaßen und schien die rauchige Luft zu schnüffeln. Es wirkte sehr ruhig, als es so dastand.

Carmichael dachte daran, im Tiefflug auf das Schiff abzuzuhalten und seine ganze Ladung auf das Wesen abzuwerfen, es in der haftenden Feuer hemmenden Mischung zu ersäufen und sich so an den Außerirdischen dafür zu rächen, dass sie ihm Cindy genommen hatten. Er schüttelte den Kopf. Das ist verrückt, sagte er sich. Cindy würde entsetzt und empört sein, weil sie wüsste, dass nur er an so etwas gedacht haben könnte.

Aber so bin ich eben, sagte er sich. Bloß ein gewöhnlicher, hässlicher, rachsüchtiger Erdbewohner. Und darum werde ich nicht zu dieser anderen Welt gehen, zu der es sie zieht.

Er drehte ab und flog über die Granada Hills und Northridge zum Van Nuys Flughafen. Als er gelandet war, saß er eine Weile bewegungslos in der Pilotenkanzel. Endlich kam einer der Einsatzleiter auf das Flugfeld und rief zu ihm herauf: »Mike, fehlt Ihnen was?«

»Nein. Alles in Ordnung.«

»Wie kommt es, dass Sie zurückgekommen sind, ohne Ihre Ladung auszubringen?«

Carmichael runzelte die Stirn, spähte auf die Anzeige. »Hab ich das getan? Sieht so aus, nicht?«

»Irgendwas ist nicht in Ordnung mit Ihnen, habe ich recht?«

»Ich vergaß die Tanks zu öffnen, nehme ich an. Nein, ich vergaß es nicht. Ich ließ es einfach sein. Mir war nicht danach.«

»Mike, kommen Sie, steigen Sie aus. Sie sind für einen Tag genug geflogen.«

»Mir war nicht danach«, sagte Carmichael wieder.

»Warum, zum Teufel, sich die Mühe machen? Diese verrückte Stadt – es gibt sowieso nichts darin, was ich würde retten wollen.« Er verlor die mühsam gewahrte Beherrschung, und blinde Wut kochte in ihm hoch. Er verstand, was Cindy tat, und er respektierte es, aber er musste keinen Gefallen daran finden. Es gefiel ihm ganz und gar nicht. Er hatte seine eine und einzige Frau verloren und fühlte irgendwie, dass er auch seinen Krieg gegen Los Angeles verloren hatte. »Scheiß drauf«, sagte er. »Lass sie brennen, diese verrückte Stadt. Ich hasste sie immer. Sie verdient, was sie kriegt. Nur wegen Cindy bin ich hier geblieben. Sie war alles, worauf es ankam. Aber sie geht jetzt fort. Von mir aus kann die ganze verdammte Stadt niederbrennen.«

Der Einsatzleiter starrte verblüfft zu ihm auf. »He, Mike, haben Sie den Verstand verloren?«

Carmichael bewegte den Kopf langsam hin und her, als versuchte, er unerträgliche Kopfschmerzen loszuwerden. Dann runzelte er die Stirn. »Nein, das ist falsch«, sagte er, und alle Wut war aus seiner Stimme gewichen. »Man muss die Arbeit trotzdem tun, nicht wahr? Egal, wie einem zumute ist. Man muss die Feuer löschen. Man muss retten, was man retten kann. Passen Sie auf, ich werde heute eine letzte Ladung fliegen, dann werde ich nach Haus gehen und mich aufs Ohr hauen. Okay?«

Noch während er sprach, gab er Gas, und setzte die Maschine in Bewegung. Er bog in die Startbahn ein und erkannte undeutlich, dass er keine Starterlaubnis eingeholt hatte. Das blecherne Quaken von jemandem im Kontrollturm kam aus seinen Kopfhörern, aber er achtete nicht darauf. Eine kleine Cessna, die von einem Erkundungsflug zurückkehrend im Landeanflug war, startete hastig durch, als der Pilot die DC 3 auf seiner Landebahn sah, und ein paar Augenblicke später war Carmichael in der Luft.

Der Himmel war schwarz und rot. Das Feuer schien jetzt völlig außer Kontrolle und war vielleicht nicht mehr einzudämmen. Aber man musste sein Möglichstes tun, dachte er. Man musste retten, was man konnte. Er flog ruhig in das Inferno der Vorberge und ließ seine Ladung ab. Das Flugzeug bockte und schüttelte, als heiße Aufwinde von unten gegen seine Tragflächen stießen, und Carmichael hielt mit glasigem Blick dagegen, mehr als halb eingeschlafen, tat sein Möglichstes, um die Herrschaft über die Maschine zurückzugewinnen, aber es hatte keinen Zweck, und nach einer Weile ließ er es sein und entspannte sich, endlich mit sich selbst und der Welt im Reinen und die böigen Luftströmungen hoben und beutelten ihn hin und her und trugen ihn rasch zu den wartenden Bergen im Norden.

In New York erfolgte die Invasion auf andere und weniger apokalyptische Weise. Verheerende Buschfeuer und Grasbrände, begleitet von panikartigen Evakuierungen, waren in New York niemals ein Bestandteil des Lebens gewesen. New Yorks Spezialität war damals wie immer die Unannehmlichkeit statt der Apokalypse, und gerade so begann die Invasion, einfach als eine weitere verdammte New Yorker Unannehmlichkeit.

Es war einer jener herrlichen goldenen und blauen Herbsttage, die zum Tanzen und Singen einluden, kurz nachdem die heiße und schwüle Jahreszeit sich verabschiedet hatte und die kalte und scheußliche noch nicht ganz bereit war, die Bühne zu betreten.

Der Beginn der Invasion wurde von siebzehn Zeugen beobachtet. Der Landeplatz war die Wiese nahe dem südlichen Ende des Central Park. Es befanden sich weitaus mehr als siebzehn Menschen auf der Wiese, als die Außerirdischen eintrafen, aber die meisten schienen dem Ereignis keine Beachtung geschenkt zu haben.

Es hatte, so die Siebzehn, mit einem seltsamen blassen Blau begonnen, das ungefähr zehn Meter über dem Boden schimmerte. Das Schimmern wurde rasch zu einem Wirbeln, wie Wasser, das durch ein Rohr rauscht. Dann kam eine leichte Brise auf und wurde sehr rasch zu einem böigen Wind, der einigen Leuten den Hut vom Kopf hob und in Spiralen durch den aufgewühlten, schimmernden blauen Bereich wirbelte. Gleichzeitig hatte man das Gefühl wachsender Spannung, ein Gefühl, dass diese Spannung auf eine explosive Freisetzung zudrängte. Dies alles dauerte vielleicht fünfundvierzig Sekunden.

Dann kam ein Knall und ein Zischen, ein Pfeifen und ein dumpfer Schlag – alle Zeugen waren sich in der Reihenfolge der Geräuscheffekte einig –, und das berühmte, länglich eiförmige Raumschiff der Eindringlinge war da, schwebte acht Meter über der Wiese in der Luft und glitt sanft abwärts. Ein absolut unvergesslicher Anblick: die glänzende silbrige Haut, der breite obere und der schmale untere Teil, die eigenartigen Hieroglyphen auf den Flanken, die dazu neigten, aus dem Gesichtsfeld zu gleiten, wenn man sie länger als einen Augenblick betrachtete.

Eine Luke ging auf, und ein Dutzend Außerirdische kam heraus. Schwebte heraus.

Sie sahen sehr sonderbar aus, außerordentlich seltsam. Wo Menschen Füße haben, hatten sie einen einzigen ovalen Sockel, vielleicht fünfzehn Zentimeter dick und einen Schritt im Durchmesser. Diesem fleischigen Untersatz entsprossen ihre gespensterhaften Körper wie verankerte Ballons. Sie hatten keine Arme, keine Beine, nicht einmal erkennbare Köpfe: nur einen breiten, kuppelförmigen Gipfel, der nach unten in einer strickartigen Verdünnung endete, die am Sockel festgemacht war. Ihre lavendelblaue Haut war metallisch schimmernd. Dunkle Augenflecken bildeten sich manchmal auf der Oberfläche, hatten aber nicht lange

Bestand. Von Mundöffnungen war nichts zu sehen. Als sie sich umherbewegten, schienen sie sorgfältig darauf bedacht, einander nicht zu berühren.

Als Erstes ergriffen sie ein paar Eichhörnchen, drei streunende Hunde, einen Softball und einen leeren Kinderwagen. Niemand wird jemals wissen, was sie als Zweites taten, denn niemand blieb in der Nähe, um es zu beobachten. Der Park leerte sich mit eindrucksvoller Schnelligkeit.

Dies alles erzeugte natürlich keine geringe Aufregung in Manhattan. Polizeisirenen begannen zu heulen, Autohupen plärrten. In diesem Hupen war jedoch nicht die gewohnte alltägliche Nervosität der staugeplagten Verkehrsteilnehmer, die zum Stressabbau »Wann geht es endlich weiter?« auf die einzige ihnen mögliche Art und Weise Lärm erzeugten, sondern das besondere rhythmische New Yorker Hupkonzert »Ach du lieber Gott, was ist jetzt schon wieder?«, das die Besucher der Stadt in Schrecken versetzt. Menschen mit angsterfüllten Gesichtern flohen aus der Nachbarschaft des Parks, als wäre King Kong gerade aus dem Affenhaus im Zoo des Central Park ausgebrochen und hinter ihnen her, und andere Menschen rannten genauso schnell in die entgegengesetzte Richtung, zum Park, als müssten sie unbedingt sehen, was dort geschah. New Yorker waren so.

Aber die Polizei schritt rasch ein und sperrte den Park ab, und während der nächsten drei Stunden hatten die Außerirdischen die Wiese für sich. Später am Tag schickten die Fernsehsender Hubschrauber und unbemannte Drohnen aus, um das Geschehen für die Abendnachrichten festzuhalten. Die Außerirdischen duldeten sie vielleicht eine Stunde lang, dann schossen sie sie mit rosa aufblitzenden Lichtstrahlen ab, die von der Spitze ihres Fahrzeugs ausgingen, zielsicher und beiläufig, als ob sie Fliegen mit der Klatsche erledigten.

Bis dahin war es den Zuschauern möglich, geisterhaft schimmernde Wesen zu sehen, die in einem Umkreis von vielleicht fünfhundert Schritten von ihrem Schiff umherwanderten, Zeitungen, Getränkebecher, Coladosen, zurückgelassene Kleidungsstücke und etwas aufsammelten, was nach allgemeiner Übereinkunft ein Komplettgebiss sein musste. Die aufgesammelten Gegenstände wickelten sie in eine Art Kissen aus leuchtendem Material von der gleichen schimmernden Beschaffenheit wie ihre eigenen Körper, und die gefüllten Kissen schwebten gleich darauf mit ihrem Inhalt zur offenen Luke des Schiffes.

Nachdem die Hubschrauber und Drohnen abgeschossen waren oder sich zurückgezogen hatten, waren die New Yorker gezwungen, ihre Informationen über Spionagesatelliten zu gewinnen, die vom Raum aus die Erde überwachten, vor allem aber von Beobachtern mit Feldstechern, die aus den höheren Wohnhäusern und Hotels am Rande des Parks das Geschehen beobachten konnten. Keiner dieser Notbehelfe war ganz zufriedenstellend, aber bald zeigte sich, dass ein zweites Raumschiff wie das erste und mit den gleichen Geräuschen aus irgendeiner Tasche außerhalb des Raumzeitkontinuums eingetroffen war. Weitere Außerirdische kamen zum Vorschein.

Diese aber waren von anderer Art: Ungeheuer, die wie blaugraue Nilpferde mit Doppelhöckern und säulenartigen Beinen aussahen. Ihre massigen Körper waren gerundet und vollständig von einem dichten Bewuchs bedeckt, der borstig und in der Beschaffenheit zwischen Fell und Gefieder war. Drei gelbe Augen von Tellergröße saßen an einem Ende, während dem anderen drei starre, stabähnliche Auswüchse entragten, die eine Länge von zwei Metern erreichten.

Die Beine hatten am meisten Ähnlichkeit mit Nilpferden, waren dick und derbhäutig wie Baumstämme, doch arbeiteten sie nach einer Art von teleskopischem

Prinzip und waren imstande, sich rasch in die Körper ihrer Eigentümer zurückzuziehen. Die normale Zahl der Beine war acht, aber wenn sie in Bewegung waren, hielten sie stets wenigstens ein Paar eingezogen. Von Zeit zu Zeit ließen sie dieses Paar herunter und zogen ein anderes hoch, vielleicht um Ermüdungserscheinungen vorzubeugen. Hin und wieder zogen sie zwei Beinpaare gleichzeitig ein, was sie an einem Ende wie ein niederkniendes Kamel zu Boden sinken ließ. Der Zweck dieser Übung schien Nahrungsaufnahme zu sein. Ihre Mundöffnungen befanden sich in den Bäuchen; wenn sie etwas fressen wollten, zogen sie einfach alle acht Beine ein und setzten sich darauf. Die Mundöffnung war dehnbar und groß genug, ein großes Tier wie ein Rind auf einmal zu verschlingen. Etwas später, als die kleineren Außerirdischen die Käfige im Parkzoo geöffnet hatten, bedienten die großen sich dieser Technik.

Dann – inzwischen war es Nacht geworden – trat eine dritte Art in Erscheinung. Diese Außerirdischen waren völlig verschieden von den anderen zwei: hoch aufragende, röhrenförmige, ins Violette spielende tintenfischähnliche Wesen mit Reihen leuchtender orangegelber Flecken auf den Seiten. Von dieser Art gab es nicht viele, und sie schienen die leitenden Funktionen auszuüben: die beiden anderen Arten nahmen offenbar Befehle von ihnen entgegen. Inzwischen liefen Nachrichten ein, dass am gleichen Tag Außerirdische westlich von Los Angeles gelandet seien. Dort hatte man nur den Tintenfischtyp beobachtet.

Auch anderswo hatten zahlreiche Landungen stattgefunden, die meisten in größeren Städten, aber nicht ausschließlich. Ein Schiff landete im Serengeti Nationalpark in Tansania auf einer Savanne, die nur von einer großen Herde Wildebeeste und einigen hundert Zebras und Gnus bewohnt war, die den Eindringlingen wenig

Aufmerksamkeit schenkten. Eine Landung erfolgte inmitten eines tobenden Sandsturms in der zentralasiatischen Wüste Takla-Makan. Nach den Aussagen verwirrter, aber im Grunde dankbarer Fahrer eines Konvois chinesischer Lastwagen, die um diese Zeit die einzigen Reisenden in der Gegend waren, hörte der Sturm ganz plötzlich auf. Eine Landung erfolgte in Sizilien zwischen den ausgedörrten, einsamen Hügeln westlich von Catania und weckte Interesse nur unter einigen Eseln und Schafen und dem achtzigjährigen Eigentümer eines Olivenhains; der arme Mann fiel auf die Knie, bekreuzigte sich immer wieder und hielt die Augen die ganze Zeit geschlossen.

Aber die wichtigsten Landungen erfolgten in Städten. Rio de Janeiro, Johannesburg, Moskau, Istanbul, Frankfurt, London, Oslo, Bombay, Melbourne, et cetera, et cetera. Tatsächlich waren die Außerirdischen überall gelandet, mit ein paar bezeichnenden Ausnahmen, die sie aus vielleicht naheliegenden, aber doch unbekannten Gründen verschont hatten. Zu diesen gehörten Washington, Tokio und Peking.

Die Schiffe, in denen sie eintrafen, waren von verschiedener Art und angetrieben von ebenso verschiedenen Systemen, von geräuschvollen chemischen Raketenmotoren wie in Los Angeles bis zu den geheimnisvollen und unergründlich lautlosen. Einige der Schiffe kamen auf mächtigen Feuerstrahlen herab, wie das große, das in der Nähe von Los Angeles gelandet war. Andere erschienen plötzlich aus dem Nichts, wie diejenigen in New York. Eins landete mitten in Istanbul auf der freien Fläche zwischen der Hagia Sophia und der Blauen Moschee, und das in Rom landende Schiff ging auf dem Petersplatz nieder. Andere wiederum wählten Landeplätze in Vorort- und Außenbezirken. In Johannesburg traten nur die schimmernden, gespenstischen Gestalten in Erscheinung, in Frankfurt nur die stampfenden Ungeheuer, in Rio nur die Tintenfische; anderswo kamen alle drei Arten vor.

Sie gaben keine Erklärungen ab. Sie stellten keine Forderungen. Sie erließen keine Dekrete. Sie erließen keine Bekanntmachungen. Sie sagten nichts.

Sie waren einfach hier.

Die Konferenz fand im Pentagon statt, nicht im Weißen Haus. Das kam dem Oberst ungewöhnlich vor, aber warum sollte an diesem ungewöhnlichen Tag, der Horden von fremden Wesen auf dem Angesicht der Erde sah, etwas wie üblich sein?

Dem Oberst war es recht, durch die weitläufigen, aber vertrauten Korridore des Pentagons zu wandern. Er hatte keine Illusionen über die Aktivitäten, die im Laufe der Jahre hier stattgefunden hatten, ober über einige der Leute, die daran teilgenommen hatten, aber er war so wenig geneigt, an dem Gebäude Anstoß zu nehmen, nur weil dumme oder sogar verwerfliche Entscheidungen darin getroffen worden waren, wie ein nach Rom gerufener Bischof Anstoß am Vatikan nehmen würde, weil im Laufe der Jahrhunderte einige seiner Bewohner alles andere als heiligmäßig gewesen waren. Das Pentagon war schließlich nur ein Gebäude. Und drei Jahrzehnte war es der Mittelpunkt seines beruflichen Lebens gewesen.

Sehr wenig hatte sich in den zwölf oder dreizehn Jahren verändert, seit er es zuletzt betreten hatte. Die Luft in den langen Korridoren hatte den gleichen schalen, synthetischen Geruch, die Beleuchtungskörper waren nicht schöner, als sie damals gewesen waren und verbreiteten noch immer dieses fahle Licht, die Wände waren so trist und monoton wie immer. Immerhin fiel ihm auf, dass die Wachtposten an den verschiedenen Kontrollpunkten viel jünger waren als zu seiner Zeit – er hätte ohne weiteres geglaubt, dass sie Oberschüler waren, vermutete jedoch, dass sie tatsächlich etwas älter waren. Auch hatte man einige der Sicherheitsvorkehrungen geändert.

Heutzutage überprüften sie die Leute beispielsweise, ob sie Biochipimplantate in den Armen hatten. »Tut mir leid«, sagte der Oberst und grinste. »So modern bin ich nicht.« Trotzdem durchleuchteten sie ihn nach Implantaten, und sehr gründlich obendrein. Und schoben ihn danach ziemlich schnell ab, obwohl die anderen drei, die mit ihm aus Kalifornien eingeflogen waren, der rotbärtige Universitätsprofessor aus Los Angeles, der CalTech-Astronom mit dem britischen Akzent und die liebliche, aber etwas benommene dunkelhaarige junge Frau, die für kurze Zeit als Geisel an Bord des fremden Raumschiffs festgehalten worden war, zu ausführlicheren Befragungen zurückgehalten wurden, wie es bei Zivilisten gewöhnlich der Fall war.

Auf dem Weg zum Konferenzraum nahm der Oberst die Schultern zurück und legte einen Gang zu, um sich den vor ihm liegenden Anforderungen gewachsen zu zeigen, von welcher Art sie auch waren.

Vor mehr als dreißig Jahren hatte er in Saigon in der strategischen Planungsgruppe mitgearbeitet und geholfen, einen Krieg zu führen, der unter den herrschenden Bedingungen nicht gewonnen werden konnte, hatte sich von einem Tag zum anderen mit der Aufgabe herumgeschlagen, die Würmer ausfindig zu machen, die durch den Treibsand krochen, und sie in ihre passenden Kanister zu stecken, während er gleichzeitig nach dem Licht am Ende des Tunnels Ausschau gehalten hatte. Auf diesem Posten hatte er sich bemerkenswert gut gehalten und ausgezeichnet, was der Grund gewesen war, dass er sein Jahr in Vietnam als Oberleutnant begonnen und als Major beendet hatte, mit weiteren Beförderungen in Aussicht.

Aber er hatte all dieses dynamische Zeug schon bald

aufgegeben, zuerst für ein Doktorat in Asiatischen Studien und einen Lehrauftrag an der Militärakademie, und dann, nach dem Tod seiner Frau, für das ruhige Leben eines langsam verkalkenden Walnussfarmers in den Hügeln über Santa Barbara. Er war hier und jetzt, im bezaubernden ersten Jahrzehnt des bezaubernden einundzwanzigsten Jahrhunderts zu weit vom Schuss, um viel über die zeitgenössische Welt zu wissen oder sich darum zu kümmern. Er hatte weder an dem herrlichen Netz teilgenommen, an das jeder angeschlossen war, noch an der neueren und glanzvolleren Welt der Biochipimplantate oder allen anderen bedeutsamen Dingen, die seit etwa 1995 geschehen waren.

Heute aber musste er seine Denkfähigkeit reaktivieren und sich auf die Klugheit und Findigkeit besinnen, die ihm in den guten alten Tagen des epischen Kampfes um die Herzen und Köpfe dieser angenehmen, aber komplizierten Leute dort draußen in den Reisfeldern des Mekongdeltas zu Gebote gestanden hatten.

Obwohl er damals der Partei der Verlierer angehört hatte.

Aber nicht durch eigene Schuld.

•

Die Konferenz, die in einem großen, nüchternen und überraschend einfachen Saal im dritten Stock stattfand, dauerte bereits seit einigen Stunden an, als der Oberst um zwei Uhr nachmittags östlicher Zeit hineingeführt wurde, einen Tag nach der Ankunft der fremden Wesen. Überall im Raum hatte man die Krawatten gelockert, Jacken waren über Stuhllehnen gehängt, die männlichen Gesichter begannen stoppelbärtig auszusehen, leere weiße Plastikbecher für Kaffee waren überall zu Pyramiden und Zikkurats gestapelt. Lloyd Buckley, der von seinem Stuhl aufrumpelte, um dem Oberst die Hand zu schütteln, hatte das erodierte Aussehen eines Mannes, der eine schlaflose Nacht hinter sich hat.

Wahrscheinlich galt das für die meisten von ihnen. Der Oberst hatte selbst nicht viel geschlafen.

»Anson Carmichael!« bellte Buckley. »Verdammt noch mal, es ist gut, Sie nach all diesen Jahren wieder zu sehen! Mann, Sie sind keine halbe Minute gealtert!«

Buckley um so mehr. Der Oberst erinnerte sich an einen dichten, zerzausten braunen Haarschopf; das Haar war jetzt größtenteils grau, und es gab viel weniger davon. Dafür hatte der Mann des Außenministeriums fünfzig Pfund oder so zugelegt, die ihn in den Bereich von 270–280 Pfund gebracht hatten; seine plumpen Züge hatten sich verdickt und vergröbert, die schlauen graugrünen Augen schienen jetzt zwischen schweren Lidern und verschwollenen Fettringen hervorzublinzeln.

Buckley wandte sich in den Raum und rief: »Meine Damen und Herren, darf ich Oberst Anson Carmichael III. vorstellen, U.S. Army a. D. – früherer Professor für nichtwestliche Psychologie und Asiatische Linguistik in West Point, und davor eine ausgezeichnete militärische Laufbahn einschließlich einer anerkennenswerten Dienstzeit auf dem unglückseligen Kriegsschauplatz, den wir vor langer Zeit in Südostasien hatten. Ein brillanter Mann, der seinem Vaterland treu ergeben ist und dessen besondere Einsichten in der gegenwärtigen Situation von unschätzbarem Wert für uns sein können.«

Der Oberst fragte sich, welches Amt Buckley heutzutage bekleidete, das ihn berechtigte, vor Leuten wie diesen eine so windige Ansprache zu halten.

Buckley wandte sich wieder dem Oberst zu und sagte: »Ich nehme an, Sie kennen die meisten, wenn nicht alle Anwesenden, Anson. Aber um Verwirrungen vorzubeugen, lassen Sie mich die Rollenbesetzung herunterrasseln.«

Der Oberst erkannte natürlich den Vizepräsidenten, und den Sprecher des Repräsentantenhauses. Der Präsident schien nicht anwesend zu sein, auch nicht der Außenminister. Es gab eine Anzahl von Vertretern der Marine, der Luftwaffe und des Heeres, viele Litzen und Tressen. Der Oberst kannte die meisten Armeeoffiziere und einige von der Luftwaffe, zumindest vom Sehen. Der Vorsitzende der Vereinigten Stabschefs, General Joseph F. Steele, schenkte ihm ein warmes Lächeln. Sie hatten 1967 zusammen unter General Matheson in Saigon gedient, als der Oberst späterer Zeiten ein frischgebackener Oberleutnant als Dolmetscher und Militärberater des U. S. Military Assistent Command gedient hatte, während Joe Steele, vier Jahre jünger und als Absolvent von West Point ein grüner Junge, in einer überaus bescheidenen Stellung als besserer Lakai beim Geheimdienst des MAC angefangen hatte. Allerdings war er dann sehr rasch aufgestiegen. Und hatte inzwischen die höchste Stellung erreicht, die eine militärische Laufbahn zu bieten hatte.

Buckley ging durch den Raum und stellte sie einander vor. »Der Verteidigungsminister, Mr. Gallagher …« Ein schmächtiger, beinahe unauffällig aussehender Mann mit schmalem Gesicht, kurzgeschnittenem grauen Haar, das wie eine Kappe um seinen langen Schädel lag. In seinen kühlen grauen Augen war ein beeindruckendes Funkeln jesuitischer Intelligenz und Hingabe. »Die Ministerin für das Kommunikationswesen, Mrs. Crawford …« Elegante Frau, kupferige Glanzlichter im dunklen Haar, eine indianische Schärfe von Backenknochen und Lippen. »Der Führer der Mehrheitspartei im Senat, Mr. Bacon aus Ihrem eigenen Staat …« Ein drahtiger, athletisch aussehender Bursche, wahrscheinlich ein ausgezeichneter Tennisspieler. »Dr. Kaufman von der Physikalischen Fakultät in Harvard …« Dicklich, schläfrig aussehend, schlecht gekleidet. »Die Wissenschaftsberaterin des Präsidenten, Dr. Elias …« Eindrucksvolle Frau, stämmig, selbstbewusst, eine in sich selbst ruhende Festung. Die Vorsitzenden der Ausschüsse für die bewaffneten Streitkräfte in Senat und Repräsentantenhaus. Der Operationschef der Marine, die Generalstabschefs von Armee und Marine, die Staatssekretäre der Armee und Marine. Und so weiter und so fort, insgesamt eine stattliche Zahl der Hohen und Mächtigen des Landes. Der Oberst bemerkte, dass Buckley zwei Männer in Zivilkleidung übergangen hatte und vermutete, dass er dafür einen guten Grund hatte. CIA wahrscheinlich, etwas dergleichen.

»Und Ihr eigener Titel heutzutage, Lloyd?« fragte der Oberst mit halblauter Stimme, als Buckley mit den Vorstellungen fertig zu sein schien.

Buckley schien verblüfft, und nach kurzer Pause sagte der Vizepräsident, während Buckley bloß den Mund aufsperrte: »Mr. Buckley berät den Präsidenten in Fragen der Nationalen Sicherheit, Oberst Carmichael.«

Aha. Ein weiter Weg vom stellvertretenden Staatssekretär für kulturelle Angelegenheiten. Aber natürlich hatte Buckley die ganze Zeit nach einem Posten wie diesem geangelt und sein Fachwissen in Anthropologie und Geschichte und der Psychologie nationalistischer Inbrunst in diesem Zeitalter wieder auflebender kultureller Rivalitäten und nationaler Identitätsfindung, deren Wurzeln bis in vormittelalterliche Zeiten zurückreichten, als Beglaubigung für einen halb militärischen Posten mit Kabinettsrang eingesetzt. Der Oberst murmelte in entschuldigendem Ton, dass er nun, da er zurückgezogen auf dem Land zwischen Walnusspflanzungen und Mandelbäumen lebte, die Nachrichten aus der Hauptstadt nicht mehr so gewissenhaft verfolge wie er es früher getan habe.

An der Tür zum Konferenzraum entstand Bewegung unter den Wachen. Neue Teilnehmer trafen ein. Die restlichen Passagiere vom Überlandflug des Obersten betraten nacheinander den Raum: Joshua Leonards, der rundliche Anthropologe von der Universität Los Angeles, der mit seinem ungepflegten roten Bart und dem abgetragenen Pullover wie ein russischer Anarchist des 19. Jahrhunderts aussah, und Peter Carlyle-Macavoy, der britische Astronom vom CalTech, der an einem Suchprogramm zur Auffindung außerirdischer Intelligenzen arbeitete, ein extrem dünner und langer Mensch mit feurigem Blick, und die Geisel vom Einkaufszentrum, Margaret soundso, eine zierliche, ziemlich attraktive Frau von ungefähr dreißig Jahren, die entweder noch unter dem Schock ihres Erlebnisses stand oder Beruhigungsmittel bekommen hatte, denn sie war während der ganzen Reise von Kalifornien nahezu stumm geblieben.

»Gut«, sagte Buckley, »jetzt sind wir vollzählig. Dies ist eine gute Gelegenheit, unsere Neuankömmlinge über den gegenwärtigen Stand der Dinge zu unterrichten.« Er hielt einen Datenstab an sein Handgelenk – das war interessant, dachte der Oberst, ein Mann von Buckleys Alter hatte ein Biochipimplantat –, sprach einen kurzen Befehl hinein, und an der Wand hinter ihm leuchtete ein großer Bildschirm in lebhaften Farben auf.

»Dies«, sagte Buckley, »sind die Schauplätze bekannter Landungen der Wesen. Wie Sie sehen, sind ihre Schiffe auf allen Kontinenten außer der Antarktis gelandet, und in den meisten Hauptstädten der Welt, dagegen nicht in dieser und drei oder vier anderen Städten, wo man eine Landung hätte erwarten können. Nach der Mittagslage glauben wir, dass wenigstens vierunddreißig große Schiffe mit Hunderten oder sogar Tausenden von Außerirdischen niedergegangen sind. Landungen dauern offenbar an, und Außerirdische verschiedener Art kommen in kleineren Fahrzeugen aus den großen Schiffen. Auch diese Fahrzeuge sind von unterschiedlicher Art. Bisher haben wir fünf verschiedene Fahrzeugtypen und drei sehr verschiedene Arten fremder Lebensformen identifiziert.«

Er berührte das Biochipimplantat an seinem Unterarm mit dem Stab und sagte das magische Wort, und Bilder der fremden Lebensformen erschienen auf dem Bildschirm. Der Oberst erkannte die aufrechtgehenden tintenfischähnlichen Wesen, die er im Fernsehen beobachtet hatte, und Margaret soundso erkannte sie auch, denn sie ließ ein leises Keuchen von Schock oder Abscheu hören, aber dann verschwanden die Tintenfische, und andere Wesen erschienen, die wie gesichtslose Geister ohne Gliedmaßen aussahen, und nach diesen stampften einige wahrhaft monströse Ungeheuer von der Größe kleiner Einfamilienhäuser auf acht säulenartigen Beinen in einem Park herum; aus Unachtsamkeit oder Übermut hatten sie bereits mehrere stattliche Bäume umgeworfen.

»Bisher«, fuhr Buckley fort, »haben die Wesen keinen Versuch unternommen, mit uns Verbindung aufzunehmen, soweit wir uns dessen bewusst sind. Wir haben ihnen durch jedes erdenkliche Mittel Botschaften in verschiedenen Sprachen und künstlichen Systemen der Informationstechnik zukommen lassen, aber wir können nicht beurteilen, ob sie sie erhalten haben oder, wenn es so ist, ob sie imstande sind, den Inhalt zu verstehen. Zum gegenwärtigen Zeitpunkt …«

»Welche Mittel haben Sie zur Übersendung dieser Botschaften eingesetzt?« fragte Carlyle-Macavoy, der CalTech-Mann.

»Radio, natürlich. Kurzwelle, Mittelwelle, Langwelle, Ultrakurzwelle – im gesamten Kommunikationsspektrum. Dazu Winksignale verschiedener Art, Laserblitze, Morsezeichen und dergleichen. Ungefähr alles außer Rauchsignalen, und wir hoffen, dass Mrs. Crawford bald jemanden haben wird, der diesen Weg beschreitet.«

Dünnes Gelächter ging durch den Raum. Die Ministerin für das Kommunikationswesen Crawford war nicht unter denen, die erheitert schienen.

Carlyle-Macavoy sagte: »Wie wäre es mit verschlüsselten Aussendungen auf 1420 Megaherz? Der universalen Frequenz von Wasserstoffemissionen, meine ich.«

»Das wurde als erstes versucht«, sagte Kaufman von Harvard. »Nada. Null.«

»Also sind die Außerirdischen hier«, sagte Buckley, »wir sahen sie nicht kommen, unsere Frühwarnsysteme auch nicht, und sie treiben sich ungehindert in dreißig oder vierzig Städten herum. Wir wissen nicht, was sie wollen, wir wissen nicht, was sie vorhaben. Wenn sie feindliche Absichten zu erkennen geben, werden wir natürlich angemessen reagieren. Wir sind auf der Hut. Ich sollte Ihnen jedoch sagen, dass wir das Thema heute bereits erörtert und den Gedanken eines sofortigen Präventivschlags gegen sie verworfen haben.«

Der Oberst zog eine Braue hoch, aber Joshua Leonards, der zottige, dickliche Anthropologieprofessor an der UCLA, erregte sich. »Sie meinen«, sagte er, »dass Sie an irgendeinem Punkt der Diskussion ernsthaft erwogen haben, ein paar Atombomben auf sie zu werfen, während sie mitten in Manhattan und London und neben einem Einkaufszentrum bei Los Angeles sitzen?«

Buckleys fleischige Wangen liefen rot an. »Sie übersehen, Dr. Leonards, dass es unterhalb der Ebene von Nuklearwaffen eine Menge Optionen gibt, die wir heute untersucht haben. Darunter natürlich auch einige, die aus Gründen der Gefährdung Unbeteiligter ausschieden.«

»Ein Angriff mit Nuklearwaffen wurde niemals auch nur einen Augenblick lang in Erwägung gezogen«, sagte General Steele, der Vorsitzende der Vereinigten Stabschefs in einem Ton herablassenden Tadels, wie er gegenüber einem aufgeweckten, aber widerspenstigen

Elfjährigen angebracht gewesen wäre. »Wie Mr. Buckley sagte, verfügen wir über ausreichend konventionelle Mittel. Einstweilen aber haben wir entschieden, dass jede Form von offensivem Vorgehen …«

»Einstweilen?« rief Leonards. Er fuchtelte mit den Armen und warf den Kopf zurück, dass sein ungepflegter rötlicher Bart in die Luft stieß, was ihn mehr den je wie einen Urmarxisten erscheinen ließ, der sich anschickte, eine Bombe auf den Zaren zu werfen. »Mr. Buckley, ist es nach meiner Ankunft in dieser Konferenz zu früh für mich, Einwendungen zu machen? Denn ich glaube, ich muss an dieser Stelle einhaken.«

»Sprechen Sie, Dr. Leonards.«

»Ich weiß, Sie sagen, Sie hätten einen Präventivschlag bereits ausgeschieden. Ich nehme an, Sie meinen damit, dass wir, die Vereinigten Staaten von Amerika, so etwas nicht beabsichtigen. Und ich nehme an, dass niemand auf Erden so verrückt sein wird, mit Nuklearwaffen Schiffe anzugreifen, die in der Mitte großer Städte gelandet sind. Aber wie Sie sagen, schließt das andere Arten militärischer Aktion nicht aus. Ich sehe in diesem Raum niemanden, der Russland oder England oder Frankreich vertritt, um nur drei von den Ländern zu nennen, wo ebenfalls Raumschiffe gelandet sind und die als militärische Großmächte betrachtet werden können. Werden wir Versuche unternehmen, unsere Reaktion mit Ländern wie diesen abzustimmen?«

Buckley blickte zum Vizepräsidenten.

»Das tun wir, Dr. Leonards«, sagte dieser, »und wir werden es auch weiterhin tun. Wir stehen rund um die Uhr in ständiger Verbindung, das kann ich Ihnen versichern.«

»Gut. Weil Mr. Buckley gesagt hat, dass alles Erdenkliche getan worden ist, um eine gemeinsame Kommunikationsbasis mit den Außerirdischen zu finden. Er sagte aber auch, dass wir zumindest daran denken, sie zu Zielen für unsere Waffen zu machen. Darf ich darauf hinweisen, dass das plötzliche Abfeuern einer Kanone auf jemand auch eine Form von Kommunikation ist? Welche tatsächlich zur Eröffnung eines Dialogs mit den Außerirdischen führen würde, aber wahrscheinlich würde es kein Dialog sein, an dem wir Freude hätten. Und den Russen und Franzosen und allen anderen sollte das gesagt werden, falls sie selbst noch nicht darauf gekommen sein sollten.«

»Wollen Sie damit andeuten, dass wir im Falle eines Angriffs mit einem übermächtigen Gegenschlag würden rechnen müssen?« fragte Verteidigungsminister Gallagher. »Dass wir im Grunde ihnen gegenüber hilflos wären?«

Leonards sagte: »Das wissen wir nicht. Gut möglich, dass es sich so verhält. Aber es ist keine Hypothese, die wir gleich jetzt erproben müssen, indem wir eine Dummheit begehen.«

Wenigstens sieben Teilnehmer sprachen gleichzeitig, aber Peter Carlyle-Macavoy sagte mit ruhiger, klarer und präzise artikulierender Stimme, die durch jeden Lärm schnitt: »Ich denke, wir können getrost annehmen, dass wir in jedem militärischen Treffen mit ihnen ins Schwimmen kommen werden. Ein Angriff auf diese Schiffe könnte sich leicht als selbstmörderisch erweisen.«

Der Oberst, ein schweigender Zeuge alles dessen, nickte.

Aber die Vereinigten Stabschefs und mehrere andere begannen wieder unruhig zu werden und auf ihren Sitzen zu rücken und halblaut miteinander zu sprechen, bevor der Astronom seine Erklärung beendet hatte.

Der Staatssekretär für die Armee ergriff als erster die Gelegenheit zur Erwiderung. »Sie vertreten die gleiche pessimistische Position wie Dr. Leonards, nicht wahr?« sagte er. »Sie erzählen uns, wir seien bereits geschlagen, ohne einen Schuss abzufeuern, nicht wahr?« Ein halbes Dutzend anderer schloss sich ihm an.

»Ja, im Wesentlichen ist das die Lage, wie ich sie sehe«, erwiderte Carlyle-Macavoy. »Wenn wir kämpfen, zweifle ich nicht daran, dass man uns mit einer Schaustellung unüberwindlicher Macht antworten wird.« Was einen zweiten und noch lauteren Aufruhr auslöste, der erst durch Buckleys eindrucksvolles Händeklatschen unterbrochen wurde.

»Bitte, meine Herren. Ich bitte um Ruhe!«

Tatsächlich verstummte das zornige Stimmengewirr.

Buckley sagte: »Oberst Carmichael, ich sah Sie vorhin mit dem Kopf nicken. Als unser Sachverständiger für Wechselwirkungen mit anderen Kulturen haben Sie sicherlich eine eigene Meinung dazu?«

»Meine Meinung ist, dass wir zum gegenwärtigen Zeitpunkt völlig im Dunkeln tappen und nichts unternehmen sollten, bis wir wissen, womit wir es zu tun haben. Wir wissen ja nicht einmal, ob wir es mit einer Invasion zu tun haben. Dies könnte ebenso gut ein freundlicher Besuch sein. Es könnten harmlose Touristengruppen sein, die auf ihrer Kreuzfahrt durch die Galaxis hier Zwischenstation machen. Ist es hingegen eine Invasion, so wird sie von einer weit überlegenen Zivilisation unternommen, und es besteht durchaus die Gefahr, dass wir ihr genauso hilflos gegenüberstehen wie es Dr. Carlyle-Macavoy vermutet.«

Die Militärs und drei oder vier andere meldeten sich zu Wort, aber der Oberst war noch nicht fertig.

»Wir wissen nichts über diese Dinge«, sagte er mit Entschiedenheit. »Absolut nichts. Wir wissen nicht einmal, wie wir etwas über sie in Erfahrung bringen könnten. Verstehen sie eine unserer Sprachen? Wer weiß? Wir verstehen jedenfalls keine der ihren. Zu den vielen Dingen, von denen wir keine Ahnung haben, gehört zum Beispiel die Frage, welche die dominante Spezies in diesem Sortiment verschiedener Wesen ist. Wir vermuten, dass es die großen Tintenfischartigen sind, aber wie können wir sicher sein? Es ist denkbar, dass wir in den verschiedenen Arten, die wir bisher gesehen haben, bloß Drohnen vor uns haben, Aufklärer, während die eigentlichen Herren noch an Bord eines Mutterschiffes irgendwo draußen im Raum und mit unseren Mitteln nicht zu orten sind, wo sie warten, dass die dienenden Arten Informationen sammeln und die erste Phase der Eroberung einleiten.«

Das war eine ziemlich abenteuerliche Idee, noch dazu von Seiten eines betagten, pensionierten, Walnüsse anbauenden Obersten. Lloyd Buckley machte ein erschrockenes Gesicht, ebenso die Wissenschaftler, Carlyle-Macavoy, Kaufman und Elias. Der Oberst war selbst ziemlich erschrocken darüber.

»Ich habe noch eine Überlegung«, fuhr der Oberst fort, »zu der Tatsache, dass die Außerirdischen bisher jeden Versuch irgendeiner Kommunikation mit uns unterlassen haben, und wie sich darin das Gefühl ihrer relativen Überlegenheit uns gegenüber spiegeln könnte. In meiner Eigenschaft als Professor für nichtwestliche Psychologie möchte ich mir an dieser Stelle den Hinweis erlauben, dass ihre Weigerung, mit uns zu sprechen, weniger ein Zeichen von Unwissenheit sein könnte, sondern vielmehr ein offensichtliches Zeichen dieser überwältigenden Überlegenheit. Ich meine, wie könnten sie unsere Sprachen nicht gelernt haben, wenn sie es gewollt hätten, betrachtet man die anderen Fähigkeiten, die sie offensichtlich haben. Lebensformen, die zwischen den Sternen reisen können, sollten keine Probleme damit haben, einfaches Zeug wie die Sprachen mit gemeinsamer indogermanischer Wurzel zu entschlüsseln. Aber wenn sie uns zu verstehen geben wollen, dass sie uns als völlig unbedeutend betrachten, dann können sie es dadurch, dass sie sich nicht die

Mühe machen, uns in einer unserer Sprachen auch nur einen Gruß zukommen zu lassen, ziemlich überzeugend tun. Aus der japanischen oder chinesischen Geschichte könnte ich viele Beispiele für diese Art Einstellung anführen.«

Buckley wandte sich zu Carlyle-Macavoy. »Können wir einige Ihrer Gedanken über dies alles hören, wenn Sie so gut sein wollen?«

»Was der Oberst vorgetragen hat, ist eine interessante Überlegung, aber natürlich kann ich nicht beurteilen, ob etwas daran ist. Lassen Sie mich aber auf dies hinweisen: diese Außerirdischen erschienen an unserem Himmel, ohne dass wir durch abgehörten Funkverkehr oder Radarortung oder visuelle Beobachtung den geringsten Hinweis auf ihre bevorstehende Invasion gewinnen konnten. Ich will in diesem Zusammenhang nicht einmal auf die verschiedenen Gruppen eingehen, die ständig Ausschau nach unerwarteten Annäherungen von Asteroiden halten. Beschränken wir uns auf den Radiosektor. Wissen Sie von dem Projekt SETI, das unter diesem und mehreren Namen seit vierzig oder fünfzig Jahren im Gange ist? Es befasst sich mit der Durchsuchung des Himmels nach Radiosignalen von intelligenten Wesen irgendwo in der Galaxis, und ich war zufällig mit einem Zweig dieses Projekts befasst. Wir haben Instrumente, die rund um die Uhr das gesamte elektromagnetische Spektrum nach Zeichen fremder Lebensformen absuchen. Dies geschah auch zum Zeitpunkt, als die Außerirdischen eintrafen. Und wir entdeckten nichts, bis sie in der Atmosphäre waren und auf den Radarschirmen von Flughäfen auftauchten.«

»Also halten Sie es für möglich, dass sich ein unentdecktes Mutterschiff draußen in einer Umlaufbahn befindet?« fragte Steele.

»Es ist durchaus möglich. Aber Tatsache ist, und ich

weiß, dass Oberst Carmichael mir darin zustimmen wird, dass wir über diese Außerirdischen zum gegenwärtigen Zeitpunkt nur eins sagen können: sie sind Vertreter einer Spezies, die der unsrigen weit voraus ist, und wir werden gut daran tun, vorsichtig in allem zu sein, mit dem wir auf ihre Ankunft hier reagieren.«

»Das haben wir jetzt schon einige Male gehört«, murrte der Verteidigungsminister, »aber Sie unterstützen Ihre Theorie mit keinen …«

»Sehen Sie«, sagte Carlyle-Macavoy, »entweder tauchten die Invasoren plötzlich irgendwo innerhalb der Mondumlaufbahn aus einem anderen Raumzeitkontinuum kommend in unserem auf, eine Vorstellung, die Dr. Kaufman und einigen anderen unter Ihnen auf der Ebene theoretischer Physik das äußerste Unbehagen bereiten wird, oder sie verwendeten eine Methode der Abschirmung gegen alle Beobachtungs- und Ortungssysteme, als sie sich anschlichen. Aber wie es ihnen auch gelang, sich vor uns zu verbergen, als sie sich der Erde näherten, zeigt uns, dass wir es mit Wesen zu tun haben, die über eine weit überlegene Technologie verfügen. Es ist vernünftig, daraus zu schließen, dass sie mit Leichtigkeit imstande sein würden, es mit jeder Art von Feuerkraft aufzunehmen, die wir gegen sie aufbieten könnten. Unsere wirkungsvollsten Luft-Boden-Raketen und unsere moderne Artillerie, die nach herkömmlicher Einschätzung in der Lage sein sollten, diese Schiffe mit ein paar Treffern innerhalb einer Minute zu zerstören, mögen ihnen vorkommen wie uns Pfeil und Bogen. Und sie könnten, wenn hinreichend verärgert, nach solch einem Angriff in einer Weise zurückschlagen, die uns lehren soll, weniger lästig zu sein.«

»Einverstanden«, sagte Joshua Leonards. »Vollkommen einverstanden.«

»Sie mögen überlegen sein«, sagte eine Stimme aus

dem Hintergrund, »aber wir haben die Überlegenheit der Zahl auf unserer Seite. Wir sind eine ganze Welt voller Menschen auf unserem Heimatboden, und sie sind bloß vierzig Schiffsladungen von …«

»Sicherlich haben wir die zahlenmäßige Überlegenheit«, unterbrach ihn Oberst Carmichael, »aber ich darf Sie daran erinnern, dass die Azteken eine beträchtliche zahlenmäßige Überlegenheit gegen die Spanier aufbieten konnten und auch auf ihrem Heimatboden waren, und dass die Menschen in Mexiko heute Spanisch sprechen.«

»Also glauben Sie, dass wir es mit einer Invasion zu tun haben, Oberst?« fragte General Steele.

»Ich sagte Ihnen, ich weiß es nicht. Sicherlich sieht es danach aus. Aber die einzige wirkliche Tatsache, die wir über diese … ah … Wesen haben, ist die, dass sie hier sind. Wir können, was ihr Verhalten betrifft, von keinen Voraussetzungen ausgehen. Wenn wir etwas aus unserer unglücklichen Verstrickung in Vietnam gelernt haben, dann ist es das, dass es viele Leute auf dieser Welt gibt, deren Verstand nicht unbedingt wie der unsrige arbeitet und die, von einem grundverschiedenen Weltbild ausgehend zu ganz anderen Grundannahmen kommen. Und dabei sind dies alles menschliche Wesen mit der gleichen mentalen Verdrahtung wie wir. Die Wesen sind nicht einmal entfernt menschlich, und ihre Denkweise liegt völlig außerhalb unserer Kenntnis und Erfahrung. Bis wir wissen, wie wir mit ihnen kommunizieren können – oder, anders ausgedrückt: bis sie geruhen, mit uns zu kommunizieren –, müssen wir einfach stillsitzen und abwarten.«

»Vielleicht haben sie mit uns kommuniziert, wenn wahr ist, was mir an Bord des Schiffes erzählt wurde«, sagte die Frau, die in Geiselhaft gewesen war, plötzlich mit einer kleinen und beinahe träumerischen, aber gut hörbaren Stimme. »Wenigstens mit einer von uns. Und sie erzählten ihr vieles über sich. Also ist es bereits geschehen. Das heißt, wenn Sie glauben können, was sie sagte.«

Mehr Unruhe und Stimmengewirr. Geräusche der Überraschung und ein paar ärgerliche Proteste. Einige der Befehlshaber und Politiker fanden es nicht erfreulich, dass sie immer tiefer in die fragwürdigen Bereiche von Vermutung, Spekulation und Phantasie hineingezogen wurden.

Lloyd Buckley bat die dunkelhaarige Frau, aufzustehen und sich vorzustellen. Sie erhob sich ein wenig unsicher und sagte, ohne jemand anzusehen, mit fast gehauchter, monotoner Stimme: »Mein Name ist Margaret Gabrielson, und ich wohne in der Wilbur Avenue in Northridge, Kalifornien, und gestern früh war ich unterwegs zu einem Besuch bei meiner Schwester, als ich beim Einkaufszentrum Porter Ranch in eine Chevronstation fuhr und auftankte. Und dann wurde ich von einem Außerirdischen gefangen und an Bord ihres Raumschiffes gebracht, und das ist die Wahrheit und nichts als die Wahrheit, so wahr mir Gott helfe.«

»Dies ist kein Gerichtssaal, Mrs. Gabrielson«, sagte Buckley freundlich. »Sie machen keine Zeugenaussage. Erzählen Sie uns einfach, was geschah, als Sie an Bord des Schiffes waren.«

»Ja«, sagte sie, »was mir geschah, als ich an Bord des Raumschiffes war.«

Und dann schwieg sie für eine kleine Ewigkeit.

War sie verlegen, sich leibhaftig im wirklichen Pentagon zu befinden und vor einer hauptsächlich männlichen Versammlung hochwichtiger Persönlichkeiten der Regierung zu stehen und die ganz unwahrscheinlichen, absurden Ereignisse beschreiben zu müssen, die unversehens über sie gekommen waren? War sie noch verwirrt von ihren seltsamen Erlebnissen unter den Wesen, oder benommen von den Beruhigungsmitteln, die sie danach bekommen hatte? Oder war sie einfach die gewöhnliche inartikulierte Amerikanerin des beginnenden 21. Jahrhunderts, die in den dreißig Jahren ihres bisherigen Lebens nicht mit der Fähigkeit ausgestattet worden war, sich öffentlich in ganzen, zusammenhängenden Sätzen auszudrücken?

Sicherlich etwas von allem, dachte der Oberst.

Alle hatten viel Geduld mit ihr. Es blieb ihnen keine andere Wahl.

Und nach diesem unendlich scheinenden Stillschweigen sagte sie: »Es war wie Spiegel, überall, das Schiff. Alles Metall, und alles glänzte, und es war riesengroß darin, wie eine Halle.«

Es war ein Anfang. Der Oberst, der gleich neben ihr saß, warf ihr ein warmes, ermutigendes Lächeln zu. Auch Lloyd Buckley strahlte ihr Ermutigung zu. Desgleichen Mrs. Crawford, die indianisch aussehende Ministerin für das Kommunikationswesen. Carlyle-Macavoy allerdings, der Dummköpfe offensichtlich nicht mit Gleichmut ertragen konnte, musterte sie mit kaum verhüllter Geringschätzung.

»Es waren, wissen Sie, ungefähr zwanzig von uns, vielleicht fünfundzwanzig«, fuhr sie nach einer weiteren langen Pause fort. »Sie brachten uns in zwei Gruppen in verschiedene Räume. In meiner waren ein kleines Mädchen und ein alter Mann und einige Frauen in meinem Alter und dann drei Männer. Einer von den Männern war verletzt worden, als sie ihn fingen, glaube ich, er hatte ein Bein gebrochen, so sah es aus, und die anderen zwei Männer versuchten es ihm bequem zu machen. Es war dieser riesige Raum, vielleicht so groß wie ein Kino, mit unheimlichen riesigen Blumen, die überall durch die Luft schwebten, und wir waren alle in einer Ecke von dem Raum. Und sehr ängstlich, die meisten von uns. Wir dachten uns, sie würden uns vielleicht aufschneiden, wissen Sie, um zu sehen, was in uns ist. Wie sie es mit Labortieren tun, nicht? Jemand sagte das, und danach konnten wir nur noch daran denken.«

Sie tupfte Tränen von den Augen.

Es folgte eine weitere nichtendenwollende Pause.

»Die Wesen«, sagte Buckley leise und ermunternd. »Erzählen Sie uns von ihnen.«

Sie waren groß, sagte die Frau. Riesig. Erschreckend. Aber sie kamen nur gelegentlich vorbei, vielleicht jede Stunde einmal, immer nur einer, nie mehrere. Sie schienen die Gefangenen nur zu überprüfen, betrachteten sie eine kleine Weile und gingen dann wieder fort. Es war, sagte sie, als wären die schlimmsten Alpträume Wirklichkeit geworden, wenn eines von diesen Ungeheuern den Raum betrat, wo sie eingesperrt waren. Ihr wurde jedesmal übel, wenn sie eins von ihnen sah. Sie hätte sich am liebsten zusammengerollt und die Augen geschlossen und geweint. Und hier und jetzt sah sie auch so aus, als würde sie sich am liebsten zusammenrollen und weinen, vor dem Vizepräsidenten und dem Vorsitzenden der Vereinigten Stabschefs und all den anderen Kabinettsmitgliedern und Militärs.

»Sie sagten«, erinnerte Buckley sie geduldig, »dass eine Frau in Ihrer Gruppe in eine Art Kommunikation mit ihnen trat?«

»Ach ja. Ja. Da war diese Frau, die war also ein bißchen seltsam, muss ich sagen – sie war aus Los Angeles, ich glaube ungefähr vierzig Jahre alt, mit glänzendem schwarzen Haar, und sie hatte eine Menge ausgefallenen Schmuck, riesige Ohrringe und drei oder vier Perlenketten und eine ganze Menge Ringe, und sie trug ein weites, buntes Kleid wie meine Großmutter in den Sechzigern, und Sandalen und so. Cindy hieß sie.«

Der Oberst schnappte nach Luft. Das Haar war genau wie ihres, hatte Anse ihm erzählt, glänzend schwarz, in einer Ponyfrisur. Und große Ohrringe, die sie immer trug. Der Oberst hatte es nicht geglaubt. Die Polizei musste den Schauplatz des Geschehens abgesperrt haben, hatte er gesagt. Es sei sehr unwahrscheinlich, dass sie Neugierige und Gaffer in die Nähe des fremden Raumschiffes lassen würden. Aber nein, Anse hatte recht gehabt. Es war tatsächlich Cindy gewesen, die Anse in den Fernsehnachrichten gesehen hatte, in der Menge vor dem Einkaufszentrum; und später hatten die Außerirdischen sie gepackt und an Bord des Schiffes gezogen. Wusste Mike davon? Wo war Mike überhaupt?

Margaret Gabrielson sprach wieder.

Diese Frau, diese Cindy, berichtete sie, sei die einzige in der Gruppe gewesen, die sich nicht gefürchtet hatte. Als einer der Außerirdischen in den Raum kam, sei sie auf ihn zugegangen und habe ihn wie einen alten Freund begrüßt und ihm erzählt, dass er und alle seine Leute auf der Erde willkommen seien, dass sie froh sei, sie hier zu sehen.

»Und antworteten die Außerirdischen in irgendeiner Weise?« fragte Buckley.

Margaret Gabrielson hatte nichts dergleichen bemerkt. Während Cindy zu dem fremden Wesen sprach, stand es nur da, ragte hoch über ihr auf und blickte auf sie herab, wie man auf einen Hund oder eine Katze herabschaut, ohne eine Reaktion oder Verständnis zu zeigen. Aber nachdem er den Raum verlassen hatte, erzählte Cindy allen, der Außerirdische habe zu ihr gesprochen, wie in einer geistigen Weise, telepathisch.

»Und was sagte er zu ihr?« fragte Buckley.

Stille. Zögern.

»Es ist wie Zähne ziehen«, sagte Carlyle-Macavoy durch die eigenen, zusammengepressten.

Aber dann kam es heraus, alles in einem Schwall:

»Dass die Außerirdischen uns wissen lassen wollten,

dass sie die Welt in keiner Weise schädigen würden, dass sie also in einer diplomatischen Mission hier wären, dass sie zu irgendwelchen riesigen Vereinten Nationen von Planeten gehörten und gekommen seien, uns zum Beitritt einzuladen. Und dass sie nur ein paar Wochen bleiben würden, und die meisten von ihnen dann zu ihrer eigenen Welt zurückgehen wollten, obwohl einige als Botschafter hier bleiben sollten, wissen Sie, um uns eine neue und bessere Lebensweise zu lehren.«

»O weh«, murmelte Joshua Leonards. »Zum Fürchten. Die Missionare haben immer eine neue und bessere Lebensweise, die sie lehren wollen. Und man weiß, was als nächstes geschieht.«

»Sie sagten auch«, fuhr Margaret Gabrielson fort, »dass sie ein paar Menschen zu ihrer Welt mitnehmen wollten, um ihnen zu zeigen, wie es dort ist. Nur Freiwillige. Und diese Frau Cindy meldete sich gleich freiwillig. Als sie uns ein paar Stunden später freiließen, war sie die einzige, die zurückblieb.«

»Und sie schien glücklich damit?« fragte Buckley.

»Sie war wie ... wie ekstatisch.«

Der Oberst verzog das Gesicht. Das hörte sich wirklich nach Cindy an. Armer Mike! Wie er sie liebte. Aber sie hatte ihn im Handumdrehen verlassen, um sich Ungeheuern von irgendeinem fernen Stern anzuschließen. Armer, armer Mike.

Buckley sagte: »Sie sagen, Sie hätten dies alles nur von dieser Frau Cindy gehört? Keiner von den anderen der Gruppe hatte irgendwelche ... ah ... geistigen Kontakte mit den Außerirdischen?«

»Keiner. Es war nur Cindy, die ihn hatte, oder sagte, sie hätte ihn. All dieses Zeug über Botschafter, die in Frieden kommen, das war alles von ihr. Aber es konnte nicht wahr gewesen sein. Sie war wirklich verrückt, diese Frau. Sie sagte etwas wie: ›Das Kommen der

Außerirdischen war in diesem Buch prophezeit, das ich vor Jahren gelesen habe, und alles folgt genau der Prophezeiung.‹ Das sagte sie, und man merkte gleich, dass es unmöglich war. Also war das ganze Zeug bloß in ihrem Kopf. Sie war verrückt, diese Frau. Übergeschnappt.«

Ja, dachte der Oberst. Übergeschnappt. Und Margaret Gabrielsons Nerven ließen sie im Stich, sie brach in hysterische Tränen aus und sank in sich zusammen. Der Oberst stand schnell und geistesgegenwärtig auf und hielt sie, als sie das Gleichgewicht verlor, stützte sie und drückte sie an die Brust und murmelte beruhigend, während sie schluchzte. Er fühlte sich sehr väterlich. Es erinnerte ihn an nichts so sehr wie an die Zeit vor sieben oder acht Jahren, als Irenes Diagnose durchgekommen war und er Rosalie hatte sagen müssen, dass ihre Mutter inoperablen Krebs hatte. Dann hatte er sie in den Armen halten müssen, bis sie sich ausgeweint hatte.

»Es war schrecklich schrecklich«, schluchzte Margaret Gabrielson mit gedämpfter Stimme an der Brust des Obersten. »Diese grässlichen E T-Ungeheuer, die dort umherwanderten, und wir wussten nicht, was sie mit uns machen würden, und diese verrückte Frau mit all ihrem phantastischen Unsinn – verrückt, sie war verrückt …«

»Nun gut«, sagte Lloyd Buckley. »Soviel für den ersten Bericht über Kommunikation mit den Außerirdischen.« Er schien ein wenig irritiert über die Nutzlosigkeit von Margaret Gabrielsons Bericht. Zweifellos hatte er etwas mehr erwartet. Der Oberst andererseits fand, dass er mehr bekommen hatte als er wollte.

Aber das sollte noch nicht alles sein.

Ein Dreiklang wie von einem Glockenspiel ertönte. Ein Adjutant sprang auf, hielt sein Handgelenkimplantat an einen Datenanschluss an der Wand und gab einen kurzen Befehl. Über dem Datenanschluss leuchtete ein in die Wand eingelassener streifenartiger Bildschirm auf, und aus dem zugehörigen Schlitz glitt ein gelber Ausdruck. Der Adjutant brachte ihn zu Buckley, der einen Blick darauf warf, hüstelte und an seiner Unterlippe zupfte und ein verdrießliches Gesicht machte. Und schließlich sagte: »Oberst Carmichael – Anson – haben Sie vielleicht einen Bruder namens Myron?«

»Alle nennen ihn Mike«, sagte der Oberst. »Ja, er ist mein jüngerer Bruder.«

»Aus Kalifornien kommt soeben eine Nachricht über ihn, die ich an Sie weitergeben soll. Es ist eine schlechte Nachricht, fürchte ich, Anson.«

Alles in allem war bei der Konferenz nicht viel herausgekommen, dachte der Oberst, als er sechzehn Stunden später mit schwerem Herzen und in trüber Stimmung über seines Bruders heroischen, aber schockierenden und ganz unannehmbaren Tod an Bord der gleichen, vornehm ausgestatteten Luftwaffenmaschine, die ihn an Tag zuvor nach Washington gebracht hatte, auf dem Heimflug war. Der Gedanke, wie Mike in seinen letzten Augenblicken am Steuerknüppel einer altersschwachen DC 3 verzweifelt und schließlich erfolglos gegen die heftigen Luftströmungen über dem Flächenbrand gekämpft hatte, war ihm unerträglich. Aber als er seine Aufmerksamkeit wieder auf die durch die Invasion entstandene Krise und die Konferenz zurücklenkte, war ihm noch elender zumute.

Eine Peinlichkeit, diese Konferenz. Eine scheußliche Zeitverschwendung. Und eine verblüffende Enthüllung der Hohlheit und Vergeblichkeit menschlicher Selbstglorifizierung.

Nachdem die Nachricht von Mikes Tod eingegangen war, hatte Buckley angeboten, ihn zu seinem Hotel bringen zu lassen; aber nein, was hätte das genützt? Er wurde gebraucht, und er blieb. Und saß in wachsender Verzweiflung während all der langweiligen und sinnlosen Diskussionsbeiträge. Diese wichtigen Minister und Staatssekretäre und üppig dekorierten Generäle und Admiräle und die anderen, die ganze Versammlung hoher Tiere, die endlos die Lage wiederkäuten, und zu welchem Zweck? Zuletzt war die Konferenz so beendet worden, wie sie begonnen hatte: ohne bedeutsame Informationen jenseits der bloßen Tatsache der Landungen, ohne Schlussfolgerungen und ohne politische oder militärische Entscheidungen – außer abzuwarten und zu sehen, was passieren würde.

Abwarten, ja. Und sehen, was passieren würde.

Die sichere blaue Himmelskuppel war plötzlich durchbrochen worden; mysteriöse außerirdische Wesen waren gleichzeitig in vielen Teilen der Erde gelandet; aus dem Nichts waren bizarre Besucher gekommen und hatten sich umgesehen, und nach zweieinhalb Tagen benahmen sie sich bereits wie Eroberer. Und angesichts dessen schien die politische, militärische und geistige Elite des Landes völlig ratlos.

Nicht dass der Oberst selbst sehr hilfreich gewesen wäre. Das war vielleicht das Schlimmste dabei: dass er so verwirrt war wie die anderen alle, dass er keine eigenen brauchbaren Vorschläge zu bieten gehabt hatte. Aber was sollte man sagen?

Wir müssen kämpfen und kämpfen und kämpfen, bis der Letzte von diesen abscheulichen feindlichen Eindringlingen vom geheiligten Boden der Erde ausgerottet ist.

Ja. Ja, natürlich. Verstand sich von selbst. Wir müssen an den Stränden kämpfen, wir müssen in den Feldern und in den Straßen kämpfen, et cetera, et cetera. Kein Erlahmen, kein Versagen: kämpfen mit wachsender Zuversicht, durchhalten bis zum Ende. *Wir werden nie kapitulieren.*

Aber war dies wirklich eine Invasion?

Und wenn es wirklich eine war, wie sollte der Kampf geführt werden, und was würde mit uns geschehen, wenn wir es versuchten?

Drei Sitze vor ihm führten Leonards und Carlyle-Macavoy die gleiche Diskussion miteinander, die der Oberst mit sich selbst führte. Und kamen, wie es schien, zu den gleichen melancholischen Schlussfolgerungen.

»Ach, Oberst, ich fühle so mit Ihnen«, sagte Margaret Gabrielson, die wie ein Gespenst neben ihm im Mittelgang erschien. Sie flogen alle miteinander zurück nach Kalifornien, die hochgeschätzten Sachverständigen, er und sie und der schmierige, gedrungene Leonards und der langbeinige Brite. »Macht es Ihnen etwas aus, wenn ich mich neben Sie setze?«

Mit einer vagen, indifferenten Geste lud er sie ein, den freien Platz zu benutzen.

Sie ließ sich neben ihm nieder und drehte den Oberkörper, um ihm ein warmes, ernstes Lächeln voll Mitgefühl zu schenken. »Sie und Ihr Bruder standen einander sehr nahe, nicht wahr, Oberst?« sagte sie und riss ihn damit aus einem Pfuhl der Verzweiflung in den anderen. »Ich weiß, wie tief es Sie getroffen haben muss. Der Schmerz ist Ihnen ins Gesicht geschrieben.«

Er hatte sie während der Konferenz in Washington getröstet, und nun wollte sie ihn trösten. Sie meint es gut, dachte er. Sei nett.

Er sagte: »Ich war der Älteste von drei Brüdern. Nun bin ich als einziger übrig. Ich glaube, das ist der größte Schock, dass ich noch da bin und die beiden nicht mehr leben.«

»Wie furchtbar muss das sein, die jüngeren Brüder zu überleben. Waren sie auch bei der Armee?«

»Der Jüngste war bei der Luftwaffe. Ein Testpilot war er. Flog einen Prototyp zuviel, vor ungefähr zehn Jahren. Und der andere, Mike, der jetzt – gestorben ist, er wollte zur Marine, weil niemand in unserer Familie jemals bei der Marine gewesen war und Mike immer tun musste, was keinem anderen in der Familie in den Sinn kommen würde. Wie zum Beispiel mutterseelenallein wochenlange Wanderungen zu machen. Oder sein eigenes kleines Flugzeug zu kaufen und damit herumzufliegen, ohne ein eigentliches Ziel, nur um mit sich selbst oben in der Luft zu sein. Und diese überspannte Cindy zu heiraten und mit ihr nach Los Angeles zu ziehen.«

»Cindy?«

»Das ist die Frau, die zusammen mit Ihnen Geisel der Außerirdischen war, die freiwillig bei ihnen geblieben ist. Das war Mikes Frau. Meine Schwägerin.«

Margaret schlug die Hand vor den Mund. »Oh, und ich sagte so schlimme Dinge über sie! Es tut mir leid! Es tut mir schrecklich leid!«

Der Oberst lächelte. Er bemerkte, dass sie diese lästigen kleinen Wendungen, das »also« und »wissen Sie« abgelegt hatte, mit denen sie ihre Rede während der Konferenz gespickt hatte. Als ob sie in ihrer Nervosität vor all diesen furchteinflößenden hohen Amtsträgern zu Wendungen des Jugendjargons zurückgekehrt wäre, nun aber im Gespräch von Mensch zu Mensch wieder imstande war, wie eine Erwachsene zu sprechen. Wahrscheinlich, dachte der Oberst, war sie nicht so dumm wie sie sich vorher angehört hatte.

»Ich persönlich konnte sie nie ertragen«, sagte er. »Sie war einfach nicht der Typ, mit dem ich zurechtkomme. Hatte für meinen Geschmack zu viel vom Bohemien, wenn Sie verstehen, was ich meine. Zu wild und impulsiv. Ich dagegen bin das Standardmodell des geradlinigen, gewissenhaften Typs, konservativ, altmodisch, spießig, langweilig.« Was nicht völlig der Wahrheit entsprach, wie er hoffte, aber doch ziemlich zutreffend war. »Im Militärdienst wird man darauf gedrillt. Und es ist gut, dass ich schon so geboren wurde.«

»Aber Mike nicht?«

»Er hatte ein bisschen von einem Mutanten, nehme ich an. Wir waren eine militärische Familie, und ich glaube, wir wurden erzogen, militärische Typen zu sein, was immer das bedeutet. Aber Mike hatte noch einen anderen Zug an sich, und das spürten wir immer.« Er schloss für einen Moment die Augen und ließ seine Erinnerungen an Mikes Andersartigkeit hochkommen – Mikes enorme Unordentlichkeit, sein Jähzorn, seine willkürlich dogmatischen Meinungen, seine Bereitwilligkeit, sein Leben von den exzentrischsten Launen diktieren zu lassen. Seine mysteriösen Gefühle innerer Leere und Unzufriedenheit. Und besonders seine zur Besessenheit gesteigerte Liebe zu Cindy mit den Perlen und Sandalen. »Er war überhaupt nicht wie wir anderen Brüder. Ich war von Anfang an der Sohn meines Vaters, der kleine Soldat, der aufwachsen würde, um ein richtiger zu sein. Und Lee – er war der Jüngste – war ein guter, gehorsamer Junge wie ich, tat, wie ihm gesagt wurde, wollte nie wissen, warum. Aber Mike … Mike …«

»Ging seinen eigenen Weg, nicht?«

»Immer. Ich verstand ihn nie, nicht für einen Augenblick«, sagte der Oberst. »Liebte ihn, natürlich. Aber verstehen konnte ich ihn nicht. Ich will Ihnen eine Geschichte erzählen. Wir waren sechs Jahre auseinander, was für kleine Jungen eine ganze Generation ist. Und einmal, als ich zwölf war und Mike sechs, machte ich eine unfreundliche Bemerkung über die Unordnung und Nachlässigkeit auf seiner Seite des Zimmers, das wir miteinander teilten, und er beschloss auf der Stelle, dass er mich töten müsse.«

»Sie *töten?*«

»Mit den Fäusten. Wir hatten einen fürchterlichen

Kampf. Ich war doppelt so alt und doppelt so groß wie er, aber er war immer ein stämmiger, muskulöser Junge, sehr stark, und ich war immer schlank, und er kam wie eine Kanonenkugel ohne die geringste Warnung auf mich zugestürmt und warf mich zu Boden und saß mir auf der Brust und schlug mich grün und blau, bevor ich wusste, wie mir geschah. Tat mir richtig weh, der kleine Verrückte. Nach vielleicht einer halben Minute stieß ich ihn von mir und schlug ihn nieder und verletzte ihn – so wütend war ich –, aber er stand wieder auf und schlug und trat und biss und was noch alles, und ich hielt ihn auf Armeslänge von mir und sagte ihm, dass ich ihn in die Schweinesuhle werfen würde, wenn er sich nicht beruhigte. Wir hatten damals einen flachen Tümpel im Hof, wo die Tiere sich suhlen konnten, als wir hinter Bakersfield lebten, und weil er sich nicht beruhigen wollte, warf ich ihn hinein. Dann ging ich ins Haus, und nach einer Weile kam er auch. Ich hatte ein blaues Auge und eine aufgesprungene Lippe, und er war von oben bis unten mit Schlamm und Schweinekot bedeckt, und unsere Mutter stellte nie auch nur eine einzige Frage.«

»Und Ihr Vater?«

»War nicht da. Das spielte sich 1955 ab, in einer sehr gefährlichen weltpolitischen Lage, dem Kalten Krieg, wenn Sie davon gehört haben, und die Armee hatte ihn gerade nach Westdeutschland versetzt. Wir hatten damals dort Militärstützpunkte. Ein paar Monate später kamen meine Mutter und mein Bruder Mike und ich – Lee war noch nicht geboren – nach und lebten ein paar Jahre dort mit ihm.« Der Oberst schmunzelte. »Mike war der Einzige von uns, der mehr als ein paar Brocken Deutsch lernte. Natürlich zuerst alle Schimpfworte. Die Leute gafften ihn auf der Straße an, wenn er loslegte. Ja, er war ein unbändiger Kerl. Aber im tiefsten Inneren nicht allzu verschieden von uns anderen. Als der Vietnamkrieg kam und die Jungen ihr Haar lang wachsen ließen und Marihuana rauchten und ausgeflippte Kleider trugen, hätte man meinen können, dass Mike mitgemacht hätte und ein Hippie geworden wäre, aber statt dessen wurde er Pilot bei den Marinefliegern und flog zahlreiche Kampfeinsätze. Hasste den Krieg, tat aber seine Pflicht als Mann und Soldat und ein Carmichael.«

»Waren Sie auch in diesem Krieg?« fragte Margaret.

»Ja, selbstverständlich. Und ich lernte ihn auch hassen, was das anging, aber ich war dabei.«

Sie sah ihn mit großen Augen an, als hätte er zugegeben, in Gettysburg* dabeigewesen zu sein.

»Sie töteten tatsächlich Menschen? Wurden beschossen?«

Er schüttelte lächelnd den Kopf. »Ich gehörte zu einer strategischen Planungsgruppe hinter der Front. Aber nicht so weit hinten, dass ich mich nicht an das Geräusch von Maschinengewehrfeuer gewöhnt hätte.« Der Oberst schloss die Augen wieder für einen Moment. »Verdammt, das war ein hässlicher Krieg! Es gibt keine hübschen Kriege, aber dieser war hässlich. Trotzdem tut man, was von einem verlangt wird, und man beklagt sich nicht und stellt keine Frage, denn das ist notwendig, wenn es zivilisiertes Leben geben soll: jemand muss die unzivilisierten Dinge tun, die nichtsdestoweniger notwendig sind. Gewöhnlich, jedenfalls.«

Er schwieg eine Weile.

Dann sagte er: »In Vietnam hatte ich nach einem Jahr genug davon, unzivilisierte Dinge zu tun. Ein paar Jahre danach nahm ich meinen Abschied und studierte

---

* Die Schlacht bei Gettysburg (1.–3. 7. 1863) brachte mit dem Sieg der Union über die Konföderierten die Wende im amerikanischen Sezessionskrieg 1861–65. – *Anm. d. Übers.*

an der John Hopkin University und holte mir einen akademischen Titel im Fachbereich Asiatische Studien und wurde schließlich Professor an der Militärakademie West Point. Im Laufe von zehn Jahren sah ich Mike vielleicht dreimal. Bei diesen Gelegenheiten sagte er nicht viel. Ich merkte, dass seinem Leben etwas fehlte. Dann wurde meine Frau krank, und ich kam zurück nach Kalifornien, Santa Barbara, wo sie durch ihre Familie einen Besitz hatte, und dort war auch Mike, nicht sehr weit entfernt in L. A., ausgerechnet, und verheiratet mit dieser Cindy, dieser eigentümlichen nachgeborenen Hippiefrau. Er wollte, dass ich Gefallen an ihr fände. Ich versuchte es, wirklich, Margaret. Ich schwöre es. Aber wir waren Menschen von zwei verschiedenen Welten. Das Einzige, was wir gemeinsam hatten, war, dass wir beide Mike liebten.«

»Peggy«, sagte sie.

»Wie bitte?«

»Mein Name. Peggy. Niemand nennt mich Margaret.«

»Aha. Ich verstehe. Richtig. Peggy.«

»Mochte Cindy Sie?«

»Ich habe keine Ahnung. Sie war immer höflich zu mir. Dem spießigen alten Wichtigtuer von einem Schwager. Sicherlich fühlte sie sich mir innerlich so fremd wie umgekehrt. Wir sahen einander nicht oft. War besser so, denke ich. Im Grunde taten wir beide so, als ob der oder die jeweils andere nicht existierte.«

»Und doch fragten Sie gestern am Ende der Konferenz diesen General, ob es eine Möglichkeit gebe, sie aus dem E-T-Raumschiff zu retten.«

Der Oberst merkte, wie seine Wangen heiß wurden. Er wünschte, sie hätte diesen albernen kleinen Augenblick nicht zur Sprache gebracht. »Das war dumm von mir, nicht? Aber irgendwie fühlte ich, dass ich es ihr schuldig war, den Versuch zu machen. Schließlich war sie – ist sie – ein Familienmitglied, das der Rettung bedarf. Also fragte ich. Es gehört sich so, nicht wahr?«

»Aber sie blieb freiwillig«, sagte Peggy.

»Ja, das ist richtig. Außerdem ist Mike tot, und sie hat niemanden mehr, zu dem sie zurückkehren kann. Abgesehen davon gibt es keine Möglichkeit für uns, sie aus diesem Schiff herauszuholen, selbst wenn sie uns darum bitten würde, was sie nicht getan hat. Aber Sie sehen hier den traditionsgebundenen Geist am Werk, Peggy. Die automatische Reaktion des tugendhaften Mannes. Meine Schwägerin ist in Gefahr, so scheint es mir wenigstens, darum wende ich mich an die maßgeblichen Stellen und frage: ›Glauben Sie, es gibt eine Möglichkeit …?‹«

Er brach plötzlich ab. An Bord des Flugzeugs waren die Lichter ausgegangen.

Nicht nur die Lichter der Deckenbeleuchtung, sondern auch die kleinen Leselampen und die Hilfsbeleuchtung am Boden des Mittelgangs; und soweit der Oberst es beurteilen konnte, alles andere, was in irgendeiner Weise von der Bewegung elektromagnetischer Wellen im sichtbaren Teil des Spektrums abhing. Sie saßen in absoluter Finsternis in einer versiegelten Metallröhre, die mit vielleicht achthundert Kilometern pro Stunde in elftausend Metern über der Erdoberfläche dahinflog.

»Kurzschluss?« fragte Peggy leise. »Ein äußerst eigenartiger, wenn es einer ist.«

Eine Stimme kam von vorn aus der Schwärze: »Ah, wir haben hier ein kleines Problem, Leute.«

Es war der Copilot, und trotz der gespielten Jovialität seiner Worte hörte man seine Stimme beben. Auch der Oberst bekam ein leichtes Magendrücken, als er dem Bericht des Mannes lauschte. Alle elektrischen Systeme der Maschine, sagte er, seien gleichzeitig ausgefallen. Alle Instrumente hätten versagt, einschließlich der Navigationsgeräte und der Kraftstoffpumpen zur Versorgung der Triebwerke. Die große Düsenmaschine war jetzt ohne Antrieb, hatte sich in den letzten Augenblicken in ein gigantisches Segelflugzeug verwandelt, das sich gegenwärtig nur durch die erreichte Reisegeschwindigkeit in der Luft hielt.

Sie waren irgendwo über dem südlichen Nevada, sagte der Copilot. Dort unten schien es auch ein kleines elektrisches Problem zu geben, denn die Lichter der Stadt Las Vegas waren vor einem Moment noch zur Linken sichtbar gewesen, jetzt aber nicht mehr. Die Welt außerhalb der Maschine war so dunkel wie ihr Inneres. Aber es gab keine Möglichkeit, festzustellen, was tatsächlich dort draußen vorging, denn das Radio war natürlich auch ohne Strom, genauso wie alle anderen Bordinstrumente, die sie mit dem Boden verbanden. Einschließlich der Flugsicherung, natürlich.

Und darum sind wir auch tot, dachte der Oberst, ein wenig überrascht über seine Ruhe; denn wie lange konnte ein Flugzeug dieser Größe ohne Antrieb im Sinkflug durch die oberen Bereiche der Atmosphäre gleiten, bevor es dafür zu langsam wurde und in den freien Fall überging? Und selbst wenn der Pilot versuchte, es durch wiederholtes Abfangen zu einer harten Bruchlandung zu bringen, wie sollte er die Maschine steuern, wenn alle elektrischen Komponenten ausgefallen waren, keine Navigationsfähigkeit mehr bestand. Und wo würde er in der absoluten Dunkelheit niedergehen?

Aber dann gingen die Lichter wieder an und zeigten den Copiloten in der offenen Tür zum Cockpit, blass und zitternd; und gleich darauf ertönte die Stimme des Piloten aus dem Lautsprechersystem, eine gute alte solide Pilotenstimme mit nur einer Andeutung von Zittern, und sagte: »Nun, Leute, ich habe nicht die leiseste Ahnung, was eben geschehen ist, aber ich werde eine

Notlandung auf dem Flugplatz des Versuchsgeländes für Marinewaffen machen, bevor es wieder passiert. Bitte alle anschnallen und festhalten.«

Er hatte die Maschine sicher am Boden, bevor der Strom sechseinhalb Minuten später ein zweites Mal ausfiel.

Diesmal blieben die Lichter aus.

2

Nach neun Jahren

Es war fraglos die größte Katastrophe der Menschheitsgeschichte, denn in einem Augenblick war die gesamte technische Fähigkeit der Menschheit dreieinhalb Jahrhunderte zurückgeworfen. Irgendwie hatten die Wesen einen gigantischen Schalter umgelegt und alles ausgeschaltet, was mit Elektrizität betrieben wurde.

Im Jahre 1845 wäre das eine ernste Angelegenheit gewesen, aber keineswegs katastrophal, und 1635 oder 1425 wäre es noch viel weniger ein Problem gewesen, und 1215 wäre es von keinem Menschen bemerkt worden. Aber im ersten Jahrzehnt des einundzwanzigsten Jahrhunderts war es eine gewaltige Kalamität. Mit dem Aufhören der Elektrizität kam die gesamte moderne Zivilisation zum Stillstand, und es gab keine Sicherungssysteme – konnten Kerzen und Windmühlen wirklich als Sicherungssysteme bezeichnet werden? –, um die Dinge wieder in Gang zu bringen. Dies war mehr als ein bloßer Stromausfall; es war ein immenser Paradigmenwechsel. Nicht nur die Großkraftwerke hatten versagt; nichts Elektrisches funktionierte mehr, bis hinunter zu batteriebetriebenen Taschenlampen. Niemand hatte jemals einen Plan für den Fall entwickelt, wie verfahren werden sollte, wenn die Elektrizität weltweit und anscheinend auf Dauer aufhörte zu bestehen.

Niemand konnte sich vorstellen, wie die Wesen es bewerkstelligt hatten, und das war beinahe so beängstigend wie die Tatsache selbst. Hatten sie das Verhalten von Elektronen verändert? Hatten sie die Gitterstruktur irdischer Materie so verändert, dass keine Leitfähigkeit mehr existierte? Oder hatten sie vielleicht eine Modifikation der dielektrischen Konstante selbst zuwege gebracht?

Wie auch immer sie es bewerkstelligt hatten, es war geschehen. Elektromagnetische Wellen verbreiteten sich nicht mehr irgendwo, wo sie kontrollierbar oder nützlich sein konnten, und Elektrizität als ein fester und brauchbarer Begriff schien überall auf Erden ausgestorben zu sein. Die gesamte elektrische Revolution war unbegreiflicherweise in einem Augenblick zunichte gemacht, die gesamte ungeheure technische Pyramide, die auf dem kleinen Friktionsgenerator errichtet worden war, den der alte Otto von Guericke 1650 in Magdeburg konstruiert hatte, und die Leydener Flasche, die Pieter van Mysschenbroek gebaut hatte, um die von Guerickes Friktionsgenerator erzeugte Energie zu speichern, und Alessandro Voltas Silber-und-Zink-Batterien, und Humphry Davys Bogenlampen und Michael Faradays Dynamos und das Lebenswerk von Thomas Alva Edison und all der anderen.

Also Lebewohl – für wie lange, wusste niemand – ihre Telefone und Computer und Radios und Fernsehgeräte, Wecker und Alarmanlagen, Türglocken, Garagentoröffner und Radar, ihr Oszilloskope und Elektronenmikroskope, Herzschrittmacher, elektrische Zahnbürsten, Verstärker aller Art, Vakuumröhren, Glühbirnen, Leuchtdioden und Mikroprozessoren. Fahrräder waren noch in Ordnung, und Ruderboote, und Bleistifte. Auch Pistolen und Gewehre. Aber alles, was elektrische Energie benötigte, um zu funktionieren, war außer Betrieb. Es war eingetreten, was als die Große Stille bekannt wurde.

Die Elektronen wollten einfach nicht mehr fließen, das war das Problem. Die elektrischen Funktionen biologischer Organismen waren nicht davon betroffen, aber alles andere war kaputt.

Alle Arten von Leitungen und Verdrahtungen, durch die eine Spannung gehen konnte, waren jetzt so nichtleitend wie Lehm. Volt, Watt, Ampere, Sinuswellen, Frequenzen und Bandbreiten, elektrisch betriebene und erzeugte Signale und Geräusche, et cetera ad infinitum, waren nichtexistent.

Zugbrücken und Kanalschleusen blieben in den Positionen, die sie zur Zeit der Stromunterbrechung eingenommen hatten. Flugzeuge, die das Unglück hatten, zu diesem Zeitpunkt unterwegs zu sein, stürzten ab, plötzlich aller Navigationshilfen und Funktionen ihrer einfachsten inneren Mechanismen beraubt. Ebenso erging es einigen Millionen Automobilen, die sich in Fahrt befanden, als die Straßenbeleuchtung erlosch, die Computer der Verkehrssteuerung versagten, und ihre eigenen elektrischen Systeme ausfielen. Wagen, die im Augenblick des Todes der Elektrizität nicht in Fahrt waren, konnten nicht gestartet werden, ausgenommen die alten, mit Handkurbeln angeworfenen Modelle, und von denen gab es nicht mehr viele. Die verschiedenen Computernetze waren natürlich von einem Augenblick zum anderen ausgelöscht. Alle kommerziellen Aufzeichnungen und Archive, die nicht schon ausgedruckt waren, wurden unzugänglich, desgleichen die Währungsreserven der Welt, die sicher hinter elektronisch gesteuerten und betriebenen Tresortoren verwahrt worden waren und nun noch sicherer verwahrt wurden. Aber ihre Währungsreserven, ob sie durch Goldbarren oder so praktische Abstraktionen wie digitale Eintragungen verkörpert wurden, die zwischen den Zentralbanken der Welt von Großrechner zu Großrechner liefen, waren plötzlich ziemlich bedeutungslos.

So war es mit den meisten Dingen. Die Welt, wie wir sie kannten, hatte aufgehört zu existieren.

Auslösender Faktor der Verdunkelung war anscheinend, dass jemand irgendwo in einem Augenblick törichter Verärgerung versucht hatte, eines der außerirdischen Schiffe mit einer Bombe zu vernichten. Niemand wusste, wer es getan hatte – Franzosen, Irakis, Russen? –, und niemand bekannte sich zu der Verantwortung; und in den Verwirrungen des Augenblicks gab es kein zuverlässiges Mittel, den oder die Urheber festzustellen, obwohl es natürlich an Gerüchten nicht mangelte. Vielleicht war es sogar eine Atombombe gewesen; vielleicht waren es nur archaische Feuerwerkskörper. Niemand konnte es wissen, denn kurz nach dem Anschlag fielen alle militärischen Mess- und Warnsysteme, die in der Lage gewesen wären, eine plötzliche Freisetzung radioaktiver Strahlung zu registrieren, ebenso aus wie alle übrigen Errungenschaften menschlicher Technik.

Dennoch war der Angriff auf die Wesen nicht völlig vergeblich. Er richtete natürlich keinen Schaden an, denn die Raumschiffe waren von Kraftfeldern umgeben, die jede unerlaubte Annäherung und jede Beschädigung durch Angriffe aus der Ferne unmöglich machten.

Aber durch den Angriff gelang es, die Wesen zu verärgern. Der Zwischenfall war für sie ärgerlich wie das Summen einer Stechmücke ärgerlich sein kann, und so schlugen sie mit ihrem Äquivalent einer Fliegenklatsche zu, die auf die allgemeine Nachbarschaft der Stechmücke zielte. Oder, wie der Anthropologe Joshua Leonards es im Pentagon ausgedrückt hatte, die versuchte Zerstörung eines Raumschiffes der Außerirdischen war die Eröffnungserklärung zu einer Art Gespräch, auf welche die Wesen mit einer sehr viel lauteren Stimme geantwortet hatten.

Die erste Energieabschaltung, die nur zwei Minuten gedauert hatte, mochte einfach ein Probelauf zur Überprüfung der Ausrüstung gewesen sein. Die zweite, die ein paar Stunden später folgte, war dann der echte Schock. Die Große Stille. Das Ende der Welt, wie sie gewesen war, und der Beginn einer alptraumhaften Zeit mörderischer Anarchie, von Terror und völliger Verzweiflung.

Nach ein paar höllischen Wochen in Kälte und Dunkelheit begann die Energie zurückzukehren. Sporadisch. Selektiv. Verwirrend. Manche Dinge wie Automotoren und Tiefkühlanlagen und Wasserwerke begannen wieder zu arbeiten, andere Dinge wie Fernsehgeräte und Kassettenrecorder und Radarschirme blieben tot, obwohl elektrische Glühbirnen und die Pumpen von Tankstellen wieder funktionierten. Die allgemeine Wirkung war, dass die Menschheit von einer mittelalterlichen Existenzebene etwa auf die von 1937 angehoben wurde, allerdings mit seltsamen und scheinbar willkürlichen Ausnahmen. Wer konnte es erklären? Es ergab keinen Sinn und entzog sich jeder rationalen Erklärung. Warum Telefone, aber keine Modems? Warum CD-Spieler, aber keine Taschenrechner? Und als Modems schließlich wieder funktionierten, taten sie es nicht immer genauso, wie sie es früher getan hatten.

Aber inzwischen kam es nicht mehr auf Erklärungen an. Der entscheidende Beweis war geführt: die Welt war erobert, ohne Wenn und Aber, einfach so, von einem unbekannten Feind aus unbekannten Gründen, und keine Erklärungen wurden gegeben: tatsächlich wurde überhaupt kein Wort gesagt. Die Eindringlinge hatten sich nicht der Mühe einer Kriegserklärung unterzogen, noch waren irgendwelche Schlachten ausgefochten worden, es hatte keine Friedensverhandlungen gegeben und keine Kapitulationsurkunden waren unterzeichnet worden; nichtsdestoweniger war die Entscheidung in einer einzigen Nacht gefallen, die Niederlage für alle sichtbar und spürbar geworden. Widerstand wurde bestraft; und ernster Widerstand wurde streng bestraft.

Wer wollte noch Widerstand leisten? Die Regierung? Die Streitkräfte? Wie? Womit? Über Nacht waren alle Regierungen und Streitkräfte nahezu machtlos geworden, wenn nicht geradezu obsolet. Versuche, die Dinge beisammen zu halten, mit bestehenden Formen und Verfahren neue Organisationen aufzubauen, wurden im Wirbelwind des Chaos weggefegt. Staatliche Strukturen zerfielen wie Gebäude, die seit Jahrhunderten ohne Instandsetzung geblieben waren; aber dies war ein Verfall, der innerhalb von Tagen vor sich ging. Ganze Sektoren der Regierung und Verwaltung verschwanden einfach. Andere bewahrten eine Schattenexistenz und gaben vor, sie würden noch funktionieren, aber niemand achtete noch auf sie. Der Gesellschaftsvertrag, der sie aufrechterhalten hatte, war widerrufen.

Viele Menschen nahmen einfach hin, was mit der Welt geschehen war, und versuchten es zu verstehen, so gut sie konnten, aber viel war das nicht. Sie gingen ihren Geschäften nach, so gut sie konnten, was nicht einfach war. Andere – und es waren sehr viele – drehten einfach durch.

Polizei und Gerichte konnten mit der neuen Anarchie nicht fertig werden; die gesamte Struktur des Sicherheitsapparates und Justizwesens löste sich auf, als wäre sie in Säure gelegt worden, und verschwand. Man konnte jetzt sehen, dass sie überhaupt nur durch öffentlichen Konsens hatte aufrechterhalten werden können. Das Mandat des Gesetzes war zurückgezogen worden, die Autorität selbst mit einem Schlag enthauptet. Armeen und Polizeikräfte schmolzen dahin. Es wurden keine formalen Auflösungsbefehle erteilt, ganz im Gegenteil, aber in dem Maße, wie ihre Mitglieder sich inoffiziell zu zweit und zu dritt selbst beurlaubten und es vorzogen, sich selbst und ihre eigenen Familien zu schützen, statt dem Gemeinwohl zu dienen, verflüchtigten sich solche Organisationen und hörten einfach auf zu bestehen.

Also war das Gesetz tot; einzige Autorität war jetzt das persönliche Gewissen des einzelnen. Nachbarschaften, Weiler, Dörfer und Stadtviertel wurden zu unabhängigen Gemeinschaften, deren Grenzen von Bürgerwehren bewacht wurden, die im Gebrauch von Schusswaffen nicht zimperlich waren. Diebstahl, Plünderung, Raub, Gewaltverbrechen jeder Art: diese Dinge, in der Welt der Jahrhundertwende immer nahe unter der Oberfläche, wurden jetzt epidemisch.

In den ersten drei Wochen nach der Invasion – der Eroberung – starben allein in den Vereinigten Staaten Hunderttausende von Menschen von den Händen ihrer Mitbürger. Es war ein Krieg von jedem gegen jeden, Tage der Raserei und des Blutvergießens. In Westeuropa war es nicht ganz so schlimm; in Russland und vielen Ländern der Dritten Welt schlimmer.

Dies war die Periode, die als die Zeit des Unheils bekannt wurde. Nach den ersten chaotischen Wochen beruhigte die Lage sich ein wenig, als die Elektrizität zurückzukehren begann, und dann kam es zumindest im Kleinen zu einer gewissen Beruhigung. Aber die Verhältnisse, wie sie vor der Eroberung die Norm gewesen waren, wurden nie wieder erreicht.

In den folgenden Monaten schalteten die Invasoren von Zeit zu Zeit die Elektrizität weltweit wieder aus, manchmal für ein paar Stunden, manchmal drei oder vier Tage hintereinander. Nur um die Menschen daran zu erinnern, dass sie es konnten, und um sie zu warnen, dass sie es sich nicht zu gemütlich machen durften, denn eine weitere Dosis Chaos konnte jederzeit über sie kommen. So machten sie ihnen klar, wer hier der Herr war, jetzt und für eine Ewigkeit.

Gleichwohl versuchten die Leute wenigstens einen Anschein ihrer früheren Lebensweise zurückzugewinnen. Aber nachdem die alten Strukturen beim ersten Stoß so vollständig zusammengebrochen waren, ließen sie sich nur unter größten Schwierigkeiten wieder errichten.

Der Tod der Computer hatte das globale Bankensystem zertrümmert. Die Börsen, die kurz nach der Landung der Außerirdischen »vorübergehend« geschlossen worden waren, wurden nicht wieder eröffnet, und der abstrakte Reichtum, der vom Eigentum an Aktien und Fondsanteilen verkörpert wurde, verschwand spurlos. Das war verheerend. In einem Land wie den Vereinigten Staaten, wo Wertpapierbesitz von breiten Schichten als Geldanlage bevorzugt wurde, war das absolut verheerend. Viele verarmten über Nacht, und nur die Gerissensten und Zähesten und Skrupellosesten wussten sich zu helfen. Nationale Währungen fanden keine allgemeine Akzeptanz mehr und wurden weithin von improvisierten regionalen oder örtlichen Währungen, Edelmetall oder durch Tauschgeschäfte ersetzt. Die gesamte Wirtschaft, soweit sie noch funktionierte, arbeitete jetzt mit Improvisationen dieser Art. Der Gebrauch von Kreditkarten war undenkbar. Schecks wurden nirgendwo mehr angenommen.

Eine überraschend große Zahl von Firmen blieb im Geschäft, aber ihre Verfahrensweisen mussten radikal umgestellt werden. Der Einsatz von Computern auch für Kommunikationszwecke kam wieder in Gang, doch blieb er eine blasse und stark veränderte Version seiner früheren universalen Anwendungen, voller Lücken und Unberechenbarkeiten. Eine Art halböffentlicher Postdienst auf regionaler und später auch überregionaler Ebene konnte mit Einschränkungen aufrecht erhalten werden. Private Sicherheitskräfte und Bürgerwehren füllten das nach dem Zusammenbruch der öffentlichen Ordnung entstandene Vakuum.

Sehr früh bildeten sich im Untergrund inoffizielle Widerstandsbewegungen, aber sie waren klug genug, sich einstweilen ruhig zu verhalten, und in den ersten zwei Jahren kam es nicht zu tatsächlichem Widerstand. Andere Gruppen wollten einfach nur mit den Wesen reden, aber diese schienen am Dialog nicht interessiert, obwohl sie, wie sich bald herausstellte, eigene Formen der Kommunikation mit jenen hatten, die sie zu Zwischenträgern machten.

Eine traumartige neue Wirklichkeit hatte sich auf die Welt herabgesenkt. Für beinahe alle Menschen war das Leben jetzt so, wie es sich am Morgen nach einer großen örtlichen Katastrophe darstellt, einem Erdbeben, einer Überschwemmung, einer Feuersbrunst oder einem Taifun. Alles hat sich schlagartig verändert. Man hält Ausschau nach vertrauten Merkmalen und Landmarken – einer Brücke, einer Häuserzeile, einer Baumgruppe, dem eigenen Vorgarten –, um zu sehen, ob sie noch da sind. Und gewöhnlich ist es so, aber etwas von ihrer soliden Unversehrtheit ist über Nacht abhanden gekommen. Alles ist jetzt bedingt. Nichts ist mehr von Dauer. So war es jetzt überall auf der Welt.

Nach einiger Zeit begannen die Menschen durch ihr neues funktionsgestörtes Leben zu schlurfen, als ob die Verhältnisse immer so gewesen wären, obwohl sie wussten, dass es nicht so war. Die einzigen wirklich funktionalen Wesen auf der Welt waren die Eroberer, für die man nun allgemein den Sammelbegriff »Wesen« gebrauchte. Die Zivilisation oder das, was man bis zur Invasion darunter verstanden hatte, war so gut wie zerfallen. Sicherlich würde sich früher oder später eine neue Form entwickeln. Aber wann? Und wie würde sie sein?

Anse war der Erste der Carmichaelsippe, der zur Familienzusammenkunft in der Weihnachtswoche am Landsitz des Obersten eintraf; es war die dritte solche Zusammenkunft der Familie seit der Eroberung.

In Kalifornien fiel Weihnachten in eine schöne Jahreszeit. Die Hügel entlang der Küste waren grün von den Regenfällen der vergangenen Wochen, die Luft war süß und weich, und die liebliche südkalifornische Dezemberwärme durchdrang alles, obwohl der höchste Kamm der Santa Ynez Mountains wie üblich mit Schnee bekränzt war. Die Vögel sangen und trillerten um die Wette, als Anse am späten Nachmittag zum Landsitz seines Vaters fuhr. In allen Gärten blühte festliche Blumenpracht, Massen von purpurnen oder roten Bougainvilleen, die spitzen roten Blüten der Aloe, die fröhlichen scharlachroten Spritzer von strauchförmigen Poinsettien, höher als ein großer Mann. Weiter voraus war ein gleichmäßiger Strom von Fahrzeugen zu sehen, die vom Strand heraufkamen und in die Fernstraße einbogen, als Anse nach der Abzweigung Ausschau hielt, die bergauf zur Ranch führte. Es musste ein guter Tag für die vorweihnachtlichen Surfer gewesen sein.

Frohe Weihnachten, ja! Gott segne uns alle!

Die kühlere Höhenluft kam zum offenen Wagenfenster herein, als Anse die schmale Bergstraße hinauffuhr, die hinter der Ranch einen Bogen beschrieb und zwei nichtöffentlichen Forststraßen Anschluss verschaffte, bevor sie wieder hinab und zum Eingang führte. Er hupte dreimal, als er das letzte Stück hinabfuhr. Peggy, die nun seinem Vater als Sekretärin und Haushälterin diente, kam heraus, um ihm das Tor zu öffnen.

Sie schenkte ihm ein Lächeln und ein munteres Hallo. Peggy war immer guter Dinge. Eine kleine, feinknochige Brünette, durchaus ansehnlich. Anse kam der abenteuerliche Gedanke, dass der alte Mann mit ihr schlafen müsse. Alles konnte wahr sein in diesen grausigen modernen Zeiten. »Ach, der Oberst wird so glücklich sein, Sie zu sehen!« rief sie, spähte zum Wagenfenster herein und blitzte ihr stets bereites Lächeln zu Anses Frau Carole und den drei müden Kindern im Fond des Wagens. »Er tigert schon den ganzen Tag ruhelos auf der Terrasse hin und her und wartet, dass jemand aufkreuzt.«

»Dann ist meine Schwester Rosalie noch nicht hier? Und was ist mit meinen Vettern?«

»Keiner von ihnen, noch nicht. Auch nicht Ihr Bruder. Ihr Bruder wird doch kommen, nicht wahr?«

»Er sagte, dass er kommen würde, ja«, erwiderte Anse ohne rechte Überzeugung.

»Oh, großartig! Der Oberst freut sich so, ihn nach all dieser Zeit zu sehen. Wie war Ihre Fahrt?«

»Wundervoll«, sagte Anse um einiges verdrießlicher als schicklich war. Aber Peggy schien seinen ironischen Unterton nicht zu bemerken.

Die Fahrt hierher war jetzt eine anstrengende ganztägige Angelegenheit für ihn. Er hatte vor Sonnenaufgang von seinem Haus in Costa Mesa unten im Orange County aufbrechen müssen, wenn er an diesem kurzen Wintertag vor Dunkelwerden nach Santa Barbara kommen wollte. Früher hatte er nicht mehr als ungefähr drei Stunden gebraucht, von Tür zu Tür. Aber die Straßen waren nicht mehr, was sie damals gewesen waren. Sehr wenig war noch wie damals.

In den alten Tagen hätte Anse den Freeway von San Diego nach Norden bis zum Highway 101 genommen und wäre direkt durchgefahren. Aber der San Diego Freeway war zwischen Long Beach und Carson eine Holperpiste, weil sie nach der Zeit des Unheils nie instand gesetzt worden war, und man fuhr ungern landeinwärts, um den Golden State Freeway zu nehmen, die andere große Arterie nach Norden, weil der Golden State durch Banditenterritorium führte und überall Straßensperren der Bürgerwehren waren. Also blieb einem nichts übrig, als auf Verbindungsstraßen von Stadt zu Stadt weiterzukriechen, die gefährlicheren Strecken zu umfahren und wann immer es möglich war, ein Stück brauchbarer Autostraße zu benutzen. So fuhr man mehr oder weniger im Zickzack durch Orte wie Garden Grove und Artesia und Compton, und nach geraumer Zeit kam man in Culver City, einem der sichereren Teile von Los Angeles, auf den Highway 405.

Von hier war es eine einigermaßen direkte Strecke nach Norden zum San Fernando-Tal, und mit nur einigen kleineren Umwegen konnte man in der Gegend von Granada Hills den Highway 118 zur Küste nehmen, der über Saticoy und Ventura führte. Anse fuhr nicht gern den 118, weil er ihn in die Gegend brachte, wo sein Onkel Mike am Tag der großen Buschfeuer umgekommen war. Mike war ihm wie ein älterer Bruder gewesen. Aber diese Route war die günstigste, nachdem die Wesen den Highway 101 zwischen Agoura und Thousand Oaks gesperrt hatten. Einfach beide Fahrrichtungen blockiert mit einer Mauer aus großen Betonblöcken über alle acht Fahrspuren an beiden Enden der beanspruchten Zone.

Wie es schien, bauten sie dort irgendeine Einrichtung für sich. Mit menschlichen Arbeitskräften. Sklavenarbeitern. Anscheinend ging es so, dass der Aufseher, der ein Mensch war, aber die Berührung und den Druck bekommen hatte, die ihn erheblich verändert hatten, mit einem halben Dutzend bewaffneter Männer jemand zu Haus aufsuchte und sagte: »Komm. Arbeit.« Und man ging mit ihnen und arbeitete. Oder sie erschossen einen. Wenn einem die Arbeit nicht gefiel und man leichtfüßig genug war, rannte man bei der ersten Gelegenheit weg und ging in den Untergrund. Das waren die einzigen Möglichkeiten, wie es schien. Aber sobald man die Berührung hatte, sobald man den Druck bekam, blieb einem keine Wahl mehr.

Die Berührung. Der Druck.

O schöne neue Welt! Und allen frohe Weihnachten.

Es war eine schwierige und anstrengende Fahrt für Anse gewesen. Die Hände um das Lenkrad gekrampft, den Blick starr auf die mit Müll und Unrat übersäte Straße gerichtet, Stunde um Stunde. Schließlich wollte man nicht auf etwas fahren, was die Reifen beschädigen könnte, denn neue Reifen waren nicht zu haben, und die alten ließen sich nicht unbegrenzt oft reparieren. Aus dem gleichen Grund wollte man den Wagen nicht in irgendeiner Weise beschädigen. Anses Wagen war ein Honda Acura, Baujahr 03, in relativ gutem Zustand, aber mit gewissen kleinen Ermüdungserscheinungen. Er hatte überlegt, ob er ihn für einen größeren Wagen in Zahlung geben sollte, als die Invasion erfolgte. Und danach hatte sich alles geändert.

Es gab keine neuen Wagen mehr, Schluss. Irgendwo in Ohio gab es ein großes Honda-Werk, das die wilde Zeit der Plünderungen und Zerstörungen überlebt hatte, die der Eroberung gefolgt war, und angeblich noch Ersatzteile herstellte, nur wurden keine nach Westen geschickt, angeblich, weil man der Westküstenwährung nicht traute, die anstelle der bundesweiten Landeswährung in Umlauf gekommen war. Die Hondaeinrichtungen in Kalifornien, die während der Unruhen in der Zeit des Unglücks nicht zerstört worden waren, wurden aufs Geratewohl von den Leuten weitergeführt, die sie schon früher betrieben, und ein paar Tage nachdem die Verbindung mit der Muttergesellschaft in Japan verloren gegangen war, sich angeeignet hatten. Aber sie schienen keine sehr kompetenten Manager zu sein, und man konnte nicht auf die Qualität dessen bauen, was ihre Fabriken auslieferten, vorausgesetzt man konnte das benötigte Ersatzteil überhaupt bekommen, was nicht einfach war.

Reparatur, nicht Austausch, stand auf der Tagesordnung; und wenn man das Pech eines Totalschadens hatte, war man angesichts fehlender öffentlicher Verkehrsmittel nur noch ein halber Mensch und konnte geradeso gut bei einer der Arbeitskolonnen der Eroberer anfangen, für die wenigstens die Transportfrage kein Problem war. Sie gaben einem die Berührung, sie gaben einem den Druck, und dann ging man hin, wo sie wollten, und tat, was sie wollten, und das war's dann.

Anse hielt auf dem kiesbestreuten Platz knapp nördlich vom Hauptgebäude und stieg wankend aus, steif, mit vor Müdigkeit brennenden Augen. Er war die ganze Strecke selbst gefahren. Carole war noch immer bereit, innerhalb eines fünfzehn Kilometer-Radius von ihrem Haus zu fahren, hatte heutzutage aber Angst vor Highwayfahrten und dem Fahren in Gegenden, die ihr nicht vertraut waren, und alles das übernahm jetzt er. Sie hatten niemals darüber diskutiert.

Der Oberst erwartete sie auf der rückwärtigen Terrasse des Hauses. »Seht mal, Jungs, da ist Großpapa«, sagte Anse. »Begrüßt ihn mit großem Hallo.« Aber die Jungen waren schon aus dem Wagen und rannten auf ihn zu. Der Oberst hob sie auf die Arme wie kleine Welpen, zuerst die Zwillinge, dann Jill.

»Er sieht gut aus«, sagte Carole. »Hält sich gerade wie immer, hat noch immer dieses Funkeln in den Augen …«

Anse schüttelte den Kopf. »Ich finde, dass er sehr müde aussieht. Und alt. Viel älter als er zu Ostern aussah. Sein Haar ist schütter geworden, sein Gesicht sieht grau aus.«

»Er ist was? – achtundsechzig, siebzig?«

»Erst vierundsechzig«, sagte Anse. Aber Carole hatte nur auf den ersten Blick recht. Der Oberst alterte rasch. Seine gepflegte Erscheinung und gerade Haltung täuschten. Seit den ersten Tagen der Zeit des Unheils lastete das wahre Gewicht seiner Jahre schwer auf ihm. Jene Zeit, als Dunkelheit über die Welt hereingebrochen war, als Panik um sich gegriffen und die Normen zivilisierten Verhaltens auf einmal ihre Gültigkeit verloren hatten, als hätten sie nie existiert, war für den Oberst der schlimmste Alptraum gewesen, das wusste Anse. Der vollständige Zusammenbruch aller Disziplin und Moral, der Verlust aller Formen. Das Leben hatte sich von den schrecklichen ersten Tagen und Wochen nach der Eroberung erholt, eine gewisse Normalisierung hatte stattgefunden, und auch der Oberst hatte sich gezwungenermaßen den neuen Gegebenheiten angepasst. Aber keiner von ihnen war noch derselbe, der er vorher gewesen war, und würde es wahrscheinlich nie wieder sein. Die Veränderungen hatten das Gesicht des Obersten gezeichnet, wie sie alles und jeden gezeichnet hatten.

Mit knirschenden Schritten ging Anse über den Kies und ließ sich von seinem Vater umarmen. Er war zwei Handbreit größer als der Oberst und dreißig oder vierzig Pfund schwerer, aber es war der ältere Mann, bei dem die Initiative der Umarmung lag; der Oberst legte zuerst die Arme um Anse, und Anse erwiderte die Umarmung. So gehörte es sich. Der Oberst hatte die Führung, immer.

»Du siehst ein bisschen müde aus, Paps«, sagte Anse. »Alles in Ordnung?«

»Alles ist in Ordnung, ja. Soweit es in Ordnung sein

kann.« Sogar seine Stimme hatte ein wenig vom alten Klang eingebüßt. »Ich habe mit den Wesen verhandelt, und das ist ein ermüdendes Geschäft.«

Anse zog die Brauen hoch. »Verhandelt?«

»Versucht. Ich erzähl dir später davon, Anse. Bei Gott, es ist gut, dich zu sehen, Junge! Aber du siehst selbst ein wenig spitz aus. Es muss eine schlimme Fahrt gewesen sein.« Er versetzte Anse einen Boxhieb gegen den Oberarm, hart mit den Knöcheln gegen den Muskel. Anse boxte zurück, genauso aufrichtig. Auch das taten sie immer.

Sie hatten es nicht immer leicht miteinander gehabt, Anse und der Oberst. Sie waren nur einundzwanzig Jahre auseinander, was eine Zeit lang, als der Oberst in seinen kraftvollen Vierzigern und Fünfzigern und Anse in seinen Zwanzigern und Dreißigern gewesen waren, den Anschein erweckt hatte, er sei eher Anses älterer Bruder als sein Vater. Sie waren einander ähnlich genug, dass es zu kräftigen Zusammenstößen gekommen war, wann immer sie ein Gebiet gefunden hatten, wo keiner von ihnen hatte zurückweichen können, und gerade verschieden genug, dass es auch viele Zusammenstöße gegeben hatte, wenn sie auf einem Gebiet völliger Uneinigkeit aneinander geraten waren.

Dass Anse in noch jungen Jahren die Armee verlassen hatte, war einer jener Streitpunkte gewesen. Dass Anse vor fünfzehn Jahren eine Weile stark getrunken hatte, war ein anderer gewesen. Was Anses gelegentliche Seitensprünge seit seiner Eheschließung mit Carole betraf, so wusste der Oberst sicherlich nichts davon, sonst hätte er ihn wahrscheinlich umgebracht. Aber sie liebten einander trotzdem. Daran gab es für keinen der beiden einen Zweifel.

Gemeinsam zogen Anse und sein Vater die Koffer aus dem Honda, und der Oberst, der hartnäckig darauf bestand, den schwersten zu tragen, führte sie zu ihren

Räumen. Das Landhaus war groß und weitläufig, mit zwei angebauten Flügeln, und Anse und Carole wurden immer in der besten Gästesuite untergebracht, die ein großes Schlafzimmer und ein benachbartes kleineres hatte, das die langbeinige blonde Jill, die neun Jahre alt war, mit ihren vierjährigen Zwillingsbrüdern Mike und Charlie teilen konnte. Auch ein hübsches Wohnzimmer mit Meeresblick gehörte dazu. Schließlich war Anse der Erstgeborene. Die Carmichaels waren eine Familie, in der man nach festen Regeln lebte.

Als der Oberst sie verließ, schlug er Anse auf die Schulter. »Willkommen daheim, Junge.«

»Es ist gut, wieder hier zu sein.«

Und das stimmte. Die Ranch war ein großer, warmer, angenehmer Ort, eingebettet in ihre Walnuss- und Mandelplantagen auf einer Geländestufe zwischen dem Gebirgswall der Küstenkette und dem schönen Pazifik, weit von der Übervölkerung und dem Durcheinander und den täglichen Gefahren, die den größten Teil des Ballungsraumes Südkalifornien ausmachten. Die alten Steinmauern, die Schieferböden, die soliden, einfachen Möbel, die komischen, rüschenbesetzten Gardinen, die vielen hohen Räume: wie konnte jemand, der hier oben in naturnaher Einsamkeit hoch über den hübschen roten Dächern von Santa Barbara lebte, jemals glauben, dass in diesem Augenblick unbesiegbare außerirdische Ungeheuer auf der Welt umgingen, willkürlich Menschen auswählten, die für sie arbeiten mussten, damit sie allmählich die Landschaften der Welt ihren eigenen unverständlichen Notwendigkeiten anpassen konnten?

Jill nahm es auf sich, die Jungen zu waschen und für das Abendessen herzurichten. Sie liebte es, die Mama zu spielen, und nahm Carole damit eine große Last ab. Als Anse auspackte, wandte sie sich zu ihm und sagte: »Macht es dir etwas aus, wenn ich zuerst dusche? Ich fühle mich nach dieser langen Fahrt so verspannt und nervös. Und schmutzig.«

Anse fühlte sich selbst nicht allzu frisch, und schließlich hatte er an diesem Tag alle Arbeit getan. Aber er sagte ihr, sie solle nur unter die Dusche gehen. Die Zeichen der Anspannung waren überdeutlich; ihre Lippen waren zusammengepresst, die Arme eng an den Körper gelegt, die linke Hand zur Faust geballt.

Carole war erst Ende dreißig, aber sie hatte nicht viel Durchhaltevermögen. Sie musste verwöhnt werden, und Anse verwöhnte sie. Das Austragen der Zwillinge hatte sie viel Kraft gekostet; und dann, zwei Jahre später, die Eroberung, die Zeit des Unheils, die schrecklichen, unsicheren Wochen ohne Gas und Elektrizität, ohne Fernsehen oder Telefon, in denen sie alles Wasser abkochen und versuchen musste, sich mit Schwamm und Waschbecken sauber zu halten, und die bescheidenen Mahlzeiten auf einem alten Kohlenofen kochte und abwechselnd die ganze Nacht mit der Schrotflinte Wache hielt, falls eine der Plündererbanden, die damals das Orange County durchstreiften, beschlossen hatten, dass es an der Zeit sei, sich diese hübsche, ordentliche Vorortsiedlung vorzunehmen – diese wenigen Wochen hatten sie nervlich und körperlich an den Rand des Zusammenbruchs gebracht. Carole war nicht für das primitive Leben jenseits der Grenzen der Zivilisation gemacht. Noch jetzt hatte sie sich erst teilweise von jener schrecklichen Zeit erholt.

Er beobachtete sie aus den Augenwinkeln, als sie sich entkleidete. Eine seiner verstohlenen kleinen Freuden: Nach elf Jahren liebte er noch immer den Anblick ihres nackten, noch jugendlichen, beinahe mädchenhaften Körpers – die glatten, wohlgeformten Beine, die kleinen hohen Brüste, die Kaskade des schimmernden goldblonden Haares, und dieses kleine fiedrige Dreieck unter ihrem Bauch, ebenfalls goldblond. Der vertraute

Körper, ohne Überraschungen, aber noch immer erregend, noch immer geliebt, und doch so oft betrogen. Was ihn genötigt hatte, sie immer wieder mit diesen anderen, geringeren Frauen zu betrügen, war etwas, das Anse nie hatte verstehen können. Trotzdem hatte er nie aufgehört, von Zeit zu Zeit die Anziehung zu fühlen, und nie die Kraft gehabt, ihr zu widerstehen.

Ein Defekt in den Genen der Familie, vermutete er. Ein Zusammenbruch der eisernen Carmichael-Tugend. Nach all diesen Generationen robuster, gottesfürchtiger, superpatriotischer, rechtschaffen lebender Leute wurde das Blut allmählich dünn.

Nicht dass Anse auch nur einen Augenblick lang glaubte, sein Vater sei eine Art Heiliger, weder er noch ein anderer dieser langen Abstammungslinie aufrechter Carmichaels, die ihm in die dunkle Vergangenheit vorausgegangen waren. Aber er konnte sich nicht vorstellen, dass der Oberst jemals seine Frau betrogen oder es auch nur gewollt hätte. Oder sich eine plausible Ausrede zurechtgelegt hätte, um sich vor einem gefährlichen oder unangenehmen Auftrag zu drücken. Oder sich einen Joint angezündet und einen tiefen Lungenzug getan hätte, um eine langweilige, öde Nacht in Saigon hinter sich zu bringen. Oder in irgendeiner anderen Weise vom rechten Weg abgewichen wäre, wie er ihn verstand. Anse konnte sich wirklich nicht vorstellen, wie der alte Mann auf Zehenspitzen ins Schlafzimmer dieser hübschen jungen Peggy schlich, um sich auf seine alten Tage noch ein wenig Genuss zu verschaffen.

Nun, dass er vielleicht einen Joint geraucht hatte, ja. Wenn man berücksichtigte, dass damals die 1970er Jahre und Vietnam gewesen waren. Aber nichts von allem Übrigen. Der Oberst war vor allem ein Mann von Disziplin. Er musste schon von der Wiege an so gewesen sein. Während Anses Leben ein ständiges Ringen zwischen dem, was er wollte, und dem, was er sollte, war. Und obwohl er sich im Großen und Ganzen nicht für eine Schande der strengen Familientraditionen hielt, wusste er, dass er den wahren und rechtschaffenen Weg viel öfter verlassen hatte als er sollte, und es wahrscheinlich wieder tun würde. Vieles sprach dafür, dass sein Vater es auch wusste, wenn er auch nicht das ganze Ausmaß seiner Sünden kannte, oh nein, nicht annähernd.

Der mildernde Umstand in all dieser Selbstgeißelung war für Anse, dass er nicht das einzige Familienmitglied war, dem es an Vollkommenheit gebrach. In der Generation des Obersten hatte es Mike gegeben, Anses brütenden, zum Jähzorn neigenden Onkel, der für kurze Zeit pflichtschuldig beim Militär gedient hatte und dann genauso pflichtschuldig bei der freiwilligen Brandbekämpfung mitgemacht hatte, die ihn schließlich das Leben gekostet hatte, ansonsten aber ein sehr sonderbares, zurückgezogenes und unregelmäßiges Leben geführt und schließlich noch diese verstiegene, übergeschnappte, Modeschmuck herstellende Frau aus Los Angeles geheiratet hatte, die der Oberst so sehr verabscheut hatte. Auch Anses eigene Geschwister hatten den Makel: Rosalie zum Beispiel, von der er wusste, dass sie in ihrer Jugend ein heimliches Karussell hemmungsloser Promiskuität gewesen waren, die den alten Mann in einen Schlaganfall getrieben haben würde, wenn er die leiseste Ahnung davon gehabt hätte. Freilich hatte sie sich längst geläutert. Oder Bruder Ronnie …

Gott, ja, Bruder Ronnie …

»Wir sind für die Feiertage alle zur Ranch eingeladen«, hatte Anse vor zwei Wochen zu seinem Bruder Ronnie gesagt, unten im tiefsten Süden, wo alle drei Kinder des Obersten ihre Wohnsitze hatten. »Rosalie und Doug, Paul und Helena, Carole und ich und die Kinder«, sagte Anse. »Und du.«

Ronnie wohnte am südlichsten von allen, in La Jolla bei San Diego. Anse war eigens die ganze Strecke hinuntergefahren, um die Einladung persönlich zu überbringen. Früher einmal war La Jolla eine Highwaystunde von Costa Mesa entfernt gewesen, aber inzwischen war es keine leichte Fahrt mehr, auch keine sichere. Sein Bruder führte ein unterhaltsames Junggesellenleben in einer hübschen Eigentumswohnung am Meer, mit rosa Wänden, dicken Teppichen, Sauna und Schwimmbad, großen Panoramafenstern, weiträumig und luxuriös, eine Wohnung für eine Million Dollar, erworben mit dem Gewinn aus irgendeinem zwielichtigen Geschäft vor der Eroberung, von dem Anse nie etwas hatte wissen wollen. Je weniger Anse über das tägliche Leben seines jüngeren Bruders wusste, desto besser: das war lange seine Politik gewesen. Einige Häuser auf der Landseite von Ronnies Straße waren geschwärzte Schutthaufen, zerstört in den Unruhen der Zeit des Unheils und nie wieder aufgebaut, aber das mehrstöckige Haus, wo Ronnie seine Wohnung hatte, sah unversehrt und wie neu aus. Das zeigte, wie Ronnies Glück funktionierte.

»Ich?« hatte Ronald Carmichael ausgerufen und die Hände in gespielter Verblüffung hochgeworfen. Die Farbe seines gebräunten Gesichts vertiefte sich. Er war ein großer und kräftiger blonder Mann, der so aussah, als könnte er leicht Fett ansetzen, obwohl sein Körper muskulös und fest war. »Du beliebst zu scherzen! Ich habe in fünf Jahren kein Wort mit ihm gewechselt!«

»Du bist aber eingeladen. Er ist dein Vater und sagt, komm über Weihnachten, und diesmal hat er besonderen Nachdruck darauf gelegt. Ich weiß nicht, warum, aber er machte es dringend. Du kannst nicht nein sagen.«

»Und ob ich kann. Er hat mir damals klipp und klar gesagt, dass er nichts mehr mit mir zu schaffen haben will, und ich habe mich damit abgefunden. Wir kommen beide sehr gut ohne einander zurecht, und ich sehe keinen Grund, das jetzt zu ändern.«

»Du vielleicht nicht, aber ich. Dieses Jahr ist anscheinend etwas Besonderes in Vorbereitung. Er sagte, du seist dieses Jahr auf der Gästeliste, und dieses Jahr, mein Lieber, wirst du hingehen. Ich werde einfach nicht zulassen, dass du deinem Vater die Weihnachtseinladung ins Gesicht wirfst.«

Dabei hatte es keine offizielle Einladung gegeben. Nicht direkt vom Oberst an Ron. Der alte Mann hatte Anse gebeten, die Schmutzarbeit für ihn zu tun, und Ronnie machte sich diesen Umstand rasch zunutze: »Hör mal, Anse, lass ihn selbst zu mir sprechen, wenn er mich unbedingt dort haben will.«

»Das ist ein bisschen viel verlangt, Ronnie. So weit kann er sich nicht verbeugen, noch nicht, nicht nach allem, was zwischen euch gewesen ist. Aber er möchte, dass du kommst, das weiß ich. Es ist seine Art, Frieden zu schließen. Ich denke, du solltest kommen. Ich möchte, dass du kommst.«

»Warum, zum Teufel, will er mich dort haben? Und warum du? Offensichtlich verabscheut er mich noch immer. Du weißt, dass er mich für nichts anderes als einen Betrüger und Bauernfänger hält.«

»Na und? Bist du's nicht?«

»Sehr komisch, Anse.«

»Dieses Jahr wird er nicht davon anfangen. Das verspreche ich dir.«

»So sieht er aus. Sieh mal, Anse, du weißt verdammt gut, dass es bloß wieder Streit geben wird, wenn ich dort erscheine. Es wird allen die Weihnachtsfreude verderben.«

»Ronnie …«

»Nein.«

»Ja«, erwiderte Anse mit Nachdruck und blickte gerade in die trickreichen leuchtend blauen Carmichaelaugen seines Bruders und sagte in seiner patentierten Nachahmung väterlicher Strenge und Entschiedenheit: »Ich werde ihn von deiner Einwilligung benachrichtigen. Du wirst kommen, und damit basta.«

»He, Anse, was fällt dir ein …«

»Gesagt, getan, mein Lieber, und dabei bleibt's. So oder so, du schaffst deinen Arsch bis zum Nachmittag des 23. Dezember hinauf nach Santa Barbara.«

Es hörte sich gut an, wie er es sagte, ganz im alten militärischen Befehlston. Und Ron zuckte die Achseln und lächelte in seiner charmanten, einschmeichelnden Weise und nickte und sagte, er werde es sich sorgfältig und reiflich überlegen. Was natürlich Ronnies übliche Art war, nein zu sagen. Anse erwartete nicht, dass Ron auf der Ranch erscheinen würde. Die Wahrscheinlichkeit war ungefähr so gering wie die, dass die Außerirdischen ihre Sachen packen und als Weihnachtsgeschenk für die belagerten Völker der Erde morgen nach Haus zurückkehren würden. Er wusste, was sein Bruder war. Ein Fremder in ihrer Mitte. Das war Ronnie. Außer diesen verdammten blauen Augen war nichts von einem Carmichael an ihm.

Nun, der Oberst hatte ihn für Weihnachten auf die Ranch eingeladen, Gott allein wusste, warum, und Anse hatte die Einladung gehorsam überbracht. Insgeheim aber hoffte er, dass Ronnie zu Haus bleiben würde. Oder von einer umherstreifenden Bande von Wesen vereinnahmt würde, was gelegentlich geschah, um die Weihnachtsfeiertage an Bord eines ihrer Schiffe zu verbringen und ihnen hübsche Geschichten vom Kind in der Krippe zu erzählen. Es war wirklich nicht nötig, dass Ronnie kam und ihnen allen die Feiertage verdarb, nicht wahr? Das schwarze Schaf, das sich so lange von der Herde abgesondert hatte. Der faule Apfel. Das taube Samenkorn.

Anse hörte von draußen das Zuschlagen einer Wagentür.

Auch Carole hörte es. »Ich glaube es ist gerade jemand gekommen«, rief sie aus dem Bad. Sie erschien in der Türöffnung, ganz rosig und blond, und trocknete sich ab. »Meinst du, es könnte dein Bruder sein?«

War es möglich? Bruder Ronnie, endlich wieder vereint mit der Familie? Aber nein: als er in der Dämmerung zum Parkplatz hinausspähte, sah Anse eine Frau aussteigen, gefolgt von einem großen ungelenken Mann und einem dicken Jungen.

»Nein«, sagte er. »Es sind Rosalie und Doug, mit Steve.«

Dann, nicht mehr als zehn Minuten später, sah er wieder zwei Autoscheinwerfer die Bergstraße heraufkommen. Seine Vettern Paul und Helena wahrscheinlich, die zusammen von Newport Beach heraufkommen wollten. Paul hatte in der Zeit des Unglücks seine Frau verloren, Helena ihren Mann. Danach hatten sie sich wieder enger zusammengeschlossen und in dieser Zeit tragischer Verluste bildeten Bruder und Schwester eine solide kleine Einheit. Aber wieder nein: im letzten verblassenden Tageslicht konnte Anse erkennen, dass dies ein eleganter kleiner Sportwagen war, nicht der große alte Kombiwagen, den Paul fahren würde. Dies war der Wagen seines Bruders. »Mein Gott«, schnaufte Anse. »Ich glaub, es ist tatsächlich Ron!«

In der schönen Stadt Prag, welche die Hauptstadt der Tschechischen Republik gewesen war, bis an jenem Tag vor zwei Jahren und zwei Monaten solche Dinge wie Hauptstädte und Republiken aufgehört hatten, von realer Bedeutung zu sein, und die jetzt Standort des zentralen Kommunikationsnexus der Wesen war, die das europäische Festland besetzt hatten, war das Wetter an diesem Abend, wenige Tage vor Weihnachten, äußerst unkalifornisch, obwohl es für das winterliche Prag angenehm genug war. Die Temperatur hatte den ganzen Tag knapp über dem Gefrierpunkt gelegen, und jetzt, am Abend, begann sie unter Null zu sinken. Tags zuvor hatte es geschneit, wenn auch nicht sehr stark, und die Stadt war in einen dünnen weißen Überzug gehüllt; aber an diesem Abend war die Luft klar und still, nur eine schwache Brise erhob sich von der Moldau, die durch das Herz der alten Stadt floss, aber sonst war alles ruhig.

Karl-Heinrich Borgmann, sechzehn Jahre alt und Sohn eines deutschen Elektroingenieurs, der seit Mitte der 1990er Jahre in Prag lebte, ging rasch durch den dunkelnden Abend, leichtfüßig wie die Raubkatze, als die er sich sah, und beschlich seine Beute. Tatsächlich war er alles andere als katzenhaft: klein und dicklich, mit einem breiten, flachen Gesicht und ausgeprägten Backenknochen, dicken Handgelenken und Knöcheln, dunklem Haar und von gelblich-bräunlicher Hautfarbe, war seine ganze Erscheinung mehr slawisch als germanisch. Aber in seiner Vorstellung war er eine große Raubkatze auf Beutezug, und seine Beute war das schwedische Mädchen Barbro Ekelund, die Tochter des Universitätsprofessors, in die er seit vier Monaten insgeheim in verzweifelter, wahnsinniger Liebe entbrannt war, genauer gesagt, seit dem Tag, als sie sich im Lebensmittelgeschäft in der Parizskastraße nahe dem alten Judenviertel getroffen und kurz miteinander gesprochen hatten.

Jetzt ging er ihr nach, blieb zwanzig Meter hinter ihr und hielt den Blick starr auf ihr jeansbekleidetes Hinterteil fixiert. Dies war der Tag, an dem er sie endlich ansprechen und einladen wollte, etwas Zeit mit ihm zu verbringen. Sein Weihnachtsgeschenk an sich selbst. Endlich eine feste Freundin. Der Anfang des Neubeginns in seinem Leben.

In seiner Phantasie sah er sie nackt die Straße hinuntergehen. Mit leuchtender Klarheit erblickte er diese zwei glatten, fleischig weißen Hinterbacken, die sich erstaunlich aus ihrer schmalen Taille erweiterten. Er sah den schlanken bleichen Rücken mit der dünnen, eingesenkten Linie ihres Rückgrats, die zierlichen Knochen ihrer Schulterblätter. Die langen dünnen Arme. Die wundervoll geformten, eleganten Beine, so schlank, dass sie sich beim Gehen nicht aneinander rieben, wie es die Beine tschechischer Mädchen meist taten, sondern ein wenig Luft von den Knien aufwärts zwischen sich ließen.

Er konnte sie auch herumdrehen, dass sie ihn ansah, wenn er wollte, konnte sie so leicht um hundertachtzig Grad drehen wie ein Bild auf seinem Computerbildschirm mit zwei kurzen Tastenanschlägen. Jetzt drehte er sie herum und sah die reifen, runden Brüste mit den rosigen Spitzen, so unwahrscheinlich voll und schwer an ihrer schlanken, schmalen Gestalt, und die tiefe Einsenkung ihres Nabels, rechts und links eingerahmt von den Hüftknochen, und daneben ein Muttermal, und darunter den dichten, geheimnisvollen Dschungel, unerwartet dunkel bei ihrer nordischen Blondheit. Er stellte sich vor, wie sie splitternackt auf der verschneiten Straße stand, ihm zulächelte und winkte und aufgeregt seinen Namen rief.

Karl-Heinrich hatte in Wirklichkeit niemals die Nacktheit Barbro Ekelunds erblickt, noch die irgendeines anderen Mädchens. Jedenfalls nicht mit eigenen Augen. Aber nach langer Beobachtung und Vorbereitung war es ihm gelungen, in den Herbstferien, als die Familie Ekelund einige Tage verreist war, mit Hilfe eines Sortiments selbst gefertigter Dietriche bei Nacht in ihre Altbauwohnung einzudringen, in Barbros Zimmer ein winziges Spionauge zu installieren und an die Hauptdatenleitung des Hauses anzuschließen. Karl-Heinrich war in solchen Dingen sehr gut. Das Spionauge fing hin und wieder köstliche flüchtige Blicke auf

Barbro Ekelund ein, wie sie aufstand, sich nackt in ihrem Zimmer bewegte, ihre Morgenübungen machte und im Kleiderschrank nach den Sachen suchte, die sie am betreffenden Tag tragen wollte. Die Aufzeichnungen wurden mit allen anderen privaten Datenübermittlungen zum Verteiler in der Hauptpost geleitet und in Karl-Heinrichs privater Datenbox gespeichert, wo er sie mit einem einzigen Mausklick abrufen konnte.

In den vergangenen zwei Monaten hatte Karl-Heinrich seine Sammlung von Barbroaufnahmen vergrößert und in geeigneter Weise redigiert, so dass er inzwischen einen eleganten kleinen Videofilm von ihr besaß, der sie aus jedem Blickwinkel zeigte, wie sie sich drehte, die Arme streckte, und sich ihm unwissentlich mit völliger Unbefangenheit zur Schau stellte. Er wurde nie müde, ihn zu sehen.

Aber sehen war natürlich nicht annähernd so gut wie berühren. Liebkosen. Erfahren.

Wenn nur …

Er ging schneller. Sie war, vermutete Karl-Heinrich, der ihre Gewohnheiten seit Monaten ausgespäht hatte, unterwegs zu dem kleinen Café am unteren Ende des Platzes, wohin sie gern ging, gleich hinter dem alten Hotel Europa. Er wollte sie einholen, bevor sie es betrat, so dass sie mit ihm hineingehen würde, statt sofort zu einem Tisch zu gehen, wo ihre Freunde saßen.

»Barbro!« rief er. Seine Stimme war heiser vor Spannung, nicht viel mehr als ein artikuliertes Röcheln. Er musste es herauszwingen. Es war immer eine gewaltige Anstrengung für ihn, ein Mädchen anzusprechen oder Annäherungsversuche zu machen. Mädchen waren ihm fremdartiger als selbst die Außerirdischen.

Aber sie wandte den Kopf, starrte zu ihm her. Runzelte die Stirn, offensichtlich verwundert.

»Karl-Heinrich«, verkündete er, als er sie eingeholt hatte. Nun kam es darauf an, eine kecke, frohgemute

Ungezwungenheit auszustrahlen, so gut es eben ging. »Du erinnerst dich. Aus dem Lebensmittelgeschäft im Stare Mesto. Borgmann, Karl-Heinrich Borgmann. Ich zeigte dir, wie du den Datenstab gegen das Implantat halten musst.«

»Lebensmittelgeschäft ...?« sagte sie zweifelnd. »Stare Mesto?«

Er grinste sie hoffnungsvoll an. Sie war zwei Zentimeter größer als er. Er fühlte sich neben ihrer geschmeidigen, strahlenden, langbeinigen Schönheit so untersetzt, so tierhaft plump, derb und gedrungen.

»Es war im August. Wir unterhielten uns eine ganze Weile.« Das war nicht ganz richtig. Sie hatten ungefähr drei Minuten miteinander gesprochen. »Die Psychologie der Wesen, wie Kafka sie vielleicht verstanden hätte, und so. Du hattest ein paar faszinierende Gedanken. Ich bin so froh, dich zufällig wieder zu sehen. Hab schon überall nach dir Ausschau gehalten.« Die Worte gingen ihm jetzt glatt von der Zunge. »Darf ich dich zu einem Kaffee einladen? Vielleicht interessiert es dich, von einer tollen neuen Computerarbeit zu hören, die ich gemacht habe.«

»Tut mir leid«, sagte sie und lächelte beinahe schüchtern, offenbar noch immer verwirrt. »Ich fürchte, ich erinnere mich nicht ... Aber ich muss jetzt gehen, ich treffe hier ein paar Freunde von der Universität ...«

Nicht locker lassen! befahl er sich streng.

Er befeuchtete die Lippen. »Weißt du, was mir gerade gelungen ist? Ich habe eine Methode gefunden, Zugang zu den wichtigsten Computern der Wesen zu bekommen. Ich kann ihre Kommunikationen abhören!« Er war verblüfft, sich selbst so etwas sagen zu hören, so phantastisch und unwahr. Aber er machte eine vage Armbewegung in die Richtung des Flusses und der hoch ragenden Masse des Hradschin auf dem Hügel am anderen Ufer, wo die Wesen ihr Hauptquartier in den hohen gotischen Hallen des Veitsdomes eingerichtet hatten. »Ist das nicht außerordentlich? Der erste direkte Zugang zu ihrem System. Ich kann es nicht erwarten, jemandem alles darüber zu erzählen, und es würde mich glücklich machen, wenn du – wenn wir – du und ich, wenn wir uns darüber unterhalten könnten …« Er fing an zu plappern und merkte es selbst.

Ihre meergrünen Augen blickten entmutigend distanziert. »Es tut mir schrecklich leid. Meine Freunde warten drinnen.«

Nicht nur größer als er, sondern zwei oder drei Jahre älter. Und so schön und unerreichbar wie die Ringe des Saturn.

Er hätte gern gesagt: Sieh mal, ich weiß alles über deinen Körper, ich kenne jeden Leberfleck auf deiner Haut, die Form deiner Brüste und weiß, dass das Haar an deinem Geschlecht dunkel statt blond ist, und ich finde dich absolut schön, und wenn du dich von mir liebkosen und ausziehen und ein wenig berühren lässt, werde ich dich für immer wie eine Göttin verehren.

Aber Karl-Heinrich sagte nichts davon, sagte überhaupt nichts und stand stumm, wo er war, und blickte sie verlangend an, als ob sie tatsächlich eine Göttin wäre, Aphrodite, Astarte, Ischtar, und sie schenkte ihm ein weiteres verwundertes kleines Lächeln, wandte sich um und ging ins Café, ließ ihn allein und mit hochroten Wangen und wie ein Fisch nach Luft schnappend auf der Straße stehen.

Er war schockiert und zornig über die Zurückweisung, aber nicht wirklich überrascht. Eine große Trauer überkam ihn. Aber auch ein Anflug von Erleichterung. Sie war zu schön für ihn: ein kaltes bleiches Feuer, das ihn verzehren würde, wenn er zu nahe käme. Er hätte sich sowieso nur wie ein Trottel benommen, wenn sie mit ihm hineingegangen wäre. In seinem kopflosen, hungrigen Übereifer hätte er beinahe sofort alles ruiniert.

Schöne Mädchen waren beängstigend. Aber notwendig. Nichts gewagt, nichts gewonnen. Aber warum musste es für ihn immer so enden?

Eine leichte Windbö wirbelte Schnee über den Platz auf ihn zu, und er setzte sich fröstelnd in Bewegung, wanderte in geistesabwesender Benommenheit nordwärts, erfüllt von bitterem Selbstmitleid. Ziel- und planlos ging er die Melantrichova hinauf und in das Labyrinth der kleinen, kopfsteingepflasterten alten Gassen und Straßen, die zum Fluss führten. Zehn Minuten später war er an der Karlsbrücke und blickte hinauf zu der düsteren Masse des Hradschin, die das andere Ufer beherrschte.

Sie beleuchteten Schloss und Veitsdom nicht mehr mit Scheinwerfern, seit die Wesen dort residierten. Aber man konnte die mächtigen schwarzen Umrisse auf der Anhöhe noch immer klar erkennen.

Der ganze Bereich um den Hradschin war jetzt abgesperrt, nicht nur der Dom, sondern auch die Museen, die Höfe, der alte kaiserliche Palast, die Gärten und alles übrige, was den Ort für Touristen so attraktiv gemacht hatte. Nicht dass heutzutage noch Touristen nach Prag kamen, natürlich. Karl-Heinrichs Phantasie malte sich die Riesengestalten der Außerirdischen aus, der Wesen, wie sie sich in dem Dom umherbewegten und ihren unergründlichen Aufgaben nachgingen. Mit einiger Verblüffung dachte er an die Prahlerei, die ihm so unerwartet von den Lippen gegangen war. Zugang zu den zentralen Computern der Wesen! Anzapfen ihrer Kommunikationsleitungen! Natürlich stimmte das nicht. Aber er fragte sich, ob es sich machen ließe. Vielleicht war es möglich …

Ich werd's ihr zeigen, dachte er. Ja.

Zur Burg hinaufgehen. Irgendwie einbrechen. Den

Anschluss an ihre Rechner finden. Es musste eine Möglichkeit geben. Schließlich war es nur eine Sequenz elektrischer Impulse. Und selbst die Wesen brauchten letzten Endes dieses Grundprinzip in jeder Art von Rechner. Es würde ein interessantes Experiment sein, eine intellektuelle Herausforderung. Ich bin, sagte er sich, ein Versager bei Frauen, aber ich habe einen guten Verstand, der ständig im Spiel bleiben muss, um seine Schärfe zu behalten. Ich muss meinen Bereich geistiger Fähigkeit durch ständiges Streben nach Vollkommenheit immer mehr verbessern.

Also Verbindung herstellen. Und nicht nur eine Verbindung! Eine Kommunikationsleitung zu ihnen eröffnen. Ihnen ein Angebot machen. Ihnen Dinge über unsere Computer beibringen, die sie nicht wissen können und lernen wollen. Sich ihnen nützlich machen. Jemand muss es tun. Sie werden bleiben; sie sind jetzt unsere Herren.

Sich ihnen nützlich machen, das ist es.

Ihren Respekt und ihre Bewunderung erwerben. Ich kann sehr hilfreich sein, das weiß ich. Ihr Vertrauen erwerben, ihre Sympathie, dass sie abhängig von mir werden und mir Belohnungen für meine weitere Kooperation bieten.

Und dann …

Dann werden sie mir Barbro als Sklavin geben. Ja.

Ja. *Ja.*

Anse sagte: »Du wirst ihn nicht verarschen, nicht wahr, Ronnie? Versprich mir das. Du wirst nichts tun, um dem alten Mann das Weihnachtsfest zu verderben.«

»Ehrenwort«, sagte Ron. »Den alten Mann verletzen, wäre das Letzte, was ich will. Es liegt alles bei ihm. Hoffen wir nur, dass er nicht anfängt. Wenn er nachsichtig mit mir ist, werde ich keinen Streit mit ihm anfangen. Aber vergiss nicht, dass ich hierher komme, war deine Idee.« Nur mit einem umgebundenen Badetuch bekleidet bewegte er sich im Raum umher, packte seine Sachen aus und ordnete sie säuberlich, seine Hemden, seine Socken, seine Gürtel, seine Hosen. Ron war ein sehr ordentlicher Mann, dachte Anse. Sogar ein wenig pedantisch.

»Seine Idee«, sagte Anse.

»Das ist das Gleiche. Ihr seid vom gleichen Schlag, du und er.«

»Und du auch. Denk daran, das ist alles, um das ich dich bitte, in Ordnung?«

Sie waren vier Jahre auseinander und hatten einander nie besonders gemocht, obwohl die Animosität zwischen ihnen gar nichts war, verglichen mit der zwischen Ronnie und seinem Vater. In ihrer Kindheit und Jugendzeit war Anse selten über Ronnies Gewohnheit erheitert, Dinge von ihm zu borgen, ohne ihn zu fragen – Turnschuhe, Joints, Freundinnen, Autos, Schnaps et cetera et cetera –, aber er hatte Ronnies unbekümmert prinzipienlose Art nicht mit der gleichen hochmütigen Verurteilung betrachtet, wie der Oberst es getan hatte. »Du bist sein Sohn, und er liebt dich, was immer im Laufe der Jahre zwischen euch vorgegangen ist, und dies ist Weihnachten, und die ganze Familie ist zusammen, und ich möchte nicht, dass du Ärger machst.«

Ronnie blickte über seine muskulöse Schulter. »Es reicht, Anse. Ich sagte dir, dass ich gut sein werde. Können wir es dabei belassen?« Er wählte ein Hemd aus dem Dutzend oder mehr, die er mitgebracht hatte, entfaltete es und prüfte das Gewebe nachdenklich zwischen zwei Fingern, schüttelte den Kopf, wählte ein anderes aus dem Stapel, knöpfte es mit unerträglicher Präzision auf und zog es an. »Hast du eine Ahnung, warum er uns alle hier haben will, Anse? Abgesehen von Weihnachten?«

»Ist Weihnachten nicht genug?«

»Als du mich unten in La Jolla besuchtest, sagtest du mir, dass du glaubst, etwas Besonderes sei fällig, und dass es wichtig für mich sei, zu kommen. Dringend sogar, sagtest du.«

»Richtig. Aber ich habe keinen Hinweis.«

»Könnte es sein, dass er krank ist? Etwas wirklich Ernstes?«

Anse schüttelte den Kopf. »Glaube ich nicht. Er sieht für meine Begriffe recht gesund aus. Ein wenig abgehärmt, das ist alles. Er arbeitet zu viel. Angeblich ist er im Ruhestand, aber tatsächlich ist er in irgendeiner Weise in Regierungsaktivitäten verstrickt, weißt du. Was heutzutage als Regierung firmiert. Nach der Eroberung haben sie ihn aus dem Ruhestand zurückgeholt, oder er hat selbst die Initiative ergriffen. Über Einzelheiten lässt er nichts verlauten, aber er verriet mir, dass er kürzlich eine Delegation zu den Wesen führte, um Verhandlungen mit ihnen zu eröffnen.«

Ronnies Augen weiteten sich. »Im Ernst? Erzähl mir mehr darüber.«

»Das ist alles, was ich weiß.«

»Faszinierend.« Ronnie warf sein Badetuch beiseite, fuhr in eine Unterhose und machte sich daran, die passende Hose für den Abend auszuwählen. Er legte die erste, zweite und dritte wieder aus der Hand und betrachtete forschend eine vierte, wobei er an der einen und an der anderen Spitze seines herabhängenden blonden Schnurrbarts zupfte, als Anse, der allmählich die sehr geringe Quantität Geduld verlor, die er für seinen Bruder aufbrachte, sagte: »Meinst du, dass du ein bisschen voranmachen kannst, Ron? Es ist gleich sieben. Die Aperitifs werden um Punkt sieben serviert, und er erwartet uns jetzt im Wohnzimmer. Du erinnerst dich, wie er es mit der Pünktlichkeit hat, hoffe ich.«

Ronnie lachte leise. »Ich nerve dich wirklich, nicht wahr?«

»Jeder der fünfzehn Minuten braucht, um ein Hemd und eine Hose für ein zwangloses Familienabendessen auszuwählen, würde mich nerven.«

»Wir haben einander fünf Jahr nicht gesehen, er und ich. Ich möchte gut aussehen für ihn.«

»In Ordnung. Schon gut.«

»Erzähl mir was anderes«, sagte Ronnie, entschied sich endlich für eine Hose und stieg hinein. »Wer ist die Frau, die mich zu meinem Zimmer geführt hat? Sie sagte, ihr Name sei Peggy.«

In den Augen seines Bruders war plötzlich etwas, ein Glanz, der Anse nicht gefiel.

»Seine Sekretärin. Eine Frau aus Los Angeles, aber er traf sie in Washington, als er kurz nach der Invasion an einer Konferenz dort teilnahm. Sie war von den Wesen am Tag der Landung tatsächlich gefangen genommen worden, zusammen mit Cindy übrigens, vor dem Einkaufszentrum, und sie war in Washington, um den Vereinigten Stabschefs zu erzählen, was sie gesehen hatte. Sie wusste auch etwas über Cindys Verhalten an Bord des Schiffes der Außerirdischen zu erzählen.«

»Kleine Welt.«

»Sehr klein. Peggy sagt, sie habe Cindy für ziemlich übergeschnappt gehalten.«

»Dagegen gibt es nichts zu sagen. Und Peggy und der Oberst ...«

»Er brauchte jemanden, der ihm mit der Ranch hilft, und er mochte sie, und sie schien in L. A. keine Bindungen zu haben, also fragte er sie, ob sie als Sekretärin und Haushälterin hier heraufkommen wolle. Das ist ungefähr alles, was ich über sie weiß.«

»Eine recht attraktive Frau, findest du nicht?«

Anse schloss einen Moment lang die Augen und atmete langsam ein und aus.

»Spiel nicht mit ihr herum, Ron.«

»Um Himmels willen, Anse! Ich machte einfach eine unschuldige Bemerkung!«

»Die letzte unschuldige Bemerkung, die du machtest, war ›Gugu‹, da warst du sieben Monate alt.«

»Anse …«

»Du weißt, was ich dir sage. Lass die Finger von ihr.«

Ein ungläubiger Ausdruck kam in Ronnies Augen. »Willst du damit sagen, dass sie und der Oberst … dass er … dass sie …«

»Ich weiß es nicht. Es ist nicht auszuschließen, aber ich bezweifle es sehr.«

»Wenn es nichts zwischen ihnen gibt, und ich bin dieses Wochenende zufällig allein hier, und sie ist eine ungebundene alleinstehende Frau …«

»Sie ist dem Oberst wichtig. Sie sorgt hier für Ordnung und hält den Laden in Gang, und ich vermute, dass sie ihn in Gang hält. Ich weiß, was du in den Köpfen von Frauen anrichtest, und möchte nicht, dass du ihren verdrehst.«

»Leck mich am Arsch, Anse.« Sehr ruhig, beinahe liebenswürdig.

»Du mich auch. Wirst du jetzt so gütig sein, deine Schuhe anzuziehen, dass wir nach vorn gehen und mit unserem Vater auf das Wiedersehen anstoßen?«

In der vergangenen Stunde war das Zentrum der Anspannung vom Kopf des Obersten abwärts zu seiner Brust und Mitte gewandert, und jetzt war alles um seinen Magen und Bauch konzentriert, wie ein Band aus weißglühendem Eisen. In all seinen Jahren in Vietnam hatte er niemals ein solch tiefes, an Furcht grenzendes Unbehagen verspürt wie jetzt, als er auf die Wiedervereinigung mit seinem jüngsten Sohn wartete.

Aber in einem Krieg, dachte er, brauchst du dich nur zu sorgen, ob dein Feind dich töten wird oder nicht, und mit genug Intelligenz und genug Glück kann es dir gelingen, das zu verhindern. Hier aber war er selbst der Feind, und das Problem war die Selbstbeherrschung. Er musste sich unter Kontrolle halten, egal was geschah, nicht über den Sohn herziehen, der eine so schwere Enttäuschung für ihn gewesen war. Dies war das Fest der Familie, Weihnachten. Er wagte es nicht zu ruinieren, und dass er es ruinieren könnte, fürchtete er. Der Oberst hatte niemals besondere Furcht vor dem Tod gehabt, oder vor irgendetwas anderem, aber er fürchtete jetzt, dass er bei Ronnies Anblick all den angestauten Ärger, der in seinem Herzen war, herauslassen und damit alles verderben würde.

Nichts dergleichen geschah. Anse kam ins Zimmer, Ronnie einen halben Schritt hinter ihm; und der Oberst, der zwischen Rosalie und Peggy am Büfett stand, fühlte sein Herz schmelzen, als er endlich hier in seinem eigenen Haus seinen großen, kräftigen, blonden, sonnengebräunten zweiten Sohn sah. Das Problem war nicht, wie er seinen Zorn im Zaum halten konnte, sondern wie er die Tränen zurückhalten sollte.

Es wird alles gut, dachte er in jäher Erleichterung. Blut war noch immer dicker als Wasser, sogar jetzt.

»Ronnie … Ronnie, Junge …«

»He, Paps, du siehst gut aus! Nach all der Zeit.«

»Und du. Hast ein wenig Gewicht zugelegt, wie? Aber du warst immer der Athlet der Familie. Und natürlich bist du kein Junge mehr, schließlich.«

»Nächsten Monat neununddreißig. Ein Jahr entfernt vom elenden Alter. Ach, Paps – es ist so verdammt lang her …« Plötzlich lagen sie einander in den Armen, Ronnie klopfte seinem Vater auf den Rücken, und der Oberst drückte Ronnies Rippen, und dann trennten sie sich wieder, und der Oberst schenkte die Getränke ein, den doppelten Scotch, den, wie er wusste, Ronnie vorzog, und Sherry für Anse, der heutzutage nie etwas Stärkeres trank; und Ronnie ging im Raum herum und umarmte die Leute, zuerst seine Schwester Rosalie, dann Carole, dann seine launenhafte Cousine Helena und ihren gleichmütigen Bruder Paul, und dann ein großes Hallo für Rosalies schwerfälligen Mann Doug Gannet und ihren übergewichtigen, pausbackigen Sohn Steve, und eins für Anses Kinder, die er alle drei zusammen aufhob und in der Luft schwenkte, die Zwillinge und Jill …

O ja, er war clever, dachte der Oberst. Ein richtiger Charmeur. Und er schnitt den Gedanken ab, bevor er Verzweigungen bilden konnte, weil er wusste, dass es ihn zu nichts Gutem führen würde.

Ronnie stellte sich nun Peggy Gabrielson vor. Peggy sah ein wenig nervös aus, vielleicht wegen der Art und Weise, wie der magnetische Ronnie sein betörendes Charisma spielen ließ, oder vielleicht, weil sie wusste, dass Ronnie der Paria und das schwarze Schaf der Familie war, ein zwielichtiger, skrupelloser Charakter, mit dem der Oberst viele Jahre lang nichts zu tun hatte haben wollen, der nun aber aus irgendeinem Grund wieder in den Stamm aufgenommen wurde.

Als die Getränke herumgereicht worden waren, sagte der Oberst mit erhobener Stimme: »Ihr mögt euch fragen, warum ich euch alle hier zusammengerufen habe. Und tatsächlich habe ich in den nächsten paar Tagen einen sehr vollen Terminkalender, was das gute Essen und Trinken betrifft, und auch eine Diskussion äußerst ernster Angelegenheiten.« Er sorgte dafür, dass sie die Betonung heraushörten. »Das Trinken ist vorgesehen für …« Er machte eine dramatische Pause und reckte den Arm, um seine Armbanduhr freizulegen – »genau neunzehn Uhr. Also jetzt gleich. Anschließend folgt das Abendessen und die äußerst ernste Diskussion morgen oder am Tag darauf.« Er hob sein Glas. »Also: Frohe Weihnachten euch allen! Alle, die ich in der armen zerschlagenen Welt liebe, stehen hier vor mir. Wie wundervoll das ist, wie absolut wundervoll. – Ich hoffe, ich werde auf meine alten Tage nicht zu sentimental, nicht?«

Sie stimmten überein, dass er ein gutes Recht habe, heute Abend sentimental zu werden. Aber was sie im Gegensatz zu ihm noch nicht wussten, war, dass das meiste von der Sentimentalität nicht viel mehr als ein taktisches Manöver war. Ebenso wie die Versöhnung mit Ronnie. Der Oberst hatte etwas in petto.

Er ging im Uhrzeigersinn durch den Raum und widmete jedem der Anwesenden etwas Zeit, und Ronnie ging in der anderen Richtung herum, und schließlich standen Vater und Sohn sich wieder von Angesicht zu Angesicht gegenüber. Der Oberst sah, wie Anse die Begegnung aufmerksam beobachtete, als überlegte er, sich als ein Puffer zu ihnen zu gesellen; aber der Oberst schüttelte beinahe unmerklich den Kopf, und Anse trat zurück.

Mit leiser Stimme sagte der Oberst zu Ronnie: »Ich bin von Herzen froh, dass du heute Abend hierher gekommen bist, Junge. Das ist mein Ernst.«

»Ich freue mich auch. Ich weiß, wir hatten unsere Probleme, Papa ...«

»Leg sie beiseite. Ich habe es getan. In einer Zeit, in der die Welt von einer so tiefen Krise heimgesucht wird, können wir uns nicht den Luxus leisten, Streitigkeiten mit unserem eigenen Fleisch und Blut fortzuführen. Du hast für dein Leben gewisse Entscheidungen getroffen, die nicht die Entscheidungen waren, die ich von dir erhofft hatte. Aber das können und wollen wir vergessen. Es gibt jetzt neue Entscheidungen zu treffen. Die Wesen haben alles verändert, und alles in Frage gestellt. Sie haben die Zukunft verändert und die Vergangenheit ausgelöscht.«

»Wir werden Mittel und Wege finden, sie uns früher oder später vom Hals zu schaffen, meinst du nicht, Paps?«

»Werden wir? Das frage ich mich.«

»Höre ich da eine Andeutung von Defätismus in deiner Stimme?«

»Nenne es Realismus, vielleicht.«

»Ich kann nicht glauben, dass ich Oberst Anson Carmichael III. so etwas sagen höre.«

»Genau genommen«, sagte der Oberst mit schiefem Lächeln, »bin ich jetzt General. In der Kalifornischen Befreiungsarmee, von der kaum jemand weiß, und die ich jetzt nicht zur Diskussion stellen möchte. Aber ich sehe mich immer noch als Oberst, und ihr könnt es genauso halten.«

»Ich höre, dass du zu den Wesen in ihre eigene Höhle gegangen bist, sozusagen, um mit ihnen zu verhandeln. Du gingst hinein und blicktest ihnen ins Auge. Ist das nicht so?«

Er scheint wirklich neugierig zu sein, was das angeht, dachte der Oberst. Scheint wirklich interessiert zu sein. Das ist für Ronnie ziemlich ungewöhnlich.

»Mehr oder weniger wahr«, sagte er. »Eher weniger als mehr.«

»Magst du mir davon erzählen?«

»Lieber nicht, nicht jetzt. Es war nicht erfreulich. Ich möchte, dass der heutige Abend und diese ganze Woche nichts als angenehm und erfreulich sein mögen. Oh, Ronnie, du Spitzbube, du elender Gauner, wie glücklich bin ich, dich hier zu sehen ...«

Die Begegnung des Obersten mit den Außerirdischen war durchaus nicht erfreulich gewesen, aber notwendig – und in gewisser Weise instruktiv.

Die rätselhafte Leichtigkeit, mit der alle menschlichen Institutionen beinahe unmittelbar nach der Ankunft der Außerirdischen zusammengebrochen waren, hatte der Oberst nie begreifen, geschweige denn akzeptieren können. All die scheinbar festgefügten

Staatswesen mit ihren Verfassungen und Gesetzen, all die straff strukturierten militärischen Organisationen mit ihrer Disziplin und Pflichterfüllung: sie waren nach Jahrtausenden kultureller und zivilisatorischer Entwicklung wie Kartenhäuser in sich zusammengefallen. Ein Windstoß aus dem Weltraum hatte sie alle über Nacht hinweggefegt. Und die kleinen Gruppen, die sich spontan aus der Situation heraus gebildet hatten, waren oft nicht mehr als örtliche Zusammenschlüsse von plündernden Kriminellen und hitzköpfigen Bürgerwehren auf der anderen Seite. Das war nicht Regierung. Das waren Begleiterscheinungen der Anarchie.

Warum? Warum, verdammt noch mal?

Zum Teil war es wohl auf den dramatischen Zusammenbruch elektronischer Kommunikation zurückzuführen, von der die Welt so abhängig geworden war, und von dem Chaos, den dieser Zusammenbruch verursacht hatte. Noch stärker mochte sich der Ausfall der Elektrizität ausgewirkt haben, der die hochentwickelte Zivilisation an der empfindlichsten Stelle getroffen hatte. Eine Zivilisation, die in allen Bereichen völlig abhängig von Elektrizität war, musste mit dem Augenblick ihres Verschwindens zusammenbrechen. Trotzdem war das für den Oberst keine befriedigende Erklärung.

Es hatte keinen offenen Angriff gegeben, nicht einmal eine Drohung damit. Die Wesen waren schließlich nicht wie die Krieger Sanheribs oder die Horden Dschingis Khans mit Feuer und Schwert über die Menschheit hergefallen. Sie waren von Anfang an die meiste Zeit in ihren unverwundbaren Schiffen geblieben, hatten keine Erklärungen abgegeben und keine Forderungen gestellt. Sie waren ihren eigenen unbekannten Geschäften nachgegangen und nur hin und wieder zum Vorschein gekommen, immer nur ein paar zur Zeit, um wie mäßig neugierige Touristen scheinbar ziellos umherzuschlendern.

Oder um es genauer auszudrücken: wie hochmütige neue Grundbesitzer, die ihre erste Inspektion von kürzlich erworbenem Eigentum machen. Touristen hätten Fragen gestellt, Souvenirs gekauft, Taxis benutzt. Aber die Wesen stellten keine Fragen und mieteten keine Fahrzeuge, und obwohl sie ein gewisses Interesse an Souvenirs zu haben schienen, gingen sie einfach mit allem fort, was ihnen gefiel und wo immer sie es fanden; keine Transaktion fand statt, kein Handel wurde abgeschlossen, kein Kaufpreis entrichtet.

Und die Menschheit stand hilflos vor ihnen. Alle so dauerhaft scheinenden Strukturen der Zivilisation waren durch ihre bloße Anwesenheit hier auf Erden zerfallen, als ob die Wesen einen Ton in unhörbarer Frequenz ausstrahlten, der die Fähigkeit besaß, alle staatlichen und gesellschaftlichen Strukturen wie zerbrechliches Glas in tausend Stücke fallen zu lassen.

Was war das Geheimnis ihrer Macht? Der Oberst hätte viel dafür gegeben, es zu wissen, denn solange man seinen Feind nicht kennt, hat man keine Chance, ihn zu bezwingen, und es war des alten Obersten größte Hoffnung, die Welt vor dem Ende seiner Tage wieder frei zu sehen. Das war ein Wunsch, den er in seinem Herzen hegte und nicht aufgeben konnte, so töricht der Gedanke wahrscheinlich war. Es steckte in seinen Knochen, seinen Genen.

Und so ergriff er ohne zu zögern die Gelegenheit, als er eine Chance sah, in die Höhle des Löwen zu gehen und dem Feind in das glitzernde gelbe Auge zu sehen.

Niemand konnte genau sagen, durch welche Kanäle die Einladung von ihnen gekommen war. Die Wesen sprachen nicht in einer der Sprachen der Erde zu Menschen; im Grunde sprachen sie überhaupt nicht. Aber irgendwie wurden ihre Wünsche übermittelt. Und sie übermittelten nun einen Wunsch, zwei oder drei intelligente, einfühlsame Erdlinge an Bord ihres südkalifornischen Flaggschiffes zu einer geistigen Begegnung zu empfangen.

Die informelle Gruppe, die sich Kalifornische Befreiungsarmee nannte und welcher der Oberst angehörte, hatte die in Los Angeles residierenden Wesen wiederholt ersucht, eine solche Delegation menschlicher Unterhändler an Bord ihres Schiffes kommen zu lassen, um Sinn und Ziel ihres Besuches auf Erden zu diskutieren. Diese Petitionen gingen ins Leere, blieben ohne jede Reaktion. Die Wesen schenkten ihnen keinerlei Beachtung. Es war, als wollten die Ameisen mit dem Bauern verhandeln, der seinen Wasserschlauch auf ihren Ameisenhaufen gerichtet hatte. Als wollten die Schafe mit dem Scherer verhandeln, die Schweine und Rinder mit dem Metzger. Die andere Seite schien nicht zu bemerken, dass irgendeine Bitte oder Anfrage an sie gerichtet worden war.

Aber dann schienen sie ganz unerwartet Notiz davon zu nehmen. Es war alles sehr umständlich und indirekt und begann mit der Ausübung des telepathischen Zwangs, der als ›der Druck‹ bekannt geworden war, gegen die Überbringer einer ähnlichen Petition, die den Wesen in London überbracht worden war; es war ein ziemlich komplexer Druck gewesen, der in einer Weise mehr ein Zug als ein Zurückstoßen gewesen war. In Widerstandskreisen hatte man eine Analyse versucht, um zu verstehen, was die Wesen hatten bewirken wollen, als sie den Londonern in dieser Form den Druck verpasst hatten. Aus dieser Analyse war dann die Auffassung hervorgegangen, dass die Eindringlinge zu verstehen geben wollten, dass sie tatsächlich eine solche Delegation von maximal drei menschlichen Personen empfangen würden, aber in Kalifornien, nicht in London.

Das konnte natürlich eine völlige Fehlinterpretation der Tatsachen sein. Die ganze Theorie beruhte auf Vermutungen. Nichts war ausdrücklich gesagt worden; es war eine Sache von Aktionen und Reaktionen, von machtvollen, aber unverständlichen Kräften, die in einer bestimmten Weise operierten, welche sich im Sinne einer bestimmten Bedeutung konstruieren ließen und auch so konstruiert worden waren. Aber in früheren Jahren hatten Astronomen durch das Studium kosmischer Kräfte und Gegenkräfte dieser Art bisher unvermutete Planeten des Sonnensystems entdeckt; die kalifornische Gruppe entschied, dass der Versuch mit der Hoffnung unternommen werden sollte und dass ihre Interpretation der Londoner Manöver richtig sei, und sie auf dieser Grundlage eine Delegation entsenden sollten.

Die Befreiungsarmee wählte Joshua Leonards wegen seiner anthropologischen Kenntnisse, Peter Carlyle-Macavoy wegen seines Scharfsinns und seiner wissenschaftlichen Einsicht. Und dazu Oberst Anson Carmichael III., weil er militärische mit psychologischen Kenntnissen verband. An einem milden Herbstmorgen stand der Oberst mit den beiden anderen vor dem glatten grauen, hoch aufragenden Turm des fremden Raumschiffs, dessen feurige Landung im San Fernando-Tal vor zwei Jahren das ganze Drama eingeleitet hatte.

»Ist es eine Falle?« fragte Joshua Leonards. »Ich hörte heute Morgen, dass sie im vergangenen Monat fünf Leute an Bord eine Schiffes in Budapest ließen. Sie kamen nie wieder heraus.«

»Soll das heißen, dass Sie einen Rückzieher machen wollen?« fragte Carlyle-Macavoy und blickte aus seiner Höhe beinahe angewidert auf den untersetzten Anthropologen herab.

»Wenn sie uns nicht herauslassen, können wir sie

von innen studieren, während sie uns studieren«, sagte Leonards. »Damit bin ich einverstanden.«

»Und Sie, Oberst?«

Der Oberst lächelte. »Natürlich wäre es mir verhasst, den Rest meines Lebens an Bord dieses Schiffes zu verbringen. Aber schlimmer wäre es, den Rest meines Lebens in dem Wissen zu verbringen, dass ich hätte hineingehen können, aber nein sagte.«

Es bestand immer die seltsame Möglichkeit, dachte er, dass er am Ende zur Heimatwelt der Wesen abtransportiert würde, wie es seiner früheren Schwägerin Cindy vermutlich ergangen war. Das wäre freilich seltsam, seine Tage in einem Gefangenenlager auf einer unheimlichen fremden Welt zu beenden, unter ständigen telepathischen Verhören seitens fünf Meter großer Tintenfische. Nun, er war ein alter Mann und würde das Risiko auf sich nehmen.

Die große Luke in der Seite des immensen Schiffes öffnete sich, und die Klappe glitt sieben oder acht Meter auf einer unsichtbaren Schiene abwärts, um zu einer Aufzugplattform zu werden, auf der alle drei stehen konnten. Leonards bestieg sie zuerst, dann Carlyle-Macavoy, dann der Oberst. Sobald der Letzte der drei Männer an Bord gekommen war, hob sich die Plattform lautlos, bis sie die Ebene der dunklen Öffnung erreichte. Als sie vor der Öffnung anlangten, ging innen ein Licht an und überschüttete sie mit blendender Helligkeit. »Also los«, sagte Leonards. »Die drei Musketiere.«

In diesem Augenblick des Eintretens war der Kopf des Obersten voll von den Fragen, die er stellen wollte. Alle waren Variationen über *Woher sind Sie gekommen?* und *Warum sind Sie hier?* und *Was haben Sie mit uns vor?*, aber sie waren in verschiedene, mehr indirekte Begrifflichkeiten gekleidet. Wie etwa: Waren die Wesen Repräsentanten einer galaktischen Konföderation von

Welten? Wenn es sich so verhielt, würde der Eintritt der Erde in diese Konföderation möglich sein, entweder jetzt oder zu einem zukünftigen Zeitpunkt? Und gab es eine unmittelbare Absicht, auf eine mehr konstruktive Kommunikation zwischen Menschen und Wesen hinzuarbeiten? Und verstanden sie, dass ihre Anwesenheit hier, ihre Eingriffe in menschliche Institutionen und das Funktionieren des Wirtschaftslebens den Bewohnern einer friedlichen und in ihrem Selbstverständnis zivilisierten Welt viel Kummer und Leid bereitet hatte? Und so weiter, Fragen, die ihm früher naturgemäß nie in den Sinn gekommen wären.

Aber der Oberst kam nicht dazu, eine dieser Fragen zu stellen, soweit er es beurteilen konnte.

Nach dem Betreten einer Art Vestibül gerieten er und seine Gefährten in eine Welt verwirrender Lichteffekte, aus denen ein paar gigantische außerirdische Gestalten in Schleiern noch größerer Helligkeit anmutig auf sie zu geschwommen kamen. Sie bewegten sich in einer Art Glorienschein. Lange Flammenzungen kalten Feuers gingen von ihnen aus.

Als er sie klar sehen konnte, was sie ihm nach einer unbestimmten Zeit erlaubten, entdeckte er zu seiner Verblüffung, dass sie schön waren. Riesig und eindrucksvoll, ja. Vielleicht furchterregend. Aber im opalisierenden Schimmer ihrer leuchtenden, durchscheinenden Umhüllung und den anmutig wogenden Bewegungen und dem weichen glänzenden Blick ihrer riesigen Augen lag eine machtvolle und unbeschreibliche Schönheit, sogar eine Zartheit der Form, die ihn mit ihrem gutartigen Eindruck verblüffte.

Man konnte in den leuchtenden gelben Tiefen dieser Augen versinken, in der pulsierenden strahlenden Leuchtkraft ihrer mächtigen Intelligenz, die sie wie wirbelnde Lichtumhänge umgab, eine Aura, die ihnen etwas nahezu Göttliches verlieh. Man war davon überwältigt. Man war verblüfft. Man kam sich klein und unbedeutend vor. Man war durchdrungen von einer Empfindung, die verwirrend zwischen Schrecken und Liebe schwankte.

Könige des Universums waren sie, Herren der Schöpfung. Und die neuen Herren der Erde.

»Nun«, wollte der Oberst sagen, »da sind wir. Wir sind sehr glücklich, dass wir die Gelegenheit erhalten haben …«

Aber er sagte weder dies noch etwas anderes. Auch Leonards und Carlyle-Macavoy sagten nichts. Und die Außerirdischen schwiegen, zumindest sprachen sie nicht in dem Sinne, wie wir es verstehen.

Die Begegnung, die in diesem Vestibül stattfand, zeichnete sich hauptsächlich dadurch aus, was nicht geschah.

Die drei menschlichen Abgesandten wurden nicht nach ihren Namen gefragt, noch bekamen sie Gelegenheit, sich vorzustellen. Auch die beiden Wesen, die zur Begegnung erschienen waren, stellten sich nicht vor. Es gab weder eine höfliche kleine Begrüßungsansprache von den Gastgebern noch einen Ausdruck von Dankbarkeit für die Einladung von Seiten der Abgesandten. Cocktails und Canapes wurden nicht serviert. Zeremonielle Geschenke wurden nicht ausgetauscht. Die Besucher wurden nicht zu einem Rundgang durch das Schiff eingeladen.

Es wurden keine Fragen gestellt und keine Antworten gegeben.

Tatsächlich wurde von keiner der beiden Seiten ein Wort gesprochen

Der Oberst und seine zwei Gefährten standen in Ehrfurcht und Verwunderung und verblüfftem Schweigen Seite an Seite vor den beiden außerirdischen Titanen, und während eines unendlich verlängerten Augenblicks schien nichts Besonderes zu geschehen. Und dann, allmählich, fühlte sich jeder der drei Menschen in seinem Innern dahinschwinden, erfuhr in der unerträglichsten Art und Weise eine völlige Verringerung und Entwertung des Selbstwertgefühls, das er im Laufe eines Lebens harter Arbeit, angestrengter Studien und hervorragender Leistungen mühevoll erbaut hatte. Der Oberst fühlte sich von diesen unheimlichen Riesen verzwergt, und nicht bloß im körperlichen Sinne. Er fühlte sich entleert und beeinträchtigt, beinahe geschrumpft. In jeder Weise reduziert.

Es war, als wäre er wieder ein kleines Kind geworden, konfrontiert von strengen, ungeheuren, unverständlichen, allmächtigen und entschieden lieblosen Eltern. Der Oberst fühlte sich vollständig und absolut entmachtet. Er war nichts. Er war niemand.

Dies war die Erfahrung, die ihren Empfängern bereits als die Berührung bekannt war. Sie wurde verursacht von der stummen und nicht verbalen Durchdringung eines menschlichen Geistes durch den telepathischen Verstand eines Wesens.

Hatten sie, fragte sich der Oberst hinterher, wirklich eine derartige Demütigung ihrer menschlichen Gäste beabsichtigt? Vielleicht war das der ganze Zweck der Zusammenkunft gewesen: eine Verstärkung der Tatsache ihrer Überlegenheit. Auf der anderen Seite hatten sie diese Tatsache bereits verdammt gründlich vor Augen geführt. Warum sollten sie sich in dieser Weise noch einmal die Mühe machen? Wenn man über Nacht eine Welt erobert hatte, ohne auch nur eine Spur dessen, was man Handgreiflichkeit nennen könnte, hat man es nicht nötig, es jemandem unter die Nase zu reiben. Wahrscheinlicher war, dass die deprimierende Wirkung der Zusammenkunft bloß eine unvermeidliche Begleiterscheinung war: sie sind, was sie sind, wir sind, was wir sind, und wenn wir vor ihnen stehen, müssen wir uns unvermeidlich so fühlen, weil es der

Ungleichheit in allgemeiner Macht und Wirksamkeit zwischen einer Art und der anderen entsprach.

Aber das Verständnis der Sachlage war naturgemäß nicht geeignet, seine Stimmung zu heben.

Der Berührung, hatte der Oberst bereits erfahren, folgte gewöhnlich der Druck. Das war die Ausübung geistigen Druckes seitens des infiltrierenden Wesens auf den infiltrierten menschlichen Geist, und hatte angeblich den Zweck, etwas Nutzbringendes und Vorteilhaftes für das allgemeine Befinden der Wesen zu erlangen.

Das war es, was ihnen als nächstes widerfuhr. Die Abgesandten der Kalifornischen Befreiungsarmee wurden jetzt dem Druck unterworfen.

Der Oberst spürte etwas – er konnte nicht sagen, was es war, aber er fühlte sich irgendwie angestoßen, nein, ergriffen und sanft aber fest gestoßen, er wusste nicht wohin – und dann war es vorbei. Vorbei und erledigt und wurde bereits ein Nichtereignis. Aber im Augenblick dieser Empfindung hatte das Treffen, wenn man es so nennen konnte, seinen Abschluss gefunden. Der Oberst sah das deutlich. Von diesem Augenblick an war klar, dass sie bereits gehabt hatten, was vorgesehen war, dass der gesamte Inhalt der Begegnung aus der Berührung und dem Druck bestehen würde. Eine geistige Begegnung in der Tat, sogar im buchstäblichsten Sinne, aber für die menschlichen Abgesandten keine sehr befriedigende. Keine Diskussion irgendwelcher Art. Kein Austausch von Erklärungen, kein Gespräch über Ziele und Absichten, und ganz gewiss keine Verhandlungen irgendwelcher Art. Das Treffen war beendet, obwohl es nie wirklich begonnen hatte, soweit es den Oberst betraf.

Ein weiterer längerer und grauer Zeitabschnitt ohne wahrnehmbares Ereignis verstrich in nicht messbarer Weise, eine weitere zeitlose Periode, in der nichts von Bedeutung stattfand, eine Abwesenheit sogar des Bewusstseins; und dann fanden er und Leonards und Carlyle-Macavoy sich draußen vor dem Schiff wieder, taumelnd wie Betrunkene, aber allmählich wieder zu sich kommend.

Eine Weile sprach keiner von ihnen. Wollte nicht, konnte vielleicht nicht.

»Naja!« sagte Leonards schließlich, oder vielleicht war es Carlyle-Macavoy, der es zuerst sagte. Es klang tief empfunden. »Jetzt wissen wir es«, sagte Carlyle-Macavoy, und Leonards sagte einen halben Augenblick später das Gleiche. »Jetzt wissen wir es, weiß Gott«, sagte der Oberst.

Seltsamerweise war es ihm unmöglich, Blickkontakt mit ihnen zu suchen; und auch sie sahen überall hin, nur nicht zu ihm. Aber dann kamen sie impulsiv zusammen wie die Überlebenden, die sie waren: sie legten einander die Arme um die Schultern, der stämmige kleine Leonards in der Mitte und die beiden größeren Männer in einer engen kleinen Gruppe; und in einer wankenden, schwankenden Art und Weise tappten sie wie ein geistig verwirrtes sechsbeiniges Geschöpf nicht ohne Gelächter über das öde braune Feld zu dem Wagen, der jenseits der Grenze umzäunten Geländes auf sie wartete.

Und das war alles. Der Oberst war froh, mit intakter geistiger Unabhängigkeit und Gesundheit davongekommen zu sein, wenn es sich tatsächlich so verhielt. Und in gewisser Weise war es eine wertvolle und aufschlussreiche Zusammenkunft gewesen. Er sah jetzt noch klarer als zuvor, dass die Wesen nach Belieben mit den Menschen verfahren konnten; sie so überlegene Kräfte hatten, dass es unmöglich war, sie auch nur zu beschreiben, geschweige denn zu verstehen oder gar zu bekämpfen. Das würde reiner Wahnsinn sein, dachte der Oberst, Wesen wie diese zu bekämpfen.

Und doch war er nicht imstande, diesen Gedanken zu akzeptieren.

Noch immer trug er eingebettet in sein Bewusstsein von der Hoffnungslosigkeit jedes Widerstandes eine ebenso starke Abneigung, sich in die ewige Sklaverei der Menschheit zu fügen. Trotz allem, was er gerade erfahren hatte, wollte er weiter gegen diese Eindringlinge kämpfen, auf welche Weise auch immer. Sein Bewusstsein der völligen Überlegenheit des Feindes und sein Verlangen, ihn trotzdem zu bekämpfen und zu schlagen, waren nicht zu vereinbarende Konzepte, und der Oberst fühlte sich von dieser unauflöslichen Unvereinbarkeit zerrissen. Und er wusste, dass er in diesem Zustand bis zum Ende seiner Tage verbleiben musste, dass er sich selbst für immer verweigern musste, was letzten Endes nicht verweigert werden konnte.

Ronnie und Peggy standen nebeneinander am Rand der Terrasse und blickten in das bewaldete Tal, das zur Stadt Santa Barbara hinabführte. Es war kurz vor Mitternacht, eine helle Mondnacht. Das Abendessen war längst vorbei, und die anderen waren schlafen gegangen, und er und sie, als letzte übriggeblieben, waren einfach zusammen hinausgegangen, ohne dass sie oder er den Vorschlag hätte machen müssen. Sie stand nahe bei ihm, aber ohne ihn zu berühren. Ihr Scheitel reichte ihm kaum bis zur Achselhöhle.

Die Luft war klar und angenehm mild, sogar für einen südkalifornischen Dezember, als ob das silbrige Mondlicht die Landschaft in geheimnisvolle Wärme tauchte. Die roten Ziegeldächer der kleinen Stadt weit unter ihnen schimmerten schwarzpurpurn in der Dunkelheit. Ein leichter Wind wehte von der See herein, deutete vielleicht auf Regen in einem oder zwei Tagen hin.

Eine Zeit lang sprach keiner von ihnen. Es war sehr angenehm, dachte er, einfach neben dieser kleinen, geschmeidigen, hübschen Frau hier im Frieden und der Stille der milden Winternacht zu stehen.

Wenn er etwas sagte, würde er automatisch auf das verführerische, manipulative Spiel verfallen, das er unweigerlich spielte, wenn er eine attraktive neue Frau kennenlernte. Das wollte er nicht mit ihr, obwohl er nicht genau wusste, warum. Also blieb er still. Auch sie sagte nichts; sie schien zu erwarten, dass er irgendwelche Avancen machte, aber er unterließ es, und das schien sie zu verwundern. Es verwunderte ihn auch. Aber er ließ die Stille andauern.

Dann sagte sie, als könne sie die Stille nicht länger ertragen und müsse nach irgendetwas greifen und sei es die offensichtlichste Eröffnung: »Man sagte mir, dass Sie so etwas wie der böse Bube der Familie seien.«

Ronnie lachte. »Das bin ich gewesen, nehme ich an. Wenigstens nach den Begriffen meines Vaters. Ich selbst hielt mich nie für einen besonders schlechten Kerl, nur für einen Opportunisten, denke ich. Und einige der Geschäfte, mit denen ich mich befasste, waren, nun ja, nicht ganz sauber. Der Oberst sah darin ein gewisses Element von Täuschung und spitzfindiger Rechtsverdrehung. Für mich waren es bloß Geschäfte. Aber der eigentliche und grundsätzliche Punkt für ihn war, dass ich nie zum Militär ging, was für den Oberst bei einem Mitglied unserer Familie eine unverzeihliche Sünde ist. Doch scheint er mir nun vergeben zu haben.«

»Er liebt Sie«, sagte Peggy. »Er kann nicht verstehen, wo Sie vom geraden Weg abgekommen sind.«

»Nun ja, ich auch nicht. Aber nicht aus dem gleichen Grund. Im Licht meiner Erkenntnis tat ich bloß, was mir einleuchtend schien. Nicht jede Idee, die ich hatte, war eine gute. Aber das macht mich nicht zu einem Bösewicht, oder? Natürlich hätte Hitler das Gleiche von sich sagen können. – Aber nun erzählen Sie mir etwas von sich, ja?«

»Was gibt es da schon zu erzählen?« Aber sie erzählte trotzdem ein wenig: aufgewachsen in den Vororten von Los Angeles, Familie, Oberschule, ihre ersten paar Arbeitsstellen. Nichts Ungewöhnliches; nichts von Intimsphäre. Keine Erwähnung ihres Aufenthalts an Bord des Raumschiffs.

Sie war aufgeweckt, munter, freimütig, sehr sympathisch, ohne Koketterie, Raffinesse oder Affektiertheit. Ronnie verstand jetzt, warum der Oberst sie gebeten hatte, mit ihm auf der Ranch zu leben und ihm bei der Verwaltung zu helfen. Aber gewöhnlich fühlte Ronnie sich mehr von Frauen eines mehr barocken Typs angezogen. Er war überrascht, wie attraktiv er sie fand, und begann zu sehen, dass er sich tiefer verstrickte als er gedacht hatte. Etwas geschah mit ihm hier, etwas Seltsames, sogar Unerklärliches. Aber vielleicht sollte es so sein. In dieser Zeit ereigneten sich viele unerklärliche Dinge in der Welt.

»Waren Sie jemals verheiratet?« fragte er.

»Nein. Der Gedanke ist mir nie gekommen. Und Sie?«

»Nur zweimal, bisher. Beides jugendliche Irrtümer.«

»Jeder macht Fehler.«

»Aber ich glaube, ich habe meine volle Quote schon.«

»Was heißt das?« fragte sie. »Keine Heiraten mehr?«

»Keine unpassenden mehr.«

Darauf erwiderte sie nicht. Nach einer Weile sagte sie: »Eine hübsche Nacht, nicht wahr?«

Das stimmte. Ein großer, heller Mond, glitzernde Sterne, weiche balsamische Luft. Grillen zirpten irgendwo. Der Duft von Gardenienblüten. Ihre Nähe, die Anziehungskraft, die ihr schlanker kleiner Körper auf ihn ausübte.

Wo war der Ursprung dieser Anziehungskraft, die zu ihren wirklichen Qualitäten jenseits aller Proportion zu liegen schien? Lag sie in der Tatsache, dass sie ein Planet in der Umlaufbahn um die Sonne seines Vaters war, und dass er sich fester an den Oberst binden würde, wenn er sie zu fassen bekäme? Er wusste es nicht. Er weigerte sich sogar, nach einer Antwort zu suchen. Das war die Wurzel von Ronnies Erfolg in seinem ganzen Leben, Weigerung, genauer in etwas herumzustochern, was nicht zu verstehen ihm zuträglicher war.

»Wir können hier in Südkalifornien keine weiße Weihnachten feiern«, sagte er nach kurzer Pause, »aber wir können es auch so sehr schön haben.«

»Ich habe nie Schnee gesehen, können Sie sich das vorstellen? Außer im Film.«

»Ich schon. Ich lebte zwei Jahre in Michigan, in der Zeit meiner ersten Ehe. Schnee ist hübsch, aber man wird seiner überdrüssig, wenn man monatelang damit lebt. Natürlich ist er schön anzuschauen, besonders wenn er herunterkommt. Jeder sollte es ein paarmal erleben. Vielleicht arrangieren die Wesen als ihren nächsten Trick, dass es in Kalifornien schneit.«

»Glauben Sie das im Ernst?« fragte sie.

»Eigentlich nicht. Aber man kann nie wissen, was sie tun werden, oder?«

Und genau in diesem Augenblick erblühte plötzlich ein kalter harter Punkt gleißenden bläulichweißen Lichts im Himmel, links vom Mond. Es war so intensiv, dass es zu vibrieren schien.

»Sehen Sie«, sagte Ronnie. »Der Stern von Bethlehem gibt wegen der gesteigerten öffentlichen Nachfrage eine Wiederholungsvorstellung.«

Aber Peggy war nicht belustigt. Sie hatte Angst. Der Atem stockte ihr mit einem kleinen zischenden Einatmen, und ohne zu zögern legte er den Arm um sie und drückte sie an sich.

Der Lichtpunkt wurde länger und wandelte sich zu einem langen, kometenartigen Streifen, der vom Süden zum Norden über den Himmel zog, ein verschwommenes weißes Leuchten, und dann verschwand.

»Ein Schiff der Wesen«, sagte er. »Sie reisen irgendwo herum und liefern rechtzeitig ihre Weihnachtsgeschenke aus.«

»Machen Sie keine Witze über sie.«

»Ich kann mir nicht helfen, Witze über Dinge wie die Wesen zu machen. Ich würde den Verstand verlieren, wenn ich sie so ernst nehmen müsste, wie sie es verdienen.«

»Ich weiß, was Sie meinen. Ich kann noch immer nicht glauben, dass es wirklich geschehen ist, wissen Sie. Dass sie eines Tages vom Himmel herabgefallen sind, diese großen, grässlichen Wesen, und einfach die ganze Welt in Besitz genommen haben. Es scheint nicht möglich. Als würde man es in einem Comicheft lesen. Oder als wäre es ein schlimmer Traum.«

Sehr vorsichtig sagte Ronnie: »Soviel ich weiß, waren Sie tatsächlich eine Gefangene in einem ihrer Schiffe.«

»Für kurze Zeit, ja. Das war wirklich wie ein Traum. Die ganze Zeit, während ich dort war, sagte ich mir: ›Das ist nicht die Wirklichkeit, das ist eine Sinnestäuschung, ich erlebe es nicht wirklich.‹ Aber es war die Wirklichkeit. Das Eigenartigste, das ich mir jemals hätte vorstellen können. Ich begegnete dort einer Verwandten von Ihnen, wussten Sie das?«

»Cindy, ja. Die Frau meines Onkels. Ein bisschen auf der exzentrischen Seite.«

»Das war sie bestimmt. Was für eine unheimliche Frau! Ging direkt auf die Außerirdischen zu und sagte: ›Hallo, ich bin Cindy, ich möchte Sie auf unserer Welt willkommen heißen‹, oder so ähnlich. Als ob sie lang vermisste Freunde wären.«

»Ihr kam es wahrscheinlich so vor.«

»Ich fand sie überspannt. Eine Verrückte.«

»Mir war sie nie sonderlich sympathisch«, sagte Ronnie. »Nicht dass ich sie sehr gut gekannt hätte, oder sie näher hätte kennenlernen wollen. Und mein Vater – er verabscheute sie geradezu. Also ist die Invasion keine allzu schlechte Sache für ihn gewesen, nicht wahr? Mit einem Streich wird er seine Schwägerin Cindy los und versöhnt sich mit seinem schurkischen Sohn Ronnie.«

Peggy schien darüber nachzudenken.

»Sind Sie wirklich so ein Schurke?« fragte sie.

Er grinste. »Durch und durch, von oben bis unten. Aber ich kann nichts daran ändern. Es ist einfach die Art, wie ich bin, wie manche Leute rotes Haar und Sommersprossen haben.«

Ein zweiter Lichtpunkt erschien, verlängerte sich, zog nordwärts über den Himmel.

Sie erschauerte an ihm.

»Wohin fliegen sie? Was tun sie?«

»Kein Mensch weiß es. Niemand weiß irgendetwas über sie.«

»Mir ist verhasst, dass sie hier sind. Ich würde alles dafür geben, dass sie dorthin zurückkehren, woher sie gekommen sind.«

»Ich auch.« Sie fröstelte noch immer. Er drehte sich um neunzig Grad und beugte sich in den Hüften, bis sein Gesicht ihr gegenüber war, küsste sie vorsichtig, und dann, als sie seine Zärtlichkeiten erwiderte, mit Hingabe.

Und nun war Weihnachtsabend, und sie hatten ihr festliches Abendessen gehabt, als ob alles in der Welt in Ordnung wäre, reichlich Truthahn für alle und die passenden Beilagen und jede Menge Flaschen aus des Obersten Vorrat von recht ordentlichen Weinen aus dem Napa-Tal. Und dann, als alle von einer angenehmen Wärme und Entspanntheit durchdrungen waren, stand der Oberst auf und verkündete: »Hört zu, alle miteinander. Es ist Zeit, dass wir zur Sache kommen, Leute.«

Anse, der diesen Augenblick seit seiner Ankunft erwartet hatte, aber in den vergangenen sechsunddreißig

Stunden nicht einen einzigen Hinweis darauf hatte bekommen können, was bevorstand, richtete sich angespannt auf, völlig nüchtern, obwohl er sich ein paar zusätzliche Gläser Wein genehmigt hatte. Die anderen schienen weniger aufmerksam. Carole, die ihm gegenüber saß, hatte den glasigen Blick reichlicher Sättigung. Sein Schwager Doug Gannet, unordentlich und unkultiviert wie immer, schien tatsächlich zu schlafen. Auch Rosalie sah aus, als wäre sie am Einnicken. Anses unglückliche Cousine Helena schien wie gewöhnlich mehrere Millionen Meilen entfernt. Ihr Bruder Paul, stets aufmerksam über sie wachend, beobachtete sie misstrauisch. Anse bemerkte missbilligend, dass Ronnie, hellwach aber von all dem Wein, den er getrunken hatte, mehr als gewöhnlich, sich an Peggy Gabrielson schmiegte, der es nichts auszumachen schien.

Der Oberst begann in einer frischen und übermäßig flüssigen Art und Weise, die den Gedanken nahe legte, dass es wohl einstudierte Worte waren: »Ich denke, ihr alle wisst, dass ich mich seit dem Beginn der Invasionskrise aus dem Ruhestand verabschiedet habe. Ich bin aktiv in den Kreisen der Südkalifornischen Befreiungsfront und in Verbindung mit Sektoren der früheren nationalen Regierung, die in verschiedenen östlichen Staaten noch aktiv ist. Die Kontakte sind allerdings sehr unregelmäßig und ungewiss. Aber von Zeit zu Zeit erreichen mich Nachrichten darüber, was dort vor sich geht. Zum Beispiel, um den spektakulärsten Fall zu nennen: seit fünf Wochen ist die Stadt New York vollständig von der Außenwelt abgeschnitten worden.«

»Von der Außenwelt abgeschnitten?« sagte Anse. »Du meinst, eine Art Ein- und Ausreiseverbot?«

»Ein sehr totales. Die George Washington Bridge – das ist die über dem Hudson River – ist auf der Seite von Manhattan abgetrennt worden. Die Brücken innerhalb der Stadt sind auch auf diese oder jene Weise gesperrt worden. Das System der Untergrundbahn ist lahmgelegt, die verschiedenen Tunnels von New Jersey zugemauert worden. Mauern laufen quer über die Ausfallstraßen und Highwayen nach Norden. Und so weiter. Die Flughäfen sind natürlich schon seit geraumer Zeit stillgelegt. Die Stadt ist praktisch vom Rest des Landes isoliert.«

»Was ist mit den Menschen, die dort leben?« fragte Ronnie. »New York City ist nicht gerade für seine Landwirtschaft berühmt. Was werden sie von nun an essen? Einander?«

»Soweit mir bekannt ist«, sagte der Oberst, »lebt der größte Teil der Bevölkerung New Yorks jetzt in den umliegenden Staaten. Sie bekamen drei Tage Frist zur Räumung der Stadt, und anscheinend hielten sich die meisten daran.«

Anse pfiff durch die Zähne. »Mein Gott! Der größte Verkehrsstau aller Zeiten!«

»Genau. Ein paar Hunderttausend Menschen waren entweder körperlich außerstande, ihre Wohnungen und Häuser zu verlassen, oder glaubten einfach nicht, dass die Wesen ernst machen würden, und sie sind noch in der Stadt, wo sie wohl allmählich verhungern werden. Der Rest, sieben Millionen plötzlich heimatlose Menschen, leben in Flüchtlingslagern in New Jersey und Connecticut, oder als Hausbesetzer, wo sie leerstehende Häuser fanden, oder in Zelten, oder wo immer es ihnen gelang, unterzukommen. Ihr könnt euch vorstellen, wie es dort zuging.« Der Oberst machte eine Pause, um ihrer Phantasie Zeit zu geben, sich das Geschehen auszumalen, dann, für den Fall, dass es ihnen nicht gelingen würde, fügte er hinzu: »Natürlich völliges Chaos. Ein mehr oder weniger sofortiger Rückfall in Barbarei und Brutalität.«

Doug Gannet, der, wie sich herausstellte, nicht geschlafen hatte, sagte: »Es ist wahr. Ich hab die Geschichte von einem Hacker in Cleveland gehört. Auf der Suche nach Nahrung und Unterkunft bringen die Leute einander um. Es kommt hinzu, dass es dort gegenwärtig zwölf Grad unter Null hat und jeden dritten Tag schneit, und Tausende erfrieren in den Wäldern. Aber wir können nichts tun, oder? Es ist nicht unser Problem. Also kann ich, offen gesagt, nicht verstehen, warum du das Thema hier und jetzt zur Sprache bringst, Anson, all dies deprimierende Zeug gleich nach einer so schönen festlichen Mahlzeit.« Er klang verwundert und etwas verdrießlich und aufbegehrend.

Die Mundwinkel des Obersten zogen sich bei fest geschlossenen Lippen kaum merklich abwärts, eine Geste, die Anse als das äußere Zeichen scharfer, an Empörung grenzender Missbilligung erkannte. Der alte Mann hatte die Geringschätzung und sogar Verachtung nie gut verbergen können, die er seinem Schwiegersohn entgegenbrachte, einem schlampigen und schwerfälligen Mann, der angeblich ein phantastischer Computerprogrammierer war, aber in den Augen des Obersten in keiner anderen Weise irgendeine Art von Ehrenhaftigkeit und Wert gezeigt hatte. Nach dreizehn Jahren kam es immer noch vor, dass er seinen Schwiegervater aus reiner Zerstreutheit »Oberst Carmichael« nannte.

Der Oberst sagte: »Angenommen, sie würden das Gleiche mit Los Angeles machen? Sie würden allen Leuten zwischen Santa Monica im Osten bis Pasadena und im Süden bis hinunter nach Palos Verdes und Long Beach ein paar Tage Frist setzen, die Stadt zu räumen, dann alle Highwayen sperren und die Stadt völlig von den umgebenden Bezirken abschneiden.«

Ein paar der Anwesenden zogen erschrocken die Luft ein; Paul grunzte ungläubig.

»Hast du eine Information, dass dies vorgesehen ist, Papa?« fragte Ronnie.

»Nein. Sonst hätte ich die Sache längst zur Sprache gebracht. Aber es ist nicht ausgeschlossen, dass es jederzeit geschehen kann – nächsten Monat, nächste Woche, morgen. Sie haben bereits einen Anfang gemacht, wie ihr wahrscheinlich wisst. Also brauche ich euch nicht daran zu erinnern, dass der Highway 101 bei Thousand Oaks seit sechs Monaten in beiden Fahrtrichtungen durch Betonmauern gesperrt ist. Angenommen, sie beschließen, das Gleiche überall zu tun. Was würde sich daraus ergeben? Eine ungeheure, chaotische Wanderungsbewegung von Flüchtlingen, jeder nur auf sich selbst und sein Durchkommen bedacht und zum Teufel mit allem anderen. Eine Million, die westlich nach Malibu und Topanga strömt, eine weitere Million nach Sherman Oaks, und alle anderen ins Orange County. Nach Costa Mesa, Anse und Carole. Nach Newport Beach, Rosalie und Doug. Nach Huntington Beach. Sogar bis hinunter nach La Jolla, Ronnie. Wie wird es sein? Ihr habt die Zeit des Unheils nicht vergessen, oder? Dies wird zehnmal schlimmer.«

Anse sagte: »Was willst du uns damit sagen, Paps?«

»Dass ich für Los Angeles eine Katastrophe wie in New York voraussehe und möchte, dass ihr alle hierher auf die Ranch zieht, bevor es geschieht.«

Anse hatte sie alle noch nie so verblüfft gesehen. Überall um den Tisch waren verwirrte Gesichter, offene Münder, weit geöffnete Augen, unzusammenhängendes Gemurmel.

Bevor sich ein Stimmengewirr erheben konnte, sagte der Oberst mit einer Festigkeit und Entschiedenheit, die keinen Zweifel am Ernst seines Vorschlags ließ: »Hört mich an. Wir haben hier viel Platz, und es gibt Nebengebäude, die leicht in zusätzliche Wohnungen umgewandelt werden können. Wir haben unsere eigene Wasserversorgung. Mit entsprechendem Einsatz und etwas Schweiß können wir uns mit Nahrung selbst versorgen; wir können alles bis auf die tropischen Pflanzen anbauen, und es gibt keinen Grund, warum all dies gute Land nur mit Mandel- und Walnussbäumen genutzt werden sollte. Unter den Bäumen kann Vieh weiden, kann Gemüse angebaut werden, alles was nötig ist. Auch ist unsere Lage hier oben am Berg strategisch günstig, leicht zu befestigen und zu verteidigen. Wir …«

»Augenblick, Paps. Bitte.«

»Nur noch eine Minute, Anse. Ich bin nicht fertig.«

»Bitte. Lass mich zuerst etwas sagen.« Anse wartete nicht auf die Erlaubnis. »Erwartest du ernstlich von uns, dass wir unsere Häuser aufgeben, unsere Jobs, unser Leben …«

»Welche Jobs? Was für ein Leben?« Plötzlich war eine Schärfe wie ein Peitschenknall in der Stimme des alten Mannes. »Seit den Unruhen habt ihr alle improvisiert, die ganze Zeit. Nicht einer von euch hat noch denselben Job, den er am Tag vor Ankunft der Wesen hatte. Oder führt noch das gleiche tägliche Leben wie damals. Es ist also nicht so, als ob ihr an der gewohnten, angenehmen Routine eures Daseins hängen würdet. Und wie sieht es mit euren Häusern aus? Mit diesen hübschen Vorort-Siedlungshäusern, Anse, Rosalie, Paul, Helena? Wenn die ganze Bevölkerung von Los Angeles Mitte hinunterflutet und nach einem Unterschlupf sucht, und alle wütend sind, weil ihr Viertel abgesperrt worden ist, eures aber nicht, was wird dann aus euren angenehmen kleinen Vorstädten? Nein, nein. Was vor uns liegt, wird unendlich viel schlimmer sein als alles, was während der Zeit des Unheils passierte. Es wird wie ein Erdbeben von der Stärke neun auf der Richterskala sein, prophezeie ich euch. Ich möchte euch hier haben, wo ihr in Sicherheit sein werdet, wenn das geschieht.«

Helena, die in den Unruhen der Zeit des Unheils mit zweiundzwanzig zur Witwe geworden war und in den vergangenen zwei Jahren noch nicht einmal begonnen hatte, sich mit ihrem Verlust abzufinden, begann zu schluchzen. Rosalie und Doug starrten einander konsterniert an. Ihr pummeliger Sohn Steve sah aus, als wollte er unter den Tisch kriechen. Die einzigen im Raum, die völlig ruhig wirkten, waren Peggy Gabrielson, die sicherlich im voraus gewusst hatte, was der Oberst vorhatte, und Ronnie, dessen Gesicht die freundlich, unverbindliche Maske eines Pokerspielers zeigte.

Anse sah seine Frau an. Panik war in ihren Augen. Sie beugte sich zu ihm hinüber und flüsterte: »Er ist total übergeschnappt, nicht? Du musst etwas tun, Anse. Sieh zu, dass er sich beruhigt.«

»Ich fürchte, er *ist* ruhig«, sagte Anse. »Das ist das Problem.«

Paul Carmichael, einen Arm tröstend um die Schultern seiner Schwester gelegt, sagte, besonnen wie immer: »Ich bezweifle nicht, Onkel Anson, dass wir hier oben besser daran sein werden, wenn in Los Angeles das Gleiche passiert, was du aus New York gehört hast. Aber wie groß ist die Wahrscheinlichkeit, dass es dazu kommen wird? Die Wesen konnten New York abschneiden, indem sie ein Dutzend Hauptverkehrsadern unterbrachen. Los Angeles abzusperren würde viel komplizierter sein.«

Der Oberst nickte. Er befeuchtete sich nachdenklich die Lippen.

»Ja, es würde komplizierter sein. Aber sie könnten es tun, wenn sie wollten. Ich weiß nicht, ob sie es tun werden; niemand weiß es. Aber lasst mich noch etwas sagen, was eure Entscheidung beeinflussen mag. Wenigstens zum Teil kann ich es euch sagen.«

Das war ihnen zu geheimnisvoll. Skeptische Blicke und Stirnrunzeln begegneten ihm, als er in die Runde blickte.

»Wie ich euch sagte«, fuhr der Oberst fort, »bin ich in der Widerstandsbewegung aktiver gewesen als ich zu erkennen geben konnte, und so habe ich Zugang zu vielen Informationen, die in Widerstandskreisen zirkulieren. Natürlich kann ich euch keine geheimen Einzelheiten mitteilen, aber ich kann euch sagen, dass gewisse Fraktionen in der Widerstandsbewegung sehr ernsthafte Vorbereitungen für einen militärischen Schlag gegen eine Einrichtung der Invasoren gleich nach Neujahr treffen. Meiner Meinung nach ist es eine übereilte und sehr gefährliche Idee, und ich hoffe inständig, dass nichts daraus wird. Aber wenn sie ihr Vorhaben verwirklichen, wird es mit Sicherheit scheitern, und dann werden die Wesen zweifellos harte Vergeltung üben. Willkürmaßnahmen und neues Chaos werden die Folge sein, und ihr, wo immer ihr zu der Zeit sein mögt, werdet wünschen, dass ihr auf mein Angebot eingegangen wärt, hierher zu ziehen. Mehr werde ich dazu nicht sagen. Der Rest liegt bei euch.«

Er blickte mit stahlhartem Blick in die Runde, beinahe trotzig, jeder Zoll der kommandierende Offizier.

»Nun?«

Der Oberst richtete seinen Blick auf Anse. Den Ältesten, den Lieblingssohn. Aber Anse wusste nicht, was er sagen sollte. Würde es wirklich so apokalyptisch sein, wie der alte Mann glaubte? Er respektierte seine Fürsorge für die Familie, aber selbst jetzt, nach allem, was geschehen war, konnte er nicht glauben, dass es in Los Angeles so krass kommen würde wie in New York. Und er fühlte einen starken inneren Widerwillen bei der Vorstellung, alles aufzugeben, was von dem Leben, das er für Carole und sich selbst unten im Orange County aufgebaut hatte, übriggeblieben war, die ganze Familie auf das bloße Wort des Obersten hin zu entwurzeln und sich wie Eremiten hierher auf den Berg zurückzuziehen. Sich hier mit seinem Vater und seinem aalglatten Schlingel von einem Bruder und all den anderen niederzulassen. Fort Carmichael könnten sie es nennen.

Er saß schweigend, ratlos in der Klemme.

Dann kam eine muntere Stimme aus der Ecke:

»Ich bin dabei, Vater. Dies ist der einzige richtige Ort. Nach Weihnachten werde ich nach Haus fahren und mein Zeug zusammenpacken und noch vor Neujahr wieder hierher kommen.«

Ronnie.

Mit Worten, die wie Donnerschläge auf den verblüfften Anse fielen. *Dies ist der einzige richtige Ort*.

Sogar der Oberst schien momentan verblüfft, dass ausgerechnet Ronnie ihm als Erster zugestimmt hatte. Ausgerechnet er, der vor den anderen zum elterlichen Nest zurückkehrte. Aber er fasste sich rasch.

»Gut. Gut. Das ist wundervoll, Ronnie. Was ist mit euch anderen? Doug, Paul, ihr seid beide Computerfachleute. Ich verstehe nichts von Computern und hätte es dringend nötig. Wir haben ein wenig online-Verbindung mit anderen Orten hier, aber es ist nicht annähernd genug. Wenn ihr hier leben würdet, könntet ihr euch in das Widerstandsnetz einschalten und sehr notwendige Programmierungsarbeiten für uns tun. Rosalie, du arbeitest jetzt für eine Art Geldmakler, nicht wahr? Im nächsten Stadium des gesellschaftlichen Zusammenbruchs könntest du uns wahrscheinlich helfen, wie wir mit den Veränderungen fertig werden können, die noch bevorstehen. Und du, Anse ...«

Anse schwindelte. Er brachte es noch immer nicht über sich, dem Wunsch seines Vaters zuzustimmen. Carole, die mühelos seine Gedanken las, sagte stumm und mit übertrieben geschürzten Lippen: *Nein. Nein. Nein. Nein.*

»Anse?« fragte der Oberst.

»Ich glaube, ich könnte ein bisschen frische Luft vertragen«, sagte Anse.

Er ging hinaus, bevor sein Vater Gelegenheit hatte, darauf zu reagieren.

Der Abend war kühler als der letzte, aber noch immer recht mild. Es würde bald Regen geben; die Luft roch danach. Anse blickte hinab nach Santa Barbara und stellte sich vor, dass es die Riesenstadt Los Angeles sei, und dass diese Stadt in Flammen stehe, die Highwayen blockiert, riesige Armeen von Flüchtlingen auf dem Marsch ins Umland, menschliche Heuschreckenschwärme, die in seine schmucke Vorortsiedlung einfielen.

Er fragte sich auch, was hinter Ronnies rascher Zustimmung stecken mochte. Wollte er dem alten Mann Honig um den Bart schmieren, sich nach der langen Entfremdung schlau einschmeicheln, um den ersten Platz in seinem Herzen zu gewinnen? Warum? Wozu?

Vielleicht hatte Peggy Gabrielson etwas damit zu tun. Anse war ziemlich sicher, dass Ronnie und Peggy die vergangene Nacht zusammen verbracht hatten. Wusste der Oberst davon? Die Zeichen der Körpersprache waren deutlich genug. Außer vielleicht für den Oberst. Der würde nicht erfreut sein. Er betrachtete solche Vorgänge durch eine sehr viktorianische Brille. Und er war Peggy gegenüber sehr fürsorglich. Sicherlich würde er intervenieren.

Nun, Oberst oder nicht, Ronnie hatte zweifellos etwas mit Peggy im Sinn und war sogar bereit, auf die Ranch zu übersiedeln, um es in Gang zu bringen. Für einen Augenblick kam Anse der abenteuerliche Gedanke, dass er auch würde hierher ziehen müssen, um seinen Vater vor Ronnies Intrigen zu schützen, welcher Art diese auch sein mochten. Denn Ronnie war völlig amoralisch. Ronnie war zu allem fähig.

Seit er alt genug gewesen war, um Ronnies Natur zu

verstehen, war Anse beunruhigt von der Amoral seines jüngeren Bruders. Das war es nämlich, dachte Anse – nicht unmoralisch, wie der Oberst ihn sah, sondern amoralisch. Jemand, der tut, was ihm gefällt, ohne jemals auch nur eine Sekunde auf Überlegungen von Recht und Unrecht, von Schuld oder Scham zu verschwenden. Man musste sehr vorsichtig sein, wenn man mit solch einem Menschen zu tun hatte.

Aber Anse war auch – und war es immer gewesen – eingeschüchtert von Ronnies sprunghafter Intelligenz. Ronnies Verstand arbeitete schneller und führte ihn in Regionen, die Anse unzugänglich blieben.

Anse wusste, dass er selbst ein durch und durch gewöhnlicher, anständiger Mann war, behaftet mit Fehlern und weniger stark als er gern gewesen wäre, gelegentlich gewisser Handlungen schuldig, die er missbilligte. Ronnie missbilligte nie etwas, was mit Ronnie zu tun hatte. Das war beängstigend. Er war dämonisch, sogar diabolisch. Zu fast allem fähig. Für den prosaischen, fleißigen, unvollkommenen Anse, der seine Frau liebte und ihr doch oft untreu war, der seinem gusseisernen Vater in allen Dingen gehorchte und es doch nicht auf sich genommen hatte, die erwartete ausgezeichnete militärische Karriere zu machen, war Ronnie – der nie an irgendeine Art militärischer Karriere gedacht noch jemals eine Erklärung für erforderlich gehalten hatte, warum er sie verschmähte – furchterregend, ein höheres Wesen, das ihn ständig mit Manövern matt setzte, die er nicht verstehen konnte.

Ronnie war immer einen Schritt voraus und handelte aus Motiven, die Anse nicht ergründen konnte. Seine beiden kurzen Ehen und die blitzschnellen Scheidungen: für keine der beiden hatte Anse erkennbare Gründe gesehen. Seine ebenso schnellen und verwirrenden Verlagerungen von einer halblegalen Geschäftsoperation zur anderen. Oder die Zeit, als sie beide noch kleine Jungen gewesen waren und Ronnie einen boshaften Streich mit der Erklärung gerechtfertigt hatte, es ärgere ihn, dass Anse und nicht er das Privileg bekommen habe, den Familiennamen Anson Carmichael IV. zu tragen, und er, Ronald Jeffrey Carmichael, werde es ihm bis zu seinem Lebensende tausendfach heimzahlen.

Und nun sprang Ronnie unerklärlicherweise auf das unerwartete Angebot des Obersten an, erklärte sich sofort einverstanden, hier heraufzuziehen und für immer zur Rechten ihres gemeinsamen Vaters zu wohnen, während der Rest von Südkalifornien zum Teufel gehen konnte. Was wusste Ronnie? Was sah er in der Zukunft, das Anse unsichtbar war?

Anse dachte an seine Kinder inmitten einer Bürgerkriegssituation, einer Neuinszenierung der Zeit des Unheils, nur noch schlimmer. Gewehrfeuer in den Straßen, Brände am nördlichen Horizont, schwarzer Rauch am Himmel, Horden von halb wahnsinnigen Menschen, die plündernd und raubend durch Costa Mesa zogen: Hunderttausende von Leuten aus Torrance und Carson und Long Beach und Gardena und Inglewood und Culver City und Redondo Beach und all diesen tausend anderen Orten, die alle zusammen das ausufernde, amöbenhafte Etwas ausmachten, das Los Angeles war, Leute, die durch ein Edikt der Wesen aus ihren eigenen Häusern und Wohnungen vertrieben worden waren und nun in sein Heim und die seiner Nachbarn drängten. Und Jill und Mike und Charlie spähten hinter ihm zur Tür hinaus, verängstigt und verwirrt, mit bleichen Gesichtern, und fragten klagend: »Papa, Papa, warum sind so viele Leute in unserer Straße, was wollen sie, warum kommen sie in die Häuser?« Während Carole aus dem Innern des Hauses mit entsetzter, halb erstickter Stimme in einem fort rief: »Anse! – Anse! – Anse! – Anse! …«

Es würde nie geschehen. Niemals. Ausgeschlossen. Es war bloß die abenteuerliche, apokalyptische Phantasie des alten Mannes. Wahrscheinlich hatte er wieder Vietnam-Rückblenden.

Trotzdem fand Anse zu seiner Überraschung, dass er irgendwie beschlossen hatte, doch auf die Ranch zu übersiedeln, während er von der Terrasse zurück ins Haus gegangen war. Und sobald er drinnen war, entdeckte er, dass die anderen auch alle zur gleichen Entscheidung gefunden hatten.

Früh am Weihnachtsmorgen. Der Oberst lag und träumte. In letzter Zeit träumte er öfter von jener glücklichen Zeit kurz nach dem Krieg, als er endlich wieder mit seiner Familie vereint war, seine Kinder um sich hatte und von seiner Frau in ihrem hübschen kleinen gemieteten Haus in einem freundlichen kleinen Vorort in Maryland umsorgt wurde. Auch jetzt träumte er von dieser Zeit. Halcyonische Tage, wenigstens im warmen rosigen Licht eines Traumes. Die Tage an der Johns Hopkins University, wo er seinen Doktor gemacht hatte, den ganzen Tag in der Bibliothek beschäftigt gewesen war und dann nach Hause zum robusten kleinen Anse gekommen war, der in den Träumen immer zehn oder elf war und Rosalie, einem hübschen kleinen Mädchen in schmutzigen Jeans, und Ron, nicht älter als zwei und schon mit diesem spitzbübischen Glanz in den Augen. Und am besten von allen Irene, noch jung und gesund, gerade dreißig geworden und eine Augenweide mit ihrem langen goldblonden Haar. Sie kam jetzt auf ihn zu, lächelnd, strahlend, und hatte nichts als ein durchscheinendes, amethystfarbenes Negligé an …

Aber wie immer blieb er auch im Schlaf am Rand des Bewusstseins, ein Ergebnis der alten, unausweichlichen Disziplin seines Berufes. Das leise melodische Läuten des Telefons auf dem Nachttisch ertönte, der private

Anschluss, und beim zweiten Läuten waren Irene und ihr Negligé verschwunden und der Hörer in seiner Hand.

»Carmichael.«

»General Carmichael, Sam Bacon hier.« Der frühere Mehrheitsführer des Senats mit den kräftigen Beinen des Tennisspielers. Jetzt einer der hochrangigen zivilen Beamten der Kalifornischen Befreiungsarmee. »Es tut mir leid, Sie am Weihnachtstag so früh zu wecken, aber ...«

»Wahrscheinlich gibt es einen triftigen Grund, Senator.«

»Ich fürchte, so ist es. Eben bekommen wir Nachricht aus Denver. Sie werden nun doch diese Lasergeschichte durchführen.«

»Diese hirnverbrannten Vollidioten«, sagte der Oberst.

»Ah, ja. Ja, gewiss«, sagte Bacon. Er schien ein wenig erstaunt über diese Wortwahl. Im allgemeinen vermied der Oberst Kraftausdrücke. »Sie haben Joshua Leonards Bericht und Peters Kommentare auch, und die Reaktion ist, dass sie trotzdem wie geplant vorgehen werden. Sie haben einen eigenen Anthropologen – nein, einen Soziologen –, der sagt, dass wir eine Art Gegenoffensive gegen die Wesen starten müssen, und wenn auch nur aus symbolischen Gründen, um ein Zeichen zu setzen, ein Fanal. Ein Gegenschlag sei längst überfällig, und nun, da wir die Fähigkeit hätten, ihn durchzuführen ...«

»Symbolischer Wahnsinn«, sagte der Oberst.

»Wir alle sind uns darin einig, Sir.«

»Wann wird es geschehen?«

»Sie sind da sehr zurückhaltend. Aber wir haben auch eine Netzbotschaft vom Colorado-Zentrum an ihre Anhänger in Montana aufgefangen und entschlüsselt, die ziemlich klar darauf hinweist, dass der Schlag am ersten oder zweiten Januar erfolgen wird. Das heißt, ungefähr in sieben Tagen.«

»Scheiße. Scheiße.«

»Wir haben bereits den Präsidenten verständigt, und er schickt einen Gegenbefehl nach Denver.«

»Der Präsident«, sagte der Oberst geringschätzig. »Warum verständigen sie nicht auch den lieben Gott? Und den Papst? Denver wird sich nicht um Gegenbefehle kümmern, die aus Washington kommen. Washington ist alte Geschichte. Es sollte nicht notwendig sein, dass ich darauf hinweise, Senator. Was wir brauchen, ist jemand, der selbst nach Denver geht und diese verdammte Laserwaffe ausschaltet, bevor sie Gebrauch davon machen können.«

»Ich stimme Ihnen zu. Auch Joshua und Peter sind dieser Meinung. Aber wir haben jetzt innerhalb unserer eigenen Gruppe ernste Opposition.«

»Mit der Begründung, dass ein gegen unsere Kameraden der Befreiungsfront in Denver gerichteter Sabotageakt Verrat an der Menschheit im Allgemeinen ist, nicht wahr?«

»Nicht genau, General. Die Opposition wartet mit rechtschaffenen militärischen Gründen auf, fürchte ich. General Brackenridge. General Comstock. Sie glauben, dass der Laserangriff in Denver zum gegenwärtigen Zeitpunkt eine gute und richtige Sache sei.«

»Großer Gott«, sagte der Oberst. »Also bin ich überstimmt?«

»Es tut mir leid, sagen zu müssen, dass es so ist, Sir.«

Der Oberst seufzte. Er hatte dies befürchtet.

Brackenridge war vor der Eroberung an ziemlich hoher Stelle im Marinekorps gewesen. Comstock war Konteradmiral der Kriegsmarine gewesen. Sogar einer von der Marine konnte in der Kalifornischen Befreiungsarmee General sein. Sie waren beide viel jünger als der Oberst; sie hatten niemals Kampferfahrung gesammelt, nicht einmal bei kleineren »Polizeiaktionen« in irgendwelchen gottverlassenen Gegenden der Dritten Welt. Schreibtischhengste, alle beide. Aber sie hatten im militärischen Arm der Führungsgruppe zwei Stimmen gegenüber seiner einen.

Der Oberst hatte vermutet, dass sie sich für die jetzt eingenommene Position entscheiden würden. Und er hatte versucht, sie zu überzeugen.

»Ich möchte Sie auf ein abschreckendes Beispiel aus der Militärgeschichte hinweisen«, hatte er gesagt. »Der Zweite Weltkrieg, Tschechoslowakei: Um die bis dahin relativ ruhige Lage in dem von Deutschland besetzten Land zu destabilisieren, wurden im Auftrag der exiltschechischen Regierung in London Fallschirmagenten abgesetzt, die den in Prag residierenden Polizei- und Gestapochef Reinhard Heydrich ermordeten. Darauf trieben die Deutschen alle Einwohner des Dorfes Lidice zusammen, wo die Attentäter Unterstützung gefunden hatten, erschossen als Vergeltungsaktion die 172 männlichen Einwohner des Dorfes, deportierten die Frauen und Kinder und machten die Gebäude dem Erdboden gleich. Meinen Sie nicht, dass das Gleiche geschehen wird, aber mindestens zwanzigtausendmal schlimmer, wenn wir einem dieser kostbaren E-Ts das Lebenslicht ausblasen?«

Sie hatten ihn angehört; er hatte alle Beredsamkeit aufgeboten, deren er fähig war; es hatte nicht geholfen.

»Wann wurde diese Abstimmung durchgeführt?« fragte er.

»Vor zwanzig Minuten. Ich hielt es für richtig, Sie sofort zu verständigen.«

Der Oberst sehnte sich danach, in seinen Traum zurückzugleiten. Noch einmal Brewster Drive 17; die junge Irene in ihrem amethystfarbenen Negligé; die rosa Spitzen der schönen Brüste, die sie schließlich umbringen würden, zeichneten sich deutlich durch das dünne Gewebe ab. Aber nichts davon war jetzt zu haben.

Was zu haben war, das war ein drei Jahre alter, laserbewaffneter militärischer Satellit in einer niedrigen Umlaufbahn, den die Wesen seltsamerweise übersehen hatten, als sie die anderen menschlichen Orbitalwaffen neutralisiert hatten. Oder sie hatten seine Funktion nicht verstanden, oder fürchteten ihn einfach nicht. Er hatte die Fähigkeit, einen sehr wirkungsvollen Laserstrahl auf jeden Punkt der Erde zu schießen, der unter ihm in Reichweite kam. In den längst vergangenen idyllischen Tagen vor drei Jahren, als noch niemand an eine Invasion aus dem Weltraum glaubte, sollte dieser Satellit als eine Art Allzweck-Weltpolizist der Vereinigten Staaten dienen, ausgestattet mit dem HighTech-Äquivalent eines sehr langen Gummiknüppels: die Fähigkeit, zur Warnung eine saubere Brandspur durch das Territorium jedes beliebigen Kleinstaates zu schneiden, dessen Despot von einem Herrscher unter plötzlichen Anwandlungen von Größenwahn und Unabhängigkeitsgelüsten leiden mochte.

Das Problem bestand darin, dass die Software zur Aktivierung des tödlichen Laserstrahls während der Zeit des Unheils verlorengegangen war, und so zog das Ding dort oben müßig und nutzlos seine Kreise.

Es gab jetzt ein neues und noch größeres Problem, dass nämlich die in Colorado wirkende Schwesterorganisation der Kalifornischen Befreiungsarmee eine Unterstützungskopie des Aktivatorprogrammes entdeckt hatte und nun von Stolz geschwellt einen Laserangriff auf das Hauptquartier der Wesen in Denver plante.

Der Oberst wusste, welche Folgen das haben würde. Und fürchtete sie.

Zum früheren Mehrheitsführer des Senats Sam Bacon sagte er einfach: »Also gibt es keine diplomatische oder andere Möglichkeit, sie an dem Angriff zu hindern?«

»Es sieht nicht so aus, General.«

Lidice, dachte er. Wieder einmal.

»Ach, die verdammten Dummköpfe«, sagte er mit leiser Stimme. »Die hitzköpfigen selbstmörderischen Idioten!«

Auf der anderen Seite der Welt, in England, hatte der Weihnachtstag längst begonnen.

An diesem Tag vor etwa zweitausend Jahren war in Bethlehem ein Kind geboren worden, und zweitausend Jahre später wurden überall auf der Welt weiterhin Kinder zur Weihnachtszeit geboren, obwohl die Koinzidenz für Mutter und Kind unangenehm sein konnte, mussten sie doch mit der allgemeinen Überfüllung und Unterbesetzung der Krankenhäuser um diese Zeit fertig werden. Aber die in den Krankenhäusern vorherrschenden Zustände waren kein Thema für die Mutter des Kindes ungewisser Vaterschaft und trüber Aussichten, das unter unglücklichen und widerwärtigen Umständen in einem ungeheizten Lagerraum im Obergeschoss eines bescheidenen pakistanischen Restaurants, das sich großspurig Khans Mogul Palace nannte, in Salisbury, England, sehr früh am Morgen dieses dritten Weihnachtstages seit der Ankunft der Wesen zur Welt kommen sollte.

Salisbury ist eine freundliche Kleinstadt südwestlich von London und zugleich die Kreisstadt des County Wiltshire. Sie ist bekannt für ihren relativ unverdorbenen mittelalterlichen Charme, ihre elegante und imposante gotische Kathedrale aus dem 13. Jahrhundert und das acht Meilen entfernte, berühmte prähistorische Monument der Megalithkultur von Stonehenge. In der Dunkelheit vor dem Morgengrauen dieses Weihnachtstages erlebte Stonehenge eines der bemerkenswertesten Ereignisse in seiner langen Geschichte, und trotz der frühen (oder späten) Stunde hatten sich zahlreiche Einwohner von Salisbury eingefunden, um Zeugen der spektakulären Vorgänge zu werden.

Nicht aber Halim Kahn, der Eigentümer von Khans Palace, noch seine Frau Aischa, die beide in ihren Betten schliefen, denn sie hatten beide keinerlei Interesse an der heidnischen Steinsetzung, die Stonehenge war, geschweige denn an den seltsamen Ereignissen, die jetzt dort stattfanden. Und schon gar nicht Halims Tochter Yasmina Khan, die siebzehn Jahre alt war und im Lagerraum vom Restaurant ihres Vaters im ersten Stock halbnackt auf dem staubigen Boden lag, frierend und angstvoll, versteckt zwischen einem großen Sack roher Linsen und einem noch größeren voll Mehl, und sich in schrecklichen Schmerzen wand, als Scham und verbotene Mutterschaft über sie kamen wie das rächende Schwert des zornigen Allah.

Sie hatte gesündigt. Sie wusste das. Ihr rundlicher, schlichter, überarbeiteter, todmüder und tatsächlich bereits sterbender Vater hatte sie im vergangenen Jahr mehrere Male vor der Sünde und ihren Folgen gewarnt und mit solchem Nachdruck gesprochen, wie sie es sonst nie bei ihm erlebt hatte; und doch hatte sie vorgezogen, das Risiko auf sich zu nehmen. Nur dreimal, mit drei verschiedenen Jungen. Nur einmal mit jedem, alle drei englisch und weiß.

Andie.

Eddie.

Richie.

Namen, die wie Feuer in den Nervenbahnen ihres Gehirns brannten.

Ihre Mutter – nicht wirklich ihre Mutter; ihre wahre Mutter – war gestorben, als Yasmina drei gewesen war; dies war Aischa, ihres Vaters zweite Frau, die robuste und gleichmütige Frau, die sie aufgezogen und die Familie und das Restaurant all diese Jahre zusammengehalten hatte – war auch mit Warnungen gekommen, doch waren sie von ganz verschiedener Art gewesen. »Du bist jetzt eine Frau, und eine Frau muss sich etwas Vergnügen im Leben gönnen«, hatte Aischa ihr gesagt. »Aber du musst vorsichtig sein.« Kein Wort von Sünde, nur vorsichtig sein und nicht in Schwierigkeiten kommen.

Nun, Yasmina war vorsichtig gewesen, oder glaubte es jedenfalls, aber augenscheinlich nicht vorsichtig genug. Darum hatte sie Aischa enttäuscht. Enttäuscht hatte sie auch ihren traurigen, stillen Vater, weil sie entgegen seinen Warnungen und Ermahnungen, tugendhaft zu bleiben, gesündigt hatte, und nun würde Allah sie dafür bestrafen. Bestrafte sie bereits. Bestrafte sie schrecklich.

Sie hatte sehr spät entdeckt, dass sie schwanger war, weil sie es nicht erwartet hatte. Sie wollte glauben, dass sie noch zu jung sei, um ein Kind zur Welt zu bringen, weil ihre Brüste so klein und ihre Hüften so schmal waren, beinahe wie die eines Jungen. Und jedes Mal hatte sie es mit einem Jungen getan – impulsiv, verstohlen, halb widerstrebend, einmal in einem muffigen Keller und einmal in einem ausrangierten Omnibus und einmal hier in diesem Lagerraum. Hinterher hatte sie Vorsichtsmaßnahmen getroffen und fleißig die Pillen geschluckt, die sie heimlich von der grinsenden Hindufrau in dem Laden in Winchester gekauft hatte, zwei winzige grüne Pillen am Morgen und die große gelbe am Abend, fünf Tage hintereinander. Von den Pillen war ihr so schlecht geworden, dass sie wirken mussten. Aber sie hatten nicht gewirkt. Niemals hätte sie sich auf Pillen verlassen dürfen, die von eine Hindufrau verkauft wurden, sagte Yasmina sich tausendmal; aber inzwischen war es zu spät.

Die ersten Anzeichen waren erst vor ungefähr drei Monaten gekommen. Auf einmal waren ihre Brüste voller geworden. Das hatte sie zuerst gefreut. Sie war immer so mager gewesen; nun endlich schien es, dass ihr Körper sich entwickelte. Jungen mochten Brüste. Man sah es an ihren Blicken, wenn sie schnell taxierend an ihr abwärts glitten, obwohl sie zu glauben schienen, dass sie es nicht merkte. Jeder ihrer drei Liebhaber hatte ihr die Hand in die Bluse gesteckt, sie zu befühlen; und einer – Eddie, der Zweite – war über das, was er dort fand, enttäuscht gewesen. Er hatte es gesagt, einfach so: »Ist das alles?«

Aber dann waren ihre Brüste von Woche zu Woche voller und schwerer geworden und begannen ein wenig zu spannen, und ihre Blutung war ausgeblieben, so dass Yasmina sich doch allmählich Gedanken machte und ängstlich wurde; und als die Blutung noch immer nicht kommen wollte, fürchtete sie sich noch mehr. Aber ihre Blutung war nie rechtzeitig gekommen. Letztes Jahr war sie einmal zwei Monate zu spät gekommen, und damals war sie eine absolut reine Jungfrau gewesen.

Dennoch war ihre Unruhe stärker geworden, und sie hatte das Gefühl, dass ihre Hüften breiter wurden. Yasmina sagte nichts, ging ihrer Arbeit nach, plauderte freundlich mit den Gästen, die sie mochten, weil sie schlank und hübsch und höflich war, und tat so, als wäre alles in Ordnung. Immer wieder befühlte sie bei Nacht ihren flachen, jungenhaften Bauch und suchte besorgt nach verborgenem Leben, das unter der gespannten Haut lauerte. Sie fühlte nichts.

Aber etwas war doch da, und Anfang November machte es eine leichte Wölbung, die unterhalb des Nabels begann und sich nach oben fortsetzte, nicht auffallend, aber mit jedem Tag ein wenig größer. Sie trug ihre Blusen fortan über der Hose, um die neue Fülle ihrer Brüste und die Rundung ihres Bauches zu verbergen. Sie öffnete die Säume ihrer Hosen und machte zwei neue Löcher in den Gürtel. Es fiel ihr schwerer, die tägliche Arbeit zu tun, den ganzen Abend lang die schweren Tabletts zu tragen und hinterher stundenlang Geschirr zu waschen und die Küche aufzuräumen, aber sie zwang sich, stark zu sein. Es war sonst niemand da, die Arbeit zu tun. Ihr Vater nahm die Bestellungen an und machte die Einkäufe und die Buchführung für das Restaurant, Aischa kochte und Yasmina servierte das Essen, spülte das Geschirr und räumte nach Geschäftsschluss auf. Ihr Bruder Khalid lebte nicht mehr; er war während des Aufruhrs, der nach der Ankunft der fremden Wesen ausbrach, von einer Bande weißer Strolche erschlagen worden, und ihre Schwester Leila war erst fünf, zu klein und im Restaurant nicht zu gebrauchen.

Zu Hause sagte niemand etwas über die neue Art und Weise, wie sie sich kleidete. Vielleicht dachten sie, es sei die gängige Jugendmode.

Ihr Vater hatte in dieser Zeit kaum noch einen Blick für andere; die Sorgen um das nachlassende Geschäft in seinem Restaurant und seinen sich verschlechternden Gesundheitszustand drückten ihn nieder. Er ging gebeugt umher, hustete die ganze Zeit und murmelte endlose Gebete vor sich hin. Er war erst vierzig Jahre alt und sah wie sechzig aus. Khans Mogul Palace blieb beinahe leer, Abend für Abend, sogar an den Wochenenden. Seit die Wesen hier waren, reisten die Leute nicht mehr. Keine Ausländer kamen aus fernen Gegenden der Welt, um in Salisbury zu übernachten, bevor sie Stonehenge besuchten.

Yasmina bildete sich ein, dass ihre Stiefmutter sie hin und wieder von der Seite ansah, und sorgte sich deswegen, aber Aischa sagte nichts. Also gab es wahrscheinlich keinen Verdacht, denn es war nicht ihre Art, den Mund zu halten, wenn sie etwas vermutete.

Die Weihnachtszeit rückte näher. Nun waren Yasminas geschwollene Beine schwer wie tote Holzklötze, und ihre Brüste waren hart wie Stein, und sie fühlte sich die ganze Zeit unwohl. Es würde jetzt nicht mehr lange dauern. Sie konnte vor der Wahrheit nicht länger die Augen verschließen. Aber sie hatte keinen Plan. Wenn Khalid hier wäre, würde er wissen, was zu tun war. Aber Khalid lebte nicht mehr. Sie musste es einfach geschehen lassen und darauf vertrauen, dass Allah, wenn Er sie bestraft hätte, ihr vergeben und barmherzig sein würde.

Am Weihnachtsabend hatten sie vier Tische voller Gäste. Das war eine Überraschung, dass an einem Abend, wo die meisten Engländer zu Haus aßen, so viel Geschäft ging. Als der Abend halb um war, dachte Yasmina, sie würde mitten im Raum zu Boden fallen und ihr mit Hühnchen Biriani und Hammelfleisch Vindalu und Boti Kebab und großen Gläsern Lagerbier beladene Tablett in einem fürchterlich klirrenden Durcheinander zwischen die Tische schütten. Sie konnte sich diesmal noch auf den Beinen halten; aber eine Stunde später fiel sie, oder sank vielmehr im Gang zwischen der Küche und der Abfalltonne, wo niemand sie sehen konnte, auf die Knie. Dort kauerte sie schwindlig, schwitzend, keuchend vor Übelkeit, und fühlte ein Wühlen in ihren Därmen und seltsame krampfartige Schmerzen die Vorderseite ihres Körpers hinab und in die Schenkel schießen; und nach einer Zeit erhob sie sich und trug die Abfälle zur Tonne.

Es wird noch in dieser Nacht sein, dachte sie.

Und zum tausendsten Mal in dieser letzten Woche ging sie im Kopf die kleine Rechnung durch: *24. Dezember minus neun Monate ist 24. März, darum ist Richie Burke der Vater. Wenigstens war er derjenige, mit dem ich auch etwas davon hatte.*

Andie war der Erste gewesen. Yasmina konnte sich nicht an seinen Nachnamen erinnern. Blass und sommersprossig, und sehr dünn, mit einem verführerischen Lächeln, und eines Sommerabends kurz nach ihrem sechzehnten Geburtstag, als das Restaurant geschlossen war, weil ihr Vater mit den Anfängen seiner gesundheitlichen Probleme ein paar Tage im Krankenhaus war, lud er sie in ein Tanzlokal ein und bezahlte ihr ein paar Gläser mit dunklem Bier, und dann, spät am Abend, erzählte er ihr von einer besonderen Party im Haus eines Freundes, zu der er eingeladen sei, nur stellte sich heraus, dass es keine Party gab, nur einen muffigen Kellerraum und eine alte Couch, und seine Hände gingen ihr unter die Bluse und dann zwischen die Beine und streiften ihre Hose herunter, und dann kam das harte, dünne, gerötete Ding aus ihm und glitt in sie hinein, und nach ein paar Augenblicken schnaufte und keuchte er, vergrub seinen Kopf an ihrem Hals, und das war's auch schon. Sie hatte gedacht, es würde beim ersten Mal schmerzen, aber sie hatte beinahe überhaupt nichts gefühlt, weder Schmerz noch etwas, was Lust hätte sein können. Als Yasmina ihn das nächste Mal auf der Straße sah, grinste er und wurde rot und zwinkerte ihr zu, sagte aber nichts, und seitdem hatten sie nie mehr ein Wort gewechselt.

Dann Eddie Glossop im Herbst, der ihre Brüste unzureichend gefunden und es ihr gesagt hatte. Der große, breitschultrige Eddie, der für die Fleischgroßhandlung arbeitete und ein weltmännisches Auftreten hatte. Er war alt, beinahe fünfundzwanzig. Sie ging mit ihm, weil sie wusste, dass es Vergnügen bereiten sollte und weil sie es bei Andie nicht bekommen hatte. Aber auch mit Eddie war es nichts, nur eine Menge Schnaufen und Keuchen, als er im Mittelgang des ausgebrannten Busses am Rand er Straße nach Shaftesbury auf ihr lag. Er hatte ein viel größeres Ding als Andie, und es schmerzte, als er es hineinstieß, und sie war froh, dass dies nicht ihr erstes Mal war, aber sie wünschte, er hätte es überhaupt nicht getan.

Und dann Richie Burke, in diesem Lagerraum in

einer ungewöhnlich warmen Nacht im März, als alle in der Familienwohnung unten hinter dem Restaurant geschlafen hatten. Sie auf Zehenspitzen die Treppe hinauf, und Richie am Regenrohr hoch und zum Fenster herein, groß, geschmeidig, der anmutige Richie, der so gut Gitarre spielte und singen konnte und allen Leuten erzählte, dass er eines Tages General im Krieg gegen die Wesen sein und sie vom Angesicht der Erde tilgen werde. Richie war ein wundervoller Liebhaber. Sie behielt die Bluse an, weil Eddie sie wegen ihrer Brüste unsicher gemacht hatte. Richie liebkoste und streichelte sie stundenlang, wie ihr schien, obwohl sie schreckliche Angst vor einer Entdeckung hatte und wollte, dass er weitermachen würde; und als er eindrang, war es eine so leichte, glatte, wie geölte Bewegung, ein sanfter Stoß nach dem anderen, weiter und weiter, bis ein wundersames Zucken und Beben in ihr begann und sie vor Lust eruptierte und so laut stöhnte, dass Richie ihr die Hand über den Mund legen musste, damit sie nicht alle aufweckte.

Das war die Zeit, als das Kind gemacht worden war. Daran gab es keinen Zweifel. Den ganzen nächsten Tag träumte sie davon, Richie zu heiraten und die restlichen Nächte ihres Lebens in seinen Armen zu verbringen. Aber am Ende der Woche verschwand Richie aus Salisbury – einige sagten, er sei fortgegangen, um sich einer geheimen Untergrundarmee anzuschließen, die einen Guerillakrieg gegen die Wesen führen würde –, und niemand hatte wieder von ihm gehört.

Andie. Eddie. Richie.

Und hier lag sie nun wieder auf dem Boden des Lagerraums, hatte die Hose ausgezogen, und der glänzende, geschwollene Buckel ihres Bauches schickte Botschaften der Qual und der Scham durch ihren Körper. Ihr einziger Schutz gegen die Kälte war eine fadenscheinige Decke, die nach verschüttetem ranzigen Erdnussöl roch. Ihr Fruchtwasser war um Mitternacht abgegangen. Darauf war sie die Treppe hinaufgekrochen, um in Schrecken die große Katastrophe ihres Lebens abzuwarten. Die Kontraktionen kamen in immer kürzeren Abständen, wie kleine Erdbeben in ihrem Innern. Inzwischen musste es zwei, drei Uhr früh sein, vielleicht schon vier. Wie lang würde es noch dauern? Eine weitere Stunde? Sechs? Zwölf?

Sollte sie nachgeben und Aischa um Hilfe bitten?

Nein. Nein. Sie wagte es nicht.

Früher in der Nacht waren Stimmen von der Straße zu ihr heraufgedrungen, die Geräusche von Schritten. Rennenden Schritten. Das war seltsam, laute Stimmen und Leute, die im Laufschritt durch die Straße eilten. Die Feiern am Weihnachtsabend dauerten gewöhnlich nicht so lange. Es war schwer zu verstehen, was sie sagten, aber dann kam aus dem Durcheinander mit plötzlicher Klarheit ein lauter Ruf:

»Die Außerirdischen! Reißen Stonehenge nieder, nehmen es auseinander!«

»Hol deinen Wagen, Charlie, wir müssen hin!«

Stonehenge niederreißen. Seltsam. Seltsam. Warum sollten sie das tun? fragte sich Yasmina. Aber der Schmerz wurde zu groß für sie, und sie konnte jetzt nicht mehr an Stonehenge denken, oder an die Wesen, die irgendwie im Handumdrehen die unbesiegbaren weißen Männer gestürzt hatten und nun die Welt beherrschten. Sie konnte nur noch an das denken, was in ihr geschah, die Flammen, die durch ihr Gehirn tanzten, die Krämpfe in ihrem Unterleib, die unerbittliche Abwärtsbewegung von … von …

Etwas.

»Gepriesen sei Allah, der Herr der Welt, der Mitleidige, der Barmherzige«, murmelte sie ängstlich. »Es gibt keinen Gott außer Allah, und Mohammed ist Sein Prophet.«

Und wieder: »Gepriesen sei Allah, der Herr der Welt.«

Und wieder.

Und wieder.

Die Schmerzen waren furchtbar. Sie riss entzwei.

»Abraham, Isaak, Ishmael!« Das Etwas bewegte sich jetzt wie in einer Spirale durch sie, wie ein Korkenzieher, der eine heiße Bahn in ihr Fleisch bohrte. »Mohammed! Mohammed! Mohammed! Allah ist groß! Es gibt keinen Gott außer Allah!« Die Worte brachen jetzt ohne Scheu aus ihr hervor. Sollte Mohammed und Allah sie retten, wenn sie wirklich existierten. Wozu waren sie gut, wenn sie ihr nicht halfen, sie nicht retteten, sie so unschuldig und unwissend, ihr Leben hatte ja kaum begonnen. Und dann, als ein feuriger Speer sie ausweidete und ihre Beckenknochen auseinanderzubrechen schienen, ließ sie einen Strom anderer Namen los, Moses, Salomon, Jesus, Maria und sogar die verbotenen Hindunamen, Schiwa, Krischna, Schakti, Kali, überhaupt alle, die ihr durch diese Qual helfen würden, helfen konnten …

Sie schrie dreimal, kurze, spitze, durchdringende Schreie.

Sie fühlte ein schreckliches inneres Reißen, und das Baby kam mit erstaunlicher Schnelligkeit aus ihr geglitten, gefolgt von einem Schwall von Blut, einem roten Fluss, der nicht aufhören wollte zu strömen. Yasmina verstand sogleich, dass sie sterben würde. Etwas Falsches war geschehen. Alles würde aus ihrem Innern herauskommen, und sie würde sterben. Schon jetzt, wenige Augenblicke nach der Geburt, umhüllte sie eine unheimliche neue Ruhe. Sie hatte keine Energie mehr für weitere Schreie, keine Kraft mehr, nach dem Kind zu sehen. Es war irgendwo unten zwischen ihren gespreizten Schenkeln, das war alles, was sie wusste. Sie lag keuchend, wie ertrinkend in einer ansteigenden

Lache aus Blut und Schweiß. Sie hob die Arme zur Decke und ließ sie auf ihre Brüste sinken, die jetzt hart waren, voll von Milch. Sie rief jetzt keine geheiligten Namen mehr an. Sie erinnerte sich kaum noch ihres eigenen.

Sie schluchzte still. Sie zitterte, versuchte jede Bewegung zu vermeiden, weil sie die Blutung sicherlich noch verstärken würde.

Eine Stunde verging, oder eine Woche, oder ein Jahr.

Dann eine angstvolle Stimme hoch über ihr in der Dunkelheit:

»Was? Yasmina? Oh mein Gott, mein Gott, mein Gott! Dein Vater wird umkommen!«

Es war Aischa. Sie beugte sich zu ihr, umfing sie. Der kräftige Arm hob ihren Kopf an den warmen mütterlichen Busen.

»Kannst du mich hören, Yasmina? Ach, Yasmina! Mein Gott, mein Gott!« Und dann brach ein heulendes Wehklagen aus der Kehle ihrer Stiefmutter wie ein heißer vulkanischer Geysir, der aus der Erde hervorbricht. »Yasmina! Yasmina!«

»Das Baby?« sagte Yasmina mit kaum hörbarer Stimme.

»Ja! Hier! Hier! Kannst du es sehen?«

Yasmina sah nichts als einen roten Nebel.

»Ein Junge?« fragte sie mit sehr schwacher Stimme.

»Ein Junge, ja.«

In der Verschwommenheit ihres getrübten Sehvermögens glaubte sie etwas Kleines und rosig Braunes zu sehen, beschmiert mit Rot, das in den Händen ihrer Stiefmutter ruhte. Glaubte es sogar weinen zu hören.

»Willst du ihn halten?«

»Nein. Nein.« Yasmina verstand, dass es mit ihr zu Ende ging. Die letzten Kräfte hatten sie verlassen.

»Er ist stark und schön«, sagte Aischa. »Ein prächtiger Junge.«

»Dann bin ich sehr glücklich.« Yasmina rang um einen letzten Rest von Energie. »Sein Name – ist – Khalid. Khalid Halim Burke.«

»Burke?«

»Ja. Khalid Halim Burke.«

»Ist das der Vater, Yasmina? Burke?«

»Burke. Richie Burke.« Mit letzter Kraft buchstabierte sie den Namen.

»Sag mir, wo er wohnt, dieser Richie Burke. Ich werde ihn kriegen. Dies ist eine Schande, allein in der Dunkelheit in diesem schrecklichen Lagerraum zu gebären! Warum hast du nie etwas gesagt! Warum hast du es vor mir verborgen? Ich hätte geholfen. Ich hätte …«

Aber Yasmina Khan war bereits tot. Der erste Schimmer grauen Morgenlichts drang durch das von Schmutz halbblinde Fenster des Lagerraums. Der Weihnachtstag hatte begonnen.

Acht Meilen entfernt, in Stonehenge, hatten die Wesen ihre Nachtarbeit beendet. Drei der ragenden außerirdischen Kreaturen hatten die Arbeit überwacht, während eine menschliche Arbeitsmannschaft mit pistolenähnlichen Geräten, die einen hellvioletten Lichtschein aussandten jeden einzelnen der tonnenschweren, aufrecht stehenden Steine des berühmten megalithischen Zeugnisses eines vorgeschichtlichen Totenkultes auf der windgefegten Ebene von Salisbury wie Strohhalme herausgerissen hatten. Um sie nun so anzuordnen, dass die Steine, die den äußeren Kreis immenser Sandsteinblöcke gebildet hatten, nun zwei von Norden nach Süden verlaufende parallele Reihen bildeten. Der niedrigere innere Ring blauer Steinplatten war zu einem gleichseitigen Dreieck umgebildet worden, und der fünf Meter lange Sandsteinblock in der Mitte der Steinsetzung, der von den Leuten der Altarstein genannt wurde, war in der Mitte des Dreiecks aufgerichtet worden.

Eine Menge von vielleicht zweitausend Menschen aus den umliegenden Ortschaften und Städten hatten während der Nacht aus besonnener Entfernung beobachtet, wie dieses unerklärliche Projekt verwirklicht wurde. Einige waren wutentbrannt, manche waren traurig, manche waren gleichgültig, und manche waren fasziniert. Viele hatten Theorien über das Geschehen, und eine Theorie war so gut wie jede andere, nicht besser und nicht schlechter.

Was Khalid Halim Burke betraf, am Weihnachtstag inmitten der Schmerzen und der Scham seine Mutter und dem Kummer seiner Familie geboren, so war ihm nicht beschieden, der neue Erlöser der Menschheit zu werden, wenn es auch eine hübsche Koinzidenz gewesen wäre. Aber er würde leben, obgleich es seiner Mutter nicht vergönnt gewesen war, und wenn die Zeit dafür gekommen wäre, würde er seinen kleinen Teil tun, seinen kleinen Schlag gegen die furchteinflößenden Wesen führen, die mit solch geringschätziger Leichtigkeit Besitz von der Welt ergriffen hatten, in die er hineingeboren worden war.

Am ersten Tag des neuen Jahres, um halb fünf Uhr mitteleuropäischer Zeit, gelang Karl-Heinrich Borgmann der erste erfolgreiche Kontakt mit dem Kommunikationsnetz der Wesen.

Er erwartete nicht, dass es einfach sein würde, und das war es auch nicht. Aber er hatte auch keinen Misserfolg erwartet, und seine Einschätzung des Problems erwies sich in beiden Punkten als richtig.

Nicht wenige Informationen über die datenverarbeitenden Systeme der Außerirdischen waren Stück für Stück schon von bald diesem und bald jenem Hacker hier und dort auf der Welt gesammelt worden. Und trotz der Mängel in dem alten globalen Netz, verursacht durch die Eingriffe der Wesen in die Erzeugung und Verteilung elektrischer Energie auf der Erde zur Zeit des großen Umbruchs, waren diese Informationen größtenteils schon ziemlich umfassend auf dem Wege über das wiederhergestellte Hackernetzwerk verbreitet worden.

Karl-Heinrich war Teil dieses Netzwerks. Unter dem Pseudonym Bad Texas Vampir Lords arbeitend, hatte er Verbindungen mit verschiedenen europäischen und sogar amerikanischen Informationszentren wie Interstellar Stalin, Sternpiraten, Killer Crackers, Hell Incorporated, Dead Inside und Banditen der Neunten Dimension aufgenommen und ausgebaut. Von ihnen und anderen Teilnehmern am Hackernetz hatte er alles an bruchstückhaften Informationen und Einzeldaten über die Betriebsarten der Wesen gesammelt, was er finden konnte, alles unvollständig, einen Funken hier und ein Partikel dort, ein Bruchstück hier und einen Fetzen dort.

Vieles davon war falsch, manches übermäßig hypothetisch. Einiges davon war freie Erfindung der Verbreiter. Aber da und dort hatten begabte Hacker in den zwei Jahren und zwei Monaten seit der Eroberung einiges gelernt, kleine Goldkörnchen von Fakten, die tatsächlich Sinn zu ergeben schienen.

Sie hatten dies bewerkstelligt, indem sie jeden ausfragten, der eine Gelegenheit gehabt hatte, die Tätigkeiten der Wesen aus der Nähe zu beobachten und ihre Computer in Aktion gesehen hatten. Zu diesem Zweck mussten die Erinnerungen aller Leute aktiviert werden, die an Bord der Raumschiffe gebracht worden waren. Einige dieser Entführten waren selbst Computernarren oder sogar Hacker, die diesen Dingen besondere Aufmerksamkeit geschenkt hatten. Es gab sogar Hacker, denen es gelungen war, menschliche Trupps von Sklavenarbeitern zu infiltrieren und an den unverständlichen Rekonstruktionsplänen teilzunehmen, die den Wesen so wichtig waren. Es gab vieles, was aus dieser bösen Erfahrung gelernt werden konnte. So hatten sie einige Hinweise auf die Art und Weise gewonnen, wie die Eindringlinge Informationen sortierten, verarbeiteten und weitergaben; und sie hatten diese Hinweise alle ins Netz gegeben, um sie ihren Hackerkameraden zur Kenntnis zu bringen und ihnen Gelegenheit zu geben, darüber nachzudenken. Und aus diesem Sortiment von Krumen, Brocken, Bruchstücken und Vermutungen, aus dem er methodisch die Teile herausfilterte, die mit dem Rest inkompatibel waren, hatte Karl-Heinrich schließlich sein eigenes, in sich schlüssiges Bild davon gewonnen, wie die Computer der Wesen arbeiten mochten und wie man in ihre Vernetzung eindringen konnte.

Hallo dort. Ich bin Karl-Heinrich Borgmann aus Prag, der Tschechischen Republik.

Die Bad Texas Vampir Lords oder vielmehr der einsame und sonderbare Junge, der sich hinter diesem Pseudonym verbarg, beeilte sich nicht, diese Einsichten mit den anderen subversiven Organisationen der Hackerwelt zu teilen. Es wäre der Sache der Menschheit vielleicht dienlich gewesen, wenn er es getan hätte, weil es der allgemeinen Kenntnis der Situation förderlich gewesen wäre und sehr wahrscheinlich zu einem besseren Verständnis geführt haben würde. Aber Karl-Heinrich war ein Einzelgänger und nie gut darin gewesen, etwas mit anderen zu teilen. Er hatte niemals viel Gelegenheit gehabt, es zu lernen, war er doch das einzige Kind distanzierter, asketischer und strenger Eltern. Er hatte nie einen engen Freund gehabt, und durch das Netz ergaben sich nur Freundschaften aus der Ferne, anonym, sorgfältig kontrolliert. Sein Liebesleben war bisher nicht über elektronischen Voyeurismus hinausgelangt. Er war eine Insel.

Außerdem erstrebte er das alleinige Verdienst daran, den Code der Wesen geknackt zu haben. Er wollte weltberühmt sein, der beste Hacker, den es je gab. Wenn man ihn nicht lieben konnte, sollte man ihn wenigstens bewundern und achten. Und wer weiß, wenn er berühmt genug würde, könnten die Mädchen vielleicht vor seiner Tür Schlange stehen, um Gelegenheit zu erhalten, sich ihm hinzugeben. Das begehrte er vor allem anderen.

Hallo dort. Ich bin Karl-Heinrich Borgmann aus Prag, der Tschechischen Republik. Ich habe mich sachkundig gemacht und gelernt, Kontakt mit Ihren Computern aufzunehmen.

Mittlerweile war jedem, der an dem Problem gearbeitet hatte, klar geworden, dass die Wesen ein Digitalsystem für ihre Berechnungen gebrauchten. Das war eine willkommene Nachricht. Schließlich hätten sie als Außerirdische eine völlig fremdartige Weise der Datenverarbeitung haben können, die jenseits aller menschlichen Erkenntnismöglichkeit lag. Aber es hatte sich herausgestellt, dass selbst auf der entfernten und unbekannten Welt der Wesen das gute alte binäre System die effizienteste Rechenart war, genauso wie auf der primitiven kleinen Erde. Ja oder nein; ein oder aus; positiv oder negativ; offen oder geschlossen; gegenwärtig oder abwesend; eins oder null – es gab nichts Einfacheres. Sogar für *sie*.

Die Großrechner der Wesen waren bioorganische Geräte mit flüssigen Softwarespeichern, wie es schien. Im Wesentlichen also riesige synthetische Gehirne. Sie schienen wie menschliche Gehirne chemisch programmierbar zu sein und reagierten auf hormonale Eingaben. Aber das war nur eine operative Tatsache. Grundsätzlich konnten sie mit größter Wahrscheinlichkeit als elektrisch betriebene Mechanismen verstanden werden, geradeso wie das menschliche Gehirn. Rechenvorgänge wurden durch die Manipulation der Aufladung erreicht. Die chemische Eingabe veränderte elektrische Polaritäten; sie verwandelte Einser in Nullen, Anwesenheiten in Abwesenheiten, Negative in Positive und umgekehrt.

Die chemischen Eingaben konnten vielleicht elektrisch dupliziert werden, ebenso wie es in den implantierten Biochips geschah, die unter Hackern wie Karl-Heinrich ein oder zwei Jahre vor der Invasion groß in Mode gekommen waren. Karl-Heinrich versuchte es.

– *Hallo dort. Ich bin Karl-Heinrich Borgmann aus Prag, der Tschechischen Republik. Ich habe mich sachkundig gemacht und gelernt, Kontakt mit Ihren Computern herzustellen. Dies ist der große Traum meines Lebens gewesen, und nun habe ich ihn verwirklicht.*

Er verbrachte ein paar dunkle, winterliche Tage auf dem steilen Hügel hinter dem Hradschin und schnüffelte in den verlassenen Straßen außerhalb der alten Mauer herum. Natürlich war es nicht mehr möglich, das Gelände von Burg und Dom zu betreten, aber das bedeutete nicht, dass man keine elektrischen Leitungen anzapfen konnte, die hineinführten. Wenn die Außerirdischen ihre Elektrizität nicht durch fremdartige Magie aus der Luft ziehen konnten, benötigten sie wie jeder andere Verteilerleitungen für ihre Energie. Und sofern sie nicht ihre eigenen Stromerzeugungsanlagen innerhalb des Sperrbezirks installiert hatten, was eine durchaus einleuchtende Möglichkeit war, mussten die Kabel von außen zugeführt werden.

Karl-Heinrich machte sich auf die Suche nach ihnen und fand sie nach kurzer Zeit. Er war sehr gut in solchen Dingen. Wenn andere kleine Jungen Bücher über Piraten oder Indianer gelesen hatten, hatte er in den Lehrbüchern seines Vaters über elektrische Leitungen und Schaltpläne gelesen.

Nun war die Zeit für einen ersten Kontakt gekommen.

Karl-Heinrich trug seinen privaten Miniaturcomputer stets bei sich, ein Implantat im Unterarm, einen Biochip, nicht größer als eine Schneeflocke und noch eleganter in der Formgebung. Er sammelte und wendete die Körperwärme an, um verschlüsselte Signale zu verstärken und zu senden, die Datenkanäle öffneten und alle Arten von Transaktionen ermöglichten. Karl-Heinrich war einer der ersten gewesen, die das Implantat bekommen hatten, schon einen Tag nach seinem dreizehnten Geburtstag. Vielleicht zehn Prozent der Bevölkerung, die meisten davon junge Leute, hatten zum Zeitpunkt der Ankunft der Außerirdischen Implantate bekommen. Die Implantatrevolution, obschon noch in ihren Anfängen, war bereits als vielversprechend für eine phantastische, blühende Zukunft erkannt worden – eine Zukunft, die von der Invasion der Außerirdischen unglücklicherweise vorzeitig beendet schien. Aber die Implantate waren noch an Ort und Stelle.

Einen Stromzähler anzuzapfen, war für Karl-Heinrich ein Kinderspiel. Jeder Stromableser hätte es tun können, und Karl-Heinrich war etwas mehr als ein Stromableser. Er verbrachte zwei Tage mit dem Messen von Induktanzen und Impedanzen, und dann, mit vor Aufregung angehaltenem Atem, schickte er einen Fühler elektrischer Energie in den Zähler und weiter, einen Strom von Elektronen hinab, bis er fühlte, dass er Kontakt mit etwas bekam.

Eine Datenquelle. Fremde Daten.

Ihn fröstelte, als er die Fremdartigkeit spürte, ihre Form, ihre innere Struktur, die Konfigurationen ihrer Verbindungen. Ihm war, als ginge er über die geheimnisvollen Lichtungen eines unaussprechlich fremdartigen Waldes auf einer unbekannten Welt.

Das System der Datenverarbeitung hatte keinerlei Ähnlichkeit mit irgendeinem Computer, den er je gekannt hatte oder sich hätte vorstellen können. Warum sollte es auch? Gleichwohl witterte er Vertrautheit inmitten der Fremdartigkeit. Die Daten, so seltsam sie waren, waren doch nur Daten, Serien binärer Ziffern. Die Form dieses digitalen Stroms war unheimlich und bizarr, und doch fühlte Karl-Heinrich sich zuversichtlich, dass er durchaus innerhalb der Reichweite seines Verständnisses lag. Das System, in das er eingedrungen war, diente schließlich der Verarbeitung und Speicherung von Daten in binärer Form. Was war das anderes als ein Computer?

Und er war drinnen. Das war der entscheidende Faktor. Ein heißes Prickeln intellektueller Freude überlief ihn mit dem Bewusstsein seines Triumphes. Sie war in ihrer Intensität beinahe orgasmisch, und er bezweifelte, dass Sex einen so erregenden Kitzel verschaffen könnte. Aber natürlich hatte Karl-Heinrich keine rechte Grundlage für solch einen Vergleich.

Er benötigte einige Zeit, um die eigentümliche Natur dessen, was er berührt hatte, zu verstehen, doch allmählich dämmerte ihm, dass das Programm, in dem er sich bewegte, die Hauptschablone des gesamten elektrischen Verteilernetzes sein musste; und plötzlich überlagerte eine Karte des elektrischen Systems der Wesen die Karte von Burg und Dom, die er im Kopf hatte.

Er erforschte sie. Sehr rasch fand er sich in einer Sackgasse, ging zurück, wählte einen anderen Weg, wieder einen und noch einen. Stieß auf eine Sperre, umging sie, drang weiter vor.

Seine Zuversicht wuchs von Stunde zu Stunde. Er entdeckte etwas. Er lernte. Eines kam zum anderen. Er stückte Korrelationen zusammen. Er hatte Kanäle gefunden, drang tiefer und tiefer ein.

Er arbeitete fieberhaft, ohne die gebotene Sorgfalt zu vernachlässigen. Er hatte nie Arbeit getan, die ihn so begeisterte.

Er kopierte eine Anzahl Daten von einem Computer der Wesen, und lud sie auf seinen eigenen Rechner herunter. Erfreut stellte er fest, dass er die Daten manipulieren konnte, indem er elektrische Ladung verstärkte oder verringerte. Er konnte nicht wissen, welche Änderungen er damit bewirkte, weil die zugrunde liegenden Daten ihm unverständlich waren, aber es war ein guter Anfang. Er hatte Zugang zu der Information, war sogar imstande, sie zu verarbeiten; es fehlte ihm nur das nötige Verständnis.

Er erkannte, dass er sogar in diesem primitiven Stadium seines Eindringens in das System in der Lage sein sollte, den Wesen verständliche Botschaften zu senden, wenn sie sich die Mühe gemacht hatten, eine der Sprachen der Menschheit zu lernen. Und er hoffte, dass er selbst sogar lernen könnte, ihre Daten durch seinen Zugang umzuprogrammieren, wenn ihm das Entziffern ihrer Computersprache gelingen würde. Aber das war etwas für später.

Er arbeitete sich weiter hinein und überlegte, ob er durch sein Tun womöglich einen Alarm im System auslöste. Nach einiger Überlegung fand er es nicht wahrscheinlich. Wenn sie wussten, dass er sich so hineinbohrte, würden sie ihm inzwischen einen Riegel vorgeschoben haben. Es sei denn, sie waren erheitert von seinem Tun, beobachteten ihn und applaudierten seinem Fortschritt.

Bald machten sich elende Kopfschmerzen bemerkbar, aber mit der wachsenden Gewissheit seines Triumphs begann sein Herz zu schwellen. Er war sich inzwischen sicher, dass das Hauptrechenzentrum, der Knotenpunkt von allem, wie bereits allgemein vermutet, im Veitsdom war. Er hatte etwas Größeres am anderen Ende in der Kaiserlichen Kapelle ausgemacht, und etwas beinahe ebenso Großes in der Sigismundkapelle. Aber diese, vermutete er, waren unterstützende Systeme. In der Wenzeslauskapelle gab es einen riesigen Bildschirm, der vom Boden bis zum Deckengewölbe reichte und voll pulsierender Lichter war, ein wahrer Zirkus von ein- und ausgehender Energie. Nachdem er das Phänomen vier oder fünf Stunden lang untersucht hatte, erkannte er, dass es die Hauptschnittstelle der gesamten Anlage sein musste, die Verkehrsleitung für alle hier verarbeiteten Vorgänge.

Er schaltete sich über die Stromzufuhr ein und wurde von einem Ozean unverständlicher Daten überflutet.

Die fremden Informationen überfielen ihn in einer gigantischen Woge, zu umfangreich, als dass er auch nur den Versuch hätte unternehmen können, sie zu kopieren und herunterzuladen. Er wagte keinen Versuch zur Verarbeitung und hatte keine Möglichkeit, das Material zu entschlüsseln. Alles war ein Strom von Einsen und Nullen, doch besaß er keinen Schlüssel, der ihm half, die binären Zahlen in etwas Bedeutungsvolles zu übertragen. Er würde einen gigantischen Großrechner brauchen, wie die Universität ihn einmal gehabt hatte, um einen Versuch zu machen. Die Großrechner aber waren alle außer Funktion. Die Wesen hatten sie alle im Moment der Großen Stromabschaltung ausgeblasen, und dabei war es geblieben. Die gegenwärtige Version des Netzes arbeitete mit Hilfe einer improvisierten Kette von zusammengeflickten Servern, die kaum imstande war, den gewöhnlichen Verkehr zu bewältigen, geschweige denn etwas so Umfangreiches und Kompliziertes wie das zu verarbeiten, worauf Karl-Heinrich gestoßen war.

Aber er hatte einen Kontakt hergestellt. Das war der entscheidende Punkt. Er war drin.

Und nun sah er sich vor der großen Entscheidung. Sollte er einfach weitermachen und als verstohlener

Einzelgänger insgeheim den Großcomputer der Wesen ausspionieren, dieses ganze interessante, aber unverständliche Zeug aufnehmen und zum Spaß auf gut Glück damit herumprobieren, ein privates und vielleicht lohnendes Steckenpferd daraus machen? Oder sollte er Verbindung mit Interstellar Stalin, den Banditen der Neunten Dimension und den übrigen Hackern aufnehmen, die an dem Problem arbeiteten, in das Datennetz der Wesen einzudringen, und ihnen zeigen, was ihm gelungen war, so dass sie auf dem Erreichten aufbauen und den Prozess gemeinsam zur nächst höheren Ebene führen konnten?

Die erste Alternative würde ihm nichts als die Freude und Befriedigung des verborgenen Einzelgängers verschaffen. Karl-Heinrich wusste bereits, wie begrenzt die Befriedigung war, die eine Entdeckung bot, welche er für sich behalten musste. Die zweite Alternative würde ihm vorübergehenden Ruhm im Hacker-Untergrund verschaffen; aber dann würden andere ergreifen, was er getan hatte, damit weiterarbeiten, und er würde wieder in Vergessenheit geraten.

Aber es gab eine dritte Wahl, eine, die er von Anfang an favorisiert hatte.

All das Gerede der Hacker über die Beherrschung des Computercodes der Wesen und den Gebrauch dieses Wissens, um sie irgendwie zu stürzen, war nichts als kindische Dummheit. Niemand würde die Wesen stürzen. Sie waren zu mächtig. Die Welt gehörte ihnen.

Damit musste er sich abfinden. Es sich zunutze machen. Ihnen seinen Dienst anbieten. Sie brauchten eine Schnittstelle zwischen sich selbst und der Menschheit, um ihre Vorhaben effizienter ausführen zu können. Sehr gut. Hier war eine Gelegenheit für ihn, Karl-Heinrich Borgmann. Er hatte alles zu gewinnen und nichts als sein Elend zu verlieren.

Ihre Signale waren ihm unverständlich, aber seine

würden ihnen ohne weiteres verständlich sein, und der Kontakt war hergestellt. Damit musste sich etwas anfangen lassen. Daraus musste er etwas machen.

– Hallo dort. Ich bin Karl-Heinrich Borgmann aus Prag, der Tschechischen Republik. Ich habe mich sachkundig gemacht, Kontakt mit Ihrem Computersystem aufgenommen. Dies ist der große Traum meines Lebens gewesen, und nun habe ich ihn verwirklicht.

– Ich glaube, ich kann Ihnen eine große Hilfe sein. Und ich weiß, dass Sie mir eine große Hilfe sein können.

Ungefähr siebzehn Stunden später gab jemand im Hauptquartier der Freiheitsfront von Colorado einem zehn Jahre alten Tischcomputer drei Befehle ein, wartete das Antwortsignal ab, erhielt es innerhalb von dreißig Sekunden und gab vier weitere Befehle ein. Diesmal waren es die Signale zur Aktivierung der Laserkanone in ihrer Umlaufbahn in 33 000 Kilometern Höhe.

Diese Befehle bedurften der Bestätigung und Wiederholung, die gegeben wurden.

Sofort stieß jetzt ein knisternder Blitzschlag in Form eines scharf gebündelten Lichtstrahls von dem militärischen Satelliten herab und traf das umzäunte Gelände, wo die in Denver stationierten Wesen ihre Operationszentrale hatten, und badete das Hauptgebäude für die nächsten neunzig Sekunden in Flammen. Welche Wirkung dieser Angriff auf die Wesen im Innern des Gebäudes hatte, konnte nicht festgestellt werden und blieb auch späterhin unbekannt.

Aber offensichtlich bereitete er ihnen einigen Kummer, denn es folgten unverzüglich zwei harte Vergeltungsmaßnahmen.

Die erste war, dass kurz darauf überall auf der Erde der elektrische Strom ausfiel. In den ersten paar Tagen waren die Ausfälle unregelmäßig, aber dann trat ein totaler weltweiter Stromausfall ein. Die elektrische Energie blieb während der nächsten neununddreißig Tage abgeschaltet, und stellte damit eine ernstere und mehr zerstörerische Maßnahme dar als die sogenannte Große Stille zwei Jahre zuvor. Da alle elektronische Kommunikation ausgefallen war, wurde es unter anderem den Mitgliedern der Freiheitsfront von Colorado unmöglich, die Signale zur Auslösung der weiteren Laserschläge zu übermitteln, die der Eröffnungssalve im sogenannten Befreiungskrieg hatten folgen sollen.

Die zweite Folge des Laserangriffs war, dass in elf der größten Städte der Erde gelagerte versiegelte Kanister nur drei Stunden nach dem Ereignis von Denver aufsprangen und Mikroorganismen wahrscheinlich synthetischer Natur freisetzten, die eine infektiöse und hochansteckende Krankheit von einer bis dahin unbekannten Art über weite Teile der Erde verbreiteten. Die Symptome der Krankheit waren ungewöhnlich hohes Fieber, gefolgt von strukturellem Abbau der größeren Venen und Arterien, gefolgt von inneren Blutungen, dem Zusammenbruch des Blutkreislaufes und Tod. Es gab keine Behandlungsmöglichkeiten. Die Unterbringung erkrankter Personen in Quarantäne schien wenig erfolgreich. Ungefähr ein Drittel der infizierten Personen, die offenbar ein besonders starkes Immunsystem hatten, überwanden die Mikroorganismen in der Fieberphase, bevor sie ihr tödliches Werk in Venen und Arterien beginnen konnten, und erholten sich vollständig. Die übrigen starben drei bis vier Tage nach Ausbruch der Krankheit.

Doug Gannet brachte dem Oberst in den ersten Tagen, als begrenzte E-Mail-Kommunikation noch möglich war, die Neuigkeiten. »Alle sterben da draußen«, sagte er. »Von jedem, der in der Lage gewesen ist, online zu bleiben, bekomme ich die gleiche Geschichte. Es ist eine gewaltige Epidemie, und anscheinend gibt es keine Möglichkeit, sie wirksam zu bekämpfen.«

Der Oberst, der innerlich vor Wut kochte, reagierte nach außen nur mit einem müden Nicken. »Nun, wir können versuchen, uns vor ihr zu verstecken«, meinte er. Er rief die auf der Ranch lebenden Landarbeiter zusammen und sagte, es stehe ihnen frei, nach Santa Barbara hinunter zu gehen, aber wenn sie es täten, würde ihnen wegen der Epidemie die Rückkehr zur Ranch nicht erlaubt sein. Diejenigen, die in der Stadt lebten, hauptsächlich im mexikanischen Viertel auf der Südseite, ließ er wissen, dass sie wählen könnten, entweder auf der Ranch zu bleiben oder hinunter zu ihren Familien zu gehen, dass sie aber, wenn sie die Ranch verließen, nicht zurückkehren könnten.

»Das Gleiche gilt natürlich für euch alle«, sagte er den verschiedenen versammelten Carmichaels und fasste jeden von ihnen nacheinander ins Auge. »Wenn ihr hinaus unter die Leute geht, kommt ihr nicht wieder herein. Keine Ausnahmen.«

»Und wie lang bleibt diese Regel in Kraft?« fragte Ronnie.

»So lange sie notwendig ist«, sagte der Oberst.

Die weltweite Seuche wütete bis Anfang Juli und brachte zu einem völligen Stillstand, was von der Weltwirtschaft übriggeblieben war. Dann verschwand sie so plötzlich, wie sie gekommen war, als hätte der synthetische Krankheitserreger eine gentechnisch programmierte Lebens- oder Wirksamkeitsdauer. Oder die Wesen, die sie auf die Menschheit losgelassen hatten, waren jetzt zu dem Schluss gelangt, dass sie ihre Aufgabe ausreichend erfüllt haben.

Die Auswirkungen waren erheblich. Auf der Höhenterrasse über den bewaldeten Hügelausläufern des Gebirges, wo die Ranch relativ abgeschieden lag, hatte es keine Erkrankungen gegeben. Die einzige Veränderung war der Verlust jener Landarbeiter, die sich für die Rückkehr zu ihren Familien entschieden hatten und, wie vermutet wurde, mit ihnen umgekommen waren. Draußen im Land sah es ganz anders aus. Als die Verluste endlich erfasst werden konnten, stellte sich heraus, dass annähernd fünfzig Prozent der Weltbevölkerung der Seuche zum Opfer gefallen war. Die tatsächliche Todesrate variierte natürlich von Land zu Land, da sie auch vom jeweiligen sanitären Standard und der Verfügbarkeit von Pflege für Rekonvaleszenten abhing; aber kein Land blieb ganz verschont, und einige hatten sogar den größten Teil ihrer Bevölkerung eingebüßt. Überall auf der Welt hatte sich eine neue Art Großer Stille herabgesenkt, die Stille der Entvölkerung. Und obwohl über drei Milliarden Menschen überlebt hatten, waren nur sehr wenige von ihnen geneigt, weitere feindliche Aktionen gegen die Außerirdischen Eroberer der Erde zu versuchen oder auch nur zu erwägen.

3

Nach neunzehn Jahren

Während der Oberst draußen auf der Terrasse des Ranchhauses darauf wartete, dass die Mitglieder des Widerstandsausschusses sich für die monatliche Zusammenkunft versammelten, glaubte er sich wach. Aber in diesen späten Tagen bewegte er sich allzu leicht zwischen der Welt des Sonnenlichts und dem Reich der Schatten, und während er sich langsam im Schaukelstuhl wiegte, verloren in wirbelnden Tagträumen, fand er es schwierig, sich zu vergewissern, auf welcher Seite der Linie er sich wirklich befand.

Es war ein sonniger Apriltag, klar und trocken nach einer der niederschlagsreichsten Regenperioden seit Bestehen meteorologischer Aufzeichnungen. Die Luft war warm und köstlich, und wo die vorgelagerten Hügel abgeholzt waren, hatte sich das hohe, frische grüne Gras üppig ausgebreitet und verhinderte die natürliche Walderneuerung. Bald würde es seine gelbbraune Sommerfärbung annehmen. Schlecht, all das hohe, dichte Gras. Gefährlicher Brennstoff für die Zeit der

Dürre im Herbst, wenn ein Funke genügte, alles in Brand zu setzen.

Die Feuer … die Feuer …

Der schläfrige Geist des Obersten trieb rückwärts durch die Jahre und zeigte ihm das brennende Los Angeles am Tag, als die Wesen kamen. Die Szene im Fernsehen: der schrecklich gerötete Himmel, die aufspringenden Feuerzungen, die furchterregenden braunschwarzen Rauchwolken in breiter Front über der Feuerfront. Häuser, die wie Feuerwerkskörper plötzlich und explosionsartig in Flammen aufgingen, ganze Reihen. Und die tapferen Löschflugzeuge, die über dem Holocaust flogen und weit genug herunterzugehen suchten, um mit ihren Ladungen aus Wasser und Feuer hemmenden Chemikalien Gutes zu tun.

Sein Bruder Mike an Bord eines dieser Flugzeuge – Mike …

Da oben über dem Feuer, durch den Rauch und die tückischen Aufwinde erhitzter Luft …

Sei vorsichtig, Mike – bitte, Mike …

»Ist schon gut, Großvater. Ich bin hier.«

Der Oberst öffnete blinzelnd die Augen. Nahm das Bild in sich auf. Keine Feuer, kein Rauch, keine Flugzeuge, die von Böen herumgeworfen wurden. Nur der weite wolkenlose Himmel, die grünen Hügel und ein großer, blonder, halbwüchsiger Junge mit einer langen roten Narbe über die Wange, der neben ihm stand. Das war Anses Sohn. Der Nettere. Der Oberst bemerkte, dass er zusammengesunken im Schaukelstuhl saß und richtete sich ärgerlich auf.

»Sagte ich etwas, Junge?«

»Du riefst meinen Namen. ›Mike‹, sagtest du. ›Sei vorsichtig, Mike!‹ Aber ich tat nichts, stand bloß da und wartete, dass du aufwachst. Hattest du einen Traum?«

»Kann sein, ja. Einen Tagtraum. Wie spät ist es?«

»Halb zwei. Vater schickte mich heraus, um dir zu

sagen, dass die Sitzung des Widerstandsausschusses anfangen kann.«

Der Oberst grunzte zustimmend, blieb aber sitzen, wo er war.

Gleich darauf erschien Anse selbst, kam langsam über die breite, mit Steinplatten belegte Terrasse auf sie zu. Sein Hinken schien heute etwas schlimmer zu sein als sonst, dachte der Oberst. Manchmal fragte er sich, ob es womöglich nur eine theatralische Handlung war, dieses Hinken, eine Entschuldigung für Anse, noch ein bisschen mehr zu trinken. Aber der Oberst hatte noch nicht den weißen Knochensplitter vergessen, der Anses Haut durchbrochen hatte, nachdem vor drei Jahren unten auf dem steilen Weg zum Brunnen das Pferd auf ihn gefallen war. Noch die höllische, in Schweiß und banger Sorge verbrachte Stunde, als er und Ronnie sich bemüht hatten, die Wunde zu reinigen und den Bruch einzurichten, zwei Amateurchirurgen, die ohne den Vorzug von Anästhesie hatten arbeiten müssen.

»Was ist los?« fragte Anse den Jungen barsch. »Sagte ich dir nicht, dass du deinen Großvater für die Versammlung ins Haus bringen sollst?«

»Ja, aber Großvater schlief, und ich wollte ihn nicht wecken.«

»Ich schlief nicht«, sagte der Oberst. »War nur eingedöst.«

»Kam mir sehr wie Schlaf vor, Großvater. Du träumtest und riefst meinen Namen.«

»Nicht seinen Namen«, erklärte der Oberst, zu Anse gewandt, »Mikes. Tatsächlich dachte ich an den Tag des Feuers. Erinnerte mich.«

Anse wandte sich zu seinem Sohn und sagte: »Er meint seinen Bruder. Den, nach dem du benannt wurdest.«

»Ich weiß«, sagte der Junge. »Der im Kampf gegen die Wesen starb.«

»Er starb im Kampf gegen ein Buschfeuer, das die Wesen am Tag ihrer ersten Landung zufällig auslösten«, berichtigte ihn der Oberst. »Das ist nicht ganz das Gleiche.« Aber er wusste, dass es hoffnungslos war. Die Legenden begannen sich bereits zu verfestigen; in zwanzig oder dreißig Jahren würde niemand Tatsachen von Phantasien unterscheiden können. Aber in zwanzig Jahren würde es ihm gleich sein.

»Komm schon«, sagte Anse und bot seinem Vater die Hand. »Lass uns hineingehen.«

Der Oberst erhob sich mit aller Schnelligkeit, die er aufbieten konnte, aus seinem Schaukelstuhl und schob die hilfreiche Hand weg. »Ich komme zurecht«, sagte er gereizt und wusste genau, wie gereizt er klang, wusste auch, dass er heutzutage allzu oft diesen gereizten Ton hatte. Er war vierundsiebzig und fühlte sich gewöhnlich sehr viel älter. Das hatte er nicht erwartet. Er hatte sich immer jünger als seine Jahre gefühlt. Aber es gab keine Medikamente mehr, welche die Uhr zurückdrehen konnten, wenn man alt wurde, wie es sie noch vor fünfzehn oder zwanzig Jahren gegeben hatte, und ärztliche Hilfe wurde jetzt hauptsächlich von Leuten ohne Ausbildung geleistet, die in medizinischen Fachbüchern nachschlugen und das Beste hofften. Also war vierundsiebzig wieder ein hohes Alter, das sich der Grenze näherte.

Langsam gingen sie ins Haus, der alte Mann mit den steifen Gelenken und der hinkende jüngere. Eine Aura von Alkoholdunst umgab Anse wie einen Helm.

»Macht das Bein dir Schmerzen?« fragte der Oberst.

»Es kommt und geht. Manche Tage sind schlimmer als andere. Dies ist einer von den schlimmen.«

»Und ein wenig Alkohol hilft, oder? Aber ich denke, dass von dem alten Vorrat nicht mehr viel übrig ist.«

»Genug für ein paar weitere Jahre«, sagte Anse. Der Oberst wusste, dass Anse und Ronnie eines Morgens, nachdem die Große Seuche endlich aufgehört hatte, nach Santa Barbara hinuntergefahren waren – heutzutage war Santa Barbara eine Geisterstadt, bewohnt nur von ein paar gespenstischen Gestalten, entwurzelten, halbverrückten Einzelgängern, die es dorthin verschlagen hatte – und in mehreren Fuhren beinahe den ganzen Inhalt eines verlassenen Spirituosenlagers, das sie dort gefunden hatten, ausgeräumt und heraufgeschafft hatten. »Danach, sollte ich so lange leben, werde ich eine Destille zusammenbasteln, denke ich. Das ist noch keine vergessene Kunst.«

»Weißt du, ich wünschte, du würdest es mit dem Trinken ruhiger angehen lassen, Junge.«

Anse zögerte für einen Moment, bevor er antwortete, und der Oberst wusste, dass er aufkommenden Zorn unterdrückte. Dieser Tage wurde Anse allzu leicht jähzornig, aber er schien ihn besser als früher unter Kontrolle zu haben.

»Ich wünschte, vieles wäre anders als es ist, aber das wird nicht sein«, sagte Anse mit gepresster Stimme. »Wir tun, was wir können, um durch den Tag zu kommen. Gib Acht auf die Tür, Paps. So, jetzt.«

Die Mitglieder des Widerstandsausschusses – sie hatten den Namen vor ein paar Jahren geändert, weil Befreiungsarmee angesichts der Lage viel zu pompös schien – hatten sich im Esszimmer versammelt. Sie standen sofort auf, als der Oberst eintrat. Eine Ehrenbezeigung für den tapferen alten Vorsitzenden, ja. So Mitleid erregend der tapfere alte Vorsitzende auch geworden war, so überaltert. Heutzutage leistete Anse den größten Teil der Arbeit, Anse und Ronnie. Aber Anson senior, der Oberst, war noch immer Vorsitzender, zumindest nominell. Er nahm die Ehrenbezeigung für bare Münze und beantwortete sie mit einem kühlen Lächeln, schenkte jedem von ihnen ein steifes kleines Kopfnicken.

»Meine Herren«, sagte er, »bitte setzen Sie sich, wenn Sie so gut sein wollen ...«

Er blieb stehen. Das konnte er noch tun. Aufrecht und die Schultern zurückgenommen, stand er hier vor ihnen und fühlte sich viel weniger als der schläfrige Alte, der auf der Veranda einnickte, als viel mehr der scharfsinnige militärische Stratege früherer Jahrzehnte, der energische und präzise Planer, der kluge Menschenführer, der Feind von Selbsttäuschung und Undiszipliniertheit und allen Arten von heimtückischer moralischer Schludrigkeit.

Mit einem Blick zu Anse fragte er: »Sind alle hier?«

»Alle bis auf Jackman, der Nachricht schickte, dass er keine Ausreiseerlaubnis von L. A. bekommen konnte, weil plötzlich eine neue Verordnung zur Requisition von Arbeitskräften herausgekommen ist, und Quarles, dessen Schwester sich anscheinend mit einem Quisling* zusammengetan hat und der es darum für unklug hält, zur heutigen Versammlung hierher zu kommen.«

»Ist Quarles Widerstandsaktivität der Schwester bekannt?«

»Das ist unklar«, sagte Anse. »Vielleicht muss er das überprüfen, bevor er glaubt, dass es sicher ist, wieder an den Sitzungen teilzunehmen.«

»Nun, jedenfalls sind wir beschlussfähig«, sagte der Oberst und nahm den freien Platz neben Anse ein.

Zehn weitere Ausschussmitglieder waren anwesend, allesamt männlichen Geschlechts. Zwei von ihnen

---

* Vidkun Quisling (1887–1945) Gründer des norwegischen NS-Ablegers »Nasjonal Samling« und während der deutschen Besetzung Norwegens von 1940–1945 Ministerpräsident einer nationalen Regierung. Nach dem deutschen Zusammenbruch wurde er 1945 hingerichtet. Seither gilt die Bezeichnung »Quisling« über Norwegen hinaus als Synonym für »Verräter«. – *Anm. d. Übers.*

waren seine Söhne Anse und Ronnie, einer sein Schwiegersohn Doug Gannet, einer sein Neffe Paul: da die Carmichael-Ranch hoch und sicher über allem lag, isoliert auf halber Höhe des Berges, unberührt von den Schrecken des Seuchenjahres und weitgehend unbeeinträchtigt durch die Veränderungen, welche die geschrumpfte Weltbevölkerung in dem seither vergangenen Jahrzehnt überrollt hatten, war der örtliche Widerstandsausschuß praktisch ein Familienunternehmen der Carmichaels geworden.

Natürlich gab es anderswo weitere Widerstandsausschüsse, in Kalifornien und darüber hinaus, es gab nach wie vor Befreiungsarmeen und Untergrundbewegungen und was dergleichen mehr war. Angesichts eines Nachrichtenwesens, das sogar innerhalb der früheren Vereinigten Staaten absolut chaotisch und unzuverlässig war, erwies es sich jedoch als schwierig, Verbindung mit diesen kleinen, verborgenen Gruppen aufrecht zu erhalten, und man erlag leicht der Illusion, dass man selbst und diese paar Männer, die hier mit einem waren, ungefähr die einzigen Menschen auf Erden seien, die noch immer an der Überzeugung festhielten, dass die Wesen eines Tages von der Welt vertrieben würden.

Die Sitzung begann. Alle Zusammenkünfte dieser Gruppe folgten einem strengen Reglement, das ebenso sehr ein Ritual war wie ein feierliches Hochamt.

Zuerst eine Anrufung der Gottheit. Irgendwie hatte sich das vor drei oder vier Jahren in die Tagesordnung eingeschlichen, und niemand schien willens, diesen Punkt in Frage zu stellen. Jack Hastings war immer der Mann, der das Gebet intonierte: ein früherer Geschäftspartner von Ronnie aus San Diego, der nicht lange nach der Eroberung eine Art Hinwendung zur Religion erfahren hatte und, so schien es jedenfalls, mit leidenschaftlicher Aufrichtigkeit an seinem Glauben hing.

Jetzt erhob er sich, legte die Fingerspitzen zusammen und neigte feierlich den Kopf.

»Unser Vater, der Du vom Himmel auf unsere unglückliche Welt herabblickst, wir flehen Dich an, dass Du Deine Macht unserer gerechten Sache leihst und uns helfen mögest, die Kreaturen, die uns enteignet haben, von dieser Deiner Welt hinwegzufegen.«

Die Worte waren immer die gleichen, für alle akzeptabel, ohne eine besonders sektiererische Färbung, obwohl Ronnie dem Obersten unter vier Augen zu verstehen gegeben hatte, dass Hastings eigene Religionsgemeinschaft eine sehr seltsame neo-apokalyptische christliche Sekte sei, wo man in Zungen sprach, mit Schlangen hantierte und dergleichen.

»Amen«, sagte Ronnie vernehmlich, und Sam Bacon einen Sekundenbruchteil später, und dann die anderen alle, der Oberst mit eingeschlossen. Er hatte niemals besonders viel von organisierter religiöser Aktivität gehalten, nicht einmal in Vietnam, wo die Leichensäcke täglich ins Lager gebracht worden waren; aber er war auch kein Atheist, weit davon entfernt, und abgesehen von alledem verstand er den Wert formaler Observanz für die Aufrechterhaltung der gemeinschaftlichen Strukturen des Lebens in einer Zeit schwerer Belastungen.

Nach dem Gebet kam der Fortschrittsbericht, der gewöhnlich von Dan Cantelli oder Andy Jackman erstattet wurde und angemessener der Kein-Fortschritt-Bericht hätte heißen müssen. Dabei handelte es sich um eine zusammenfassende Darstellung der Erfolge oder Misserfolge, die seit der letzten Sitzung zu verzeichnen waren. Meistens ging es dabei um die Entschlüsselung von Sicherheitscodes der Wesen und die Beschaffung von Informationen, die für einen eventuellen Angriff auf die Eroberer von Wert sein mochten.

In Jackmans Abwesenheit erstattete Cantelli heute

den Fortschrittsbericht. Er war ein kleiner, rundlicher, unzerstörbar aussehender Mann von ungefähr fünfzig Jahren, der vor der Eroberung ein Olivenpflanzer am oberen Ende des Santa Ynez-Tales gewesen und noch immer war. Seine gesamte Familie, Eltern und Ehefrau und fünf oder sechs Kinder, waren in der Großen Seuche umgekommen; aber er hatte wieder geheiratet, ein mexikanisches Mädchen aus Lompoc, und hatte inzwischen vier weitere Kinder.

Der Fortschritt dieses Monats war wie gewöhnlich überwiegend kein Fortschritt. »Wie Sie wissen, war in Seattle ein Projekt in Gang gekommen, das darauf abzielte, Zugang zu sicherheitsrelevanten Botschaften der Wesen zu finden und sie zu Computerzentren des Widerstands umzuleiten. Zu meinem Bedauern muss ich sagen, dass dieses Projekt inzwischen gescheitert ist. Verantwortlich dafür waren die Aktivitäten einiger verräterischer Borgmanns, die Abwehrprogramme für die Unterdrücker entwickelten. Wie ich erfuhr, wurden die Hacker in Seattle ausfindig gemacht und, wie ich fürchte, ausgerottet.«

»Borgmanns!« murmelte Ronnie. »Was wir brauchen ist ein Programm, das *sie* ausfindig macht und ausrottet!«

Die anderen nickten beifällig. Der Oberst aber, verwundert über das ihm unbekannte Wort, beugte sich zu Anse und flüsterte: »Borgmanns? Was, zum Teufel, sind Borgmanns?«

»Quislinge«, antwortete Anse. »Quislinge der schlimmsten Art, weil sie nicht bloß für die Wesen arbeiten, sondern ihnen aktiv Hilfe leisten.«

»Computerzeug für sie machen, meinst du?«

Anse nickte. »Es sind Computerspezialisten, die den Wesen bessere Methoden zu unserer Überwachung zeigen und ihnen beibringen, wie sie unsere Hacker aus ihren Datennetzen heraushalten können. Ronnie erzählte mir, dass der Name von jemandem in Europa kommt, der als erster in das Datennetz der Wesen eindrang und ihnen seine Dienste anbot. Er zeigte ihnen, wie wir unsere PCs an ihre Großrechner anschließen können, so dass sie uns wirkungsvoller herumkommandieren können.«

Der Oberst schüttelte traurig den Kopf.

Verräter. Die hatte es immer gegeben, in jeder Ära der Geschichte. Ein menschlicher Charakterfehler, unmöglich auszumerzen. Er archivierte das Wort in seinem Gedächtnis.

Ein neues Vokabular entwickelte sich. Geradeso wie Vietnam Wörter wie *»fragging«* und *»hooch«* und *»gook«* und *»Victor Charlie«** hervorgebracht hatte, an die sich außer alten Männern wie ihm heute niemand mehr erinnerte, so schien die Eroberung ihre Bezeichnungen und Bedeutungen zu erzeugen. *»Wesen«*, *»Borgmann«*, *»Quisling«*. Obwohl letzterer eine Übernahme aus den Tagen des Zweiten Weltkriegs war, vor kurzem abgestaubt und wieder in Dienst gestellt.

Cantelli beendete seinen Bericht. Nach ihm stand Ronnie auf und erstattete seinen, der mit dem Lieblingsunternehmen des Obersten zu tun hatte, der Einrichtung von Untergrundschulen, deren Zweck es sein sollte, der nachwachsenden Generation geschichtliches Wissen und eine Leidenschaft für die letztendliche Wiedergeburt menschlicher Kultur und Zivilisation einzuflößen. Es war, was der Oberst »inneren Widerstand« nannte, eine Art hinhaltender Widerstand, der auf die Bewahrung der alten patriotischen Traditionen, eines

---

* *fragging* = Ermorden eines unbeliebten Offiziers
hooch = selbstgebrannter Schnaps, Fusel
gook = abschätzige Bezeichnung für Orientalen aller Art (»Schlitzauge«)
Victor Charlie = von VC für Vietcong – *Anm. d. Übers.*

Glaubens an die Vorsehung Gottes und der Entschlossenheit abzielte, späteren Generationen ein klares Bewusstsein der bewährten zeitlosen Werte und Tugenden zu vermitteln, so dass sie, wenn es endlich gelang, die Invasoren abzuschütteln, eine Erinnerung daran geben würde, was die Menschheit vor ihrem Kommen gewesen war.

Ausgerechnet Ronnie mit einem Projekt zu beauftragen, in dessen Mittelpunkt die Weitergabe überkommener Werte und Tugenden stand, entbehrte nicht der Ironie, und das war dem Oberst wohl bewusst. Aber er hatte nicht mehr die Energie, diese Arbeit selbst zu tun, noch schien Anse fähig, sie auf sich zu nehmen, und Ronnie hatte sich freiwillig und mit einer ungeteilten, wenn auch etwas verdächtigen Schaustellung von Begeisterung der Sache angenommen. Er sprach jetzt mit Eifer und Beredsamkeit von dem verbesserten und ergänzten Lehrmaterial, das an neu organisierte Gruppen in Sacramento, San Francisco, San Luis Obispo und San Diego geschickt worden war. Er brachte es vor, dachte der Oberst, als ob er glaubte, es hätte wirklich einen Sinn.

Und es hatte einen. Zweifellos. Selbst in dieser seltsamen neuen Welt von *Borgmanns* und *Quislingen,* wo Opportunismus und Würdelosigkeit regierten und die Leute in ihrem Eifer, mit den Eroberern zu kollaborieren, über die eigenen Füße stolperten. Man durfte sich dadurch nicht beirren lassen, dachte der Oberst, und musste weiter dafür arbeiten, was man als richtig erkannt hatte. Genauso wie es in jener anderen Ära von *hooches* und *fraggings, gooks* und all der anderen flüchtigen Terminologie jenes unseligen Krieges immer noch vernünftige fundamentale Gründe gegeben hatte, den Kampf aufzunehmen, um der Ausbreitung des totalitären imperialistischen Kommunismus über die ganze Welt entgegen zu treten, mochte das Engagement in

Vietnam in der Praxis auch fehlerhaft, fatal und erfolglos gewesen sein.

Die Sitzung nahm ihren Fortgang. Der Oberst bemerkte, dass Ronnie sich inzwischen gesetzt und Paul das Wort ergriffen hatte, Es ging um eine neue Geschichte. Der Oberst, mit seinen Gedanken noch irgendwo in den frühen siebziger Jahren, blickte zu seinem Neffen und runzelte die Stirn. Er bemerkte, als wäre es das erste Mal, dass Paul nicht mehr wie ein junger Mann aussah. Es war, als hätte er ihn seit vielen Jahren nicht gesehen, obwohl Paul das gesamte vergangene Jahrzehnt bei ihm auf der Ranch gelebt hatte. Lange hatte Paul eine verblüffende Ähnlichkeit mit seinem verstorbenen Vater Lee gehabt, aber jetzt nicht mehr: sein buschiges dunkles Haar war grau geworden und hatte sich weit von der Stirn zurückgezogen, sein glattes ovales Gesicht wirkte länger und war von tiefen parallelen Linien gefurcht, wie Lees nie gewesen war, und seine Augen, einst wach und blitzend und voll Wissbegier, hatten ihren Glanz verloren.

Wie alt der Junge aussah, wie überanstrengt und erschöpft! Der Junge! Welcher Junge? Paul war jetzt mindestens vierzig. Lee war mit neununddreißig gestorben; ihm war es beschieden, in der Erinnerung des Obersten für immer jung zu bleiben.

Paul sagte etwas über das neueste, im Netzwerk des Widerstands verbreitete Bulletin: dort war eine weltweite Erhebung über die Zahl der Wesen erschienen, die ein Kollege von ihm aus Universitätstagen zusammengestellt hatte. Dieser Kollege, der zur Widerstandszelle von San Diego gehörte und dessen Fachgebiet Statistik war – dem Oberst war sein Name entgangen, aber das machte nichts –, hatte im Laufe der vergangenen achtzehn Monate eine Masse von bruchstückhaften Spionageberichten aus allen Teilen der Welt gesammelt, geordnet und analysiert, und war zu der Schlussfolgerung gekommen, dass die Gesamtzahl der Wesen, die sich gegenwärtig auf der Erde befanden …

»Entschuldige«, sagte der Oberst hilflos, als Paul weitersprach und eine Menge von korrelativen Zahlen und Schlussfolgerungen herunterrasselte, »was war das für eine Zahl, Paul?«

»Neunhundert, plus oder minus einige, wie angegeben. Wohlgemerkt, ich spreche nur von der großen, röhrenförmigen Art, den purpurnen, tintenfischähnlichen Typen mit den Flecken, die allgemein als die dominante Lebensform angesehen wird. Wir haben nicht versucht, Zahlen der beiden anderen Typen zu ermitteln, der Gespenster und der Behemoths. Diese scheinen etwas zahlreicher zu sein, aber …«

»Moment mal«, sagte der Oberst. »das kommt mir seltsam vor. Wie kann jemand eine verlässliche Zählung der Wesen vorgenommen haben, wenn sie sich die meiste Zeit in ihren eingezäunten Gebäudekomplexen verstecken und es keine Möglichkeit gibt, einen vom anderen zu unterscheiden?«

Darauf erhob sich leises Gemurmel.

In sanftem, beinahe nachsichtigem Ton sagte Paul: »Ich habe gerade erwähnt, Onkel Anson, dass die Zahlen nur Annäherungswerte sind, die Ergebnisse stochastischer Analyse, aber sie beruhen auf sehr sorgfältigen Beobachtungen der bekannten Bewegungen der dominanten Wesen, dem Verkehrsfluss in ihren verschiedenen Stützpunkten sowie deren Umkreis. Die Zahl, die wir haben, ist nicht hundertprozentig genau – ich nehme an, dir ist entgangen, was ich sagte, als ich erwähnte, dass es möglicherweise fünfzig oder hundert weitere von ihnen geben mag –, aber wir sind überzeugt, dass die errechnete Zahl der Wirklichkeit nahe kommt. Sicherlich kann es insgesamt nicht viel mehr als eintausend geben.«

»Nur tausend von ihnen waren nötig, um die ganze Erde zu erobern?«

»So scheint es. Ich stimme zu, dass es zum Zeitpunkt des Geschehens mehr schienen, aber das war offenbar eine Illusion. Eine absichtlich erzeugte Übertreibung.«

»Ich vertraue diesen Zahlen nicht«, sagte der Oberst hartnäckig. »Wie könnte jemand es wirklich wissen?«

Sam Bacon sagte in einem genauso geduldigen und freundlichen Ton wie vor ihm Paul: »Die Sache ist die, Anson, dass es insgesamt nur ein paar tausend Wesen der dominanten Ebene auf der Erde geben kann, selbst wenn die Zahlen um einen Faktor von zweihundert oder dreihundert Prozent daneben liegen sollten. Was die Frage eines gegen sie gerichteten Zermürbungskrieges aufwirft, eines Programms weltweiter, systematischer Einzelattentate, das mit der Zeit die gesamte Besatzungsmacht eliminieren wird.«

»Mordanschläge?« rief der Oberst entsetzt. Er sprang wie von der Tarantel gestochen von seinem Stuhl auf.

»Guerillakrieg, ja«, sagte Bacon. »Wie ich sagte, einen Zermürbungskrieg. Sie einzeln durch Heckenschützen aus der Distanz abschießen, bis ...«

»Moment, Moment!« sagte der Oberst. »Augenblick.« Er zitterte plötzlich. Hielt sich plötzlich unsicher auf den Füßen. Er begann zu schwanken und legte die Hand schwer auf Anses Schulter, krallte sich mit den Fingern daran fest. »Mir gefällt die Richtung nicht, in die wir uns hier bewegen. Glaubt jemand hier ernsthaft, dass wir auch nur annähernd bereit sind, ein Programm umzusetzen, das – das ...«

Er stockte. Sie sahen ihn alle an, und ihre Gesichter verrieten Verlegenheit und Unbehagen. Er hatte den ungewissen Eindruck, dass diese Angelegenheit nicht zum ersten Mal zur Sprache gekommen war.

Egal, es musste alles heraus. Er hörte schwaches Gemurmel, ließ sich aber nicht beirren.

»Lassen wir einstweilen die Tatsache aus der Diskussion«, sagte der Oberst, nachdem er aus einer halb vergessenen Reserve Kraft zum Weitersprechen geschöpft hatte, »dass es unseres Wissens noch keinem jemals gelungen ist, auch nur ein Wesen abzuschießen, und dass wir hier davon sprechen, sie allesamt abzuknallen – peng peng peng! Vielleicht sollten wir die Generäle Brackenridge und Comstock um ihre Meinung fragen, bevor wir uns eingehender mit diesem Thema befassen.«

»Brackenridge und Comstock sind beide tot, Paps«, sagte Anse in der stets freundlichen, nachsichtig-herablassenden Art, in der er heutzutage mit ihm sprach.

»Meinst du, ich wüsste das nicht? Starben an der Seuche, alle beide, und die Seuche, daran darf ich hier erinnern, ist etwas, das die Wesen als Vergeltung für diesen Laserangriff in Denver über uns brachten. Und wir wissen nicht einmal, ob der damalige Angriff etwas erreicht hat. Nun sollen Heckenschützen ausschwärmen und anfangen, die ganze Population der Wesen nacheinander auf den Straßen oder anderswo abzuschießen, und niemand überlegt, was sie mit uns machen würden, wenn wir auch nur einen einzigen von ihnen töteten. Ich war damals gegen diesen Vorschlag, und ich bin auch heute dagegen. Es ist viel zu früh, so etwas zu versuchen. Wenn sie letztes Mal schon die Hälfte der Weltbevölkerung töteten, was werden sie dann jetzt tun?«

»Sie werden uns nicht alle töten, Anson«, sagte jemand auf der anderen Seite. Hastings, Hal Falkenburg, einer von denen. »Letztes Mal, als sie die Seuche schickten, geschah es als eine Warnung an uns, keine weiteren Späße dieser Art zu versuchen. Und wir haben es nicht getan. Aber sie werden uns nicht wieder auf diese Weise umbringen, selbst wenn wir einen weiteren Schlag gegen sie führen. Sie brauchen uns zu sehr.

Wir liefern ihnen die Arbeitskräfte. Sie werden bösartig, das ist sicher. Aber nicht so bösartig, dass sie uns ausrotten.«

»Wie können wir das wissen?« fragte der Oberst.

»Ich weiß es nicht, aber eine zweite Runde der Seuche würde uns alle nahezu ausrotten. Ich kann mir nicht denken, dass sie das wollen. Gewiss, es ist ein kalkuliertes Risiko. Aber *wir* können alle von *ihnen* töten. Nur neunhundert, sagt Paul, vielleicht tausend? Einen nach dem anderen, werden wir die ganze Bande erwischen, und wenn sie weg sind, werden wir wieder frei sein. Es ist höchste Zeit, dass wir etwas unternehmen. Wann, wenn nicht jetzt?«

»Irgendwo gibt es einen ganzen Planeten von ihnen«, sagte der Oberst. »Wenn wir ein paar abschießen, werden sie mehr schicken.«

»Aus vierzig Lichtjahren Entfernung, oder wo immer ihre Welt ist? Das braucht Zeit.« Dies war jetzt Falkenburg, ein Rancher aus Santa Maria, mit kantigem Kiefer, kalten Augen, ein Mann, der zur Heftigkeit neigte. »Inzwischen werden wir uns auf ihren nächsten Besuch vorbereiten. Und wenn sie kommen ...«

»Wahnsinn«, sagte der Oberst mit hohler Stimme und ließ sich auf den Stuhl sinken. »Absoluter Wahnsinn. Sie haben keine Ahnung von unserer wahren Situation.«

Er bebte vor Zorn. Ein dumpf pochender Puls hämmerte in seiner linken Schläfe. Im Raum war es ganz still geworden; die Stille war von einer eigentümlichen, beinahe elektrischen Spannung.

Dann wurde sie von einer Stimme auf der andern Seite des Raums gebrochen: »Ich frage Sie, Anson ...« Der Oberst blickte hinüber. Es war Cantelli. »Ich frage Sie, Sir: Was für eine Art Widerstandsbewegung haben wir hier nach Ihrer Meinung, wenn wir niemals wagen, Widerstand zu leisten?«

»Hört, hört!« Das war wieder Falkenburg.

Der Oberst wollte antworten, dann aber merkte er, dass er seiner Antwort nicht sicher war, obwohl er wusste, dass es eine gute geben musste. Er sagte nichts.

»Er ist im Herzen immer ein Pazifist gewesen«, murmelte jemand. Die Stimme klang entfernt, undeutlich, und der Oberst konnte nicht sagen, wem sie gehörte. »Hasst die Wesen, hasst den Kampf aber noch mehr. Und sieht nicht einmal die Widersprüche in seinen eigenen Worten. Und er will ein Soldat sein?«

Nein, brüllte der Oberst, obwohl kein Laut über seine Lippen kam. *So ist es nicht. So nicht!*

»Er hatte die richtige Ausbildung«, sagte jemand anderes. »Aber er war in Vietnam. Einen Krieg verlieren, verändert einen.«

»Ich glaube, das ist es nicht«, warf eine dritte Stimme ein. »Es ist bloß das Alter. Aller Kampfgeist ist aus ihm heraus.«

Sagten sie dies alles wirklich, fragte er sich, gerade heraus und laut in seiner Gegenwart? Oder bildete er es sich nur ein?

»He, wartet eine Sekunde!« rief der Oberst, versuchte wieder auf die Beine zu kommen, brachte es aber nicht ganz zuwege. Er fühlte eine Hand an seinem Arm, dann eine zweite auf der anderen Seite. Anse und Ronnie hatten ihn in die Mitte genommen.

»Paps …« sagte Anse im gleichen freundlichen, milden, aufreizend herablassendem Ton. »Ein wenig frische Luft, vielleicht? Das muntert einen immer auf, meinst du nicht?«

Wieder draußen. Die warme Frühlingssonne, das üppige Grün der Hügel. Ein wenig frische Luft, ja. Immer eine gute Idee. Muntert einen auf.

Im Kopf des Obersten drehte sich alles. Er fühlte sich sehr wacklig.

»Beruhige dich, Paps. Alles wird gleich wieder in Ordnung sein.«

Das war Ronnie. Ein feiner Junge, Ronnie. Genauso solide wie Anse, heutzutage, vielleicht noch mehr als der. Hatte einen schlechten Start im Leben, war in den letzten paar Jahren aber großartig herausgekommen. Natürlich war es Peggys Verdienst, dass er so geworden war. Sie hatte ihn sesshaft gemacht, zur Einsicht gebracht.

»Mach dir keine Sorgen um mich. Es geht schon«, sagte der Oberst. »Geh wieder hinein, Ron. Du kannst in der Sitzung für mich mit abstimmen. Hast meine Vollmacht. Bleib in der Vergeltungsfrage dran.«

»In Ordnung. Richtig. Hier – bleib du ruhig sitzen, Paps …«

Seine Gedanken schienen sich ein wenig zu klären.

Ein entmutigendes Geschäft, in dieser Sitzung. Er erkannte den Ton blinder Entschlossenheit angesichts aller Logik, wenn er ihn hörte. Die alte Geschichte: sie sahen das Licht am Ende des Tunnels, oder glaubten es zu sehen. Und so würden sie den Fehler von Denver ein zweites Mal machen, ganz gleich, welche Argumente er vorbrachte. Und sie würden das katastrophale Ergebnis von Denver wiederholen.

Dennoch hatte Cantelli in einem Punkt recht: Wie konnten sie sich eine Widerstandsbewegung nennen, wenn sie niemals widerstanden? Warum diese endlosen, nutzlosen Zusammenkünfte? Worauf warteten sie? Wann würden sie zuschlagen? War es nicht ihr Ziel, die Welt von diesen mysteriösen Eindringlingen zu befreien, die wie Diebe in der Nacht der menschlichen Existenz allen Sinn und Zweck gestohlen hatten, ohne eine Silbe der Erklärung zu bieten?

Ja. Das war das Ziel. Wir müssen sie alle töten und unsere Welt zurückgewinnen.

Und wenn es so war, warum mehr Zeit verstreichen

lassen, bevor der Kampf begann? Sind wir stärker geworden, als die Jahre vergingen? Wurden die Wesen schwächer?

Ein Kolibri schoss an ihm vorbei, ein leuchtender Blitz von Grün und Rot, nicht viel größer als ein Schmetterling. Hoch oben am Himmel kreisten zwei Bussarde in der blendenden, sonnendurchfluteten Helligkeit. Ein paar kleine Kinder waren von irgendwo erschienen, ein Junge und ein Mädchen, und starrten ihn stumm an. Sechs oder sieben Jahre alt: der Oberst war für einen Moment verwirrt, wusste nicht, wer sie waren, hielt sie für Paul und Helena, bis er sich erinnerte, dass Paul und Helena längst erwachsen waren. Dieser Junge hier war sein jüngster Enkel, Ronnies Junge. Das neueste Modell Anson Carmichael: der fünfte Träger dieses Namens. Und das Mädchen? Jill, Anses Tochter? Nein. Dafür war sie zu jung. Dies musste Pauls Tochter sein, vermutete der Oberst. Wie war ihr Name? Cassandra? Samantha? Irgend so etwas Ausgefallenes.

»Es kommt darauf an«, sagte der Oberst, als nähme er ein Gespräch wieder auf, das sie erst vor einer kleinen Weile abgebrochen hatten, »dass ihr nie vergessen dürft, dass wir Amerikaner einmal freie Menschen waren. Und wenn ihr erwachsen seid und eigene Kinder habt, werdet ihr ihnen das beibringen müssen.«

»Nur Amerikaner?« fragte der Junge, der junge Anson.

»Nein, auch andere. Nicht alle. Manche Völker wussten nie, was Freiheit ist. Aber wir wussten es. Und ich glaube, wir können jetzt nur an uns denken. Die anderen werden sich selbst befreien müssen.«

Sie sahen ihn seltsam an, mit großen Augen, staunend oder verwirrt. Hatten vielleicht keine Ahnung von der Bedeutung dessen, was er sagte. Er war selbst nicht allzu sicher, dass es einen Sinn machte.

»Ich weiß wirklich nicht, wie es zu erreichen ist«, fuhr er fort. »Aber wir dürfen nie vergessen, dass es eines Tages irgendwie dazu kommen muss. Es muss einen Weg geben, aber wir haben ihn noch nicht entdeckt. Und einstweilen, während wir den rechten Augenblick abwarten, dürft ihr die Idee der Freiheit nicht in Vergessenheit geraten lassen, ihr Kinder. Wir müssen uns erinnern, wer und was wir einst waren. Habt ihr gehört?«

Leere Blicke der Verständnislosigkeit. Sie hatten es nicht begriffen, das war sicher. Vielleicht zu jung? Nein. Nein. Sie sollten alt genug sein, um diese Ideen zu begreifen. Er jedenfalls hatte sie begriffen, als er in ihrem Alter war und sein Vater ihm die Gründe erklärte, warum das Land in Korea in den Krieg gezogen war. Aber diese zwei hatten die Welt nie anders gekannt als so, wie sie jetzt war. Sie hatten keine Vergleichsmöglichkeit, kein Metermaß, an dem sie die Vorstellung von »Freiheit« messen konnten. Und so würde diese Idee für immer verloren gehen, wenn die Zeit verging und jene, die sich an die alte Welt erinnerten, diesen Kindern Platz gemacht hatten.

Würde die Idee der Freiheit wirklich verloren gehen?

Wenn niemand jemals die Hand gegen die Wesen erhob, ja, dann würde sie verloren gehen. Etwas musste geschehen. Etwas. Aber was?

Im Augenblick gab es nichts, was sie tun konnten. Er hatte es so oft gesagt: *Die Welt ist das Spielzeug der fremden Wesen. Sie sind allmächtig, und wir sind schwach.* Und so würde es wahrscheinlich bleiben, bis es irgendwie möglich sein würde, die Lage zu verändern. Dann, wenn sie lange genug abgewartet hätten, wenn sie zum Zuschlagen bereit wären, würde es geschehen, und sie würden siegen.

War das nicht so?

Wenn man wusste, wonach man zu suchen hatte, konnte man noch immer die Inschrift über der Tür des früheren Restaurants lesen, die blassgrünlichen, verblichenen Umrisse der Worte, die dort einst in schimmerndem Gold aufgemalt gewesen waren: KHANS MOGUL PALACE. Auch das alte Schild, das über der Tür gehangen hatte, existierte noch; es lag hinten im Hof zwischen zerbrochenen Becken und weggeworfenen Töpfen und Scherben von Geschirr.

Aber das Restaurant selbst war nicht mehr, war schon lange geschlossen, ein Opfer der Großen Seuche, ebenso wie der arme traurige Halim Khan selbst, der ständig müde kleine Pakistani, dem es in zehn Jahren irgendwie gelungen war, fünftausend Pfund von seinem Lohn als Tellerwäscher im Lion & Unicorn Hotel zu sparen und damals, als England eine Königin namens Elisabeth hatte, als Grundstein für das bescheidene kleine Restaurant zu verwenden, das ihn und seine Familie vor völliger, hoffnungsloser Armut bewahren sollte. Vier Tage nach dem Ausbruch der Seuche in Salisbury war Halim tot. Doch wenn die Seuche ihn nicht umgebracht hätte, würde die Tuberkulose, an der er seit längerem gelitten hatte, wahrscheinlich bald die gleiche Wirkung gehabt haben. Oder der Schock und die Schande und der Kummer über den grässlichen Tod seiner Tochter Yasmina zwei Wochen zuvor im Lagerraum über dem Restaurant, als sie das Bastardkind des langbeinigen englischen Jungen, Richie Burke, des künftigen Verräters und Quislings, zur Welt gebracht hatte.

Auch Halims andere Tochter, die kleine Leila, war drei Monate nach ihrem Vater und zwei Tage vor ihrem sechsten Geburtstag an der Seuche gestorben. Yasminas älterer Bruder, Khalid, war zu der Zeit bereits zwei Jahre tot, in einer Samstagnacht während der Zeit des Unheils von einer Bande langhaariger Rowdies erschlagen, die in herrisch englischem Zorn auf ihn eingedroschen hatten, entschlossen, ihrem Ärger über die Eroberung der Erde Luft zu machen, indem sie in den Straßen der Stadt eine illustre Show von Paki-Verprügeln abzogen.

Damit blieb von der ganzen Familie nur Aischa übrig, Halims robuste und unermüdliche zweite Frau. Auch sie erkrankte an der Seuche, gehörte aber zu den Glücklichen, denen es gelang, die Infektion abzuwehren und zu überleben. So wurde sie, was immer das wert sein mochte, Zeugin der neuen, verwandelten und verkleinerten Welt. Aber sie konnte das Restaurant schwerlich allein weiterführen, und nachdem drei Viertel der Bevölkerung Salisburys durch die Seuche umgekommen waren, gab es ohnedies kaum Bedarf für ein pakistanisches Restaurant.

Aischa fand andere Beschäftigungen. Sie lebte weiterhin in ein paar Räumen des jetzt allmählich verfallenden Gebäudes, welches das Restaurant beherbergt hatte, und ernährte sich in dieser Ära, als nationale Währungen aufgehört hatten, viel zu bedeuten, und seltsame neue Arten von regionalem Geld im Land zirkulierten, durch eine Vielzahl improvisierter Mittel. Sie putzte und wusch für Leute, die noch Bedarf an solchen Dienstleistungen hatten. Sie kochte Mahlzeiten für alte Leute, die zu hinfällig waren, um für sich selbst zu kochen. Dann und wann, wenn in der Arbeitslotterie ihre Nummer gezogen wurde, arbeitete sie in einer Fabrik, die von den Wesen knapp außerhalb der Stadt errichtet worden war, flocht kleine Stränge farbiger Drähte zusammen, die in unverständlich komplexe Mechanismen eingebaut wurden, deren Natur und Zweck sie nie erfuhr.

Und wenn keine Arbeit dieser Art zu bekommen war, ließ Aischa sich von den Lastwagenfahrern besteigen, die durch Salisbury kamen, spreizte ihre kräftigen, muskulösen Schenkel für Essengutscheine oder Gratisaktien oder Tauscheinheiten oder andere der neuartigen Zahlungsmittel, die man inzwischen anstatt Geld verwendete. Das hätte sie nicht freiwillig, wenn sie die Wahl gehabt hätte. Aber sie hatte auch die Invasion der Wesen nicht gewählt, was das anging, und auch nicht den frühen Tod ihres Mannes und Leilas und Khalids, oder Yasminas elendes und einsames Ende im Lagerraum. Sie war zu all diesen Dingen nicht gefragt worden. Aber Aischa musste essen, um zu überleben; und so verkaufte sie sich, wenn sie es musste, an die Lastwagenfahrer, so war das eben.

Was die Frage betraf, warum ihr das Überleben wichtig war, warum sie sich überhaupt die Mühe machte, in einer Welt zu überleben, die alle Bedeutung und fast alle Hoffnung verloren hatte, so lag es zum Teil daran, dass Überleben um des Überlebens willen in ihren Genen war, und hauptsächlich, weil sie nicht allein auf der Welt war. Aus den Trümmern ihrer Familie war ihr ein Kind geblieben, für das sie sorgen musste – ihr Enkelkind, das Kind ihrer toten Stieftochter, Khalid Halim Burke, das Kind der Schande. Auch Khalid Halim Burke hatte die Seuche überlebt. Es war eine der hässlichen kleinen Ironien der Epidemie, welche die erzürnten Wesen als Vergeltung für den Laserangriff von Denver über die Welt gebracht hatten, dass Kinder von weniger als sechs Monaten im allgemeinen nicht erkrankten. Was eine große Population gesunder, aber elternloser Säuglinge erzeugte.

Er war gesund, der kleine Khalid, daran war nicht zu zweifeln. Trotz aller Entbehrungen dieser trüben Jahre der Lebensmittelknappheit, der Brennstoffknappheit und der immer wieder ausbrechenden Krankheiten, die man einst für beinahe ausgestorben gehalten hatte, wurde er die ganze Zeit größer und stärker und gerader. Er hatte die drahtige Kraft seiner Mutter und die langen Beine und tänzerische Anmut seines Vaters. Und er war hübsch anzusehen. Seine Haut war von einem hellen Goldbraun, seine Augen leuchteten blaugrün, und sein Haar, glänzend und dicht und lockig, war von einem wundervollen Bronzeton, einer prachtvollen eurasischen Färbung. Inmitten all der Traurigkeit und Härte von Aischas Leben war er das herrliche Leuchtfeuer, das die Dunkelheit für sie erhellte.

Es gab keine richtigen Schulen mehr. Aischa unterrichtete den kleinen Khalid selbst, so gut sie konnte. Auch sie hatte nicht viel Schulbildung, aber sie konnte lesen und schreiben und zeigte ihm, wie es gemacht wurde, und erbettelte oder lieh Bücher für ihn, wo immer sie konnte. Sie fand eine Frau, die sich auf Arithmetik verstand, und schrubbte ihr die Böden als Gegenleistung für Khalids Lektionen. Am Südrand der Stadt gab es einen alten Mann, der den Koran genau kannte, und obwohl sie selbst keine sehr religiöse Frau war, schickte Aischa den kleinen Khalid einmal in der Woche zum Unterricht im Islam zu ihm. Schließlich war der Junge halb Moslem. Aischa fühlte sich für den christlichen Teil von ihm nicht verantwortlich, wollte ihn aber nicht ohne das Wissen in die Welt hinausgehen lassen, dass es irgendwo – *irgendwo!* – einen Gott namens Allah gab, einen Gott der Gerechtigkeit und des Mitleids und der Barmherzigkeit, dem Gehorsam geschuldet wurde, und dass er wie alle Menschen schließlich am Tag des Gerichts vor diesem Gott stehen würde.

»Und die Wesen?« fragte Khalid sie. Er war inzwischen sechs. »Werden sie auch von Allah gerichtet?«

»Die Wesen sind keine Menschen. Sie sind Djinns.«

»Hat Allah sie gemacht?«

»Allah hat alle Dinge im Himmel und auf Erden gemacht. Er machte uns aus dem Ton des Töpfers und den Djinn aus rauchlosem Feuer.«

»Aber die Wesen haben Böses über uns gebracht. Warum würde Allah böse Wesen machen, wenn Er ein barmherziger Gott ist?«

»Die Wesen«, sagte Aischa unbehaglich, denn ihr war bewusst, dass klügere Köpfe als sie sich vergeblich mit dieser Frage herumgeschlagen hatten, »tun Böses. Aber sie sind selbst nicht böse. Sie sind nur die Instrumente Allahs.«

»Der sie zu uns geschickt hat, um Böses zu tun?« sagte Khalid. »Was für ein Gott ist das, der Böses unter Seine eigenen Leute schickt, Aischa?«

Sie geriet in diesem Gespräch ins Schwimmen, aber sie war geduldig mit ihm. »Niemand versteht Allahs Wege, Khalid. Er ist der Eine Gott, und wir sind nichts vor Ihm. Wenn Er Grund hatte, die Wesen zu uns zu schicken, waren es gute Gründe, und wir haben kein Recht, an ihnen zu zweifeln.« *Und Krankheiten,* dachte sie, *und Hunger, und Tod und die englischen Jungen, die deinen Onkel Khalid auf der Straße erschlugen, und sogar den englischen Jungen, der dich in den Bauch deiner Mutter stieß und dann davonlief. Allah sandte auch diese in die Welt.* Aber dann erinnerte sie sich, dass dieses schöne Kind hier in diesem Augenblick nicht vor ihr stehen würde, wenn Richie Burke nicht heimlich in dieses Haus geschlichen wäre, um mit Yasmina zu schlafen. Und so konnte manchmal aus Bösem Gutes erwachsen. Wer waren wir, um von Allah Rechenschaft zu verlangen? Vielleicht waren sogar die Wesen letzten Endes zu unserem eigenen Wohl hierher geschickt worden.

Vielleicht.

Von Khalids Vater gab es während dieser ganzen Zeit keine Nachricht. Es wurde angenommen, dass er sich der Armee angeschlossen habe, die gegen die Wesen kämpfen wollte; aber Aischa hatte nie gehört, dass es irgendwo auf der Welt solch eine Armee gab.

Dann, nicht lang nach Khalids siebtem Geburtstag, als er am Nachmittag von seinem Donnerstags-Koranunterricht im Haus des alten Iskandar Mustafa Ali zurückkehrte, sah er einen unbekannten weißen Mann mit seiner Großmutter im Zimmer sitzen, einen Mann mit einem großen, ungekämmtem Schopf blondgelockter Haare und einem mageren, kantigen und hohlwangigen Gesicht, aus dem zwei kalte, harte blaugrüne Augen wie aus einer Maske blickten. Seine Haut war so weiß, dass Khalid überlegte, ob er überhaupt Blut im Körper habe. Sie war beinahe wie Kreide. Der fremde weiße Mann saß im Sessel seiner Großmutter, und seine Großmutter sah sehr nervös und seltsam aus, wie Khalid sie noch nie gesehen hatte, mit glänzenden Schweißperlen auf der Stirn und dünn zusammengepressten Lippen.

Der weiße Mann lehnte sich im Sessel zurück und schlug die Beine übereinander. Es waren die längsten Beine, die Khalid je gesehen hatte. Er sagte: »Weißt du, wer ich bin, Junge?«

»Wie sollte er es wissen?« sagte seine Großmutter. Der weiße Mann blickte zu Aischa und sagte: »Lassen Sie das mich tun, wenn es Ihnen nichts ausmacht.« Und dann, zu Khalid: »Komm her, Junge. Stell dich vor mich hin. Nun, sind wir nicht ein hübscher kleine Kerl? Wie heißt du, Junge?«

»Khalid.«

»Khalid. Wer gab dir diesen Namen?«

»Meine Mutter. Sie ist jetzt tot. Es war der Name meines Onkels. Er ist auch tot.«

»Verdammt viele Leute sind tot, die gelebt haben, weiß Gott. Nun, Khalid, mein Name ist Richie.«

»Richie«, sagte Khalid mit einer sehr kleinen Stimme, weil er allmählich dieses Gespräch verstand.

»Richie, ja. Hast du jemals von einer Person namens Richie gehört? Richie Burke?«

»Mein – Vater.« Mit einer noch kleineren Stimme.

»Richtig! Der große Preis für diesen Jungen! Nicht nur hübsch, sondern auch klug! Na, was würde man erwarten, wie? Da bin ich, Junge, dein lange vermisster Vater! Komm her und gib deinem lange vermissten Vater einen Kuss.«

Khalid blickte unsicher zu Aischa. Ihr Gesicht glänzte noch von Schweiß und war sehr bleich. Sie sah krank aus. Nach einem Augenblick nickte sie kaum merklich.

Er trat einen halben Schritt vor, und der Mann, der sein Vater war, fasste ihn beim Handgelenk und zog ihn unsanft in seine Arme, drückte ihn an sich, nicht für einen richtigen Kuss, sondern nur für ein Aneinanderreiben der Wangen. Die Berührung mit dieser harten, stoppeligen Wange war schmerzhaft für Khalid.

»Da siehst du, Junge. Ich bin zurückgekommen. Sieben elende, wurmzerfressene Jahre war ich fort, aber jetzt bin ich zurückgekommen und werde mit dir leben und dein Vater sein. Du kannst mich ›Papa‹ nennen.«

Khalid starrte verblüfft.

»Nun, was sagst du dazu? Sag: ›Ich bin so froh, dass du zurückgekommen bist, Papa.‹«

»Papa«, sagte Khalid unbehaglich.

»Auch den ganzen Rest, wenn ich bitten darf.«

»Ich bin so froh …« Er brach ab.

»Dass ich zurückgekommen bin.«

»Dass du zurückgekommen bist …«

»Papa!«

Khalid zögerte. »Papa«, sagte er.

»Bist ein braver Junge! Nach einer Weile wird es dir leichter fallen. Sag mal, hast du jemals über mich nachgedacht, in den letzten Jahren?«

Khalid blickte wieder zu Aischa. Sie nickte verstohlen.

Heiser sagte er: »Hin und wieder, ja.«

»Nur hin und wieder? Das war alles?«

»Kaum jemand hat einen Vater. Aber manchmal traf ich einen, der einen hatte, und dann dachte ich an dich. Ich fragte mich, wo du bist. Aischa sagte, du wärst fortgegangen und würdest gegen die Wesen kämpfen. Stimmt das, Papa? Hast du gegen sie gekämpft? Hast du welche getötet?«

»Stell keine dummen Fragen. Sag mir, Junge: trägst du den Namen Burke oder Khan?«

»Burke. Khalid Halim Burke.«

»Nenn mich ›Sir‹ wenn du mich nicht ›Papa‹ nennst. Sag: ›Khalid Halim Burke, Sir.‹«

»Khalid Halim Burke, Sir. Papa.«

»Eins oder das andere. Nicht beides.« Richie Burke erhob sich aus dem Sessel, entfaltete sich wie in Abschnitten, hinauf und hinauf und hinauf. Er war enorm groß und sehr dünn. Seine Schlankheit betonte seine Größe. Khalid, obschon groß für sein Alter, fühlte sich zwergenhaft neben ihm. Ihm kam der Gedanke, dass dieser Mann überhaupt nicht sein Vater sei, nicht einmal ein Mensch, sondern eine Art Dämon, ein Djinn, ein Geist, der aus seiner Flasche entwichen war, wie in der Geschichte, die Iskandar Mustafa Ali ihm erzählt hatte. Er behielt diesen Gedanken für sich. »Gut«, sagte Richie Burke. »Khalid Halim Burke. Das gefällt mir. Ein Sohn sollte seines Vaters Namen haben. Aber nicht den Khalid Halim-Teil. Von nun an ist dein Name … ah … Kendall. Abgekürzt Ken.«

»Khalid war mein …«

»Deines Onkels Name, ja. Nun, dein Onkel ist tot. Praktisch jeder ist tot, Kenny. Kendall Burke, ein guter englischer Name. Kendall Hamilton Burke, sogar die gleichen Initialen, nur englisch. Ist das in Ordnung, Junge? Was für ein hübscher Kerl du bist, Kenny! Ich werde dir das eine und das andere beibringen, verspreche ich dir. Ich werde einen Mann aus dir machen.«

Da bin ich, Junge, dein lange vermisster Vater!

Khalid hatte nie gewusst, was es bedeutete, einen Vater zu haben, hatte auch nie viel darüber nachgedacht. Auch hatte er nie Hass gekannt, weil Aischa eine ruhige, stabile, hinnehmende Person war, zu beständig in ihrem Wesen, um Zeit oder wertvolle Energie damit zu verschwenden, dass sie etwas oder jemand hasste, und Khalid war ihr darin nachgeschlagen. Aber Richie Burke, der Khalid lehrte, was es hieß, einen Vater zu haben, machte ihm auch bewusst, was es bedeutete, zu hassen.

Richie zog in Aischas Schlafzimmer ein und schickte Aischa fort, dass sie in dem Raum schlafe, der einst Yasminas Zimmer gewesen war. Es war seit langem vernachlässigt, aber sie säuberten es, jagten die Spinnen hinaus und klebten Ölpapier über die fehlenden Fensterscheiben und nagelten ein paar Dielenbretter fest, die locker waren. Sie trugen ihren Kleiderschrank hinein, und Aischa stellte die gerahmten Fotografien ihrer toten Angehörigen darauf, die sie in ihrem früheren Schlafzimmer gehabt hatte, und hängte zwei von ihren alten Saris, die sie nie mehr trug, über die Stellen an der Wand, wo die Farbe abgeblättert war.

Es war mehr als seltsam, Richie bei ihnen in der Wohnung zu haben. Es war eine völlige Umwälzung, eine bestürzende Invasion einer fremden Lebensform, in mancher Weise in ihren Auswirkungen so erschreckend wie es die Ankunft der Außerirdischen gewesen war.

Tagsüber war er die meiste Zeit fort. Er arbeitete in der benachbarten Stadt Winchester und fuhr in einem kleinen braunen Automobil aus der Zeit vor der Eroberung hin und her. Winchester war ein Ort, wo Khalid nie gewesen war, aber seine Mutter hatte dort die Pillen erstanden, die ihn hatten abtreiben sollen. Khalid war nie weit von Salisbury gewesen, nicht einmal in Stonehenge, das jetzt ohnehin ein Zentrum von Aktivitäten der Wesen war und keine Touristenattraktion mehr. Wenige Leute in Salisbury reisten heutzutage noch irgendwohin. Nicht viele hatten Automobile, weil es schwierig war, Treibstoff zu bekommen, doch Richie schien damit nie Probleme zu haben.

Manchmal fragte sich Khalid, welche Art von Arbeit sein Vater in Winchester verrichtete; aber er fragte nur einmal danach. Die Worte waren kaum heraus, als der lange Arm seines Vaters vorwärts schnellte und ihm die flache Hand ins Gesicht schlug, dass seine Unterlippe aufplatzte und ein paar Blutstropfen über sein Kinn rannen.

Khalid taumelte zurück, völlig überrascht. Niemand hatte ihn je zuvor geschlagen. Es war ihm nie in den Sinn gekommen, dass jemand es tun würde.

»Das darfst du nie wieder fragen!« sagte sein Vater. Er ragte hoch wie ein Berg vor ihm auf, und seine kalten Augen waren jetzt, in seinem Zorn, noch kälter. »Was ich in Winchester tue, geht dich und keinen anderen etwas an, hast du verstanden, Junge? Es ist allein meine Angelegenheit. Meine eigene – private – Angelegenheit.«

Khalid befühlte seine aufgeplatzte Lippe und blickte verwirrt zu seinem Vater auf. Der Schmerz des Schlages war nicht groß gewesen, aber die Überraschung, der Schock, das widerhallte noch in seinem Bewusstsein. Und widerhallte danach noch lange.

Er fragte nie wieder nach der Arbeit seines Vaters, nein. Aber er wurde wieder geschlagen, mehr als einmal, tatsächlich sogar mit einer gewissen Regelmäßigkeit. Schläge waren Richies Art, Ärger auszudrücken. Und es war schwierig vorauszusagen, was ihn ärgern könnte. Jedes Eindringen in die Privatsphäre seines Vaters schien es jedenfalls zu bewirken. Einmal, als er im Zimmer seines Vaters war und ihm von einer blutigen

Schlägerei zwischen zwei Jungen erzählte, die er in der Stadt gesehen hatte, legte Khalid gedankenlos die Hand an die Gitarre, die bei Richie immer neben seinem Bett an der Wand lehnte, und zupfte nur einmal an einer einzigen Saite, was er schon seit Monaten hin und wieder hatte tun wollen; und sofort, kaum dass der Ton verklungen war, fuhr Richies Arm heraus und stieß Khalid rücklings gegen die Wand. »Du lässt deine dreckigen Finger von dem Instrument, Junge!« sagte Richie; und das tat Khalid danach. Ein anderes Mal schlug Richie ihn, weil er in einem Buch geblättert hatte, das er auf dem Küchentisch hatte liegen lassen und in dem Bilder von nackten Frauen waren; und ein anderes Mal geschah es, weil er zu lange seinen Vater angestarrt hatte, als dieser am Morgen vor dem Spiegel stand und sich rasierte. So lernte Khalid, seinem Vater nicht zu nahe zu kommen; aber noch immer bekam er aus diesem oder jenem Grund Ohrfeigen, und manchmal auch ohne jeden Grund. Die Schläge waren selten so hart wie der Erste es gewesen war, und erzeugten in ihm nicht mehr das gleiche Gefühl von Schock. Aber es waren gleichwohl Schläge, und er speicherte sie alle in einem geheimen Behälter seiner Seele.

Gelegentlich schlug Richie auch Aischa – wenn das Abendessen verspätet auf den Tisch kam, oder wenn sie zu oft Hammelfleisch mit Curry bereitete, oder wenn ihm schien, dass sie ihm wegen etwas widersprochen hatte. Für Khalid war das ein größerer Schock, als selbst geschlagen zu werden, dass jemand es wagte, die Hand gegen Aischa zu erheben. Als es zum ersten Mal geschah, saßen sie beim Abendessen, und nicht weit von Khalid lag ein großes Küchenmesser auf dem Tisch, und er war nahe daran, es zu ergreifen, hätte Aischa ihm nicht in ihrem eigenen Zorn und im Schmerz ihrer Demütigung einen warnenden Blick zugeworfen, dass er so etwas auf keinen Fall tun dürfe.

Und so beherrschte er sich, diesmal und später, wenn Richie sie schlug. Die Selbstbeherrschung war eine Tugend – Khalid sah eine Geschicklichkeit darin –, die er von den unendlich geduldigen, alles ertragenden Großeltern geerbt haben musste, die er nie gekannt hatte, und der langen Reihe im Armut und Bedrückung lebender asiatischer Bauern, von denen sie abstammten. Das häusliche Leben mit Richie gab Khalid jeden Tag Gelegenheit, diese Tugend zu einer hohen Kunst zu entwickeln.

Richie schien nicht viele Freunde zu haben, jedenfalls keine, die ihn besuchten. Khalid wusste nur von dreien.

Da gab es einen Mann namens Arch, der manchmal kam, ein älterer Mann mit fettigen Ringellocken, die von einer großen kahlen Stelle auf seinem Kopf herabfielen. Er brachte immer eine Flasche Whisky mit, und dann saßen er und Richie hinter verschlossener Tür in Richies Zimmer, sprachen mit gedämpfter Stimme oder sangen wüste Gesänge. Am nächsten Morgen pflegte die leere Whiskyflasche im Korridor am Boden zu liegen, und Khalid hob sie auf und stellte sie in einer Reihe zu den anderen mitten in den Schutt des Restaurants hinter dem Haus, obwohl er nicht wusste, warum.

Der einzige andere Mann, der hin und wieder kam, war Syd, der eine Plattnase und dicke Finger hatte, und der solch einen Gestank ausströmte, dass Khalid ihn noch am nächsten Tag im Haus riechen konnte. Einmal, als Syd da war, kam Richie aus seinem Zimmer und rief Aischa, und sie ging hinein und schloss die Tür hinter sich und war noch drinnen, als Khalid noch schlafen ging. Er fragte sie nie danach, was vorgegangen war, während sie in Richies Zimmer gewesen war. Ein Instinkt sagte ihm, dass er es lieber nicht wissen würde.

Es gab auch eine Frau: Wendy war ihr Name, lang und mager und sehr unansehnlich, mit einem langen

Gesicht wie ein Pferd und sehr schlechter Haut und wirrem, strähnigem rötlichen Haar. Sie kam dann und wann zum Abendessen, und Richie bestimmte in solchen Fällen immer, dass Aischa ein englisches Abendessen zubereiten solle, Hammel oder Roastbeef, nichts von dem gewürzten Pakifutter mit Currysoße. Nach dem Essen pflegten Richie und Wendy in sein Zimmer zu gehen und kamen an dem Abend nicht mehr zum Vorschein; Khalid konnte die Klänge der Gitarre hören, und Gelächter, und dann unterdrückte Schreie und Stöhnen und Grunzen.

Einmal, mitten in der Nacht, als Wendy da war, stand Khalid auf, um aufs Klo zu gehen, gerade zur gleichen Zeit wie sie, und traf sie im Korridor, splitternackt im Mondlicht, eine lange, weiße Geistergestalt. Er hatte bis dahin nie eine nackte Frau gesehen, nicht in Wirklichkeit, nur auf den Bildern in Richies Magazin; aber er blickte ruhig zu ihr auf, mit jener scheinbar gleichmütigen Stetigkeit angesichts jeder Art von Überraschung, die er seit Richies Einzug so gut beherrschte. Kühl betrachtete er sie, hob den Blick von den langen dünnen Beinen, die sich hinauf und hinauf erstreckten, verweilte einen Moment bei dem merkwürdigen dreieckigen Flecken wolligen Haares unter ihrem flachen Bauch, und wanderte weiter hinauf zu den runden kleinen Brüsten, die hoch und weit auseinander saßen, und kam endlich zu ihrem Gesicht, was im Mondlicht unerwartet eine Art Ansehnlichkeit angenommen hatte, obwohl Wendy ihm vordem immer ungemein hässlich vorgekommen war. Sie schien nicht ärgerlich, so gesehen zu werden, lächelte und zwinkerte im zu und fuhr sich mit den Fingern beinahe kokett durch das strähnige Haar, und zuletzt warf sie ihm noch eine Kusshand zu, als sie an ihm vorbei zur Toilette schwebte. Es war das erste Mal, dass jemand aus Richies Umgebung nett zu ihm war; ihn überhaupt zu bemerken schien.

Aber das Leben mit Richie war nicht ganz und gar schrecklich. Es gab einige gute Aspekte.

Einer davon war die Nähe von so viel Kraft und Energie, was Khalid Männlichkeit genannt hätte, wenn ihm dieses Wort bekannt gewesen wäre. Er hatte sein kurzes Leben bisher unter Menschen verbracht, die mit gebeugtem Kopf gingen und gehorsam dienten, Leuten wie der geduldigen, sich abplagenden Aischa, die ihr Schicksal auf sich nahm und niemals klagte, und dem runzligen alten Iskandar Mustafa Ali, der verstand, dass Allah alles bestimmte und man keine andere Wahl hatte als sich zu fügen, und den stillen, verschlossenen englischen Leuten von Salisbury, welche die Eroberung und die Große Stille und die Zeit des Unheils und die Seuche durchgemacht hatten und bereit waren, jedwedem weiteren Schrecken mit beharrlichem Gleichmut zu begegnen.

Richie war jedoch anders. Richie hatte kein bisschen Passivität in sich. »Wir gestalten unser Leben so, wie wir es wollen und für richtig halten, Junge«, pflegte er immer wieder zu sagen. »Wir schreiben unser eigenes Drehbuch. Es ist alles bloß eine verdammte Fernsehshow, siehst du das nicht, Kenny?«

Für Khalid war es eine erschreckende Neuheit, dass man tatsächlich die Herrschaft über sein eigenes Schicksal haben konnte, dass man »nein« zu diesem und »ja« zu jenem und »nicht jetzt« zu etwas anderem sagen konnte, und dass man, wenn es etwas gab, das man wollte, einfach die Hand ausstrecken und es nehmen konnte. Es gab nichts, was Khalid wollte. Aber die Vorstellung, dass er es sogar haben könnte, wenn er nur darauf käme, was es war, faszinierte ihn.

Und bei aller Rauheit seines Benehmens, der jäh aufbrausenden Art, einen zu verfluchen oder zu treten oder zu schlagen, wenn er ein bisschen zu viel getrunken hatte, musste man Richie lassen, dass er auch eine liebevolle Seite hatte, sogar eine bezaubernde. Oft saß er mit ihnen beisammen und spielte auf seiner Gitarre, lehrte sie die Worte von Liedern und ermutigte sie, mit ihm zu singen, obwohl Khalid keine Ahnung hatte, wovon die Lieder handelten, und Aischa es auch nicht zu wissen schien. Trotzdem war es lustig, das Singen; und Khalid hatte in seinem bisherigen Leben sehr wenig Spaß gekannt. Richie war stolz auf Khalids gutes Aussehen und seine geschmeidige, athletische Anmut und lobte ihn dafür, was noch niemand vorher getan hatte, nicht einmal Aischa. Obwohl Khalid in einer Weise verstand, dass Richie sich in Wirklichkeit nur selbst lobte, war er dankbar dafür.

Richie nahm ihn mit hinaus in den Hof hinter dem Haus und zeigte ihm, wie man einen Ball warf und fing. Und wie man einen anderen mit dem Fuß stieß. Und manchmal fanden auf einem Feld am Rand der Stadt Cricketspiele statt; und wenn Richie mitspielte, was er gelegentlich tat, nahm er Khalid mit, dass er zusehen konnte. Später, zu Haus, zeigte er Richie, wie man das Schlagholz hielt und ein Tor bewachte.

Sie unternahmen auch Fahrten mit dem Wagen. Sie waren selten, ein großes Privileg. Aber manchmal, an einem schönen Sonntag, pflegte Richie zu sagen: »Drehen wir eine Runde mit dem alten Schlitten, was, Kenny?« Und dann fuhren sie hinaus in die grüne Landschaft, gewöhnlich ohne ein besonderes Ziel, nur einen Ausflug über die stillen Landstraßen. Khalid gaffte verwundert über diese neue Welt jenseits der Stadt. Die vielen wechselnden Eindrücke machten ihn schwindeln, aber in einer guten Art und Weise, als er verstehen lernte, dass die Welt außerhalb der Grenzen von Salisbury tatsächlich immer weiter ging und voll von Wundern und Herrlichkeit war.

So kam es, dass er zwar nie aufhörte, Richie zu hassen, aber doch einige lindernde Vorzüge sehen konnte, die seine Gegenwart in ihrem Haus mit sich brachte. Nicht viele, aber einige.

Einmal fuhr Richie mit ihm nach Stonehenge. Oder vielmehr so nahe heran, wie es heutzutage für Menschen möglich war. Es war das Jahr, als Khalid zehn wurde: ein besonderes Geburtstagsgeschenk.

»Siehst du es da draußen auf der Ebene, Junge? Diese großen Steine? Erbaut von prähistorischen Kerlen, die sich blau anmalten und bei Nacht wie die Wilden um ein Feuer herumsprangen. Tanzten nackt herum, und um Mitternacht opferten sie eine Jungfrau auf dem großen Altarstein. Das ist lange, lange her. Tausende von Jahren. Komm mit, lass uns aussteigen und uns umsehen.«

Khalid staunte. Riesige graue Steinblöcke in zwei parallel verlaufenden Reihen, flankierten kleinere Platten aus blauem Stein, die in einem dreieckigen Muster gesetzt waren, in dessen Mitte ein großer Stein aufrecht stand. Und andere Steinblöcke lagen quer auf einigen der grauen Steine. Ein durchsichtiger Vorhang flimmernden rötlichgrünen Lichts umgab das Ganze, schien aus verborgenen Öffnungen in der Erde aufzusteigen und erreichte beinahe doppelte Mannshöhe. Warum hatten die Leute damals solch ein Ding erbaut? Es musste schwere Arbeit gewesen sein, all diese gewaltigen Blöcke herbeizuschaffen, aufzurichten und aufeinander zu legen. Es kam Khalid wie eine gewaltige Zeitverschwendung vor.

»Damals sah es aber ganz anders aus als jetzt«, erklärte er. »Als die Wesen kamen, änderten sie die Anlage, versetzten Steine und verpfuschten alles. Holten eine Menge Arbeiter hier heraus, die ihnen die Steine ausgraben und versetzen mussten. Und sie machten auch die protzigen Beleuchtungseffekte. Früher gab es hier nie Lichter, schon gar nicht dieser Art. Wenn du durch diesen Lichtervorhang gehst, stirbst du wie eine Mücke, die durch eine Kerzenflamme fliegt. Diese Steine dort waren ursprünglich in einem Kreis angeordnet, und diese blauen da – he, Junge, sieh mal, was wir haben! Hast du schon mal ein Wesen gesehen, Ken?«

Khalid hatte: zweimal. Aber nie aus unmittelbarer Nähe. Das erste war mitten in der Stadt gewesen, stand vor dem Eingang der Kathedrale, als wäre es gerade in der Stimmung, zur Kirche zu gehen: ein riesiges, purpurnes Ding wie eine Gurke, mit orangegelben Flecken und großen gelben Augen. Aber Aischa hatte ihm die Augen zugehalten, bevor er es genau betrachten konnte, und hatte ihn eilig die Straße fortgezogen, die von der Kathedrale wegführte, hatte ihn so schnell mitgezogen, wie er gehen konnte. Khalid war damals ungefähr fünf gewesen. Noch Monate später hatte er von dem Wesen geträumt. Das zweite Mal, ein Jahr später, war er mit Freunden draußen gewesen und hatte in Sichtweite der Hauptstraße gespielt, als ein seltsames Fahrzeug dahergekommen war, das auf Luft schwebte, statt auf Rädern zu fahren, und zwei Wesen hatten aufrecht darin gestanden und zu ihnen herübergesehen, als sie vorbeigeschwebt waren. Khalid hatte nur die Köpfe sehen können: wieder ihre Augen, darunter eine Art Krummschnabel und eine breite Linie von einem Mund, wie bei einem Frosch. Er war fasziniert von ihnen. Auch abgestoßen, weil sie so bizarr waren, diese seltsamen fremden Wesen, diese Feinde der Menschheit, und er hatte damals schon gewusst, dass er sie verabscheuen und verachten sollte. Aber sie hatten ihn fasziniert. Er wünschte, er hätte sie besser sehen können.

Nun aber konnte er sie klar vor sich sehen, drei von den Wesen. Sie waren aus so etwas wie einer Tür gekommen, die auf der anderen Seite des alten Monuments in den Boden gesetzt war, und schlenderten zwischen den mächtigen Steinen dahin wie Lords oder Ladies, die ihren Besitz in Augenschein nehmen, und schenkten dem Mann und dem kleinen Jungen neben dem außerhalb der feurigen Barriere parkenden Wagen nicht die geringste Beachtung. Khalid staunte, dass sie auf den kleinen, gummiartigen Beinen, die ihre immensen röhrenförmigen Körper trugen, das Gleichgewicht halten konnten, dass sie nicht einfach vornüber kippten und mit einem Krach hinschlugen.

Es verblüffte ihn auch, wie schön sie waren. Er hatte das von seinen früheren Beobachtungen vermutet, aber nun sah er sie in ihrer ganzen Pracht und war beeindruckt.

Die leuchtenden orangegelben Flecken auf der glasig schimmernden purpurnen Haut – wie Feuer waren diese Flecken. Und die riesigen Augen, so leuchtend, so scharf: man sah die Kraft ihres Verstandes darin, die Macht ihrer Seele. Ihr Blick schien einen in eine Flut von Licht zu tauchen. Sogar die Luft um die Wesen hatte Teil an ihrer Schönheit und leuchtete mit einer weichen, türkisfarbenen Strahlung.

»Da sind sie, Junge. Unsere Herren und Meister. Hast du je etwas so verdammt Scheußliches gesehen?«

»Scheußlich?«

»Hübsch sind sie nicht, oder findest du etwa?«

Khalid machte ein unverbindliches Geräusch. Richie war in guter Stimmung; das war er auf diesen Sonntagsausflügen immer. Aber Khalid kannte nur zu gut die Strafe, wenn er ihm in irgendetwas widersprach. Also blickte er schweigend zu den Wesen hin, staunend und in Ehrfurcht vor der Pracht dieser seltsamen, riesigen Geschöpfe, ohne eine Silbe von seiner Bewunderung ihrer Eleganz und Majestät zu äußern.

»Sie haben dir sicher erzählt, dass ich damals, vor deiner Geburt, als ich Salisbury verließ, zu einer Armee gehen wollte, die für den Kampf gegen sie aufgestellt werden sollte«, sagte Richie mitteilsam. »Es gab nichts, was mir wichtiger war als diese Wesen zu töten, nichts. Allmächtiger Gott, wie hasste ich diese unheimlichen Teufel! Kamen einfach her und nahmen uns die Welt weg. Aber ich kann dir sagen, dass ich sehr schnell zur Besinnung kam. Ich hörte mir die Pläne dieser Leute der Untergrundarmee an, die sie für die Befreiung von den Wesen ausgearbeitet hatten, und musste lachen. Ich musste lachen! Sah sofort, dass es aussichtslos war. Das war noch bevor sie die Große Seuche über uns brachten, verstehst du. Ich wusste, dass aus diesen Plänen nichts werden konnte. Sie sind mächtig wie Götter. Wenn du gegen Götter kämpfen willst, viel Glück. Also verließ ich den Untergrund auf der Stelle. Wohlgemerkt, ich hasse die Teufel noch immer, aber ich weiß, dass es dumm wäre, auch nur davon zu träumen, sie seien zu besiegen. Man muss sich einfach mit ihnen arrangieren, das ist alles, was einem übrig bleibt. Du musst deinen Frieden mit dir selbst machen und sie gewähren lassen. Weil alles andere selbstmörderische Dummheit ist.«

Khalid hörte aufmerksam zu. Was Richie sagte, leuchtete ein. Khalid verstand, dass man nicht gegen Götter kämpfen konnte. Er verstand auch, wie es möglich war, jemanden zu hassen und doch ohne Protest mit ihm zu leben.

»Ist es in Ordnung, uns ihnen so zu zeigen?« fragte er. »Aischa sagt, dass sie manchmal, wenn sie einen sehen, mit den langen Zungen, die sie in der Brust haben, blitzschnell hinlangen, einen von den Beinen reißen und in ihre Häuser bringen, wo sie furchtbare Sachen mit einem machen.«

Richie lachte rauh. »Es ist bekannt, dass es das gegeben hat. Aber sie werden Richie Burke nicht anrühren, mein Junge, und sie werden den Sohn von Richie Burke an seiner Seite in Ruhe lassen. Das garantiere ich dir. Wir sind völlig sicher.«

Khalid fragte nicht, warum es sich so verhalten sollte. Er hoffte, dass es wahr war, das war alles.

Zwei Tage später, als er vom Markt mit einem Paket Hammelfleisch für das Abendessen nach Haus ging, wurde er von zwei Jungen und einem Mädchen aufgehalten, alle ungefähr in seinem Alter oder ein Jahr älter, die er nur vom Sehen kannte. Sie umringten ihn außerhalb seiner Reichweite und begannen mit einem hohen, nasalen Singsang: »Quisling, Quisling, dein Vater ist ein Quisling!«

»Was soll das? Wie nennt ihr ihn?«

»Quisling.«

»Ist er nicht.«

»Ist er doch! Ist er doch! Quisling, Quisling, dein Vater ist ein Quisling!«

Khalid hatte keine Ahnung, was ein »Quisling« war. Aber niemand sollte seinem Vater Namen geben. So sehr er Richie hasste, das konnte er nicht erlauben. Richie hatte ihn gelehrt: »Lass dir nichts gefallen, Junge. Verteidige dich gegen Beleidigungen und Angriffe, zu jeder Zeit.« Er meinte, gegen diejenigen, die frech und unverschämt zu Khalid sein mochten, weil er halb Pakistani war; aber davon hatte Khalid sehr wenig erfahren. War ein Quisling jemand, der englisch war, aber ein Kind mit einer Pakistanifrau hatte? Vielleicht war es das. Aber was sollte es diese Kinder kümmern?

»Quisling, Quisling …«

Khalid ließ sein Paket fallen und warf sich auf den nächsten Jungen, der davonsprang. Er erwischte das Mädchen beim Arm, wollte ein Mädchen aber nicht schlagen, also stieß er es einfach gegen den anderen Jungen, der gegen die Mauer des Marktgebäudes flog. Dort bekam Khalid ihn zu fassen, drückte ihn mit einer Hand gegen die Wand und schlug mit der anderen wütend auf ihn ein.

Die beiden anderen schienen nicht eingreifen zu wollen. Aber in sicherer Entfernung setzten sie ihren Singsang fort.

»Quisling, Quisling, dein Vater ist ein Quisling!«

»Hört auf damit!« rief Khalid. »Ihr habt kein Recht!« Er unterstrich seine Worte mit Schlägen. Der Junge, den er gegen die Wand hielt, blutete aus der Nase und dem Mund. Er sah ängstlich aus und wehrte sich nicht, hielt nur die Hände vor den Kopf, um sich zu schützen.

»Quisling, Quisling ...«

Sie wollten nicht aufhören, und Khalid auch nicht. Aber dann fühlte er, wie eine Hand ihn im Genick packte, eine große Erwachsenenhand, und er wurde zurückgerissen und selbst gegen die Wand des Markthauses gestoßen. Ein breiter, fleischiger Mann, seinem Aussehen nach ein Bau- oder Straßenarbeiter, stand über Khalid gebeugt. »Was fällt dir ein, du dreckiger Paki? Du wirst den Jungen noch umbringen!«

»Er sagte, mein Vater sei ein Quisling!«

»Nun, dann ist er es wahrscheinlich. Und jetzt verschwinde! Sieh zu, dass du weiterkommst!«

Er versetzte Khalid einen letzten kräftigen Stoß, spuckte aus und ging weg. Khalid hielt Ausschau nach seinen drei Peinigern, aber sie waren schon davongelaufen. Sie hatten auch das Paket mit Hammelfleisch mitgenommen.

Am Abend, während Aischa aus dem Reis vom Vortag und einem Suppenhuhn etwas zum Abendessen improvisierte, fragte Khalid sie, was ein Quisling sei. Sie fuhr herum, als hätte er Allah verflucht. Ihr Gesicht war von einer Wildheit, die er noch nie darin gesehen hatte. »Du darfst dieses Wort niemals in diesem Haus gebrauchen, Khalid!« sagte sie. »Niemals! Niemals!« und das war die ganze Erklärung, die zu geben sie bereit war. Khalid musste auf eigene Faust lernen, was ein Quisling war; und als er es bald darauf erfuhr, verstand er, warum sein Vater so furchtlos gewesen war, als sie in Stonehenge außerhalb des Lichtvorhanges standen und die Wesen betrachtet hatten, die zwischen den riesigen Steinen dahinschlenderten. Und warum diese drei Kinder ihn auf der Straße verspottet hatten. Man müsse sich einfach mit ihnen arrangieren, hatte sein Vater gesagt. Ja. Ja.

Der Oberst saß auf der Terrasse des Ranchhauses, bewegte seinen Schaukelstuhl vor und zurück, vor und zurück. Es war Nachmittag, und die Schatten wurden lang. Auch wurde es schon etwas kühl. Er begriff, dass er anscheinend wieder eingenickt war. Pauls kleine Tochter schien weggegangen zu sein, aber das andere Kind, der kleine Anson, stand noch bei ihm und blickte ihn ernst an, als überlege er, wie jemand, der so alt aussah, die Kraft zu atmen finden konnte.

Dann kam Ronnie aus dem Haus, und sofort lief der Junge auf ihn zu. Ronnie nahm ihn mit einem Schwung hoch, warf ihn in die Luft, fing ihn auf und warf ihn wieder hoch. Der Junge quietschte vor Vergnügen. Der Oberst war erfreut. Er sah es gern, wenn Ronnie mit seinem Sohn spielte. Ihm gefiel der Gedanke, dass Ronnie überhaupt einen Sohn hatte, dass er eine feine Frau wie Peggy geheiratet hatte und zur Ruhe gekommen war. Ronnie hatte sich seit der Eroberung sehr verändert. Er hatte seine fragwürdige alte Lebensweise aufgegeben und war verantwortungsbewusst geworden. Die einzige gute Sache, die bei der traurigen Geschichte herausgekommen war, dachte der Oberst. Ronnie setzte den Jungen ab, kam zum Oberst und sagte: »Nun, Paps, die Sitzung ist zu Ende, und du wirst dich freuen, wenn ich dir sage, wie sie ausgegangen ist.«

»Die Sitzung?«

»Ja, die Sitzung des Widerstandsausschusses«, sagte Ronnie freundlich.

»Ja, natürlich. Was für eine andere Sitzung hätte es sein können? – Du denkst hoffentlich nicht, dass ich schon senil geworden bin, Junge? Nein, das brauchst du nicht zu beantworten. Erzähl mir von der Sitzung.«

»Wir haben gerade die Abstimmung beendet. Das Ergebnis entsprach deinem Wunsch.«

»Die Abstimmung, ja.« Er versuchte sich zu erinnern, worüber sie diskutiert hatten.

Sein Geist war wie Sirup. Die Gedankengänge bewegten sich darin langsam und träge. Es gab Tage, da er sich noch als Oberst Anson Carmichael III. i. R. und Professor Dr. Anson Carmichael, die Autorität auf dem Gebiet südostasiatischer Linguistik und dem Denken nichtwestlicher Kulturen wiedererkannte. Der heutige Tag war keiner von diesen. Es gab andere Tage, die mehr dem heutigen glichen, an denen er kaum in der Lage war, sich selbst glauben zu machen, dass er einmal ein wacher, energischer, intelligenter Mann gewesen war. Solche Tage mehrten sich jetzt.

»Die Abstimmung über den Zermürbungskrieg, das vorgeschlagene Heckenschützenprogramm«, sagte Ronnie.

»Richtig, ja. – Wurde es niedergestimmt?« Der Oberst erinnerte sich jetzt. »Ich kann es nicht glauben. Was bewirkte den Meinungsumschwung?«

»Gerade als die Diskussion ihrem Ende zuging und es tatsächlich sehr danach aussah, dass die Strategie des Zermürbungskrieges mit Angriffen aus einzelne Wesen aus dem Hinterhalt eine Mehrheit finden würde, kam Doug mit einer neuen Information heraus, die er den ganzen Nachmittag für sich behalten hatte, um erst im entscheidenden Augenblick damit herauszurücken, wie er es manchmal macht. Information, die er über eine online-Operation aus Vancouver bekam, die sie wiederum von den Hackern in Seattle hatte, bevor die Borgmanns ihnen den Garaus machten.« Ronnie hielt inne und warf ihm einen zweifelnden Blick zu. »Du kannst mir folgen, nicht wahr, Paps?«

»Ich höre. Sprich weiter. Diese Information aus Vancouver …«

»Nun, danach sieht es ziemlich unmöglich aus, die Wesen durch Heckenschützen aus dem Hinterhalt zu erledigen. Offenbar hat es solche Versuche bereits gegeben, wenigstens drei von ihnen, einen in den Südstaaten, einen in Frankreich und einen anderswo, ich habe vergessen, wo es war. Sie scheiterten alle drei. Die Heckenschützen kamen nicht einmal dazu, einen einzigen Schuss abzufeuern. Die Wesen haben telepathische Fähigkeiten, eine Art mentales Wahrnehmungsfeld, das sie umgibt und ihr Umfeld nach feindseligen Gedankenemanationen absucht, und wenn das Feld jemanden in der Nähe ausmacht, der vielleicht plant, ihnen Böses anzutun, greifen sie einfach aus und geben ihm den Stoß, extra stark, und der Heckenschütze fällt tot um. Das soll in allen drei Fällen geschehen sein.«

»Wie groß ist die Reichweite dieses mentalen Wahrnehmungsfeldes?«

»Das weiß niemand. Aber anscheinend groß genug, um die feindlichen Gedanken eines Heckenschützen aufzufangen, der vielleicht auf eine sichere Schussweite von einigen hundert Schritten herangeht.«

»Also auch Telepathie«, sagte der Oberst. Er schloss für einen Moment die Augen und schüttelte langsam den Kopf. »Sie müssen auf ihrer Welt Tiere haben, die entwickelter sind als wir. Vielleicht sogar Haustiere. Also trug Doug diese Geschichte im Ausschuss vor und machte den Plan eines Zermürbungskrieges damit zunichte?«

»Der Plan wurde auf Eis gelegt. Angesichts der Sache mit dem Wahrnehmungsfeld und der ganzen Vergeltungsproblematik entschieden wir, dass es zum gegenwärtigen Zeitpunkt keinen Sinn habe, etwas gegen sie zu unternehmen. Alle bis auf Falkenburg stimmten zu, und nach einer Weile ließ er sich auch überzeugen. Bevor wir einen Guerillakrieg mit Feuerüberfällen anfangen können, müssen wir mehr Informationen darüber sammeln, wie ihre Telepathie funktioniert und wie weit sie reicht. Gegenwärtig wissen wir praktisch nichts darüber. Aber wenn sich eine Möglichkeit finden ließe, dieses mentale Wahrnehmungsfeld zu neutralisieren, oder wenn es durch weittragende Scharfschützengewehre mit Zielfernrohr ausgeschaltet werden kann …«

»Richtig«, sagte der Oberst. Er schmunzelte. Sein Verstand war jetzt so klar wie seit Tagen nicht mehr. »Problemlösung mit Hilfe des Weihnachtsmannes, wie? Vielleicht bringt er uns nächstes Jahr zu Weihnachten einen Wahrnehmungsfeld-Neutralisator. Oder vielleicht nicht. Jedenfalls bin ich froh, dass die Sache zurückgestellt worden ist. Eine Weile machte ich mir Sorgen. Alle schienen es so eilig zu haben, plötzlich die Wesen abzuschießen, und niemand prüfte, wie es in der Praxis geschehen könnte. Ich dachte schon, wir wären erledigt. Ich dachte, dieser Kriegsplan würde uns allen das Lebenslicht ausblasen.«

Spät an diesem Abend, als Ronnie durch den rückwärtigen Flügel des Landhauses ging und die Lichter ausschaltete, sah er Anse allein in einem der kleinen Räume neben der Bibliothek sitzen. Auf dem Tisch vor ihm stand eine Flasche. Wo Anse sich aufhielt, war heutzutage die Flasche nicht fern. Eine verdammte Schande, dachte Ronnie, wie Anse nach seinem Beinbruch wieder dem Alkohol verfallen war. Viele Jahre lang hatte Anse angestrengt an sich gearbeitet, um sein Trinken unter Kontrolle zu halten. Und nun, dachte Ronnie traurig, brauchte man ihn bloß anzusehen.

»Kleinen Schlaftrunk, Bruder?« rief Anse.

»Klar«, sagte Ronnie. »Warum nicht? Was trinken wir?«

»Grappa.«

»Grappa«, wiederholte Ronnie, blickte zur Seite und verzog das Gesicht. »Gut, Anse. Ich bin dabei.« Es war ein italienischer Tresterschnaps, sehr herb, nicht ganz nach seinem Geschmack. Sie hatten eine Kiste davon, eine der ausgefalleneren Sorten, die sie aus dem verlassenen Lagerhaus unten im Ort geplündert hatten. Aber Anse trank alles.

Anse schenkte ein. »Sag halt, Bruder.«

»Halt«, sagte Ronnie schnell, bevor Anse das Wasserglas füllen konnte.

Feierlich stieß er mit seinem Bruder an und nahm einen kleinen Schluck. Nur der Geselligkeit zuliebe. Er sah Anse nicht gern allein trinken. Es war eine Ironie, dachte er, wie der Oberst Anse immer als eine Säule der Stabilität und Verlässlichkeit und Tugend betrachtet hatte, und ihn als einen wilden, zwielichtigen und auf großem Fuß lebenden Heiden, während Anse tatsächlich ein versteckter Trinker war, der sein ganzes Leben als Erwachsener in verzweifeltem Ringen mit seinem Alkoholismus verbracht hatte, dem er sich jetzt nahezu hemmungslos ergab, während er, Ronnie, trotz seiner Vorliebe für die Freuden des guten Lebens niemals das geringste Problem damit gehabt hatte.

Anse leerte sein Glas und stellte es auf den Tisch. Er hob die halbleere Flasche auf und starrte sie eine Weile an, als ob die tiefsten Geheimnisse des Universums auf dem Etikett zu lesen wären. Als das Stillschweigen sich in die Länge zog, fragte Ronnie: »Alles in Ordnung, Anse?«

»Gut. Gut.«

»Aber das ist es nicht, wie?«

»Was denkst du?«

»Ich denke nichts«, sagte Ronnie. »Es war ein langer

Tag. Nach zehn Uhr abends denke ich nicht gern. Manchmal höre ich schon vorher damit auf. – Was beschäftigt dich, Anse? Der alte Mann? Dem geht es nicht schlecht. Er ist nicht mehr, was er mal war, aber wer von uns ist es? Wir sind nicht unsterblich, weißt du? Aber es munterte ihn mächtig auf, als ich ihm sagte, wie die Abstimmung heute ausgegangen ist.«

»Möchtest du noch?«

»Danke, nein. Ich arbeite noch an diesem.«

»Macht es dir was aus, wenn ich noch was nehme?«

Ronnie zuckte die Achseln. Anse füllte sein Glas fast bis zum Rand.

»Diese verdammte Sitzung«, sagte Anse mit leiser, dumpfer Stimme, nachdem er einen weiteren kräftigen Schluck vom Grappa genommen hatte. »Dieser ganze beschissene Widerstand, Ronnie.«

»Was ist damit?«

»Was für eine Heuchelei! Was für eine elende, idiotische Heuchelei! Wir halten diese Sitzungen ab und machen nichts anderes als diese leeren Gesten. Leerlauf, verstehst du? Wir gründen Ausschüsse, machen Studien, arbeiten großartige Pläne aus, schicken E-Mails über diese großartigen Pläne an Leute in aller Welt, die genauso hilflos sind wie wir. Ist das ein Widerstand? Werden die Wesen unter unseren tapferen Angriffen zurückgedrängt? Ist die Befreiung der Erde in Reichweite? Tun wir wirklich auch nur das Geringste, um sie zu erreichen? Es gibt keinen Widerstand, nicht wirklich. Wir tun bloß so, als gäbe es ihn.«

»So lange wir so tun«, sagte Ronnie, »halten wir die Idee der Freiheit am Leben. Du hast das tausendmal von unserem Vater gehört. Sobald wir die Idee nicht mehr wachhalten und den Anspruch aufgeben, sind wir Sklaven für immer.«

»Du glaubst diesen Scheiß wirklich, Bruder?«

Etwas Grappa war nötig, bevor er darauf antworten

konnte. Ronnie schluckte ihn, ohne zu schmecken. »Ja«, sagte er und richtete seinen Blick auf Anses blinzelnde, blutunterlaufene Augen. »Ja, wirklich. Ich glaube nicht, dass es Scheiß ist.«

Anse lachte. »Du hörst dich so erstaunlich aufrichtig an.«

»Ich bin aufrichtig, Anse.«

»Gut, ja. Du sagst das auch sehr aufrichtig. – In deinem Herzen bist du noch immer ein Schwindler, nicht wahr? Warst immer einer, wirst immer einer sein. Ein Bauernfänger. Und sehr gut darin.«

»Nimm dich in Acht, Anse.«

»Sage ich etwas anderes als die Wahrheit, Bruder? Sicher, du kannst mir erzählen, dass du den Unsinn glaubst, den der alte Mann erzählt, aber verlang nicht von mir, dass ich deinem glaube, nicht so spät in der Partie. – Hier, nimm noch einen Grappa. Er tut dir gut. Ölt deine Aufrichtigkeitsdrüsen ein bisschen mehr für den nächsten Dummen, nicht wahr?«

Er streckte Ronnie die Flasche hin. Der starrte sie vielleicht zehn Sekunden lang an, während er versuchte, den Zorn zu beherrschen, der in ihm aufbrandete, Zorn auf Anses betrunken-spöttische Anschuldigung und die Teilwahrheit, die nicht sehr weit unter ihrer Oberfläche lag, auf den Verfall ihres Vaters, auf sein eigenes wachsendes Bewusstsein der Sterblichkeit, während die Jahre vergingen, auf die fortdauernde Anwesenheit der Eindringlinge auf der Erde. Auf alles. Dann, als Anse die Grappaflasche noch näher zu ihm stieß, sie ihm praktisch ins Gesicht stieß, schlug Ronnie sie ihm mit einer harten Rückhand aus den Fingern. Die Flasche traf, Grappa verspritzend, Anse über Mund und Kinn, fiel zu Boden und rollte über den Teppich. Der Rest Grappa floss heraus. Anse grunzte wütend und sprang auf, krallte mit einer Hand nach Ronnie und versuchte mit der anderen zum Schlag auszuholen.

Ronnie hielt seinen Bruder mit ausgestrecktem Arm auf Distanz und versuchte ihn in den Sessel zurückzustoßen. Anse, in dessen Augen jetzt die Wut flammte, holte wieder zum Schlag aus, der wie der vorausgegangene ins Leere traf. Ronnie versetzte ihm einen harten Stoß vor die Brust, Anse wankte rückwärts und plumpste schwer in den Sessel, gerade als Peggy hereingeeilt kam.

»He! He, ihr zwei! Was hat das zu bedeuten?«

Ronnie blickte beschämt zu seiner Frau. Er merkte, wie sein Gesicht vor Verlegenheit heiß wurde. All sein Zorn war verflogen. »Wir diskutierten die heutige Sitzung, das ist alles.«

»So siehst du aus.« Sie hob die Grappaflasche auf, schnüffelte angewidert daran und schmiss sie in den Papierkorb. Sie warf ihm einen tadelnden Blick zu. »Ja, du errötest zu Recht, Ron. Wie kleine Jungen, ihr zwei. Kleine Jungen, die den Schlüssel zu Vaters Spirituosenschrank gefunden haben.«

»Es ist ein wenig komplizierter als das, Peg.«

»Sicher ist es das. Natürlich.«

Dann wandte sie sich von ihm ab und zu Anse, der jetzt mit gebeugtem Kopf da saß und die Hände vors Gesicht geschlagen hatte. »He«, sagte sie. »Was ist los, Anse?«

Er weinte. Seine Schultern bebten unter großem, blubberndem Schluchzen. Peggy legte einen Arm um seine Schulter und beugte sich zu ihm, während sie mit der anderen Hand heftig zu Ronnie signalisierte, dass er sich aus dem Raum verziehen solle.

»He«, sagte Peggy leise. »Na, komm schon, Anse!«

Einmal oder zweimal im Monat, noch öfter, wenn es ihm gelang, das Benzin aufzutreiben, fuhr Steve Gannet von der Ranch hinunter zur Küste und auf der verwahrlosten und schadhaften 101 nach Stadt Ventura, wo Lisa im Stadtzentrum nahe der Mission San Buenaventura auf ihn wartete. Dann fuhren sie zusammen in ihrem Wagen weiter die Küstenstraße entlang, vorbei am verlassenen Marinefliegerhorst Point Mugu und weiter in den Mugu-Naturschutzpark. Dort hatten sie einen besonderen Platz, eine abgeschiedene kleine Hanglichtung im Buschwald des hügeligen Innern, wo sie ungestört plaudern, träumen und sich lieben konnten. Das war die Abmachung, dass er bis Ventura fuhr und Lisa den Rest der Strecke, und sie entsprach angesichts der knappen Benzinzuteilungen dem Gerechtigkeitsempfinden.

Noch immer verblüffte es Steve, dass er überhaupt eine feste Freundin hatte. Immer war er solch ein plumper, ungelenker, langweiliger Junge gewesen, fett und unansehnlich, der für sehr wenig zu gebrauchen war, außer für die Arbeit mit Computern, in der er tatsächlich sehr gut war. Wie sein Vater Doug hatte er nie so recht in die Familie Carmichael gepasst, diesen Stamm von spröden, starken, harten, stolzen Leuten. Selbst wenn sie schwach waren – so wie der Oberst jetzt schwach war, der so alt und geistesabwesend war, oder wie Anse schwach war, der zur Flasche griff, wann immer er sich ungesehen glaubte –, blieben sie dennoch irgendwie stark. Wenn sie einen aus ihren blauen Carmichael-Augen anschauten, war es, als wollten sie sagen: »Wir stammen von einer langen Reihe verdienter Soldaten ab. Wir verstehen, was das Wort ›Disziplin‹ bedeutet. Und du bist fett und schlampig und faul, und das Einzige, was du kannst, ist das Herumspielen mit Computern.« Sogar seine Zwillingsvettern Mike und Charlie hatten ihn mit diesem Blick angesehen, und sie waren noch kleine Jungen.

Aber Steve war selbst ein halber Carmichael, und in der Zeit, die er auf der Ranch gelebt hatte, war dieser Teil seines Erbgutes endlich ein wenig mehr zur Geltung gekommen. Das Leben im Freien, die frische Bergluft, die Notwendigkeit, dass jeder mehrere Stunden täglich an der harten Arbeit in der Selbstversorgungslandwirtschaft der Ranch teilnehmen musste, hatten es erreicht. Allmählich, sehr allmählich, war der Babyspeck abgebaut worden. Allmählich hatte seine Koordination sich verbessert, und er hatte gelernt, wie man rennt, ohne auf die Nase zu fallen, wie man einen Baum erklettert, einem Pferd Geschirr anlegt und vor einen Pflug spannt, wie man einen Wagen fährt. Er würde immer dicklicher und weniger gewandt als seine Vettern sein, sein Haar würde immer strähnig und mausfarben sein, und seine Hemden würden immer die Neigung zeigen, aus der Hose zu hängen, und seine Augen würden niemals das eisige Carmichael-Blau haben, sondern immer ihr Allerweltsbraun behalten. Immerhin hatte er sich bis zu seinem fünfzehnten Jahr in einer Weise entwickelt, die ihn selbst überraschte.

Das erste wirkliche Zeichen, dass er vielleicht außer Computerspielen und Hackerträumen ein wirkliches Leben haben würde, kam, als Anses Tochter Jill ihm erlaubte, sich Freiheiten mit ihr herauszunehmen.

Zu der Zeit war er Ende sechzehn und noch immer unsicher und mit Komplexen behaftet. Sie war zwei Jahre jünger, eine schlanke, langbeinige Blondine wie ihre Mutter Carole, hübsch, sportlich, lebhaft. Es wäre Steve niemals in den Sinn gekommen, dass zwischen ihnen etwas geschehen könnte. Warum sollte so ein hinreißendes Mädchen, das obendrein seine Cousine war – sich für ihn interessieren? Niemals hatte sie auch nur das geringste Zeichen gegeben, dass ihr etwas an ihm lag; im Gegenteil, sie war immer kühl und distanziert zu ihm gewesen. Er war bloß ihr langweiliger Vetter Steve, nichts Besonders, einfach jemand, der zufällig auf der Ranch lebte. Aber dann, an einem heißen Sommertag, als er allein ein Stück weiter oben am Berg war, an einem schattigen, felsigen Platz hinter dem Obstgarten, wo er nach der Arbeit gern saß und nachdachte oder einfach träumte, erschien plötzlich Jill wie aus dem Nichts und sagte: »Ich bin dir nachgegangen. Ich wollte sehen, wohin du gehst, wenn du allein weggehst. Macht es dir was aus, wenn ich mich hierher setze?«

»Wie du willst.«

»Es ist schön hier oben«, sagte sie. »Still. Richtig abgeschieden. Was für eine tolle Aussicht!«

Dass sie im Zusammenhang mit ihm überhaupt irgendwelche Neugier zeigte, dass es sie interessierte, wo er hinging, verblüffte und verwirrte ihn. Sie ließ sich neben ihn auf der ebenen Felsplatte nieder, von der man fast das ganze Tal überblicken konnte. Ihre Nähe war beunruhigend. Sie trug nur einen Büstenhalter und kurze Hosen, und nach dem Aufstieg ging ein süßlicher Schweißgeruch von ihr aus.

Steve hatte keine Ahnung, was er zu ihr sagen sollte. Er sagte nichts.

Nach einiger Zeit sagte sie plötzlich: »Du kannst mich berühren, wenn du willst, weißt du.«

»Dich berühren?«

»Wenn du magst.«

Er riss die Augen auf. Was war das? War es ihr ernst? Vorsichtig, als untersuchte er eine Landmine legte er seine Hand auf ihr bloßes Knie, umfasste es leicht mit den Fingern und bewegte seine Hand dann, als er keine Einwände hörte, ihren langen, glatten Schenkel aufwärts, erlaubte sich kaum ein Atemholen. Noch nie hatte er so glatte Haut gefühlt. Er erreichte den Saum ihrer Hose und hielt inne, zweifelte, dass seine Finger sehr weit darüber hinausreichen würden. Außerdem fürchtete er den Versuch zu riskieren.

»Nicht mein Bein«, sagte sie beinahe ärgerlich.

Steve blickte zu ihr auf. Wie vom Donner gerührt, sah er, dass sie ihren Büstenhalter geöffnet hatte. Er glitt ihr von den Schultern bis zur Mitte. Sie hatte wunderschöne Brüste, weiß wie Milch, die sich vor ihr keck in die Luft hinausreckten. Er hatte sie schon einmal gesehen, als er vergangenen Sommer eines Abends durch ihr Fenster gespäht hatte, aber das war aus fünfzig Schritten Entfernung gewesen. Jetzt starrte er verblüfft. Jill sah ihn erwartungsvoll an. Er rückte näher, legte den rechten Arm um sie und umfasste die glatte, gespannte untere Krümmung ihrer rechten Brust mit der Linken. Sie sog die Luft durch die Zähne ein. Er griff ein wenig fester zu, wagte aber nicht die kleine Warze zu berühren, weil er fürchtete, es könnte ihr Schmerzen bereiten. Auch versuchte er nicht, sie zu küssen oder sonst etwas zu tun, obwohl sein ganzer Körper vor Erregung zitterte.

So saßen sie eine gute Weile. Er spürte, dass sie vielleicht so verwirrt darüber war, was der nächste Schritt sein sollte. Und schließlich sagte sie, indem sie seine Hand abschüttelte und den Büstenhalter wieder hochzog: »Ich sollte jetzt lieber gehen.«

»Musst du?«

»Ich finde, es ist eine gute Idee. Aber wir werden es wieder tun.«

Und sie taten es. Sie trafen Verabredungen, um auf verschiedenen Routen von beiden Seiten zu dem felsigen Vorsprung hinaufzusteigen. Nach und nach schritten sie zur vollen Erforschung ihres und dann seines Körpers fort, und dann, an einem ganz erstaunlichen Herbsttag, glitt er für ein paar Sekunden in keuchender Erregung in sie, gefolgt von einem Taumel in explosive Ekstase, und dann einer längeren, weniger überstürzten Wiederholung des Aktes zwanzig Minuten später.

Sie taten es in dieser Saison noch fünf- oder sechsmal und im Laufe der nächsten paar Jahre bei rund einem

Dutzend weit auseinander liegenden Gelegenheiten, immer auf ihr Betreiben, niemals auf seines. Dann hörten sie auf. Die Risiken wurden zu groß. Es war nicht schwierig, sich vorzustellen, was der Oberst sagen oder tun würde, oder ihr oder sein Vater, wenn sie schwanger würde. Natürlich konnten sie immer heiraten; aber sie hatten beide schlimme Geschichten über die üblen Folgen von Heiraten unter Verwandten gehört, und außerdem hatte Steve kein großes Verlangen, mit Jill verheiratet zu sein. Er liebte sie nicht, soweit er dieses Wort verstand, noch empfand er viel Zärtlichkeit für sie. Nur Dankbarkeit für das Selbstvertrauen in seine Männlichkeit, das sie ihm gegeben hatte.

Als es endete, war er enttäuscht, doch hatte er ohnehin nie mit einer langen Dauer gerechnet. Inzwischen verstand er auch, was Jill am Anfang zu ihm geführt hatte. Es war nicht so, dass sie ihn attraktiv gefunden hätte – gewiss nicht. Aber die Hormone strömten durch ihren reifenden Körper , und er war der Einzige auf der Ranch, der für sie in Frage kam, der einzige männliche Bewohner unter vierzig, abgesehen von ihren Brüdern und dem Kleinkind Anson. Er hatte immer gespürt, dass sie ihn bloß benutzte, dass sie keine tieferen Empfindungen für ihn hegte. Er war zur Stelle, stand zur Verfügung, das war alles. Nahezu jeder andere hätte an seiner Stelle gedient. Dass sie sein eigenes klägliches Leben wundervoll verwandelt hatte, indem sie sich ihm geschenkt hatte, war eher zufällig. Wahrscheinlich war ihr nie der Gedanke gekommen, dass sie so etwas tat.

Es war nicht sehr schmeichelhaft, darüber nachzudenken, aber trotzdem, welches auch ihre Motive waren, es blieb die Tatsache, dass sie es getan hatten, dass sie seinem und er ihrem Bedürfnis abgeholfen hatte, dass sie ihn auf diesem Felsvorsprung ins Mannesalter eingeführt hatte, und dafür würde er immer dankbar sein.

Was Jill in ihm geweckt hatte, ließ sich jedoch nicht ohne weiteres wieder unterdrücken. Steve begann die weitere Umgebung der Ranch zu durchstreifen und nach einer Partnerin zu suchen. Jeder in der Familie verstand, was er tat, und niemand erhob Einwände, obwohl er mit seinen Streifzügen viel kostbares Benzin verbrauchte. Von allen Vettern seiner Generation, der außer ihm Jill, Mike, Charlie, Cassandra und Rons Sohn Anson angehörten, war er der erste, der das Erwachsenenalter erreichte. Der einzige Weg zur Vermeidung von Inzucht auf der Ranch war, dass die Mitglieder der Sippe in der Außenwelt Umschau hielten.

Aber es war entschieden ungünstig, dass das Mädchen, welches er schließlich fand, weit entfernt in Ventura lebte. Die Auswahl entlang der entvölkerten Küste war jedoch gering, und selbst der neue und zuversichtlichere Steve Gannet war nicht gerade ein Frauenheld. Er konnte kaum großspurig in eine der näheren Ortschaften wie Summerland oder Carpinteria stolzieren, wo es ohnehin nicht mehr als fünf oder sechs unverheiratete Mädchen geben mochte, und selbstbewusst verkünden, dass er, der große Steve Gannet, eine Partnerin suche und Interessentinnen vorsprechen lasse. Also zog er immer weitere Kreise. Und trotzdem hatte er nicht das Glück, jemanden zu finden.

Dann lernte er Lisa Clive kennen – nicht auf seinen Fahrten durch die weitere Umgebung, sondern in einer Weise, die seiner Natur sehr viel angemessener war: durch die online-Kanäle, die mehr oder weniger regelmäßig und verlässlich offen waren. Sie nannte sich »Guinevere«, was, wie Steves Onkel Ron ihm erzählte, der Name einer berühmten Frau in einer alten Geschichte war. »Nenne dich Lancelot«, riet ihm Ron. »Dann wirst du ihre Aufmerksamkeit finden.« Er tat es, und sie korrespondierten sechs Monate lang aus der Ferne, tauschten Witzeleien aus, programmierten Fragen, gaben kleine Bruchstücke sorgfältig verschleierter Autobiographien preis. Natürlich konnte sie hinter dem Pseudonym, das sie verwendete, von jedem Alter und Geschlecht sein, aber etwas authentisch Jugendliches und Weibliches und entschieden Angenehmes schien zu Steve durchzukommen. Schließlich ließ er sie vorsichtig wissen, dass er in der Nachbarschaft von Santa Barbara wohne und gern mit ihr zusammentreffen würde, wenn sie irgendwo in der Nähe lebte. Sie verriet ihm, dass sie ein Stück die Küste abwärts wohnte, aber nicht so weit wie Los Angeles. Sie kamen überein, sich in Ventura vor der Mission zu treffen, was nach seiner Vermutung ungefähr auf halbem Weg zwischen ihren Wohnungen sein würde. Darin irrte er sich: Ventura war tatsächlich ihr Wohnort.

Sie sagte, sie sei vierundzwanzig, was drei Jahre älter war als er. Er log und erzählte, als sie zusammen die Fernstraße am Ozean entlangschlenderten, dass er auch vierundzwanzig sei; später erfuhr er, dass sie in Wirklichkeit sechsundzwanzig war, aber zu dem Zeitpunkt spielte ihr Alter keine Rolle mehr. Sie sah angenehm aus, überhaupt nicht in der Weise schön, wie Jill schön war, aber sicherlich attraktiv. Vielleicht ein wenig auf der schweren Seite? Nun, das war er auch. Sie hatte glattes, weiches braunes Haar, ein rundes fröhliches Gesicht, volle Lippen, eine Stupsnase. Ihre Augen blickten intelligent, wach, warm und freundlich in die Welt. Und braun. Nach all den Jahren unter den blauäugigen Carmichaels konnte er sie schon um ihrer Augenfarbe willen lieben.

Sie lebte, sagte sie, mit ihrem Vater und zwei Brüdern am südlichen Rand der Stadt. In der einen oder der anderen Weise arbeiteten sie alle für die Telefongesellschaft, erzählte sie ihm, und verrichteten Programmierarbeit. Sie schien nicht ins Detail gehen zu wollen, und er drängte sie nicht. Sein eigener Vater, sagte Steve, sei vor der Eroberung selbst Programmierer gewesen, und er ließ durchblicken, dass er seinem Vater nachgeeifert habe und auf diesem Gebiet ziemlich versiert sei. Er zeigte ihr sein Handgelenkimplantat. Sie hatte auch eins. Er sagte ihr, dass seine Familie jetzt von der Landwirtschaft auf dem Besitz seines Großvaters lebe, eines Armeeoffiziers im Ruhestand. Von den Widerstandsaktivitäten der Carmichaels sagte er natürlich nichts.

Er war zu schüchtern, um irgendwelche körperlichen Annäherungsversuche zu machen, und am Ende musste sie die Initiative ergreifen, genauso wie Jill es getan hatte. Ein Kuss zum Abschied war das Beste, was er nach drei Begegnungen fertig brachte; aber bei der vierten, an einem warmen Sommertag, schlug Lisa vor, sie sollten einen Park besuchen, den sie gern habe. Es war der Point Mugu-Naturschutzpark, weiter die Küste hinunter. Die Straße führte sie an mehreren Einrichtungen der Wesen vorbei, großen, schimmernden siloartigen Bauwerken auf den Hügeln zur Linken der Küstenstraße, und als sie in den Naturpark einbogen, er am Steuer und sie die Richtung angebend, und schließlich in einem versteckten Eichengehölz anlangten, argwöhnte Steve, dass dies ein Ort sein müsse, den sie schon mehr als einmal besucht hatte. Dichtes vorjähriges Laub bedeckte den Boden, und darunter lag eine Schicht modernder Blätter; die Luft war erfüllt vom erdigen Geruch natürlichen Zerfalls.

Sie küssten sich. Ihre Zunge glitt zwischen seine Lippen. Sie drängte sich an ihn. Sie bewegte die Hüften von einer Seite zur anderen. Sie führte ihn Schritt für Schritt weiter, bis er keiner weiteren Anleitung bedurfte.

Ihre Brüste waren schwerer und weicher als Jills und unterlagen in einer Weise dem Gesetz der Schwerkraft, wie es bei Jill noch nicht der Fall gewesen war. Ihr

Bauch war mehr gerundet, ihre Schenkel dicker, die Arme und Beine kürzer, was Jill im Vergleich beinahe jungenhaft erscheinen ließ, und als sie sich ihm öffnete, verhielt sie sich anders und zog die Beine an. Alles das kam Steve zuerst seltsam und faszinierend vor; aber dann hörte er auf, daraus Vergleiche zu ziehen. Und sehr bald wurde Lisa für ihn die Norm von Weiblichkeit, zum einzigen wahren Maßstab der Liebe. Seine Erfahrungen mit Jill wurden zu verblassenden Erinnerungen, seltsam pubertären Episoden aus einem rasch ferner rückenden Lebensabschnitt.

Sie liebten sich bei jeder Zusammenkunft. Sie schien so hungrig danach zu sein wie er.

Sie hatten auch andere Berührungspunkte, und es fehlte ihnen nie an Gesprächsstoff. Sie unterhielten sich über Computer, über verschiedene Programme, über Kontakte, die sie von Zeit zu Zeit mit Hackern in den entferntesten Gegenden in der eroberten Welt gehabt hatten. Sie hielten ihre Implantate aneinander und tauschten kleine Datentricks aus. Sie lehrte ihn einige Funktionen, die er in seinem Implantat noch nicht entdeckt hatte, und er brachte ihr das eine oder andere bei. Allmählich entstand stillschweigendes Einverständnis zwischen ihnen, dass sie bald mit ihren Familien zusammenkommen und mit Plänen für ein gemeinsames Leben anfangen würden. Doch als die Beziehung ihren siebten, ihren achten Monat erreichte, kamen sie nie dazu, einander zur Vorstellung bei der Familie nach Haus zu bringen. Meistens trafen sie sich vor der Mission, fuhren hinunter zum Mugu-Naturschutzpark, in das Eichengehölz, wo sie zusammen auf das weiche Lager aus dichtem Laub sanken.

Eines Tages im Vorfrühling sagte sie ganz unvermittelt: »Hast du gehört, dass sie eine Mauer um Los Angeles bauen?«

»Auf den Autostraßen, meinst du?« Er wusste von

den Betonblöcken, die ein kurzes Stück hinter Thousand Oaks die 101 sperrten.

»Nicht bloß die Straßen. Überall. Eine riesige Mauer um die ganze Stadt.«

»Das ist nicht dein Ernst!«

»Nein? Möchtest du selbst sehen?«

Seit jenem Tag vor zehn Jahren, als seine Eltern zum alten Oberst auf die Ranch gezogen waren, hatte er Los Angeles nicht mehr gesehen, war der Stadt nicht näher gekommen als bis zu diesem Naturschutzpark. Es gab keinen Anlass mehr, die Stadt aufzusuchen. Heutzutage benötigte man einen Passierschein der LACON, der von den Wesen eingesetzten Verwaltungsbehörde, um in die Stadt zu gelangen. Außerdem sollte Los Angeles nach Augenzeugenberichten zu einem riesigen, von Menschen wimmelnden Slum geworden sein, hässlich und gefährlich. Die notwendigen Verbindungen zu Angehörigen der Widerstandsbewegung wurden online aufrechterhalten, was sicher genug war, solange die Meldungen ordnungsgemäß verschlüsselt wurden.

Aber eine Mauer um ganz Los Angeles? Wenn die Wesen wirklich so etwas errichteten, war das eine wichtige Nachricht, die sie zu Hause auf der Ranch erfahren mussten. Die bestehenden Ein- und Ausreisebeschränkungen waren rein bürokratische Regeln, eine Sache von Personalpapieren und elektronischen Kontrollpunkten. Eine regelrechte Mauer aber würde eine überraschende neue Entwicklung in der laufenden Verschärfung der Kontrolle menschlichen Lebens durch die Eroberer sein. Er fragte sich, warum keine Meldung von Andy Jackman oder einem der anderen Widerstandsagenten innerhalb der Stadt die Ranch erreicht hatte.

»Ja, zeig mir«, sagte Steve.

Lisa fuhr. Es war ein langsames, schwieriges Vorankommen. Wegen der schon lange bestehenden Straßensperre der 101 und eines neuen Problems an der Küstenstraße kurz vor Malibu, wo nach den jüngsten starken Regenfällen ein Felssturz niedergegangen war und die Straße verschüttet hatte, musste sie auf gewundenen, von Schlaglöchern übersäten Gebirgsstraßen langwierig durch spärlich besiedeltes Hochland fahren, das sich wieder seinem urwüchsigen Naturzustand annäherte, bis sie endlich hinter Agoura jenseits der abgesperrten Zone wieder auf die 101 kamen. Steve fragte sich, warum die Wesen sich die Mühe machten, Los Angeles mit einer Mauer zu umgeben, wenn es schon so schwierig genug zu erreichen war.

»Die neue Mauer beginnt beim Topanga Canyon Boulevard«, bemerkte Lisa, aber der Name sagte ihm nichts. Sie fuhren durch steiles, hügeliges Gelände auf einer breiten Autostraße, die in relativ gutem Zustand war, ostwärts. Es gab praktisch keinen Verkehr. Er sah, dass dies einmal ein dichtbesiedeltes Gebiet gewesen war. Die verfallenden Ruinen von Supermärkten und großen Wohnsiedlungen zu beiden Seiten der Autostraße waren noch überall zu sehen.

Kurz vor der Ausfahrt Calabasas trat Lisa plötzlich auf die Bremse, dass er erschrak.

»Oh, tut mir leid. Da vorn ist ein Kontrollpunkt. Ich hätte es fast vergessen.«

»Kontrollpunkt?«

»Ich wollte es dir nur sagen. Kein Grund zur Sorge. Ich habe das Losungswort.«

Eine unordentliche Reihe hölzerner Sägeböcke sperrte die Fahrbahn vor ihnen. Ein paar Beamte der LACON-Straßenpolizei saßen am Rand. Als Lisa heranfuhr, kam einer von ihnen zum Wagen und hielt ihr einen Scanner hin. Sie kurbelte die Scheibe herunter und drückte ihr Implantat gegen den Sensor. Ein grünes Licht leuchtete auf, und der Straßenpolizist winkte sie weiter durch die im Zickzack angeordneten Sägeböcke und zurück auf die offene Fahrbahn. Eine Routineangelegenheit.

»Jetzt kannst du sie sehen«, sagte Lisa ein paar Minuten später.

Sie zeigte nach vorn. Und er sah die neue Mauer, wo der Zubringer vom Topanga Canyon Boulevard rechtwinklig zu ihnen verlief.

Die Mauer bestand aus rechteckigen Betonblöcken wie denen, die einen großen Abschnitt der 101 hinter ihnen zwischen Tousand Oaks und Agoura sperrte. Aber diese Mauer sperrte nicht einfach die dreißig Meter breite Fahrbahn, wie die anderen es taten; sie war ein gewaltiger langer Dinosaurier von einem Ding und erstreckte sich, so weit das Auge reichte, auf und ab durchs Gelände. Sie kam im Bogen aus der Region im Nordosten, die ein dichtbevölkerter Vorort war oder zumindest gewesen war, und querte nicht nur die Autobahn, sondern setzte sich südlich von ihr fort, bis sie in einer sanften Biegung abwärts zur Küste führte.

Steve schätzte die Mauer ungefähr vier Meter hoch, wenn man ihre Höhe nach der Größe der Arbeiter beurteilte, die dort geschäftig am Werk waren. Es war nicht leicht zu erraten, wie dick sie war, doch schien sie sehr massiv, noch breiter als sie hoch war: eine erstaunlich massive Barriere, weitaus dicker als eine Mauer sein musste. Steve fühlte sich an Bilder der Chinesischen Mauer erinnert, die er in einem Buch gesehen hatte.

»Sie erreicht die Küste bei Pacific Palisades«, sagte sie, »und verläuft in der Mitte der Küstenstraße in die Gegend von Redondo Beach. Dann biegt sie landeinwärts und führt ostwärts weiter, an Long Beach vorbei, wo sie aufhört. Aber ich hörte, dass geplant ist, sie nordwärts entlang der Route von Long Beach zu verlängern, bis sie um Pasadena herumführt, und dann wird der Kreis geschlossen. Sie ist noch im Anfangsstadium, weißt du. Besonders hier. Nördlich von uns gibt es Gegenden, wo sie schon zwei- bis dreimal so hoch ist wie in diesem Abschnitt vor uns.«

Steve pfiff leise. »Aber wozu das alles? Die Wesen haben uns schon, wo sie uns haben wollen, oder? Warum so viel Mühe darauf verwenden, eine gigantische Mauer um Los Angeles zu ziehen?«

»Es ist nicht *ihre* Anstrengung, die in den Bau der Mauer geht«, sagte Lisa lachend. »Überhaupt, wer versteht schon, was die Wesen wollen? Sie erklären nichts, weißt du. Sie geben einfach einen Stoß, und wir tun, auf was wir gestoßen werden, und das ist alles. Du weißt das.«

»Ja, das weiß ich.«

Eine Weile saß er schweigend neben ihr im Wagen, wie betäubt von der unverständlichen Größe des Projekts, das vor ihren Augen verwirklicht wurde. Hunderte von Arbeitern schwärmten wie Ameisen um die Mauer, hoben mit mächtigen Kränen Blöcke hoch und setzten sie ein, verfugten sie mit Mörtel. Wie hoch würde die Mauer schließlich sein? Sieben Meter? Zehn? Und fünf oder sechs Meter breit? Warum? Wozu?

An diesem Tag hatten sie nicht genug Zeit, zu ihrem verschwiegenen Eichengehölz im Mugu-Park zu fahren, nicht wenn Steve zu einer halbwegs vertretbaren Stunde zur Ranch zurückkommen wollte. Aber sie liebten sich trotzdem – auf einem Highwayparkplatz mit allerlei Verrenkungen im Wagen. Es war eine leidenschaftliche, atemlose, unbequeme Paarung, aber für ihn wäre es undenkbar gewesen, unverrichteter Dinge nach Haus zu fahren. Abends um zehn erreichte er die Ranch, müde, zerknittert und ein wenig deprimiert. Nach einem Tag mit Lisa war er noch nie deprimiert zurückgekommen.

Als er sich ein spätes Abendessen bereitete, erschien sein Onkel Ron, zwinkerte ihm zu, bewegte die Faust am angewinkelten Arm vor und zurück und sagte: »He, Junge, das war ein langer Tag, den du eingelegt hast, fort im Morgengrauen, zurück bei Dunkelheit. Hast ein paar extra drauf gemacht heute?«

Steve errötete. »Komm schon, Ron. Lass mich in Ruhe.« Aber er konnte nicht umhin, sich geschmeichelt zu fühlen. Insgeheim gefiel es ihm, dass Ron so zu ihm sprach, von Mann zu Mann sozusagen, und stillschweigend die Tatsache anerkannte, dass sein fetter, langweiliger kleiner Neffe Steve den Übergang zum Mann geschafft hatte.

Er war schon vor einiger Zeit zu dem Schluss gekommen, dass der unbeschwerte, irgendwie etwas verrufene Onkel Ron sein Lieblingsmitglied der Familie war. Natürlich hatte er gehört, dass Ron in seinen jüngeren Jahren ein ziemlich abenteuerlicher Typ gewesen sei, verstrickt in alle möglichen zwielichtigen und wahrscheinlich illegalen Finanzgeschäfte und Manöver, bevor die Wesen gekommen waren. Aber es gab keinen Anhaltspunkt dafür, dass er heute noch mit solchen Dingen zu tun hatte, soweit sie in dieser Zeit überhaupt möglich waren. In Steves Einschätzung war Ron der wahre Mittelpunkt der Familie: scharfsinnig und hart arbeitend, ein überzeugter Führer des Widerstands, wahrscheinlich die Hauptstütze der ganzen Operation. Nominell stand Anse jetzt an der Spitze, als direkter Nachfolger des alternden, zunehmend schwächlichen Obersten, der nach wie vor den offiziellen Rang des Vorsitzenden bekleidete. Aber Anse war ein Trinker. Ronnie arbeitete. Er war derjenige, der ständig mit anderen Gruppierungen Verbindung hielt, dank der Geschicklichkeit seines Schwagers Doug und seines Vetters Paul und seines Neffen Steve, die das Computernetzwerk mit anderen Widerstandskreisen ständig weiter ausbauten, und Ronnie die Möglichkeit gaben, Ergebnisse zu koordinieren und alles in Gang zu halten, so gut jemand es konnte, immer das noch ferne, aber unverrückbare Ziel der Befreiung im Auge. Und es war gut mit ihm auszukommen, dachte Steve. Ganz im Gegensatz zum brütenden Anse und seinem eigenen verdrießlichen, humorlosen Vater Doug.

Steve blickte von seiner Suppe auf und grinste. »Wusstest du, dass sie eine Mauer um ganz Los Angeles bauen?«

»Ja, ich habe Gerüchte darüber gehört.«

»Es ist wahr. Ich habe sie selbst gesehen. Lisa brachte mich hin. Durch die Berge zur anderen Seite der Straßensperre und dann weiter bis zu einer Stelle, wo man die Bauarbeiten sehen kann. Die neue Mauer kreuzt die 101 bei einem Zubringer, dem Topanga Canyon Boulevard. Es ist ein richtiges Ungetüm. Du kannst dir die Größe nicht vorstellen, die Höhe, die Dicke, und die Länge, so weit das Auge reicht.«

Rons kühle blaue Augen musterten ihn schlau.

»Zwischen Agoura und Calabasas gibt es einen LACON-Kontrollpunkt, nicht wahr? Wie konntest du da durch kommen, Junge?«

»Du weißt davon?« fragte Steve. »Dann weißt du auch über die Mauer Bescheid, nicht wahr? Und nicht nur gerüchteweise.«

Ron zuckte die Achseln. »Wir versuchen auf dem Laufenden zu bleiben. Wir haben Leute dort, die die ganze Zeit unterwegs sind. – Wie bist du durch den Kontrollpunkt Calabasas gekommen, Steve?«

»Lisa hatte das Losungswort. Sie hat ihr Implantat an den Scanner des Straßenpolizisten gehalten und …«

»Sie hat *was?*« Sein Gesicht verhärtete sich. Auf seine Stirn trat plötzlich eine Ader hervor.

»Sie gab das Losungswort mit ihrem Implantat. Mein Gott, Ron, du siehst absolut entsetzt aus!«

»Sie wohnt in Ventura, deine Freundin, richtig?«

»Das stimmt.«

»Alle Passierscheine nach Los Angeles für Bewohner des Ventura County und jenseits davon wurden vor ein paar Monaten von LACON für ungültig erklärt. Ausgenommen sind diejenigen Leute, in den äußeren Counties, die für die Wesen arbeiten und triftige Gründe haben, in die Stadt zu pendeln, sowie ihre Familienmitglieder.«

»Ausgenommen Leute, die für die Wesen arbeiten …«

»Mein Gott«, sagte Ron. Steve fühlte, wie die Augen seines Onkels ihn in einer Weise durchbohrten, die beinahe unerträglich war. »Weißt du, was für eine Freundin du hast, Junge? Du hast dir einen Quisling geangelt. Und sie ist auch eine Computernärrin, richtig? Eine richtige Borgmann, wette ich. Aus einer ganzen Familie von Quislingen und Borgmanns. Oh, Junge, Junge, was hast du getan? Was hast du getan?«

Es war nach der Zeit, als Richie seine Großmutter so schlimm verprügelt und ihr dann noch Schlimmeres angetan, sie geschändet, sie vergewaltigt hatte, dass Khalid den festen Entschluss fasste, dass er ein Wesen töten würde.

Nicht Richie. Ein Wesen.

Es war ein Wendepunkt in Khalids Beziehung zu seinem Vater, und tatsächlich in Khalids ganzem Leben, wie auch im Leben vieler anderer Bewohner von Salisbury, Wiltshire und ganz England, dieser Tag, als sein Vater Aischa so verletzt hatte. Richie hatte sie natürlich die ganze Zeit schlecht behandelt. Er behandelte jeden schlecht. Er war in ihr Haus eingezogen und hatte davon Besitz ergriffen, als ob es sein Eigen wäre. Er betrachtete sie als seine Dienerin, die nur dazu da war, seine Befehle auszuführen, und wehe wenn sie seine

Erwartungen nicht erfüllte. Sie kochte; sie hielt das Haus sauber; Khalid verstand jetzt, dass Richie sie manchmal je nach Laune in sein Schlafzimmer kommen ließ, um ihn oder seinen Freund Syd oder beide zusammen zu amüsieren. Und nie war ein Wort der Klage von ihr zu hören. Sie tat, was er verlangte; sie zeigte keinen Zorn oder auch nur Groll; sie hatte sich ganz dem Willen Allahs unterworfen. Khalid, der keinen überzeugenden Beweis der Existenz Allahs gefunden hatte, hatte es nicht. Aber er hatte von Aischa die Kunst gelernt, das Unannehmbare anzunehmen. Er war klug genug, um nicht ändern zu wollen, was unabänderlich war. Also lebte er mit seinem Hass auf Richie, und das war nur eine Tatsache des täglichen Lebens, wie die Tatsache, dass Regen nicht aufwärts fiel.

Nun aber war Richie zu weit gegangen.

Betrunken nach Hause kommen, mit rotem Gesicht, wütend über irgendetwas, vor sich hin murmeln. Aischa mit einem knurrenden Fluch begrüßen, Khalid mit einer schmerzhaften Ohrfeige, beides ohne erkennbaren Grund. Sein Abendessen früher verlangen. Es bekommen und zurückweisen. Aischas sanfte Erklärung, warum Rindfleisch heute nicht zu bekommen war. Richies Gebrüll, dass Rindfleisch im Haushalt von Richie Burke zu haben sein sollte, verdammt noch mal.

Bis dahin war es nur Richies normales Verhalten, wenn er einen schlechten Tag hatte, sogar dass er die Schüssel mit Hammelfleisch in Currysoße mit einer Armbewegung vom Tisch fegte, dass sie in Scherben ging und die dicke, ölige gelbbraune Soße überall hinspritzte, fiel in Richies normales Verhaltensspektrum.

Aber dann blickte Aischa an ihrem besten noch verbliebenen Sari nieder, der nun an zwanzig Stellen mit Soße bespritzt war, und sagte leise, niedergeschlagen: »Du hast meine Kleidung befleckt.«

Und Richie wie ein Wilder auf sie los. Berserkerhafte

Wut jenseits aller Verhältnismäßigkeit zur Kränkung, wenn von Kränkung überhaupt gesprochen werden konnte.

Er sprang sie brüllend an, schüttelte sie, schlug sie. Boxte sie ins Gesicht, in die Brust. Packte den Sari an ihrer Mitte, riss ihn weg, zerfetzte ihn, knüllte die Fetzen zusammen und schleuderte sie ihr ins Gesicht. Aischa wich zitternd vor ihm zurück, die Augen groß vor Furcht, tupfte mit einer Hand das Blut von ihrer geplatzten Unterlippe, versuchte mit der anderen ihre Blöße zu bedecken.

Khalid starrte in Entsetzen, wusste nicht, was er tun sollte, gelähmt vor Schrecken, wütend.

»Ich werde dich beflecken, werde ich!« schrie Richie. »Ich werde dir einen Scheißflecken verpassen!« Damit packte er sie beim Handgelenk, riß herunter, was von ihrer Kleidung geblieben war, bis sie nackt im Zimmer stand. Khalid bedeckte sein Gesicht. Seine eigene Großmutter, über vierzig Jahre alt, anständig, ordentlich, nackt vor ihm: wie konnte er hinsehen? Und doch: wie konnte er dulden, was geschah? Richie zerrte sie jetzt aus dem Raum zu seinem Schlafzimmer, ersparte sich sogar die Mühe, die Tür zu schließen. Er schleuderte sie auf sein Bett und fiel auf sie. Grunzte wie ein Schwein, ein Schwein, ein Schwein …

Ich darf dies nicht erlauben.

Sein Hass war so groß, dass es ihm die Brust zusammenschnürte. Es war ein kalter Hass, beinahe leidenschaftslos. Der Mann war kein Mensch, sondern ein Djinn. Manche Djinns waren harmlos, manche waren böse; aber Richie war sicherlich von der bösen Art, ein Dämon.

Sein Vater. Ein böser Djinn.

Aber was machte das aus ihm? Was?

Gegen alle Verbote, trotz aller Risiken ging Khalid ihnen nach ins Schlafzimmer. Sah Richie zwischen

Aischas Beinen liegen, das Hemd hochgezogen, die Hose heruntergezogen, der nackte Hintern pumpte auf und nieder. Und Aischa starrte an Richies Schulter vorbei zu dem erstarrt im Eingang stehenden Khalid, das Gesicht eine Maske von Schrecken und Scham. Sie bedeutete ihm mit einer wiederholten Handbewegung, dass er weggehen solle, aus dem Zimmer, nicht zusehen, sich nicht in irgendeiner Weise einmischen.

Er rannte aus dem Haus in den Hinterhof und kauerte im Schutt zwischen den alten Töpfen und zerbrochenen Krügen und seiner Sammlung von Archs leeren Whiskyflaschen. Als er eine Stunde später ins Haus zurückkehrte, war Richie in seinem Zimmer und bearbeitete die Saiten seiner Gitarre mit boshafter Heftigkeit. Dazu sang er wortlos mit rauher, betrunkener Stimme. Aischa war wieder angezogen und bewegte sich langsam und niedergeschlagen umher, reinigte das Durcheinander im Wohn- und Esszimmer. Khalid hörte sie leise schluchzen. Sie sagte nichts, blickte nicht einmal auf, als er eintrat. An ihrer Unterlippe klebte ein Stück Heftpflaster. Ihre Wangen sahen geschwollen und bläulichrot aus. Eine Wand schien um sie zu sein. Sie hatte sich in sich selbst zurückgezogen, vor aller Welt, sogar vor ihm.

»Ich werde ihn töten«, sagte Khalid leise zu ihr.

»Nein. Das wirst du nicht tun.« Ihre Stimme war tief und distanziert, eine Stimme vom Meeresboden.

Aischa gab ihm ein wenig zu essen, kalte Chapati und etwas vom gestrigen Reis, und schickte ihn in sein Zimmer. Stundenlang lag er wach und lauschte den Geräuschen des Hauses, Richies endlosem, betrunken leierndem Gesang, Aischas kaum hörbaren Schluchzen. Am Morgen sagte niemand etwas.

Khalid verstand, dass es unmöglich für ihn war, seinen eigenen Vater zu töten, so sehr er ihn hasste. Aber Richie musste für das, was er getan hatte, bestraft werden. Und um ihn zu bestrafen, beschloss Khalid ein Wesen zu töten.

Die Wesen waren etwas anderes; sie waren Freiwild.

Seit einiger Zeit hatte Richie ihn an seinen besseren Tagen mitgenommen, wenn er durch die Gegend fuhr, seine Quislingaufgaben erfüllte, Informationen sammelte, die die Wesen wissen wollten, und sie ihnen durch einen Prozess, den Khalid nicht annähernd verstehen konnte, übergab. Und inzwischen hatte Khalid die Wesen bei so vielen verschiedenen Gelegenheiten gesehen, dass er sich an ihre Anwesenheit gewöhnt hatte.

Und sie nicht fürchtete. Für die meisten Leute waren diese Wesen anscheinend Schreckensgestalten, grässliche außerirdische Ungeheuer, übel und fremdartig. Aber für Khalid waren sie nach wie vor, was sie immer gewesen waren, Geschöpfe von großer Schönheit. Schön in der Weise, wie ein Gott schön sein würde. Wie konnte man vor etwas so Schönem Angst haben? Wie konnte man einen Gott fürchten?

Sie schienen ihn nicht einmal zu bemerken. Wenn Richie zu einem von ihnen ging und vor ihm stand, und eine Art Transaktion stattfand, stand Khalid einfach abseits, sah das Wesen an, studierte es, bewunderte seine Schönheit. Richie gab zu diesen Begegnungen keine Erklärungen ab, und Khalid fragte nie danach.

Jedesmal, wenn er eins sah, schienen ihm die Wesen schöner. Sie waren unglaublich schön. Er hätte sie beinahe verehren können. Er hatte das Gefühl, dass Richie ähnlich empfand; dass er in ihrem Bann stand und freudig vor ihnen auf die Knie fallen und mit der Stirn den Boden berühren würde.

Darum.

Ich werde eins von ihnen töten, dachte Khalid.

Weil sie so schön sind. Weil mein Vater, der für sie

arbeitet, sie beinahe so lieben muss, wie er sich selbst liebt, und ich werde das Ding töten, das er liebt. Er sagt, er hasse sie, aber das glaube ich nicht. Ich glaube, er liebt sie, und darum arbeitet er für sie. Oder er liebt und hasst sie zugleich. Vielleicht fühlt er gegen sich selbst genauso. Aber ich sehe das Licht, das in seine Augen kommt, wenn er zu ihnen aufblickt.

Also werde ich eins töten, ja. Denn indem ich eins von ihnen töte, werde ich einen Teil von ihm töten. Und vielleicht wird es noch einen anderen Wert haben, wenn ich es tue.

4

Nach zweiundzwanzig Jahren

Diese Jahre, die Jahre der Fremdherrschaft, waren für Karl-Heinrich Borgmann gute Jahre gewesen. Als er sechzehn gewesen war und seine dunklen und einsamen Jahre als Heranwachsender durchlebt hatte, war er auf Prestige, Macht und Ruhm aus gewesen, zumindest in seinen Träumen. Jetzt war er neunundzwanig und hatte alles.

Prestige, ganz gewiss.

Er wusste mehr über die Kommunikationssysteme der Wesen und wahrscheinlich über die Wesen selbst, als sonst jemand auf Erden. Das war eine weithin bekannte Tatsache. Jeder in Prag wusste es, vielleicht jeder auf Erden. Er war der Chefkommunikator, der Kanal, durch den die Wesen zu den Bewohnern der Welt sprachen. Er war der Maharadscha der Daten. Er war der Borgmann aller Borgmanns. Das verlieh ihm zweifellos Prestige. Man musste jemanden respektieren, der erreicht hatte, was ihm gelungen war, mochte man über die Moral des Erreichten auch geteilter Meinung sein.

Und Macht. Die hatte er auch, *in excelsis.*

Von seinem prachtvollen Büro im obersten Geschoss des majestätischen Gebäudes, das einst Prags Museum der Angewandten Künste am Moldauufer gewesen war, konnte er an fünfzig verschiedenen Punkten um den Globus Verbindung mit den Wesen aufnehmen. Er und nur er wusste den Weg hinein, wusste, wie er sich in ihre Datenbanken einschalten und durch die Ströme dieser fremdartigen Datenverarbeitung schwimmen konnte. Jeder auf der Welt, der aus irgendeinem Grund Verbindung mit den Wesen suchte, sei es, um eine Petition einzureichen, sich um einen Posten in ihren Diensten zu bewerben oder Information von ihnen zu erbitten, musste durch sein Büro gehen, seine Schnittstelle. Die Borgmann-Schnittstelle: er hatte ihr seinen Namensstempel aufgedrückt, dass alle es sehen sollten.

Macht, ja. In gewisser Weise war er hier der Herr über Leben und Tod. Was außer ihm so gut wie niemand verstand, war, dass die Wesen all diesen Petitionen und Anfragen und sogar den Bewerbungen keine Aufmerksamkeit schenkten. Sie waren über alles das erhaben, schwebten geheimnisvoll auf Ebenen, die weit jenseits menschlichen Wissens lagen. Er war es, der die meisten dieser dringenden Petitionen und Anfragen bearbeitete und sie den Wesen zu Entscheidungen weiterreichte, die wahrscheinlich nie getroffen wurden. In vielen Fällen entschied er selbst in der Annahme, dass die erteilten Antworten und Erlasse ungefähr dem entsprachen, was die Wesen entschieden haben würden, wenn sie geruht hätten, den Anträgen Beachtung zu schenken. Er schlug vor und ordnete an. Er ernannte, versetzte, reorganisierte, ordnete. Ganze Bevölkerungsteile wurden auf sein Wort hin entwurzelt und umgesiedelt. Gewaltige Projekte öffentlicher Arbeiten wurden ins Leben gerufen, weil er glaubte, dass die Wesen es so wünschten. War das nicht Macht? Höchste Macht? War er nicht der Vizekönig der Außerirdischen?

Und Ruhm.

Ah. Das war eine kitzlige Sache. Es gab Ruhm von dieser und Ruhm von jener Art. Der Erfinder der Borgmann-Schnittstelle war zweifellos weltberühmt. Aber Karl-Heinrich wusste recht gut, dass sein Ruhm nicht durchweg positiv beurteilt wurde. Ihm war bewusst, dass sein Name heutzutage in jedem Land zu einer allgemein bekannten Bezeichnung geworden war: *Borgmann,* und dass dieses Wort »Verräter« bedeutete, »Judas«.

Nun, daran konnte er nichts ändern. Er war, was er war, hatte getan, was er getan hatte. Er bedauerte nichts. Er hatte niemandem etwas zuleide tun oder Schaden zufügen wollen. Für ihn war alles ein intellektuelles Spiel gewesen, die Schnittstelle zwischen menschlichen Rechnersystemen und denen der Außerirdischen zu öffnen. Eine Leistungsprobe seiner Fähigkeiten, die er triumphal bestanden hatte. Hätte er es nicht getan, wäre es ein anderer gewesen. Und wenn er nie zur Welt gekommen wäre, würde diese Welt nicht besser daran sein als sie es jetzt war. Borgmann oder nicht, die Wesen würden trotzdem hier sein und in ihrer unergründliche, beinahe willkürlichen Art und Wiese herrschen; würden die eroberte Welt ordnen und neu ordnen, wie es ihnen gefiel und wie sie es amüsant fanden. Er hatte die Dinge nur ein wenig erleichtert.

Und hier saß er in seinem prachtvollen Büro, das mit den seltensten exotischen Hölzern getäfelt war, die unter ungeheuren Kosten aus den Regenwäldern Südamerikas herbeigeschafft worden waren, hier oben in diesem wundervollen alten Gebäude im Stil der französischen Neurenaissance; saß hier inmitten einer Milliarden Kronen teuren Computerhardware nach eigenem Entwurf und den spektakulären Museumssammlungen von Glaswaren und Keramik und silbernem Tafelgeschirr und Möbeln des neunzehnten Jahrhunderts hinter ihm in den umgebenden Korridoren und Sälen.

Karl-Heinrich beschäftigte sich kaum mit diesen Dingen, wusste tatsächlich sehr wenig über die meisten von ihnen, aber sie waren da für seine Entspannung und Erbauung, wann immer er das Verlangen verspürte, durch die Säle und Korridore zu schlendern. Auch hatte er einige der Gemälde aus der Nationalgalerie auf dem Hradschin herunterbringen lassen, einen Holbein und einen Cranach und diesen erotischen *Selbstmord der Lucrezia* von Vouet, und seine luxuriöse Penthousewohnung ein paar Blocks entfernt war im Stil der Art Nouveau eingerichtet und ebenso zufriedenstellend ausgeschmückt mit Bildern aus der Nationalgalerie: Renoir, Gauguin, Picasso, Braque. Warum nicht? Es durfte sowieso niemand mehr das Museum besuchen, da es zum Gelände der Burg gehörte, wo die Befehlsstelle der Wesen war. Und sie erwarteten gewiss nicht, dass er in einer Wohnung mit kahlen Wänden lebte.

Die Überführung der Gemälde war eine Sache von ein paar einfachen Computereingaben gewesen. Die Überführung einer Frau, die ihm gefiel, in sein Bett war genauso einfach. Eine Dienstverpflichtung musste durchgegeben werden, das war alles. Sie ordnete Arbeit im Büro von Karl-Heinrich Borgmann an. Die Dienstverpflichtung wurde zugestellt, und die betreffende Frau meldete sich ohne weitere Fragen zur Stelle, obwohl sie nur zu gut wusste, was die »Büroarbeit« umfasste. Denn die Alternative würde sicherlich viel schlimmer aussehen: Verschickung in ein Arbeitslager in der Antarktis, Versetzung zur Kanalreinigung in Nowosibirsk, Versetzung zum Latrinendienst in eine zentralafrikanische Klinik. Oder wenn nicht sie selbst, dann etwas ähnlich Unangenehmes für die betagte Mutter, das geliebte Kind, den Ehemann.

Karl-Heinrich hatte jene Abende vor zehn, elf, zwölf Jahren nicht vergessen, als er einsam und untröstlich durch die dunklen Straßen von Prag gewandert war und verlangend den Mädchen nachgesehen hatte, die vor ihm gingen oder mit ihren Freunden in hell beleuchteten Cafés saßen oder in Wohnungen im dritten Stock vor ihren Spiegeln standen. All diese Mädchen waren für ihn so unzugänglich wie die Bewohner fremder Welten gewesen. Damals.

Nun, jetzt hatte er Zugang zu ihnen. In seinen Jahren als Borgmann aller Borgmanns war eine lange Prozession von ihnen durch sein Schlafzimmer marschiert, angefangen mit den Mädchen, nach denen es ihn in der Schule gelüstet hatte, so weit sie die Große Seuche überlebt hatten: Jarmila und Magda, Eva, Jana, Jaroslawa und Ludmila, die andere Eva mit dem flachen Gesicht und dem wundervollen Busen und Osvalda, Vera, Ivana, Maria. Zuzana mit dem feuerroten Haar. Bozena mit dem feurigen Temperament. Milada, Jirina, Milena. Er hatte sich durch eine lange Liste zu arbeiten. Die prachtvolle Stepanka war leider gestorben. Statt ihrer forderte er ihre Schwester Katrina an. Und dann Hanna, Sofie, Theresa, Josefa. Die andere Mijlada, die große; die andere Ludmila, die kleine. Und beide Martinas. Manche kamen mit Empörung in den Augen, andere kamen in missmutiger Gleichgültigkeit, manche sahen sein Bett als ihr Tor zu besonderen Privilegien. Aber sie kamen alle. Was blieb ihnen anderes übrig?

O ja, und Barbro Ekelund. Eine der Ersten, noch vor Jarmila und Magda und Eva und den anderen. Die blonde Schwedin, der zuliebe er den Mythos seiner Fähigkeit, die Computer der Wesen anzuzapfen, erfunden hatte, jene spontane Prahlerei, die der Anfang von all diesen wunderbaren Dingen gewesen war. Barbro mit den langen, schlanken Gliedmaßen, dem unerwartet vollen Busen, dem goldblonden Haar, den seegrünen Augen.

»Warum bin ich hier?« hatte sie gefragt, als er sie zum ersten Mal angefordert hatte.

»Weil ich dich liebe.«

»Sie kennen mich nicht einmal. Wir sind uns nie begegnet.«

»Oh doch, wir sind uns begegnet. Es war vor ein paar Jahren im August, im Stare Mesto. Du hast es vergessen.«

»August. Stare Mesto.« Ein verständnisloser Blick.

»Und nach ein paar Monaten wieder, zur Weihnachtszeit. Auf der Straße. Ich wollte dich zu einem Kaffee einladen, aber du hattest keine Zeit.«

»Tut mir leid. Ich erinnere mich nicht.«

»Nein. Du erinnerst dich nicht. Aber ich. Bitte jetzt, deine Kleider. Zieh sie aus.«

»Was?«

»Bitte. Jetzt gleich.« Er war damals noch viel jünger gewesen, noch neu darin. Hatte bis dahin nur vier Frauen gehabt, die erste mitgerechnet, für die er hatte zahlen müssen, und sie war sehr dumm gewesen und hatte nach Knoblauch gerochen.

»Lassen Sie mich gehen«, sagte sie. »Ich will mich nicht für Sie ausziehen.«

»Ah, nein, aber du wirst es müssen«, sagte er. »Schau her.« Und er ging an seinen Computer, und aus ihm kam ein amtliches Formular zur Dienstverpflichtung, Barbro Ekelund, wohnhaft in der Dusni-Straße in Prag, dienstverpflichtet für den Krankenhausdienst in der Zentralklinik für Ansteckende Krankheiten, Bukarest, Rumänien, zum Arbeitsantritt in drei Tagen. Es schien ganz authentisch. Und es war ganz authentisch.

»Soll ich glauben, dass dies wirklich ist?« fragte sie.

»Das solltest du. Wenn du heute nach Haus kommst, wirst du finden, dass deine Aufenthaltsgenehmigung widerrufen ist und deine Fahrkarte nach Bukarest dich am Bahnhof erwartet.«

»Nein. Nein.«

»Dann zieh dich bitte aus«, sagte er. »Ich liebe dich. Ich will dich.«

Also fügte sie sich, weil sie jetzt wusste, dass ihr nichts anderes übrig blieb. Der Akt verlief kühl und war alles andere als das wundervolle Erlebnis, das er sich in früheren Jahren ausgemalt hatte, aber er hatte es nicht viel besser erwartet. Danach widerrief er ihre Dienstverpflichtung; und weil er damals noch neu in diesem Geschäft war und etwas Schuldgefühl verspürte, schrieb er eine neue Anweisung für sie, die ihr ein Jahr lang kostenlosen Zutritt zum Schwimmbad in Modrany gewährte, und eine Saisonkarte für zwei Personen im Opernhaus, dazu Extralebensmittelzuteilungen für sie und ihre Familie. Sie bedankte sich für diese Dinge nur andeutungsweise und bemühte sich nicht, das Schaudern zu verbergen, das sie beim Ankleiden überlief.

Er ließ sie noch fünf oder sechs weitere Male kommen, aber es war niemals zufriedenstellend zwischen ihnen, und unterdessen hatte Karl-Heinrich andere gefunden, denen es wirklich Spaß machte, weil sie wenigstens fähig und bereit waren, es ihm glauben zu machen; und so ließ er Barbro Ekelund danach in Ruhe. Wenigstens hatte er sie gehabt. Das war ursprünglich der Grund gewesen, dass er den Wesen seine Dienste anbot: damit er sie haben könnte. Und Karl-Heinrich Borgmann war ein Mensch, der verwirklichte, was er sich vorgenommen hatte.

Nun war ein Dutzend Jahre vergangen und wieder ein Augusttag, sonnig und warm – sogar schwül; und auf seinem Bildschirm war die Information, dass eine gewisse Barbro Ekelund unten sei und ihn in einer Angelegenheit von persönlicher Bedeutung, die von großem Interesse für ihn sein würde, zu sprechen wünschte.

Konnte es sein? Dieselbe? Es musste wohl. Wie viele andere Schweden gab es in Prag? Und mit demselben Namen.

Besucher waren ungewöhnlich, außer den Leuten, die Karl-Heinrich zu sich beorderte, und er hatte sie ganz gewiss nicht gerufen. Ihre Begegnungen vor langer Zeit waren zu frostig, zu unerfreulich gewesen; er blickte weder mit Verlangen noch mit sentimentaler Zuneigung auf sie zurück. Sie war nicht mehr als ein Phantom aus seiner Vergangenheit, ein unsteter Geist. Er beugte sich zum Mikrofon und war im Begriff, Anweisung zu geben, dass sie weggeschickt werden solle, tat es dann aber doch nicht. Neugier nagte an ihm. Warum sie nicht empfangen? Um der alten Zeiten willen, trotz allem, ein Wiedersehen mit einer Gestalt aus seiner unglücklichen Jugendzeit. Es gab nichts zu befürchten. Sicherlich war ihre Abneigung nach all diesen Jahren geschwunden. Und sie war eine der ersten Frauen, die er je besessen hatte: die Versuchung, zu sehen, wie sie heute war, überwältigte ihn.

Er ließ sie heraufschicken und aktivierte die in den Wänden seines Büros installierten Sicherheitseinrichtungen. Niemand konnte ihm zu nahe kommen, während das Sicherheitsfeld eingeschaltet war. Für einen Mann in seiner Position war es eine vernünftige Vorsichtsmaßnahme.

Sie hatte sich verändert, sehr verändert.

Noch immer schlank und hübsch, ja, das goldblonde Haar, die meergrünen Augen. Noch immer ziemlich groß, natürlich, größer als er. Aber ihre strahlende nordische Schönheit war verblasst. Etwas war vergangen. Die Skihangfrische, die blühende Jugend. Krähenfüße in den Augenwinkeln, feine Linien um den Mund. Das

Haar ohne Glanz. Nun, sie war jetzt dreißig, vielleicht einunddreißig, noch immer jung, noch immer attraktiv, aber den meisten Leuten hatten die letzten zehn, zwölf Jahre schwere Zeiten gebracht.

»Karl-Heinrich«, sagte sie. Ihre Stimme war ruhig, neutral. Sie schien tatsächlich zu lächeln, obwohl es ein distanziertes Lächeln war. »Es ist lange her, nicht wahr? Du bist groß herausgekommen.« Sie machte eine umfassende Geste in das getäfelte Büro mit dem Blick auf die Moldau, die Computeranlage, die Kunstschätze überall um ihn.

»Und du?« fragte er mehr oder weniger mechanisch. »Wie ist es dir ergangen, Barbro?« Sein eigener Tonfall klang ungewohnt, seltsam vertraut. Als ob sie alte Freunde wären, nicht bloß eine Fremde, die er sich vor einem Dutzend Jahren unter Druck gefügig gemacht hatte.

Ein kleines Seufzen. »Nicht so gut, wie ich es mir gewünscht hätte, um die Wahrheit zu sagen«, sagte sie. »Hast du meinen Brief bekommen, Karl-Heinrich?«

»Tut mir leid. Ich erinnere mich nicht.« Er las nie seine Post, grundsätzlich nicht. Immer war sie voll von Bettelbriefen oder anonymen Beschimpfungen, Verwünschungen und Drohungen.

»Es war eine Bitte um Unterstützung. Für etwas, das nur du wirklich verstehen wirst.«

Seine Miene verhärtete sich. Er begriff, dass er einen Fehler gemacht hatte, als er sie zu einem persönlichen Gespräch empfangen hatte. Jeden Tag meldeten sich unten Dutzende von Bittstellern, die ihn sprechen wollten. Wozu hatte er eigens eine Petitionsstelle eingerichtet, wo die Anliegen der Bittsteller bearbeitet wurden? Er musste sie hinauskomplimentieren.

Aber sie zog bereits Papiere hervor und entfaltete sie vor ihm. »Ich habe einen Sohn«, sagte sie. »Zehn Jahre alt. Du würdest ihn bewundern. Er ist wundervoll mit

Computern, wie du es gewesen sein musst, als du in seinem Alter warst. Er weiß alles, was damit zu tun hat. Er heißt Gustav. Sieh mal, ich habe sein Foto hier. Ein hübscher Junge.«

Er wedelte abwehrend mit der Hand. »Hör zu, Barbro, ich kann mich nicht um all diese Dinge kümmern. Jeden Tag sprechen hier zwanzig bis dreißig Leute vor, und doppelt so viele Bittgesuche gehen mit der Post ein. Dafür gibt es die Petitionsstelle. Und ich brauche keine Schützlinge zur Ausbildungsförderung, falls zu deswegen gekommen bist. Wenn der Junge tüchtig ist, wird er selbst seinen Weg machen …«

»Nein, nein, es ist ein schreckliches Problem. Er ist in ein Arbeitslager in Kanada dienstverpflichtet worden. Die Anweisung kam letzte Woche durch. Irgendwo weit im Norden, wo es immer kalt ist, wo Holz für die Papierindustrie gefällt wird. Sag mir, Karl-Heinrich, warum schicken sie einen Jungen von nicht mal elf Jahren in ein Holzfällerlager? Nicht zur Arbeit mit den Computern; es ist eine Dienstverpflichtung für einfache manuelle Arbeit. Er wird dort umkommen. Es ist bestimmt ein Fehler.«

»Fehler werden gemacht, das ist wahr. Viele dieser Vorgänge werden heute rein maschinell von Großrechenanlagen bearbeitet. Die Namen werden oft ganz willkürlich den Melderegistern entnommen, und wenn der Scanner eine Jahreszahl falsch liest, ist es schon passiert.« Er sah, worauf dies hinauslief.

Er hatte recht.

»Rette ihn«, sagte sie. »Ich erinnere mich, wie du damals eine Dienstverpflichtung für mich ausstelltest. Und dann verändertest. Du kannst so etwas tun. Rette meinen Jungen, ich bitte dich.«

Sie sah ihn mit schmerzerfülltem Ausdruck an, jeder Muskel ihres Gesichts war angespannt.

Mit leiser, einschmeichelnder Stimme sagte sie: »Ich

werde alles für dich tun, Karl-Heinrich. Du wolltest mich einmal als Geliebte. Ich hielt mich damals zurück, ich wollte es nicht, aber jetzt will ich deine Geliebte sein. Deine Sklavin. Ich werde dir die Füße küssen, alles tun, was du von mir verlangst, was du willst. So lange du mich willst, bin ich dein. Aber rette ihn, darum bitte ich dich. Du bist der einzige, der das kann.«

Sie trug an diesem schwülen Sommertag eine weiße Bluse und einen kurzen blauen Rock. Während sie sprach, knöpfte sie ihre Sachen auf und warf ein Kleidungsstück nach dem anderen auf den Boden. Die blassen runden Hügel ihrer Brüste kamen in Sicht. Ihre Haut glänzte von Schweiß. Ihre Nasenflügel blähten sich, die Lippen verzogen sich zu seinem Lächeln, das verführerisch gemeint war.

Seine Sklavin wollte sie sein. Wie konnte sie es gewusst haben? Seine pubertäre Phantasie vor so vielen Jahren!

Er fühlte einen Anflug von Kopfschmerzen. *Rette meinen Jungen, ich bitte dich. Ich werde deine Sklavin sein.*

Karl-Heinrich wollte Barbro Ekelund nicht als Sklavin, nicht mehr. Er wollte sie überhaupt nicht. Vor langer Zeit hatte er sich nach ihr gesehnt, ja, verzweifelt sogar, als er sechzehn gewesen war, und ein paar Jahre später hatte er sie gehabt, was immer das wert gewesen war; sie war Geschichte, ein Archivposten in seinem Gedächtnis und nichts weiter. Er war keine sechzehn mehr. Er hatte weder Zeit für noch Verlangen nach dauerhaften Beziehungen. Er wollte keine sentimentalen Wiedervereinigungen mit Gestalten aus seiner Vergangenheit. Er war zufrieden, Frauen bei Bedarf per Computer anzufordern, beinahe wahllos, immer wieder neue, die zu ihm kamen, seinen Bedürfnissen dienten und mit einem kleinen Geschenk wieder für immer aus seinem Leben verschwanden.

All diese zeitraubenden, schwierigen menschlichen

Verstrickungen, diese Probleme von Abhängigkeit und Eifersucht und emotionalen Verwicklungen, die mit einer festen Bindung einhergingen: Er hatte sie immer zu vermeiden gesucht, hatte sich wie die Wesen hoch über allen weltlichen Streit und Getümmel erhaben gefühlt, und doch geriet er von Zeit zu Zeit immer wieder hinein in solche Verwicklungen; dieser wollte eine Gefälligkeit, jener bot einen Handel an, um etwas zu erreichen, woran ihm gelegen war, Männer bezeichneten sich als seine Freunde, Frauen als seine Geliebten, versuchten ihn zu bestechen, zu beschwatzen. In Wahrheit hatte er keine Freunde und keine Geliebten. Es gab niemanden, den oder die er liebte. Und er wusste, dass es niemanden gab, der oder die ihn liebte. Das war zufriedenstellend für ihn. Es sicherte ihm die nötige Objektivität des Urteils. Zudem war er auf niemanden angewiesen; was er brauchte, konnte er sich einfach nehmen.

Trotzdem, dachte er. Hier kannst du nicht nein sagen. Diese Frau hat dir vor längerer Zeit einmal viel bedeutet. Gib ihr, was sie will, tu das Nötige, um ihren Sohn zu retten, dann sag ihr, dass sie ihre Kleider anziehen und verschwinden soll.

Inzwischen war sie nackt und ließ provozierend die Hüften kreisen, bot sich in einer Weise an, die ihn vor vielen Jahren in eine Delirium versetzt hätte, ihm heute aber nur absurd vorkam. Und im nächsten Augenblick würde sie in das Sicherheitsfeld geraten. »Gib Acht«, sagte er. »Der Schreibtischbereich ist geschützt. Wenn du näher kommst, wirst du die Sicherheitsabschirmung auslösen. Es wird dir einen Schlag versetzen, dass du ohnmächtig wirst.«

Zu spät.

»Oh!« stieß sie hervor, warf die Arme hoch und taumelte rückwärts. Anscheinend hatte sie das Sicherheitsfeld berührt – zumindest den Rand – und einen Schlag bekommen. Sie krümmte sich dramatisch. Karl-Heinrich sah sie taumeln und einknicken und zu Boden fallen, wo sie mitten im Raum hart aufprallte. Sofort zog sie sich wie ein Häuflein Elend schluchzend zu einem Ball zusammen, die Stirn in den alten Perserteppich aus dem Museum gepresst und von, wie es schien, Muskelkrämpfen geschüttelt. Es war das erste Mal, dass jemand in Karl-Heinrichs Anwesenheit in das Sicherheitsfeld geraten war. Die Wirkung war stärker, als er erwartet hatte. Zu seiner Bestürzung schien sie jetzt in Hysterie zu verfallen. Ihr ganzer Körper zuckte, der Atem ging in wild keuchenden Stößen. Das war verdrießlich, und irgendwie beunruhigend. Dass sie so leiden sollte, weckte sein Mitleid.

Was sollte er tun? Er stand auf, ging zu ihr und beugte sich über die zuckende nackte Gestalt, sah sie jetzt beinahe so wie vor all den Jahren durch die heimlich in ihrem Zimmer installierte Miniaturkamera, die fleischigen weißen Gesäßbacken, der schmale blasse Rücken, die feine Linie ihres Rückgrats.

Bei all seiner früheren Gleichgültigkeit regte sich jetzt ein überraschender Anflug von Verlangen in ihm, trotz ihrer elenden Lage. Vielleicht eben darum. Ihre Verletzlichkeit, ihr Elend, ihre mitleiderregende Kläglichkeit rührten ihn an; aber auch der glatte, gespannte Rücken, der unter den keuchenden Atemzügen bebte, die schlanken Beine, die sie unter sich gezogen hatte. Er kniete neben ihr nieder und ließ die Hand leicht auf ihrer Schulter ruhen. Ihre Haut war heiß, als hätte sie Fieber.

»Sieh mal, es ist kein Problem«, sagte er freundlich. »Ich werde dafür sorgen, dass du deinen Sohn behältst, Barbro. Beruhige dich. Reg dich nicht so auf.«

Sie stöhnte. Es sah beinahe wie ein Anfall aus. Er überlegte, dass er um ärztliche Hilfe schicken sollte.

Sie versuchte etwas zu sagen. Er konnte die Worte nicht verstehen, weil sie das Gesicht im Teppich vergraben hatte, und beugte sich noch näher. Sie hatte die langen Arme von sich gestreckt, die Linke trommelte in Qualen auf den Boden, die andere war in den Teppich gekrallt. Dann rollte sie plötzlich halb herum, dass sie ihm zugewandt war, und alle krampfhaften Zuckungen waren vergangen, und in der ausgestreckten Hand war ein Keramikmesser, das wie durch Magie hineingelangt war – hatte sie es aus der Luft gezogen, aus ihren abgelegten Kleidern? –, und in einer blitzschnellen, völlig konzentrierten Bewegung stieß sie es ihm mit erstaunlicher Stärke und Gewalt tief in den Unterleib.

Riss die Klinge aufwärts, dass sie Bauchdecke und innere Organe aufschlitzte, bis sie hart gegen den Brustkorb stieß.

Er grunzte und presste in einer Reflexbewegung beide Hände an die klaffende Wunde. Er konnte sie mit zehn gespreizten Fingern kaum bedecken. Zu seiner Überraschung fühlte er noch keinen Schmerz, nur einen dumpfen Schock, als er vorgebeugt am Boden kniete, beide Hände an den Leib gepresst. Sie wälzte sich von ihm fort, sprang auf und stand wie ein nackter Rachedämon über ihm.

»Ich habe keinen Sohn«, sagte sie höhnisch.

Karl-Heinrich nickte. Sein Blick begann sich zu trüben. Blut sprudelte aus der durchschnittenen Baucharterie und tränkte den Perserteppich. Er versuchte dem Servo über die Sprechanlage zu sagen, dass er Hilfe brauche, fand aber, dass er keinen Laut über die Lippen brachte. Sein Mund öffnete und schloss sich zweimal, doch außer seinen röchelnden Atemzügen kam nichts heraus. Und was würde ein Hilferuf nutzen? Er spürte bereits, dass er starb. Mit jedem Pulsschlag, der ihm das Blut aus dem Leib trieb, schwanden ihm die Kräfte. Er sah nur noch verschwommen, es begann um ihn zu dunkeln. Er war erledigt, ein toter Mann mit neunundzwanzig. Er war überrascht, wie wenig er sich daraus machte. Vielleicht war das Sterben so.

Also hatten sie ihn endlich zur Strecke gebracht.

Wie seltsam, dass sie die Attentäterin sein würde. Aber es war nur logisch; sie hatte noch am ehesten eine Chance gehabt, bis zu ihm vorzudringen.

»Zwölf Jahre habe ich davon geträumt«, sagte der Racheengel. »Wir alle. Welche Freude ist es, dich jetzt so zu sehen, Borgmann.« Und sie wiederholte den Namen, dass er wie die Verwünschung klang, die er geworden war: »Borgmann.«

Ja, natürlich. Sie hatte ihn umgebracht.

Trotzdem gab es einen Trost, sagte er sich. Er würde als Berühmtheit sterben. Sein Name war nun als Begriff in die Sprache eingegangen. Das wusste er, und dieses Wissen umarmte er liebevoll, während sein Leben dahinschwand. Er würde in wenigen Augenblicken tot sein, aber sein Name, ja, sein Name würde unsterblich sein, würde in der Menschheitsgeschichte weiterleben, wenn die Gebeine all dieser Neider und Hasser längst in Anonymität vermodert wären …

Das Baby war ein Mädchen. Steve und Lisa nannten es Sabrina Amanda Gannet. Alle auf der Ranch kamen zusammen und machten ooh und ah und gu-gu, wie es erwartete wurde.

Aber natürlich hatte es großen Aufruhr und ein heilloses Durcheinander gegeben, bevor die Entwicklung diesen Punkt erreicht hatte.

Zuerst hatte Steve die peinliche Angelegenheit von Lisas und ihrer Familie Quislingzugehörigkeit zu regeln. Soweit es seinen Onkel Ron betraf, war das eine einfache Sache. »Du musst sie aufgeben, Junge, das ist alles. Carmichaels können sich nicht mit Quislingen herumtreiben. Das geht einfach nicht. – Mach nicht solch ein Gesicht, mein Freund. Warum musstest du unter all den Mädchen, die du in Kalifornien finden kannst, ausgerechnet eine von denen aufgabeln?«

Aber Ron hatte leicht reden. Er war unverfroren und glatt und gutaussehend und redegewandt, ein Mann, der mit den Jahren jede Menge Freundinnen gehabt hatte, Dutzende, vielleicht Hunderte, und mindestens ein paar Frauen, bevor er Peggy begegnet war und beschlossen hatte, seinem unsteten Liebesleben zu entsagen. Er konnte leicht sagen: *Mach Schluss mit ihr.* Was verstand eine so stattliche, magnetische und charmante Erscheinung wie Ron von den Problemen des armen Steve Gannet mit der unglücklichen Figur und dem teigigen Gesicht, der nicht wusste, wie er seinen Hemdzipfel in der Hose halten sollte und dessen gesamtes Geschlechtsleben bis zum Zeitpunkt seiner Begegnung mit Lisa daraus bestanden hatte, dass er seiner herzlosen Cousine Jill zur Befriedigung ihrer Neugier gedient hatte? Glaubte Ron wirklich, dass es so einfach für ihn sein würde, mit Lisa Schluss zu machen und eine halbe Stunde später eine andere Freundin zu finden?

Außerdem liebte er Lisa. Sie war ihm in einer Weise wichtig, wie es noch niemand jemals gewesen war. Er lebte für ihre Zusammenkünfte, ihre Fahrten zum Naturschutzpark Point Mugu, ihre köstlichen Schäferstündchen auf dem weichen Laubteppich unter den Eichen. Er konnte sich ein Leben ohne sie nicht mehr vorstellen. Noch sah er, wie er es über sich bringen könnte, ihr den Laufpass zu geben.

Aber wie sollte er dies alles in Ordnung bringen?

»Ich muss dich sprechen«, sagte er ihr ein paar Tage nach ihrem Besuch am Topanga Canyon Boulevard. »So bald es irgend geht. Es ist wichtig.« Aber er hatte nicht den leisesten Schimmer, was er ihr sagen würde.

Er fuhr mit Höchstgeschwindigkeit blindlings südwärts auf der schadhaften Küstenstraße, ohne auf Schlaglöcher, Risse, Mulden, Steinbrocken und andere unbedeutende Hindernisse zu achten. Als er zur Mission San Buenaventura kam, wartete Lisa draußen in ihrem Wagen. Sie lächelte freundlich, als er kam, wie wenn dies eine ihrer üblichen Verabredungen wäre, obwohl es so frühzeitig nach ihrem letzten Treffen war, dass sie hätte stutzig werden sollen. Dieses fröhliche, erwartungsvolle Lächeln machte alles noch schlimmer. Sie öffnete die Tür auf der Beifahrerseite, und er glitt hinein, aber als sie den Wagen anlassen wollte, umfasste er ihr Handgelenk und hielt sie zurück.

»Nein, wir werden nicht nach Point Mugu fahren. Lass uns hierbleiben und miteinander reden, ja?«

Sie sah ihn erschrocken an. »Stimmt etwas nicht?«

»Ja, vieles stimmt nicht«, sagte er und ließ die Worte heraus, ohne sie zu überlegen. »Ich habe nachgedacht, Lisa. Wie wir durch den Kontrollpunkt gekommen sind und alles. Wie es kam, dass du das Losungswort hattest, wenn praktisch alle LACON-Passierscheine für Los Angeles für ungültig erklärt wurden.« Er konnte es kaum ertragen, sie anzusehen. Er musste sich dazu zwingen; und trotzdem glitt sein Blick immer wieder von ihren Augen ab zum Kinn oder ihrer Wange. Überraschenderweise schien sie sehr ruhig, starrte ihn unverwandt an, selbst als er herausplatzte: »Lisa, du konntest dieses Losungswort nur gehabt haben, wenn du ein Quisling bist, nicht wahr? Oder jemand kennst, der es ist?«

»Das ist ein hässliches Wort, Quisling.«

»Nun, dann Kollaborateur. Ist das besser?«

Sie zuckte die Achseln, war noch immer seltsam ruhig, obwohl ihr Gesicht ein wenig zu erröten schien. »Mein Vater arbeitet für die Telefongesellschaft, und meine Brüder und ich auch. Das weißt du.«

»Und als was?«

»Das weißt du auch. Bis auf Vater, der in der Verwaltung arbeitet, sind wir in der Programmierabteilung.«

»Und die Telefongesellschaft? In welcher Beziehung steht sie zur LACON?«

»LACON kontrolliert alle Kommunikationsnetze in und um das Becken von Los Angeles, von Long Beach bis Ventura. Sicherlich kannst du dir das denken.«

»Wenn jemand für die Telefongesellschaft arbeitet, arbeitet er also tatsächlich für LACON, ist das nicht so?«

»So könnte man es sehen, ja.«

»Und darum«, sagte Steve mit einem Gefühl, als stürze er sich von der Kante eines hohen Kliffs, »weil ihr für LACON arbeitet, und weil LACON der administrative Arm der fremden Besatzungsmacht ist, darum könnt ihr als Quis ... als Kollaborateure betrachtet werden. Ja?«

»Warum verhörst du mich so, Steve?« Sie war nicht empört, als hätte sie damit gerechnet, dass es früher oder später zur Sprache kommen würde.

»Ich muss diese Dinge wissen.«

»Nun, jetzt weißt du sie. Wie Tausende und Abertausende anderer Menschen verdient meine Familie ihren Lebensunterhalt, indem sie den Wesen, die unsere Welt regieren, Dienstleistungen erbringt. Ich sehe darin nichts Schlechtes, wirklich nicht. Es ist bloß unser Job. Wenn wir es nicht täten, würden andere es tun, und die Wesen würden noch immer hier sein, nur würden wir, meine Familie und ich, es viel schwerer haben, die Dinge beisammen zu halten. Wenn du damit irgendwelche Probleme hast, solltest du es jetzt sagen.«

»Ich habe wirklich ein Problem damit. Ich bin beim Widerstand.«

»Das weiß ich, Steve.«

»Du weißt es?«

»Du gehörst zur Familie Carmichael. Deine Mutter ist die Tochter des alten Oberst Carmichael. Du lebst oben in den Bergen hinter Santa Barbara.«

Er starrte sie verblüfft an.

»Woher weißt du das alles?«

»Meinst du, dass du der einzige bist, der weiß, wie man feststellt, von welchem Anschluß jemand Telefongespräche führt? Ich bin bei der Telefongesellschaft, nicht wahr.«

»Also wusstest du die ganze Zeit Bescheid«, sagte er verwirrt. »Praktisch von Anfang an wusstest du, dass ich beim Widerstand bin, und es störte dich nicht, obwohl du ein Quis …«

»Sag dies Wort nicht noch einmal.«

»Obwohl du bereit bist, für *sie* zu arbeiten.«

»Ich sehe keine vernünftigen Alternativen, Steve. Wie lang sind sie schon hier, fünfzehn Jahre? Was hat euer Widerstand in all dieser Zeit erreicht? Eine Menge Gerede, sonst nichts. Und unterdessen haben die Wesen alles noch viel mehr unter Kontrolle als an dem Tag, wo sie den Strom abschalteten, und beherrschen heute jeden Aspekt unseres Lebens.«

»Mit Hilfe von Leuten wie …«

»Und? Was ist die Alternative? Sie sind hier. Sie regieren. Sie besitzen uns. Wir werden sie nicht hinauswerfen, niemals. Das ist die harte Wirklichkeit. Also müssen wir mit unserem Leben weitermachen, unsere Arbeit tun, was immer sie ist.« Sie sah ihn mit kompromissloser Offenheit an, zwang ihn, damit herauszukommen, was ihn bewogen hatte, zu ihr zu kommen. Aber als er am Morgen losgefahren war, hatte er nicht gewusst, was er ihr sagen würde.

Auf einmal wusste er es jetzt. Er ließ die Worte heraus, und sie kamen wie ein Todesurteil.

»Wir können uns nicht mehr sehen, Lisa. Das ist alles. Deine Familie und meine, sie sind einfach inkompatibel. Wir arbeiten am Sturz der Wesen, und du arbeitest, um ihnen die Herrschaft zu erleichtern.«

Ruhig begegnete sie seinem verzweifelten Blick. »Und warum sollte das wichtig sein?«

»Es ist wichtig. Wir haben unsere Familientraditionen, und die sind ziemlich streng. Du solltest meinen Großvater sehen, den Oberst. Vielleicht wird er ein bisschen senil, aber wenn er einen guten Tag hat und sein altes Selbst ist, hält er die großartigsten Reden über Freiheit, Würde und nationale Ehre und die Notwendigkeit, niemals zu vergessen, was wir waren, bevor die Wesen kamen.«

»Damit bin ich einverstanden. Ich finde es wichtig, sich zu erinnern, wie es war, frei zu sein.«

»Aber ihm ist es ernst damit.«

»Mir auch. Aber wir können nichts daran ändern. Wir können die Zeit nicht zurückdrehen. Die Welt gehört den Wesen, und nichts, was wir tun, wird daran etwas ändern.«

Sie kamen nicht weiter. Ihm war, als müsse er zerbrechen.

»Es hat keinen Sinn, darüber zu streiten«, sagte er. »Ich weiß nur, dass ich nicht sehe, wie wir weitermachen können, wenn deine Familie kollaboriert und meine dem Widerstand dient. Es könnte niemals Kontakte zwischen den Familien geben. Wie sollten wir unter diesen Umständen ein Leben zusammen führen?«

»Ich weiß es nicht«, sagte sie. »Aber eines muss ich dir sagen, Steve …«

»Mein Gott, Lisa! Du wirst doch nicht …?«

Schwanger, ja. Die alte Geschichte von den Montagus und den Capulets, aber mit einem zusätzlichen kleinen Dreh.

Ihre Selbstbeherrschung ging jetzt in die Brüche, und seine auch, soweit sie noch vorhanden war. Sie begann zu weinen, und er zog ihren Kopf an seine Brust und weinte auch, und ihm kam der erstaunliche Gedanke an das braunäugige Kind in den Sinn, das in ihrem Bauch spross, und wie unmöglich es sei, dass ein so hoffnungsloser Langweiler und Trottel wie er einer gewesen war, tatsächlich ein Kind gezeugt hatte; und er wusste jenseits allen Zweifels, dass er diese Frau liebte und sie heiraten und ihr beistehen wollte, ganz gleich, was geschah.

Aber das war leichter gedacht als getan. Er kehrte zurück zur Ranch und nahm Ron beiseite und erzählte ihm von dieser neuesten Entwicklung; und Ron, nachdenklich und ernst und gar nicht mehr unbeschwert, riet ihm, still zu sitzen und abzuwarten, und ging fort, um mit seiner Schwester Rosalie zu sprechen. Die nach einiger Zeit Steve zu sich rief und ihn ausführlich über seine ganze Beziehung zu Lisa befragte. Nicht so sehr über den sexuellen als vielmehr über den emotionalen Aspekt, seine Empfindungen für sie, seine Absichten.

Er überraschte sich selbst mit der Geradlinigkeit und Offenheit seiner Antworten. Kein Zögern, keine Einschränkungen, keine Ausflüchte, kein Treten von einem Bein aufs andere. Er legte die Dinge offen dar und sagte, dass er Lisa liebe. Er sagte seiner Mutter, dass es ihn glücklich mache, zu wissen, dass es ein Kind geben würde. Er sagte, dass er nicht daran denke, sie zu verlassen.

»Du würdest zu ihr halten, selbst wenn du die Ranch verlassen musst?«

»Warum sollte ich darin ein Hindernis sehen?« fragte er.

Sie schien seltsam erfreut, das zu hören. Aber dann blieb sie lange still, und ihr Gesicht wurde traurig. »Das ist eine schöne Bescherung, Steve! Was für eine Patsche.«

Die ganze Woche gab es Geflüster und Besprechungen. Seine Mutter und ihre zwei Brüder; alle drei und sein Vater; dann wieder Steve mit Ron, mit Anse, mit seiner Mutter, mit Paul, mit Peggy. Er spürte, dass Ron, der ihm so unverblümt und kompromisslos gesagt hatte, er solle mit Lisa Schluss machen, zu einer mitfühlenderen Position fand, vielleicht unter Druck von

Peggy; dass seine Mutter geteilter Meinung über das Problem war, wenn auch mehr auf seiner Seite; dass Anse hauptsächlich ärgerlich war, dass man ihn mit einer so komplizierten Geschichte behelligte. Während dieser Zeit war es Steve verboten, sich an einem Computer zu schaffen zu machen, geschweige denn irgendwelchen Kommunikationen in Angelegenheiten des Widerstandes beizuwohnen. Was ihn von der Kommunikation mit Lisa abschnitt. Um sicher zu gehen, schrieb sein Vater einen Sperrbefehl in das System, der garantierte, dass Steve keinen Zugang bekommen konnte; und Steve, so gut wie er war, konnte eine von Doug geschriebene Blockade nicht widerrufen. Das wusste er. Nicht dass er es in dieser Situation gewagt hätte.

Er fragte sich, was Lisa durch den Kopf gehen mochte. Als sie sich in Ventura getrennt hatten, hatte er ihr versprochen, dass er nach einer Lösung des Problems mit seine Familie suchen werde. Aber welcher?

Es war die längste Woche seines Lebens. Er verbrachte sie mit Feldarbeit, durchstreifte den Wald am Berghang, saß lange Stunden auf der Felsplatte, wohin Jill ihm damals gefolgt war. Das schien eine Million Jahre her zu sein. Jill schenkte ihm jetzt kaum noch Beachtung. Wenn sie von der Klemme wusste, in der er sich befand, ließ sie sich ihm gegenüber nichts anmerken, aber er hörte sie mit ihren Brüdern Charlie und Mike kichern, einmal sogar vor Lachen ausschütten, und war überzeugt, dass es seine missliche Lage sei, über die sie sich belustigten.

Endlich kam Ron zu ihm und sagte: »Der Oberst will dich sprechen.«

Der Oberst war jetzt gebrechlich. Er war abgemagert, seine Hände zitterten stark, und er brauchte einen Spazierstock, wenn er umherging. Aber er ging nicht mehr oft umher; die meiste Zeit verbrachte er jetzt ruhig in seinem Schaukelstuhl am Rand der Terrasse und blickte über das Tal hinaus. Über die Beine hatte er jetzt immer eine Decke gebreitet, die nur an den wärmsten Tagen fehlte.

»Großvater?« sagte Steve. Er stand vor ihm und wartete.

Wenigstens die Augen des Obersten hatten nichts von ihrer alten Kraft verloren. Er musterte Steve unerträglich lange, starrte ihn unverwandt an, während Steve sich so gerade und aufrecht hielt, wie es von ihm erwartet wurde, und wartete. Und wartete.

Und endlich ergriff der Oberst das Wort und sagte: »Nun, Junge. Ist es wahr, dass du uns an die Wesen verpfeifen wirst?«

Es war eine ungeheuerliche Frage; aber in seinen Augen war etwas, das Steve verriet, dass sie nicht allzu ernst zu nehmen war. Das hoffte Steve jedenfalls.

»Nein, Sir. Es ist nicht im Geringsten wahr, und ich hoffe, niemand hat dir etwas in der Art erzählt.«

»Aber sie ist ein Quisling, nicht? Sie und ihre ganze Familie?«

»Ja.«

»Du wusstest das, als du dich mit ihr einließest?«

»Nein, ich ahnte nichts davon. Erst kürzlich erfuhr ich es, als sie uns mit einem Losungswort, das sie normalerweise nicht hätte haben dürfen, durch einen LACON-Kontrollpunkt brachte.«

»Aha. Aber sie wusste die ganze Zeit, dass du ein Carmichael bist?«

»Offenbar ja.«

»Und tat sich mit dir zusammen, um die Ranch zu infiltrieren und uns an die Wesen zu verraten, meinst du?«

»Nein, Großvater, absolut nicht. Es ist nicht wirklich ein Geheimnis, dass dies ein Hauptquartier des Widerstandes ist, weißt du. Ich glaube, es muss sogar den

Wesen bekannt sein. Aber wie auch immer, von Seiten Lisas ist nie ein Wort gefallen, das auf solche Absichten hindeutete.«

»Aha. Dann war es also bloß eine unschuldige kleine romantische Geschichte, die zwischen dir und ihr vorging?«

Steve errötete. »Nicht ganz so unschuldig, Sir, muss ich zugeben.«

Der Oberst schmunzelte. »So gab man mir zu verstehen. Wann ist das Baby fällig?«

»In ungefähr sechs Monaten.«

»Und was dann?«

»Wie meinst du das?«

»Ich meine, wirst du die Ranch verlassen, um mit ihr zusammen zu ziehen, oder erwartest du, dass wir sie hier aufnehmen?«

Steve zog die Schultern hoch. »Ich weiß es nicht, Großvater. Es ist Sache der Familie, das zu entscheiden.«

»Und wenn die Familie dir sagt, dass du die Frau und das Kind aufgeben und weder sie noch es jemals wiedersehen sollst?«

Die alten blauen Augen durchbohrten ihn.

Nach kurzem Zögern sagte Steve: »Ich glaube nicht, dass ich damit einverstanden sein würde, Sir.«

»Du liebst sie so sehr?«

»Ich liebe sie, ja. Und ich fühle mich für das Kind verantwortlich.«

»Das ist richtig. Also würdest du notfalls hingehen und unter Quislingen leben, wie? Aber würden sie dich aufnehmen, meinst du, wenn sie doch wissen, dass du ein Agent des Widerstandes bist?«

Steve befeuchtete sich die Lippen. »Und wenn wir statt dessen Lisa aufnehmen würden?«

»Um hier zu spionieren, meinst du?«

»Das meine ich überhaupt nicht. Es ist bloß ein Job

für sie, dort zu arbeiten. Sie sieht es nicht so, dass sie für die Wesen arbeitet, sondern nur für die Telefongesellschaft, die ein Zweig der LACON ist, die natürlich die Marionettenverwaltung der Wesen dort unten darstellt. Es ist nichts Ideologisches an ihr. Sie mag die Wesen so wenig hier haben wie wir. Sie sieht bloß nicht, was wir dagegen tun können, also verrichtet sie ihre Arbeit und denkt nicht über solche Dinge nach. Wenn sie hierher käme, würde sie keine weitere Verbindung mit der anderen Seite haben.«

»Einschließlich ihres Vaters, ihrer Brüder?«

»Ich nehme an, sie würde mit ihnen sprechen, sie manchmal besuchen, vielleicht. Aber es gibt keinen Grund, warum sie ihnen oder anderen irgendetwas über Aktivitäten auf der Ranch verraten würde.«

»Und so erwartest du von uns – verliebt und blind wie du bist –, dass wir eine Spionin in unsere Mitte aufnehmen, nur weil du es geschafft hast, sie zu schwängern?« sagte der Oberst. »Verstehe ich das richtig?«

Steve hatte das Gefühl, dass während des gesamten Verhörs mit ihm gespielt wurde. Es schien ihm, dass der Oberst, so freundlich er während des größten Teils der Befragung gewesen war, in erster Linie sehen wollte, wie er unter Druck reagierte. Er nahm bald diese und bald jene Position ein, bald mitfühlend, bald feindlich, stocherte hier, stocherte dort, machte Unterstellungen, verurteilende Mutmaßungen, besah die Sache von allen Seiten. Aber offensichtlich hatte der alte Mann seine Entscheidung bereits getroffen, und nicht zu seinen Gunsten. Wie konnte er ein Mädchen aus einer Quislingfamilie auf die Ranch lassen?

Steve sah, dass es keinen Sinn hatte, noch länger diplomatisch zu sein. Er holte tief Atem und sagte: »Nein, das ist nicht richtig. Ich mag verliebt sein, ja, aber ich denke, dass ich sie ziemlich gut kenne, und ich sehe in ihr keine Gefahr für uns, in keiner Weise. Ich bitte dich, sie aufzunehmen, weil sie das nächste Mitglied dieser Familie auf die Welt bringen wird und dies der Ort ist, wo es hingehört, weil ich hierher gehöre und meine Frau und mein Kind bei mir haben will. Wenn sie nicht hierher gehören, dann gilt das auch für mich. Und ich bin bereit, die Ranch für immer zu verlassen, wenn ich das tun muss.«

Der Oberst antwortete nicht. Sein Gesicht war ausdruckslos, undeutbar. Es war, als hätte Steve nichts gesagt.

Und die Stille zog sich unerträglich in die Länge. Steve überlegte, ob er zu weit gegangen sei und den strengen alten Krieger mit seiner Unverblümtheit herausgefordert hatte, was seiner Sache womöglich den Todesstoß versetzte. Dann fragte er sich, ob der alte Mann vielleicht einfach mit offenen Augen eingeschlafen war.

»Nun, dann«, sagte der Oberst endlich, und sein Gesicht erwachte zum Leben, sogar etwas wie ein Zwinkern kam in die strengen, frostigen Augen. »Wenn das so ist, würde es dir etwas ausmachen, wenn wir Ron mit ihr zusammenkommen lassen, damit er sich ein Bild von ihr machen kann, bevor wir eine endgültige Entscheidung über ihre Aufnahme hier treffen?«

Steve stockte der Atem. »Dann würdest du sie hier aufnehmen?«

»Wenn Ron meint, dass wir es tun sollten, ja. Ja, dann werde ich es tun.«

»Oh, Sir! Großvater, oh ...!«

»Langsam, Junge. Es ist noch nichts geregelt, weißt du.«

»Aber es wird klappen, ich weiß es. Ron wird gleich sehen, was für ein Mensch sie ist. Er wird sie lieben. Ihr alle werdet sie lieben. Und ich möchte dir hier und jetzt sagen, Großvater, dass das Baby, wenn es ein Junge ist, nach dir benannt werden soll. Es wird einen weiteren

Anson auf der Ranch geben: einen Anson Gannet. Anson Carmichael Gannet. Das ist ein Versprechen, Großvater.«

Das Kind war allerdings ein Mädchen und bekam den Namen Sabrina Amanda Gannet, nach Lisas Mutter und Großmutter. Auch das Nächste, zwei Jahre später, war ein Mädchen und bekam den Namen Irene, nach der längst verstorbenen Frau des Obersten, der Großmutter, die Steve nie gekannt hatte. Anson Carmichael Gannet wurde erst nach weiteren drei Jahren geboren und kam durch einen hübschen Zufall schließlich am 83. Geburtstag des Obersten zur Welt, im einundzwanzigsten Jahr nach der Eroberung. »Du wirst das größte Computergenie aller Zeiten«, sagte Steve zu dem neuen Baby, als es gurgelnd und mit rotem Kopf, zwei Stunden alt, in den Armen seiner erschöpften Mutter lag. »Und ein glänzender Held des Widerstandes.«

Diese Prophezeiungen sollten sich als ziemlich korrekt erweisen. Aber nicht ganz so, wie Steve es sich vorstellte.

Richie Burke sagte: »Sieh dir bloß dieses gottverdammte Ding an, Ken! Ist es nicht das phantastischste Stück Scheiße, das man sich vorstellen kann?«

Sie waren im ehemaligen Gastzimmer des eingegangenen alten Restaurants. Es war früher Nachmittag. Aischa war anderswo, Khalid hatte keine Ahnung, wo. Sein Vater hielt etwas in den Händen, das wie ein Gewehr aussah, oder vielleicht eine stromlinienförmige Schrotflinte, aber bei genauerem Hinsehen unterschied es sich von den Gewehren und Schrotflinten, die er bis dahin gesehen hatte. Es hatte einen langen, großkalibrigen Lauf aus grünlichblauem Metall mit einem starken Zielfernrohr und einer eigenartigen, computerisierten

Abzugseinrichtung am Schaft. Anscheinend die Sonderanfertigung eines geschickten Erfinders und Büchsenmachers.

»Es ist eine Waffe, nicht?«

»Eine Waffe? Eine Waffe? Natürlich ist es eine Waffe! Und was für eine, Junge! Ich will es dir sagen: Es ist eine Waffe zum Töten der Wesen! Die ich heute in einem Verschwörernest drüben in Warminster beschlagnahmte. Die ganze Gruppe ist jetzt hinter Schloss und Riegel, und ich habe Beweisstück A sicherheitshalber mit nach Haus genommen. Sieh es dir gut an, Junge. Hast du jemals etwas so Diabolisches gesehen?«

Khalid verstand, dass Richie ihn die Waffe tatsächlich in die Hände nehmen ließ. Er hielt sie mit großer Vorsicht, ließ sie auf beiden ausgestreckten Handflächen ruhen. Der Lauf war kühl und sehr glatt, die ganze Waffe war leichter, als er erwartet hatte.

»Und wie funktioniert sie?«

»Leg sie an die Schulter und schau durch das Zielfernrohr. Du weißt, wie man ein Gewehr hält. Die Handhabung ist genauso wie bei einem gewöhnlichen Gewehr.«

Khalid hob das Gewehr an die Schulter, richtete es auf den Kamin und spähte durch das Zielfernrohr.

Ein vielleicht handtellergroßes Stück von der Kaminumrahmung waren im runden Bildausschnitt sichtbar, durchzogen vom Fadenkreuz. Er konnte die winzigsten Einzelheiten erkennen. Starke Vergrößerung, wundervolle Optik. Jetzt abdrücken, dachte Khalid, und wo der Kamin ist, gibt es ein Loch in der Wand. War es das? Khalid befühlte den Kolben.

»Es ist gesichert«, sagte Richie. »Der kleine rote Knopf dort. Der da. Pass auf, dass du ihn nicht zufällig drückst. Was wir hier haben, Ken, ist nichts Geringeres als ein fast rückstoßfreies Gewehr, das raketengetriebene Explosivgeschosse verfeuert. Ein Granatengewehr, sozusagen. Man würde es nicht glauben, weil es so leicht ist, aber es verschießt ein sehr elegantes 30 mm-Raketengeschoss, das mit einer fast unglaublichen Sprengkraft explodiert und außerordentlichen Schaden anrichtet. Ich weiß es, weil ich es ausprobiert habe. Es ist erstaunlich, was dieses Ding anrichten kann.«

»Ist es jetzt geladen?«

»O ja, darauf kannst du deinen kleinen braunen Arsch wetten! Geladen und schussbereit! Eine absolut diabolische Handkanone zum Abschießen von Wesen, das Ergebnis monatelanger liebevoller Arbeit von einer kleinen Gruppe von Desperados mit großartigen mechanischen Fähigkeiten und Kenntnissen. Bei alledem aber so dumm wie sonst was. – Hier, Junge, gib das Ding zurück, bevor du es aus Versehen abschießt.«

Khalid gab ihm die Waffe.

»Warum dumm?« fragte er. »Es scheint sehr gut gemacht.«

»Ich sagte, sie sind technisch verdammt geschickt. Es ist ein Triumph der Miniaturisierung, diese kleine Kanone. Aber wie kommen die Kerle auf die Idee, sie könnten überhaupt ein Wesen töten? Können sie sich nicht denken, dass es schon vor ihnen versucht wurde? Es ist nicht zu machen, Ken. Niemand hat es je geschafft, niemand wird es je schaffen.«

Khalid konnte den Blick nicht von der Waffe wenden. »Und warum ist das so?«

»Weil sie nicht umzubringen sind!«

»Nicht einmal mit solch einem Ding? Du sagtest, die Sprengkraft sei gewaltig und würde enormen Schaden anrichten.«

»Tatsächlich würde sie ein Wesen in tausend Fetzen schießen, wenn du eins treffen könntest. Ja, es kommt nämlich darauf an, deinen Schuss überhaupt abzufeuern, Junge! Und das ist nicht zu machen. Schon während du zielst, lesen sie deine Gedanken, das können die nämlich. Sie wissen genau, was du vorhast, weil sie in unseren Gedanken lesen können wie wir in einem Buch. Sie fangen all deine bösartigen unfreundlichen kleinen Gedanken über sie auf. Und dann – *bam!* – geben sie dir den verdammten Stoß, und du bist erledigt. Wir wissen von mindestens vier Fällen. Versuchte Ermordung von Wesen. Wollten sie aus dem Hinterhalt abschießen. Nachher fand man die Körper und die Waffen wie Abfall am Straßenrand.« Richie strich mit der Hand über den Lauf, beinahe zärtlich. »Diese Waffe hier hat eine ungewöhnlich große Reichweite, ein phantastisches Zielfernrohr, feuert aus enormer Entfernung zielgenau. Würde trotzdem nicht funktionieren, wette ich. Sie können deine Gedanken mit ihrer Telepathie aus dreihundert Schritten Entfernung lesen. Vielleicht fünfhundert. Wer weiß, vielleicht tausend. Trotzdem war es eine verdammt gute Sache, dass wir dieser Gruppe rechtzeitig auf die Spur gekommen sind und ihr das Handwerk legen konnten. Nur für den Fall, dass sie es irgendwie hätten abziehen können.«

»Es würde wohl sehr schlimm sein, wenn ein Wesen getötet würde«, sagte Khalid.

Richie lachte laut auf. »Schlimm? Schlimm? Es wäre eine Katastrophe. Weißt du, was sie das eine Mal taten, als es jemandem gelang, sie zu verletzen? Nein, wie solltest du? Es war ungefähr zu der Zeit, als du geboren wurdest. Einige amerikanische Idioten starteten einen Laserangriff aus dem Weltraum auf ein Gebäude der Wesen. Töteten vielleicht ein paar, vielleicht nicht, aber die Wesen zahlten es uns heim, ließen eine Seuche auf uns los, die annähernd die Hälfte der Weltbevölkerung auslöschte. Sogar hier in Salisbury kippten die Leute reihenweise aus den Pantoffeln. Hatte es selbst. Dachte, mein letztes Stündlein hätte geschlagen. Hoffte es sogar, so elend fühlte ich mich. Aber ich überstand die Seuche, stand von meinem Krankenlager auf und wurde wieder gesund. Aber wir wollen nicht riskieren, eine weitere Seuche über uns zu bringen, nicht? Oder irgendeine andere Bestrafung, die sie uns auferlegen würden. Denn das würden sie mit Sicherheit tun. Eins war von Anfang an klar: dass unsere Meister sich nichts von uns gefallen lassen, nein, mein Junge, nicht das Geringste.«

Er ging durch den Raum und öffnete die Tür des Wandschranks, der in der längst vergangenen Ära, als diese Gebäude ein lizensiertes Restaurant gewesen war, den spärlichen Weinvorrat von Khans Mogul Palace enthalten hatte. Richie stellte die Waffe hinein und sagte: »Hier wird das Ding die Nacht verbringen. Du wirst es nicht erwähnen, wenn Aischa zurückkommt. Ich erwarte Arch heute Abend, und auch zu ihm wirst du nichts davon sagen. Es ist eine streng geheime Sache, hörst du? Dir habe ich die Waffe gezeigt, weil ich dich gern habe, Junge, und weil du wissen sollst, dass dein Vater der Welt heute eine schreckliche Katastrophe erspart hat, aber ich möchte nicht, dass auch nur ein Wort von dem, was ich dir gerade gezeigt und erzählt habe, einem anderen Menschen zu Ohren kommt. Ist das klar?«

»Ich werde kein Wort sagen«, versicherte Khalid.

Und er sagte keins, dachte aber um so mehr.

Den ganzen Abend, während Arch und Richie systematisch Archs letzte Flasche seltenen Whisky aus der Zeit vor der Eroberung leerten, von dem er einst durch einen unglaublichen Glücksfall einen Riesenvorrat in einem Lagerhaus in Southampton entdeckt hatte, beschäftigte Khalid sich mit dem Wissen, dass unten im Wandschrank eine Waffe stand, die einem Wesen den Kopf wegblasen konnte, wenn man in Reichweite kommen konnte, ohne seine tödlichen Absichten durch Gedanken anzukündigen.

War das möglich? Khalid hatte keine Ahnung.

Aber vielleicht war die Schussweite dieser Waffe größer als die Reichweite der Gedankenlesefähigkeit der Wesen. Oder vielleicht nicht. War es den Versuch wert? Vielleicht. Vielleicht auch nicht.

Bald nach dem Abendessen, nachdem sie und Khalid das Geschirr weggeräumt und gespült hatten, zog Aischa sich in ihr Zimmer zurück. Sie war still und verschlossen geworden, blieb meistens für sich und ging beinahe wie eine Schlafwandlerin durch ihr Leben. Richie hatte sie seit jenem schrecklichen Abend vor mehreren Jahren nicht mehr geschlagen oder missbraucht, aber Khalid verstand, dass der Schmerz der Demütigung noch immer in ihr war, dass sie sich in mancherlei Weise niemals wirklich von dem erholt hatte, was Richie ihr damals angetan hatte. Auch in Khalids Herzen war es noch immer wie eine schwärende Wunde.

Er drückte sich im Korridor herum und lauschte den Geräuschen aus dem Zimmer seines Vaters, bis er sich überzeugt hatte, dass Arch und Richie sich in ihren gewohnten Vollrausch getrunken hatten. Ohr an der Tür: Stille. Vielleicht ein leises Schnarchen.

Er zwang sich, weitere zehn Minuten zu warten. Noch immer blieb es still. Dann öffnete er die schon angelehnte Tür ein paar Handbreit. Spähte vorsichtig hinein. Richie lag mit Kopf und Oberkörper auf dem Tisch, hielt in einer Hand ein Glas umklammert, in dem noch ein wenig Whisky war. Der andere Arm hing herab. Seine Gitarre lag neben ihm auf dem Tisch. Arch war vom Stuhl gerutscht und lag ihm gegenüber am Boden, den Kopf auf einer Seite, die Augen geschlossen, Arme und Beine von sich gestreckt. Er schnarchte. Beide schliefen. Schnarchten.

Gut. Khalid wünschte ihnen einen gesunden Schlaf.

Er eilte auf Zehenspitzen hinunter, nahm die Waffe zum Töten der Wesen aus dem Wandschrank, strich über den matt schimmernden, glatten Lauf. Es war ein schönes Ding, diese Waffe. Er bewunderte ihre Form, ihre praktische und zugleich elegante Linienführung. Khalid hatte den Blick eines Künstlers für Form und Struktur und Farbe: Vielleicht ein schlummerndes Gen, das nach Jahrhunderten auf wundersame Weise in ihm wieder an die Oberfläche gekommen war, das Auge eines Bildhauers der Gandharazeit, eines Radschputen-Architekten, eines Miniaturenmalers aus dem Gudjerat, trat in ihm wieder in den Vordergrund, nachdem es durch viele bäuerliche Generationen gegangen war. In letzter Zeit hatte er sich damit beschäftigt, kleine Skizzen zu machen und Schnitzarbeiten. Das alles versteckte er, damit Richie es nicht finden würde. Richie könnte sich darüber ärgern, dass er solch lächerlichem Zeitvertreib nachging. Sport, Trinken, Herumfahren: das war die geeignete Unterhaltung für einen Mann.

An einem seiner guten Tage hatte Richie letztes Jahr ein Fahrrad für ihn mit nach Haus gebracht: ein Aufsehen erregendes Geschenk, denn Fahrräder waren heutzutage Raritäten; seit Ewigkeiten wurden in England keine mehr verkauft, geschweige denn hergestellt. Wo und von wem und unter welchen Umständen Richie es erworben hatte, darüber dachte Khalid lieber nicht nach, aber er liebte sein Rad. Bei jeder Gelegenheit, die sich bot, fuhr er Stunden über Land. Es war seine Freiheit, verkörperte die Schwingen, auf denen er sich über den tristen Alltag erheben konnte. Nun ging er mit dem Granatengewehr hinaus und schnallte es mit zwei Riemen sorgfältig in Fahrtrichtung an die Stange.

Er hatte annähernd drei Jahre auf diesen Augenblick, diese Gelegenheit gewartet.

Heutzutage, das wusste Khalid, konnte man fast jede Nacht Wesen sehen, die auf der Straße zwischen Salisbury und Stonehenge reisten, meistens einzeln, manchmal zu zweit. Sie fuhren in ihren Wagen, die auf Luftkissen ein kleines Stück über dem Boden schwebten. Stonehenge war seit längerem ein bedeutendes Zentrum ihrer Aktivitäten, und in der Nachbarschaft waren sie immer häufiger anzutreffen. Vielleicht würde in dieser Nacht eines draußen unterwegs sein, dachte er. Es war den Versuch wert. Mit dieser erbeuteten Waffe, die sein Vater heimgebracht hatte, würde er keine zweite Gelegenheit erhalten.

Ungefähr auf halbem Weg nach Stonehenge gab es eine Stelle auf der Ebene, wo er die Straße von einem kleinen Gehölz mehrere hundert Schritte entfernt gut überblicken konnte. Khalid bildete sich nicht ein, dass eine Deckung am Rande des Gehölzes Schutz vor den angeblichen Gedanken lesenden Fähigkeiten der Wesen bieten würde. Wenn sie ihn ausmachen konnten, würde der Umstand, dass er im Schatten eines Laubbaumes stand, nicht den geringsten Unterschied machen. Aber es war ein günstiger Platz, um in dieser hellen Mondnacht zu warten. Es war eine Stelle, wo er sich unbeobachtet und allein fühlen konnte.

Er fuhr hin und wartete dort.

Er lauschte den Geräuschen der Nacht. Eine Eule strich in fast lautlosem Flug niedrig über die Ebene. In den Bäumen raschelte eine leichte Brise; ein kleines nachtaktives Tier scharrte und knabberte im Unterholz.

Er war völlig ruhig.

Bei seiner Großmutter Aischa als Lehrerin hatte Khalid sein Leben lang Ruhe gelernt. Von seinen frühesten Tagen an hatte er ihre stoische Hinnahme von Armut, Schande, Hunger, Verlust und allen Arten von Schmerz beobachtet. Er hatte gesehen, wie sie mit dem Eindringen Richie Burkes in ihren Haushalt und ihr Leben mit philosophischer Distanz und stoischer Geduld hingenommen hatte. Für sie war es alles der Wille Allahs, den man nicht in Frage stellte. Für Khalid war Allah weniger wirklich als für Aischa, aber der Junge hatte von ihr die unendliche Geduld und innere Ruhe übernommen, wenn auch nicht ihren Glauben an Gott. Vielleicht würde er später seinen Weg zu Ihm finden. Jedenfalls hatte er von Aischa frühzeitig gelernt, dass es nutzlos war, der Angst und der Erregung nachzugeben, dass innerer Friede der einzige Schlüssel zu Widerstandskraft und Ausdauer war, dass alles ruhig und emotionslos getan werden musste, weil die Alternative ein Leben in endlosem Chaos und Leiden war. Und so war er durch sie zu dem Verständnis gelangt, dass es sogar möglich war, jemanden in einer ruhigen, emotionslosen Weise zu hassen. So war es ihm möglich geworden, Tag für Tag ruhig mit dem Vater zu leben, den er verabscheute.

Für die Wesen empfand er keinerlei Abscheu. Ganz im Gegenteil. Er hatte niemals eine Welt ohne sie gekannt, die untergegangene Welt, wo die Menschen Herren ihrer eigenen Geschicke gewesen waren. Für ihn waren die Wesen ein natürlicher Aspekt des Lebens; sie waren einfach da, geradeso wie die Hügel und die Bäume, der Mond oder die Eule, die über das Land strich auf der Suche nach Mäusen und anderen kleinen Nagern. Und sie waren sehr schön anzusehen, wie der Mond, wie eine Eule, wie ein großer Kastanienbaum.

Er wartete, und die Stunden vergingen, und in seiner ruhigen Art erkannte er bald, dass er seine Chance heute Nacht vielleicht nicht bekommen würde, denn er musste zu Hause und in seinem Bett sein, bevor Richie erwachte und ihn und die Waffe vermissen würde. Noch eine, höchstens zwei Stunden waren alles, was er hier draußen riskieren konnte.

Dann sah er türkisfarbenes Licht auf der Straße und wusste, dass ein Fahrzeug der Wesen aus der Richtung von Salisbury herankam. Augenblicke später kam er in Sicht. Zwei der Kreaturen standen aufrecht nebeneinander in ihrem seltsamen Wagen, der auf Luftkissen schwebte.

Khalid sah es in Verwunderung und Ehrfurcht. Und wieder staunte er über die Eleganz dieser Wesen, ihre Anmut, ihre leuchtende Pracht.

Wie schön sie waren! O ja. Ja.

Sie bewegten sich querab an ihm vorbei, als reisten sie auf einem leuchtenden Fluss, und ihm schien, als er das auf der ihm zugewandten Seite stehende Wesen beobachtete, dass er hier wirklich einen Djinn vor Augen hatte: Allahs Geschöpf, ein Wesen aus rauchlosem Feuer, eine separate Schöpfung. Die am Ende nichtsdestoweniger vor Allah stehen musste, um sein Urteil zu empfangen, genauso wie die Menschen.

Wie schön. Wie schön.

Ich liebe euch.

Er liebte sie, ja. Wegen ihrer kristallenen Schönheit. Ein Djinn? Nein, es war sicherlich eine höhere Art von Wesen, ein Engel. Es war ein Wesen aus reinem Licht, kühlem klaren Feuer ohne Rauch. Er verlor sich in hingerissener Bewunderung dieser engelgleichen Vollkommenheit.

Er liebte sie, bewunderte sie, verehrte sie sogar. Mit diesen Empfindungen hob Khalid ruhig das Gewehr an die Schulter, zielte ruhig durch das Zielfernrohr, sah das Wesen, so entfernt es schon war, nah und vollkommen deutlich im Fadenkreuz. Ruhig entsicherte er die Waffe, wie Richie es ihm unachtsam gezeigt hatte. Ruhig legte er seinen Finger an den Feuerknopf.

Seine Seele war die ganze Zeit erfüllt von Bewunderung der schönen Gestalt, bevor er völlig ruhig den Feuerknopf drückte. Er hörte ein zischendes Geräusch, fühlte den verhältnismäßig geringen Rückstoß der Waffe gegen die Schulter, der ihn nichtsdestoweniger aus dem Gleichgewicht brachte; als er es einen Augenblick später wieder fand, explodierte die linke Kopfseite des schönen Wesens in einem Feuerball, einem Schauer von Funken und leuchtender Bruchstücke. Ein grünlichroter Dunst, der das Blut des Wesens sein musste, erschien und breitete sich rasch in der Luft aus.

Das getroffene Wesen schwankte und fiel rückwärts auf den Boden des Fahrzeugs. In diesem selben Augenblick wurde das zweite Wesen, das auf der anderen Seite des Fahrzeuges stand, von einer so gewaltigen Konvulsion erfasst, dass Khalid sich fragte, ob es ihm gelungen sei, auch dieses mit dem einen Schuss zu töten. Es stolperte vorwärts, dann zurück und wurde mit solcher Gewalt gegen das Geländer des Wagens geworfen, dass Khalid den Aufprall zu hören glaubte. Der riesige, röhrenförmige Körper wand sich und bebte, schien die Farbe zu wechseln, so dass die purpurne Tönung einen Augenblick beinahe schwarz wurde und die orangefarbenen Flecken feurig rot leuchteten. Aus der weiten Entfernung war es trotz der starken Vergrößerung des Zielfernrohrs schwierig, Gewissheit zu bekommen, aber Khalid glaubte zu sehen, dass die lederige Haut sich wellte und wie in einer Demonstration fast unerträglicher Schmerzen Blasen bekam.

Das Wesen musste die Todesqual seines Gefährten mitfühlen, dachte er. Während er beobachtete, wie das Wesen blindlings auf der Plattform des Wagens herumtaumelte und furchtbare Schmerzen zu erleiden schien, spürte Khalid Mitleid mit dem Wesen, und Trauer und sogar Liebe. Es war undenkbar, noch einmal zu feuern, obwohl die Waffe ein Magazin mit vier Raketengeschossen hatte. Er hatte niemals die Absicht gehabt, mehr als ein Wesen zu töten. Als er jetzt die Möglichkeit sah, auch das andere abzuschießen, wusste er, dass er jetzt ebenso unfähig war, einen Schuss auf den schmerzerfüllten Überlebenden abzufeuern, wie wenn er Aischa im Fadenkreuz hätte.

Während dies geschah, hatte das Fahrzeug die Fahrt fortgesetzt, als ob nichts geschehen wäre; und wenige

Augenblicke später erreichte es die Biegung der Straße und kam außer Sicht.

Khalid stand eine Weile und beobachtete die Stelle, wo das Fahrzeug gewesen war, als er den tödlichen Schuss abgefeuert hatte. Dort war nichts zu sehen, kein Zeichen, dass etwas geschehen war. War etwas geschehen? Khalid spürte weder Befriedigung noch Kummer oder Furcht, noch irgendeine andere Gemütsbewegung. Sein Geist war frei von Gedanken und Empfindungen, und er war bestrebt, es dabei zu lassen, wusste er doch, dass er so gut wie tot war, wenn er seine Beherrschung auch nur für einen Sekundenbruchteil aufgab.

Er schnallte das Gewehr wieder ans Fahrrad und fuhr ruhig zurück nach Hause. Mitternacht war längst vorbei. Die Straße lag menschenleer. Im Haus war alles, wie es gewesen war: Archs Wagen parkte vor der Tür, das Standlicht eingeschaltet, Richie und Arch schnarchten in Richies Zimmer.

Erst jetzt, als er sicher daheim war, erlaubte sich Khalid endlich den Luxus eines triumphierenden Gedankens, der seit einer Stunde an der Schwelle seines Bewusstseins geflackert hatte:

Hab ich dich, Richie! Hab ich dich, du Scheißkerl!

Er stellte das Granatengewehr in den Wandschrank zurück, ging zu Bett und schlief beinahe sofort ein, und schlief fest bis zum ersten Vogelgezwitscher am Morgen.

In dem ungeheuren Aufruhr, der am nächsten Tag Salisbury erfasste, ausgelöst von so vielen Wesen und ihren Fahrzeugen, wie man sie bis dahin noch nie gesehen hatte, und Trupps der geisterhaft-ballonartigen Kreaturen, die allgemein Gespenster genannt wurden und von Haus zu Haus gingen, war es Khalid selbst, der den entscheidenden Hinweis auf das Geheimnis des Mordanschlages lieferte, der in der Nacht geschehen war.

»Weißt du, ich glaube, es könnte mein Vater gewesen sein, der es getan hat«, sagte er fast beiläufig in der Stadt am Rand des Marktes zu einem Jungen namens Thomas, den er flüchtig kannte. »Er kam gestern mit einem seltsamen Ding wie einem langen Gewehr nach Hause und sagte, es sei zum Töten von Wesen. Er stellte es in einen Wandschrank in unserem Gastzimmer.«

Thomas konnte nicht glauben, dass Khalids Vater einer derart gigantischen Heldentat fähig sei, ein Wesen zu ermorden. Nein, nein, nein, widersprach Khalid eifrig: Er war es, ich weiß, dass er es war. Immer hat er davon geredet, dass er eines Tages eines von ihnen umbringen wollte, und nun hat er es getan.

»Wirklich?«

»Ja, wirklich. Es war immer sein größter Traum.«

»Na, denn …«

Khalid und Thomas gingen ihrer getrennten Wege. Khalid vermied es den ganzen Vormittag, sich in der Nähe des Hauses blicken zu lassen. Die letzte Person, die er sehen wollte, war Richie. Aber in dieser Hinsicht war er sicher. Bis zur Mittagszeit hatte Thomas die Geschichte von Khalid Burkes abenteuerlicher Prahlerei anscheinend sehr wirkungsvoll verbreitet, denn bald darauf lief das Gerücht durch die Straßen, dass eine Abteilung Gespenster zu Khalids Haus gegangen sei und Richie Burke mitgenommen habe.

»Was ist mit meiner Großmutter?« fragte Khalid. »Wurde sie auch festgenommen?«

»Nein, bloß er«, wurde ihm gesagt. »Billy Cavendish sah, wie sie ihn abführten, und er war ganz allein. Tobte und schrie die ganze Zeit wie einer, der zum Galgen geschleppt wird.«

Khalid sah seinen Vater nie wieder.

Im Zuge der allgemeinen Vergeltungsmaßnahmen,

die auf den Anschlag folgten, wurde die gesamte Bevölkerung von Salisbury und fünf benachbarten Städten zusammengetrieben und in eingezäunte Lager in der Nähe von Portsmouth transportiert. Viele der Deportierten wurden innerhalb der nächsten Tage hingerichtet, anscheinend völlig willkürlich, da in der Auswahl jener, die zu Tode gebracht wurden, keinerlei Schema zu erkennen war. Im Laufe der folgenden Woche wurden die Überlebenden dann von Portsmouth in verschiedene Teile der Welt verschifft und auf zum Teil sehr entlegene Orte verteilt.

Khalid war nicht unter den Hingerichteten. Er wurde nur sehr weit fortgeschickt.

Er fühlte keine Schuld, dass er die Todeslotterie überlebt hatte, während andere um ihn für seine mörderische Tat zu Tode gebracht wurden. Seit seinen frühen Kindheitstagen hatte er gelernt, sein Gefühlsleben zu beherrschen und sehr wenig zu empfinden, selbst wenn er mit einem Gewehr auf einen der schönen und großartigen Herren der Erde zielte. Was ging es ihn außerdem an, dass einige dieser Leute starben, während er leben durfte? Jeder musste sterben, der eine früher, der andere später. Aischa hätte gesagt, was geschehe, sei Allahs Wille. Khalid deutete es einfach so, dass die Wesen immer taten, was sie wollten; also war es töricht, über ihre Motive zu rätseln.

Es war nicht möglich, diese Dinge mit Aischa zu besprechen. Er wurde von ihr getrennt, bevor sie Portsmouth erreichten, und Khalid sah auch sie nie wieder. Von diesem Tag an musste er seinen Weg in der Welt allein suchen.

Er war nicht ganz dreizehn Jahre alt.

Ron Carmichael kam den grasbewachsenen Pfad heraufgetrottet, der das graue Steingebäude, welches in früheren Zeiten als Gesindehaus gedient hatte und jetzt die Nachrichtenzentrale der Widerstandsbewegung beherbergte, mit dem Herrenhaus verband. »Wo ist mein Vater? Hat jemand den Oberst gesehen?« Die Meldung aus London war in seiner Hand.

»Auf der Terrasse«, rief Jill ihm zu. Sie kam ihm entgegen und war auf dem Weg hinunter zum Gemüsegarten, um Tomaten zu pflücken. »In seinem Schaukelstuhl, wie gewöhnlich.«

»Nein, ich kann die Terrasse von hier aus sehen. Er ist nicht dort.«

»Naja, vor fünf Minuten war er dort. Es ist nicht meine Schuld, wenn er jetzt nicht dort ist, oder? Manchmal steht er auf und bewegt sich umher, weißt du.«

Er warf ihr einen finsteren Blick zu, als sie aneinander vorbei kamen, und sie streckte ihm die Zunge heraus. Sie war solch ein sauertöpfisches Miststück, seine hübsche Nichte. Natürlich, was sie brauchte, war ein Mann. Sie war bald Mitte zwanzig und schlief noch immer allein, und selbst ihr komischer Vetter Steve war jetzt verheiratet und Vater – es war nicht in Ordnung, dachte Ron.

Ja, es wurde Zeit, dass Jill jemanden fand. Ted Quarles hatte erst bei der letzten Sitzung des Widerstandsausschusses nach ihr gefragt. Natürlich war er ein bisschen alt, mindestens zwanzig Jahre älter als sie, vielleicht mehr. Und Jill hatte ihn nie auch nur eines Blickes gewürdigt. Aber dies waren keine normalen Zeiten.

Die erste Person, die Ron im Haus antraf, war seine ältere Tochter, Leslyn. »Weißt du, wo Großvater ist?« fragte er sie. »Er ist nicht draußen auf der Terrasse.«

»Mama ist bei ihm. In seinem Zimmer.«

»Fehlt ihm etwas?«

Aber das kleine Mädchen war schon davongesprungen. Ron verlor keine Zeit damit, sie zurückzurufen. Er eilte durch den Korridor zum Schlafzimmer seines Vaters auf der Rückseite des Hauses, mit eine großartigen Aussicht auf dem Gebirgswall über dem Gelände der Ranch, und fand ihn aufrecht sitzend im Bett, angetan mit Schlafanzug und Bademantel und einem roten Schal um den Hals. Er sah blass und müde und sehr alt aus. Peggy war bei ihm.

»Was geht vor?« fragte er sie.

»Ihm war kalt, das ist alles. Ich brachte ihn herein.«

»Kalt? Es ist ein warmer, sonniger Morgen draußen! Praktisch wie im Sommer.«

»Nicht für mich«, sagte der Oberst. Er lächelte schwach. »Für mich ist es sehr, sehr spät im Herbst, Ronnie, und der Winter steht vor der Tür. Aber deine liebe Frau kümmert sich rührend um mich. Gibt mir meine Medizin und alles.« Er tätschelte Peggy zärtlich den Handrücken. »Ich weiß nicht, was ich ohne sie tun würde. Was ich in all diesen Jahren ohne sie getan hätte.«

»Mike und Charlie sind oben in Monterey gewesen«, sagte Peggy zu Ron. »Dort konnten sie noch einen Vorrat der Pillen auftreiben, die der Oberst braucht. Und stell dir vor, sie haben ein Mädchen mitgebracht, ein sehr nettes. Eloise heißt sie. Du wirst beeindruckt sein.«

Ron runzelte die Stirn. »Ein Mädchen? Was wollen die beiden? Sie teilen? Selbst wenn sie Zwillinge sind, sehe ich nicht, wie sie ernstlich daran denken können …«

Der Oberst lachte. »Du bist noch spießiger als Anse geworden, weißt du das, Ronnie? Gott, Junge, sie heiraten das Mädchen doch nicht! Sie ist bloß ein Hausgast! Du hörst dich an als wärst du fünfzig.«

»Ich bin fünfzig«, sagte Ron. »Werde es in ein paar Monaten sein, jedenfalls.« Er ging unruhig im Zimmer auf und ab, die Nachricht aus London in der Hand, und überlegte, ob er seinen offensichtlich kränkelnden Vater jetzt mit dieser überraschenden Nachricht behelligen sollte. Nach kurzer Abwägung entschied er sich dafür; sein Vater würde ihm jede Verzögerung übel nehmen.

Außerdem hatte der Oberst den Ausdruck in seiner Hand bereits gesehen und erraten, dass es Nachrichten gab.

»Ist es was Wichtiges?« fragte er und nickte zu dem grauweißen Papier in Rons Hand.

»Ja. Eine ziemlich erstaunliche Nachricht, übrigens. In der englischen Stadt Salisbury ist ein Wesen ermordet worden. Paul hat die Geschichte gerade über eine Netzverbindung bekommen.«

Der Oberst ließ sich in die Kissen zurücksinken, bedachte Ron mit einem ruhig forschenden Blick und sagte: »Wie verlässlich ist diese Meldung, Junge?«

»Sehr. Absolut zuverlässige Quelle, sagt Paul. Das Londoner Widerstandsnetz, Martin Bartlett persönlich.«

»Ein Wesen. Getötet.« Der Oberst dachte darüber nach. »Wie?«

»Ein einziger Schuss nachts auf einsamer Landstraße. Ein Heckenschütze, der eine Art Eigenbauwaffe mit Gewehrgranate verwendete.«

»Der gleiche Plan, den Falkenburg und Cantelli und ein paar von den anderen vor zwei oder drei Jahren durchführen wollten und den wir schließlich niederstimmten, weil es wegen des telepathischen Abschirmungsfeldes unmöglich sei, Wesen auf diese Weise zu töten. Nun hat es jemand doch geschafft, sagst du. Wie? Wir alle waren uns einig, dass es nicht zu machen ist.«

»Nun«, sagte Ron, »jemand fand irgendwie einen Weg.«

Der Oberst ließ es sich durch den Kopf gehen. Er lehnte sich in die Kissen zurück, zwischen seinen eingerahmten Diplomen und militärischen Erinnerungsstücken und Fotografien von seiner toten Frau und seinen toten Brüdern und seinen Söhnen und Töchtern und dem wachsenden Stamm von Enkeln, und er schien im Labyrinth seiner eigenen Gedanken zu verschwinden und sich darin zu verlaufen.

Dann sagte er: »Es gibt tatsächlich nur eine Methode, die erfolgversprechend sein könnte, nicht wahr? Die telepathische Barriere unterlaufen, meine ich. Der Heckenschütze müsste wie eine Art Maschine sein, völlig gefühllos. Jemand, der mit seiner Waffe im Hinterhalt warten kann, ohne auch nur einen Augenblick an sein Vorhaben zu denken, und dass er einen großen Schlag für die Befreiung der Menschheit führen wird, oder meinetwegen, dass er im Begriff sei, ein intelligentes Wesen zu ermorden. Der jeden Gedanken ausschließen kann, der möglicherweise die Aufmerksamkeit des Wesens wecken könnte, das er zum Opfer ausersehen hat.«

»Ein Schwachsinniger«, meinte Ronnie. »Oder ein Soziopath.«

»Gut, ja. Das könnte klappen, wenn man einem Schwachsinnigen den Umgang mit einem Gewehr beibringen kann, oder wenn man einen Soziopathen findet, dem die Erwartung, diesen tödlichen Schuss abzufeuern, keinerlei Kitzel bereitet. Aber es gibt andere Möglichkeiten, weißt du.«

»Die wären?«

»In Vietnam«, sagte der Oberst, »stießen wir immer wieder darauf: absolut leidenschaftslose Leute, die zu allem fähig waren, ohne mit der Wimper zu zucken. Ein altes Mütterchen, das wie deine Großmutter aussieht, kommt auf dich zu geschlurft und wirft dir seelenruhig eine Handgranate in den Wagen. Oder ein niedlicher kleiner sechsjähriger Junge stößt dir auf dem Marktplatz ein Messer in die Niere. Leute, die töten oder verstümmeln, ohne einen Augenblick darüber nachzudenken, was sie tun, und die überhaupt keine

Feindseligkeit dabei fühlen. Geschweige denn Reue hinterher. Nicht selten sprengten sie sich selbst mit den Unsrigen in die Luft, und die Gewissheit ihres eigenen Todes machte ihnen auch nichts aus. Vielleicht kam sie ihnen nicht einmal in den Sinn. Sie gingen einfach drauflos und taten, was ihnen aufgetragen worden war. Das mentale Wahrnehmungsfeld eines Wesens könnte gegen solche Angreifer machtlos sein.«

»Ich finde es schwierig, mir eine Mentalität dieser Art vorzustellen.«

»Ich nicht«, sagte der Oberst. »Ich sah genau diese Art von Mentalität aus nächster Nähe in Aktion. Dann verbrachte ich einen guten Teil meiner akademischen Laufbahn mit ihrem Studium. Ich hielt sogar Seminare darüber.« Er schüttelte den Kopf. »Also haben sie tatsächlich einen getötet. Gut, gut. Was ist mit Vergeltungsmaßnahmen?«

»Sie haben ein halbes Dutzend Städte in der Umgebung gesäubert, sagt London.«

»Gesäubert? Was heißt das?«

»Alle Einwohner zusammengetrieben und deportiert.«

»Und getötet?«

»Das ist nicht klar«, sagte Ronnie. »Aber ich bezweifle, dass man etwas Nettes mit ihnen vorhat.«

Der Oberst nickte. »Das wär's also? Lokale Vergeltungsmaßnahmen? Keine weltweiten Seuchen oder Stromabschaltungen?«

»Bisher nicht.«

»Bisher«, sagte der Oberst. »Wir können nur beten.«

Ronnie trat ans Bett seines Vaters. »Nun, das jedenfalls ist die Nachricht. Ich dachte, du würdest sie hören wollen, und nun weißt du Bescheid. Aber jetzt sag mir, wie du dich fühlst?«

»Alt. Müde.«

»Das ist alles? Keine Schmerzen, nichts Besonderes?«

»Alt und müde, das ist alles. Bisher. Natürlich haben die Wesen bisher noch keine neue Seuche auf uns losgelassen.«

Er und Peggy gingen in den Korridor. »Meinst du, dass er stirbt?« fragte er sie.

»Er stirbt schon seit langem, sehr sehr langsam. Aber ich glaube, er hat noch ein Stück zu gehen. Er ist zäher als du glaubst, Ron.«

»Mag sein. Aber es ist mir schrecklich, ihn so verfallen zu sehen. Du kannst dir nicht vorstellen, wie er in unserer Jugend war, Peg. Wie er stand und ging, wie er sich hielt. Ein erstaunlicher Mann, absolut furchtlos, absolut ehrenhaft, immer stark, wenn es nötig war. Und immer hatte er recht, ohne rechthaberisch zu sein. Das war das Erstaunliche. Wenn ich mit ihm über etwas stritt, was ich getan hatte, weißt du, mich rechtfertigen wollte und das Gefühl hatte, meinen Standpunkt überzeugend vertreten zu haben, sagte er drei oder vier ruhige Worte, und ich wusste, dass ich überhaupt kein Argument hatte. Natürlich hätte ich es nie zugegeben, damals nicht. – Ach, es wird schwer sein, ihn zu verlieren, Peggy!«

»Er wird noch nicht sterben, Ron. Ich weiß es.«

»Wer wird nicht sterben?« fragte Anse, der schwerfällig aus einem Seitengang kam. Er blieb bei ihnen stehen, schwer atmend, auf seinen Stock gestützt. Schon jetzt, lange vor dem Mittagessen, umgab ihn eine süßsaure Dunstwolke von Whisky. Sein schlimmes Bein machte ihm in letzter Zeit mehr denn je zu schaffen. »Er, meinst du?« fragte er und deutete mit einem Nicken zur geschlossenen Tür des Schlafzimmers.

»Wer sonst?«

»Er wird hundert«, sagte Anse. »Ich werde vor ihm sterben. Ehrlich, Ron.«

Das war gut möglich, dachte Ron. Anse war sechsundfünfzig und schien mindestens zehn Jahre älter. Sein Gesicht war grau und aufgeschwemmt. Seine Augen blickten stumpf aus tiefen Schatten, seine Schultern waren jetzt verkrümmt und gebeugt. Er wirkte kleiner als früher. Und er hatte einiges an Gewicht verloren. Anse war immer eine kraftvolle Erscheinung gewesen, nicht massig, aber mit genug Muskeln und Fleisch. Nun schrumpfte er sichtlich, hielt sich nicht mehr gerade, seine Brust hing eingefallen über einem vorstehenden Bauch. Einiges davon war dem Alkohol zuzuschreiben, anderes einfach dem Alterungsprozess. Und manches war ohne Zweifel eine Folge dieser geheimnisvollen dunklen Wolke von Enttäuschung und Unzufriedenheit, die Anse seit so langer Zeit umgab. Der große Bruder, der es irgendwie nicht geschafft hatte, Familienoberhaupt zu werden.

»Hör schon auf, Anse«, sagte Ron mit so viel Aufrichtigkeit, wie er aufbieten konnte. »Dir fehlt nichts, was ein neues linkes Bein nicht richten würde.«

»Das ich wahrscheinlich bekommen hätte«, erwiderte Anse, »wenn die Scheißwesen nicht wären. – He, Paul sagt, es sei eine Meldung eingegangen, dass sie tatsächlich eins getötet hätten, drüben in England. Wie schätzt du die Chance ein, dass es wahr ist?«

»Ich sehe keinen Grund, daran zu zweifeln.«

»Geht es dann los? Der Gegenangriff?«

»Daran zweifle ich sehr«, meinte Ron. »Wir haben nicht viele Einzelheiten darüber, wie es ihnen gelang. Aber Vater hat eine Theorie, dass ein ganz besonderer Typ von Heckenschütze nötig sein würde, um einen so erfolgreichen Anschlag durchzuführen – jemand, der völlig emotionslos handeln kann, der praktisch ein Android ist. Es würde schwierig sein, eine ganze Armee solcher Leute aufzustellen.«

»Wir könnten sie ausbilden.«

»Wir könnten, ja«, sagte Ron. »Es würde ziemlich viel

Zeit kosten. Ich werde es mir durch den Kopf gehen lassen.«

»War er glücklich über das gelungene Attentat?«

»Er dachte hauptsächlich an die Repressalien. Aber ja, gewiss, er war glücklich darüber, nehme ich an. Er kam nicht so weit aus sich heraus, dass er es gesagt hätte.«

»Er möchte sie vom Angesicht der Erde getilgt sehen, sobald wir bereit und in der Lage sind, diese Aufgabe zu übernehmen«, sagte Anse. »Das ist immer sein Ziel gewesen, selbst wenn sie sagen, er sei Pazifist geworden, selbst wenn sie andeuten, er sei weich geworden und habe nicht mehr alle Tassen im Schrank. Du weißt es. Und jetzt ist es das Einzige, was ihn am Leben erhält – die Hoffnung, dass er lange genug leben wird, um sie vollständig ausgelöscht zu sehen.«

»Nun, das wird er nicht erleben. Auch du nicht, und ich nicht. Aber wir können immer hoffen. Weißt du, Bruder, er ist niemals etwas anderes als ein Pazifist gewesen. Er hasst den Krieg. Hat ihn immer gehasst. Und seine Idee der Kriegsverhütung war die ständige Bereitschaft, einen auszufechten. Ja, er ist schon ein Kerl, nicht? Es schmerzt mich, ihn so verblassen zu sehen. Es schmerzt mich mehr, als ich sagen kann.«

Es war wie ein Abschiedsgespräch, dachte Ron. Sie sagten einander Dinge, die sie beide seit ihrer Kindheit gewusst hatten. Aber es war, als müssten diese Dinge ein weiteres Mal gesagt werden, bevor es zu spät sein würde, sie auszusprechen.

Ron glaubte zu wissen, was als nächstes gesagt werden würde – er sah bereits den feuchten Glanz einer Gefühlsaufwallung in Anses Augen, konnte bereits die schweren, pulsierenden Akkorde der sinfonischen Begleitung hören – und tatsächlich kamen die erwarteten Worte einen Augenblick später:

»Was mich wirklich schafft, Ron, ist, wenn du davon

redest, wie viel dir an ihm liegt. Du weißt, es gab all die Jahre, als ihr zwei nicht miteinander redetet, und ich dachte, dass du ihn wirklich verabscheust. Aber da war ich im Irrtum, nicht wahr?« *Nun wird Anse gerührt meine Hand ergreifen und zwischen die seinen nehmen. Ja, so ähnlich.* »Noch etwas, Ron. Ich möchte dir sagen, wenn ich es nicht schon getan habe, wie froh ich bin, dass du dich im Laufe der Zeit so entwickelt hast, wie stolz ich bin, dass du fähig sein konntest, dich so zu ändern, deinen Frieden mit unserem Vater zu machen und hierher zu kommen und ihm Stütze und Trost zu sein. Du hast dich großartig herausgemacht, auf lange Sicht. Ich bekenne, dass ich überrascht bin.«

»Danke.«

»Besonders da ich – mich nicht so gut herausgemacht habe.«

»Das war auch eine Überraschung«, sagte Ron, nachdem er rasch entschieden hatte, dass es keinen Sinn hatte, ihm zu widersprechen.

»Nun, es hat nicht sollen sein«, sagte Anse in einem Ton, der fast ohne Ausdruck war. »Es war einfach nicht in mir, mehr zu erreichen. War es wirklich nicht. Ganz gleich, was er von mir erwartete. Ich versuchte es, aber … na, du weißt, wie es mit mir gewesen ist, Ron …«

»Natürlich weiß ich es«, sagte Ron unbestimmt und erwiderte den Händedruck; und Anse schenkte ihm einen verschwommen zärtlichen Blick und hinkte davon zur Vorderseite des Hauses.

»Das war ganz rührend«, sagte Peggy. »Er liebt dich sehr.«

»Kann schon sein. Er ist betrunken, Peg.«

»Trotzdem. Er meinte wirklich, was er sagte.«

Ron sah sie unter zusammengezogenen Brauen an. »Ja, ja. Aber es nervt mich, wenn Leute mir sagen, wie sehr ich mich geändert habe und wie froh sie sind, dass ich nicht mehr das miese, egoistische Arschloch bin, das ich einmal war. Das ist mir zuwider. Ich habe mich nämlich nicht geändert. Verstehst du, was ich meine? Ich tue in diesem Abschnitt meines Lebens einfach Dinge, für die ich früher glaubte, keine Zeit zu haben. Wie auf die Ranch zu ziehen. Wie eine Frau wie dich zu heiraten, zur Ruhe zu kommen und eine Familie zu haben. Wie mit meinem Vater übereinzustimmen, statt ihm die ganze Zeit automatisch zu widersprechen. Wie bestimmte Verantwortlichkeiten zu übernehmen, die über meine eigene Person hinausgehen. Aber ich lebe noch immer in derselben alten Haut, Peg. Mein Verhalten mag sich geändert haben, aber nicht ich. Ich habe immer die Entscheidungen getroffen, die mir sinnvoll erschienen – es sind jetzt einfach andere Entscheidungen, das ist alles. Und es geht mir auf den Geist und regt mich auf, wenn Leute, besonders mein eigener Bruder, mir gönnerhaft erzählen, wie wundervoll es sei, dass ich nicht so beschissen bin wie ich einst war. Verstehst du, was ich sage?«

Es war eine lange Rede, und Peggy starrte ihn mit einem Ausdruck von Bestürzung an.

»Habe ich zu viel geplappert?« fragte er.

»Nun …«

»He, lass gut sein«, sagte er, hob die Hand und streichelte ihr die Wange. »Ich mache mir große Sorgen um meinen Vater, das ist alles. Und um Anse, was das angeht. Wie zerbrechlich sie beide werden. Wie stark Anse trinkt. Beide bereiten sich auf den Tod vor.«

»Nein«, sagte Peggy. »Sag das nicht.«

»Es ist wahr. Würde mich nicht überraschen, wenn Anse zuerst stirbt.« Er schüttelte den Kopf. »Armer alter Anse. Versuchte immer, sich in den Oberst zu verwandeln und konnte es nie. Und brannte sich bei dem Versuch aus. Weil niemand der Oberst sein konnte außer der Oberst selbst. Anse hatte weder seine Intelligenz noch seine Disziplin und seine Hingabe, aber er zwang sich, so zu tun. Wenigstens war ich so vernünftig, es gar nicht erst zu versuchen.«

»Ist Anse wirklich so krank?«

»Krank? Ich weiß nicht, ob er krank ist, nein. Aber er ist erledigt, Peg. All diese Jahre versuchte er eine Widerstandsbewegung zu leiten, irgendeinen Weg zu finden, die Wesen zu schlagen, weil der Oberst denkt, wir sollten es tun, obwohl es keinen Weg gibt. Und Anse musste mit einer ständigen inneren Frustration und Erbitterung leben, weil er versuchte, das Unmögliche zu erreichen. Sein ganzes Leben ist darüber vergangen; immer versuchte er Dinge zu erreichen, für die er nicht gemacht war, die vielleicht überhaupt unerreichbar waren. Das brannte ihn aus.« Ron zuckte die Achseln. »Ich frage mich, ob ich auch so werde, wenn meine Zeit kommt: eingesunken, gebrechlich, geschlagen, resigniert? Nein. Nein, so werde ich nicht sein, oder? Ich bin von einem anderen Schlag. Außer den blauen Augen haben wir nichts gemeinsam.«

Er fragte sich, ob das wirklich wahr sei.

Plötzlich entstand Bewegung beim Eingang, Türenschlagen, Getrappel, Stimmen, und es erschienen Mike und Charlie, die Zwillinge, Anses Jungen, inzwischen größer als ihr Vater, größer sogar als er. Siebzehn Jahre alt. Blaue Carmichael-Augen, helles Carmichael-Haar. Sie hatten ein Mädchen bei sich. Es musste das aus Monterey sein, und es sah ein oder zwei Jahre älter aus als sie.

»He, Onkel Ron! Tante Peg! Wir wollen euch Eloise vorstellen!«

Das war Charlie, der mit dem ungezeichneten Gesicht. Die Brüder hatten einen fürchterlichen Streit gehabt, als sie ungefähr neun gewesen waren, und Mike war mit dieser roten Narbe über die Wange daraus hervorgegangen. Ron hatte oft gedacht, dass es von Charlie sehr rücksichtsvoll gewesen sei, seinen Bruder so zu markieren. Ansonsten waren sie nämlich die am meisten identischen Zwillinge, die er je gesehen hatte, völlig gleich in den Bewegungen, der Haltung, der Stimme, sogar in den Gedankengängen.

Eloise war dunkelhaarig, hübsch, lebhaft: scharfe Backenknochen, kleine Nase, volle Lippen, muntere Augen. Langbeinig und vollbusig. Sehr nett. Alte lüsterne Reflexe regten sich einen Moment lang in Ron, dann sagte er sich streng, dass sie noch ein Kind sei, und er für sie ein uninteressanter alter Mann.

»Eloise Mitchell – unser Onkel, Ronald Carmichael – Peggy, unsere Tante …«

»Erfreut«, sagte sie. Ihre Augen funkelten. Eindrucksvoll, ja. »Es ist so schön hier! Ich war noch nie so weit südlich. Dieser Teil der Küste gefällt mir sehr. Ich möchte nie mehr nach Hause!«

»Daraus wird auch nichts«, sagte Charlie. Und Mike zwinkerte und lachte.

Dann zogen sie weiter durch den Korridor und hinaus in den Sonnenschein und die Wärme der Terrasse vor dem alten steinernen Herrenhaus.

»Also, ich weiß nicht«, sagte Ron. »Meinst du, dass die beiden sie sich teilen?«

»Das geht dich nichts an«, sagte Peggy. »Die jüngere Generation tut, was ihr gefällt. Genau wie wir es taten.«

»Die jüngere Generation, ja. Und wir sind die spießigen Alten. Vor unseren Augen steigt die Zukunft der Menschheit auf. Charlie. Mike. Eloise.«

»Und unsere Anson und Leslyn und Heather und Tony. Cassandra und Julie und Mark. Und bald auch Steves zweites Kind.«

»Die Zukunft drängt sich die ganze Zeit in die Gegenwart hinein. Während die Vergangenheit sich anschickt, den Platz frei zu machen. So ist es schon immer gewesen, nicht wahr, Peg? Und es wird sich jetzt nicht ändern, denke ich.«

5

Nach neunundzwanzig Jahren

Khalid arbeitete in dem vollgestopften Winkel des Schlafsaales, den er als sein Atelier benutzte und wo er gerade eine Statuette aus einer Stange Seife schnitt, als Litvak hereinkam und sagte: »Fangt an zu packen, Leute. Wir werden wieder abtransportiert.«

Litvak war der Kommunikationsmann der Gruppe, der mit dem Implantat, der es verstand, das Haustelefon anzuzapfen, um Informationen aus dem offiziellen Netz zu sammeln. Er war sozusagen der Borgmann des Schlafsaals; ein umgekehrter Borgmann, der durch das öffentliche Telefonnetz die Aktivitäten offizieller Stellen ausspionierte, ein gedrungener kleiner Bursche mit einem seltsam dreieckigen Kopf, sehr breit in der Stirn und nach unten zu einem kleinen scharfen Kinn spitz zulaufend. Es war ein merkwürdig deformierter aber interessanter Kopf, Khalid hatte ihn mehrmals porträtiert.

Khalid blickte nicht auf. Er formte eine Figurine von Parvati, der Hindugöttin, mit hohem Kopfschmuck, halbkugelförmigen Brüsten und einem gutartigen Ausdruck völliger Ruhe. In letzter Zeit hatte er das gesamte Hindupantheon geschnitzt, nachdem Litvak aus einem vergessenen Archiv des alten Netzwerks Fotos von ihnen gezogen hatte. Krischna, Schiwa, Ganescha, Wischnu, Brahma: die ganze Götterfamilie. Aischa würde es wahrscheinlich nicht gutgeheißen haben, dass er Statuetten von Hindugottheiten machte – ein guter Moslem sollte überhaupt keine Abbilder machen, weder von Menschen noch von Göttern –, aber inzwischen waren sieben Jahre vergangen, seit er Aischa zuletzt gesehen hatte. Sie war ferne Vergangenheit für ihn, wie Krischna und Schiwa und Wischnu, oder Richie Burke. Khalid war jetzt ein erwachsener Mann und tat, was ihm gefiel.

Von der anderen Seite des Schlafsaals fragte Dimiter: »Was meint ihr, ob wir getrennt werden?«

»Was glaubst du, Trottel?« versetzte Litvak gereizt. »Meinst du, sie finden uns als Gruppe so bezaubernd, dass sie uns für den Rest der Ewigkeit beisammen lassen?«

In diesem Sektor des unterteilten Schlafsaales für Deportierte waren sie zu acht, fünf Männer und drei Frauen, willkürlich zusammengewürfelt, wie die Wesen es offenbar bevorzugten. Sie waren jetzt vierzehn Monate zusammen, die längste Periode, die Khalid mit einer Gruppe von Deportierten verbracht hatte. Der Schlafsaal war Teil eines Sträflingslagers und befand sich irgendwo an der türkischen Küste – »etwas nördlich von Bodrum«, hatte Litvak gesagt, obwohl Khalid nicht ganz klar war, wo Bodrum lag. Es war jedenfalls eine hübsche Gegend, wo die meiste Zeit des Jahres warmes, sonniges Wetter herrschte und trockene braune Hügel zur Küstenebene, einem schönen blauen Meer und verstreuten vorgelagerten Inseln abfielen. Vor diesem Lager war er elf Monate in Zentralspanien gewesen, und sieben oder acht Monate in Österreich, und beinahe ein Jahr in Norwegen, und davor – nun, er erinnerte sich nicht mehr, wo er davor gewesen war. Die Wesen fanden es zweckmäßig, die Insassen ihrer Arbeitslager in Bewegung zu halten.

Es war lange her, seit er mit jemandem aus der Gegend von Salisbury zusammen untergebracht war. Nicht, dass es ihm besonders wichtig gewesen wäre, da es außer Aischa und dem alten Iskandar Mustafa Ali niemanden in Salisbury gegeben hatte, dem er besonders zugetan gewesen war, und er hatte keine Ahnung, wo Aischa sein mochte. Iskandar Mustafa Ali war inzwischen sicherlich gestorben. Am Anfang, im Lager bei Portsmouth, waren die meisten seiner Mithäftlinge Leute aus Salisbury oder eine der benachbarten Städte gewesen, aber heute, nach fünf oder sechs (oder waren es sieben?) Verschiebungen in andere Lager, lebte er unter Ausländern. Niemand war aus England. Anscheinend gab es auf der ganzen Welt viele Leute, nicht bloß seine englischen Nachbarn, die den Wesen auf irgendeine Weise missfielen und nun dieser ständigen Rotation von einem Lager zum anderen unterworfen waren.

In Khalids Gruppe gab es neben dem Israeli Litvak und dem Bulgaren Dimiter eine kanadische Frau namens Francine Webster, und einen Polen namens Krzysztof, und ein ständig verdrießliches irisches Mädchen Carlotta, und Genevieve aus Südfrankreich, und einen kleinen, braunhäutigen Mann aus Nordafrika, dessen Namen Khalid nie richtig mitbekommen hatte. Allerdings hatte er sich auch nicht sehr darum bemüht. Sie alle lebten in leidlichem Einvernehmen miteinander. Der Mann aus Nordafrika war ein Berber, der nur Französisch, seinen Berberdialekt und etwas Arabisch sprach; alle anderen in der Gruppe sprachen Englisch, einige besser als andere, und Genevieve dolmetschte für den Nordafrikaner, wann immer es erforderlich war. Khalid hatte wenig Interesse daran, seine Stubenkameraden und Schicksalsgenossen kennenzulernen, da ihre Gemeinschaft mit Sicherheit nur zeitweiligen Charakter hatte. Der nervöse kleine Litvak belustigte ihn, und der gutmütige Krzysztof war eine angenehme Gesellschaft, und er mochte die warme, mütterliche Francine Webster. Er hatte mehrere Male mit ihr geschlafen, und auch mit Genevieve, weil es im Schlafsaal keine Privatsphäre oder Zurückgezogenheit gab und beinahe jeder in der Gruppe in einer eher beiläufigen Weise bald mit dieser und bald mit jener Frau schlief, und während der Jahre seines Aufwachsens in Gefangenschaft hatte Khalid entdeckt, dass er nicht ohne Sexualtrieb war. Aber auch diese Seite des menschlichen Lebens machte keinen tiefen Eindruck auf ihn und blieb kaum mehr als eine Art körperlicher Befreiung.

Er arbeitete weiter an seiner Figurine und enthielt sich aller Kommentare über die bevorstehende Verlegung, und drei Tage später, genau wie Litvak prophezeit hatte, wurden sie alle in Zimmer 107 der Verwaltungsbaracke des Lagers bestellt. Zimmer 107 war ein großer, kahler und bis auf ein leeres Bücherregal und einen dreibeinigen Stuhl unmöblierter Raum, der die Hälfte der Barackenlänge einnahm. Hier blieben sie sich selbst überlassen und standen annähernd eine Stunde lang herum, bevor jemand hereinkam, sich ihre Namen geben ließ, dann auf einem Blatt braunen Papiers in seiner Hand nachsah und schroff sagte: »Du, du und du, Zimmer 103. Du und du Zimmer 106. Du, du, du, Zimmer 109. Und ein bisschen dalli!«

Khalid, Krzysztof und der Nordafrikaner waren diejenigen, die in Zimmer 109 geschickt wurden. Sie gingen schnell hinüber. Niemand verlor Zeit mit Abschiedsworten an die anderen, denn sie alle wussten, dass sie nun für immer aus dem Leben der anderen verschwinden würden.

Zimmer 109, das seltsamerweise weit von Zimmer 107 entfernt in eine anderen Baracke lag, war viel kleiner als jenes, aber ungefähr ebenso spärlich möbliert. Ein Bilderrahmen ohne Bild hing an der einen Wand; am Boden vor der gegenüberliegenden Wand stand eine große grüne Bodenvase ohne Blumen; vor der Wand gegenüber stand ein leerer Schreibtisch, hinter dem eine zierliche Frau von ungefähr sechzig Jahren mit rundem Gesicht saß und zur Tür blickte. Ihre dunklen Augen, die sehr weit auseinander zu stehen schienen, hatten einen seltsam glitzernden Glanz, und ihr Haar, das wahrscheinlich einmal kohlschwarz gewesen war, zeigte breite weiße Strähnen wie Blitzentladungen, welche die Nacht durchschneiden.

Als die drei hereingekommen waren, sah sie auf ein Papier, das sie in der Hand hielt, und fasste dann den Polen ins Auge. »Sind Sie Kr … Kyz … Kzyz … Kryz …« Sie brachte ihre Zunge nicht um die Buchstaben seines Namens, schien aber eher erheitert als irritiert.

»Krzysztof«, sagte er »Krzysztof Michalski.«

»Michalski, ja. Und wie war noch dieser Vorname?«

»Krzysztof.«

»Ah, *Christoph.* Jetzt habe ich verstanden. In Ordnung: Christoph Michalski. Ein polnischer Name, wie? Leichter auszusprechen als zu lesen.« Khalid war überrascht, wie geschwätzig sie war. Die meisten dieser Quisling-Bürokraten waren kalt und barsch, sagten nur das Nötigste und duzten die Lagerinsassen. Aber sie schien mit amerikanischem Akzent zu sprechen. Vielleicht hatte das damit zu tun. »Und wer von Ihnen ist Khalid Halim Burke?« fragte die Frau.

»Ich.«

Sie musterte ihn mit einem langen Blick, runzelte ein wenig die Stirn. Khalid starrte gleichmütig zurück.

»Und dann Sie«, sagte sie und wandte sich dem Nordafrikaner zu. »Also müssen Sie Mulay ben Dlimi sein.«

»Oui.«

»Was für ein Name ist das, Mulay ben Dlimi?«

»Oui«, sagte der Nordafrikaner wieder.

»Er spricht nur Arabisch und Französisch«, sagte Khalid. »Er ist aus Nordafrika.«

Die Frau nickte. »Eine internationale Gruppe. Gut, Christoph, Khalid, Mulay, ich denke, Sie kennen sich aus. Sie werden wieder verlegt, übermorgen. Oder vielleicht schon morgen, wenn der Papierkram rechtzeitig erledigt wird. Packen Sie Ihre Sachen und halten Sie sich bereit, Ihr Quartier zu verlassen, sobald Sie aufgerufen werden.«

»Können Sie uns sagen«, sagte Krzysztof, »wohin wir diesmal geschickt werden?«

Sie lächelte. »Diesmal in die guten alten USA. Las Vegas, Nevada. Kann einer von Ihnen Siebzehn und vier oder Vingt-et-un?«

Vor langer, langer Zeit, als die Bürger der Länder auf Erden auf Geschäfts- oder Vergnügungsreisen noch frei von einem Ort zum anderen fliegen konnten und es noch so etwas wie Luftlinien gab, die sie beförderten, war das Transportflugzeug eine Passagiermaschine im kommerziellen Liniendienst gewesen. Khalid hatte dieses Zeitalter nicht mehr erlebt, aber Geschichten darüber gehört. Dieses Flugzeug, dessen Rumpfbemalung verblasst und stellenweise sogar rostig war, trug noch immer die Aufschrift *British Airways.* Als Khalid an Bord ging, war es ein wenig so, als würde er nach England zurückkehren. Er war nicht sicher, wie er dazu stand.

Aber das Flugzeug war nicht England. Es war nur eine lange Metallröhre mit fleckigen grauen Wänden und Schrammen am Boden, wo die Sitze herausgerissen worden waren. Nackte Matratzen hatten sie ersetzt. Es gab keine Sitzgelegenheiten; man konnte nur herumgehen oder liegen. Über den Fenstern waren lange Stangen an die Wände geschraubt, wo man sich festhalten konnte, wenn der Flug turbulent wurde. Fadenscheinige Vorhänge unterteilten die lange Röhre in mehrere Abteilungen.

Für Khalid war nichts davon neuartig. Alle Flugzeuge, die ihn von einem Durchgangs- oder Arbeitslager zum nächsten gebracht hatten, waren diesem ähnlich gewesen. Dieses Flugzeug schien größer, das war alles. Aber das mochte damit zu tun haben, dass sie nach Amerika flogen, und die längere Reise erforderte ein größeres Flugzeug. Er hatte nur eine ungefähr Vorstellung, wo die Vereinigten Staaten sein mochten, wusste aber, dass sie sehr weit waren.

Die kleine Frau, die sie in Zimmer 109 empfangen hatte, war an Bord der Maschine und überwachte die Vorbereitungen zur Abreise. Khalid vermutete, dass sie von Bord gehen würde, sobald alle Teilnehmer an dem Transport anhand der Liste überprüft wären, aber nein, sie blieb im Flugzeug, nachdem die Zahl vollständig war und die Türen geschlossen wurden. Das war ungewöhnlich. Im Allgemeinen wurden die zur Verlegung bestimmten Häftlinge nicht von Beamten der Lager zu ihren Zielen begleitet. Aber vielleicht blieb sie doch nicht. Er sah sie durch den Vorhang verschwinden, der Khalids Abschnitt von der Zone weiter vorn trennte, wo das amtliche Personal war, und überlegte, ob es dort einen zweiten Ausgang geben mochte, durch den sie die Maschine vor dem Start verlassen konnte. Seltsamerweise hoffte er, dass es nicht so sein würde, denn er mochte sie. Sie war eine angenehme Frau, lebhaft und umgänglich und menschlich, ganz und gar nicht wie die anderen Wärter und Amtspersonen, mit denen er in seiner siebenjährigen Internierungszeit in Berührung gekommen war.

Nicht lange nach dem Start sah Khalid, dass sie noch

an Bord war. Sie kam aus dem vorderen abgeteilten Raum und ging vorsichtig in der steil aufsteigenden Maschine abwärts nach hinten und blieb stehen, als sie die Matratze erreichte, wo Khalid und der Nordafrikaner saßen.

»Darf ich mich zu Ihnen setzen?« fragte sie.

»Müssen Sie um Erlaubnis fragen?« erwiderte Khalid.

»Ein wenig Höflichkeit schadet nie.«

Er zuckte die Achseln. Sie setzte sich mit schnellen, anmutigen Bewegungen auf die Matratze ihnen gegenüber und kreuzte die Beine im Schneidersitz. Die Leichtigkeit und Sicherheit ihrer Bewegungen strafte ihr Alter Lügen.

»Sie sind Khalid, richtig?«

»Ja.«

»Mein Name ist Cindy. Sie sind sehr hübsch, Khalid, wissen Sie das? Das helle Gelbbraun Ihrer Hautfarbe gefällt mir. Es ist wie das eines Löwen. Und dieses bronzefarbige lockige Haar …« Als er nichts sagte, nahm sie einen neuen Anlauf und sagte: »Sie sind Künstler, habe ich gehört.«

»Ich mache Dinge, ja.«

»Früher machte ich auch Dinge. Und ich war einmal hübsch, was das betrifft.«

Sie lächelte und kniff ein Auge zu, machte Khalid irgendwie zu einem Mitverschwörer in der Übereinstimmung, dass sie einmal hübsch gewesen sei. Vorher war ihm nicht der Gedanke gekommen, dass sie einmal eine attraktive Frau gewesen sein könnte, aber nun, als er sie eingehender und in Ruhe betrachten konnte, sah er, dass es durchaus möglich war. Sie war eine kleine und energische Person, schlank und beweglich, mit feinen Zügen unter der etwas welken Haut, und die sehr dunklen, glänzenden Augen hatten wie ihr einnehmendes Lächeln noch etwas von ihrer Jugendlichkeit bewahrt. Es gefiel ihm, wie sie ihm zugeblinzelt hatte. Sie war entschieden anders als alle Quislinge, mit denen er je zu tun gehabt hatte. Mit seinem Künstlerauge ließ er die Runzeln und Falten verschwinden, die ihre sechzig Jahre im Gesicht hinterlassen hatten, stellte die glänzende Schwärze ihres Haares wieder her, gab ihrer Haut die Jugendfrische zurück. Ja, dachte er. Vor dreißig oder vierzig Jahren musste sie recht hübsch gewesen sein.

»Was sind Sie, Khalid?« fragte sie. »Araber? Wenigstens zum Teil.«

»Meine Mutter war Pakistani.«

»Und Ihr Vater?«

»Engländer. Ein weißer Mann. Ich kannte ihn nicht. Er war ein Quisling, sagten die Leute.«

»Ich bin auch ein Quisling.«

»Viele Leute sind Quislinge«, sagte Khalid. »Für mich macht es keinen Unterschied.«

»Naja«, sagte sie. Und sagte darauf eine Weile nichts mehr, saß einfach da und studierte ihn. Khalid erwiderte ihren Blick liebenswürdig. Er fürchtete nichts und niemanden. Sollte sie ihn anstarren, wenn es ihr Spaß machte.

Dann sagte sie: »Ärgern Sie sich über irgendetwas?«

»Ich? Mich ärgern? Warum sollte ich mich ärgern. Ich ärgere mich nie.«

»Im Gegenteil. Ich glaube, Sie ärgern sich die ganze Zeit.«

»Es steht Ihnen natürlich frei, das zu denken.«

»Sie scheinen sehr ruhig«, sagte sie. »Das macht Sie so interessant, wie kühl und gelassen Sie sind, wie Sie zu allem, was Ihnen und um Sie her geschieht, einfach innerlich die Achseln zucken. Es ist das Erste, was einem an Ihnen auffällt. Aber diese Art Ruhe kann manchmal eine Maske für siedenden Zorn sein. Sie könnten einen Vulkan in sich haben, den Sie nicht ausbrechen lassen wollen, und so halten Sie hundert Prozent der Zeit den Deckel darauf. Hundertzwanzig Prozent der Zeit. Was halten Sie von dieser Theorie, Khalid?«

»Aischa, die mich wie eine Mutter aufzog, weil meine Mutter bei meiner Geburt starb, lehrte mich, den Willen Allahs anzunehmen, in welcher Form er sich auch zeigen würde. Und das habe ich getan.«

»Eine sehr weise Philosophie. Islam: das Wort selbst bedeutet ›absolute Unterwerfung‹, richtig? Hingabe an Gott. Ich habe mich mit diesen Dingen beschäftigt, wissen Sie. – Wer war Aischa?«

»Meine Großmutter. Eigentlich die Stiefmutter meiner Mutter. Sie war wie eine Mutter zu mir. Eine sehr gute Frau.«

»Das glaube ich Ihnen gern. Und ich glaube auch, dass Sie ein sehr, sehr zorniger Mensch sind.«

»Es steht Ihnen natürlich frei, das zu denken«, wiederholte Khalid.

Eine halbe Stunde später, als Khalid zu einem Fenster hinaussah und die weite, von Inseln gesprenkelte blaue See beobachtete, die sich bis zum dunstigen Horizont erstreckte, kam sie wieder zurück und fragte abermals, ob sie sich zu ihm setzen dürfe. So viel Höflichkeit von Seiten des Verwaltungspersonals war ihm nicht geheuer, aber er lud sie mit einer Handbewegung ein, zu tun, was ihr gefiel. Wieder nahm sie mit geschmeidiger Leichtigkeit den Schneidersitz ein.

Mit einem Kopfnicken zu Mulay ben Dlimi, der mit dem Rücken an der Wand des Flugzeugs saß und die Augen halb geschlossen hatte, als wäre er im Dämmerschlaf, sagte sie: »Versteht er wirklich kein Englisch?«

»Er schien es nie zu verstehen. Wir hatten eine Frau in unserer Gruppe, die Französisch mit ihm sprach. Sie sagte, er spreche außerdem nur Arabisch und seinen

Berberdialekt. Jedenfalls sagte er zu keinem von uns je ein Wort.«

»Es kommt vor, dass Leute eine Sprache verstehen, sie aber nicht sprechen wollen.«

»Schon möglich«, meinte Khalid.

Sie beugte sich ein wenig zu dem Nordafrikaner und fragte: »Können Sie überhaupt kein Englisch?«

Er öffnete die Augen, sah sie verständnislos an und zuckte die Achseln.

»Kein Wort?« fragte sie.

Noch immer keine Antwort.

Freundlich lächelnd sagte sie in höflichem Gesprächston: »Deine Mutter war eine Hure auf dem Marktplatz, Mulay ben Dlimi. Dein Vater trieb es mit Schafen und Eseln. Du bist der Enkel eines Schweins.«

Mulay ben Dlimi schüttelte leicht den Kopf. Er blickte an ihr vorbei ins Leere.

»Du verstehst mich wirklich nicht, wie?« sagte Cindy. »Oder du hast dich noch besser unter Kontrolle als Khalid hier. Nun, Gott segne dich, Mulay ben Dlimi. Ich glaube, ich kann in deiner Anwesenheit unbesorgt sagen, was ich will.« Sie wandte sich wieder zu Khalid. »Also, kommen wir zur Sache. Würden Sie jemals etwas tun, das gegen das Gesetz ist?«

»Welches Gesetz meinen Sie? Welches Gesetz gibt es in dieser Welt?«

»Außer Allahs, meinen Sie?«

»Außer Allahs, ja. Was für ein Gesetz gibt es?« fragte er wieder.

Sie beugte sich näher und sagte mit halblauter Stimme: »Hören Sie gut zu. Ich habe es satt, für sie zu arbeiten, Khalid. Seit mehr als zwanzig Jahren bin ich ihre treue Dienerin gewesen, und das ist genug. Als sie zuerst kamen, glaubte ich, es sei eine wunderbare Sache, dass sie zur Erde gekommen waren, und vielleicht wäre es das auch gewesen, aber es hat sich nicht richtig entwickelt. Sie teilten nichts von ihrer Größe mit uns. Sie gebrauchten uns einfach und verrieten uns nicht einmal, wofür sie uns gebrauchten. Auch versprachen sie, dass sie mir ihre Welt zeigen würden, aber sie taten es nie. Sie wollten mich als eine Botschafterin der Erde dorthin bringen: ich bin heute noch überzeugt, dass sie mir das durch Gedankenübertragung mitteilten. Aber sie taten es nicht. Sie belogen mich, oder ich bildete mir nur alles ein und belog mich selbst. Nun, so oder so, zum Teufel mit ihnen. Ich will nicht mehr ihre Dienerin sein, ihr Quisling.«

»Warum erzählen Sie mir das?« fragte er.

»Was wissen Sie über die Geographie der Vereinigten Staaten?«

»Nichts. Es ist ein sehr großes Land und weit weg, das ist alles, was ich weiß.«

»Unser Ziel ist Nevada«, sagte sie. »Eine leere, trockene, nutzlose Gegend, wo niemand mit klarem Verstand würde leben wollen. Aber es ist nicht weit von Kalifornien, und Kalifornien ist meine Heimat. Ich will nach Hause, Khalid.«

»Ja, das kann ich mir denken. Aber was geht das mich an?«

»Ich komme aus Los Angeles. Sie haben von Los Angeles gehört? Na, macht nichts. – Es ist ungefähr dreihundert Meilen von Las Vegas in Nevada entfernt. Der größte Teil der Strecke ist ziemlich ödes, eintöniges Land. Eine Wüste. Eine Frau, die allein diese dreihundert Meilen reist, könnte in Schwierigkeiten kommen. Sogar ein zähes altes Weib wie ich. Sehen Sie, was das für Sie bedeuten könnte?«

»Nein. Ich bin in unbefristeter Lagerhaft.«

»Eine Lage, die durch eine einfache Eintragung in Ihre Akte verändert werden könnte. Ich könnte das für Sie tun, genauso wie ich dafür sorgte, dass Sie an Bord dieser Maschine kamen. Wir könnten das Lager zusammen verlassen, und niemand würde Schwierigkeiten machen. Und Sie würden mich nach Los Angeles begleiten.«

»Ich verstehe. Und dort in Los Angeles würde ich frei sein?«

»Frei wie ein Vogel, Khalid.«

»Ja. Aber im Lager habe ich ein Dach über dem Kopf, ein Bett zum Schlafen und ausreichend zu essen. In Los Angeles, einem Ort, wo ich niemanden kenne, wo ich nichts verstehen werde …«

»Dort ist es schön. Das ganze Jahr hindurch warm, und überall blühen die Blumen. Die Leute sind freundlich. Und ich würde Ihnen helfen. Ich würde dafür sorgen, dass Sie dort Boden unter die Füße bekommen. Sehen Sie, wir werden erst in ein paar Tagen in den Staaten sein. Denken Sie inzwischen darüber nach, Khalid.«

Er dachte darüber nach. Sie flogen von der Türkei nach Italien, machten in Rom eine Zwischenlandung zum Auftanken, dann wieder in Paris, in Island und schließlich, nach einem langen, schier endlosen Flug über ein Land von Eis und Schnee irgendwo in Kanada. Für Khalid waren dies alles nur Namen. Auch Los Angeles war nur ein Name. Er wälzte all diese Namen in seinen Gedanken, und von Zeit zu Zeit schlief er, und wenn er erwachte, ließ er sich das Angebot der Quislingfrau durch den Kopf gehen.

Er überlegte, ob es vielleicht alles ein Kniff sein könnte, eine Falle, fragte sich aber dann, zu welchem Zweck sie ihn in eine Falle locken würden, wenn er schon ihr Gefangener war und sie mit ihm ohnedies nach Belieben verfahren konnten. Später dann fragte er sich, ob er die Frau ersuchen sollte, dass sie Krzysztof mitnehmen würden, weil Krzysztof ein fröhlicher, gutherziger Mann war, den Khalid mochte, soweit er fähig war, Zuneigung zu empfinden, und außerdem konnte der kräftige Krzysztof ein nützlicher Reisebegleiter sein, wenn sie diese Wüste überwinden mussten. Und bei dieser Überlegung wurde ihm klar, dass er irgendwie zu seiner Entscheidung gekommen war, ohne es zu merken.

»Ich kann ihn nicht auch noch mitnehmen«, sagte Cindy. »Das Risiko, zwei von Ihnen gleichzeitig in Freiheit zu setzen, wäre zu groß. Wenn Sie nicht mitkommen wollen, werde ich ihn fragen. Aber es kann nur der eine oder der andere von Ihnen sein.«

»Nun denn«, sagte Khalid, »so sei es.«

Er bedauerte es, Krzysztof zurückzulassen, soweit er fähig war, irgendetwas zu bedauern. Aber es musste halt sein, nicht wahr?

Nevada war die hässlichste Gegend, die er je gesehen hatte oder sich je hätte vorstellen können. Ein Alptraum von einem Land, so verschieden vom grünen und freundlichen England, dass er beinahe glaubte, auf einer anderen Welt zu sein. Es sah so aus, als wäre hier seit fünfhundert Jahren kein Regen gefallen. Auch die Türkei war heiß und trocken gewesen, aber im Winter fiel Regen, und überall gab es Bauerndörfer, bestelltes Land und Bäume auf den Hügeln. Hier dagegen sah man nur Sand und Felsen und Staub und gelegentlich niedrige, verkrümmte dornige Sträucher und in der Ferne dunkle, öde Gebirgszüge, bar aller Vegetation. Und die Hitze schlug wie glühendes Metall vom Himmel herab und lastete lähmend auf allem.

Auch die Stadt, wo ihre lange Flugreise zu Ende gegangen war, Las Vegas, war hässlich, doch war ihre Hässlichkeit wenigstens von einer Art, die erheiternd wirkte. Keine zwei Gebäude waren einander gleich, eins ähnelte eine ägyptischen Pyramide, eins einem römischen Palast, und andere waren wie Gebäude aus seltsamen Träumen oder Phantasien, und alles von kolossaler Größe. Khalid wäre gern ein wenig länger in Las Vegas geblieben, um ein paar Skizzen von diesen absonderlichen Gebäuden zu machen, die sie fester in seinem Gedächtnis verankern würde, aber er und Cindy verließen Las Vegas gleich nach ihrer Ankunft und fuhren hinaus in die glühende Ödnis der schrecklichen Wüste.

Irgendwie war es ihr gelungen, einen Wagen zu bekommen, der sie nach Los Angeles bringen sollte. »Sie werden jetzt vom Durchgangslager Las Vegas zu einem in Barstow, Kalifornien verlegt«, erklärte sie. »Ich bin beauftragt, Sie in Barstow abzuliefern. Es ist alles ganz legal in den Akten und Archiven eingetragen. Ein Freund in Leipzig, der sich mit dem Computernetz der Wesen auskennt, hat alles für mich geregelt.«

Der Wagen sah uralt aus, und wahrscheinlich war er es: noch aus der Zeit vor der Eroberung.

Die Seiten waren verbeult, und der silbrige Lack an hundert Stellen abgeblättert, wo nun braunrote Roststellen den Blick auf sich zogen, und er wies eine bedenkliche Schlagseite nach links auf, so augenfällig, dass Khalid sich fragte, ob die Reifen auf unebener Strecke in den Radkästen schleifen und der untere Rand des Chassis am Boden aufsetzen würde.

»Können Sie fahren?« fragte Cindy, als sie ihr spärliches Gepäck verluden.

»Nein.«

»Natürlich. Wo hätten Sie es lernen sollen? Wie alt waren Sie überhaupt, als Sie in Lagerhaft kamen?«

»Nicht ganz dreizehn.«

»Und wann war das? Vor acht Jahren? Zehn?«

»Sieben. Am 25. Dezember werde ich einundzwanzig.«

»Ein Weihnachtskind. Wie hübsch. Alle sangen zur Feier Ihrer Geburt: ›Stille Nacht, heilige Nacht …‹«

»Ja, war alles sehr hübsch«, sagte er bitter. »Meine Geburtstage waren alle äußerst glücklich. Wir versammelten uns um unseren Weihnachtsbaum, meine Mutter und Vater und meine Brüder und Schwestern und ich, und wir sangen die Weihnachtslieder und gaben einander wundervolle Geschenke.«

»Wirklich?«

»O ja. Es waren glückliche Zeiten.«

»Moment mal«, sagte sie. »Im Flugzeug erzählten Sie mir, Ihre Mutter sei bei Ihrer Geburt gestorben und Sie hätten Ihren Vater nie gekannt und seien von Ihrer Großmutter erzogen worden.«

»Ja. Und ich sagte Ihnen damals auch, dass ich Moslem bin.«

Sie lachte. »Sie wollten also nur sehen, ob ich achtgegeben hatte.«

»Nein«, erwiderte er. »Ich sagte bloß, was mir gerade in den Sinn kam.«

»Sie sind schon ein komischer Heiliger, Khalid!«

»Heiliger?«

»Hat nichts zu sagen. Bloß eine Redewendung.« Sie sperrte den Wagen auf und bedeutete ihm, einzusteigen. Er stieg links ein, wie er es immer getan hatte, wenn er mit Richie Ausfahrten gemacht hatte, und war überrascht, sich vom Lenkrad konfrontiert zu sehen. In Richies Wagen war es auf der anderen Seite gewesen: dessen war er sicher.

»Amerikanische Wagen sind anders«, sagte Cindy. »Wenigstens sind Sie schon in einem Wagen gefahren, wie ich sehe. Selbst wenn Sie nicht wissen, wie man einen fährt.«

»Manchmal fuhr ich im Wagen meines Vaters mit. Sonntags machte er manchmal Ausflüge in die Umgebung, zu Orten wie Stonehenge.«

Sie sah ihn scharf von der Seite an. »Sie sagten, Sie hätten Ihren Vater nie gekannt.«

»Ich log.«

Sie schnalzte missbilligend. »Oh, oh, oh. Es gefällt Ihnen, andere Leute auf den Arm zu nehmen, wie?«

»Etwas von dem, was ich sagte, war wahr. Ich hasste ihn.«

»Weil er ein Quisling war? Das sagten Sie. Oder stimmt das auch nicht?«

»Er war einer, aber das war für mich nicht wichtig. Ich hasste ihn, weil er Aischa schlecht behandelte. Und manchmal mich. Wahrscheinlich war er auch schlecht zu meiner Mutter gewesen. Aber was hat das alles jetzt zu sagen? Die Vergangenheit ist weit entfernt.«

»Aber nicht vergessen, wie ich sehe.« Sie steckte den Zündschlüssel ins Schloss und drehte ihn. Der Motor sprang an, stotterte, blieb weg, stotterte wieder und lief. Geräuschvoll rollte der Wagen die Lagerstraße zwischen den Baracken zum Tor. Cindy zeigte ihren Ausweis vor, der Wächter winkte sie durch, und die Fahrt begann.

Augenblicklich waren sie von Wüste umgeben.

Längere Zeit schwiegen sie. Khalid war zu erschrocken über die tote Landschaft ringsum, um zu sprechen; und Cindy, die so klein war, dass sie kaum über den Rand des Lenkrades sehen konnte, konzentrierte sich angespannt aufs Fahren. Die Straßenoberfläche war schlecht, tausendfach von Rissen durchzogen und von Schlaglöchern übersät, und die ehrwürdige Ruine des Wagens ächzte, klapperte, stieß und rumpelte in beängstigender Weise, und gelegentlich ließ der Motor Unheil verkündende Klopfgeräusche hören, als wollte er in Kürze den Geist aufgeben. Khalid blickte sie von der Seite an und sah sie mit gespannten Schultern hinter dem Lenkrad sitzen, die Unterlippe zwischen den Zähnen und wie es schien, mit aller Kraft das Lenkrad umklammern, um den Wagen am Ausbrechen in die sandige, steinige Wüste neben dem Straßenrand zu hindern.

»Die Geschwindigkeitsbegrenzung ist hier siebzig Meilen die Stunde. In Kilometern sind das – wie viel, hundertzehn, hundertzwanzig? Ungefähr in dem Bereich. Und wir alle fuhren mit achtzig oder fünfundachtzig – Meilen pro Stunde, meine ich –, als ich ein Kind war. Natürlich müsste man verrückt sein, um das heute zu tun. Vorausgesetzt, dieser Wagen wäre dazu imstande, was er nicht ist. Er ist wahrscheinlich älter als Sie. Muss ein paar Jahre vor der Eroberung gebaut worden sein und nähert sich jetzt dem Ende seiner Tage. Aber wir werden es nach L. A. schaffen, so oder so. Zu Fuß, wenn es sein muss.«

»Wie können wir nach Los Angeles fahren, wenn Sie mich in einem Lager namens Barstow abliefern sollen?« fragte Khalid. »Wird man sich dort nicht Gedanken über uns machen, wenn wir nicht in diesem Barstow erscheinen?«

»Das werden sie nicht tun. Wir werden nämlich morgen bei einem Autounfall sterben, bevor wir nach Barstow kommen.«

»Wie bitte?«

»Der Unfall ist bereits in den Computer programmiert. Mein Freund in Leipzig gab ihn ein. Er ist ein phantastischer Hacker. Wissen Sie, was ein Hacker ist, Khalid?«

»Nein.«

»Ein Hacker ist ein Computerspezialist, der es versteht, in gesicherte Netze einzudringen. Hacker sind wie Borgmanns, bloß arbeiten sie für uns, statt für die Wesen. Sie dringen in das Datennetz der Wesen ein und verändern Unterlagen. Wenn Sie etwa an einen Ort verlegt worden sind, wohin Sie nicht wollen, ist es zum Beispiel möglich, einen Hacker zu finden, der die Verlegung rückgängig macht. Natürlich nicht umsonst. In unserem Fall hat mein Hackerfreund programmiert, dass die Agentin C. Carmichael beim Transport des

Häftlings K. Burke am 18. dieses Monats, also morgen, auf dem Freeway 15 zehn Meilen nördlich von Barstow in einen Unfall verwickelt wurde. Sie verlor die Herrschaft über ihr Fahrzeug und prallte auf ein Hindernis am Straßenrand. Der Wagen wurde vollständig zerstört, sie und der Passagier kamen um. Ihre Leichen wurden von den örtlichen Behörden nach Identifikation zur Einäscherung freigegeben.«

»Und dieser Unfall findet morgen statt, sagen Sie?«

»Wenn der morgige Tag im Computernetz erscheint, wird der Unfall mit ihm erscheinen. Also gebrauche ich die Vergangenheitsform. Es ist schon eingespeichert und wartet nur darauf, sich selbst zu aktivieren. Agentin C. Carmichael wird aus dem System gestrichen, ebenso Häftling K. Burke. Wir werden verschwinden, als ob wir nie existiert hätten. Da auch der Wagen nicht mehr existieren wird, wird jeder offizielle Scanner, der im Zuge der Verkehrsüberwachung die Zulassungsnummer aufnimmt, während wir weiterfahren, höchstwahrscheinlich annehmen, dass die Ablesung fehlerhaft gewesen ist. In L. A. werde ich eine neue Zulassungsnummer für den Wagen besorgen, nur um sicher zu gehen. – Sind Sie hungrig?«

»Ja.«

»Ich auch. Dann tun wir was dagegen.«

Sie hielten vor einer jämmerlich heruntergekommenen Raststätte mitten im Nichts, wo die Hitze außerhalb des Wagens sich wie eine kolossale Faust um sie schloss. Sie kaufte zwei Mahlzeiten, indem sie einfach ihre Ausweiskarte vorzeigte. Das Essen war furchtbar, ein Stück lederiges und geschmacksfrei gegrilltes Fleisch auf einer pappigen Semmel, und ein kaltes, grün gefärbtes und synthetisch schmeckendes Sprudelgetränk, aber Khalid war inzwischen scheußliches Essen jeder Art gewohnt.

Wieder weiter durch die sandige, steinige Leere. Es gab sehr wenig Verkehr. Überhaupt keinen in ihrer Richtung; auf der anderen Seite kam vielleicht jede halbe Stunde ein Wagen entgegen. Wann immer eine solche Begegnung stattfand, fixierte Cindy ihren Blick starr auf die Straße voraus, und Khalid bemerkte, dass auch die Fahrer der anderen Wagen nie zu ihnen herüberschauten.

Allmählich stieg die Straße an, und hohe Berge kamen in Sicht und waren bald um sie, höher als er jemals Berge gesehen hatte. Trotzdem war die Landschaft öde und hässlich, steinig und sandig, die ärmliche Vegetation graugrün und staubig und verkrümmt. Einmal sagte Cindy, als sie an einem Schild am Straßenrand vorbeifuhren: »Wir sind jetzt in Kalifornien, Khalid. Oder was Kalifornien war, als dieses Land noch so etwas wie separate Staaten hatte. Als es noch so etwas wie Länder gab.« Er stellte sich Palmen und leichte Brisen vor. Aber nichts davon. Alles war hier genauso hässlich wie vorher in Nevada.

»Es wird dunkel«, verkündete Cindy eine Stunde später. »Das Fahren wird schwieriger. Auf einer schlechten Straße und bei Dunkelheit sind diese alten Karren schwer zu beherrschen. Also werde ich auf den nächsten Parkplatz fahren und eine Weile ausruhen, bevor wir dann weiterfahren. Sind Sie sicher, dass Sie nicht fahren können?«

»Möchten Sie, dass ich es versuche?«

»Vielleicht lieber nicht, denke ich. Bleiben Sie wach und halten Sie die Augen offen und lassen Sie es mich wissen, wenn Sie etwas Verdächtiges oder Ungewohntes sehen.«

Sie verließ die Highway bei der nächsten Parkbucht und hielt an. Sie klappte ihre Sitzlehne zurück, bis sie fast horizontal war, lehnte sich zurück, schloss die Augen und war sofort eingeschlafen.

Khalid beobachtete sie eine Weile. In ihrem Gesicht war ein Ausdruck großen Friedens.

Sie war, dachte er, eine ungewöhnliche Frau, zu allen Zeiten sehr beherrscht, selbstsicher, zuversichtlich. Eine sehr fähige Person. Sie besaß eine innere Ruhe und Gelassenheit, so viel war sicher. Innere Ruhe und Gelassenheit waren Eigenschaften, die Khalid sehr bewunderte. Er hatte angestrengt gearbeitet, sie selbst zu erwerben, und hatte Erfolg gehabt; sicherlich wäre es ihm ohne sie niemals gelungen, dieses Wesen zu töten.

Aber hatte er diese Ruhe und Gelassenheit wirklich? Was hatte sie im Flugzeug gesagt? Sie hatte gemeint, er sei die ganze Zeit zornig. In ihm sei ein siedender Vulkan, hatte sie gesagt, und er würde den Deckel darauf halten, um einen Ausbruch zu verhindern. Konnte das wahr sein? Er wusste es nicht. Er fühlte sich immer ruhig. Aber vielleicht tobte irgendwo tief in seinem Innern rotglühende Wut, tötete er Richie Burke hundertmal am Tag, tötete alle, die sein Leben so elend gemacht hatten, seit er verstanden hatte, dass seine Mutter tot und sein Vater ein Ungeheuer und die Welt unter der Herrschaft bizarrer, verwirrender Wesen war, die, wie es schien, nur mit nackter Willkür regierten.

Vielleicht war es so. Er zog es vor, die Frage auf sich beruhen zu lassen.

Aber er war überzeugt, dass es in dieser Frau Cindy keine verborgenen Vulkane gab. Sie schien das Leben zu nehmen, wie es kam, unbekümmert von Tag zu Tag; sehr wahrscheinlich hatte sie es immer so gehalten. Khalid hätte gern mehr über sie gewusst, wer sie war, welches Leben sie vor der Ankunft der Wesen geführt hatte, warum sie eine Quisling geworden war, alles das. Wahrscheinlich aber würde er nie fragen. Er war es nicht gewohnt, fremden Leuten persönliche Fragen über sie selbst zu stellen.

Er stieg aus, ging ein wenig herum, vertrat sich die Beine und blickte zum Mond und zu den Sternen auf, als die Nacht hereinbrach. Es war sehr still hier, und mit der einsetzenden Dunkelheit floh die sengende Tageshitze in die dünne Wüstenluft. Schon war es recht kühl geworden. Irgendwo in der Nähe waren scharrende, krabbelnde Geräusche zu vernehmen. Tiere, vermutete er. Löwen? Tiger? Gab es so etwas in Kalifornien? Dies war ein wildes Land, hart und lebensfeindlich. England nahm sich daneben sehr friedlich aus. Er setzte sich neben dem Wagen auf den Boden und beobachtete Sternschnuppen, die durch die schwarze Himmelskuppel schossen.

»Khalid?« rief Cindy nach einiger Zeit. »Sind Sie da draußen? Was tun Sie?«

»Ich schaue mir den Himmel an«, sagte er.

Sie habe genug ausgeruht, sagte sie. Er stieg wieder ein, und sie fuhren weiter. Irgendwann im Laufe der Nacht kamen sie zur Ausfahrt Barstow.

»Vor zehn Meilen sind wir gestorben«, sagte sie. »Es ging alles so schnell, dass wir gar nicht bemerkten, was geschah.«

Gegen Morgengrauen, als sie eine sanfte lange Kurve in einem hügeligen Teil der Route hinabfuhren, sah Khalid weit voraus die türkisblauen Lichter eines Transportkonvois der Wesen, der ihnen entgegenkam. Cindy schien ihn nicht zu bemerken.

»Wesen«, sagte er nach einem Moment.

»Wo?«

»Das Licht da unten.«

»Wo? Wo? Oh. Scheiße. Sie haben scharfe Augen. Wer würde erwarten, dass sie in solch einer Gegend mitten in der Nacht herumfahren? Aber natürlich, warum sollten sie nicht?« Sie zog den Wagen nach rechts auf die Standspur und hielt an.

Er sah sie stirnrunzelnd an. »Warum halten Sie?«

»Los, steigen Sie aus! Wir müssen rennen und uns dort in der Schlucht verstecken, bis sie vorbei sind.«

»Weshalb?«

»Kommen Sie«, sagte sie. Sie war jetzt alles andere als gelassen. »Wir gelten als tot! Wenn sie uns ausmachen und unsere Ausweise überprüfen ...«

»Sie werden uns keine Beachtung schenken, denke ich.«

»Wie wollen Sie das wissen? Mein Gott, Sie Idiot!« Sie konnte nicht länger warten, sprang mit wütendem Schnauben aus dem Wagen und rannte die steile, von Gestrüpp und Buschwerk bestandene Böschung der Highway hinunter. Khalid blieb, wo er war. Er sah ihr nach, bis die Dunkelheit und die Tiefe der Schlucht sie verschluckten. Dann lehnte er sich zurück, die Kopfstütze seines Sitzes im Genick und wartete auf den näher kommenden Konvoi.

Er fragte sich, ob sie ihn bemerken würden, wenn er hier in einem geparkten Wagen auf dem Standstreifen in der leeren Landschaft saß, und ob sie ihm Beachtung schenken würden. Konnten sie in seine Gedanken eindringen und sehen, dass er Khalid Halim Burke war, der vor einer Stunde bei einem Unfall auf dieser Autobahn auf der anderen Seite der Ausfahrt Barstow umgekommen war? Würden sie etwas über den angeblichen Unfall wissen, ohne ihr Computernetz zu befragen? Warum sollte es sie kümmern?

Vielleicht, dachte er, würden sie ihn im Vorbeifahren mit ihrem mentalen Wahrnehmungsfeld erfassen und entdecken, dass er die Person war, die vor sieben Jahren auf der Straße zwischen Salisbury und Stonehenge einen ihrer Art getötet hatte. In diesem Fall hatte er sehr wahrscheinlich einen Fehler gemacht, indem er hier im Bereich ihrer Telepathie geblieben war, statt mit Cindy in die Schlucht abzusteigen.

In seiner Erinnerung wurden die Bilder jener Nacht

auf der Straße nach Stonehenge wieder wach, die schöne, engelhafte Gestalt im Transportwagen, das Gewehr, das Fadenkreuz im Zielfernrohr, wie der Kopf des Engels in der Explosion des Raketengeschosses zerplatzte, die leuchtende Flammenfontäne, die strahlenden Fetzen und Bruchstücke, die in alle Richtungen flogen, die grünlichrote Wolke fremdartigen Blutes, die sich in die Luft ausbreitete. Das andere Wesen in krampfhaften Zuckungen, als der Geist seines Gefährten sich in der Dunkelheit auflöste. Khalid wusste, dass er so gut wie tot war, wenn die Wesen diese Bilder im Vorbeifahren ausmachten.

Er verdrängte sie. Er entleerte seinen Geist vollständig. Er verschloss ihn mit Eisenbändern vor Eindringlingen.

Ich bin niemand. Ich bin nicht hier.

Türkisfarbener Lichtschimmer näherte sich auf der Steigung voraus. Der Transport hatte beinahe die Höhe erreicht. Khalid erwartete ihn in völliger Ruhe.

Er war nicht da. Es war überhaupt niemand im Wagen.

Drei Außerirdische fuhren in einem Transporter an der Spitze des Konvois, eines der großen Wesen und zwei von der geringeren Art, den Gespenstern. Khalid ignorierte die Gespenster und richtete seinen Blick auf das Wesen, wie immer hingerissen von seiner magischen, leuchtenden Schönheit. Er bewunderte es. Wenn sie angehalten und ihn gefragt hätten, ob er ihnen die Welt geben würde, hätte er sie ihnen gegeben. Aber natürlich gehörte sie ihnen bereits.

Während er den Konvoi vorbeifahren sah, fragte er sich, warum er nie ein Quisling geworden war, wenn er die Wesen so sehr bewunderte. Aber die Antwort kam genauso rasch. Er hatte kein Verlangen, ihnen zu dienen; es genügte ihm, ihre Schönheit zu bewundern. Es war eine Frage der Ästhetik. Ein Sonnenaufgang war auch schön, oder ein schneebedeckter Berg, oder ein See, auf dessen stiller Oberfläche sich der glühende Abendhimmel spiegelte. Aber man trat nicht in den Dienst eines Berges oder eines Sees oder eines Sonnenaufgangs, nur weil man sie schön fand.

Als der Konvoi vorbei war, wartete er noch zehn Minuten. Dann stieg er aus und rief zu Cindy in die Schlucht hinunter: »Sie sind jetzt fort. Sie können zurückkommen.«

Es dauerte einige Zeit, bevor sie wieder zum Vorschein kam. Er sah sie durch Busch und Gestrüpp die steile Böschung heraufsteigen. Als sie beim Wagen anlangte, war sie außer Atem und zerzaust. Sie ließ sich neben ihm auf den Fahrersitz fallen und sagte, nach Luft schnappend: »Sie haben – Ihnen keine – Schwierigkeiten gemacht?«

»Nein. Fuhren vorbei und schenkten mir keine Beachtung. Ich sagte es Ihnen. Ich war nicht da.«

»Es war verrückt, das Risiko einzugehen.«

»Vielleicht bin ich verrückt«, sagte Khalid, als sie den Wagen startete und weiterfuhr.

»Ich glaube nicht, dass Sie es sind«, sagte sie nach einer kleinen Weile. »Warum ließen Sie es darauf ankommen?«

»Um sie zu sehen«, sagte er aufrichtig. »Sie sind so schön. Sie sind für mich wie zauberhafte Geschöpfe. Djinns. Engel.«

Sie sah ihn von der Seite an. »Sie sind wirklich ein ungewöhnlicher Mensch, Khalid.«

Er sagte darauf nichts. Was hätte er sagen sollen?

Nach einer weiteren längeren Pause sagte sie: »Ich verlor den Kopf, vorhin. Es gab keinen wirklichen Grund, dass sie hätten anhalten und uns verhören sollen, nicht wahr?«

»Nein.«

»Aber ich hatte Angst. Eine Aufseherin und ein Häftling, die zusammen mitten in der Nacht auf der leeren Autobahn angefahren kommen, weit über die Ortschaft hinaus, wo ich Sie hätte abliefern sollen, und unsere Ausweise im Netzwerk bereits ungültig, weil wir als tot gemeldet sind – wir wären in die größten Schwierigkeiten gekommen. Ich geriet in Panik.«

Nach einer weiteren Pause sagte sie: »Was haben Sie eigentlich getan, Khalid, dass Sie in Lagerhaft gekommen sind?«

Er zögerte keinen Augenblick. »Ich tötete ein Wesen.«

»Was?«

»In England, zwischen Salisbury und Stonehenge. Ich habe es auf der Straße erschossen. Ich tat es mit einem besonderen Gewehr, das ich meinem Vater klaute. Sie trieben alle Bewohner der fünf benachbarten Städte und Ortschaften zusammen, exekutierten einen Teil und schickten alle anderen in die Lager.«

Sie lachte in einer Weise, die ihm verriet, dass sie ihm kein Wort glaubte. »Sie haben einen merkwürdigen Sinn für Humor, Khalid.«

»Ach nein«, sagte er. »Ich habe keinerlei Sinn für Humor.«

Als es Tag wurde, hatten sie die Wüste hinter sich und kamen an verstreuten Ortschaften vorbei – etwas später sogar an ein paar kleinen Städten –, und es gab etwas Verkehr. »Das ist San Bernardino«, sagte sie. »Redlands ist der Ort weiter links dort unten. Wir sind noch ungefähr eine Stunde Fahrt von Los Angeles entfernt, würde ich sagen.«

Er sah jetzt Palmen, hohe, fremdartige Bäume vor dem Morgenhimmel. Dazu andere Pflanzen und Bäume, die ihm unbekannt waren, manche mit großen lederigen Blättern, andere mit Büscheln langer, spitziger Blätter. Niedrige Häuser mit roten Ziegeldächern.

Cindy fuhr langsam und mit übertriebener Sorgfalt, so sehr, dass sie von den hinter ihr fahrenden Wagen angehupt wurde, schneller zu fahren. »Ich muss sehr vorsichtig sein, dass ich hier in keinen Unfall verwickelt werde«, sagte sie zu Khalid. »Wenn die Verkehrspolizei meinen Ausweis sehen will, sind wir erledigt.«

Sie kamen zu einer großen Kreuzung, wo sie von einem Freeway auf einen anderen wechselten. »Das ist der San Bernardino-Freeway«, erklärte Cindy. »Er führt westwärts über Ontario, Covina und andere kleinere Städte zum San Gabriel Valley und nach Los Angeles selbst. Der, auf dem wir bisher waren, führt über Riverside nach San Diego.«

»Ah«, machte er, als ob diese Namen ihm etwas sagten.

»Es sind mehr als zwanzig Jahre, seit ich zuletzt in L. A. war. Der Himmel weiß, wie viel sich in der Zeit verändert hat. Aber ich habe vor, direkt zur Küste durchzufahren. Siegfried gab mir den Namen eines Freundes, der in Malibu lebt. Ich werde versuchen, ihn zu finden, und vielleicht kann er mir Zugang zum örtlichen Kommunikationsnetz verschaffen. Ich hatte damals viele Freunde in der Gegend der Stadt, Santa Monica, Venice, Topanga. Einige müssen noch am Leben sein und in der Nachbarschaft wohnen. Siegfrieds Freund kann mir helfen, mit ihnen in Verbindung zu kommen. Und mir vielleicht ein neues Nummernschild besorgen. Und neue Ausweise für uns beide.«

»Siegfried?«

»Mein Hackerfreund aus Leipzig.«

»Ah«, machte Khalid.

Der Freeway war hier riesig, so viele Fahrspuren breit, dass er es kaum glauben konnte. Der Verkehr, obschon dichter als er ihn je irgendwo gesehen hatte, verlor sich geradezu in dieser Weite. Aber Cindy versicherte ihm, dass dieser Freeway früher Tag und Nacht belebt gewesen sei; Tausende von Fahrzeugen hätten ihn die ganze Zeit verstopft.

Ein Stück weiter kamen sie zu einem gewaltigen gelben Schild, das sich in der Höhe über alle Fahrspuren erstreckte: ENDE DES FREEWAYS IN FÜNF MEILEN.

»Was?« sagte Cindy. »Wir sind erst im Rosemead! Noch lange nicht in Los Angeles. Soll ich vielleicht die ganze restliche Strecke durch all diese kleinen Vorstädte und Ortschaften fahren? Wie soll ich mich da zurechtfinden?«

Bei der nächsten Ausfahrt fuhr sie in eine verfallene Tankstelle. Sie sah verlassen aus; aber dann erschien ein stoppelbärtiger Mann in fleckigem Overall hinter den Pumpen. Cindy sprang aus dem Wagen und trottete hinüber zu ihm. Eine lange Konferenz mit viel hinweisendem Armeschwenken schloss sich an, und als sie zum Wagen zurückkehrte, zeigte ihr Gesicht einen Ausdruck fassungsloser Bestürzung.

»Sie haben eine Mauer errichtet«, sagte sie in beinahe ehrfürchtigem Ton. »Eine gewaltige, durchgehende Mauer um ganz Los Angeles!«

»Ist das etwas Neues?«

»Etwas Neues? Für mich auf jeden Fall. Er sagt, sie sei ungeheuer hoch und schließe die ganze Stadt ein, mit Toren im Abstand von fünf oder sechs Meilen. Niemand kommt in die Stadt oder aus ihr heraus, ohne am Tor ein Losungswort zu geben. Niemand.«

»Sie haben Ihre amtliche Identifikationsnummer«, sagte Khalid.

»Ich bin in der vergangenen Nacht gestorben, erinnern Sie sich? Wenn ich am Tor meine Nummer angebe, werden wir beide eine Minute später in Haft sein.«

»Was ist mit dem Freund Ihres Hackerfreundes? Kann er Ihnen einen neuen Ausweis besorgen?«

»Er ist da drinnen, auf der anderen Seite der Mauer«,

sagte Cindy. »Bevor er irgendetwas für mich tun kann, muss ich imstande sein, ihn zu erreichen. Und von hier draußen kann ich es nicht.«

»Sie könnten ihn über das Kommunikationsnetz erreichen«, sagte Khalid.

»Womit?« sie streckte ihre Arme aus, drehte die Handgelenke aufwärts. »Ich habe kein Implantat. War nie dafür zu haben. Haben Sie eins? Nein, natürlich nicht. Was soll ich tun? Ihm eine Postkarte schicken?«

Sie drückte die Fingerspitzen an die Augen. »Lassen Sie mich nachdenken. Scheiße. *Scheiße!* Eine Mauer um die ganze Stadt. Wer, zum Teufel, hätte sich das vorstellen können?«

Schweigend sah Khalid ihr beim Nachdenken zu.

»Eine Möglichkeit gibt es«, sagte sie schließlich. »Es wäre ein gewagter Versuch. Santa Barbara.«

»Ja?« sagte er, um sie zu ermutigen.

»Das ist eine Kleinstadt ein paar Stunden nördlich von L. A. Da oben wird keine Mauer sein. Ich hatte Verwandtschaft dort, den älteren Bruder meines Mannes. Ein pensionierter Armeeoberst war er. Hatte eine große Ranch in den Bergen über der Stadt. Vor langer Zeit war ich einige Male dort. Er konnte mich nicht leiden, der Oberst. Von Charakter, Veranlagung her und in meinem Denken war ich nicht der Typ, mit dem er etwas anfangen konnte, nehme ich an. Trotzdem glaube ich nicht, dass er mich abweisen würde.«

Ein Bruder ihres Mannes. Von einem Ehemann hatte sie bis zu diesem Augenblick nie etwas gesagt.

»Der Oberst! Hab ewig nicht an ihn gedacht«, sagte Cindy. »Inzwischen müsste er – ich weiß es nicht – achtzig, neunzig sein. Aber er würde noch dort sein, darauf möchte ich wetten. Der Mann war aus Leder und Stahl; ich kann mir nicht vorstellen, dass er jemals sterben würde. Und wenn er gestorben ist, dann werden seine Kinder oder Enkel wahrscheinlich da oben leben. Einen so großen und krisensicheren Familienbesitz würde niemand aufgeben, der noch bei Trost ist. Jemand müsste dort sein, irgendein Mitglied der Familie. Sie würden uns aufnehmen, denke ich. Es lohnt einen Versuch. Ich weiß nicht, was ich sonst tun sollte.«

»Was ist mit Ihrem Mann?« fragte Khalid. »Wo ist er?«

»Tot, glaube ich. Ich hörte, dass er an dem Tag starb, als die Wesen eintrafen. Stürzte mit seinem Löschflugzeug bei einem Einsatz ab. Ein guter Mann, war er. Der gute Mike. Ich liebte ihn wirklich.« Sie lachte. »Nicht, dass ich mich noch genau erinnern könnte, wie er aussah, bis auf seine Augen. Blaue Augen, die einen durchbohren konnten. Der Oberst hatte auch solche Augen. Und seine Kinder. Sie alle, der ganze Clan. – Nun, was sagen Sie, mein Freund? Sollten wir versuchen, nach Santa Barbara zu kommen?«

Sie fuhr zurück auf den Freeway und folgte ihm, vorbei an weiteren Warnschildern, bis nach ein paar Minuten die Mauer vor ihnen in Sicht kam.

»Josef, Maria, Jesus«, sagte Cindy. »Sehen Sie sich bloß dieses Ding an!«

Sie war wirklich eindrucksvoll. Eine massive graue Masse von großen Betonblöcken, die sich nach links und rechts erstreckte, so weit Khalid sehen konnte, und die eine Höhe erreichte, die jene der Großen Chinesischem Mauer um ein Mehrfaches übertraf. Wo der Freeway sie erreichte, war eine bogenförmige tunnelartige Öffnung, die tief und dunkel aussah. Eine lange Reihe von Fahrzeugen wartete davor und wurde sehr langsam, Wagen für Wagen, durchgelassen. Hin und wieder kam ein Wagen in Gegenrichtung auf der anderen Fahrspur des Tores zum Vorschein und fuhr auf den Freeway.

Cindy bog auf eine Stadtstraße ab, einen breiten Boulevard, der von schäbigen kleinen Läden gesäumt war, die größtenteils aufgelassen und dem Verfall preisgegeben schienen, und folgte dem Verlauf der Mauer nordwärts. Es war ihr offenbar unmöglich, ihre Verblüffung über die Höhe und Stärke der Mauer zu überwinden. Sie murmelte vor sich hin, schüttelte dann und wann staunend den Kopf, wenn eine besonders hohe Sektion vor ihnen erschien. Es gab Abschnitte, wo der Plan der Straßen sie zwang, ein paar Blocks von der Mauer entfernt weiterzufahren, aber sie blieb stets zu ihrer Linken sichtbar, ragte hoch über die zwei- und dreistöckigen Gebäude auf, die alles waren, was es in diesem Viertel zu geben schien, und sie kehrte immer wieder in die Nähe der Mauer zurück, wenn es möglich war.

Sie sprach wenig. Die Suche nach dem richtigen Weg durch das Labyrinth dieser unvertrauten Viertel schien sie zu erschöpfen.

»Es ist unglaublich«, sagte sie irgendwann am Vormittag, als sie durch eine Serie kleiner Städte weiter fuhr, die alle sehr eng zusammengebaut waren, und von denen einige attraktiver aussahen und andere weniger. »Diese gewaltigen Dimensionen. Die Menge an Arbeitskräften, die da hineingesteckt wurde. Was für Schafe sind wir geworden! Baut eine Mauer um Los Angeles, sagen sie uns – sie sagen es nicht mal, sie geben einem einen kleinen Druck – und sofort gehen zehntausend Menschen daran, ihnen eine Mauer zu bauen. Baut Nahrung für uns an! Und wir tun es. Setzt enorme, unbegreifliche Maschinen für uns zusammen. Ja, ja. Sie haben uns domestiziert. Eine ganze Welt voller Schafe, das sind wir jetzt. Eine Welt von Sklaven. Und das Unglaublichste daran ist, dass wir keinen Finger heben, um dem ein Ende zu machen. – Haben Sie wirklich dieses Wesen getötet?«

»Glauben Sie, dass ich es tat?«

»Ich könnte es mir vorstellen, ja. Wer es auch tat, war der Einzige, dem es jemals gelungen ist.« Sie beugte sich über das Lenkrad nach vorn, blinzelte zu einem verblichenen Straßenschild, pockennarbig, als hätte jemand es für Schießübungen benutzt. »Ich erinnere mich des Tages, als es geschah. Fünf Minuten lang wurden die Wesen alle verrückt. Sprangen herum, als hätten sie einen Starkstromschlag bekommen. Dann beruhigten sie sich. Das war ein wilder Tag. Ich war zu der Zeit im Zentrum Wien. Es ging zu wie in einem Zirkus an dem Tag. Und dann wurde herausgebracht, was geschehen war, dass jemand tatsächlich einen von ihnen in England erledigt hatte. Für mich persönlich war es ein harter Schlag, als ich das hörte. Ich war völlig schockiert. Ein schreckliches, furchtbares Verbrechen, dachte ich. Damals liebte ich sie noch.«

Das Gespräch bereitete Khalid Unbehagen. »Sind wir schon in der Nähe von Los Angeles?« fragte er.

»Dies alles ist Los Angeles, mehr oder weniger. Es waren kleine Städte mit unabhängigen Verwaltungen, aber in Wirklichkeit war alles Los Angeles, bloß wollten sie nicht von ihren eigenen Städten lassen. Das eigentliche, amtliche Los Angeles ist aber auf der anderen Seite der Mauer. Vielleicht zwanzig Meilen entfernt.«

Man konnte erkennen, wenn man eine kleine Vorstadt verließ, und in eine andere einfuhr, weil die Straßenlaternen und auch die Häuser verschieden waren. Eine Stadt hatte prachtvolle Villen und große Bungalows, und schon die nächste lag vernachlässigt halb in Ruinen. Vor ihnen erhoben sich nahe Berge, mächtige Berge, die auf die kleinen Vorstädte herabsahen. Auf den Gipfeln lag noch Schnee, obwohl es hier unten warm wie an einem Sommertag war.

Cindy zählte die Namen all der Städte auf, als sie durchfuhren, wie wenn es eine Geographiestunde wäre. »Pasadena«, sagte sie. »Glendale. Burbank. Das dort unten zu unserer Linken ist L.A.«

Sie fuhren jetzt nach Westen in die Sonne hinein und

kamen wieder auf einen Freeway. Die Mauer war auf diesem Teil der Strecke ziemlich weit von ihnen entfernt. Hier war das Land eben und monoton, die Straßen lang und gerade.

»Wir sind jetzt nahe der Stelle, wo die Wesen erstmals landeten«, erzählte Cindy. »Ich fuhr am selben Morgen noch hin. Ich musste sie sehen. Ich war verliebt in die Idee, dass die Außerirdischen gekommen seien. Ich gab mich ihnen hin. Bot ihnen meine Dienste an: der allererste Quisling, glaube ich. Aber ich sah mich nicht als eine Verräterin, verstehen Sie, nur als eine Botschafterin, eine Brücke zwischen den Spezies. Aber sie enttäuschten mich. All diese Jahre schoben sie mich bloß von einem Job zum nächsten, während ich darauf wartete, dass sie mich an Bord eines Schiffes setzen und zu ihrer Heimatwelt bringen würden. Und endlich begriff ich, dass sie es niemals tun würden. – Schauen Sie, Khalid, jetzt können Sie in dem Tal zu unserer Linken noch einmal die Mauer sehen, ganz unten, wo sie sich in einem Bogen dem Pazifik nähert. Von nun an sollten wir freie Fahrt bis Santa Barbara haben.«

Und so war es, doch als sie spät am Tag anlangten, fanden sie die Stadt praktisch verlassen, ganze Viertel hübscher, ziegelgedeckter Häuser mit stuckierten Wänden standen dem Verfall preisgegeben. »Ich kann es nicht glauben«, sagte sie immer wieder. »Diese wunderschöne kleine Stadt. Die Leute müssen einfach fortgegangen sein! Oder sie wurden abtransportiert.« Sie zeigte zu den grünen Vorbergen, die sich hinter der schmalen Küstenebene erhoben, und sagte: »Jetzt können Sie Ihre scharfen Augen gebrauchen. Sehen Sie dort oben Häuser?«

»Einige, ja.«

»Anzeichen, dass sie bewohnt sind?«

»So scharf sind meine Augen nicht«, antwortete er.

Aber Santa Barbara war nicht völlig menschenleer.

Nachdem sie eine Zeit lang herumgefahren war, fand Cindy drei untersetzte Männer von bräunlicher Hautfarbe, die an einer Straßenecke beisammen standen. Es musste das frühere Stadtzentrum gewesen sein. Sie kurbelte die Scheibe herunter und sprach in einer Sprache zu ihnen, die Khalid nicht verstand; einer von ihnen antwortete sehr knapp, und sie redete weiter, diesmal sehr ausführlich, und sie lächelten und berieten miteinander, und dann zeigte derjenige, der zuvor geantwortet hatte, zu den Bergen und deutete mit Bewegungen der Hände und Handgelenke eine Reihe von Windungen und Spitzkehren an, die sie hinaufführen würden.

»Was für eine Sprache war das?« fragte Khalid, als sie wieder fuhren.

»Spanisch.«

»Ist das die Sprache, die sie in Kalifornien sprechen?«

»In diesem Teil, ja«, antwortete sie. »Er sagt, die Ranch sei noch dort und wir sollten einfach hinauffahren, bis die Straße nach einer Biegung beim Tor endet. Er sagte auch, dass sie uns nicht einlassen würden. Aber vielleicht irrt er sich.«

Cassandra, die im Kindergarten Dienst tat, hörte in der Ferne das Hupen: drei langgezogene Töne, dann einen kurzen, und wieder drei lange. Sie nahm das Telefon ab und rief zum Ranchhaus. Eine Stimme, die entweder ihrem Mann oder dem Zwillingsbruder ihres Mannes gehörte, meldete sich. Cassandra war besser als alle anderen imstande, Mikes und Charlies Stimmen voneinander zu unterscheiden, aber sogar sie hatte manchmal Schwierigkeiten.

»Mike?« sagte sie, ihrer Vermutung nachgebend.

»Nein, Charlie. Was ist los?«

»Jemand ist am Tor. Erwarten wir jemand?«

Sie hörte, wie Charlie jemanden fragte, vielleicht

Ron. Dann sagte er: »Nein, niemanden, den wir kennen. Lauf einfach hinüber, sieh dir die Leute an und ruf dann zurück. Du bist dem Tor näher als alle anderen, wo du jetzt bist.«

»Ich bin im sechsten Monat schwanger und werde nirgendwo hinlaufen«, versetzte sie gereizt. »Und ich bin im Kindergarten, mit Irene und Andy und La-La und Jane und Cheryl. Und Sabrina. Außerdem habe ich keine Waffe. Such dir jemand anders, hörst du?«

Charlie murmelte etwas ärgerlich Klingendes, als Cassandra auflegte. Nicht mein Problem, dachte sie. Die Ranch wimmelte von Kleinkindern, und heute abend war es ihre Aufgabe, sich um sie zu kümmern und sie ins Bett zu bringen. Charlie konnte leicht einen anderen finden, der zum Tor trottete. Jill oder Lisa, oder Mark. Oder er konnte selbst gehen.

Einige Minuten vergingen. Das Hupen wurde wiederholt.

Dann sah sie ihren jungen Vetter Anson im Dauerlauf vorbeikommen, die Schrotflinte in den Händen, die immer zur Hand war, wenn unerwartete Besucher am Tor auftauchten. Sein Gesicht hatte diesen starren, konzentrierten Ausdruck, den er immer zur Schau trug, wenn einer der älteren Männer ihm einen Auftrag erteilte. Anson war ein ungemein verantwortungsbewusster Junge. Bei ihm konnte man sich darauf verlassen, dass er jeden Auftrag unter allen Bedingungen ausführte.

»Nun, Problem gelöst«, dachte Cassandra und machte sich wieder daran, dem kleinen Andy die Windeln zu wechseln.

»Ja?« sagte Anson und spähte durch die Gitterstäbe des Tors zu den Fremden hinaus. Die Schrotflinte hing beiläufig in seiner Hand, aber er konnte sie im Nu in Anschlag bringen. Er war sechzehn, groß und kräftig, und zu allem bereit.

Diese Leute sahen allerdings nicht sehr bedrohlich aus. Eine dünne kleine Frau mit müdem Gesicht, die vielleicht im Alter seiner Mutter war, oder sogar einige Jahre älter; und ein ungewöhnlich aussehender Mann, irgendwo in den Zwanzigern, sehr groß und schlank, mit großen blaugrünen Augen und gelbbrauner Haut und einem großen Schopf lockigen Haars, das nicht ganz rot und nicht ganz braun war, auch nicht ganz blond, sondern wie Bronze.

Die Frau sagte: »Mein Name ist Cindy Carmichael. Ich war Mike Carmichaels Frau, vor langer langer Zeit. Dies ist Khalid, der mit mir gereist ist. Wir haben keine Unterkunft und fragen uns, ob ihr uns aufnehmen könnt.«

»Mike Carmichaels Frau?« sagte Anson stirnrunzelnd. Das war verwirrend. Mike Carmichael war sein Vetter, aber Cassandra war seine Frau, und diese hier war jedenfalls alt genug, um Mikes Großmutter zu sein. Sie musste von einem anderen Mike Carmichael sprechen, in einer anderen Zeit.

Sie schien das Problem zu verstehen. »Mein Mann Mike war Oberst Carmichaels Bruder. Er ist längst tot. Du bist selbst ein Carmichael, nicht? Ich sehe es an deinen Augen. Und wie du da stehst. Wie heißt du?«

»Anson, Madam«, sagte er. Und fügte hinzu: »Ja, Carmichael.«

»Das war der Name des Obersten, Anson. Und er hatte einen Sohn dieses Namens, Anse wurde er genannt. Bist du vielleicht Anses Junge?«

»Nein, Madam. Rons.«

»Wirklich? Also hat er jetzt eine Familie. Ich nehme an, dass sich vieles geändert hat. – Lass mich überlegen: damit würdest du Anson der Fünfte sein, richtig? Wie in einer königlichen Dynastie.«

»Der Fünfte, ja, Madam.«

»Nun, hallo, Anson der Fünfte. Ich bin Cindy die

Erste. Können wir bitte hereinkommen? Wir haben eine lange Reise hinter uns.«

»Warten Sie hier«, sagte Anson. »Ich werde mich erkundigen.«

Er trabte vom Tor zum Herrenhaus. Charlie, Steve und Paul standen an einem Tisch im Kartenzimmer und hatten ein Bündel Ausdrucke vor sich ausgebreitet. »Da ist eine seltsame Frau am Tor«, sagte Anson. »Und jemand, der ausländisch aussieht, ist bei ihr, ein Mann. Sie sagt, sie sei eine Carmichael. Sei mit einem Bruder des Obersten verheiratet gewesen, der auch Mike hieß, vor langer Zeit. Ich weiß nicht, wer der Mann ist. Sie scheint eine Menge über die Familie zu wissen. – Kann es sein, dass der Oberst einen Bruder namens Mike hatte?«

»Nicht dass ich wüsste«, sagte Charlie. »Lange vor meiner Zeit.« Steve zuckte die Achseln. Aber Paul sagte: »Wie alt sieht sie aus? Älter als ich, meinst du?«

»Würde ich sagen. Älter sogar als Onkel Ron, vielleicht. Ungefähr in Tante Rosalies Alter, vielleicht.«

»Hat sie dir ihren Namen genannt?«

»Cindy, sagte sie.«

Paul sperrte die Augen auf. »Das darf doch nicht wahr sein.«

»Was ist los, Vetter?« fragte Ron, der gerade hereinkam.

»Du wirst es nicht glauben, aber anscheinend ist die Botschafterin vom Weltraum zurückgekehrt und wartet am Tor. Cindy, meine ich. Mikes Frau Cindy. Was sagst du dazu?«

Also war die Ranch eine Art Carmichael-Kommune, und die gesamte Familie des Obersten lebte hier oben am Berg. Cindy hatte das nicht erwartet. Das war eine ganze Sippe von Carmichaels, die Kinder mitgerechnet. Sie fühlte sich ein wenig einsam vor dieser übermächtigen Phalanx.

Es war erstaunlich, sie alle wiederzusehen, diese Leute, die ein paar Jahre lang ihre Verwandten gewesen waren, sozusagen. Nicht, dass Cindy ein besonders enges Verhältnis zu ihnen gehabt hätte, damals in ihren alten Tagen in Los Angeles, als sie sich hatte treiben lassen. Der furchterregende alte Oberst hatte den anderen die Stichworte gegeben, und sie war nie in den engeren Familienkreis aufgenommen worden, außer vielleicht von Mikes Neffen Anse, der sie recht höflich behandelt hatte. Für die anderen war sie bloß Mikes verrückte Hippiefrau gewesen, die sich komisch anzog und komisch redete und komisch dachte, und sie hatten alle ziemlich deutlich klar gemacht, dass sie sehr wenig, wenn überhaupt, mit ihr zu tun haben wollten. Was für Cindy im Grunde in Ordnung gewesen war. Sie hatten ihr Leben, sie und Mike hatten das ihre.

Aber das war damals und jetzt war heute, und Mike lebte längst nicht mehr, und die Welt hatte sich jenseits aller Vorstellungskraft verändert. Und diese Leute stellten die nächste Annäherung an eine Familie dar, die ihr geblieben war. Sie konnte und durfte nicht zulassen, dass sie jetzt zurückgewiesen wurde.

»Ich kann euch nicht sagen, wie froh ich bin, hier zu sein, wieder unter den Carmichaels. Oder zum ersten Mal wirklich unter den Carmichaels. In den alten Tagen hatte ich nie besonders viel Familiensinn, nicht wahr? Aber jetzt würde ich gern dazugehören. Wirklich.«

Sie gafften sie an, als wäre sie ein Wesen, oder vielleicht ein Gespenst, das sich irgendwie in ihr Haus am Berg verirrt hatte und nun in ihrer Mitte stand.

Cindy blickte von einem Gesicht zum anderen und suchte sich zu vergegenwärtigen, an was sie sich von den Carmichaels erinnerte.

Ronnie. Das musste Ronnie sein. In der Mitte der Gruppe. Er schien jetzt die Leitung zu haben. Das war komisch, Ronnie als Familienoberhaupt. Sie erinnerte ihn als einen ungezügelten Mann, einen Geschäftemacher und zwielichtigen Patron, der sich stets am äußeren Rand der Familie bewegte. Er war womöglich mehr als sie das schwarze Schaf der Familie gewesen. Aber hier war er jetzt, fünfzig, vielleicht fünfundfünfzig Jahre alt, groß und kräftig, mit den Jahren etwas fleischig geworden, das blonde Haar allmählich in Weiß übergehend, und man sah sofort, dass er sich auch innerlich verändert hatte, in einer grundlegenden Weise, dass er stärker, stetiger geworden war und sich in diesen mehr als zwanzig Jahren enorm verwandelt hatte. In den alten Zeiten hatte er nie ernsthaft ausgesehen. Jetzt konnte es daran keinen Zweifel geben.

Neben ihm war seine Schwester, Rosalie. Damals eine hübsche Frau, wie Cindy sich erinnerte, und sie hatte das Alter sehr gut verkraftet, war groß, stattlich, beherrscht. Sie musste um die sechzig sein, wirkte aber jünger. Cindy erinnerte sich, dass Mike ihr erzählt hatte, Rosalie habe als Mädchen große Probleme gehabt – Drogen, Promiskuität –, aber das alles lag jetzt weit hinter ihr. Sie hatte einen fetten spießigen Kerl geheiratet, einen Computermann, und hatte sich gleichsam über Nacht geläutert. Das musste er sein, neben ihr, dachte Cindy: dieser dicke, kahlköpfige Mann mit dem teigigen Gesicht. Sein Name war ihr entfallen.

Und die da – die hagere, zähe Blondine – musste Anses Frau sein. Ein Vorstadttyp, leicht erregbar, hatte Cindy sie in Erinnerung; sie hatte sie absolut uninteressant gefunden. Ein weiterer vergessener Name.

Der jüngere Mann – das musste Paul sein, der Sohn von Mikes älterem Bruder. Ein angenehmer junger Mann, Lehrbeauftragter an einem College irgendwo südlich von L. A. schien jetzt fünfundvierzig zu sein. Cindy erinnerte sich, dass er eine Schwester hatte. Sie schien nicht im Raum zu sein.

Was die anderen betraf, so waren vier von ihnen

junge Leute in den Zwanzigern, und der andere, der sie am Tor empfangen hatte, war Rons halbwüchsiger Junge. Die anderen waren wahrscheinlich Anses Kinder, oder Pauls. Sie sahen alle mehr oder weniger gleich aus, bis auf einen, der offensichtlich der Älteste war, untersetzt und braunäugig und bereits kahlköpfig. In ihm schienen nur schwache Spuren von Carmichael-Erbgut zu sein. Der Sohn von Rosalie und ihrem Computertyp, vermutete Cindy. Später würde noch Zeit genug sein, die anderen zu sortieren. Es blieb noch eine Frau Mitte oder Ende vierzig, die neben Ron stand. Sie kam Cindy auf unbestimmte Weise bekannt vor, aber war sicherlich keine Carmichael, mit ihren dunklen Augen und der eher kleinen, feinknochigen Gestalt. Wahrscheinlich Rons Frau.

Als sie sich den Überblick verschafft hatte, fragte sie: »Und der Oberst? Was ist mit ihm? Könnte er noch am Leben sein?«

»Könnte sein und ist«, sagte Ronnie. »Beinahe fünfundachtzig und sehr schwächlich, und ich glaube nicht, dass er noch lange unter uns weilen wird. Er wird verdammt überrascht sein, dich zu sehen.«

»Und nicht sehr erfreut, kann ich mir denken. Sicherlich weißt du, dass er nie viel von mir gehalten hat. Vielleicht aus guten Gründen.«

»Er wird sich freuen, dich jetzt zu sehen. Du bist seine engste Verbindung mit seinem Bruder Mike, weißt du. Heutzutage verbringt er die meiste Zeit in der Vergangenheit. Natürlich, er hat nicht mehr viel Zukunft.«

Cindy nickte. »Und noch jemand fehlt. Dein Bruder Anse.«

»Tot«, sagte Ronnie. »Vor vier Jahren.«

»Das tut mir leid. Er war ein feiner Mann.«

»Das war er, ja. Aber er hatte große Probleme mit dem Trinken, in seinen späteren Jahren. Anse wollte immer so stark und gut wie der Oberst sein, weißt du, aber er schaffte es nie ganz. Wahrscheinlich hätte es keiner geschafft. Aber Anse litt darunter. Er konnte sich einfach nicht vergeben, dass er ein gewöhnlicher Mensch mit Schwächen und Fehlern war.«

Gab es sonst noch jemanden aus den alten Tagen, nach dem sie sich erkundigen sollte? Cindy glaubte es nicht. Sie blickte zu Khalid und fragte sich, was er sich bei alledem dachte. Aber Khalid schien absolut ruhig zu sein, fast geistesabwesend.

Die Frau neben Ronnie sagte munter: »Ich nehme an, Sie werden mich nicht wiedererkennen, Cindy? Aber wir waren auch nur ein paar Stunden zusammen.«

»Waren wir? Wann war das? Es tut mir leid.«

»Im Raumschiff der Wesen, nach der Landung bei Porter Ranch. Wir waren in derselben Gruppe von Gefangenen.« Sie lächelte ihr zu. »Margaret Gabrielson. Peggy. Ich kam hierher, um für den Oberst zu arbeiten, und später heiratete ich Ron. Es gibt keinen Grund, warum Sie sich an mich erinnern sollten.«

Nein. Es gab keinen.

»Sie waren sehr auffallend. Ich habe nie die Perlen, die Sandalen, die großen Ohrringe vergessen. Sie ließen die meisten von uns am Nachmittag frei, aber Sie meldeten sich freiwillig, um bei den Außerirdischen zu bleiben. Sie sagten uns, sie würden Sie zu ihrer Heimatwelt bringen.«

»Das dachte ich. Aber sie taten es nie«, sagte Cindy. »All die Jahre arbeitete ich für sie, tat, was sie von mir wollten, arbeitete als Aufseherin in ihren Gefangenenlagern, transportierte Gefangene herum, wartete darauf, dass sie ihr Versprechen wahr machten. Aber es wurde nie etwas daraus. Nach einiger Zeit begann ich zu zweifeln, ob sie es jemals versprochen hatten. Heute glaube ich, dass alles eine Selbsttäuschung war.«

»Dann bist du also ein Quisling?« fragte Ronnie. »Ist

dir bewusst, dass dies hier ein größeres Widerstandszentrum ist?«

»War ein Quisling«, sagte sie. »Jetzt nicht mehr. Ich arbeitete in einem Internierungslager an der türkischen Küste, als mir klar wurde, dass ich zwanzig Jahre damit vergeudet hatte, mich bei den Wesen einzuschmeicheln und zu ihrem Werkzeug zu machen. Alles für nichts. Sie sind nicht gekommen, um unsere Welt in ein Paradies zu verwandeln, wie ich damals geglaubt hatte. Sie sind gekommen, uns zu versklaven. Also wollte ich weg, wollte nach Hause. Ein Hacker in Deutschland, den ich gut kannte, organisierte, dass ich als Begleiterin einer Gruppe von Gefangenen nach Nevada geschickt wurde, dann schrieb er meinen persönlichen Code um und erweiterte ihn um die Information, dass ich bei einem Autounfall zwischen Vegas und Barstow umkam, während ich diesen jungen Mann zu seinem nächsten Internierungslager brachte. Darum ist er hier. Der Hacker hat auch seinen Code umgeschrieben. Wir sind jetzt verschwundene Personen, aus den Registern gestrichen. Als wir nach L. A. kamen, entdeckte ich, dass die Stadt von einer Mauer umgeben ist. Wir konnten nicht hinein, weil wir offiziell nicht mehr existieren.«

»Also hattest du dann die Idee, hierher zu kommen.«

»Ja. Was konnte ich sonst tun? Aber wenn ihr mich nicht wollt, sagt es ruhig, und ich werde wieder weggehen. Aber mein Name ist Carmichael. Ich war einmal ein Mitglied dieser Familie, die Frau deines Onkels. Ich liebte ihn sehr, und er liebte mich. Und ich werde mich nicht in eure Widerstandsaktivitäten einmischen. Wenn überhaupt, kann ich dabei helfen. Ich kann euch vieles über die Wesen erzählen, was ihr vielleicht nicht wisst.«

Ronnie betrachtete sie nachdenklich.

»Gehen wir und reden mit dem Oberst«, sagte er.

Khalid sah sie mit Ron hinausgehen, gefolgt von den meisten der anderen. Nur einige der Jüngeren blieben bei ihm: zwei Männer, die offensichtlich Zwillingsbrüder waren, von denen einer eine lange rote Gesichtsnarbe hatte, und der ernste, jungenhaft aussehende Bursche, der sie mit der Schrotflinte am Tor empfangen hatte und offensichtlich mit den Zwillingen verwandt war. Und ein Mädchen, das wie eine weibliche Version der beiden Brüder aussah, groß und schlank und blond, mit den eisig blauen Augen, die jeder hier herum zu haben schien. Auch der Rest von ihr schien eisig: sie war so kühl und distanziert wie der Himmel. Aber sehr schön.

Der mit der Narbe sagte zu seinem Bruder: »Lass uns jetzt gehen, Charlie. Wir müssen noch die Bewässerungspumpe richten.«

»In Ordnung.« Zu dem Jungen mit der Schrotflinte sagte Charlie: »Kannst du die Dinge hier allein unter Kontrolle halten, Anson?«

»Macht euch keine Gedanken um mich. Ich weiß, was zu tun ist.«

»Wenn er komisch wird, verpasst du ihm eine Ladung in den Bauch, hast du gehört, Anson?«

»Geh schon, Charlie«, sagte Anson steif und zeigte mit der Schrotflinte zur Tür. »Geh und richte die verdammte Pumpe. Ich sagte dir, dass ich weiß, was zu tun ist.«

Die Zwillinge gingen hinaus. Khalid stand geduldig wo er die ganze Zeit gestanden hatte, ruhig wie immer, und ließ die Zeit an sich vorüberstreichen. Das große blonde Mädchen sah ihn aufmerksam an. Es war auch in ihrer Neugierde Distanziertheit, eine Art reservierter wissenschaftlicher Faszination. Sie betrachtete ihn, als ob er eine neue Lebensform wäre. Khalid fand das seltsam anziehend. Er spürte, dass sie und er in gewisser Weise ähnlich sein mochten, ungeachtet ihres völlig verschiedenen Äußeren.

Sie ließ ein paar Augenblicke vergehen, dann sagte sie zu dem Jungen: »Du kannst jetzt gehen, Anson. Gib mir die Flinte.«

Anson schien erschrocken. Er ist so ernst und gewissenhaft, dachte Khalid. Nimmt sich sehr ernst. »Das kann ich nicht tun, Jill!«

»Sicher kannst du. Meinst du, ich wüsste nicht, wie man mit einer Schrotflinte umgeht? Ich habe hier oben schon Kaninchen geschossen, als du noch in die Windeln geschissen hast. Gib schon her! Zieh Leine!«

»He, ich weiß nicht ob …«

»Geh schon«, sagte sie, nahm ihm die Waffe ab und zeigte mit dem Daumen zur Tür. Während des ganzen Wortwechsels hatte sie die Stimme nicht erhoben, aber Anson zog sich verwirrt und gedemütigt zurück, als hätte sie ihm mit einer Peitsche ins Gesicht geschlagen.

»Hallo«, sagte das Mädchen zu Khalid. Nur sie und er waren jetzt im Raum zurückgeblieben.

»Hallo.«

Ihr Blick war fest auf ihn gerichtet, fast ohne Wimpernschlag. Er wunderte sich, dass sie ihn so unverwandt anstarrte, als wollte sie ihn hypnotisieren.

»Ich bin Jill«, sagte sie. »Wie heißt du?«

»Khalid.«

»Khalid. Was für ein Name ist das?«

»Ein islamischer Name. Ich wurde nach meinem Onkel benannt. Ich bin in England geboren, aber meine Mutter war eine Pakistani.«

»Pakistani? Und was kann das sein?«

»Pakistanis sind Leute, die aus Pakistan kommen. Das ist ein Land bei Indien.«

»Aha. Indien. Ich weiß was über Indien. Elefanten und Tiger und Rubine. Ich hab mal ein Buch über Indien gelesen.« Nachlässig schwenkte sie den Flintenlauf umher, bald hierhin, bald dorthin. »Du hast interessante Augen, Khalid.«

»Danke.«

»Sehen alle Pakistanis wie du aus?«

»Mein Vater war Engländer«, sagte er. »Er war ziemlich groß. Pakistani sind gewöhnlich nicht so groß und haben eine dunklere Hautfarbe als ich, und braune Augen. Ich hasste ihn.«

»Weil er die falsche Augenfarbe hatte?«

»Seine Augen waren mir nicht wichtig.«

Sie starrte ihn unverwandt an. »Du warst in einem Internierungslager oder was, sagte diese Frau. Was hast du getan, dass du in ein Lager kamst?«

»Das erzähle ich dir ein andermal.«

»Nicht jetzt?«

»Nicht jetzt, nein.«

Sie strich mit der Hand liebevoll über den Lauf der Schrotflinte, als dächte sie daran, ihm mit vorgehaltener Waffe zu befehlen, ihr das Verbrechen zu gestehen, das er begangen hatte. Er erinnerte sich, wie er als Junge das Granatengewehr gestreichelt hatte, bevor er damit das Wesen getötet hatte. Aber er bezweifelte, dass sie ihn erschießen würde; und er dachte nicht daran, ihr jetzt irgendetwas darüber zu erzählen, ganz gleich, womit sie drohte. Später einmal, vielleicht. Nicht jetzt.

Sie sagte: »Du bist sehr geheimnisvoll, Khalid. Ich frage mich, wer du bist?«

»Nichts Besonderes.«

»Ich auch nicht«, sagte sie.

Der Oberst sah aus, als wäre er ungefähr zweihundert Jahre alt, dachte Cindy. Außer diesen gletscherblauen, durchbohrenden Augen schien nichts mehr von ihm übrig zu sein.

Er lag halb sitzend im Bett, der Oberkörper gestützt von mehreren Kissen. Seine Hände zitterten unübersehbar, sein Gesicht war abgezehrt und totenblass, und nach dem Aussehen seiner Schultern und Arme wog er vielleicht noch achtzig Pfund. Sein einst dichtes silbriges Haar war bis auf ein wenig Flaum ausgedünnt.

Rings um ihn, auf beiden Nachttischen und an der Wand, waren Dutzende und Aberdutzende von Familienfotos, manche zweidimensional und manche in 3 D, dazu eine ganze Sammlung von amtlich aussehenden, gerahmten Urkunden, militärischen Auszeichnungen und dergleichen. Cindy sah sofort das Foto von Mike. Es fiel sofort auf: Mike, wie sie sich an ihn erinnerte, ein kraftvoller, stattlicher Mann um die fünfzig, der neben diesem kleinen Flugzeug, das er so geliebt hatte, der Cessna, draußen in der Wüste von New Mexico stand.

»Cindy«, sagte der Oberst und winkte sie mit eine krallenartigen, zitternden Hand näher. »Komm her. Näher.« Die Stimme war schwach und raschelte wie Papier, war aber noch unverkennbar die Stimme des Obersten. Sie hatte diese Stimme nie vergessen können. Wenn der Oberst etwas gesagt hatte, mochte er es auch in einem noch so sanften Ton hervorgebracht haben, war es ein Befehl gewesen. »Du bist wirklich Cindy, nicht?«

»Wirklich, ja.«

»Wie erstaunlich. Ich dachte nie, dass ich dich noch einmal sehen würde. Du warst auf der Welt der Außerirdischen, nicht wahr?«

»Nein. Das war nur eine Illusion. Sie hielten mich all diese Jahre bloß als Arbeitskraft. Schickten mich von einem Arbeitslager zum anderen Internierungslager, gaben mir Verwaltungsaufgaben und so weiter. Schließlich entschloss ich mich zur Flucht.«

»Und du kamst hierher.«

»Das war zuerst nicht meine Absicht. Ich wusste nicht, ob ich hier jemand finden würde. Ich ging nach L. A., konnte aber nicht in die Stadt, also riskierte ich es, hierher zu kommen. Dies war mein letzter Ausweg.«

»Du weißt, dass Mike schon lange tot ist, nicht wahr?«

»Ich weiß das, ja.«

»Und Anse auch. Du erinnerst dich an Anse? Meinen älteren Sohn?«

»Natürlich erinnere ich mich.«

»Als nächster bin ich dran. Ich habe schon zehn Jahre zu lang gelebt, mindestens. Dreißig, vielleicht. Aber für mich ist es nun so gut wie vorbei. Letzte Woche brach ich mir das Hüftgelenk. Davon erholt man sich nicht mehr, nicht in meinem Alter. Ich habe ohnehin genug.«

»Ich hätte nie gedacht, dass ich so etwas von dir hören würde.«

»Du meinst, dass ich mich wie ein Drückeberger anhöre? Nein. Das ist es nicht. Ich gebe nicht auf, genau genommen. Ich gehe bloß fort. Das ist nicht zu verhüten, nicht wahr? Wir sind nicht für ein ewiges Leben gemacht. Wir leben über unsere eigene Zeit hinaus, wir überleben unsere Freunde, wenn wir wirklich unglücklich sind, überleben wir unsere Kinder, und dann ist die Reihe an uns. Das ist gut so.« Er brachte ein geisterhaftes Greisenlächeln zustande. »Ich bin froh, dass du gekommen bist, Cindy.«

»Wirklich?«

»Ich konnte dich nie verstehen, weißt du. Und ich glaube, dass du mich nie verstanden hast. Aber wir gehören trotzdem zur Familie. Meines Bruders Frau: wie könnte ich dich nicht lieben? Man kann nicht erwarten, dass alle Leute um einen herum so sind, wie man selbst ist. Nimm Mike, zum Beispiel …«

Er begann zu husten. Ronnie, der schweigend abseits geblieben war, trat rasch näher, nahm ein Glas Wasser vom Nachttisch und reichte es ihm. »Du darfst dich nicht überanstrengen, Vater«, sagte er leise.

»Nein. Nein. Ich halte nur eine kleine Ansprache.« Der Oberst trank, schloss die Augen, öffnete sie und blickte wieder Cindy an. »Wie ich sagte: Mike. Ein Märtyrer, dachte ich immer. Ein Märtyrer all der verrückten Ideen, die durch das Leben Amerikas liefen, seit wir in Vietnam Krieg führten. Was er tat. Verließ die Luftwaffe, ging nach L. A., heiratete eine Hippie, ging oft allein hinaus in die Wüste, um sich zu verstecken und zu meditieren. Ich billigte das nicht. Aber was ging es mich an? Er war, was er war. Er war schon er, als er sechs Jahre alt war, und was er war, war eben etwas anderes als ich.«

Ein weiterer Schluck Wasser.

»Anse. Gab sich die größte Mühe, jemand wie ich zu sein. Scheiterte daran. Brannte sich aus und starb jung. Ronnie. Rosalie. Probleme, Probleme, Probleme. Wenn meine eigenen Kinder schon so verrückt sind, dachte ich, wie muss erst der Rest der Welt sein? Ein großes Irrenhaus, in dem ich gestrandet bin. Und das war noch vor der Ankunft der Wesen. Aber ich irrte. Ich wollte einfach, dass alle so steif und streng sein sollten wie ich, weil ich dachte, so sollten die Leute sein. Jedenfalls die Carmichaels. Die Krieger, die sich dem Wohl des Vaterlandes weihen, im persönlichen Leben um Rechtschaffenheit und Anstand bemüht.« Ein raschelndes Kichern kam aus seinem Mund. Oder war es ein Hüsteln? »Nun, die Wesen zeigten uns, wo es lang geht, nicht? Die Guten, die Schlechten, die Gleichgültigen – wir alle wurden am selben Tag besiegt und lebten unglücklich bis ans Ende unserer Tage.«

»Du wurdest nie besiegt, Vater«, widersprach Ronnie.

»Kommt es dir so vor? Nun ja, vielleicht. Vielleicht.« Der alte Mann hatte Cindys Hand nicht losgelassen. Er sagte: »Du sagst, du hättest all diese Jahre unter den Wesen gelebt? Also musst du einiges über sie wissen. Haben Sie irgendwelche Fehler, Schwächen? Eine Achillesferse irgendwo, die uns eine Chance bieten könnte, sie schließlich zu besiegen?«

»Ich würde nicht sagen, dass ich so etwas bemerkt hätte, nein.«

»Nein. Nein. Sie sind vollkommene Überwesen. Wie Götter. Kann das sein? Ich nehme an, dass es so ist. Trotzdem aber wollte ich weiter Widerstand leisten. Wenigstens die Idee des Widerstands am Leben erhalten. Die Erinnerung daran, wie es gewesen ist, in einer freien Welt zu leben. Vielleicht lebten wir nie in einer freien Welt, das mag schon sein. Während der Zeit in Vietnam hörte ich, weiß Gott, viel von diesem Zeug, wie die üblen Multis, die Großbanken in Wirklichkeit alle Fäden in den Händen hielten, dass diese internationalen Steuerungsmächte von einer kleinen Gruppe im Hintergrund agierender Drahtzieher für ihre politischen Ziele eingesetzt würden. Dass wir von einem Geflecht aus Lügen und Verschwörungen überzogen seien. Dass nichts so sei, wie es bei oberflächlicher Betrachtung scheine. All unsere angeblichen demokratischen Freiheiten seien bloß Illusionen, eine Theaterstaffage mit dem Ziel, das Volk von der Entdeckung der Wahrheit abzuhalten. Amerika sei in Wirklichkeit ein totalitärer Staat wie all die anderen demokratischen Despotien, Wahlen nur ein Täuschungsmanöver, um dem Volk vorzuspiegeln, es habe ein Wort mitzureden. In Wahrheit wären Wahlen längst verboten, wenn sie etwas ändern würden. Ich glaubte das nie. Aber trotzdem, selbst wenn ich mein Leben lang naiv war, möchte ich glauben, dass das Amerika, das ich für wirklich hielt, wiedererstehen kann. Verstehst du mich? Dass es eine Wiedergeburt geben kann, dass wir das Joch dieser Sklavenhalterwesen abschütteln und uns wiederherstellen und so leben können, wie es uns von Natur aus gegeben ist. Nennen wir es Vertrauen in die Vorsehung Gottes ...« Er machte eine Pause, und wieder kam das geisterhafte starre Lächeln in sein Greisengesicht. »Eine lange Rede, wie, Cindy? Die Abschiedsansprache des alten Mannes. Mir geht allmählich die Puste aus. Willst du von nun an hier mit uns leben?«

»Ich möchte gern.«

»Gut. Willkommen daheim.« Der Ausdruck seiner Augen schien sich ein wenig zu mildern. »Ich liebe dich, Cindy. Ich habe dreißig Jahre gebraucht, um das sagen zu können, und vielleicht musste die Erde vorher von Außerirdischen erobert werden, Mike sterben und vieles andere geschehen. Aber ich liebe dich. Das ist alles, was ich sagen möchte.«

»Und ich liebe dich«, sagte sie leise. »Ich habe dich immer geliebt. Bloß wusste ich es nicht.«

6

Nach vierzig Jahren

Elf Jahre waren vergangen, seit Khalid und Cindy zur Ranch gekommen waren, und zehn, seit er Jill geheiratet hatte, als er endlich preisgab, was er getan hatte, um von den Wesen in ein Internierungslager gesteckt zu werden.

Elf Jahre.

Und dreiunddreißig seit der Eroberung; und die Ranch schwebte noch immer wie eine Insel in der Luft über der leidenden Welt, unberührt. Irgendwo dort draußen waren die undurchdringlichen Zentren der Wesen, in denen die Eroberer von einer anderen Welt den unergründlichen Aktivitäten nachgingen, die aus der Besetzung des eroberten Planeten folgten, einer Besetzung, die nun schon eine ganze Generation angedauert hatte, ohne ein Nachlassen oder eine Erklärung; und irgendwo dort draußen schufteten Arbeitskolonnen unter Bedingungen, die auf Sklaverei hinausliefen, an der Errichtung gewaltiger Mauern um alle großen Städte der Erde, und verrichteten auf Geheiß menschliche Aufseher, die ihre Befehle von Außerirdischen erhielten, eine Vielzahl anderer Tätigkeiten und Arbeiten, deren Zweck niemand verstehen konnte. Und irgendwo dort draußen gab es auch Gefangenenlager, in denen Tausende oder Hunderttausende von Menschen, die gegen irgendwelche rätselhaften und unerklärlichen Bestimmungen der neuen Herren verstoßen hatten, willkürlich festgehalten wurden.

Unterdessen lebten die Carmichaels ihr eigenes Leben über der Welt. Es war selten geworden, dass jemand von ihnen noch die Ranch in den Bergen verließ. Die Grenzen der Ranch waren jetzt viel weniger deutlich markiert; die Carmichael-Domäne hatte sich ringsum über die entvölkerten Vorberge und auch ein Stück abwärts ausgedehnt. Ihre Bewohner verbrachten ihre Tage mit dem Anbau von Getreide und Mais, Obst und Gemüse, hielten Schafe und Schweine und Milchvieh und setzten neue Carmichaels in die Welt. Die Ranch wimmelte von Kindern, und eine Generation folgte rasch auf die vorausgegangene. Und wie eine Maschine, die, einmal in Bewegung gesetzt, nicht mehr angehalten werden kann, weil sie längst eine Eigendynamik entwickelt hat, nahm auch die Aktivität der Widerstandsbewegung ihren Fortgang, wenn ihre Tätigkeit sich auch hauptsächlich darauf beschränkte, entschlossene und anspornende E-Mails zu anderen Gruppen von Widerständlern in alle Welt zu senden. Die Wesen, so undurchschaubar sie waren, mussten sicherlich gewusst haben, was hier oben vorging, hielten sich aber zurück.

Die Carmichaels lebten in so völliger Abgeschiedenheit, dass es ein erstaunliches Ereignis war, ein noch nie dagewesener Einbruch der Wirklichkeit in ihre Sphäre war, als einige Jahre nach Khalids Ankunft ein Fremdling, ein Spion, in ihre Domäne eindrang. Charlie fand ihn rasch und tötete ihn, und alles war wieder so, wie es gewesen war. Und die Welt drehte sich weiter, für die unbesiegten Carmichaels auf ihrem Berg und für die besiegten Massen unten.

Elf Jahre. Für Khalid verflogen sie wie im Traum.

Inzwischen hatten die Carmichaels das Thema von Khalids früherer Inhaftierung so gut wie vergessen. Er lebte unter ihnen wie ein Marsianer unter Menschen, er und die beinahe genauso marsianische Jill, in einem abseits gelegenen eigenen Blockhaus, das er und Mike und Anson hinter den Gemüseplantagen für sie erbaut hatten, und dort verbrachte Khalid seine freien Stunden mit der Anfertigung von großen und kleinen Plastiken aus Stein oder Ton oder Holz, zeichnete Skizzen und brachte sich selbst bei, wie man Pigmente zu Pulver verreiben und daraus Farbe zum Malen herstellen konnte; und er und Jill zogen dort ihre ungewöhnlich schönen Kinder auf, und niemand, nicht einmal Khalid, dachte jemals über seine geheimnisvolle Vergangenheit nach. Sie war kein Ort, den Khalid gern aufsuchte. Sie enthielt wenig schöne Erinnerungen. Er zog es vor, in der Gegenwart zu leben und weder zurück noch nach vorn zu blicken.

Die Vergangenheiten anderer Menschen drängten sich ihm allerdings beinahe täglich auf, denn von seinem Blockhaus zum Friedhof der Ranch war es nur ein kurzes Stück Wegs zu dem hinter einer Felsnase versteckten Bestattungsplatz links von den Gemüsefeldern. Khalid ging oft dorthin, um unter den Toten zu sitzen und ins Land hinauszublicken, ohne an etwas zu denken.

Die Aussicht vom Friedhof war ideal zu diesem Zweck. Er öffnete sich in ein Seitental auf der Westseite des Berges und zum nächsten Berg in der Kette, die parallel zur Küstenlinie verlief. So konnte man dort sitzen, den Rücken am Felsvorsprung, und in den blauen Himmel mit den kreisenden Bussarden hinausschauen, und nur die steile, massige Gestalt des nächsten Berges hinderte den Blick daran, sich in der luftigen Weite zu verlieren.

Grabsteine wuchsen hier wie Pilze aus dem Boden, aber das war in Ordnung. Die Toten waren für Khalid nicht beängstigender als die Lebenden. Außerdem hatte er sehr wenige dieser Leute gekannt.

Der größte und am sorgfältigsten bearbeitete Grabstein zierte das Grab von Oberst Anson Carmichael III., 1943–2027. Auf diesem Grab waren immer frische Blumen, an jedem Tag des Jahres. Khalid war bekannt, dass der Oberst der Gründer und Patriarch dieser Gemeinschaft war. Er war ein paar Tage nach Khalids Ankunft gestorben, aber Khalid hatte ihn nie zu Gesicht bekommen.

Ein anderes Grab gehörte Anson Carmichael IV., 1964–2024. Der Name Anson war hier recht beliebt. Die Siedlung war voll von ihnen. Ron Carmichaels ältester Sohn hieß Anson; auch Steve Gannets Junge, obwohl er von allen »Andy« genannt wurde. Und es mochte noch andere Ansons geben, dachte Khalid. Es gab so viele Kinder, dass es schwierig war, sich auf dem Laufenden zu halten und sie richtig einzuordnen. Auf Jills Verlangen hin hatte Khalid den Namen sogar einem seiner eigenen Söhne gegeben: Raschid Anson Burke, hieß er nun. Der Mann, der hier in dem Grab vor ihm lag, war als »Anse« bekannt gewesen, der älteste Sohn des berühmten Obersten, der vor seinem Vater gestorben war. Anscheinend eine traurige Geschichte, aber niemand hatte Khalid nähere Einzelheiten erzählt. Jill, obschon Anses Tochter, sprach nie von ihm. Jills Mutter lag neben ihrem Mann begraben: Carole Martinson Carmichael, 1969–2034. Khalid erinnerte sie als eine dünne, bleiche, niedergeschlagene Frau, eine erschöpfte und ausgelaugte Version ihrer schönen Tochter. Sie hatte nie viel zu sagen gehabt. Khalid hatte den Grabstein selbst behauen, mit zwei geflügelten Engeln in einem kunstvollen Kranz. Jill hatte es so gewünscht. Hinter den Gräbern von Anse und Carole war das Grab von jemandem namens Helena Carmichael Boyce, 1979–2021. Khalid hatte keine Ahnung, wer sie gewesen war, und nicht weit von ihrem Grab lag die letzte Ruhestätte von Jills erstem Ehemann, dem mysteriösen Theodor Quarles, 1975–2023, »Ted« genannt.

Alles, was Khalid über Theodor Quarles wusste, war, dass dieser viele Jahre älter als Jill gewesen war, dass sie ungefähr ein Jahr verheiratet gewesen waren, als er während eines stürmischen Winters in einem Felssturz ums Leben gekommen war. Er war ein weiterer Verstorbener, von dem Jill niemals sprach; aber auch das war in Ordnung. Khalid hatte kein Interesse daran, mehr über Theodor Quarles zu wissen, als er bereits wusste, und das war die bloße Tatsache seiner Existenz.

Dann gab es die Gräber verschiedener Kinder der Sippe, die in diesem kleinen Bergdorf, das keinen Arzt hatte, jung gestorben waren. Fünf, sechs, sieben kleine Grabsteine in einer Reihe. Auch sie waren meistens mit Blumen geschmückt. Niemals aber lagen Blumen auf dem nächsten Grab, dem des namenlosen Eindringlings, vielleicht eines Quisling-Spions, den Charlie vor sechs oder sieben Jahren getötet hatte, nachdem er ihn beim Herumschleichen im Computerschuppen entdeckt hatte. Ron hatte darauf bestanden, dass er ein ordentliches Begräbnis erhalten sollte, obwohl hitzig darum gestritten worden war. Charlie und Ron hatten sich lange nicht einigen können, bis es dem jungen Anson gelungen war, sie zu beruhigen. Dieses Grab hatte nur einen einfachen Markierungsstein und lag am äußeren Rand des kleinen Friedhofs. Niemand ging in seine Nähe.

Auf derselben Seite des Friedhofs gab es zwei Grabsteine, die Khalid selbst vor ein paar Jahren aufgerichtet hatte. Er hatte niemanden um Erlaubnis gefragt, sondern es einfach getan. Warum nicht? Auch er lebte hier. Er war berechtigt.

Es waren Gedenksteine. Einer von ihnen war Aischa gewidmet. Natürlich wusste Khalid nicht mit Sicherheit, ob sie tot war, aber er hatte auch keinen besonderen Grund zu der Annahme, dass sie noch lebte, und er wollte ihr hier eine Gedenkstätte errichten. Sie war die einzige Person auf der Welt, die ihm jemals etwas bedeutet hatte. Also hatte er ihr einen feinen Gedenkstein gemeißelt, mit komplizierten, verflochtenen Schneckenverzierungen entlang den Kanten. Alles blieb abstrakt: für die fromme Aischa durfte es keine bildliche Darstellung geben. In die Mitte meißelte er in Großbuchstaben die Inschrift AISCHA KHAN, darunter ein paar Zeilen aus dem Koran, auf englisch, weil er das meiste von dem wenigen Arabisch vergessen hatte, das Iskandar Mustafa Ali ihm hatte beibringen können. *Gepriesen sei Allah, Herr des Universums. Dich allein verehren wir, und an Dich allein wenden wir uns um Hilfe.* Keine Jahreszahlen. Er wusste keine.

Der andere Grabstein, den Khalid aufstellte, hatte einfachere Verzierungen und eine kürzere Inschrift:

YASMINA
MUTTER VON KHALID

Die Nachnamen ließ er weg. Seinen eigenen konnte er nicht ausstehen; und selbst wenn Yasmina mit Richie Burke verheiratet gewesen wäre, hätte er diesen Namen nicht auf ihrem Grabstein gewollt. Er hätte sie »Yasmina Khan« nennen können, doch schien es falsch, dass Mutter und Sohn verschiedene Nachnamen hatten, also ließ er beide weg. Und auch auf die Lebensdaten verzichtete er. Khalid wusste, wann sie gestorben war, weil es der Tag seiner Geburt gewesen war, aber er war nicht sicher, wie alt sie damals gewesen war. Jung, das war alles, was er wusste. Welche Bedeutung hatten diese Dinge überhaupt? Es kam nur darauf an, dass an sie erinnert wurde.

Als Jill ihn bei der Bearbeitung von Yasminas Grabstein sah, fragte sie: »Wirst du auch einen für deinen Vater machen?«

»Nein. Nicht für ihn.«

Er besuchte die Gräber von Aischa und Yasmina an einem sonnigen Tag in der Mitte eines dieser langen, endlos scheinenden, sonnengetränkten Sommer, die im Februar oder März jedes Jahres kamen und bis in den November hinein dauerten, als Jill unerwartet beim Eingang zum Begräbnisplatz erschien. Eines der Kinder war bei ihr, das Mädchen Khalifa, fünf Jahre alt.

»Du betest«, sagte Jill. »Ich habe dich unterbrochen.«

»Nein. Ich bin schon fertig.«

Jeden Freitag kam Khalid hierher und sprach einige Worte aus dem Koran über den beiden Grabsteinen, Worte, die er aus seinen Erinnerungen an die frühen Unterrichtsstunden bei Iskandar Mustafa Ali in Salisbury wiederzuerwecken versucht hatte. *An einem gewissen Tag wird die dröhnende Posaune alles erschüttern, und ein zweiter Posaunenschall wird nachfolgen. An diesem Tage werden die Herzen der Menschen erzittern und ihre Blicke niedergeschlagen sein.* Und dann sagte er: *Wenn die Himmel zerreißen, die Sterne sich zerstreuen, die Meere sich vermischen, auch die Gräber sich leerend umkehren, dann wird jede Seele wissen, was sie getan und was sie versäumt hat.* Und dann: *Einige Angesichter werden an diesem Tage leuchten und ihren Herrn anblicken, lächelnd und voll Freude, denn sie werden im Paradies leben. Und an diesem Tag werden die Gesichter anderer von Dunkelheit verhüllt und mit Staub bedeckt sein.* An mehr als das konnte er sich nicht erinnern, und er verstand, dass er diese Zeilen aus verschiedenen Suren des Koran zusammengeworfen hatte; aber sie waren das Beste, was er zustande bringen konnte, und er glaubte, dass Allah sie von ihm annehmen würde, obwohl man nicht ein einziges Wort der Schrift verändern sollte, weil dies das Beste war, was ihm zu Gebote stand, und Allah von keinem mehr als das Mögliche verlangte.

Jill war barfuß und trug nur einen verschlissenen blauen Baumwollkittel, Khalifa trug gar nichts. In diesen Tagen wurde es zunehmend schwieriger, Kleider und Stoffe zu bekommen, und die Kleidung nutzte sich bei der Feldarbeit allzu rasch ab. So gingen die kleinen Kinder bei warmem Wetter nackt, und die meisten der jüngeren Erwachsenen begnügten sich mit dem Nötigsten, um ihre wenigen ordentlichen Kleider für die kältere Jahreszeit zu schonen. Mit vierzig zählte Jill sich noch zu den jüngeren Erwachsenen, und obwohl sie fünf Kinder zur Welt gebracht hatte und die Geburten nicht spurlos an ihr vorbeigegangen waren, hatte ihre lange, schlanke Gestalt noch immer ein jugendliches Aussehen.

»Was gibt's?« fragte Khalid. Es musste etwas Ungewöhnliches sein, das sie hierherführte, während er seine Gebete verrichtete. Vor allem anderen respektierten Jill und er die Privatsphäre des jeweils anderen.

»Khalifa sagt, sie habe ein Wesen gesehen.«

Nun, das war wirklich etwas Ungewöhnliches, dachte Khalid. Er musterte das Kind. Khalifa schien nicht sonderlich aufgeregt zu sein. Ganz ruhig sogar.

»Ein Wesen, wie? Und wo war das?«

»Beim Ententeich, sagt sie. Das Wesen stieg mit ihr ins Wasser und platschte herum. Es spielte und redete lange mit ihr. Dann nahm es sie in die Arme und ging mit ihr auf eine Reise in den Himmel und wieder zurück.«

»Du glaubst, dass dies geschah?« fragte Khalid.

Jill zuckte die Achseln. »Nicht unbedingt. Aber wie

soll ich wissen, ob es geschah oder nicht? Ich dachte, du solltest es wissen. Es könnte ja sein, dass sie hier herumschnüffeln.«

»Ja. Schon möglich.«

Das war Jills Art: sie urteilte nicht, sie zog keine Schlussfolgerungen. Sie trieb durch das Leben wie ein Gespenst, kaum in Berührung mit dem Boden. Es kam vor, dass Khalid und sie tagelang nicht miteinander sprachen, obwohl alles zwischen ihnen friedlich war und sie sich auf dieser Ebene durchaus verstanden. In den elf Jahren ihrer Ehe hatte Khalid nie versucht, in ihr Innenleben einzudringen, und sie verhielt sich zu ihm genauso. Sie waren beide vom selben Schlag.

Er kniete neben der Kleinen nieder und sagte freundlich: »Du sahst ein Wesen, wie?«

»Ja. Es flog mit mir in den Himmel.«

Khalifa war das Schönste seiner fünf bemerkenswert hübschen Kinder, ein Kind wie ein Engel. Sie vereinigte in sich Jills hellhäutige, blonde Schönheit und seine mehr exotischen hybriden Züge. Ihr goldblond schimmerndes Haar hatte bronzene Untertöne, ihre Augen waren von seinem tiefen Blaugrün, und ihre klare, durchsichtig wirkenden Haut hatte eine feine Spur von Tönung, ein hauchzartes subkutanes Bräunlichrosa.

»Wie sah es aus, dieses Wesen?« fragte er.

»Es war wie ein Löwe und wie ein Kamel«, sagte sie. »Es hatte leuchtende Flügel und einen langen Ringelschwanz. Es war ganz rosa und sehr groß.«

»Wie groß?«

»So groß wie du. Vielleicht sogar ein bisschen größer.«

Ihre Augen sahen ihn groß und ernst und aufrichtig an. Aber das musste eine Fabel sein. Es gab keine Wesen, die so aussahen. Es sei denn, eine neue Gattung wäre kürzlich auf Erden eingetroffen.

»Hattest du Angst?« fragte Khalid.

»Ein bisschen. Es war schon schaurig. Aber das Wesen sagte, es würde mir nichts tun, wenn ich ruhig bliebe. Es wollte nur mit mir spielen, sagte es.«

»Spielen?«

»Wir bespritzten uns und tanzten im Teich herum. Es fragte mich nach meinem Namen und den Namen meiner Eltern und vieles andere, was ich nicht weiß. Dann nahm es mich mit in die Luft, wir flogen hinauf zum Mond und zurück. Ich sah die Burgen und Flüsse auf dem Mond. Es sagte, dass es an meinem Geburtstag zurückkommen und mich wieder zu einem Flug mitnehmen würde.«

»Zum Mond?«

»Zum Mond und vielen anderen Orten.«

Khalid nickte. Er betrachtete nachdenklich Khalifas Engelsgesicht und wunderte sich über die wimmelnden Phantasien hinter dieser kleinen glatten Stirn. Dann sagte er: »Woher weißt du etwas über Löwen und Kamele?«

Die Kleine zögerte einen Moment lang. »Andy erzählte mir davon.«

Andy. Jetzt wurde ihm manches klar. Ihr zwölfjähriger Vetter Andy, Sohn von Steve und Lisa, war ein sprudelnder Quell hemmungsloser Phantasie. Klüger als gut für ihn war, der Junge, zauberte ständig mit Computern herum und brachte alle Arten von unerhörten Tricks zustande. Und er hatte etwas Diabolisches in den Augen, schon als ganz kleines Kind.

»Andy erzählte dir davon?« fragte Khalid.

»Er zeigte mir Bilder von ihnen auf dem Bildschirm und erzählte mir Geschichten darüber. Andy erzählt mir viele Geschichten.«

»Ah«, sagte Khalid und warf Jill einen Blick zu. »Erzählt Andy dir auch Geschichten über Wesen?« fragte er das Mädchen.

»Manchmal.«

»Hat er dir auch diese erzählt?«

»O nein! Diese ist wirklich passiert!«

»Dir oder Andy?«

»Mir! Mir!« Sie sah ihn trotzig an, sogar zornig, als sei sie empört, dass er an ihr zweifelte. Aber dann änderte sich das plötzlich. Ein Ausdruck von Ungewissheit oder vielleicht Furcht erschien in ihrem Gesicht. Ihre Unterlippe zitterte. Sie war den Tränen nahe. »Ich sollte es dir nicht sagen. Die Einzige, der ich es sagte, war Mama, und sie sagte es dir. Aber das Wesen sagte, dass ich zu niemandem etwas davon sagen sollte, was passiert ist, sonst würde es mich umbringen. Es wird mich nicht umbringen, nicht, Papa?«

Er lächelte. »Nein, Kind. Das wird es nicht.«

»Ich hab Angst.« Die ersten Tränen kullerten.

»Nein, nein. Nichts wird dich umbringen. Hör zu, Khalifa: Wenn dieses sogenannte Wesen oder irgendein anderes Geschöpf wieder kommt und dich noch einmal ängstigt, erzählst du mir sofort davon, und ich werde es töten. In meinem Leben habe ich schon ein Wesen getötet und kann es wieder tun. Also gibt es nichts, wovor du Angst haben musst.«

»Würdest du ein Wesen töten?« fragte sie.

»Wenn es versuchen sollte, dir etwas anzutun, ja«, sagte Khalid. »Im Nu würde ich es tun.« Er zog sie zu sich, hob sie auf, drückte sie an sich und setzte sie behutsam nieder. Dann gab er ihr einen Klaps auf das bloße kleine Hinterteil, sagte ihr, sie solle sich keine Sorgen mehr wegen des Wesens machen, und schickte sie weiter.

Zu Jill sagte er: »Dieser Andy hat nichts als Unsinn und Flausen im Kopf. Ich muss mit ihm reden, dass er der Kleinen nicht all dies verrückte Zeug in den Kopf stopfen soll.«

Sie sah ihn seltsam an.

»Habe ich was Falsches gesagt?« fragte er.

»Ich glaube, Andy ist nicht der Einzige, der ihr Unsinn in den Kopf stopft. Warum erzähltest du ihr, du hättest einmal ein Wesen getötet?«

»Das war kein Unsinn. Es ist wahr.«

»Komm schon, Khalid.«

»Was, meinst du, brachte mich sieben Jahre in Internierungs- und Arbeitslager? Vielleicht erinnerst du dich, dass ich als entflohener Häftling hierher kam?« Jill sah ihn an, als redete er in einer unbekannten Sprache. Aber es war Zeit, dass er ihr dies erklärte. Höchste Zeit. Er fuhr fort: »Vor vielen Jahren wurde in England auf einer Landstraße ein Wesen erschossen. Ich war der Schütze. Aber sie konnten das nicht wissen, also wurden alle Bewohner der weiteren Umgebung dort in Südengland zusammengetrieben und umgebracht oder in die Lager gesteckt. Die Einzige, der ich davon erzählte, war Cindy. Ich bin nicht sicher, ob sie mir glaubte.« Jill starrte ihn nur an. »Was ist los?« fragte er. »Glaubst du mir nicht, dass ich so etwas getan haben könnte?«

Sie ließ sich lange Zeit mit einer Antwort.

»Doch«, meinte sie schließlich. »Ja, ich glaube, du wärst dazu imstande.«

Er fand Andy genau dort, wo er ihn vermutete, auf einer Bank vor dem Computerschuppen, wo er an einem seiner tragbaren Computer bastelte. Wie sein Vater und sein Großvater, schien der Junge Computer zu essen und zu atmen und zu leben und schrieb wahrscheinlich im Schlaf Programme.

»Andy?«

»Einen Augenblick, Khalid.«

»Ich muss mit dir reden.«

»Einen *Augenblick!*«

Khalid streckte ruhig den Arm aus und drückte einen Knopf an Andys Computer. Der Bildschirm erlosch. Der Junge schoss ihm einen wütenden Blick zu und sprang mit geballten Fäusten auf. Er war groß für sein Alter und recht gut entwickelt, aber Khalid stand bereit, mit jedem Angriff fertig zu werden. Nicht, dass er Andy schlagen würde – das würde zu sehr wie Richie sein, einen zwölfjährigen Jungen zu schlagen – aber wenn es sein musste, würde er ihn festhalten, bis der Jähzorn des Jungen verraucht wäre.

Andy gewann jedoch rasch die Selbstbeherrschung zurück. »Das hättest du nicht tun sollen, Khalid«, sagte er verdrießlich. »Vielleicht hast du verdorben, was ich geschrieben habe.«

»Wenn ein Erwachsener dir sagt, du sollst auf ihn hören, dann hörst du auf ihn«, sagte Khalid. »Das ist hier die Regel. Du wirst mich nicht ignorieren, wenn ich dir sage, dass ich mit dir sprechen will. Was hast du getan? Die geheimen Gespräche der Wesen belauscht?«

Andys Ärger wurde von einem frechen Grinsen abgelöst. Der Junge war nackt. Das störte Khalid. Andy mochte erst zwölf sein, aber er war schon zu groß, um wie die Kleinen in unschuldiger Nacktheit herumzulaufen. Er sollte sich bedecken. Der Gedanke, dass dieser nackte, ausgewachsene Junge mit seiner nackten kleinen Tochter gespielt und ihr phantastische Fabeln erzählt haben sollte, missfiel ihm mehr und mehr.

Er sagte: »Ich höre von Khalifa, dass du sehr interessante Geschichten über neue Arten von Wesen erfindest. Insbesondere von einer, die wie ein Löwe und wie ein Kamel aussieht.«

»Was ist daran so schlimm?«

»Also ist es wahr?«

»Sicher. Ich zeige den Kindern alle Arten von Computergrafik.«

»Zeig es mir«, sagte Khalid.

Andy schaltete den Computer wieder ein. Sofort leuchteten vier Zeilen in flammenden Buchstaben auf:

PRIVATEIGENTUM VON
ANSON CARMICHAEL GANNET.
NIMM DEINE SCHEISSGRIFFEL WEG!
DU BIST GEMEINT!!!

Er drückte ein paar Tasten, und ein lebhaftes Bild begann auf dem Bildschirm Gestalt anzunehmen. Es schien ein mythisches Fabelwesen zu sein. Es hatte das lange, komische Gesicht eines Kamels, die gefährlichen Krallen eines Löwen und seine Mähne, die prachtvollen Schwingen eines Adlers. Dazu einen langen Ringelschwanz wie eine Schlange. Andy füllte die Details rasch aus, bis das Bild beinahe dreidimensional schien, als wollte es aus dem Computer springen und vor ihnen herumtanzen. Das Fabelwesen wandte den Kopf von einer Seite zur anderen, grinste sie an, leckte sich die Lefzen, blickte finster, zeigte einen Satz schimmernder Reißzähne, die kein Kamel jemals besessen hatte.

Wie hatte der Junge das gemacht? Khalid wusste beinahe nichts über Computer. Es kam ihm wie Zauberei vor, wie schwarze Magie. Das Werk eine Djinns, eines der bösen Djinns, eines Dämonen.

»Was für ein Geschöpf soll das sein?« fragte Khalid.

»Ein Greif. Ich fand es in einem Text über Mythologie. Den Kamelkopf machte ich selbst dazu, nur zum Spaß.«

»Und du erzähltest Khalifa, dass es ein Wesen sei?«

»Nein, das war ihre Idee. Ich zeigte ihr bloß Computergrafik. Erzählte sie dir, ich hätte es ein Wesen genannt?«

»Sie sagte, sie habe ein Wesen *gesehen,* es habe sie besucht und mit ihr gespielt und sie zu einem Flug auf den Mond mitgenommen. Und eine Menge anderes verrücktes Zeug. Aber sie sagte auch, dass du ihr vielerlei Zeug wie dieses an deinem Computer gezeigt hättest.«

»Und wenn ich das getan habe?« fragte Andy. »Was sollte daran schlecht sein, Khalid?«

»Sie ist ein kleines Mädchen. Sie hat noch nicht gelernt, wie man Wirklichkeit von Phantasie unterscheidet. Bring sie nicht durcheinander, Andy.«

»Ich soll ihr keine Geschichten erzählen, sagst du?«

»Du sollst ihr nicht den Kopf durcheinander bringen, das sage ich. Und zieh dir Kleider an. Du bist zu alt, um alles, was du hast, offen herumbaumeln zu lassen.« Damit wandte Khalid sich um und ging fort. Es beunruhigte ihn, jungen Menschen zornige Befehle zu geben. Es ließ verschüttete Erinnerungen an schlimme alte Zeiten in ihm auferstehen.

Aber dieser Junge, Andy – jemand musste ihm etwas Disziplin beibringen. Khalid wusste, dass er nicht dazu berufen war, aber jemand sollte es tun. Er war zu wild, zu eigensinnig und trotzig. Von Woche zu Woche konnte man die Aufsässigkeit in ihm wachsen sehen. Er war gut mit Computern, ja, phantastisch. Aber Khalid sah die ungebärdige Wildheit in ihm und wunderte sich, dass niemand sonst sie sah. Schon jetzt tat Andy hauptsächlich, was ihm gefiel, drückte sich vor der Arbeit auf dem Feld und im Stall, wo er konnte, um in seinem Computerschuppen zu verschwinden. Was sollte aus ihm werden, wenn man ihn einfach gewähren ließ? Der erste Quisling der Carmichaels? Der erste Borgmann der Familie?

Beinahe ein Jahr verging, bevor die Geschichte, die Khalid seiner Frau erzählt hatte, Auswirkungen zeigte. Dass er ihr überhaupt ein Wort von der Geschichte seines Attentats auf dieses Wesen erzählt hatte, war ihm beinahe schon wieder entfallen.

Er schnitzte eine Statuette von Jill aus rotem Manzanitaholz, die letzte in einer Serie solcher Plastiken, die er im Laufe der Jahre angefertigt hatte. In kleinen

Gruppen von drei oder vier standen sie im Blockhaus herum, Versammlungen von Jills, Jill stehend, Jill kniend und Jill ausgestreckt mit dem Ellbogen am Boden und dem Kopf in die Hand gestützt. Jill mit einem Baby auf jedem Arm. Jill schlafend, Jill rennend, dass das lange Haar hinter ihr wogte. In allen Darstellungen war sie nackt und sah genau gleich aus. Immer die jugendliche Jill aus Khalids frühen Tagen auf der Ranch, mit dem glatten, ungezeichneten Gesicht und dem flachen Bauch und den hohen, straffen Brüsten. Selbst wenn er sie für jede neue Statue Modell stehen ließ, bildete er sie nur so ab, wie sie gewesen, nicht wie sie jetzt war.

Nach einiger Zeit war ihr das aufgefallen, und sie hatte ihn darauf angesprochen. »So werde ich dich immer sehen«, erklärte er. Nichtsdestoweniger stand sie ihm weiterhin Modell, obwohl sogar er wusste, dass es überflüssig war, weil er doch nur Statuetten von der Jill in seinem Gedächtnis fertigte.

Eines Sonntagmorgens im Frühling, an einem milden, feuchten Tag, als die Tiere versorgt waren und die Feldarbeit ruhte, stand sie wieder für ihn Modell, als Tony zu ihm kam. Tony war ein großer, muskulöser junger Mann von knapp zwanzig Jahren, braungebrannt und mit einer blondgelockten Löwenmähne bis auf die Schultern. Er warf der nackten Jill, die mit ausgestreckten Armen und zum Himmel erhobenem Gesicht dastand, als wollte sie sich in die Lüfte schwingen, nur einen flüchtigen Blick zu. Jeder, der an Sonntagen oder in abendlichen Mußestunden an Khalids Blockhaus vorbeikam, war es gewohnt, Jill Modell stehen zu sehen.

Khalid blickte auf. Tony sagte: »Mein Bruder möchte dich gern sprechen. Er ist im Kartenzimmer.«

»Ja, sofort«, sagte Khalid und machte sich daran, seine Meißel und Schnitzmesser in ihren Kasten zurückzulegen.

Das Kartenzimmer war ein großer, luftiger Raum im Herrenhaus, der größte von mehreren Räumen im linken Flügel des Gebäudes. Vor langer Zeit war er das Arbeitszimmer des alten Obersten gewesen, der die mahagonivertäfelten Wände mit einer umfangreichen Sammlung militärischer Landkarten aus der Zeit des Vietnamkrieges, gerahmten topographischen Plänen von Schlachtfeldern, Stadtplänen und Hafenkarten geschmückt hatte. Einige der fremdartigen, unvertrauten Namen auf den Karten sprangen, kräftig rot unterstrichen, besonders ins Auge: Haiphong, Cam Ranh, Phan Rang, Pleiku, Khe Sanh, Ia Drang, Bin Dinh, Hue. So war dem Raum eine besondere strategische Atmosphäre eigen, und noch vor dem Tod des alten Obersten hatte Ron Carmichael dieses »Kartenzimmer« zum zentralen Planungshauptquartier des Widerstands gemacht. Eine direkte Telefonleitung, die Steve und Lisa Gannet eingerichtet hatten, verband es mit der Kommunikationszentrale im rückwärtigen Außengebäude.

Als Khalid eintrat, hatte sich ein ganzes Rudel von Carmichaels im Kartenzimmer versammelt. Ein paar standen, die anderen saßen hinter dem breiten, lederbezogenen Schreibtisch wie ein zur Verhandlung zusammengetretener Gerichtshof. Alle sahen ihn mit einer eigentümlichen Aufmerksamkeit an, wie man etwa ein mythologisches Ungeheuer betrachten würde, das plötzlich in der alltäglichen Welt der Gegenwart erschienen ist.

Zumindest waren drei von ihnen Carmichaels: Mike, der Angenehmere von Jills beiden Brüdern, und Mikes Vettern Leslyn und Anson, zwei von Rons Kindern. Auch Steve Gannet war anwesend: auch eine Art Carmichael, das wusste Khalid, aber nicht so Carmichael wie die anderen, zu dick, zu kahlköpfig, falsche Augenfarbe. Khalid gab sich keine besondere Mühe, die verwandtschaftlichen Beziehungen zwischen all diesen

Leuten im Kopf zu behalten. Das Schicksal hatte bestimmt, dass er unter ihnen leben sollte, sogar eine von ihnen heiraten und Kinder von ihr haben; aber das bedeutete nicht, dass er sich jemals wie ein echtes Familienmitglied fühlen würde.

Anson war in der Mitte der Gruppe. Khalid wusste, dass Anson in den vergangenen Monaten mehr und mehr zur treibenden Kraft des Widerstandskreises geworden war, nachdem sein Vater Ron alt zu werden begann und sich auf die Leitung des Gemeinwesens und der landwirtschaftlichen Erzeugung der Ranch zurückzog. Anson war noch nicht ganz dreißig, jünger als Mike und Charlie und ihre Schwester Jill, und erheblich jünger als Steve. Aber er war offensichtlich der Nachfolger Rons als künftiges Familienoberhaupt, derjenige, der die Kraft und Autorität zu befehlen hatte und Verantwortung tragen konnte. Anson war ein breitschultriger Mann von sehr blasser Hautfarbe und einem dicken Schopf widerspenstigen strohblonden Haares, das ihm tief in die Stirn fiel. Und natürlich fehlten nicht die durchbohrenden Augen, mit denen all diese Carmichaels unausweichlich zur Welt kamen. Khalid hatte immer den Eindruck gehabt, dass er unter starker – vielleicht zu starker – innerer Anspannung stand und im Kern vielleicht auch unsicher war, so dass es keine allzu hohen Belastung bedurfte, um ihn ausrasten zu lassen.

Anson sagte: »Jill erzählte mir gestern Abend etwas äußerst Seltsames über dich, Khalid. Ich war praktisch die ganze Nacht auf und dachte darüber nach.«

»Ja?« sagte Khalid, unverbindlich wie immer.

»Sie sagte, du hättest ihr vor einiger Zeit erzählt, dass du wegen der Tötung dieses Wesens, das vor fünfzehn oder zwanzig Jahren in England auf eine Landstraße ermordet wurde, in Lagerhaft geschickt wurdest.«

»Ja«, sagte Khalid.

»Ja was?«

»Ja, ich tat es. Ich bin derjenige.«

Ansons durchbohrender Blick ruhte auf ihm. Aber Khalid ließ sich von niemandes Augen einschüchtern.

»Und du sagtest niemals zu irgendjemand ein Wort darüber?« fragte Anson.

»Cindy weiß es. Ich sagte es ihr vor Jahren, als ich sie kennenlernte, bevor wir hierher kamen.«

»Ja. Ich fragte sie gestern Abend, und sie bestätigt, dass du ihr gegenüber diese Behauptung machtest, während ihr zwei von Nevada hierher unterwegs wart. Sie war damals nicht sicher, ob sie dich ernst nehmen sollte. Ist es noch immer nicht.«

»Es war mein Ernst«, sagte Khalid. »Ich war derjenige, der den Anschlag verübte.«

»Aber du hieltest es nie für angebracht, es hier zu erwähnen. Warum nicht?«

»Warum hätte ich darüber reden sollen? Es war keine Angelegenheit, die jemals in einem gewöhnlichen Gespräch erwähnt wurde. Ich habe es vor langer Zeit getan, als ich noch ein Junge war, und aus Gründen, die nur in jener Nacht für mich von Bedeutung waren, und jetzt ist es mir nicht mehr wichtig.«

»Ist dir schon mal der Gedanke gekommen, Khalid«, sagte Mike Carmichael, »dass es für *uns* wichtig sein könnte?«

Khalid zuckte die Achseln.

Anson sagte: »Was brachte dich dann dazu, die Sache nach all dieser Zeit mit Jill zur Sprache zu bringen?«

»Ich sagte es zu meiner Tochter Khalifa, nicht zu Jill. Khalifa bildete sich ein, dass ein seltsames Wesen hier zur Ranch gekommen sei und mit ihr gespielt habe, und dann gedroht habe, dass sie es nicht verraten dürfe. Dein Sohn Andy hat ihr das in den Kopf gesetzt«, sagte Khalid mit einem kühlen Blick zu Steve. »Und als ich diese Geschichte gehört hatte, sagte ich dem Kind, es brauche sich nicht zu fürchten, ich würde es schützen, wie es einem Vater zukommt, und dass ich schon einmal ein Wesen getötet habe und es notfalls wieder tun würde. Dann fragte Jill, ob ich wirklich so etwas getan hätte. Also erzählte ich es ihr.«

Leslyn Carmichael, eine schlanke junge Frau, die Khalid beunruhigend an die Jill vor zehn Jahren erinnerte, sagte: »Die Wesen sind imstande, Gedanken zu lesen und sich gegen Angriffe zu wehren, bevor diese überhaupt ausgeführt werden. Deshalb ist es noch niemandem gelungen, eins zu töten, abgesehen von diesem einen Vorfall in England vor all den Jahren. Wie kommt es, dass du tun konntest, was sonst niemandem gelingt, Khalid?«

»Als das Wesen zusammen mit einem anderen in seinem Fahrzeug auf der Straße daherkam, war in meinen Gedanken nichts, was es hätte beunruhigen können. Ich empfand keinen Hass, keine Feindschaft. Ich ließ keine Empfindung dieser Art in mein Bewusstsein. Ich finde die Wesen sehr schön, und ich liebe schöne Dinge. Ich fühlte Liebe zu diesem Wesen, seiner Schönheit wegen, als ich es durch das Zielfernrohr des Granatengewehrs anvisierte und erschoss. Wenn es bei der Annäherung in mein Bewusstsein geschaut hätte, würde es nur Liebe wahrgenommen haben.«

»Das kannst du?« sagte Anson. »Du kannst alles in deinem Bewusstsein ausschalten, was du dort nicht haben willst?«

»Damals konnte ich es. Vielleicht kann ich es noch immer.«

»Ist es dir darum gelungen, unentdeckt zu bleiben?« fragte Leslyn. »Du löschtest alles Wissen von dem Mord aus deinem Bewusstsein, so dass die verhörenden Wesen es nicht darin finden konnten?«

»Es gab keine verhörenden Wesen. Sie erteilten einfach Befehl, dass alle Bewohner unserer Stadt zusammengetrieben und bestraft würden, als ob wir alle schuldig wären. Polizeitruppen führten den Befehl der Wesen aus.«

Es wurde still, während all diese Carmichaels überdachten, was Khalid gesagt hatte. Er beobachtete sie und sah in ihren Gesichtern, dass sie seine Worte abwogen und auf ihre Plausibilität untersuchten.

Glaubt mir oder glaubt mir nicht. Mir ist es gleich.

Aber es schien, dass sie ihm glaubten.

»Komm her, Khalid«, sagte Anson und winkte ihn näher zum lederbezogenen Schreibtisch. »Ich möchte dir etwas zeigen.«

Auf dem Schreibtisch lagen Papiere ausgebreitet. Es waren Computerausdrucke voll von gezackten Linien, Diagrammen, Grafiken. Khalid sah sie verständnislos und ohne Interesse an.

»Wir haben diese Berichte jetzt seit fünf oder sechs Jahren gesammelt«, sagte Anse. »Sie sind eine Analyse der Bewegungen von Wesen hoher Kastenzugehörigkeit zwischen Großstädten, soweit wir sie verfolgen konnten. Diese punktierten Linien sind Transitvektoren, die Bewegungsmuster. Sie bezeichnen Elitefiguren der Wesen, die von Ort zu Ort reisen. Hier, hier, hier. Diese Zusammenballung hier.« Er zeigte auf Gruppen von Linien und Punkten.

»Ja«, sagte Khalid gleichgültig.

»Im Laufe der Jahre haben wir bestimmte Muster innerhalb der Muster festgestellt, Bewegungen von Wesen in und aus bestimmten Orten, wo sie sich manchmal in relativ großer Zahl versammeln. Los Angeles ist einer dieser Orte. London ein anderer. Istanbul ein dritter.«

Anson sah ihn in seiner angespannten Art an, als erwarte er eine Reaktion. Khalid sagte nichts.

»Es wird offensichtlich, jedenfalls unserer Meinung nach«, fuhr Anson fort, »dass diese drei Städte die

Hauptkommandozentralen der Wesen sind, ihre Hauptstädte auf Erden, und dass Los Angeles wahrscheinlich an erster Stelle unter diesen Hauptstädten steht. Du magst auf der Fahrt hierher bemerkt haben, dass die Mauer um Los Angeles höher und stärker ist als alle Ummauerungen anderer Städte. Das mag von einiger Bedeutung sein. – Nun, Khalid, kommen wir zu unserer Hypothese. Los Angeles ist nicht nur sehr wahrscheinlich die Hauptstadt, sondern möglicherweise der Sitz einer höchsten Autorität, sozusagen des Oberkommandierenden aller Wesen, den wir die Nummer Eins nennen.«

Ein weiterer wachsamer Blick traf Khalid, der wieder keine Reaktion zeigte. Was sollte er dazu sagen?

»Wir denken«, fuhr Anson fort, »wir vermuten, wir glauben, dass diese Wesen allesamt telepathisch mit der Nummer Eins verbunden sein könnten, und dass sie aus irgendeinem Grund, den wir nicht verstehen, der aber mit ihren eigenen biologischen oder geistigen Prozessen zu tun haben mag, regelmäßige Pilgerfahrten zu dem Ort machen, wo diese Nummer Eins sich aufhält. Vielleicht handelt es sich um eine Art Gemeinschaftsritual, eine Kommunion, als ob sie sich durch den Besuch bei Nummer Eins selbst irgendwie erneuerten. Und wir glauben, dass dieser Ort Los Angeles ist, obwohl es gewisse Hinweise gibt, dass es auch London oder Istanbul sein könnte.«

»Ihr wisst dies?« fragte Khalid zweifelnd.

»Bloß eine Hypothese«, sagte Leslyn. »Aber vielleicht eine ziemlich gute.«

Khalid nickte. Er fragte sich, warum sie ihn mit diesen Dingen behelligten.

»Wie die Bienenkönigin, die das Volk regiert«, warf Mike ein.

»Ah«, sagte Khalid. »Die Bienenkönigin.«

»Nicht unbedingt weiblich, versteht sich«, meinte

Anson. »Nicht unbedingt irgendetwas. Aber nehmen wir einmal an, dass es uns gelungen ist, Nummer Eins ausfindig zu machen – festzustellen, wo sie ihn in Los Angeles oder vielleicht in London oder Istanbul verborgen haben. Wenn uns das gelingt, und wir könnten einen Attentäter einschleusen, der ihn erledigt, welchen Effekt würde das auf den Rest der Wesen haben? Was meinst du?«

Endlich konnte Khalid etwas Lohnendes beisteuern. »Als ich das Wesen in Salisbury tötete«, sagte er, »bekam das Wesen an seiner Seite Krampfzustände. Einen Augenblick lang dachte ich, ich hätte mit dem einen Raketengeschoss alle beide getroffen, aber das war nicht der Fall. Jedenfalls scheinen sie mental so miteinander verbunden zu sein wie du sagst.«

»Seht ihr? Seht ihr?« rief Anson triumphierend. »Wir bekommen Bestätigung! Warum, zum Teufel, hast du uns davon nichts gesagt, Khalid? Du erschießt einen, und der andere auf dem Wagen bekommt Krämpfe! Ich wette, sie alle bekamen diese Krämpfe, überall auf der Welt, bis zur Nummer Eins hinauf!«

»Wir müssen das überprüfen«, sagte Steve. »Anhand möglichst zahlreicher Quellen herausfinden, ob irgendjemand irgendwo zur Zeit des Salisbury-Attentats ungewöhnliches Verhalten unter den Wesen beobachtet hat.«

Anson nickte. »Richtig. Und wenn es infolge der Ermordung eines relativ unbedeutenden Mitglieds ihrer Art zu einem allgemeinen, weltweiten Nervenzusammenbruch oder Krampfzuständen mit Gleichgewichtsstörungen unter den Wesen gekommen ist, – und wenn es uns irgendwie gelingen kann, die Nummer Eins zu finden und zu töten – nun, Khalid, siehst du, worauf wir hinauswollen?«

Khalid blickte auf die überall verstreuten Papiere.

»Natürlich. Dass ihr die Nummer Eins töten wollt.«

»Genauer gesagt, dass wir, dass *du* die Nummer Eins töten sollst!«

»Ich?« Er lachte. »Nein, Anson.«

»Nein?«

»Nein. Das werde ich nicht tun. O nein, Anson, nein.«

Das schien sie zu verblüffen. Es machte sie sprachlos. Ansons blasses Gesicht lief zornrot an, und Mike machte eine halblaute Bemerkung zu Leslyn, und Steve murmelte ihr auch etwas zu.

Dann blickte Leslyn, die neben Khalid saß, zu ihm auf und sagte: »Warum würdest du es nicht tun? Du bist die einzige, dafür qualifizierte Person.«

»Aber ich habe keinen Grund, es zu tun. Nummer Eins zu töten, wenn es so etwas wie eine Nummer Eins gibt, ist für mich kein Ziel.«

»Hast du Angst?« fragte Mike.

»Überhaupt nicht. Wahrscheinlich würde ich bei dem Versuch sterben, und das möchte ich vermeiden, weil ich kleine Kinder habe, die ich liebe und denen ich während ihres Heranwachsens ein Vater sein möchte. Aber ich fürchte mich nicht, nein. Ich bin nur dagegen.«

»Wogegen?«

»Gegen das Projekt, Wesen zu töten. Es ist wahr, dass ich dieses Wesen tötete, als ich ein Junge war, aber ich tat es aus ganz persönlichen Gründen, die nur für mich selbst von Bedeutung waren. Diese Gründe existieren nicht mehr. Wesen zu töten ist euer Projekt, nicht meins.«

»Möchtest du nicht erleben, dass sie von der Welt vertrieben werden?« fragte Steve Gannet.

»Von mir aus können sie die Welt für immer behalten«, erwiderte Khalid ruhig. »Wer die Welt regiert, ist mir gleichgültig. Soweit mir bekannt ist, war das Leben auch vor der Ankunft der Wesen nicht eben glücklich, wenigstens nicht für meine Familie. Alle Familienangehörigen, die ich in England hatte, sind längst tot. Ich kannte sie sowieso nicht, ausgenommen eine Person. Aber nun habe ich eigene Kinder. In ihnen finde ich Glück. Zum ersten Mal in meinem Leben habe ich vom Glück gekostet. Ich möchte hier bleiben und meine Kinder großziehen. Nicht in eine Stadt gehen, die ich nicht kenne, und versuchen, ein fremdes Wesen zu töten, das mir nichts bedeutet. Vielleicht würde ich lebendig von dort zurückkehren, wahrscheinlich aber nicht. Aber warum sollte ich das Risiko auf mich nehmen? Was habe ich dabei zu gewinnen?«

»Khalid …« sagte Anson.

»Habe ich mich etwa nicht klar genug ausgedrückt? Ich habe mich sehr bemüht, keinen Zweifel zu lassen.«

Schwierige Situation. Khalid kam ihnen so fremd vor wie die Wesen selbst. Sie schickten ihn hinaus.

Er kehrte zurück zu seinem Blockhaus, öffnete seinen Werkzeugschrank und bat Jill, ihre Pose wieder einzunehmen. Von dem, was im Kartenzimmer stattgefunden hatte, sagte er nichts. Ringsum spielten seine schönen Kinder, Khalifa, Raschid, Yasmina, Aischa und Halim. Bei ihrem Anblick wurde Khalid vor Freude warm ums Herz. Allah war gut; Allah hatte ihn zu diesem Berg geführt, hatte ihm die seltsame und schöne Jill gegeben und diese Kinder mit ihr geschenkt. Nach vielem Leid hatte sein Leben endlich zu blühen begonnen. Warum sollte er es für das törichte Projekt dieser Leute hingeben?

»Ich muss mit Tony reden«, sagte Anson, als Khalid gegangen war.

Das Gespräch mit seinem Bruder war kurz. Tony war niemals ein tiefer Denker gewesen, noch war er ein Mann von vielen Worten. Er war acht Jahre jünger als Anson und hatte ihn immer verehrt, geliebt, gefürchtet.

Er blickte zu ihm auf, würde alles für ihn tun. Sogar dies, hoffte Anson.

Er erklärte Tony, was auf dem Spiel stand, und was erforderlich sein würde, um es zu Wege zu bringen.

»Ich werde einen Versuch machen«, sagte Anson. »Für mich ist es eine Frage der Verantwortung.«

»Siehst du es so? Nun, denn …«

»Ja, so sehe ich es. Aber der Erste, der einen Versuch macht, könnte scheitern. Wenn es mir nicht gelingt, die Nummer Eins zu töten, wirst du der Nächste sein, der die Sache in Angriff nimmt?«

»Klar«, erwiderte Tony augenblicklich. Er schien kaum zu überlegen. Die Schwierigkeiten, das Risiko blieben außer Betracht. Keine Falte furchte Tonys breite Stirn, kein Schatten fiel über sein freundliches, klares Gesicht. »Warum nicht? Wie du meinst, Anson. Du bist der Chef.«

»So einfach wird es nicht sein. Es könnten Monate der Vorbereitungen und des Spezialtrainings erforderlich sein. Jahre vielleicht.«

»Du bist der Chef«, wiederholte Tony.

Etwas später, als Khalid seine Arbeit beendete, kam Anson zu ihm. Er sah noch angespannter als gewöhnlich aus; die Lippen waren zusammengepresst, die Stirn gefurcht. Sie standen zusammen vor dem Blockhaus, vor einer Gruppe nackter hölzerner Jills, und Anson sagte: »Du sagtest uns, dass dir der ganze Plan, Wesen zu töten und schließlich zu vertreiben, gleichgültig sei. Ja dass du, als du seinerzeit das Wesen getötet hast, dies mit einem Gefühl der absoluten Gleichgültigkeit getan hast.«

»Ja. So ist es.«

»Meinst du, dass du jemanden in dieser Art von absoluter Gleichgültigkeit unterweisen könntest, Khalid? Ihn in deiner Technik unterweisen, das Bewusstsein von allem frei zu machen, was den Verdacht eines Wesens wecken könnte?«

»Ich könnte es versuchen, nehme ich an. Aber ich glaube, es würde nicht klappen. Du musst dafür geboren sein, meine ich.«

»Vielleicht nicht. Vielleicht kann es gelehrt werden.«

»Vielleicht«, sagte Khalid.

»Könntest du versuchen, es mich zu lehren?«

Es erschreckte Khalid, dass Anson sich etwas vornehmen wollte, das sicherlich ein Himmelfahrtskommando sein würde. Khalid konnte diese Art von Hingabe an ein Vorhaben beinahe verstehen; wenigstens im abstrakten Sinne. Aber Anson war der Vater einer großen Familie, ebenso wie Khalid. Er hatte bereits sechs, sieben Kinder und war noch jung, sogar ein paar Jahre jünger als Khalid. Jahr um Jahr kamen Kinder aus Raven, der dicklichen kleinen breithüftigen Frau, die Anson drüben im Gesindehaus gefunden hatte. Man konnte immer sagen, wann der Frühling gekommen war, weil Raven dann ihr jährliches Baby zur Welt brachte. Wollte Anson nicht die Freude genießen, diese Kinder heranwachsen zu sehen? Lohnte es sich, all das für einen tollkühnen Versuch zu verlieren, ein monströses Wesen von einer anderen Welt zu töten?

Aber das war eine sinnlose Diskussion. »Du würdest es nie lernen«, sagte Khalid. »Du hast nicht die richtige Denkart. Du könntest niemals gleichgültig gegen etwas sein.«

»Versuch's trotzdem mit mir.«

»Das werde ich nicht tun. Es würde eine Vergeudung deiner und meiner Zeit sein.«

»Was für ein dickköpfiger Bastard du bist, Khalid!«

»Ja. Ja, ich nehme an, dass ich das bin.«

Er wartete, dass Anson weggehe, aber der andere blieb da, musterte ihn stirnrunzelnd, kaute auf der Unterlippe, grübelte in angestrengter Berechnung. Nach einer Weile sagte er: »Nun, denn, Khalid, wie wär's mit meinem Bruder Tony? Er sagte mir, dass auch er bereit dazu wäre.«

»Tony«, wiederholte Khalid. Der große Dumme, ja. Bei dem war es eine andere Sache. »Ich nehme an, mit Tony könnte ich es versuchen«, sagte Khalid. »Wahrscheinlich wird es auch bei ihm nicht klappen, weil ich glaube, dass es eine Einstellung ist, die man von Kindheit auf lernen muss. Und selbst wenn er sie lernen könnte und hinginge, das Wesen zu vernichten, würde er bei dem Versuch umkommen, denke ich. Ich fürchte, sie würden ihn durchschauen, ganz gleich, wie gut er ausgebildet wäre, und ihn umbringen. Darüber müsst ihr euch im Klaren sein. Aber ich könnte versuchen, es ihm beizubringen, ja. Wenn du es so willst.«

7

Nach siebenundvierzig Jahren

Gegen Morgen, als die Augen trübe waren und sein Verstand nach einer durchwachten Nacht vor sieben Computerschirmen nicht mehr richtig arbeiten wollte, kam Steve Gannet zu dem Schluss, dass er genug hatte. Nächstes Jahr würde er fünfzig, schon etwas alt, um die Nächte durchzuarbeiten. Er blickte zu dem blonden Jungen auf, der gerade mit seinem Frühstück in die Kommunikationszentrale gekommen war, und sagte: »Martin, ist mein Sohn Andy schon auf?«

»Ich bin Frank, Sir.«

»Entschuldige, Frank.« Ansons Kinder sahen alle gleich aus. Aber dieser steckte bereits im beginnenden Stimmbruch, also war er ungefähr vierzehn, und sein Name war Frank. Martin war erst zwölf. Steve blinzelte schläfrig auf das Frühstück und sagte wieder: »Also, Frank, ist Andy schon auf?«

»Ich weiß nicht, Sir. Ich hab ihn noch nicht gesehen. Mein Vater hat mich geschickt, um zu fragen, ob es bereits Fortschritte gibt.«

»Minimal, sag ihm.«

»Minimum?«

»Beinahe. Ich sagte *Minimal.* Das bedeutet ›sehr wenig‹. Genauer gesagt, bedeutet es ›so gut wie nichts‹. Sag ihm, dass ich nicht nennenswert weitergekommen bin, aber eine mögliche neue Zugangsweise zu dem Problem sehe und Andy bitten werde, heute Vormittag diesen Zugang zu erforschen. Sag ihm das. Und dann, Frank, such Andy und sag ihm, er soll wie der Blitz herkommen.«

»Wie der Blitz?«

»›Äußerst schnell‹ bedeutet diese Redewendung.«

Großer Gott, dachte Steve. Die Sprache verrottet vor meinen Augen.

Als Anson eine halbe Stunde zum offenen Fenster des Kartenzimmers hinaussah, kam Steve wie ein müder Ochse über die Wiese und steuerte den Familieneingang der Gannets an. Er rief hinaus: »He, Vetter Steve! Hast du eine Minute Zeit für mich?«

Gähnend sagte Steve: »Wenn du darauf bestehst.« Seine Stimme verriet wenig Begeisterung.

Er stapfte herüber und schaute zum Fenster herein. Ein leichter Regen hatte eingesetzt, aber Steve schien ihn nicht wahrzunehmen.

»Nein, komm herein«, sagte Anson. »Du wirst ganz nass, wenn du draußen bleibst.«

»Ich würde mich wirklich gern hinlegen, Anson.«

»Schenk mir ein bisschen von deiner Zeit, Vetter«, sagte Anson, diesmal etwas weniger liebenswürdig, so dass sein Ton an das grenzte, was sein Vater als die Oberststimme bezeichnete. Anson, der sechzehn gewesen war, als der Oberst starb, hatte nur ganz ungenaue Erinnerungen an den Befehlston seines Großvaters. Anscheinend hatte er ihn aber geerbt.

»Also?« sagte Steve, nachdem er im Kartenzimmer eingetroffen war und vor Ansons lederbezogenem Schreibtisch Wassertropfen auf den Teppich verstreute.

»Frank sagt mir, du hättest einen neuen Zugang zum Nummer Eins-Problem gefunden. Kannst du mir sagen, was es ist?«

»Es ist nicht eigentlich ein neuer Zugang. Es ist der Zugang zu einem neuen Zugang. Ich glaube, ich habe den Eingang zu Karl-Heinrich Borgmanns Privatarchiv frei gehackt.«

»Ist das *der* Borgmann?«

»*Der* Borgmann. Unser spezieller nachgeborener Judas.«

»Der ist schon ewig tot. Du meinst, sein Archiv existiert noch?«

»Hör zu, können wir darüber reden, nachdem ich geschlafen habe, Anson?«

»Nur noch einen Augenblick. Wir nähern uns im Nummer Eins-Projekt einem kritischen Punkt, und ich muss einen Überblick über alle Daten behalten. Erzähl mir von diesem Borgmann-Ding, so weit es Einfluss auf die Jagd nach Nummer Eins haben kann. Ich nehme an, das ist die Perspektive, richtig? Eine Verbindung zur Nummer Eins in den Borgmann-Akten?«

Steve nickte. Er schien sich nur noch mit Mühe auf den Beinen zu halten. Anson überlegte nachsichtig, ob er ihn vielleicht tatsächlich überforderte. Er erwartete Höchstleistungen von jedem, wie sein Vater es getan hatte, und vor diesem der alte Oberst. Aber Steve Gannet war nur ein halber Carmichael, ein glatzköpfiger, dickbäuchiger, untersetzter Mann mittleren Alters, der die ganze Nacht durchgearbeitet hatte.

Aber er wußte etwas, auf das Anson scharf war.

Steve sagte: »Borgmann wurde vor fünfundzwanzig Jahren ermordet. In Prag, einer Stadt in der Mitte Europas, die von Anfang an Standort eines großen Hauptquartiers der Wesen war. Wir wissen, dass er seit wenigstens zehn Jahren vor seinem Tod direkten Zugang zum Zentralrechner der Wesen und ihrem Computernetz hatte. Er nutzte diese Verbindung mit Wissen und Erlaubnis der Wesen, aber vielleicht in unzulässiger Weise. Das würde zu dem passen, was wir über Borgmann wissen. Er hatte keine Skrupel, dieselben Leute zu bespitzeln, für die er arbeitete. Nach allem, was wir von Leuten hörten, die in der Zeit zwischen der Eroberung und seiner Ermordung mit Borgmann arbeiteten, wissen wir auch, dass er der Typ war, der niemals eine Akte löschte, der alles und jedes wie ein Eichhörnchen speicherte.«

Steve schien zu schwanken, und er schloss einen Moment lang die Augen. »Also, was du wissen musst, Anson, ist, dass wir immer dachten, Borgmanns Archive seien immer noch dort, vielleicht tief unten im Prager Großrechner in einem Geheimversteck, das er sogar vor den Wesen verbergen konnte, und in Hackerkreisen ist man davon überzeugt, dass diese Archive, wenn sie existieren, voll von kritischer Information über die Arbeitsweise der Wesen und ihre Denkweise sein würden. Höchst explosives Zeug, so denkt man. Ungefähr jeder Hacker auf der Welt hat praktisch seit dem Tag seines Todes nach Borgmanns Daten gesucht. Die Suche nach dem Heiligen Gral, sozusagen. Und mit dem gleichen Erfolg. Nämlich null.«

Anson wollte eine Zwischenfrage stellen und ließ es sein. Steves Sprache war häufig durchsetzt von kryptischen Bezügen aus der untergegangenen Weltkultur, jener Welt von Büchern und Schauspielen und Musik, von Geschichte und Literatur, die Steve gerade noch bis zu einem gewissen Grade und ganz oberflächlich hatte kennenlernen können, bevor sie verschwand; aber Anson erinnerte sich, dass er wahrscheinlich nicht jetzt gleich erfahren musste, was der Heilige Gral war.

»Ich habe die vergangene Nacht einem weiteren verdammten heroischen Achtstundenversuch gewidmet, alle Daten, die wir über jeden größeren Knotenpunkt des Kommunikationsnetzes der Wesen sammeln konnten, miteinander in Verbindung zu bringen, eine Art Auflegefolie zu schaffen und eine Bestätigung der Theorie zu gewinnen, mit der wir seit Gott weiß wie lange gespielt haben, dass die Nummer Eins im Herzen von Los Angeles angesiedelt ist. Nun, das ist wieder nicht gelungen. Aber im Laufe der Fehlschläge bin ich auf etwas Eigentümliches in der Datenverbindung gestoßen, die Prag, Wien und Budapest bedient, eine Eigentümlichkeit, die Karl-Heinrich Borgmanns persönliche Fingerabdrücke zu tragen scheint. Es ist eine verschlossene Tür, und ich weiß nicht, was dahinter ist, und ich weiß nicht, wie ich das Schloss öffnen könnte. Aber es ist der erste Hoffnungsschimmer, auf den ich seit fünf Jahren gestoßen bin.«

»Wenn du das Schloss nicht aufbringst, wer dann?«

»Andy kann es«, sagte Steve. »Er ist sehr wahrscheinlich der einzige Hacker auf der Erde, der es schaffen könnte. Er ist der Beste, den es gibt. Und wenn ich es sage, ist es nicht väterlicher Stolz, der aus mir spricht, Anson. Gott weiß, dass ich auf Andy nicht sehr stolz bin. Aber mit einer Datenkette kann er zaubern. Das ist einfach die Wahrheit.«

»In Ordnung. Dann setzen wir ihn auf die Sache an!«

»Sicher«, sagte Steve. »Gerade habe ich deinen Frank losgeschickt, dass er Andy suchen und zu mir bringen soll. Frank berichtet, dass Andy die Ranch um vier Uhr früh mit unbekanntem Ziel verlassen habe. Frank hat diese Information von Eloises Tochter La-La, die ihn gehen sah und ohne unser Wissen seit sechs Monaten eine Art Romanze mit Andy zu haben scheint, und die deinem Sohn Frank heute Morgen übrigens anvertraute, dass sie schwanger ist, vermutlich von Andy. Sie meint, er sei deshalb abgehauen, und glaubt auch nicht, dass er zurückkommen wird. Offenbar hat er seine beiden Lieblingscomputer mitgenommen und den ganzen letzten Abend damit verbracht, seine gesamten Speicherdaten in sie herunterzuladen.«

»Der kleine Scheißkerl«, sagte Anson. »Entschuldige, Steve. Nun, dann müssen wir ihn eben suchen und zurückholen.«

»Andy suchen?« Steve stieß ein kurzes Lachen aus. »Niemand wird Andy finden, wenn er nicht gefunden werden will. Es würde leichter sein, Nummer Eins zu suchen. Kann ich jetzt schlafen gehen, Anson?«

Er war selbst ein wenig überrascht, dass er Steve gesagt hatte, sie näherten sich im Nummer Eins-Projekt einem kritischen Punkt, denn er hatte die Situation bisher nicht ganz so beurteilt, auch nicht sich selbst gegenüber. Aber ja, in der Tat, dachte Anson. Ein kritischer Punkt. Eine Zeit, kühne Entscheidungen zu treffen und danach zu handeln. Er verstand jetzt, dass er die Situation seit mehreren Wochen so eingeschätzt hatte, begann jedoch zu argwöhnen, dass die ganze unheilvolle Geschichte in der Arena seines eigenen Verstandes stattfand.

Es hatte sich seit Jahren in ihm aufgebaut, das wusste er jetzt. Das Gefühl seiner Berufung. Anson der Wesentöter, der Mann, der die außerirdischen Schinder und Unterdrücker von der Erde vertreiben würde, der glänzende Held, der die Erde wieder sich selbst und ihren Geschöpfen zurückgeben würde. Er konnte sich keiner Zeit erinnern, als er nicht gedacht hatte, dass es sein Schicksal sei, derjenige zu werden, der das Werk vollendete.

Aber in den letzten Wochen war dreimal etwas sehr Seltsames über ihn gekommen: eine schwindelerregende Intensivierung dieses Ehrgeizes, eine leidenschaftliche Ungeduld, ein wilder Hunger, endlich voranzukommen, jetzt zuzuschlagen, hart zuzuschlagen. Eine Leidenschaft, die jenseits aller Vernunft Besitz von ihm ergriffen hatte und die während der fünf oder zehn Minuten, die sie ihn im Griff behielt, völlig unbeherrschbar wurde. In solchen Zeiten fühlte er den Druck von innen gegen den Schädel schlagen, als wäre dort ein Geschöpf, das hinaus wollte.

Es war ein wenig beängstigend. Leidenschaftliche Ungeduld ist nicht das Merkmal eines großen militärischen Befehlshabers.

Vielleicht, dachte er, sollte ich mit meinem Vater darüber reden.

Ron, der annähernd siebzig und nicht bei bester Gesundheit war, hatte das alte Schlafzimmer des Obersten geerbt, wie es dem Patriarchen der Familie geziemte. Anson fand ihn dort, aufrecht im Bett sitzend, umgeben von einem Stapel alter Bücher und Zeitschriften, vergilbenden Raritäten aus der bröckelnden Bibliothek mit Lesestoff des zwanzigsten Jahrhunderts. Er sah nicht gut aus, bleich und spitz im Gesicht.

Cassandra war bei ihm: sie war die Ärztin der Carmichael-Gemeinde, autodidaktisch ausgebildet mit Hilfe der Bücher des Obersten und der medizinischen Texte, die Paul und Doug und Steve aus den Resten des alten Datennetzes der Zeit vor der Eroberung geborgen hatten. Sie tat ihr Bestes und schien manchmal Wunder zu wirken, doch war es immer ernüchternd, die geschäftige Cassandra im Zimmer eines Kranken zu finden, weil es gewöhnlich bedeutete, dass das Befinden des Patienten sich verschlechtert hatte. So war es vor sechs Monaten gewesen, als Ansons Frau Raven gestorben war, nachdem sie eine Schwangerschaft zu viel durchgemacht hatte. Noch erschöpft, war sie ein paar Wochen nach der Geburt ihres achten Kindes einer unbedeutenden Infektion erlegen. Auch damals hatte Cassandra ihr Bestes getan, hatte eine Zeit lang sogar Hoffnung geschöpft. Aber Anson hatte von Anfang an begriffen, dass nichts die ausgelaugte Raven retten konnte. Er hatte hier ein ähnliches Gefühl.

»Dein Vater ist ein Mann aus Eisen«, sagte sie sofort, beinahe trotzig, bevor Anson irgendetwas sagen konnte. »Morgen um diese Zeit wird er wieder auf den Beinen sein und Bäume mit einem einzigen Axtschlag fällen. Das garantiere ich.«

Ron zwinkerte ihm zu. »Glaub ihr nicht, Junge«, sagte er. »Mit mir ist es aus, und das ist die Wahrheit. Du kannst Khalid sagen, dass er anfangen soll, den Grabstein zu meißeln. Und sag ihm, er soll einen verdammt guten machen. ›Ronald Jeffrey Carmichael‹, und vergiss nicht, dass ›Jeffrey‹ mit nur sieben Buchstaben geschrieben wird, J-E-F-F-R-E-Y, geboren am 12. April 1971, gestorben am 16. …«

»Heute ist schon der Vierzehnte, Vater. Du hättest ihm ein bisschen mehr Zeit lassen sollen.« Zu Cassandra gewandt sagte Anson: »Unterbreche ich etwas Wichtiges? Oder kannst du uns eine Weile entschuldigen?«

Sie lächelte freundlich und ging hinaus.

»Wie krank bist du wirklich?« fragte Anson unverblümt, als Cassandra gegangen war.

»Ich fühle mich ziemlich beschissen. Aber ich glaube nicht, dass ich tatsächlich schon sterben werde, obwohl ich wünschte, dass Cassie eine klarere Vorstellung davon hätte, was in meinem Mittelabschnitt wirklich vorgeht. – Habt ihr Probleme, Anson?«

»Es juckt mich, gegen Nummer Eins loszuschlagen. Das ist mein Problem.«

»Du meinst, es ist dir gelungen, endlich sein Versteck ausfindig zu machen? Warum ist das ein Problem? Geh hinein und puste ihm das Lebenslicht aus!«

»Wir haben es nicht entdeckt. Wir wissen nicht mehr als vor fünf Jahren. Die Los Angeles-Hypothese steht noch immer an erster Stelle der Liste, aber es ist noch immer eine Hypothese. Das Problem ist, dass ich nicht länger warten will. Meine Geduld ist einfach am Ende.«

»Und Tony? Wird er auch ungeduldig? Kann es nicht erwarten, einen Schlag im Dunkeln zu führen? Bereit, hineinzugehen, ohne genau zu wissen, wohin er gehen soll?«

»Er wird tun, was ich ihm sage. Khalid hat ihn ganz aufgeladen. Er ist wie eine Bombe, die darauf wartet, loszugehen.«

»Wie eine Bombe«, sagte Ron. »Die darauf wartet, loszugehen. Ah.« Er schien beinahe erheitert. In seine Züge kam ein eigentümlich skeptischer Ausdruck, ein Lächeln, das nicht ganz ein Lächeln war.

Anson sagte nichts; er hielt Rons Blick stand und wartete. Es war ein peinlicher Augenblick. Sein Vater hatte einen spielerischen Zug quecksilbriger Unberechenbarkeit, mit dem er nie zurecht gekommen war.

Dann sagte Ron ernst: »Damit wir uns recht verstehen: Wir haben diesen Angriff seit Jahren geplant, unseren Attentäter mit der Absicht geschult, ihn loszuschicken, sobald wir den genauen Aufenthaltsort von Nummer Eins festgestellt haben, und nun ist der Attentäter bereit, aber wir haben den Aufenthaltsort noch immer nicht, und du willst ihn trotzdem hinschicken? Heute? Morgen? Ist das nicht ein bisschen voreilig, Junge? Dabei wissen wir überhaupt nicht, wo Nummer Eins ist, geschweige denn, ob sie überhaupt existiert?«

Die Fragen waren wie Schnitte mit einem Skalpell. Die Unüberlegtheit des hitzköpfigen jungen Anführers wurde säuberlich bloßgelegt, genauso wie Anson es befürchtet und erwartet und sogar erhofft hatte. Er merkte, wie ihm die Wangen heiß wurden. Er hatte alle Mühe, dem Blick seines Vaters standzuhalten.

»Seit Wochen ist der Druck in mir angewachsen, Vater. Länger vielleicht. Ich habe das Gefühl, dass ich die ganze Welt im Stich lasse, indem ich Tony so lange zurückhalte. Und dann fängt dieser hämmernde Kopfschmerz an. Er hat auch jetzt wieder eingesetzt.«

»Dann nimm ein Aspirin. Nimm zwei. Wir haben noch immer genug davon auf Vorrat.«

Anson zuckte zurück, als wäre er geschlagen worden.

Aber Ron schien es nicht zu bemerken. Er zeigte wieder dieses seltsame Lächeln. »Hör zu, Anson. Die Wesen sind seit vierzig Jahren hier. Wir alle haben uns in dieser Zeit zurückgehalten. Abgesehen von dem selbstmörderisch hirnverbrannten Laserangriff, der die Große Seuche über uns brachte, bevor du geboren wurdest, und bis auf Khalids einzigartig erfolgreichen und vielleicht unwiederholbaren Einzelangriff haben wir in all den Jahren keinen Finger gegen sie erhoben. Dein Großvater wurde darüber alt und starb. Er war unglücklich, weil die Welt von diesen Außerirdischen versklavt worden war, wusste aber nur zu gut, dass es töricht sein würde, irgendwelche feindlichen Aktionen zu versuchen, bevor wir verstanden, womit wir es zu tun hatten. Dein Onkel Anse saß Jahrzehnte lang hier auf diesem Berg, wartete und grübelte und trank sich aus dem gleichen Grund unter die Erde. Ich nehme an, dass ich die Dinge hier ziemlich gut zusammengehalten habe, aber ich werde auch nicht ewig währen, und glaub bloß nicht, dass ich die Wesen nicht auf der Flucht sehen möchte, bevor meine Tage um sind. Du siehst, wir alle hatten unsere kleine Lektion in Geduld zu lernen. Wie alt bist du jetzt, fünfunddreißig?«

»Vierunddreißig.«

»Vierunddreißig. In diesem Alter solltest du gelernt haben, wie du dich daran hindern kannst, die Beherrschung zu verlieren und an die Decke zu gehen.«

»Ich glaube nicht, dass ich an die Decke gehe. Aber ich fürchte, dass Tonys Ausbildung ihre Effektivität und er seinen Elan verlieren wird, wenn wir ihn noch viel länger zurückhalten. Wir haben ihn in den vergangenen sieben Jahren wie eine Feder für dieses Projekt aufgezogen. Inzwischen könnte er schon übertrainiert sein.«

»Fein. Also schickst du ihn morgen früh als erstes nach L. A., mit einem Revolver an jeder Hüfte und einem Gürtel voll Handgranaten um den Bauch, und dann kann er auf das erste Wesen zugehen, das ihm zu Gesicht kommt, und sagen: ›Verzeihung, Sir, können Sie mir die Anschrift von Nummer Eins geben?‹ Stellst du dir das so vor? Wenn du nicht weißt, wo dein Ziel ist, wohin willst du dann deine Bombe werfen?«

»Ich habe an all das gedacht.«

»Und du willst ihn trotzdem schicken? Tony ist dein Bruder. Es ist nicht so, als ob du viele weitere hättest. Bist du wirklich bereit, ihn in den Tod zu schicken?«

»Er ist ein Carmichael, Vater. Er hat die Risiken von Anfang an verstanden.«

Ron ächzte. »Ein Carmichael! Ein Carmichael! Mein Gott, Anson, muss ich mir diesen Scheiß bis zum Ende meine Tage anhören? Was bedeutet es überhaupt, ein Carmichael zu sein? Das Verhalten deiner eigenen Kinder zu missbilligen, wie der Oberst es tat, und sie für Jahre aus deinem Leben zu verbannen? Dich um eines Ideals willen selbst zu verleugnen und zu verkrüppeln und dich mit Alkohol auszulöschen, um mit dir selbst leben zu können, wie Anse es tat? Oder wie Mike zu enden, der Bruder des Obersten, dem seine Vorstellungen vom richtigen Verhalten keine andere Wahl ließen als am Tag der Landung der Außerirdischen den Heldentod zu suchen, nachdem seine Frau zu den Wesen übergelaufen war? Ist das deine Vorstellung von Heldentum, dass Tony auf einer verrückten Mission in den sicheren Tod gehen sollte, nur weil er das Pech hatte, in eine Familie fanatischer Anhänger von Disziplin und Leistung geboren zu sein?«

Anson starrte ihn entgeistert an. Das waren gänzlich unerwartete Worte, die ihn mit betäubender Wucht trafen. Rons Gesicht war gerötet, und er zitterte wie unter einem Schlaganfall. Aber nach einem Moment wurde er wieder ruhiger.

Er zeigte wieder sein sinnendes Lächeln und sagte: »Sieh mal einer an, wie der alte Kerl wettert und schimpft! Alles Schall und Rauch. – Hör zu, Anson, ich weiß, dass du der General sein möchtest, der die siegreiche Gegenoffensive gegen die gefürchteten Eindringlinge startet. Wir alle wollten das, und vielleicht wirst du tatsächlich derjenige sein. Aber vergeude Tony nicht. Schick ihn nicht so frühzeitig, in Ordnung? Kannst du nicht wenigstens warten, bis du eine klare Vorstellung davon hast, wo Nummer Eins sein mag? Sind Steve und Andy nicht immer noch dabei, die genaue Position herauszufinden?«

»Steve hat genau das getan, ja. Mit gelegentlicher Hilfe von Andy, wann immer er ihn dazu bewegen konnte. Sie sind ziemlich sicher, dass L. A. der Ort ist, wo Nummer Eins residiert, wahrscheinlich im Stadtzentrum, aber genauer können sie es nicht ermitteln. Und nun erzählt mir Steve, dass er auf eine Wand gestoßen ist. Er meint, Andy sei der einzige Hacker, der gut genug ist, die Blockade zu durchbrechen. Aber Andy ist fort.«

»Fort?«

»Vergangene Nacht hat er das Weite gesucht. Es hat etwas damit zu tun, dass er La-La geschwängert hat und nicht dableiben will.«

»Nein! Der elende kleine Scheißkerl!«

»Wir versuchen ihn zu finden und werden ihn zurückbringen. Vorläufig aber wissen wir noch nicht einmal, wo wir mit der Suche beginnen sollen.«

»Nun, überlegt es euch und lasst euch nicht zu viel Zeit damit. Fangt ihn, schleift ihn nach Hause und setzt ihn in die Kommunikationszentrale, bis er euch genau sagt, wo Nummer Eins ist, in welchem Teil der Stadt, welchem Gebäude. Und *dann* kannst du Tony hineinschicken. Nicht vorher, erst wenn du die Position genau kennst. In Ordnung?«

Anson rieb sich die rechte Schläfe. Ließ das Pochen da drin ein wenig nach? Vielleicht. Ein wenig, jedenfalls. Ein wenig.

Er sagte: »Dann meinst du, dass es wirklich verrückt wäre, ihn jetzt zu schicken?«

»Ganz bestimmt, Junge.«

»Das wollte ich von dir wissen.«

Khalid zeigte zu dem Bussard hinauf, der im Aufwind von der See über dem Gebirgskamm kreiste. »Siehst du den Vogel dort? Töte ihn.«

Ohne zu zögern, brachte Tony das Gewehr in Anschlag, zielte und zog gelassen den Abzug durch. Der Bussard, schwarz vor dem blauen Schild des Himmels, explodierte in einer Wolke von Federn und begann auf die steinige Wiese herabzustürzen, auf der sie standen.

Tony war vollkommen, dachte Khalid. Er war eine großartige Maschine. Eine Maschine von Khalids eigener Schöpfung, fehlerlos, das Beste, was er je geformt hatte. Ein hervorragend gearbeiteter Mechanismus.

»Sehr guter Schuss. Jetzt du, Raschid.«

Der schlanke Junge mit der bernsteinfarbenen Haut neben Khalid hob sein Gewehr und feuerte scheinbar ohne zu zielen. Die Kugel traf den stürzenden Raubvogel in die Brust und stieß ihn kreiselnd in eine neue Bahn, die ihn nach links in das dunkle, undurchdringliche Dickicht aus immergrünen Eichen, Besenginster, Baumheide und Dornsträuchern sandte, das die oberen Hänge bis zum Kamm bedeckte.

Khalid schenkte dem Jungen ein anerkennendes Lächeln. Raschid war jetzt vierzehn, reichte seinem langbeinigen Vater schon bis an die Schulter und war ein hervorragender Schütze. Khalid nahm ihn oft zu diesen Übungsstunden mit Tony ins Hinterland mit. Es freute ihn, wie der Junge sich entwickelte, seine drahtige athletische Gestalt, seine intelligenten grünblauen Augen, seine Korona aus dunkelblondem Haar. Auch Raschid war vollkommen, auf andere Weise als Tony. Seine Vollkommenheit war nicht die einer Maschine, sondern eines Menschen. Es war wundervoll, einen Jungen wie Raschid zum Sohn zu haben. Raschid war der Junge, der Khalid vielleicht geworden wäre, wenn es in seiner Jugend anders für ihn ausgegangen wäre. Raschid war Khalids zweite Chance im Leben.

Zu Tony sagte Khalid: »Und wie denkst du darüber, dass du den Vogel getötet hast?«

»Es war ein guter Schuss. Ich freue mich, wenn ich so gut schieße.«

»Und der Vogel? Was denkst du über den Vogel?«

»Warum sollte ich an den Vogel denken? Der Vogel bedeutete mir nichts.«

Kurz vor Morgengrauen erreichte Andy Los Angeles. Das Erste, was er tat, nachdem er sich mit dem LACON-Beglaubigungschreiben, das er sich in der Vorwoche zusammengezaubert hatte, am Santa Monica-Tor durch die Mauer geschwindelt hatte, war, dass er sich auf die Suche nach einem öffentlichen Terminal machte, den er schließlich an der Kreuzung Wilshire und Fifth fand. Er musste seinen Stadtplan aktualisieren und die Änderungen auf seinen tragbaren Computer herunterladen. Er rechnete mit einem längeren Aufenthalt hier, mindestens mehrere Monate, und Andy wusste, dass die Informationen, die er in seinen Unterlagen über die Stadt gespeichert hatte, höchstwahrscheinlich veraltet waren. Er hatte gehört, dass sie das Straßennetz ständig veränderten, manche Straßen schlossen, die seit hundert Jahren dem Durchgangsverkehr gedient hatten, und neue öffneten, wo es vorher keine gegeben hatte. Aber alles schien noch ziemlich so, wie er es im Gedächtnis hatte.

Er gab den Zugangscode für Sammo Borrachos E-Mail ein und sagte: »Hier Megabyte, guter Kumpel. Ich bin hier unten, um zu bleiben und ins Geschäft einzusteigen. Sei so gut und stell mich durch zu Mary Canary, okay?«

Dies war Andys vierter Besuch in Los Angeles. Das erste Mal vor ungefähr sieben Jahren, war er mit Tony und Charlies Sohn Nick heimlich hier unten gewesen. Sie waren mit Charlies kleinem Wagen gefahren, den Andy ihnen durch eine Nachahmung des Codes für die Software des Zündungssystems des Wagens zugänglich gemacht hatte. Tony und Nick, die damals beide um die neunzehn gewesen waren, hatten in die Stadt fahren wollen, um Mädchen zu finden, die zu der Zeit von geringerem Interesse für Andy gewesen waren, der noch nicht ganz dreizehn gewesen war. Aber weder Tony noch Nick waren als Hacker zu gebrauchen, und die Abmachung war, dass sie Andy als Gegenleistung dafür, dass er ihnen durch Lösen der Sperre den Wagen fahrbereit machte, mitnehmen mussten.

Mädchen, hatte Andy auf jener Reise entdeckt, waren interessanter, als er vermutet hatte. Los Angeles war voll von ihnen – es war eine gigantische Stadt, größer, als Andy sie sich je vorgestellt hatte, zwei- oder dreihunderttausend Menschen lebten dort, vielleicht noch mehr –, und Tony und Nick waren beide große, gutaussehende Burschen, die bei Mädchen gut ankamen. Diejenigen, die sie in einer Gegend von Los Angeles, die Van Nuys genannt wurde, aufgabelten, waren sechzehn Jahre alt und hießen Kandi und Darleen. Kandi hatte rotes Haar und Darleens war grünlich gefärbt. Sie schienen sehr dumm, noch blöder als die auf der Ranch. Das schien Nick und Tony aber nicht zu stören, und als Andy ein wenig darüber nachdachte, fand er auch keinen Grund, warum es sie stören sollte, wenn man in Betracht zog, weshalb sie hergekommen waren.

»Willst du auch eine ficken?« fragte Tony ihn und grinste breit. Das war in der Zeit, als Tony ihm noch wie ein menschliches Wesen vorgekommen war, ein paar Monate bevor Khalid ihm seine verrückte Philosophie eintrichterte, die Tony in Andys Augen in eine Art Roboter oder Android verwandelt hatte. »Darleen hat eine kleine Schwester. Die kann dir das eine oder das andere zeigen, wenn du willst.«

»Klar«, sagte Andy nach nur einem halben Augenblick des Zögerns.

Darleens Schwester hieß Delaine. Er sagte ihr, er sei fünfzehn. Delaine schien genau wie Darleen, bloß war sie zwei Jahre jünger und ungefähr doppelt so dumm. Sie hatte ein eigenes Zimmer, eine Matratze am Boden, das ganze Zimmer vollgestopft mit Mädchenkram, die Wände beklebt mit Fotos von Filmstars aus alten Zeiten.

Andy kümmerte es nicht, wie dumm sie war. Schließlich war er nicht daran interessiert, mit ihrem Geist Zwiesprache zu halten. Er zwinkerte und schenkte ihr, was als ein leidenschaftlicher Blick herauskommen sollte.

»Oh, du möchtest spielen?« fragte sie mit einem Augenaufschlag. »Na, dann komm her.«

Im Laufe des letzten Jahres hatte Andy sich Zugang zu einem Dutzend Pornovideos aus der Zeit vor der Eroberung verschafft, die er in jemandes Internet-Bücherei in Sacramento gefunden hatte, und so hatte er eine ungefähre Vorstellung davon, wie er die Sache anzugehen hatte, aber es stellte sich doch ein wenig komplizierter heraus als es im Video schien. Trotzdem dachte er, dass er sich achtbar gehalten hatte. Und anscheinend fand sie es auch. »Du warst in Ordnung, für das erste Mal«, sagte Delain ihm hinterher. »Wirklich, gar nicht schlecht.« Er hatte sie nicht über sein wahres Alter getäuscht, und es hatte ihr nichts ausgemacht. Was sie in seiner Einschätzung beträchtlich steigen ließ. Vielleicht, befand er, war sie doch nicht ganz so dumm, wie er gedacht hatte.

Seine zweite Reise nach L. A. machte er anderthalb Jahre später, als es ihm langweilig geworden war, die Dinge, die Delaine ihm gezeigt hatte, an verschiedenen Cousinen auf der Ranch auszuprobieren. Jane und Ansonia und Cheryl waren bereit, mitzuspielen, aber La-La nicht, und La-La, die zwei Jahre älter als Andy war, war die einzige, die ihm wirklich gut gefiel, weil sie klug und zäh war und den gleichen scharfen Verstand wie ihr Vater Charlie hatte. Weil La-La sich nicht kooperativ zeigte, und das Herumalbern mit Jane und Ansonia und Cheryl ein bisschen wie das Besteigen von Schafen war, fuhr Andy los, um Delaine zu finden.

Diesmal fuhr er allein und borgte sich seines Vaters Wagen, der ein viel neueres Modell als Charlies war und durch die Stimme in Betrieb gesetzt wurde. »Los Angeles«, sagte Andy mit tiefer, respekteinflößender Stimme, und der Wagen fuhr ihn nach Los Angeles. Wie ein fliegender Teppich, praktisch. In der Stadt traf er Darleen an, aber nicht Delaine, weil diese bei irgendeiner Übertretung erwischt und einem Arbeitstrupp in Ukiah zugeteilt worden war, was irgendwo weit im Norden des Staates lag. Aber Darleen war bereit, einen oder zwei Tage mit ihm zu verbringen. Anscheinend war sie von ihrem Alltagsleben so gelangweilt wie Andy von seinem, und er war wie ein Weihnachtsgeschenk für sie.

Sie zeigte ihm die Stadt und verschaffte ihm einen guten Eindruck von ihrer Weitläufigkeit. Andy sah, dass L. A. aus einer ganzen Reihe kleinerer Städte zu einem gigantischen Konglomerat zusammengeklebt war. Und als er ihre Namen hörte – Sherman Oaks, Van Nuys, Studio City, West Hollywood – gewann er eine mehr greifbare Vorstellung von den Gegenden, wo einige der Hacker wohnten, mit denen er während der letzten Jahre durch E-Mail Verbindung gehalten hatte.

Sie kannten ihn als Megabyte Monster, alias Mickey Megabyte. Er kannte sie als Teddy Spaghetti von Sherman Oaks, Nicky Nihil von Van Nuys, Grüne Hornisse von Santa Monica, Sammo Borracho von Culver City, Ding Dong 666 von West L. A. Während er mit Darleen herumfuhr, schaltete er sich in eine Serie weit voneinander entfernter Zugangspunkte ein und ließ die Leute wissen, dass er in der Nachbarschaft war. »Bin ein paar Tage hier unten und besuche ein Mädchen, das ich kenne«, erzählte er ihnen. Und wartete, um zu hören, was sie zu sagen hatten. Nicht viel hatten sie zu sagen. Keine unmittelbaren Einladungen, für ein Gespräch von Angesicht zu Angesicht, Auge in Auge, vorbeizukommen. Man musste aber auch vorsichtig sein, persönlichen Kontakt mit anderen Hackern herzustellen, die man nur elektronisch kannte. Manchmal waren sie nicht ganz die Leute, für die man sie gehalten hatte. Einige konnten Marionetten der LACON sein, oder sogar der Wesen, die imstande waren, einen mit Vergnügen hochgehen zu lassen, um den Kopf getätschelt zu bekommen. Manche konnten Räuber sein, oder dumme Schwätzer.

Aber Andy horchte sie aus, und sie horchten ihn aus, und so kam er zu dem Schluss, es sei sicher, als ersten Schritt mit Sammo Borracho von Culver City zusammenzutreffen. Sammo Borrachos online-Person war geistesgegenwärtig und klug, und doch immer bereit, Andys Überlegenheit als Datenschleuder anzuerkennen. »Weißt du, wie man nach Culver City kommt?« fragte er Darleen.

»Bis da unten?« Sie rümpfte die Nase. »Wozu?«

»Dort wohnt jemand, mit dem ich reden muss, persönlich. Aber ich kann es selbst finden, wenn es dir zu lästig ist, mir den Weg zu zeigen ...«

»Nein, ich komm schon mit. Du fährst einfach die Sepulveda hinunter, Meilen und Meilen und Meilen. Wir können ein kleines Stück auf dem Freeway fahren, aber südlich der Santa Monica-Kreuzung ist die Straße ruiniert.«

Die Fahrt nahm mehr als eine Stunde in Anspruch und führte durch ein Sortiment von mehr oder minder armseligen Vierteln, von denen einige ausgebrannt waren. Sammo Borracho war in seiner E-Mail immer wie ein großer, fetter, betrunkener Mexikaner aufgetreten, aber persönlich war er klein, blass, drahtig, ein bisschen nervös, mit Implantaten in beiden Armen und kleinen purpurnen Tätowierungen auf den Wangen. Nicht betrunken, nicht mexikanisch und nur ein paar Jahre älter als Andy. Andy und Darleen trafen ihn wie verabredet in einem Spielsalon im Schatten des eingestürzten San Diego Freeway. Aus der Art und Weise, wie er Darleen anstarrte, schloss Andy, dass er seit mindestens drei Jahren kein Mädchen mehr gevögelt hatte. Oder noch nie.

»Ich dachte, du wärst älter«, sagte Sammo Borracho.

»Das dachte ich auch von dir.«

Er erzählte Sammo Borracho, er sei neunzehn, und zwinkerte Darleen zu, nichts zu sagen, weil sie dachte, er sei erst siebzehn. Tatsächlich war er knapp fünfzehn. Sammo Borracho sagte, er sei dreiundzwanzig. Andy schätzte, dass davon mindestens sechs Jahre abgezogen werden mussten. »Du lebst in San Francisco, richtig?« fragte Sammo Borracho.

»Richtig.«

»Da war ich noch nie. Ich höre, es ist die ganze Zeit eiskalt.«

»So schlimm ist es nicht«, sagte Andy, der auch noch nie dort gewesen war. »Aber es hängt mir allmählich zum Hals raus.«

»Dann denkst du daran, hier herunter zu ziehen?«

»In ein bis zwei Jahren, vielleicht.«

»Lass es mich wissen«, sagte Sammo Borracho. »Ich hab Verbindungen. Kenne ein paar Leute, Hackerfreunde, die als Begnadiger arbeiten. Hab selbst schon das eine und das andere getan. Wahrscheinlich könnte ich dir da was besorgen, wenn du interessiert bist.«

»Könnte sein«, sagte Andy.

Darleen machte große Augen. »Du kennst Leute, die als Begnadiger arbeiten?«

»Wieso?« sagte Sammo Borracho. »Brauchst du Vermittlung?«

Andy und Darleen und Sammo Borracho verbrachten die Nacht zusammen in Sammo Borrachos Wohnung am Ostrand von Culver City. Das war etwas Neues für Andy. Und in mancher Hinsicht ziemlich interessant.

»Wenn du herunterkommst, um zu bleiben«, sagte Sammo Borracho am Morgen, »lass es mich einfach wissen. Dann werde ich es so einrichten, wie du willst. Brauchst es bloß zu sagen.«

Die dritte Reise fand zwei Jahre später statt, als Andy erfuhr, dass neue Schnittstellen-Anpassungen erfunden worden waren, die zu seinem Implantat passten und die doppelte Biofilterkapazität der alten Art hatten. Das weckte seine Aufmerksamkeit. Es kam nicht mehr oft vor, dass neue technische Verbesserungen eingeführt wurden, und man wollte so wenig Bio-Fremdstoffe wie möglich in seinem Implantat haben. Die Herstellung mobiler Androiden war vor fünf Jahren der letzte große Durchbruch gewesen, und der war in Quisling-Laboratorien unter der Schirmherrschaft der Wesen gelungen. Die neue Schnittstelle war das Ergebnis guten alten menschlichen Erfindungsgeistes.

Es stellte sich heraus, dass es nur zwei Orte gab, wo Andy die Anpassung installieren lassen konnte: im alten Silicon Valley, das südlich von San Francisco lag, oder in Los Angeles. Er erinnerte sich, was Sammo Borracho über das Wetter in San Francisco gesagt hatte.

Andy mochte kaltes Wetter überhaupt nicht; und vielleicht war es an der Zeit, wieder einmal bei Darleen vorbeizuschauen. Er klaute den Wagen seines Vaters ohne besondere Schwierigkeit und fuhr nach Los Angeles.

Darleen wohnte nicht mehr unter der alten Adresse. Nach schneller Arbeit mit Zugangscodes, die ihm Einblick in Verzeichnisse des Einwohnermeldeamtes der LACON gewährte, stellte er fest, dass sie in Culver City bei Sammo Borracho wohnte. Delaine war inzwischen begnadigt und aus dem Arbeitslager in Ukiah entlassen worden; sie lebte jetzt auch dort. Sammo Borracho schien ein Glückspilz von einem Hacker zu sein.

Dafür bist du mir eins schuldig, Kumpel, dachte Andy.

»Dann ziehst du endlich nach Süden?« fragte ihn Sammo Borracho nicht ohne ein leises Unbehagen angesichts dieser Möglichkeit, als dächte er, dass Andy vielleicht Anspruch auf eines oder beide Mädchen erheben könnte.

»Noch nicht, Mann. Ich bin bloß auf Urlaub hier. Dachte, ich würde mir bei der Gelegenheit eine von den neuen Bio-Schnittstellen einbauen lassen. Kennst du einen, der das macht?«

»Klar«, sagte Sammo Borracho. Er versuchte nicht, seine Erleichterung darüber zu verbergen, dass das alles war, was Andy wollte.

Andy bekam seine Schnittstellen-Anpassung im Stadtzentrum von L. A. Sammo Borrachos Implanteur war ein buckliger kleiner Kerl mit einer weichen Stimme und Adleraugen, der die ganze Operation freihändig machte, ohne Tastzirkel, ohne Mikroskop. Sammo Borracho lieh Andy auch Delaine für ein paar Nächte. Als er es satt hatte, mit ihr zu vögeln, kehrte er zurück zur Ranch.

»Wenn du hier herunterkommen und dich mit dem Schreiben von Begnadigungen selbständig machen willst, lass es mich einfach wissen. Jederzeit, Mann«, sagte Sammo Borracho wie gewöhnlich, als Andy sich zur Abreise fertig machte.

Und nun war er wieder in der großen Stadt und bereit, sich niederzulassen. Mit dem Leben auf der Ranch war er fertig. Schließlich war La-La doch noch rüber gekommen. War sogar ganz groß rüber gekommen, sechs Monate wilder Nächte. Jede Menge Spaß. Zu viel Spaß, denn nun war sie schwanger und redete davon, ihn zu heiraten und eine Menge Kinder mit ihm zu haben. Was nicht genau Andys Idee davon entsprach, was die nächsten paar Jahre für ihn bringen sollten. Lebewohl, La-La. Lebewohl Rancho Carmichael. Andy ist auf dem Weg in die große böse Welt.

Sammo Borracho war nach Venice gezogen, einer kleinen Stadt direkt am Ozean, mit schmalen Straßen und wunderlichen alten Häusern, von Santa Monica noch ein Stück auf der Küstenstraße. Er hatte jetzt etwas Fleisch auf den Knochen, hatte sich die dummen Tätowierungen entfernen lassen und sah insgesamt wohlgenährt, gepflegt und erfolgreich aus. Sein Haus war ein hübsches Anwesen ein paar Blocks vom Wasser, viel Sonnenschein und Meeresbrise und drei Zimmer voll eindrucksvoll aussehender Hardware, und er hatte auch eine hübsche rothaarige Gespielin namens Linda, lang und schlank wie ein Windhund. Sammo Borracho sagte kein Wort über Darleen oder Delaine, und Andy fragte nicht. Darleen und Delaine waren anscheinend Geschichte. Auch Sammo Borracho war auf dem Weg in die Welt, wie es schien.

»Du wirst deinen eigenen Bezirk brauchen«, sagte Sammo Borracho. »Irgendwo östlich von La Brea, denke ich mir. Wir haben schon genug Hacker, die hier auf der West Side in das Geschäft mit Begnadigungen eingestiegen sind. Wie du weißt, werden die territorialen Zuteilungen von Mary Canary vergeben. Ich werde dich bei Mary avisieren, und sie wird sich um das Weitere kümmern.«

Bald entdeckte Andy, dass Mary Canary so weiblich wie Sammo Borracho Mexikaner war. Andy führte ein kurzes online-Gespräch mit »ihr«, und sie vereinbarten ein Treffen in Beverly Hills an der Kreuzung Wilshire und Santa Monica Boulevard, und als er zum Treffpunkt kam, fand er dort einen dunkelhaarigen Mann von ungefähr vierzig Jahren mit fettiger Haut, der beinahe so breit wie hoch war und mit einer umgedrehten blauen Baseballmütze der Los Angeles Dodgers auf ihn wartete. Die umgedrehte Baseballmütze der Dodger war das Erkennungssignal, nach dem Andy hatte Ausschau halten sollen.

»Ich weiß, wer du bist«, sagte Mary Canary sofort. Seine Stimme war tief und heiser, die Stimme eines Filmgangsters. »Ich möchte nur, dass dir das klar ist. Wenn du hier herumalberst und dich in anderer Leute Angelegenheiten einmischst, wirst du zu deinem gemütlichen kleinen Familienversteck nach Santa Barbara zurückgeschickt. In mehreren Stücken.«

»Ich bin von San Francisco, nicht Santa Barbara«, sagte Andy.

»Natürlich, San Francisco: Ich akzeptiere das. Nur weiß ich, dass es nicht wahr ist, und das musst du kapieren. Nun lass uns zur Sache kommen.«

Wie es schien, gab es eine formal organisierte Zunft von Hackern, die gegen Bezahlung ins Computernetzwerk der Verwaltung eindrangen und für die einsitzenden Angehörigen ihrer Klienten amtliche Begnadigungen und Haftverschonungen hineinschrieben. Mary Canary war einer der Zunftmeister. Andy, für den Sammo Borracho sich verbürgt hatte und der durch seinen Ruf verschiedenen anderen Zunftmitgliedern in Los Angeles wohlbekannt war, wurde von der Zunft willkommen geheißen. Sein Bezirk, erklärte ihm Mary Canary, würde im Norden vom Beverly Boulevard und im Süden vom Olympic Boulevard begrenzt und im Westen vom Crenshaw Boulevard bis zur Normandie Avenue im Osten reichen. Das hörte sich nach einem beträchtlichen Territorium an, doch argwöhnte Andy, dass es sich nicht gerade um die lukrativste Gegend handelte.

Innerhalb seines Territoriums stand es ihm frei, auf eigenes Risiko für seine Dienste zu werben und für so viele Klienten zu arbeiten, wie er finden konnte. Die Zunft würde ihm alles Grundwissen vermitteln, das er brauchte, um die Operationen durchzuführen, und der Rest war seine Sache. Als Gegenleistung würde er der Zunft eine Kommission von dreißig Prozent der Bruttoeinnahmen seines ersten Jahres und fünfzehn Prozent der darauf folgenden Jahre bezahlen. Für alle Zeiten, sagte Mary Canary.

»Versuch nicht, mit faulen Tricks zu arbeiten und zu bescheißen«, warnte ihn Mary Canary. »Ich weiß, wie gut du bist, glaub mir. Aber unsere Burschen sind auch nicht auf den Kopf gefallen, und das Einzige, was wir nicht dulden, ist ein Hacker, der Einkünfte unterschlägt. Spiel ehrlich und zahle, was fällig ist, das rate ich dir dringend.«

Und er schenkte Andy einen langen, bedächtigen Blick, der sehr ausdrücklich sagte: *Wir sind uns deiner Fähigkeiten als Hacker durchaus bewusst, Mr. Andy Gannet, und darum werden wir dich im Auge behalten. Also nimm dich in Acht und mach keine Dummheiten.*

Andy hatte nicht vor, Dummheiten zu machen. Jedenfalls nicht gleich.

An einem kalten, windigen Tag, drei Wochen nach Andys Reise nach Los Angeles, einem jener düsteren Wintertage, wenn die Ranch von stürmischen Winden gebeutelt wurde, die heulend aus Alaska hervorbrachen und die gesamte Westküste hinunter tobten, bis nach Mexiko hinein, betrat Cassandra ohne zu klopfen das nüchterne, klösterliche kleine Schlafzimmer, wo Anson Carmichael seit Ravens Tod seine Nächte verbrachte. Es war noch eine Stunde vor Tagesanbruch. »Du musst jetzt kommen«, sagte sie ihm. »Mit deinem Vater geht es zu Ende.«

Anson war augenblicklich hellwach. Überraschung brandete in ihm auf, und etwas Ärger. »Du sagtest mir, dass er sich erholen würde!« beschuldigte er sie.

»Nun ja, ich irrte mich.«

Sie eilten durch die Korridore. Der Wind draußen erreichte Sturmstärke, und Hagel ratterte gegen die Fenster.

Ron saß halb aufrecht im Bett und schien noch bei Bewusstsein, doch sah Anson sofort, dass sich in den vergangenen zwölf Stunden etwas verändert hatte. Es war, als hätten die Gesichtsmuskeln seines Vaters ihren Tonus verloren. Sein Antlitz sah jetzt seltsam glatt und weich aus, als seien die Falten und Runzeln, welche die Zeit hineingeschnitten hatte, über Nacht verschwunden. Seine Augen hatten einen seltsam unkonzentrierten Ausdruck, und er lächelte wie immer, aber das Lächeln schien auf der linken Seite seines Mundes hinunterzurutschen. Seine Hände ruhten schlaff zu beiden Seiten von ihm auf der Bettdecke: Er hätte beinahe für sein eigenes Grabmal Modell sitzen können. Anson konnte sich des bestimmten Gefühls nicht erwehren, dass er jemanden vor sich hatte, der zwischen Welten schwebte.

»Anson?« sagte Ron mit schwacher Stimme.

»Da bin ich, Vater.« Seine eigene Stimme klang ihm unangemessen ruhig in den Ohren. Aber was soll ich tun? überlegte er. Jammern und schreien? Mir die Haare zerraufen? Mir die Kleider zerreißen?

Etwas, das vielleicht ein glucksendes Schmunzeln gewesen sein mochte, kam von seinem Vater. »Komisch«, sagte Ron sehr leise. Anson musste sich anstrengen, um ihn zu verstehen. »Ich war solch ein Bösewicht, dass ich dachte, ich würde ewig leben. Ich war wirklich schlimm. Die Guten sind es, die jung sterben müssen.«

»Du stirbst nicht, Vater!«

»Gewiss sterbe ich. Bis zu den Knien bin ich schon tot, und es geht verdammt schnell aufwärts. Sehr zu meiner Überraschung, aber was kann man tun? Wenn deine Zeit kommt, kommt sie. Machen wir uns nichts vor, Junge.« Eine Pause. »Hör zu, Anson. Jetzt ist es an dir. Du bist der Mann: der Carmichael der Stunde. Der Ära. Du bist der neue Oberst. Und du wirst derjenige sein, der es endlich zustande bringen wird, nicht wahr?« Wieder eine Pause. Die Andeutung eines Stirnrunzelns. Er trat in einen neuen Ort ein. »Weil … die Wesen, die Wesen … sieh mal, ich bemühte mich, Anse … ich gab mir verdammt viel Mühe …«

Anson machte große Augen. Ron hatte ihn niemals »Anse« genannt. Zu wem sprach er?

»Die Wesen …«

Eine weitere Pause. Eine sehr lange.

»Ich höre, Vater.«

Dieses Lächeln. Diese Augen.

Diese Pause, die kein Ende nahm.

»Vater?«

»Er wird nichts mehr sagen, Anson«, sagte Cassandra ruhig.

Ich habe mich bemüht, Anse. Ich gab mir verdammt viel Mühe …

Khalid meißelte beinahe über Nacht einen prachtvollen Grabstein. Anson sorgte dafür, dass er *Jeffrey* richtig buchstabierte. Sie standen alle miteinander auf dem Friedhof – am Tag seiner Beerdigung regnete es noch immer –, und Rosalie sagte ein paar Worte über ihren Bruder, und Paul sprach, und Peggy, und dann Anson, der gerade noch sagen konnte: »Er war ein viel besserer Mann, als er selbst glaubte«, bevor ihm die Stimme versagte und er sich auf die Lippe biss und die Schaufel aufhob.

Tagelang hing der Kummer wie Nebel über Anson. Der Verlust des Vaters aus seinem Leben ließ ihn in einem unheimlich freischwebenden Zustand zurück, jetzt ungehemmt von Rons ständiger Gegenwart, seiner Weisheit, seinem anmutigen, witzigen Geist, seiner Haltung und Balance. Der Verlust war ungeheuer und unwiderruflich.

Dann aber, obwohl die Trauer nicht von ihm wich, begann sich ein neues Gefühl in ihm auszubreiten, ein seltsames Gefühl von Befreiung. Es war, als wäre er all diese Jahre gefangen gewesen, umschlossen von Rons vielschichtigem, lebhaftem, quecksilbrigem Selbst. Er – nüchtern, ernst, sogar schwerfällig – hatte sich Ron niemals in irgendeiner Weise ebenbürtig gefühlt. Aber nun war Ron nicht mehr, und Anson brauchte die Missbilligung dieses aktiven, unberechenbaren Geistes nicht länger zu fürchten. Er konnte jetzt tun, was er wollte.

Alles. Und was er wollte, war die Vertreibung der Wesen von der Erde.

Die Worte seines sterbenden Vaters hallten in seinem Bewusstsein wider:

Die Wesen … die Wesen …

… Und du wirst derjenige sein, der es endlich zustande bringen wird, nicht wahr? …

Anson spielte mit diesen Worten, schob sie hin und her, stellte sie auf den Kopf und wieder richtig herum. Derjenige. Derjenige. Sowohl Ron wie auch der Oberst, dachte er, und auch Anse, in einer Weise, hatten all diese Jahre wartend verbracht, in quälender Untätigkeit, hatten von einer Welt ohne die Wesen geträumt, waren aber aus dem einen oder dem anderen Grund nicht bereit gewesen, den Befehl zu einem Gegenangriff zu geben. Aber nun hatte er das Kommando. Er war der Carmichael dieser Ära. Sollte auch er ein Leben des Zuwartens und Hoffens führen? Den langsamen Kreislauf der Jahre hier oben auf dem Berg vollziehen, immer nach dem idealen Zeitpunkt zum Losschlagen Ausschau haltend? Einen idealen Zeitpunkt würde es niemals geben. Sie mussten einfach einen Zeitpunkt wählen, sei er vollkommen oder nicht, und endlich beginnen, gegen die Eroberer zurückzuschlagen.

Es gab niemand mehr, ihn zurückzuhalten. Das war ein wenig beängstigend, aber, ja, es war auch befreiend. Rons Tod erschien ihm als ein Signal zum Handeln.

Er fragte sich, ob dies am Ende eine manische Überreaktion auf den Tod seines Vaters sei.

Nein, sagte sich Anson. Nein. Es war einfach so, dass die Zeit gekommen war, den großen Schlag zu führen.

Das bohrende Pochen in seinem Kopf fing wieder an. Dieser schreckliche Druck, das wütende Pochen im Innern. Dies ist die Zeit, schien es zu sagen. Dies ist die Zeit. Dies ist die Zeit.

Wenn nicht jetzt, wann?

Wann?

Anson wartete nach der Beerdigung zwei Wochen lang.

An einem sonnigen, frischen Morgen kam er ins Kartenzimmer geschritten. »In Ordnung«, sagte er und ließ den Blick durch den Raum zu Steve und Charlie, Paul und Peggy und Mike schweifen. »Ich glaube, dass der richtige Augenblick gekommen ist, die Dinge in Bewegung zu setzen. Ich werde Tony nach L. A. hinunterschicken, um Nummer Eins auszuschalten.«

Niemand sagte ein Wort dagegen. Niemand wagte es. Dies war von Anfang an Ansons Party. Er hatte diesen Ausdruck in den Augen, der über ihn kam, wenn etwas in seinem Kopf zu pochen begann, dieses unwiderlegbare Etwas, das ihm sagte, die Errettung der Welt in Angriff zu nehmen.

Unten in Los Angeles war Andy groß im Geschäft, oder wenigstens einigermaßen. Mickey Megabyte, Spitzenhacker. Es war etwas anderes, als auf der Ranch Kartoffeln zu klauben und den Schafen zuzuhören, wenn sie *Mähh* machten.

Er fand eine kleine Wohnung in der Mitte seines Bezirks, südlich der Wilshire Avenue, und saß die ersten beiden Tage dort und überlegte, wie Leute, die der Dienste eines geschickten Hackers bedurften, den Weg zu ihm finden würden. Aber sie wussten es. Es war nicht notwendig, dass er herumging und bei den Leuten auf den Busch klopfte. In seiner ersten Woche wickelte er vier Aufträge ab, schleuste sich sauber und fachmännisch in das System ein, um einen Führerscheinentzug für einen Klienten rückgängig zu machen, die rätselhafte Verweigerung einer Heiratserlaubnis für ein Paar aus Korea Town aufzuheben, jemandem, dem willkürlich die Ausreise aus Los Angeles verweigert worden war, einen Verwandtenbesuch in New Mexico zu ermöglichen. Die Wesen behandelten die Freizügigkeit der Menschen immer restriktiver, als wollten sie möglichst ganz verhindern, dass die Leute sich von einem Ort zum anderen bewegten. Gott allein wusste, warum, aber wer hatte jemals Antworten auf Fragen über die Politik der Wesen bekommen? Und schließlich hatte er einem Streifenpolizisten der LACON, der zwei Familien an entgegengesetzten Enden der Stadt zu unterhalten hatte, eine Beförderung und Gehaltserhöhung verschafft.

Dieser letztere Auftrag hieß die Dinge ein bisschen weit treiben, denn als Hacker für einen LACON-Mann tätig zu werden, konnte ins Auge gehen, aber der Mann kam mit eine gültigen Dokumentation von Mary Canary zu Andy, aus der hervorging, dass es sicher sei, den Auftrag anzunehmen, und Andy riskierte es. Es klappte, genauso wie in den anderen Fällen. Alle bezahlten prompt, und Andy entrichtete der Zunft gehorsam seine Kommissionen, und alles war gut.

Also hatte die Karriere Mickey Megabytes begonnen. Leicht verdientes Geld für nicht sehr viel Arbeit. Er wusste, dass er nach einer Weile anfangen würde, sich nach größeren Herausforderungen zu sehnen, aber Andy erwartete schließlich nicht, sein ganzes Leben mit diesen Dingen zu verbringen. Sein Plan war die Anlage von Bankkonten im ganzen Land, und sobald er genug beiseite geschafft hätte, würde er sich eine Ausreiseerlaubnis schreiben, die ihn aus L. A. bringen und Gelegenheit geben würde, etwas von der Welt zu sehen.

Nach dem vierten Auftrag gab es jedoch eine Überraschung. Jemand aus Mary Canarys Stab kam vorbei und sagte zu ihm: »Du machst es gern ein bisschen zu gut, nicht wahr, Junge?«

»Was?«

»Hat es dir niemand gesagt? Du kannst nicht jede Scheißbegnadigung, die du schreibst, vollkommen machen. Wenn du das die ganze Zeit tust, wirst du die Aufmerksamkeit der Wesen auf dich lenken, und das ist nicht, was du wirklich willst, oder? Oder was wir wollen.«

Andy verstand nicht recht. »Ich soll hin und wieder schlechte Arbeit machen? Begnadigungen und Revisionen schreiben, die nicht durchgehen?«

»Richtig. Jedenfalls einige davon. Ich weiß, ich weiß, für dich ist es eine Sache der Berufsehre. Du hast einen Ruf zu wahren und möchtest gut dastehen. Aber steh nicht zu gut da, verstehst du? In deinem eigenen Interesse. Außerdem macht es, dass alle anderen schlecht aussehen, denn niemand sonst liefert nur perfekte Arbeit. Wenn sich in der Stadt herumspricht, wie es bei dir läuft, werden Klienten aus anderen Bezirken hierher kommen, und du kannst sehen, dass es da Schwierigkeiten gibt. Also verpfusch ein paar, Mickey. Lass hin und wieder einen Klienten in die Röhre gucken, okay? Zu deinem eigenen Besten. Okay? Okay?«

Es war hart, dass von ihm erwartet wurde, unvollkommene Arbeit zu liefern. Es ging gegen seine Natur, unzulängliche Hackerarbeit zu tun. Aber er würde in nächster Zeit ein paar Fehler machen müssen, nur um die Kerle von der Zunft bei Laune zu halten.

In der zweiten Woche kam eine Frau zu ihm, die eine Versetzung nach San Diego wollte. Eine hübsch aussehende Frau, achtundzwanzig, vielleicht dreißig Jahre alt. Sie arbeitete im LACON-Justizdienst und hatte Gründe, den Wohnort zu wechseln, konnte aber die Versetzung nicht erreichen. Tessa war ihr Name. Flauschiges rotes Haar, volle rote Lippen, angenehmes Lächeln, gute Figur. Hübsch. Er hatte immer eine Schwäche für ältere Frauen gehabt.

Es verschaffte Andy Unbehagen, dass so viele LACON-Leute zu ihm kamen, um Hilfe zu bekommen. Aber sie hatte ebenfalls das richtige Empfehlungsschreiben.

Als er die Arbeit für sie vorbereitete, dachte er an das rote Wuschelhaar, die gute Figur und die anderthalb Wochen, die er nun schon allein in dieser fremden Stadt lebte, und sagte: »Wissen Sie, ich habe eine Idee. Angenommen, ich schreibe eine Versetzung für uns beide aus, nach Florida, oder vielleicht Mexiko. Mexiko würde hübsch sein, nicht wahr? Cuernavaca, Acapulco, irgendwo da unten in der Sonne.« Es war ein plötzlicher, abenteuerlicher Impuls, aber was, zum Teufel – wer nicht wagt, der nicht gewinnt. »Wir könnten ein paar schöne Ferientage zusammen haben, nicht? Und nach unserer Rückkehr würden Sie nach San Diego gehen, oder wohin immer Sie wollen, und …«

Andy sah ihre Reaktion und brach ab.

»Bitte«, sagte sie sehr kühl und spröde, mit zornigem

Stirnrunzeln. »Man sagte mir, Sie seien ein Fachmann. Die Kunden anmachen ist nicht sehr fachmännisch.«

»Verzeihung«, sagte Andy. »Vielleicht ließ ich mich ein bisschen hinreißen.«

»San Diego ist mein Wunsch, ja? Und solo, wenn es Ihnen nichts ausmacht.«

»Richtig. In Ordnung.«

Sie starrte ihn noch immer so finster-empört an, als hätte er vor ihr den Reißverschluss seine Hose aufgemacht, oder Schlimmeres. Plötzlich war er zornig. Vielleicht hatte er sich hinreißen lassen, ja. Vielleicht nicht ganz in Einklang mit korrektem Benehmen, ja. Aber deswegen brauchte sie ihn nicht so anzusehen, nicht wahr? Es war anstößig, ihn so vernichtend anzustarren, nur weil er ein wenig aus der Reihe getanzt war.

Mary Canarys Kerl hatte ihm gesagt, er solle hin und wieder ein paar Auftragsarbeiten schreiben, die nicht durchkommen würden. Den Code ein wenig verpfuschen, einen winzigen Fehler hineinbringen.

Gut, dachte er. Dies soll der Erste sein. Was, zum Teufel … Er schrieb ihr einen Versetzungsbescheid für San Diego und eine Ausreiseerlaubnis. Und brachte ganz am Ende den winzigsten kleinen Fehler hinein, der das ganze Ding unbrauchbar machte. Es war eine sehr kleine Macke, nicht einmal eine ganze Zeile Code. Aber es würde den Zweck erfüllen und diese Tessa eine Lektion lehren. Er mochte es nicht, wenn Leute ihn so abblitzen ließen.

Mark, Paul Carmichaels ältester Sohn, fuhr Tony von der Ranch nach Los Angeles. Er nahm die rückwärtige Straße nach Osten über Ojai, Fillmore und Piru, bis sie südlich von Castaic auf die Reste der Interstate 5 stießen, um von dort nach Süden zu fahren. Steve Gannet hatte bestimmt, dass der wahrscheinlichste Aufenthalt von Nummer Eins im nordöstlichen Teil der

Stadt liegen müsse, eingegrenzt vom Hollywood Freeway im Norden, dem Harbor Freeway im Westen, der Stadtmauer im Osten und dem Vernon Boulevard im Süden.

Innerhalb dieser Zone, sagte Steve, sei der Ort höchster Wahrscheinlichkeit direkt im Herzen des alten zentralen Geschäftsviertels. Er hatte alle Arten von Zahlen, die auf Beobachtungen des Transitvektors der Wesen beruhten und wenigstens zu seiner eigenen Zufriedenheit bewiesen, dass ein gewisses Gebäude zwei Blocks südlich des alten Verwaltungszentrums der Stadt der gesuchte Ort sei. Darum lieferte Mark ihn am Osttor ab, wo Burbank an Glendale grenzte. Es war der dem alten Stadtzentrum nächste. Dort sollte Mark warten, tagelang, wenn nötig, während Tony die Stadt zu Fuß betrat und zum Zielgebiet marschierte.

»Gib mir ein Ping«, sagte Mark, als Tony aus dem Wagen stieg.

Tony grinste und hielt den Arm hoch. »Ping«, sagte er. »Ping. Ping. Ping. Ping.«

»Wunderbar«, sagte Mark. »Direkt auf dem Bildschirm, wo du hingehörst.«

Sie hatten Tonys Unterarm mit einem Implantat versehen, das einen Richtungssignalgeber enthielt. Einer der besten Implanteure in San Francisco hatte es eigens angefertigt und war zur Ranch gekommen, um es zu implantieren, und Lisa Gannet hatte es so programmiert, dass es sein Signal genau in die städtischen Telefonleitungen sandte. Wohin Tony auch ging, sie würden ihm mit Hilfe der Peilsignale folgen können. Mark konnte seinen Weg vom Wagen aus verfolgen, Steve oder Lisa im Kommunikationszentrum der Ranch.

»Na, dann kann's losgehen«, sagte Mark. »Alles in Ordnung bei dir?«

»Ping«, sagte Tony wieder und setzte sich in die Richtung der Mauer in Bewegung.

Mark sah ihm nach. Tony blickte nicht zurück. Er ging mit raschen und sicheren Schritten auf das Tor zu. Als er es erreichte, führte er den Unterarm mit dem Implantat über das Kontrollfeld des Torwächters und ließ es den Zugangscode lesen, den Lisa für ihn geschrieben hatte.

Das Tor öffnete sich. Tony betrat Los Angeles. Es war wenige Minuten nach Mitternacht. Endlich war sein großer Augenblick gekommen.

Er war bereit. Mehr als bereit: Tony war reif.

In seinem Rucksack trug er eine Bombe, die mit hochwirksamem Sprengstoff gefüllt war und genug Sprengkraft freisetzte, um einen Häuserblock zum Einsturz zu bringen. Er brauchte jetzt nur das Gebäude zu finden, wo Steve das verborgene Hauptquartier der Nummer Eins geortet zu haben glaubte, die Bombe anzubringen und fortzugehen. Aus sicherer Entfernung konnte er dann das Signal zur Ranch senden, den kurzen Stoß scheinbar bedeutungsloser digitaler Information, der ihnen sagen würde, dass sie die Detonation auslösen soll.

Khalid hatte annähernd sieben Jahre damit verbracht, ihn für diesen Auftrag zu trainieren, hatte ausgeräumt, was immer vorher in Tonys Seele gewesen war, und es durch ruhige Gelassenheit und vollkommene gedankenlose Hingabe an sein Ziel ersetzt. Und so hofften sie alle, dass Tony jetzt vollständig und richtig programmiert sei. Er würde seiner Aufgabe in Los Angeles nachgehen wie ein Besen seiner Aufgabe nachgeht, der gefallenes Laub vom Fußweg fegt, ohne noch einen Gedanken darauf zu verwenden, weshalb er gekommen war oder welches die Konsequenzen einer erfolgreichen Mission sein mochten.

»Er ist innerhalb der Mauer«, sagte Mark über das Autotelefon. »Auf dem Weg.«

»Er ist innerhalb der Mauer«, sagte Steve in der Kommunikationszentrale der Ranch und zeigte auf den gelben Lichtpunkt auf dem Bildschirm und dann auf den roten. »Das ist Mark, der außerhalb der Mauer im Wagen sitzt«, erklärte er. »Und der da ist Tony.«

»Und jetzt heißt es warten«, sagte Anson. »Ich frage mich nur, ob sein Bewusstsein frei von allen verdächtigen Gedanken ist? Kannst du einfach hingehen und eine Bombe in einem Hof oder einem Kellereingang deponieren, ohne darüber nachzudenken, was du tust?«

Steve blickte vom Bildschirm auf. »Ich weiß, was Khalid darauf sagen würde. Alles liegt in den Händen Allahs, würde er sagen.«

»So ist es«, sagte Anson.

Tony marschierte in der dunklen Stadt südwärts, vorbei an den ragenden Pfeilern toter Freeways und gigantischen leeren Bürogebäuden, still und dunkel, die aus einem Zeitalter übrig geblieben waren, das nun prähistorisch anmutete. Der Miniaturcomputer in seinem Unterarm machte leise Geräusche. Steve lenkte ihn von Santa Barbara aus, folgte seinem Weg auf dem Bildschirm und bewegte ihn von Straße zu Straße wie die Maschine, die er war. Ein Geräusch wie dieses bedeutete, links abbiegen. Ein Geräusch wie das, rechts abbiegen. Schließlich würde er vielleicht einen Ton hören, der sich wie *dies dies dies* anhörte, und dann musste er das Paket aus dem Rucksack nehmen und an dem Gebäude anbringen, das gerade vor ihm war. Und danach sollte er sich rasch von dem Ort entfernen und in die Richtung zurückgehen, aus der er gerade gekommen war.

Die Straßen waren hier praktisch verlassen. Gelegentlich fuhr ein Wagen vorbei; gelegentlich auch eines der schwebenden Fahrzeuge der Wesen, auf dem ein oder zwei der leuchtenden Gestalten aufrecht standen. Tony sah sie ohne Neugier. Neugier war ein Luxus, dessen er sich längst entledigt hatte.

An dieser Ecke links abbiegen. Ja. An der nächsten rechts. Ja. Nun zehn Blocks geradeaus, bis die mächtigen Pfeiler eines Freeways ihm den Weg versperrten. Steve, weit entfernt, dirigierte ihn mit winzigen Geräuschen zu einer Unterführung zwischen den elefantenhaften Pfeilern des Freeway, führte ihn zur anderen Seite hinaus und weiter. Weiter.

Mark saß im Wagen vor der Mauer und verfolgte die Pings aus Tonys Implantat, die sich auf dem Bildschirm in seinem Armaturenbrett in kleine Lichtfunken umwandelten. Zu Haus auf der Ranch überwachte Steve gleichfalls die Bewegungen. Anson stand neben ihm und beobachtete den Bildschirm.

»Weißt du«, brach Anson gegen vier Uhr früh mit heiserer Stimme ein langes Stillschweigen, »das kann nicht klappen.«

»Was?« fragte Steve.

Erschrocken blickte er vom Computer auf. Schweiß rann Anson übers Gesicht und verlieh ihm ein glänzendes, wächsernes Aussehen. Seine Augen schienen aus den Höhlen zu quellen, verkrampfte Muskeln zuckten entlang seinem Unterkiefer. Er sah sehr sonderbar aus.

Anson sagte: »Das Problem ist, dass die grundlegende Idee falsch ist. Das sehe ich jetzt. Es ist vollkommener Wahnsinn, sich einzubilden, dass wir die gesamte Operation der Wesen enthaupten könnten, indem wir die Nummer Eins beseitigen. Steve, ich habe Tony vergebens in den Tod geschickt.«

»Vielleicht solltest du dich ein bisschen hinlegen. Um dies zu überwachen, sind nicht zwei von uns erforderlich.«

»Hör mich an, Steve. Dies ist alles ein Riesenfehler.«

»Um Himmels willen, Anson! Hast du den Verstand verloren? Du bist von Anfang an hinter dem Projekt her gewesen. Jetzt, wo die Sache läuft, kommst du mit solchem Zeug daher! Außerdem wird Tony schon klar kommen.«

»Meinst du?«

»Du siehst selbst, dass er sehr schön vorankommt, das Verwaltungszentrum schon hinter sich hat und sich dem Gebäude nähert, wo ich Nummer Eins vermute. Er macht seine Sache richtig, und es gibt kein Zeichen irgendwelcher Störungen. Wenn sie wüssten, dass er eine Bombe im Rucksack hat, hätten sie ihn inzwischen gestoppt, nicht wahr? Noch fünf Minuten, und es wird getan sein. Und wenn wir Nummer Eins töten, werden sie durch den Schock alle überschnappen. Du weißt das, Anson. Sie sind alle telepathisch miteinander verflochten.«

»Bist du sicher? Was wissen wir wirklich? Wir wissen nicht einmal genau, dass Nummer Eins existiert. Wenn er nicht in diesem Gebäude ist, macht es ihnen vielleicht nichts aus, dass Tony mit einer Bombe herumläuft. Und selbst wenn Nummer Eins existiert und dort in dem Gebäude sitzt, und selbst wenn sie alle telepathisch zusammenhängen, wie können wir sicher sein, was geschehen wird, sobald wir ihn getötet haben? Außer furchtbaren Repressalien, meine ich. Wir nehmen an, dass sie sich alle hinlegen und weinen werden, wenn Nummer Eins tot ist. Wie, wenn sie es nicht tun?«

Steve seufzte und fuhr sich mit der Hand durch sein schütteres Haar. Anson schien hier vor seinen Augen einen Nervenzusammenbruch zu bekommen.

»Hör endlich auf, Anson! Es ist zu spät im Spiel, um solchen Scheiß zu verzapfen. Hast Zeit genug gehabt, dir alles das zu überlegen.«

»Aber ist es solch ein Scheiß? Mir kommt es plötzlich so vor, dass ich in meiner verdammten Ungeduld, etwas Großes zu tun, etwas sehr, sehr Dummes getan habe. Das gar nicht erst zu versuchen mein Vater und mein Großvater vor mir genug gesunden Menschenverstand hatten. – Ruf ihn zurück, Steve!«

»Was?«

»Hol ihn da raus!«

»Mein Gott, er ist praktisch an Ort und Stelle, Anson. Vielleicht einen halben Block entfernt, wie es aussieht. Vielleicht weniger.«

»Das ist mir egal. Hol ihn zurück! Sofort! Das ist ein Befehl.«

Steve zeigte zum Bildschirm. »Er hat kehrt gemacht. Siehst du diese Lichtsignale? Er signalisiert, dass er die Bombe bereits angebracht hat und den Schauplatz verlässt, unterwegs in Sicherheit. Also ist es getan. In fünf Minuten oder so kann ich die Bombe hochgehen lassen. Es hat keinen Sinn, es nicht zu tun, da sie nun schon angebracht ist.«

Anson schwieg. Er presste die Handballen an die Schläfen und rieb sie.

»Na gut«, sagte er, obwohl die Worte mit einem Widerwillen von seinen Lippen kamen, der nur zu offenkundig war. »Dann lass sie hochgehen.«

Tony hörte das Geräusch hinter sich aufsteigen. Zuerst ein eigentümliches Zischen, dann einen dumpfen Schlag, dann den ersten Teil der Detonation, dann den Hauptteil, sehr laut. Schmerzhaft laut, sogar. In seinen Ohren tönte es. Eine heiße Brise von rückwärts überholte ihn. Er ging rasch weiter. Etwas muss explodiert sein, dachte er. Ja. Etwas muss explodiert sein. Es hat da hinten eine Explosion gegeben. Und nun musste er zur Mauer zurückgehen, und durch das Tor und Mark suchen und nach Haus fahren. Ja.

Aber da standen plötzlich Gestalten vor ihm, menschliche Gestalten, drei, vier, fünf Mann in grauen LACON-Uniformen. Sie schienen vor ihm aus dem Pflaster gewachsen zu sein, als hätten sie ihn die ganze

Zeit beschattet und nur auf den passenden Augenblick gewartet, um sich bemerkbar zu machen.

»Sir?« sagte einer von ihnen allzu höflich. »Darf ich Ihren Ausweis sehen?«

»Er ist vom Bildschirm verschwunden«, sagte Mark im Wagen vor der Mauer. »Ich weiß nicht, was passiert ist.«

»Die Bombe ging doch los, oder?« sagte Steve.

»Und ob sie losging. Ich konnte es bis hier hören.«

»Auch auf meinem Bildschirm ist er nicht mehr. Konnte er von der Explosion erwischt worden sein?«

»Ich hatte den Eindruck, dass er weit genug vom Schauplatz entfernt war, als die Bombe hochging«, sagte Mark.

»Ich auch. Aber wo ...«

»Warte, Steve. Ein Wagen der Wesen kommt gerade vorbei. Drei sind an Bord.«

»Benehmen sie sich verrückt? Zeichen von Schock?«

»Absolut normal«, sagte Mark. »Ich glaube, ich sollte lieber von hier verschwinden.«

Steve blickte zu Anson. »Hast du das gehört?«

»Ja.«

»Ein Wagen mit drei Wesen kam vorbei. Kein Zeichen von ungewöhnlichem Verhalten. Ich glaube, der Komplex, den wir in die Luft gejagt haben, war vielleicht nicht der richtige.«

Anson nickte müde. »Und Tony?« fragte er.

»Vom Bildschirm verschwunden. Allah allein weiß es.«

In den drei Tagen, nachdem Andy das fehlerhafte Dokument für die Frau mit dem roten Wuschelhaar geschrieben hatte, schrieb er fünf fehlerlose für andere Leute, die in Schwierigkeiten waren. Er dachte, dass es ungefähr das richtige Verhältnis sei, um die Zunft bei

Laune zu halten, eine Niete auf fünf oder sechs Richtige.

Er fragte sich, was ihr zugestoßen war, als sie an der Mauer erschienen war und ihre Ausreiseerlaubnis und den Versetzungsbescheid nach San Diego vorgezeigt hatte. Zwar hatte er ihr darin das Recht garantiert, ihren Wohnsitz nach San Diego zu verlegen, aber der Torwächter würde anderer Meinung gewesen sein. Und dann? Höchstwahrscheinlich ab in ein Arbeitslager wegen versuchten Betrugs mit gefälschten Dokumenten. Was für ein Jammer, Tessa. Aber kein Hacker bot Garantien; das machten alle von Anfang an klar. Wenn man einen Hacker für einen Auftrag mietete, musste man verstehen, dass es gewisse Risiken gab, sowohl für einen selbst als auch für den Hacker. Und natürlich konnten die Klienten keine Schadenersatzforderungen geltend machen. Wie sollte es auch möglich sein, jemanden mit illegaler Arbeit zu beauftragen und sich dann über die Qualität der Arbeit zu beklagen. Hacker leisteten unzufriedenen Klienten keine Rückzahlungen.

Arme Mrs. Tessa, dachte er. Arme, arme Tessa.

Er schlug sich die Gedanken an sie aus dem Kopf. Ihre Probleme waren nicht sein Problem. Sie war bloß ein Auftrag, der daneben gegangen war.

Nicht lange nach dem Fall Tessa kam Andy zu dem Schluss, dass es an der Zeit sei, etwas von der Höhe seiner Honorare abzusahnen, bevor er vom Rest die Kommission ausrechnete und abführte. Mary Canary und seine Bande brauchten nicht ganz so viel von ihm, dachte er. Wenn er hier und dort ein wenig zurückbehielt, konnte es sich sehr hübsch summieren.

Bald aber begann er Anzeichen zu erkennen, dass sie sich bei ihm einklinkten und seine Zahlen überprüften. Argwöhnten sie etwas, oder war es nur eine Routineüberprüfung? Er wusste es nicht. Er schrieb eine schlaue kleine Stornierung, die sie im Dunkeln lassen würde.

Zugleich aber sagte er sich, dass er von Los Angeles einstweilen genug hatte. Der Ort gefiel ihm nicht sehr. Vielleicht war es Zeit, sich anderswo umzusehen. Phoenix? New Orleans? Acapulco?

Warm musste es jedenfalls ein. Andy hatte kaltes Wetter noch nie leiden können.

Auf der Ranch wartete Anson auf ein Zeichen, dass die Explosion in Los Angeles irgendeine Wirkung auf die Dinge gehabt hatte.

Welche Vergeltungsmaßnahmen würde es geben? Verhaftungen, Seuchen, Störungen der Stromversorgung? Und wann würden sie kommen? Die Wesen würden der Menschheit jetzt sicherlich eine Botschaft senden, die darauf hinauslief, dass es inakzeptabel sei, mitten in einem größeren Verwaltungsbezirk der Wesen Bomben hochgehen zu lassen.

Aber es schien keine Vergeltungsmaßnahmen zu geben.

Anson wartete von Woche zu Woche darauf. Wartete und wartete.

Aber nichts geschah. Das Leben ging weiter wie zuvor. Tony tauchte nicht wieder auf, noch konnte er über das Netz ausfindig gemacht werden; aber das war keine Überraschung. Und ansonsten war alles so, wie es gewesen war.

Der Gedanke an Tony war ihm unerträglich. Wellen von Schuldgefühl überfluteten ihn, machten ihn schwindlig, wann immer er über das mutmaßliche Schicksal seines Bruders nachdachte.

Anson konnte nicht verstehen, wie er auf der Grundlage so weniger Informationen hatte handeln, wie er seinen Bruder so kaltblütig hatte in den Tod gehen lassen können. »Ich hätte selbst gehen sollen«, sagte er immer wieder. »Ich hätte ihn niemals dem Risiko aussetzen dürfen.«

»Die Wesen hätten dich keine zehn Meilen an Nummer Eins herangelassen«, sagte Steve. »Du hättest deine Absichten auf jedem Schritt des Weges signalisiert.«

Und Khalid sagte: »Du hättest es nicht tun können, Anson. Tony war der Richtige. Du nicht. Du niemals.«

Allmählich gelangte Anson zu der Einsicht, dass dies die Wahrheit war, aber nicht bevor sein dumpfes Brüten einen solchen Grad von Niedergeschlagenheit erreicht hatte, dass Steve und Mike und Cassandra ernstlich die Einrichtung einer Selbstmordwache für ihn diskutierten. Dazu kam es nicht, aber die dunkle Wolke, die sich über Anson gelegt hatte, schien sich nicht mehr von ihm zu heben.

Das große Rätsel war jetzt, warum es auf den Bombenanschlag keine Reaktion gegeben hatte. Was beabsichtigten die Wesen? Darauf hatte Anson keine Antwort.

Es war beinahe so, als verspotteten sie ihn durch ihre Verweigerung eines Gegenschlags. Sagten zu ihm: *Wir wissen, was du versucht hast, aber es lässt uns kalt. Von Insekten wie dir haben wir nichts zu fürchten. Wir stehen zu hoch über euch, um auch nur ärgerlich zu sein. Wir sind alles, und ihr seid nichts.*

Oder vielleicht nicht. Vielleicht verhielt es sich ganz und gar nicht so. Die Sache mit Außerirdischen ist, erinnerte sich Anson, dass sie fremdartig sind. Wenn wir glauben, wir verstehen sie und ihr Denken und Handeln, dann befinden wir uns im Irrtum. Wir werden sie niemals verstehen. Niemals. Niemals.

Niemals.

8

Nach zweiundfünfzig Jahren

»Schlüssel Sechzehn, Unterkunft Omicron Kappa, Aleph eins«, sagte Andy zum Wächter am Alhambrator der Mauer um Los Angeles.

Er rechnete im allgemeinen damit, dass Software misstrauisch sein würde. Dieser Torwächter war nicht einmal besonders kluge Software. Er arbeitete mit ein paar großen Biochips – er fühlte sie pulsieren, als der Elektronenstrom sie durchfloss –, aber die Software selbst war bloß ein schlampig geschriebenes Programm. Typisches Torwächterzeug, dachte Andy.

Er stand da und wartete, während die Picosekunden zu Millionen vorübertickten.

»Name, bitte«, sagte der Torwächter ungefähr ein Jahrhundert später in seiner undeutlichen, mechanischen Torwächterstimme.

»John Doe. Beta Pi Y 104324 x.«

Er streckte sein Handgelenk aus. Ein Augenblick für die Überprüfung des Implantats. Tick tick tick tick. Dann kam die Bestätigung. Wieder hatte Andy einen Torwächter hereingelegt. Das Tor öffnete sich. Er ging hinein nach Los Angeles.

So einfach wie Beta Pi.

Er hatte vergessen, wie ungeheuer groß die Mauer war, die Los Angeles umgab. Jede Stadt hatte ihre Mauer, aber diese war etwas Besonderes. Zwanzig, vielleicht dreißig Meter dick. Ihre Tore waren mehr wie Tunnels. Die Gesamtmasse des Bauwerks war Ehrfurcht gebietend. Was an menschlicher Energie, Muskeln und Schweiß in die Erbauung dieser Mauer investiert worden war, musste phänomenal sein. Vor allem in Anbetracht des Umstandes, dass die Mauer das gesamte Becken von L. A. umschloss, von San Gabriel bis zum San Fernando Valley und dann über die Berge und die Küste hinunter und auf der anderen Seite an Long Beach vorbei wieder hinauf, und dass sie wenigstens zwanzig Meter hoch war, und überall gleich breit. Eine Mauer dieser Größe war ungeheuerlich. So viel Schweiß, so viel Mühe, so viel Material. Nicht sein persönlicher Schweiß und seine eigene Mühe, natürlich, aber trotzdem … trotzdem …

Wozu dienten sie, all diese Mauern?

Um uns daran zu erinnern, sagte sich Andy, dass wir heutzutage alle Sklaven sind. Man kann die Mauern nicht ignorieren. Man kann nicht so tun, als ob sie nicht da wären. *Wir ließen sie von euch bauen, vergesst das nicht,* sagen sie damit.

Innerhalb der Mauer sah Andy ein paar Wesen auf der Straße herumgehen, wie üblich in ihre rätselhaften Geschäfte vertieft und ohne die Menschen in der Umgebung zu beachten. Es waren Wesen der hohen Kaste, mit den leuchtend orangeroten Flecken entlang den Seiten. Andy machte einen großen Bogen um sie. Manchmal hatten sie eine Art, Menschen mit diesen langen elastischen Zungen einzufangen, wie ein Frosch, der nach einer Fliege schnappt, und sie in der Luft zappeln zu lassen, während sie ihre ängstlichen Opfer mit ihren untertassengroßen gelben Augen musterten. Die alte Cindy hatte erzählt, wie sie am Beginn der Eroberung eingefangen und an Bord des Schiffes gebracht worden waren.

Andy war dafür nicht zu haben. Anscheinend wurde man nicht verletzt, aber es war unwürdig, von etwas wie einer fünf Meter langen Gurke mit Gummibeinen in die Höhe gehoben zu werden.

Sein erstes Vorhaben nach dem Betreten der Stadt galt der Beschaffung eines Wagens. Er war erst diesen Morgen von Arizona herübergekommen, in einem recht anständigen neuen Buick, den er in Tucson hatte mitgehen lassen, jede Menge Pferdestärken und Stil, aber inzwischen erwartete er, dass der Diebstahl angezeigt worden war und überall Ausschau nach dem Wagen gehalten wurde. Der Versuch, ihn durch die Mauer zu bringen, schien daher nicht ratsam. So hatte er ihn mit großem Bedauern draußen geparkt und war zu Fuß hereingekommen.

Am Valley Boulevard, ungefähr zwei Blocks von der Mauer entfernt, stieß er auf einen Toshiba El Dorado, neues Modell, der ihm gut gefiel. Er glich die Frequenzen mit dem Schloss ab, schlüpfte hinein und brauchte ungefähr neunzig Sekunden, um die Antriebskontrolle auf seine persönlichen Biodaten umzuprogrammieren. Die bisherige Eigentümerin, dachte er, musste fett wie ein Nilpferd und wahrscheinlich Diabetikerin gewesen sein; ihr Glykogenindex war krankhaft, ihre Phosphatasen im oberen Streubereich.

»Pershing Square«, sagte er dem Wagen.

Er hatte eine hübsche Kapazität, vielleicht 90 Megabytes. Er bog sofort nach Süden ab und fuhr Richtung Zentrum. Andy hatte sich vorgenommen, in der Mitte des Geschehens abzusteigen, ein Hotelzimmer zu nehmen, eine ordentliche Mahlzeit zu essen und in den nächsten Tagen zwei oder drei schnelle Hackeraufträge abzuwickeln, um seine Fähigkeiten nicht einrosten zu lassen. Und dann wollte er sich den nächsten Zug überlegen. Länger als eine Woche oder so wollte er nicht in L. A. bleiben. Vielleicht hinaus nach Hawaii. Oder nach Südamerika. Einstweilen war L. A. um diese Jahreszeit nicht allzu schlecht. Es war Winter, ja, aber der Winter in Los Angeles war ein Witz: die goldene Sonne, die warmen Brisen, die von den Bergen wehten. Andy war froh, endlich wieder in der großen Stadt zu sein, wenigstens für eine kurze Zeit, nachdem er fünf Jahre lang die hinterwäldlerische Provinz abgeklappert hatte.

Ein paar Meilen östlich der großen innerstädtischen Kreuzung entwickelte sich plötzlich ein Verkehrsstau. Vielleicht ein Unfall voraus, vielleicht eine Straßensperre; man wusste es erst, wenn man dort war. Andy befahl dem Toshiba, den Freeway zu verlassen.

Durch Straßensperren zu schlüpfen, hatte seine Angst einflößenden Aspekte und verlangte selbst unter günstigen Bedingungen viel harte Arbeit. Er zog es vor, sich nicht mit ihnen abzugeben. Zwar wusste er, dass er an einer Straßensperre wahrscheinlich jede Art von Software und mit Sicherheit jeden menschlichen Verkehrspolizisten täuschen konnte, aber warum die Mühe auf sich nehmen, wenn man nicht musste?

Nach längerer Zickzackfahrt immer in der allgemeinen Richtung der Turmhäuser des Stadtzentrums fragte er den Wagen, wo er sei.

Der Bildschirm leuchtete auf. Alameda nahe Banning, sagte er. Direkt am Rande des Stadtzentrums, wie es aussah. Er ließ sich in der Spring Street absetzen, ein paar Blocks vom Pershing Square entfernt. »Hol mich um 18:30 Uhr ab«, sagte Andy. »Ecke … hmm … Sixth und Hill.«

Der Wagen fuhr weiter, um sich zu parken, und er ging zum Platz, um ein paar Begnadigungen oder Beförderungen an den Mann oder die Frau zu bringen.

Andy hatte nicht vor, sich bei Mary Canarys Syndikat zu melden. Sie würden ihn nicht sehr warm willkommen heißen, und außerdem wollte er nur kurze Zeit in der Stadt bleiben, nicht lange genug, dass sie ihm auf die Spur kommen konnten, warum also die Honorare mit ihnen teilen? Er würde fort sein, bevor sie merkten, dass er hier war.

Er brauchte ihre Hilfe ohnehin nicht. Für einen guten freischaffenden Hacker war es nicht schwierig, Klienten zu finden. Man sah ihnen das Bedürfnis an: den mühsam unterdrückten Ärger, den schwelenden Groll über das Unrecht, das die hirnlose, gleichgültige, von Wesen kontrollierte Bürokratie ihnen angetan hatte. Und noch etwas, etwas schwer Fassbares, ein gewisses Gefühl, noch ein paar Fetzen innerer Integrität und Würde bewahrt zu haben, das einem gleich sagte, hier sei ein Klient, jemand, der bereit war, vieles zu riskieren, um ein gewisses Maß an Freiheit zurückzugewinnen. Innerhalb von fünfzehn Minuten war Andy im Geschäft.

Der Erste war der Typ eines alternden Surfers, breitbrüstig und von diesem sonnengebleichten Aussehen. Das Surfen, einst die große Mode entlang der Küste, war so gut wie ausgestorben. Die Wesen hatten es seit zehn, vielleicht fünfzehn Jahren verboten. Von Santa Barbara bis San Diego hatten sie vor der Küste ihre Planktontreibnetze ausgelegt und schluckten die Meeresnährstoffe, die ihre Hauptnahrung zu sein schienen, und jeder Junge, der mit einem Stock am Strand entlang lief, um in die auflaufenden Wellen zu schlagen, bekam ihren Unwillen zu spüren.

Aber dieser Kerl musste zu seiner Zeit ein Künstler im Vorführen von Tricks gewesen sein. Wie er sich durch den Park bewegte, kleine ausgleichende Bewegungen machte, als müsste er die Unregelmäßigkeiten der Erdrotation kompensieren, ließ deutlich erkennen, was für ein Athlet er gewesen war. Er setzte sich neben Andy auf die Bank und machte sich über sein Essen her. Dicke Unterarme, kräftige Hände. Wahrscheinlich einer, der am Bau der Mauer mitgearbeitet hatte. Muskeln verknoteten sich in seinen Wangen: der Zorn, der immer unter der Oberfläche siedete.

Nach einer Weile brachte Andy ihn zum Reden. Ein Surfer, ja. Mindestens vierzig Jahre alt und verloren im Entfernten und Vergangenen. Er begann über legendäre Strände zu seufzen, wo die Brandungswellen wie Röhren waren. »Trestle Beach«, murmelte er. »Das ist nördlich von San Onofre. Man musste sich durch Camp Pendleton schleichen, dem alten Übungsgelände der LACON. Manchmal eröffneten die LACON-Wächter das Feuer, bloß Warnschüsse. Oder Hollister Ranch, oben bei Santa Barbara.« Seine blauen Augen verschleierten sich. »Huntington Beach. Oxnard. Ich kam überall hin, Mann.« Er krümmte und streckte seine kräftigen Finger. »Jetzt gehört die Küste diesen widerlichen Scheißwesen. Man möchte es nicht glauben. Die Küste gehört ihnen. Und ich ziehe Mauern hoch, schon das zweite Mal, sieben Tage die Woche für die nächsten zehn Jahre.«

»Zehn?« sagte Andy. »Das ist ein Scheißjob.«

»Kennst du jemanden, der heute keinen Scheißjob hat?«

»Einige«, sagte er. »Sie kaufen sich da heraus.«

»Ja. Sicher.«

»Das ist zu machen, weißt du.«

Der Surfer musterte ihn misstrauisch. Das war vernünftig, dachte Andy. Man konnte nie wissen, mit wem man es zu tun hatte. Kollaborateure und Spione waren überall. Eine erstaunliche Anzahl Menschen arbeitete *gern* für die Wesen.

»Es ist zu machen, sagst du?« fragte der Surfer.

»Es kostet nur Geld«, sagte Andy.

»Und einen Hacker, der sich auskennt.«

»Richtig.«

»Einen, dem man vertrauen kann.«

Andy zuckte die Achseln. »Es gibt solche und solche. Du musst auf Treu und Glauben gehen, Mann.«

»Ja«, sagte der Surfer. Dann, nach einer Weile: »Ich hörte von einem Kerl, der kaufte eine Befreiung von drei Jahren Arbeitsverpflichtung und einen Passierschein als Dreingabe. Ging nach Norden, heuerte auf einem Krilltrawler an, landete schließlich in Australien, draußen am Barriereriff. Niemand wird ihn jemals dort finden. Er ist aus dem verdammten System. Wie viel, meinst du, würde ihn das gekostet haben?«

»Ungefähr zwanzig Riesen«, sagte Andy.

»He, das ist eine gute Schätzung!«

»Keine Schätzung.«

»So?« Ein weiterer vorsichtiger Blick. »Du hörst dich nicht wie ein Hiesiger an.«

»Bin ich auch nicht. Nur auf Besuch.«

»Und das ist noch immer der Preis? Zwanzig Riesen?«

»Ich kann nichts tun, was die Bereitstellung von Krilltrawlern betrifft. Einmal außerhalb der Mauer, würdest du auf dich selbst gestellt sein.«

»Zwanzig Riesen nur für einen Passierschein durch die Mauer?«

»Und eine Befreiung von sieben Jahren Arbeitsverpflichtung.«

»Ich hab zehn Jahre«, sagte er.

»Von zehn kann ich dich nicht befreien. Es ist nicht in der Konfiguration, verstehst du? Es würde zu viel Aufmerksamkeit erregen, wenn ich versuchte, dich aus einer Zehnjahresverpflichtung auf null zu bringen. Aber sieben würde gehen. Du würdest ihnen noch immer drei schulden, wenn die Befreiung abgelaufen ist, aber in sieben Jahren kannst du so weit weg von hier sein, dass sie dich für immer verlieren würden. In der Zeit könntest du nach Australien *schwimmen*. Du musst weit unten an Land gehen, südlich von Sydney, da gibt es keine Planktonfischerei mit Stellnetzen.«

»Du weißt eine ganze Menge.«

»Wissen ist mein Geschäft«, sagte Andy. »Möchtest du, dass ich deinen Vermögensstand überprüfe?«

»Ich bin siebzehn fünf wert. Fünfzehnhundert echt, der Rest Nebensicherheiten. Was kann ich für siebzehn fünf kriegen?«

»Genau was ich sagte. Durch die Mauer und sieben Jahre Befreiung von der Arbeitsverpflichtung.«

»Ein Vorzugspreis, he?«

»Ich nehme, was ich kriegen kann«, sagte Andy. »Hast du ein Implantat?«

»Ja.«

»Okay. Gib mir dein Handgelenk. Und keine Sorge. Dieser Teil ist nur Ablesung.«

Er entschlüsselte das Datenimplantat des Surfers und stellte die Verbindung mit seinem her. Der Surfer hatte fünfzehnhundert auf der Bank und Nebensicherheiten von sechzehntausend, genau wie er angegeben hatte. Die beiden beäugten einander jetzt sehr wachsam. Dies war eine höchst illegale Transaktion. Der Surfer konnte nicht wissen, ob Andy ein selbständiger Hacker oder ein Agent der LACON war, aber auch Andy konnte sich des Surfers nicht sicher sein.

»Du kannst es direkt hier im Park machen?« fragte der Surfer.

»Und ob. Nun lehn dich zurück, schließ die Augen und tu so, als ob du ein Nickerchen in der Sonne machst. Der Handel ist, dass ich jetzt eintausend vom Bargeld nehme und du fünftausend von den Nebensicherheiten zu Geld machst und mir transferierst. Wenn du durch die Mauer bist, kriege ich die anderen fünfhundert in bar und weitere fünftausend überwiesen. Den Rest zahlst du mit dreitausend pro Jahr plus Zinsen ab, wo immer du bist, vierteljährliche Überweisungen. Ich werde das ganze Ding programmieren, einschließlich der Piepsignale zur Erinnerung, wenn Zahlungen fällig sind. Es ist deine Sache, deine Reisevorbereitungen zu treffen, wohlgemerkt. Ich kann Passierscheine und Befreiungen von Dienstverpflichtungen und dergleichen machen, aber ich bin kein Reisebüro. Abgemacht?«

Der Surfer legte den Kopf zurück und schloss die Augen.

»Schieß los«, sagte er.

Es war Routinearbeit, die er im kleinen Finger hatte. Andys Standardmethode. Er sammelte alle Identifikationscodes seines Klienten, ging damit in den Zentralrechner und fand die Personalunterlagen des Mannes. Er schien echt, nicht mehr oder weniger als er angegeben hatte. Gewiss, man hatte ihm einen Hammer von einer Zwangsdienstverpflichtung aufgebrummt, zehn Jahre in einer Baukolonne. Andy schrieb ihm eine Befreiung von den ersten sieben davon. Dann gab er ihm einen Passierschein zum Verlassen der Stadt, was bedeutete, dass er ihn wegen besonderer Fähigkeiten in eine höhere Qualifikationsklasse emporstufen musste, Programmierer dritten Grades. Der Mann dachte nicht wie ein Programmierer und sah auch nicht wie einer aus, aber das konnte die Software am Kontrollpunkt in der Mauer nicht beurteilen.

Mit diesen Schachzügen machte Andy ihn zu einem Mitglied der menschlichen Elite, der relativen Handvoll Privilegierter, denen es freistand, die ummauerten Städte nach Belieben zu betreten und zu verlassen. Als Gegenleistung für diese kleinen Gefälligkeiten übertrug er die gesamten Lebensersparnisse des Surfers auf verschiedene seiner Konten, zahlbar laut Vereinbarung zum Teil jetzt, zum Teil später. Der Surfer war jetzt mittellos, aber er war ein freier Mann. Als Tauschgeschäft war das annehmbar, oder?

Und es war auch eine gültige Befreiung. Andy hatte nicht die Absicht, fehlerhafte Begnadigungen, Beförderungen, Versetzungen oder Passierscheine zu schreiben, so lange er hier war. Die Zunft mochte von ihren Mitgliedern verlangen, dass sie gelegentlich eine »Leiche« schrieben, wie die absichtlichen Fehler im Hackerjargon genannt wurden, aber er arbeitete jetzt nicht mit der Zunft. Und wenn er auch die Notwendigkeit verstand, hin und wieder einen Fehler hineinzubringen, wenn man längere Zeit den gleichen Bezirk bearbeitete, hatte er selbst nie etwas dafür übrig gehabt. Es beleidigte seine Berufsehre, seinen Stolz auf saubere Arbeit. Er hatte diesmal ohnehin nicht die Absicht, lange genug in der Stadt zu bleiben, dass jemand – die Wesen, ihre menschlichen Marionetten oder, was das anging, die Zunft – unangemessen beunruhigt über die Geschicklichkeit sein konnten, mit der er sein Gewerbe ausübte.

Die nächste Klientin war eine kleine Japanerin, der klassische Typ, schlank, zerbrechlich, puppenhaft zierlich. Sie wurde von einem heftigen Schluchzen geschüttelt, dass Andy schon dachte, sie könnte darüber entzweibrechen, während ein grauhaariger älterer Mann in einem schäbigen blauen Straßenanzug – vielleicht ihr Großvater – sie zu trösten suchte. Weinen in der Öffentlichkeit war ein guter Indikator, dass jemand durch die Wesen in arge Schwierigkeiten geraten war. »Vielleicht kann ich helfen«, sagte er, und sie waren beide so aufgelöst, dass sie nicht einmal daran dachten, misstrauisch zu sein.

Er war ihr Schwiegervater, nicht ihr Großvater. Der Ehemann war tot, im Jahr zuvor von Einbrechern getötet. Sie hatte zwei kleine Kinder. Nun hatte sie eine neue Dienstverpflichtung bekommen. Sie hatte befürchtet, dass man sie in eine Arbeitskolonne stecken würde, die an der Mauer arbeitete, was natürlich nicht sehr wahrscheinlich war: die Zuweisungen erfolgten ziemlich willkürlich, schienen aber selten so verrückt zu sein, dass sie ein zierliches Mädchen von fünfundvierzig Kilo zur Bearbeitung und dem Bewegen von Steinblöcken abkommandieren würden.

Der Schwiegervater hatte jedoch Freunde, die Bescheid wussten, und ihnen war es gelungen, die verborgene Verschlüsselung auf ihrer Zuweisung zu entziffern. Die Computer hatten sie nicht zur Arbeit an der Mauer verpflichtet; sie hatten sie für den Fünften Bereich vorgesehen. Das war schlechte Nachricht. Und sie hatten ihr eine HAP-Einstufung gegeben. Noch schlimmer.

»Die Mauer wäre besser gewesen«, sagte der alte Mann. »Dort hätte man gleich gesehen, dass sie nicht kräftig genug für Schwerarbeit ist, und ihr andere Arbeit gegeben, die sie tun könnte. Aber der Fünfte Bereich? Wer kommt schon von dort zurück?«

»Also wissen Sie, was der Fünfte Bereich ist?« sagte Andy überrascht.

»Das ist der Bereich, wo sie medizinische Experimente durchführen. Und diese Kennzeichnung hier, HAP, ich weiß auch, wofür die steht.«

Die junge Frau begann wieder zu stöhnen und zu schluchzen. Andy konnte es ihr nicht verdenken. HAP bedeutete Härte- und Ausdauerprüfung. So weit er mit dem HAP-Programm vertraut war, hatte es mit dem Bedürfnis der Wesen zu tun herauszufinden, wie viel körperliche Arbeit Menschen zu leisten imstande waren. Die einzig verlässliche Methode, dies festzustellen, war offenbar, einen repräsentativen Querschnitt der Bevölkerung durch ein entsprechendes Auswahlverfahren

Prüfungen zu unterziehen, welche zeigten, wo die Grenzen der Widerstandskraft und Ausdauer lagen.

»Ich werde sterben«, winselte die Frau. »Meine Kinder! Meine armen Kinder!«

»Wissen Sie, was ein sogenannter Begnadiger ist?« fragte Andy den Schwiegervater.

Das rief eine schnelle und erregte Reaktion hervor. Der Mann sog scharf den Atem ein, seine Augen leuchteten auf, er nickte energisch. Und genauso schnell verblich die Erregung und machte hilfloser Verzweiflung Platz.

»Die betrügen alle«, sagte er.

»Nicht alle.«

»Wer kann es sagen? Sie nehmen einem das Geld und geben nichts.«

»Sie wissen, dass das nicht wahr ist. Gewiss, manchmal klappt es nicht richtig. Das Hacken ist keine exakte Wissenschaft. Aber jeder kann Ihnen Geschichten von Begnadigungen erzählen, die durchgekommen sind.«

»Vielleicht. Vielleicht«, sagte der alte Mann. Die Frau schluchzte leise. »Sie kennen solch eine Person?«

»Für dreitausend Dollar«, sagte Andy mit halblauter Stimme, »kann ich das HAP von Ihrer Dienstverpflichtung streichen. Für fünf kann ich eine Befreiung von der Dienstverpflichtung schreiben, die wirksam bleibt, bis ihre Kinder in der Oberschule sind.«

Er fragte sich, warum er so weichherzig war. Ein Preisabschlag von fünfzig Prozent, und er hatte noch nicht einmal die Vermögenslage geprüft. Es war gut möglich, dass der Schwiegervater ein Millionär war. Aber nein, wenn das so wäre, längst hätte er einen Handel für eine Befreiung seiner Schwiegertochter abgeschlossen und würde nicht hier auf dem Pershing Square herumsitzen und die junge Frau weinen und wehklagen lassen.

Der alte Mann maß Andy mit einem langen, forschenden Blick. Bauernschläue kam an die Oberfläche. »Wie können wir sicher sein, dass Sie tun werden, was Sie versprechen?« fragte er.

Andy hätte ihm sagen können, dass er der König seines Berufsstandes sei, der Beste aller Begnadiger, ein genialer Hacker mit der Handschrift des Magiers, der in jedes Datennetzwerk schlüpfen und es zu seiner Melodie tanzen lassen konnte. Das wäre nicht mehr und nicht weniger als die Wahrheit gewesen. Aber er sagte nur, dass der Mann seine Entscheidung selbst treffen müsse, dass Andy keine Beglaubigungen oder Garantien bieten könne, dass er aber zur Verfügung stehe, wenn sie ihn wollten; und dass es ihm andernfalls gleich sein würde, wenn es ihnen lieber wäre, bei der HAP-Zuweisung zu bleiben.

Sie gingen fort und berieten ein paar Minuten lang. Als sie zurückkamen, krempelte der alte Mann schweigend den Ärmel hoch und bot ihm sein Implantat. Andy entschlüsselte seinen Kontostand: ungefähr dreißigtausend, nicht schlecht. Er transferierte acht davon auf seine Konten, die Hälfte nach Seattle, den Rest nach Honolulu. Dann nahm er das Handgelenk der Frau, das nicht dicker war als zwei seiner Finger, schloss ihr Implantat an und schrieb ihr die Befreiung, die ihr das Leben retten würde.

»Gehen Sie nach Hause«, sagte er. »Ihre Kinder warten aufs Mittagessen.«

Ihre Augen leuchteten. »Wenn ich Ihnen nur irgendwie danken könnte …«

»Ich habe mein Honorar schon abgebucht. Gehen Sie. Und sollten Sie mich jemals wieder sehen, grüßen Sie mich nicht.«

»Und das wird klappen?« fragte der alte Mann.

»Sie sagen, Sie hätten Freunde, die sich auskennen. Warten Sie sieben Tage, dann verständigen Sie die Datenbank, dass Ihre Schwiegertochter ihre Dienstverpflichtung verloren habe. Wenn Sie die Neue bekommen, bitten Sie Ihre Freunde, den Code zu entschlüsseln. Sie werden sehen, dass alles in Ordnung ist.«

Er schien nicht überzeugt. Andy vermutete, dass der Mann ziemlich sicher war, gerade um ein Viertel seiner Lebensersparnisse beschwindelt worden zu sein. Das Misstrauen in seinen Augen war nur zu deutlich. Aber in einer Woche würde er feststellen, dass Andy seiner Schwiegertochter wirklich das Leben gerettet hatte, und dann würde er zum Pershing Square eilen, um Andy zu sagen, wie leid es ihm tue, dass er so schlecht von ihm gedacht habe. Bloß erwartete Andy, zu der Zeit anderswo zu sein, weit weg von hier.

Sie schlurften zum Ostausgang des Parks, blieben einige Male stehen, um sich nach Andy umzusehen, als glaubten sie, er würde sie in Salzsäulen verwandeln, sobald sie ihm den Rücken kehrten. Dann waren sie fort.

In kurzer Zeit hatte Andy genug verdient, um nicht nur seine Woche in L. A. zu finanzieren. Aber weil der Park sich als so gewinnbringend erwies, blieb er da und hoffte auf etwas mehr. Das erwies sich als Fehler.

Der nächste Klient war ein kleiner, unauffälliger Mann, den niemand in einer Menschenmenge bemerken würde, grau in grau, dünnes Haar, sanftes entschuldigendes Lächeln. Aber in seinen Augen war ein Glanz. Er und Andy kamen ins Gespräch, und sehr bald versuchten sie mehr übereinander herauszubringen. Er erzählte Andy, dass er aus der Gegend von Silver Lake sei. Das sagte Andy sehr wenig. Er sei hierher gekommen, um jemanden im großen LACON-Gebäude in der Figueroa Street zu besuchen. In Ordnung; wahrscheinlich ein Berufungsfall. Andy witterte ein Geschäft.

Dann wollte der graue kleine Mann wissen, woher Andy sei – Santa Monica? West L. A.? Andy fragte sich, ob die Leute auf der anderen Seite der Stadt einen anderen Akzent hatten. »Ich bin ein Reisender«, sagte er. »Halt's nie lange an einem Ort aus.« Das stimmte. »Kam gestern aus Utah. Vorher in Wyoming.« Beides stimmte nicht. »Als nächstes vielleicht New York.«

Der kleine Mann sah Andy an, als hätte er von einer Reise zum Jupiter gesprochen.

Er merkte jedoch, dass Andy einen Passierschein oder eine Sondererlaubnis zur freien Ein- und Ausreise haben musste, oder zumindest eine Möglichkeit hatte, zu solchen Dokumenten zu kommen, wenn er sie brauchte. Damit signalisierte Andy, dass er etwas Besonderes war. Und offenbar interessierte den kleinen Mann genau das.

Im Nu kamen sie jetzt zur Sache.

Der kleine graue Mann sagte, er habe einen neuen Dienstverpflichtungsbescheid bekommen, sechs Jahre bei der Salzgewinnung in der Wüste hinter dem Mono Lake. Schlechte Papiere, sehr sehr schlecht. Auf den Salzfeldern dort draußen starben die Menschen wie Fliegen, hatte Andy gehört. Was der Mann wollte, war natürlich eine Versetzung in einen weniger mörderischen Bereich, wie etwa Wartung und Instandhaltung, und es sollte innerhalb der Mauern sein, vorzugsweise in einem der Viertel draußen am Meer, wo die Luft kühl und rein war.

»Sicher«, sagte Andy. »Das kann ich machen.«

Er nannte ihm einen Preis, und der kleine Mann akzeptierte ihn ohne Wimperzucken.

»Geben Sie mir Ihr Handgelenk«, sagte Andy.

Der kleine Mann hielt ihm die rechte Hand hin, Handteller nach oben. Sein Kontaktfeld für den Zugang zum Implantat war eine blassgelbe kleine Plakette an der üblichen Stelle, aber runder als die Standardausführung und von etwas glatterer Struktur. Andy maß dem keine größere Bedeutung bei. Wie er es so oft schon getan hatte, legte er seinen Arm an den des anderen,

Handgelenk auf Handgelenk, dass die Kontaktfelder einander berührten.

Ihre Biocomputer stellten die Verbindung her.

Im gleichen Augenblick kam der kleine Mann wie ein Wirbelwind auf ihn zu, und an der Stärke des Signals erkannte Andy sofort, dass er es mit etwas Besonderem zu tun hatte und möglicherweise in Schwierigkeiten geriet; dass er getäuscht worden war. Dieser farblose kleine Mann hatte überhaupt nicht versucht, eine Begnadigung oder Versetzung zu erreichen. Er hatte nach einem Datenduell Ausschau gehalten, erkannte Andy. Hinter dem freundlichen Lächeln hatte er es darauf abgesehen, dem Grünschnabel ein paar von seinen Tricks zu zeigen.

Es war lange her, dass Andy in so etwas verwickelt gewesen war. Duellieren war etwas für Halbwüchsige. Aber in Andys Duellantenzeit hatte kein Hacker ihn jemals im Wettstreit überwunden. Kein einziger. Und diesem sollte es auch nicht gelingen. Andy bedauerte ihn, aber nicht sehr.

Der Mann schoss Andy einen Schwall von Daten herüber, verschlüsselt aber einfach, nur um Andys Parameter herauszufinden. Andy fing sie auf und speicherte sie, legte eine Unterbrechung und riss den Dialog an sich. Jetzt war es an ihm, den anderen zu erproben. Er wollte ihm zeigen, mit wem er es zu tun hatte.

Aber gerade als Andy mit der Ausführung begann, legte der andere ihm eine Unterbrechung. Das war eine neue Erfahrung. Andy sah ihn mit einigem Respekt an.

Gewöhnlich erkannte jeder Hacker überall Andys Signal in den ersten dreißig Sekunden, und das genügte dann, um den Austausch zu beenden. Sein Gegner würde wissen, dass es zwecklos war, weiterzumachen. Aber dieser war entweder nicht imstande gewesen, Andy zu identifizieren, oder es war ihm einfach gleich, und er war sofort mit seiner Retourkutsche gekommen.

Andy fand das erstaunlich. Auch das Zeug, womit er Andy als nächstes eindeckte, war ziemlich erstaunlich.

Er ging sofort an die Arbeit und versuchte energisch, Andys Gebäude zum Einsturz zu bringen. Haufenweise kam das Material in der schweren Megabytezone auf Andy zugeflogen.

– *jspike. dbltag. nslice. dzcht.*

Andy gab es sofort zurück, doppelt so hart.

– *maxfrq. minpav. spktot. jspike.*

Aber das machte dem anderen Hacker nichts aus.

– *maxdz. spktim. falter. nslice.*

– *frqsum. eburst.*

– *iburst.*

– *prebst.*

– *nobrst.*

Unentschieden. Verfahrene Situation. Der graue kleine Mann lächelte noch immer. Auf seiner Stirn war nicht einmal eine Spur von Schweiß. Es war etwas Unheimliches an ihm, dachte Andy, etwas Neues und Seltsames.

Plötzlich wurde ihm klar, dass der Mann eine Art Borgmann-Hacker war, der für die Wesen arbeitete, die Stadt durchstreifte, um freie Berufshacker wie ihn in Schwierigkeiten zu bringen.

So gut der Mann auch war, und er war sehr gut, verabscheute Andy ihn dafür. In seinen Adern floß gerade genug Carmichaelblut, dass Andy wusste, auf welcher Seite er in dem Ringen stand. Ein Borgmann, das war etwas Abscheuliches. Die Hackerfähigkeiten zu gebrauchen, um *denen* zu helfen – nein. Nein. Ein schmutziges Geschäft. Andy wollte ihm einen Kurzschluss verpassen, ihn ausbrennen. Er hatte noch nie jemanden so verabscheut.

Aber Andy konnte ihm nichts anhaben.

Das verblüffte ihn. Er war der Datenkönig, er war das Megabytemonster. All diese Jahre war er durch eine

Welt in Ketten hin und her gereist, hatte sich unbekümmert im Datenstrom getummelt und jedes Schloss geknackt, das ihm in den Weg gekommen war. Und nun verwickelte ihn dieser Niemand in Widersprüche. Was Andy ihm gab, parierte er; und was von ihm zurückkam, wurde zunehmend bizarr. Der kleine Mann arbeitete mit einem Algorithmus, den Andy noch nie gesehen hatte und den aufzulösen ihm große Mühe bereitete. Nach einer Weile verstand er nicht einmal mehr, was der andere mit ihm machte, geschweige denn, wie er es kontern und aufheben konnte. Es wurde so schlimm, dass er kaum noch etwas machen konnte. Der kleine Mann zwang ihn unerbittlich zu einem Wetwarezusammenbruch.

»Wer, zum Teufel, sind Sie?« schrie Andy wütend.

Der kleine Mann lachte ihm ins Gesicht.

Und überschüttete ihn weiter. Er bedrohte die Integrität von Andys Implantat, griff ihn auf der mikrokosmischen Ebene an, attackierte die Moleküle selbst. Manipulierte Elektronenhüllen, kehrte Ladungen um und vermurkste Wertigkeiten, verstopfte seine Zugänge, machte seine Schaltkreise zu Suppe. Der in Andys Körper implantierte Computer war schließlich nichts als eine Menge organischer Chemie. Geradeso wie sein Gehirn. Wenn er dies beibehielt, würde der Biocomputer bald hinüber sein, und das Gehirn, mit dem er verbunden war, würde folgen.

Dies war kein sportlicher Wettstreit. Es war Mord.

Andy mobilisierte die Reserven, warf alle Abwehrblockaden ins Gefecht, die er erfinden konnte. Dinge, die er nie im Leben hatte gebrauchen müssen, aber sie waren zur Stelle, als er sie benötigte, und sie verlangsamten seinen Gegner. Einen Moment lang konnte er den Ansturm aufhalten und den anderen sogar ein wenig zurückdrängen, sich selbst die Atempause verschaffen, um ein paar eigene Offensivkombinationen aufzubauen. Doch ehe er sie einsetzen konnte, unterbrach der kleine Mann ihn abermals und begann ihn wieder auf den Zusammenbruch zuzutreiben. Der Kerl war unglaublich.

Andy blockierte ihn. Er kam wieder. Andy schlug ihn hart, und der kleine Mann lenkte den Schlag in einen ganz anderen neuralen Kanal ab, wo er sich verlor.

Andy schlug wieder zu, härter. Wieder wurde sein Vorstoß abgeblockt.

Dann schlug der kleine Mann mit einer Gewalt zu, die weit über alles hinausging, was Andy bisher gebraucht hatte, einer Gewalt, die ihn ins Wanken brachte. Andy war ungefähr noch drei Nanosekunden vom Rand des Abgrunds entfernt, als es ihm um Haaresbreite gelang, sich aus der Gefahr zu befreien.

Noch benommen, begann er eine neue Kombination aufzustellen. Aber noch während er es tat, las er die Grundstimmung aus den Daten des anderen, und was er empfing, war absolute kühle Zuversicht. Der kleine Mann wartete auf ihn, war auf alles vorbereitet, was Andy ihm entgegenwerfen konnte. Er befand sich in jenem Bereich völliger Gewissheit, der jenseits bloßen Selbstvertrauens liegt.

Andy sah, worauf das hinauslief. Er konnte den kleinen Mann daran hindern, ihn zu ruinieren, aber nur mit knapper Not, und er war selbst nicht in der Lage, ihn anzutasten. Und der kleine Mann schien unendliche Hilfsquellen hinter sich zu haben. Andy bereitete ihm keine Sorgen. Der Mann war unermüdlich. Er schien überhaupt nicht nachzulassen. Er steckte alles weg, was Andy geben konnte, und warf ihm immer wieder neues Material entgegen, von sechs Seiten auf einmal.

Nun verstand Andy zum ersten Mal, wie es für all die Hacker gewesen sein musste, die er im Laufe der Jahre geschlagen hatte. Einige von ihnen mussten ziemlich anmaßend gewesen sein, dachte er, bis sie auf ihn gestoßen waren. Das Verlieren kostete mehr, wenn man sich für gut hielt. Wenn man wusste, dass man gut ist. Wenn solche Leute verlieren, müssen sie das gesamte Bewusstsein ihrer Beziehung zur Außenwelt umprogrammieren.

Er hatte jetzt die Wahl. Er konnte weiterkämpfen, bis der kleine Mann ihn niederrang und vernichtete. Oder er konnte gleich aufgeben. Das waren die einzigen realistischen Möglichkeiten, die er hatte.

Am Ende, dachte Andy, lief es immer darauf hinaus. Ja oder nein, ein oder aus, eins oder null.

Das Chaos vor Augen, holte er tief Atem.

»In Ordnung«, sagte er. »Ich bin geschlagen. Ich gebe auf.« Nie hätte er gedacht, dass er diese Worte jemals aussprechen würde.

Er riss sein Handgelenk vom Implantat seines Gegners, zitterte, schwankte, sank erschöpft zu Boden.

Einen Augenblick später sprangen fünf LACON-Polizisten aus dem Nichts auf ihn zu, fesselten ihn und schleppten ihn fort. Sein Arm mit dem Implantat ragte aus dem Bündel hinaus, zu dem sie ihn verpackt hatten, und ein Sicherheitsschloss war um das Handgelenk gelegt, als fürchteten sie, er könnte anfangen, Daten aus der Luft herauszuholen.

Steve Gannet kam hinaus auf die Terrasse, wo Anson im alten Schaukelstuhl des Obersten saß. »Sieh dir das an, Anson.«

Er legte Anson einen langen Ausdruck grünen Papiers in die Hand. Anson starrte verständnislos darauf. Es waren alles Pfeile und Schnörkel, griechische Buchstaben, eine Menge unentzifferbaren Computerunsinns.

»Du weißt, dass ich dieses gottverdammte Zeug nicht verstehe«, sagte Anson unwillig. Zwar merkte er, dass es nicht richtig war, so zu Steve zu sprechen, aber sein Geduldsfaden wurden von Tag zu Tag dünner. Anson war neununddreißig Jahre alt und fühlte sich wie fünfzig. Er war voll großer Pläne gewesen, damals, als er jung und voll Saft und überzeugt gewesen war, dass er derjenige sein würde, der die Welt von ihren tyrannischen außerirdischen Herren befreien würde; aber alles war schief gegangen und hatte in ihm eine kalte hohle Zone hinterlassen, die sich allmählich immer mehr ausweitete, bis ihm schien, dass sehr wenig von Anson außen herum übriggeblieben war. Seit Jahren schon – seit dem Scheitern der großen Nummer Eins-Expedition – hatte er ein Leben geführt, das sich anfühlte, als hätte es weder Vergangenheit noch Zukunft. Es gab nur die endlose graue Gegenwart. Er schmiedete keine Pläne, hatte keine Träume. »Was soll das sein, hier?«

»Andys Fingerabdrücke, glaube ich.«

»Seine Fingerabdrücke?«

»Sein online-Codierungsprofil. Seine persönliche Handschrift. Du könntest sie mit den Fingerabdrücken eines Menschen vergleichen, ja. Oder seiner Handschrift. Ich glaube, dies ist Andys.«

»Wirklich? Woher hast du sie?«

»Sie kam aus Los Angeles, zufällig aufgefangen von einem unserer Korrespondenten dort, die ständig online sind und die Frequenzen nach Informationen absuchen. Es ist neu. Wenn er dort ist, muss er erst vor kurzem eingetroffen sein.«

Wieder überflog Anson den Ausdruck. Pfeile und Schnörkel, ein hoffnungsloses Labyrinth. Etwas in ihm, was er seit Jahren nicht gefühlt hatte, begann zu pulsieren, aber er drängte es zurück und sagte achselzuckend: »Was bringt dich auf die Idee, dass dies von Andy ist?«

»Intuition, vielleicht. Seit fünf Jahren halte ich nach ihm Ausschau, und inzwischen glaube ich zu wissen, was ich zu erwarten habe. Dieser Ausdruck ruft mir irgendwie ›Andy‹ zu. Er pflegte mit solchen Codes zu arbeiten, als er noch ein Junge war. Ich erinnere mich, wie er sie mir erklärte, hatte aber nie begriffen, was er damit sagen wollte. Das war, als er zehn oder elf Jahre alt war. Ich habe das Gefühl, dass er in der Zeit, seit er auf der Flucht ist, wieder auf dieses Zeug zurückgegriffen hat. Ein Rückfall in seinen privaten Jargon. Wir sind hineingegangen und haben eine Spur verfolgt und sehen jetzt, dass er, oder wer immer diesen Code gebraucht, das ganze letzte Jahr immer weiter westwärts gewandert ist: Florida, Louisiana, Texas, Arizona. Und jetzt L. A. Der Hacker, dessen Codes das sind, arbeitet gegenwärtig dort als Selbständiger. Vermutlich macht er Begnadigungen und dergleichen, aber außerhalb der Zunft, wie es aussieht. Ich bin sicher, dass es Andy ist.«

Anson blickte in das runde, aufrichtige, pausbackige Gesicht seines Vetters auf. Es zeigte den Ausdruck absoluter Überzeugung. Anson war überrascht, als er eine jähe Anwandlung von Bewunderung und sogar Liebe verspürte.

Steve war fünfzehn Jahre älter als er und hätte inzwischen das Sippenoberhaupt sein sollen. Aber Steve hatte niemals ein Führer sein wollen. Er wollte nur an den Dingen herumbasteln, die ihm wichtig waren, den ganzen Tag und die halbe Nacht im Kommunikationszentrum sitzen und Daten aus aller Welt hereinziehen.

Während er selbst …

Das Pulsieren in ihm verstärkte sich. Es ließ sich nicht unterdrücken.

»Meinst du«, sagte Anson, »du könntest ihn auf der Basis dieses Materials tatsächlich aufspüren?«

»Das kann ich nicht sagen. Andy ist sehr, sehr trickreich, weißt du. Ich brauche es dir kaum zu sagen. Er kommt viel herum und bewegt sich schnell. Das Aufnehmen seiner Fährte garantiert uns nicht, dass wir ihn einholen können. Aber wir sollten es versuchen.«

»Das sollten wir, ja. Mein Gott, sieh zu, dass du ihn findest, ja? Bring ihn her, lass ihn was Nützliches tun, diesen verrückten Mutantensohn von dir.«

»Mutant?«

»Er ist aus der Art geschlagen. Ein Wilder, undiszipliniert, amoralisch, egozentrisch – von wem hat er das alles, Steve? Von dir? Von Lisa? Ich bezweifle es. Und bestimmt nicht von dem Erbteil, der Carmichael ist. Also muss er ein Mutant sein. Ein Mutant, ja. Mit enormen speziellen Fähigkeiten, an denen wir großen Bedarf haben. Gigantischen Bedarf. Wenn er nur geruhen würde, diese Fähigkeiten für uns zu gebrauchen.«

Steve sagte nichts. Anson fragte sich, was Steve dachte, aber er hatte keinen Hinweis, nicht den geringsten. Steves freundliches rundes Gesicht war ganz ohne Ausdruck. Die Stille dehnte sich und zog sich noch mehr in die Länge, bis sie unerträglich wurde. Anson stand auf und ging zum Rand der Terrasse, stützte sich auf das Geländer und starrte hinaus in das grüne Tal zu seinen Füßen. Und merkte, wie er zu zittern begann.

Er wusste, was geschehen war. Der alte Ehrgeiz war plötzlich wieder in ihm wach geworden, der glorreiche Traum, einen erfolgreichen Kreuzzug gegen die Außerirdischen anzuführen, die Nummer Eins zu beseitigen und mit einem einzigen Streich ihre Herrschaft zu zerschlagen. Seit Tonys unglücklichem Unternehmen hatte Anson all das in einem Verlies seiner Seele unter Verschluss gehalten. Nun aber war es irgendwie hervorgebrochen, und mit ihm stellten sich Furcht, Zweifel, Niedergeschlagenheit und ein quälendes frisches Schuldgefühl über die törichte Art und Weise ein, wie er Tony in den Tod geschickt hatte – ein ganzer Schwarm trüber, pessimistischer Selbstanklagen.

Er stand da und holte tief und zittrig Atem und versuchte sich zu beruhigen, während er in die Wildnis hinausblickte, die mit den Jahren das zum Meer absteigende Hügelland zwischen der Ranch und der Stadt unten an der Küste zurückerobert hatte. Und auf einmal ging ihm eine seltsame Vision durch den Sinn.

Er sah ein überkuppeltes Gebäude, das wie ein Bienenkorb aussah, aber aus weißem Marmor war: ein Schrein, ein Tempel, ein Heiligtum. Ja, ein Heiligtum. Im Inneren lag Nummer Eins. Nummer Eins war ein gewaltiges aufgedunsenes bleiches schneckenartiges Ding, zehn Meter lang, umschlossen von Mechanismen, die es mit Nährstoffen versorgten.

Und nun sah Anson eine menschliche Gestalt auf dieses überkuppelte Gebäude zugehen: eine rätselhafte Gestalt, schlank, ruhig, gesichtslos. Sie hätte beinahe ein Android sein können. Andy Gannet, der mit einem diabolischen Ausdruck in den Augen vor seinem Terminal saß, lenkte ihn durch Fernsteuerung, fütterte ihn mit Daten, die er aus dem versiegelten Archiv Karl-Heinrich Borgmanns gezogen hatte. Der gesichtslose Attentäter stand jetzt vor der Tür des Heiligtums, und Andy gab ihm mysteriöse digitale Befehle, die er an den Torhüter des Heiligtums weitergab, und sofort wurde die Tür geöffnet und enthüllte eine weitere dahinter, und noch zwei Türen, bis der gesichtslose Meuchelmörder endlich im geheiligten Versteck der Nummer Eins selbst stand …

Eine Waffe hob, ruhig zielte und feuerte. Nummer Eins war in blaue Flammen gehüllt, zischte, schwärzte sich, verkohlte.

Und in diesem selben Augenblick schrumpften, welkten und starben die Wesen überall auf Erden wie durch Magie – am nächsten Tag ging die Sonne über einer befreiten Welt auf …

Anson blickte zu Steve, der an der Wand lehnte und ihn mit einem seltsamen Ausdruck von Geduld und Gleichmut beobachtete. Anson brachte ein blasses Lächeln zustande und sagte: »Du weißt sicherlich, dass ich seit Tonys Tod nicht mehr viel von der ganzen Widerstandsbewegung wissen wollte. Dass ich nur pro forma weitergemacht habe.«

»Ja, ich weiß das, Anson.«

»Dies könnte aber die Situation verändern. Vorausgesetzt, du würdest endlich an deinen verdammten abtrünnigen Jungen herankommen und ihn bewegen, das Borgmann-Archiv zu knacken. Und vorausgesetzt, das Borgmannzeug könnte uns einen Hinweis auf die Natur und den Aufenthalt von Nummer Eins geben. Dann bestünde eine Chance, einen richtig programmierten Killer hinzuschicken, der ...«

»Ich würde sagen, dass das verdammt viele Voraussetzungen sind.«

»Ja, so ist es, nicht wahr? Vielleicht sollten wir die ganze Sache einfach vergessen. Was meinst du? Die ganze Widerstandsbewegung endgültig aufgeben, anerkennen, dass die Welt bis ans Ende der Zeit den Wesen gehören wird. Das ganze Untergrundnetzwerk abschalten, das ihr, du und Doug und Paul, in den letzten dreißig Jahren aufgebaut habt, und einfach weiter unser ruhiges kleines Leben hier oben führen, wie wir es die ganze Zeit getan haben. Was sagst du, Steve? Sollen wir den müden alten Anschein eines Widerstands endlich aufgeben?«

»Willst du das, Anson?«

»Nein. Nicht wirklich.«

»Ich auch nicht. Also lass mich sehen, was ich tun kann, um Andy ausfindig zu machen.«

Gefesselt und verschnürt wie ein Paket schafften sie ihn ins LACON-Hauptquartier in der Figueroa Street, dem neunzigstöckigen Turm aus schwarzem Marmor, der die Marionettenverwaltung der Stadt beherbergte. Sie setzten ihn in einem hell beleuchteten Korridor an die Wand und ließen ihn, wie es schien, anderthalb Tage dort, obwohl er vermutete, dass es in Wirklichkeit nicht länger als eine Stunde oder so war. Andy war es gleich. Er war wie betäubt. Sie hätten ihn in eine Jauchegrube stecken können, und es wäre ihm gleich gewesen. Er war körperlich unverletzt – seine automatische interne Funktionskontrolle lief noch und zeigte grün –, aber die Demütigung war so tief, dass er sich zerschmettert fühlte, zerstört. Das einzige, was er jetzt wissen wollte, war der Name des Hackers, der ihm das angetan hatte.

Er hatte viel über das Gebäude in der Figueroa Street gehört. Die Geschossdecken waren überall ungefähr sieben Meter hoch, so dass die Wesen sich frei darin bewegen konnten. Stimmen hallten in den hohen, weitläufigen Räumen wie Echos in einer Höhle. Als er dort saß, konnte er Ströme von undeutlichen, verschwommenen Geräuschen wahrnehmen, die aus allen Richtungen kamen, einander kreuzten und sich vermischten. Er wollte sich vor ihnen verbergen. Sein Gehirn fühlte sich roh an. Noch nie im Leben hatte er so eine Schlappe einstecken müssen.

Hin und wieder kamen ein oder zwei der riesenhaften Wesen in ihrer seltsam anmutig wirkenden trippelnden Gangart durch den Korridor, meistens begleitet von einem kleinen menschlichen Gefolge, das geschäftig zu beiden Seiten und hinter ihnen dahineilte, zwergenhaften Höflingen gleich, die Mitgliedern einer hoch gestellten Adelskaste zu Diensten sind. Niemand beachtete Andy. Er war bloß ein Gegenstand, ein Möbelstück, das dort an der Wand lag.

Dann kamen ein paar LACON-Leute zurück, andere als die, welche ihn gebracht hatten.

»Ist das der Begnadiger, hier?« fragte jemand.

»Der da, ja.«

»Sie will ihn jetzt sprechen.«

»Sollten wir ihn vorher ein bisschen zurechtmachen?«

»Sie sagte jetzt.«

Eine Hand fasste Andy bei der Schulter und schüttelte ihn leicht. Dann hoben sie ihn auf. Geschäftige Hände befreiten ihn von den Umwicklungen mit Klebeband, die seine Beine gefesselt hatten, aber seine Arme blieben gebunden. Sie ließen ihn ein paar wacklige Schritte tun. Er starrte sie finster an, während er sich bemühte, seine Beinmuskeln wieder beweglich zu machen.

»Na, es geht ja schon. Also los jetzt: s'ist Interviewzeit. Und mach keinen Ärger, sonst setzt es was.« Er schlurfte durch den Korridor und eine gigantische Türöffnung in einen immensen Raum, der wie alle anderen hier hoch genug war, um einem Wesen alle Bewegungsfreiheit zu geben, die es brauchte. Er sagte kein Wort. Es waren keine Wesen im Raum, nur eine Frau in einem schwarzen Gewand, die hinter einem breiten Schreibtisch am anderen Ende saß, ungefähr eine Meile von ihm entfernt. In diesem kolossalen Raum sah er wie ein Spielzeugschreibtisch aus, hinter dem eine Spielzeugfrau saß. Die LACON-Leute stießen ihn auf einen Stuhl bei der Tür und ließen ihn mit ihr allein. Gefesselt wie er war, stellte er keine große Gefahr dar.

»Sind Sie John Doe?« fragte sie.

»Glauben Sie, dass ich es bin?«

»Das ist der Name, den Sie beim Betreten der Stadt angaben.«

»Ich gebe viele Namen an, wenn ich herumreise. John Smith, Richard Roe, Joe Blow. Der Software am Kontrollpunkt ist es ziemlich gleich, welchen Namen ich nenne.«

»Weil Sie den Torwächter manipuliert haben?« Sie machte eine Pause. »Ich sollte Sie darauf aufmerksam machen, dass dies ein Untersuchungsgericht ist.«

»Sie wissen bereits alles, was ich Ihnen sagen könnte. Ihr Borgmann-Hacker ist in meinem Gehirn herumgeschwommen.«

»Bitte«, sagte sie. »Es wird einfacher sein, wenn Sie sich

kooperativ zeigen. Die Anklagepunkte gegen Sie lauten: illegale Einreise, Autodiebstahl und illegale Schnittstellenaktivität – insbesondere Verkauf von Begnadigungen. Haben Sie dazu eine Erklärung abzugeben?«

»Nein.«

»Sie leugnen, dass Sie ein Hacker sind, der als ein sogenannter Begnadiger arbeitet?«

»Ich leugne nichts, ich bestätige nichts. Was soll's?«

Sie stand auf, kam hinter dem Schreibtisch hervor und auf ihn zu, bis sie ungefähr fünf Schritte vor ihm stehen blieb. Andy starrte verdrießlich auf seine Schuhe.

»Sehen Sie mich an«, sagte sie.

»Eine zu große Anstrengung.«

»Sehen Sie mich an!« wiederholte die Frau mit einiger Schärfe. »Ob Sie ein Begnadiger sind oder nicht, ist nicht der Punkt. Wir wissen, dass Sie einer sind. Ich weiß, dass Sie einer sind.« Und sie nannte ihn bei einem Namen, den er schon lange nicht mehr gebraucht hatte. »Sie sind Mickey Megabyte, nicht wahr?«

Er blickte zu ihr auf. Starrte. Hatte Mühe zu glauben, was er sah. Fühlte sich von alten Erinnerungen überflutet.

Das wuschelige rote Haar war jetzt anders und anliegender frisiert. Die fünf Jahre hatten sie da und dort etwas fülliger gemacht und ein paar feine Falten im Gesicht schärfer ausgeprägt. Aber sie hatte sich wirklich nicht sehr verändert.

Wie war ihr Name gewesen? Vanessa? Clarissa? Melissa?

Tessa. Das war ihr Name: Tessa.

»Tessa?« fragte er mit heiserer Stimme. »Sind Sie es?«

»Ja«, sagte sie. »Das bin ich.«

Andy merkte, dass ihm der Mund offen hing. Dies versprach noch schlimmer als das zu werden, was der Hacker ihm angetan hatte. Aber es gab kein Davonlaufen.

»Sie arbeiteten schon damals für LACON, ja. Ich erinnere mich.«

»Diese Versetzung, die Sie mir verkauften, taugte nichts, Mickey. Sie wussten das, nicht wahr? Ich hatte jemanden, der in San Diego auf mich wartete, jemand, der mir wichtig war, aber als ich hinaus wollte, wurde ich am Kontrollpunkt aufgehalten und festgehalten. Ich hatte einen Nervenzusammenbruch. Ich hätte Sie umbringen können. Ich wäre nach San Diego gegangen, und dann hätten Bill und ich versucht, mit seinem Boot nach Hawaii zu kommen. Statt dessen fuhr er ohne mich. Ich sah ihn nie wieder. Und es kostete mich drei Jahre ohne Beförderung. Ich konnte noch von Glück sagen, dass das alles war.«

»Ich wusste nichts von dem Mann in San Diego«, sagte Andy.

»Warum sollten Sie? Es war nicht Ihre Sache. Sie nahmen mein Geld, Sie sollten mir Passierschein und Versetzung nach San Diego besorgen. Das war die Abmachung.«

Ihre Augen waren grau mit goldenen Glanzlichtern. Es fiel ihm nicht leicht, hineinzusehen.

»Wollen Sie mich noch immer umbringen?« fragte Andy. »Haben Sie vor, mich hinrichten zu lassen?«

»Nein und nein. Mickey ist auch nicht Ihr wirklicher Name, nicht wahr?«

»Nein.«

»Ich kann Ihnen nicht sagen, wie verblüfft ich war, als unsere Leute Sie hereinbrachten. Ein Begnadiger, sagten sie. John Doe, neu in der Stadt und in der Gegend um den Pershing Square aktiv. Begnadiger, das ist meine Abteilung. Sie werden alle zu mir gebracht. Der Bereich wurde mir nach meiner Anhörung zugewiesen: illegale Hackeraktivitäten, insbesondere Begnadiger. Ist das nicht hübsch? Ausgleichende Gerechtigkeit. Als man mir diesen Bereich zuwies, fragte ich mich oft, ob man

Sie irgendwann einliefern würde, aber nach einer Weile dachte ich nicht mehr daran, vermutete, Sie hätten längst das Weite gesucht und würden sich hier nicht mehr blicken lassen. Und dann schleppten sie diesen John Doe an, und ich ging im Korridor an Ihnen vorbei und sah Ihr Gesicht.«

Der rachsüchtige Glanz in diesen grauen Augen war nicht zu übersehen.

Jetzt waren verzweifelte Maßnahmen vonnöten.

»Hören Sie, Tessa«, sagte Andy und ließ ein wenig von der nützlichen Heiserkeit in seine Stimme einfließen. »Würden Sie mir glauben, dass ich mich dafür, was ich Ihnen antat, die ganze Zeit schuldig gefühlt habe? Sie brauchen es nicht zu glauben, aber es ist die Wahrheit.«

»Richtig. Ich bin gerührt. Sicherlich waren es Jahre nichtendenwollender Qual für Sie.«

»Es ist mein Ernst. Bitte. Ich habe manche Leute hereingelegt, ja, und manchmal habe ich es bedauert, und manchmal nicht, aber Sie waren ein Fall, den ich bedauerte, Tessa. Sie sind diejenige, derentwegen ich die meisten Gewissensbisse hatte. Das ist die absolute Wahrheit.«

Sie dachte darüber nach. Er konnte nicht beurteilen, ob sie ihm auch nur eine Sekunde lang glaubte, aber es war deutlich, dass sie überlegte.

»Warum haben Sie es getan?« fragte sie nach kurzer Pause.

»Ich lege manchmal Leute herein, weil ich nicht zu vollkommen scheinen will«, sagte er. »Man muss die Klienten hin und wieder enttäuschen, sonst fängt man an, zu gut auszusehen, was gefährlich sein kann. Bringt man jeden Klienten erfolgreich durch, spricht es sich herum, die Leute fangen an zu reden, man wird gefragt und berühmt. Und dann kommen die Klienten von überall, es gibt Ärger mit anderen Hackern, denen die Kundschaft wegbleibt, und selbst wenn man das überlebt, gerät man früher oder später in die Fänge der Wesen. Also achte ich immer darauf, auch fehlerhafte Dokumente auszustellen. Ungefähr eins auf fünf. Ich sage den Leuten, dass ich mein Bestes tun werde, dass es aber keine Garantie geben kann, und manchmal klappt es halt nicht.«

»Sie haben mich vorsätzlich betrogen.«

»Ja.«

»Ich dachte mir, dass es vorsätzlich gewesen sein musste. Sie schienen so kühl, so professionell. So vollkommen, bis auf diesen dummen Versuch, mich anzumachen, und als Sie das taten, dachte ich nur, nun ja, Männer, was kannst du erwarten? Ich war überzeugt, dass die Unterlagen gültig sein würden. Ich sah nicht, wie es schiefgehen sollte, weil es eine ganz einfache Sache war. Und als ich zum Kontrollpunkt kam, nahmen sie mich fest. Und dann dachte ich, dieser Scheißkerl hat mich absichtlich hereingelegt. Er war zu gut, um es zufällig verpfuscht zu haben.« Sie sagte es in ruhigem Ton, aber der wiederauflebende Zorn war nur zu deutlich in ihren Augen. »Hätten Sie nicht den nächsten betrügen können? Warum musste ich es sein?«

Er sah sie eine Weile an, während er fieberhaft überlegte. Dann holte er tief Atem und sagte mit aller Überzeugungskraft, der er fähig war: »Weil ich mich schwer in Sie verknallt hatte.«

»Dummes Zeug. Unsinn. Sie kannten mich nicht einmal. Ich war bloß eine Fremde, die Ihre Dienste in Anspruch nehmen wollte.«

»Das war es eben. Es passierte einfach so.« Er fühlte, wie ihn die Improvisation inspirierte. »Auf einmal war ich voll verrückter Phantasien über Sie, ganz plötzlich bereit, mein hübsches, geordnetes Leben für Sie auf den Kopf zu stellen, Passierscheine und Ausreisepapiere für uns beide zu schreiben, eine Weltreise zu machen, was nicht alles. Aber Sie sahen in mir nur jemanden, den Sie für einen Job bezahlt hatten. Ich wusste nichts von dem Typ aus San Diego. Ich wusste nur, dass ich Sie wunderbar fand und Sie wollte. Ich verliebte mich auf der Stelle in Sie.«

»Ja. Sie verliebten sich. Kann ich mir denken. Eine rührende Geschichte.«

So weit, nicht so gut. Aber jetzt hatte er angefangen und musste dabei bleiben und sehen, wohin es ihn brachte.

Er sagte: »Sie glauben nicht, dass es Liebe ist, Tessa? Nun, dann nennen Sie es anders, wenn Sie so wollen. Jedenfalls war es etwas, das ich bis dahin nie gefühlt hatte. Es ist nicht klug, sich auf Gefühle einzulassen, dachte ich immer, es bindet einen, die Risiken sind zu groß. Und dann sah ich Sie und redete ein wenig mit Ihnen, und gleich dachte ich mir, dass etwas zwischen uns sein könnte, und in mir veränderte sich alles, und ich dachte, ja, ja, lass dich diesmal darauf ein, lass es geschehen, vielleicht wird alles ganz anders. Und Sie standen da und sahen es nicht, merkten nichts davon, redeten nur endlos davon, wie wichtig die Versetzung für Sie sei. Sie waren kalt wie Eis. Das verletzte mich. Es verletzte mich schrecklich, Tessa. Also schrieb ich einen Fehler in den Code. Und hinterher dachte ich, mein Gott, ich habe das Leben dieser wundervollen Frau ruiniert, und nur weil ich mich gekränkt gefühlt hatte, denn das war wirklich eine kleinliche Handlungsweise. Es hat mir immer leid getan. Sie brauchen es nicht zu glauben. Ich wusste nichts von San Diego. Das macht es nur noch schlimmer für mich.«

Sie hatte die ganze Zeit nichts gesagt. Ihr unerbittliches steinernes Schweigen begann ihn nervös zu machen. Um es zu durchbrechen, sagte Andy: »Sagen Sie mir wenigstens eins: Dieser Kerl, der mich auf dem Pershing Square ruinierte, wer war er?«

»Er war niemand«, sagte sie.

»Was soll das heißen?«

»Er ist kein wer. Er ist ein Was. Ein Es. Ein Android, eine mobile Einheit zur Bekämpfung von Begnadigern, direkt angeschlossen an den großen Zentralrechner der Wesen in Santa Monica. Etwas Neues, das wir in der Stadt herumgehen lassen, wo es nach Leuten wie Ihnen Ausschau hält.«

»Oh«, sagte Andy. Er war wie vor den Kopf geschlagen. »Ach so.«

»Der Bericht sagt, dass Sie ihm zu einem harten Fitnesstraining verholfen haben.«

»Er mir auch. Machte mir das Gehirn halb zu Mus.«

»Sie hatten keine Möglichkeit, es zu schlagen. Sie versuchten das Meer mit einem Strohhalm auszutrinken. Eine Weile sah es so aus, als würden Sie es sogar schaffen. Sie sind ein verdammtes As von einem Hacker, wissen Sie. Nun, natürlich wissen Sie es.«

»Warum arbeiten Sie für sie?« fragte Andy.

Sie hob die Schultern. »Jeder arbeitet für sie, auf die eine oder die andere Weise. Ausgenommen Leute wie Sie, nehme ich an. Warum sollten wir nicht? Es ist ihre Welt, nicht wahr?«

»Das war früher nicht so.«

»Viele Dinge waren früher nicht so. Was hat das heute zu sagen? Und es ist kein schlechter Job. Wenigstens bin ich nicht draußen an der Mauer. Oder in der HAP.«

»Nein«, sagte er, »wahrscheinlich ist es nicht so schlimm. Wenn es Ihnen nichts ausmacht, in einem Raum mit so hoher Decke zu arbeiten. Was wird nun mit mir geschehen? Schickt man mich zur HAP?«

»Seien Sie nicht albern. Sie sind zu wertvoll.«

»Für wen?«

»Das Netzwerk ist immer verbesserungsbedürftig. Sie kennen es besser als sonst jemand, sogar von außen. Sie werden für uns arbeiten.«

»Sie glauben, ich werde zum Borgmann?« fragte Andy verblüfft.

»Es ist allemal besser als HAP.«

Das konnte nicht ihr Ernst sein, dachte er. Das war ein falsches Spiel, das sie mit ihm trieb. Sie würden nicht so dumm sein, ihm eine verantwortliche Position anzuvertrauen. Und sie konnten unmöglich so töricht sein, ihm Zugang zu ihrem Netz zu gewähren.

»Also?« sagte sie, als er schwieg. »Einverstanden, Mickey?«

Er schwieg noch ein Weilchen länger. Anscheinend war es ihr Ernst. Sie war bereit, ihm die Schlüssel zum Königreich auszuhändigen. Er konnte es nicht verstehen, aber sie mussten ihre Gründe haben, sagte er sich. Er wäre töricht, wenn er nein sagen würde.

Er sagte: »Ich bin einverstanden, ja. Unter einer Bedingung.«

»Sie sind reichlich unverschämt, wissen Sie. In Ihrer Lage Bedingungen zu stellen ...«

»Geben Sie mir Gelegenheit zu einem Rückkampf mit diesem Androiden. Ich muss etwas überprüfen. Und anschließend können wir darüber sprechen, für welche Art Arbeit ich hier am besten geeignet sein würde. Einverstanden?«

»Wie gesagt, Sie sind nicht in einer Position, um Bedingungen zu stellen.«

»Gewiss bin ich es. Was ich mit Computern machen kann, ist eine Kunst. Sie können mich nicht zwingen, sie gegen meinen Willen auszuüben. Sie können mich gegen meinen Willen zu nichts zwingen.«

Sie dachte darüber nach. »Wozu soll ein Rückkampf gut sein?«

»Niemand hat mich je zuvor geschlagen. Ich möchte einen zweiten Versuch machen.«

»Es wird schlimmer als beim ersten Mal für Sie sein.«

»Lassen Sie mich das selbst herausfinden.«

»Aber weshalb?«

»Holen Sie mir Ihren Androiden, und ich werden Ihnen den Sinn zeigen«, sagte Andy.

Es überraschte ihn gewaltig, dass sie darauf einging, aber sie tat es. Vielleicht war es Neugier, vielleicht etwas Anderes, aber sie schaltete sich über ihr Terminal ins Netz ein und gab ein paar Anweisungen, und nicht viel später brachten sie den Androiden herein, den er im Park getroffen hatte, oder einen anderen, der das gleiche freundliche Gesicht und die gleiche unauffällige graue Erscheinung hatte. Er betrachtete Andy mit freundlicher Miene, aber ohne das leiseste Zeichen von Interesse.

Jemand kam herein und nahm Andy die Handfesseln und das Sicherheitsschloss ab und ging wieder, nachdem er ihm die Handschellen um die Knöchel geschlossen hatte. Tessa gab dem Androiden seine Instruktionen. Er hielt ihm das Handgelenk hin, und sie stellten die Verbindung her. Und Andy sprang sofort hinein.

Er war noch etwas wacklig und fühlte sich ziemlich ramponiert, wusste aber, was er tun musste, und dass er es schnell tun musste. Es kam darauf an, den Androiden völlig zu ignorieren – er war bloß ein Terminal, eine Einheit – und darauf zu zielen, was hinter ihm lag. Diesmal würde er keinen Zugang von Implantat zu Implantat bieten. Keine kleinen Eins zu Eins-Höflichkeiten. Rasch umging er das Identitätsprogramm des Androiden, das klug ausgedacht aber oberflächlich war. Intuitiv und ohne einen Augenblick zu zögern, weil er wusste, dass er erledigt wäre, wenn er innehielt, um die Dinge auszubuchstabieren, übersprang er sie einfach, während der Android noch seine Kombinationen aufbaute, durchstieß seine Borgmann-Schnittstelle und unterlief sie, bevor der Android ihn daran hindern konnte. Das führte ihn augenblicklich von der Ebene der Einheit zu jener des Großrechners, der eine Anlage von unvorstellbarer Kapazität war, und als er auf dieser Ebene anlangte, gab er dem Ungeheuer einen herzhaften Händedruck.

Es lag ein wirklicher Kitzel darin.

Zum ersten Mal verstand Andy, was der alte Borgmann geleistet hatte, als er die Schnittstelle schuf, die menschliche Computer und Biochips mit den Großrechnern der Außerirdischen verband. All diese Macht, diese zig Millionen Megabytes, die dort schlummerten, und er war unmittelbar damit verbunden. Er fühlte sich wie eine Maus, die sich auf dem Rücken eines Elefanten tragen lässt, aber das war in Ordnung. Er mochte nur eine Maus sein, aber diese Maus erfuhr den Ritt ihres Lebens. Bald hatte er die Datenkette des Androiden gefunden und knüpfte eine Schleife hinein, um ihn daran zu hindern, dass er ihm folgte. Dann ließ er sich aus reiner Freude daran vom Sturmwind dieser kolossalen Maschine mitnehmen.

Und wie er so dahinsegelte, riss er ganze Partien gespeicherter Daten heraus und warf sie in den Wind. Warum nicht? Was hatte er zu verlieren?

Für eine gute Zehntelsekunde bemerkte der Großrechner es nicht einmal. So riesig war er. Andy riss ihm große Datenpartien aus den Gedärmen, und er wusste es nicht einmal, weil selbst der großartigste Computer an die Notwendigkeit gebunden ist, mit Lichtgeschwindigkeit zu arbeiten. So kann es eine Weile dauern, bis der Alarm die volle Distanz durch alle neuralen Kanäle geht. Dieses Ding war riesig. Andy begriff, dass es falsch war, sich als eine Maus auf einem Elefanten vorzustellen. Eine Amöbe, die auf einem Brontosaurus klebte, entsprach mehr dem wahren Größenverhältnis.

Aber natürlich schalteten sich schließlich die Schutzkreise ein. Alarmsignale gingen los, interne Sperren rasselten herunter, alle sensitiven Bereiche wurden abgeschottet und Andy mit größter Leichtigkeit hinausgeworfen. Es hatte keinen Sinn, sich festzuklammern, um dort drinnen gefangen zu werden, also löste er den Kontakt.

Der Android war auf dem Teppich zusammengebrochen, lag wie eine leere Hülse da.

An der Bürowand blinkten Lichter.

Tessa starrte ihn entsetzt an. »Was haben Sie getan?«

»Ich habe Ihren Androiden geschlagen«, sagte er. »Es war nicht allzu schwierig, sobald ich wusste, wie er angelegt ist.«

»Ich hörte einen Alarm. Die Warnlampen sind angegangen. Sie haben den Zentralrechner beschädigt!«

»Nicht nennenswert. Das würde sehr schwierig sein, lange genug darin zu bleiben, um etwas von Bedeutung zu tun. Ich kitzelte ihn bloß ein wenig. Er war überrascht, dass ich Zugang gefunden hatte, das ist alles.«

»Nein. Ich glaube, Sie haben ihn wirklich beschädigt.«

»Aber ich bitte Sie, Tessa. Warum sollte ich das tun wollen?«

Sie sah nicht erheitert aus. »Die Frage sollte lauten, warum Sie es getan haben. Und warum sind Sie nicht schon längst irgendwie hineingegangen und haben die Programme durcheinander gebracht?«

»Sie glauben wirklich, ich könnte so etwas tun?«

Sie musterte ihn. »Ich denke, vielleicht könnten Sie es, ja.«

»Nun, vielleicht. Aber ich bezweifle es. Aber ich bin kein Kreuzritter, wissen Sie. Ich schätze mein Leben, wie es ist. Ich komme herum, tue, was mir gefällt. Es ist ein ruhiges Leben. Ich führe keine Aufstände an. Ich bin nicht gern draußen in der Frontlinie. Wenn ich etwas deichseln muss, dann tue ich es so, dass es gerade ausreicht, nicht mehr. Und die Wesen wissen nicht einmal, dass ich existiere. Wollte ich ihnen meinen Finger ins

Auge stoßen, würden sie mir den Finger abschneiden. Also habe ich es nicht getan.«

»Aber nun könnten Sie es tun«, sagte sie.

Ihm wurde unbehaglich zumute. »Ich kann Ihnen nicht folgen.«

»Sie möchten nichts riskieren. Sie möchten nicht auffallen. Sie bleiben außer Sicht und so weiter und machen keinen Ärger um seiner selbst willen. Fein. Aber wenn wir Ihnen die Freiheit nehmen, wenn wir Sie hier in L. A. festsetzen und zur Arbeit anhalten, würden Sie auf die eine oder die andere Weise zurückschlagen, nicht wahr? Sicherlich würden Sie das. Sie würden da hineingehen und sich eine Methode ausdenken, wie Sie Ihre Spur verwischen könnten, so dass der Rechner nicht weiß, dass Sie dort sind, und Sie würden jede Menge Schaden anrichten.« Sie schwieg nachdenklich. »Ja«, sagte sie dann, »das würden Sie wirklich tun. Sie würden ihren Computer kurz schließen oder was, so daß sie ihn vielleicht verschrotten und von vorn anfangen müssten. Ich sehe jetzt, dass Sie die Fähigkeit haben und in eine Lage gebracht werden könnten, wo Sie bereit wären, diese Fähigkeit einzusetzen. Und so würden Sie alles vermurksen, und wir wären die Leidtragenden, nicht wahr?«

»Was?«

»Sie haben mich schon verstanden. Wenn wir Sie an das Datennetz der Wesen heranließen, würden Sie ein solches Durcheinander anrichten, dass sie sich genötigt fühlen würden, einen Vergeltungsschlag zu führen, und alle LACON-Leute würden im günstigsten Falle gefeuert werden, wahrscheinlich aber in irgendeinem Arbeitslager landen.«

Andy sah, dass sie ihn überschätzte. Der Großrechner war zu gut gesichert, als dass irgendjemand ihn ernstlich hätte beschädigen können, er selbst mit eingeschlossen. Wenn er wieder hinein käme, könnte er hier und dort ein kleines Durcheinander anrichten, gewiss, wie es eben einer Maus möglich ist, aber er würde nicht fähig sein, sich lange genug vor den Schutzmechanismen zu verbergen, um größeren Schaden anzurichten.

Aber sie sollte es ruhig glauben. Überschätzt zu werden, ist viel besser, als unterschätzt zu werden.

»Ich werde Ihnen die Chance nicht geben«, sagte sie, »weil ich nicht verrückt bin. Ich verstehe Sie jetzt. Es ist nicht sicher, mit Ihnen Zeit zu vergeuden. Wann immer jemand etwas tut, das Ihnen nicht passt, nehmen Sie Ihre kleine Rache, und es ist Ihnen völlig gleich, welches Unglück sie dabei über andere bringen. Wir alle würden leiden, aber Ihnen wäre es keinen Gedanken wert. Nein, mein Leben ist nicht so schlecht, dass ich nötig hätte, es mir von Ihnen auf den Kopf stellen zu lassen. Sie haben das schon einmal gemacht. Das hat mir gereicht.«

Sie sah ihn mit ruhiger Entschiedenheit an. Der Zorn schien von ihr gewichen, und es war nur Verachtung übrig.

Aber er war noch immer ein Gefangener mit gefesselten Knöcheln, und sie hatte noch immer die vollkommene Jurisdiktion über ihn. Er sagte nichts und wartete ab, was als Nächstes geschehen würde. Ihr Blick ruhte unverwandt auf ihm.

Dann sagte sie etwas völlig Unerwartetes. »Hören Sie, können Sie wieder da hinein gehen und die Dinge so deichseln, dass alle Unterlagen über Ihre heutige Festnahme gelöscht werden?«

Andy konnte seine Überraschung nicht verbergen. »Ist das wirklich Ihr Ernst?«

»Ich würde es nicht sagen, wenn es nicht mein Ernst wäre. Können Sie es?«

»Ja. Ja, ich nehme es an.«

»Dann tun Sie es. Ich gebe Ihnen genau sechzig Sekunden, um zu tun, was Sie zu tun haben, und Gott sei Ihnen gnädig, wenn Sie irgendetwas anderes tun, solange sie drinnen sind, irgendetwas Schädliches. Dies hier ist Ihr Dossier. Löschen Sie es.« Sie gab ihm einen Ausdruck. »Und sobald Sie Ihre Unterlagen gelöscht haben, verschwinden Sie, und zwar schnell. Von hier und aus Los Angeles. Und kommen Sie nicht zurück.«

»Sie wollen mich wirklich gehen lassen?«

»Wirklich und wahrhaftig.« Sie machte eine ungeduldige Handbewegung, als wollte sie eine Fliege verscheuchen.

Er konnte es nicht glauben. Gab es einen Haken bei der Sache? Er konnte keinen sehen. Sie schien ihn tatsächlich freizulassen, nur um ihn loszuwerden und bevor er mehr Ärger anrichten konnte, der schließlich auf sie selbst zurückfallen würde.

Er war so verblüfft, dass er meinte, er müsse eine entsprechende Geste machen, eine Art Rückzahlung, und plötzlich ergoß sich ein Schwall dümmlicher Worte von seinen Lippen: »Sehen Sie, Tessa, ich möchte nur sagen – alles das, was ich über die Schuldgefühle sagte, wie sehr ich bedauerte, was ich Ihnen damals antat – es ist wahr. Jedes Wort davon.«

Sogar ihm selbst kam es blöd vor.

»Das kann ich mir denken, ja«, sagte sie trocken. Der Blick ihrer grauen Augen ruhte einen langen Moment erbarmungslos auf ihm und ließ ihn zu Asche schrumpfen. »Okay, Mickey, ersparen Sie mir weitere Ergüsse. Machen Sie Gebrauch von Ihrer Hackerfähigkeit und löschen Sie sich aus der Restakte, und dann möchte ich Sie in Bewegung sehen. Hinaus aus dem Gebäude und aus der Stadt. Okay? Machen Sie schnell und verlieren Sie keine Zeit.«

Andy suchte nach etwas anderem, was er sagen könnte, aber es fiel ihm nichts ein.

Hör auf, solange du im Vorteil bist, dachte er.

Sie gab ihm ihr Handgelenk, und er stellte den Kontakt her. Als sein Kontaktfeld ihres berührte, schauderte sie ein wenig. Nicht stark, aber er bemerkte es. Sie hatte ihm nichts vergeben. Sie wollte ihn nur aus den Augen haben.

Die Arresteintragung für John Doe war schnell gefunden und gelöscht, und weil er noch ungefähr zwanzig Sekunden übrig hatte, entnahm er seinem Dossier ihre Identitätsnummer, suchte ihre dienstliche Personalakte heraus und beförderte sie um zwei Stufen und verdoppelte ihr Gehalt. Sein Ausbruch von Sentimentalität verblüffte ihn, aber es war eine nette Geste, dachte Andy. Und man konnte nie sagen, wann ihre Wege einander wieder kreuzen würden.

Er verwischte seine Spuren und verließ das Programm.

»In Ordnung«, sagte er. »Es ist getan.«

»Fein«, sagte sie und läutete ihren Polizisten. »Dies ist der falsche Mann«, erklärte sie ihnen. »Machen Sie ihn sauber und lassen Sie ihn frei.«

Einer der LACON-Leute murmelte eine Entschuldigung wegen der Verwechslung, und sie führten ihn aus dem Gebäude und ließen ihn auf der Figueroa Street frei. Es war früher Nachmittag, am Himmel waren Wolken aufgezogen, und die Luft war kühl, aber von der angenehmen Kühle, die für einen Wintertag in Los Angeles typisch ist.

Andy ging zu einem öffentlichen Datenterminal und rief den Toshiba von dort zurück, wo er sich geparkt hatte.

Fünf oder zehn Minuten später kam der Wagen an, und Andy stieg ein und wies ihn an, nach Norden auf den Freeway und aus der Stadt zu fahren. Er war nicht sicher, wohin er sich wenden sollte. San Francisco, vielleicht. Im Winter regnete es viel in San Francisco, und nach allem, was er gehört hatte, war es dort kälter als es seinem Geschmack entsprach. Immerhin aber war es eine hübsche Stadt, außerdem eine Hafenstadt, so dass er von dort wahrscheinlich ein Schiff nach Hawaii oder Australien oder anderswohin bekommen würde, wo es warm war, wo er die Bruchstücke seines alten Lebens für immer hinter sich lassen konnte.

Er erreichte die Mauer am Sylmartor und wurde nach seinem Namen gefragt. »Richard Roe«, sagte er. »Beta Pi 104324x. Reiseziel San Francisco.«

Als nächstes musste er sein Handgelenk an das Kontrollfeld halten. Kein Problem. Alles ging wie am Schnürchen. Das Tor öffnete sich, und der Toshiba fuhr durch, als wäre es das Selbstverständlichste auf der Welt.

In schneller Fahrt ging es nordwärts. Andy schätzte, dass er fünf, vielleicht sechs Stunden nach Frisco brauchen würde. Alles in allem war der Freeway in ungewöhnlich gutem Zustand.

Aber dann, er hatte den Kontrollpunkt Sylmar kaum eine halbe Stunde hinter sich, kam ihm eine Idee. Eine so sonderbare und unerwartete Idee, so überraschend und verwirrend, dass Andy kaum glauben konnte, sie sei ihm von selbst eingefallen. Es war eine verrückte Idee, und er tat sie als absurd ab, aber sie hatte sich schon in ihm eingenistet und wollte ihn nicht loslassen. Er rang ungefähr fünf Minuten mit ihr, dann kapitulierte er.

»Planänderung«, sagte er dem Toshiba. »Wir fahren nach Santa Barbara.«

»Jemand am Tor«, sagte Frank, als die Hupe ertönte. »Ich werde nachsehen.« Es war ein milder Januartag, der sich allmählich dem Abend zuneigte. Alles war sehr grün, das Laub der Bäume glänzte noch von einem Regenschauer. Das Wetter war in letzter Zeit sehr regnerisch gewesen, und Frank, der die linsenförmigen Wolken am Nordhimmel sah, vermutete, dass es in der

Nacht mehr Regen geben würde. Er nahm die Schrotflinte an sich und trottete zum Tor, ein schlanker, athletischer junger Mann an der Schwelle zum Erwachsenenalter, leichtfüßig, anmutig und ausdauernd.

Der Wagen vor dem Tor war ein ihm unbekanntes Modell, vergleichsweise neu und sehr elegant, wahrscheinlich auch teuer. Frank spähte durch die Gitterstäbe des Tors und konnte das Gesicht des Fahrers nicht erkennen. Mit einer auffordernden Bewegung der Schrotflinte signalisierte er dem Mann, auszusteigen und sich zu zeigen. Der Fahrer blieb, wo er war.

Wie du willst, dachte Frank, und wandte sich ab.

»He – warte!« Plötzlich war das Wagenfenster offen, und der Fahrer steckte den Kopf heraus. Ein kräftiges Gesicht, ein wenig fleischig, mit dunklen, tief liegenden Augen unter buschigen Brauen. Sein Ausdruck war eher finster und nicht allzu Vertrauen erweckend, aber das Gesicht kam Frank irgendwie bekannt vor. Er wusste nicht, wo er es einordnen sollte, aber plötzlich stockte ihm der Atem, als die Erleuchtung kam.

»Andy?«

Der Mann im Wagen nickte, lächelte. »Ja, ich. Wer bist du?«

»Frank.«

»Frank.« Er musste überlegen. »Ansons Frank? Aber du warst ein kleiner Junge!«

»Ich bin neunzehn«, sagte Frank unwillig. »Du bist bald sechs Jahre fort gewesen, weißt du. Und aus Kindern werden Leute, früher oder später.« Er öffnete das Tor, aber der Wagen blieb stehen, wo er war. Frank runzelte die Stirn. »Was ist, Andy? Kommst du oder kommst du nicht?«

»Ich weiß nicht. Das heißt, ich bin nicht sicher.«

»Nicht sicher? Was soll das heißen?«

»Ich meine, dass ich unschlüssig bin.« Andy schloss einen Moment lang die Augen und schüttelte den Kopf wie ein Hund, der aus dem Wasser kommt. »Lass mich einen Moment überlegen, ja?«

Andy blieb im Wagen sitzen. Worauf, zum Teufel, wartete er? Es begann wieder zu tröpfeln, und Frank wurde ungeduldig. Dann hörte er Andy mit leiser Stimme etwas sagen, was offensichtlich nicht für ihn bestimmt war. Anscheinend sprach er zum Wagen. Ein so neues Modell hatte vielleicht schon einen verbal gesteuerten Bordrechner, der alle technischen Funktionen selbsttätig ausführte. »Nun komm schon, ja?« sagte Frank und schwenkte wieder die Schrotflinte. Er wurde jetzt wirklich ärgerlich, zumal der Regen zunahm. Aber dann merkte er, dass Andy es sich anders überlegt hatte und im Begriff war, wieder wegzufahren. Rasch schritt er durch das offene Tor zum Wagen und steckte den Flintenlauf durchs Fenster, dass die Mündung Andys Hals berührte. Gleichzeitig begann der Wagen langsam rückwärts die schlammige Zufahrt entlangzufahren. Er hielt mit dem Fahrzeug Schritt und hielt die Schrotflinte an Andys Stirn.

Andy starrte halb ungläubig, halb verdrießlich zu ihm heraus. »Was soll das?«

»Du fährst nicht weg«, erklärte Frank. »Die Idee kannst du vergessen. Du hast fünf Sekunden, um den Wagen anzuhalten.«

Er hörte Andy dem Wagen sagen, dass er halten solle, und der Toshiba kam mit einem Ruck zum Stillstand. »Was soll der Scheiß?« sagte Andy. Er funkelte ihn aufgebracht an.

Frank zog die Schrotflinte ein wenig zurück, ließ sie aber im Fenster. »In Ordnung, jetzt steig aus.«

»Hör zu, Frank, ich habe beschlossen, dass mir doch nicht danach ist, die Ranch zu besuchen.«

»Das hättest du eher beschließen sollen. Jetzt bist du da. Steig aus!«

»Es war eine dumme Idee, wirklich. Ich hätte nie zurückkommen sollen. Niemand hier will mich wiedersehen, und ich will niemanden hier wiedersehen. Also sei so freundlich und nimm diese verdammte Kanone aus meinem Gesicht, wenn es dir nichts ausmacht, und lass mich weiterfahren.«

»Raus!« sagte Frank wieder. »Sofort! Oder ich puste den Bordcomputer in Fetzen, und du wirst überhaupt nirgends mehr hinfahren.«

»Komm schon, was soll der Unsinn?«

»Komm du schon.« Und der Flintenlauf machte eine weitere auffordernde Bewegung.

»Mein Gott, was ist in euch gefahren hier oben? Also gut, Junge, ich steig aus. Beruhige dich ein bisschen, ja? Wir können zusammen zum Haus fahren, das geht schneller. Und hör endlich auf, mir das Schießeisen unter die Nase zu halten.«

»Wir werden zu Fuß gehen«, sagte Frank. »Es ist nicht so weit. Los jetzt. Du kannst doch gehen, oder? Also vorwärts, Andy.«

Murrend stieß Andy die Wagentür auf und stieg aus.

Es war schwer zu glauben, dachte Frank, dass Andy tatsächlich hier war. Seit ein paar Wochen hatten Steve und Paul und die anderen Computerleute der Ranch alle Arten von online-Gymnastik gemacht, um die Fährte dieses Mannes in Los Angeles zu finden, und auf einmal erschien er von selbst hier. Anscheinend nicht ganz mit sich im Reinen, ob er hätte kommen sollen; aber er war hier. Darauf kam es an.

»Die Knarre«, sagte Andy und blickte zu der Flinte, die Frank noch immer schussbereit hielt. »Es ist wirklich nicht nötig, weißt du. Und es macht mich sehr nervös.«

»Kann schon sein. Aber wir zwei sind hier allein, und ich weiß nicht, wie gefährlich du bist, Andy.«

»Ich? Gefährlich?«

»Geh voran, bitte. Ich bleib hinter dir.«

»Weißt du, dass du dich wie ein Scheißkerl benimmst, Frank? Schließlich sind wir Vettern.«

»Zweiten Grades, glaube ich. Komm schon, mach voran!«

»Du willst mich zu deinem Vater bringen?«

»Nein«, sagte Frank. »Zu deinem.«

»Wo ist er?« fragte Steve.

»In der Bibliothek«, sagte Martin, einer von Ansons Jungen. »Mein Bruder Frank bewacht ihn dort. Er hält ihn mit der Schrotflinte in Schach.« Er sah sehr erfreut aus.

Steve eilte durch den Korridor. In der Bibliothek, einem dunkel getäfelten Raum, dessen Wände vom Boden bis zur Decke von Bücherregalen eingenommen wurden, in denen Hunderte seltener und gelehrter Bücher über verschiedene orientalische Kulturen standen, Hinterlassenschaften des Obersten, in denen seit fünfzehn oder zwanzig Jahren niemand mehr geblättert hatte, bot sich seinem Auge ein höchst unpassendes Bild. Frank lehnte an den vollen Bücherregalen links von der Tür und hielt die Schrotflinte, die jeder trug, wenn er zum Tor ging, lässig unter dem rechten Arm. Der Lauf zielte in die allgemeine Richtung eines finster blickenden, untersetzten Mannes in lose sitzenden Jeans und einem karierten Flanellhemd auf der anderen Seite des Raums. Eines angespannt und ärgerlich aussehenden Fremden, den Steve nach einem Moment als seinen Sohn Andy wiedererkannte.

»Wir werden ihn wohl nicht mit vorgehaltener Waffe festhalten müssen, Frank. Was meinst du, Andy?«

»Er scheint es zu glauben«, sagte Andy.

»Nun, ich halte es nicht für nötig. Einverstanden, Frank?«

»Wie du meinst, Onkel. Möchtest du, dass ich hinausgehe?«

»Ja, das möchte ich. Aber bleib in der Nähe.«

Als Frank hinausging, fasste Steve seinen Sohn ins Auge und sagte: »Kann ich mich mit dir sicher fühlen?«

»Red keinen Scheiß, Vater.«

»Ich weiß es nicht. Du bist ein sonderbarer Kerl, weißt du. Immer gewesen.« Andy hatte ziemlich stark zugenommen, bemerkte Steve. Und sein Haar begann sich schon zu lichten. Die Gannet-Gene machten sich bemerkbar. Wie alt war er überhaupt? Steve musste nachrechnen. Vierundzwanzig, schätzte er. Ja. Vierundzwanzig. Er sah erheblich älter aus, aber dann fiel Steve ein, dass Andy immer älter als seine Jahre ausgesehen hatte, schon als Junge. »Ein sonderbarer Kerl, ja, weiß Gott. Anson hält dich für einen Mutanten.«

»Wirklich? Schau her, Vater. Fünf Finger an jeder Hand. Nur ein Kopf. Nur zwei Augen auf beiden Seiten der Nase, wie es sich gehört.«

Steve war nur mäßig belustigt. »Nichtsdestoweniger ein Mutant«, sagte er. »Eine mutierte Persönlichkeit, wollte Anson damit sagen. Jemand, der ganz aus der Art geschlagen ist. – Hier, sieh es so an: Ich bin ein spießiger, langweiliger Kerl, Andy. Fett und langsam und vorsichtig. Bin immer so gewesen und werde es immer sein. Es macht mir nichts aus. Aber ich bin auch anständig und verantwortlich und ein hart arbeitender Bürger. Also erklär mir, wie konnte ich einen Kriminellen wie dich aufziehen?«

»Ein Krimineller? Das soll ich sein?«

»Kommt dir zu hart vor, das Wort, wie? Ich finde es nicht. Nicht nach allem, was ich gehört habe. Warum bist du zurückgekommen, Andy?«

»Ich bin nicht sicher. Vielleicht ein Anflug von Heimweh? Ich kann es echt nicht sagen. Ich war unterwegs nach Frisco, und plötzlich überkam mich etwas, und ich dachte, was, zum Teufel, ich fahre sowieso da hinauf, warum nicht einen Abstecher zur lieben alten Ranch machen? Ich werde die Familie wiedersehen, die guten alten Eltern, den guten alten Anson mit dem zusammengekniffenen Arsch, die gute alte rotglühende La-La.«

»La-La, ja. Sie zieht es jetzt vor, Lorraine genannt zu werden. Das ist ihr richtiger Name, wie du dich vielleicht erinnerst. Sie wird sich freuen, dich zu sehen. Sie kann dich mit deinem Sohn bekannt machen.«

»Meinem Sohn.« Sein kühler Gesichtsausdruck zeigte keine Spur von Gemütsbewegung.

Steve lächelte. »Deinem Sohn, ja. Er ist fünf Jahre alt. Erblickte nicht allzu lange, nachdem du dich davongemacht hattest, das Licht der Welt.«

»Und wie heißt er, Vater? Anson?«

»Nun, du wirst vielleicht überrascht sein, dass es so ist. Anson Carmichael Gannet, junior. War es nicht lieb von Lorraine, ihn nach dir zu nennen, wenn man bedenkt, wie du sie im Stich gelassen hast?«

Andy quittierte dies mit einem langen, verdrießlichen Blick. In absolut kaltem und abweisendem Ton sagte er: »So, so. Anson C. Gannet, junior. Das ist sehr hübsch. Ich fühle mich furchtbar geschmeichelt.«

Steve nahm keine Notiz von Andys ironischem Ton. Lächelnd sagte er: »Ich bin froh, das zu hören. Er ist ein wirklich liebes Kind. Wir nennen ihn ›Anse‹. – Und wie lang hast du vor, bei uns zu bleiben, Junge, nachdem du schon hier bist?«

»Wenigstens so lange wie Frank mit seiner Schrotflinte draußen im Korridor sitzt, nehme ich an.«

»Das mit der Schrotflinte tut mir leid. Frank hat ein wenig überreagiert, fürchte ich. Aber er wusste nicht, was von dir zu erwarten war. Wir wissen, dass du am Rande des Gesetzes gelebt hast, seit du von hier weggegangen bist. Hast als Begnadiger gearbeitet, richtig?«

»Die Gesetze, die ein Begnadiger bricht«, sagte Andy steif, »sind Gesetze der Wesen. Begnadiger retten Menschen vor der Willkür und Bedrückung durch diese selbsternannten Herren der Welt. Es ließe sich leicht nachweisen, dass die Aktivitäten eines Hackers, der als Begnadiger arbeitet, ein Aspekt des Widerstandes sind.

Damit wäre ich ein genauso anständiger und gesetzesfürchtiger Bürger wie du es zu sein behauptest.«

»Ich verstehe, was du sagst, Andy. Trotzdem bleibt die Tatsache, dass Begnadiger den armen Leuten, die sich um Hilfe an sie wenden, Unsummen abverlangen, dass sie eine zwielichtige Untergrundexistenz führen und durchaus nicht immer ehrlich sind. Ich stelle mir gern vor, dass du ehrlicher als die meisten gewesen bist.«

»Das war ich allerdings.« In Andys Stimme war ein Knistern, und in seinen Augen ein harter Glanz, die Steve auf den Gedanken brachten, dass er zur Abwechslung tatsächlich die Wahrheit sagen mochte. »Ich schrieb ein paar Nieten, ja – du weißt, was das ist, nicht? –, aber nur, weil die Begnadigerzunft es von mir verlangte. Zunftregeln. In den meisten Fällen arbeitete ich korrekt und half den Leuten. Es war für mich eine Frage der Berufsehre als Hacker. So lernte ich das Kommunikationsnetz der Wesen auch von innen und außen kennen.«

»Das ist gut zu wissen. Wir hofften es nämlich. Darum hielten wir all diese Jahre Ausschau nach dir.«

»Ist das wahr? Wozu?«

»Weil wir hier oben noch immer für den Widerstand arbeiten, und weil du Fähigkeiten hast, die uns für eine größere Unternehmung nützlich sein könnten, an der wir seit langem arbeiten.«

»Und was für eine Unternehmung soll das sein? Kommen wir zur Sache, ja? Was willst du von mir, Vater?«

»Zunächst einmal deine Mitarbeit an einem Hackerprojekt von kritischer Bedeutung, das sogar für mich zu schwierig ist. Aber ich glaube, du könntest es bewältigen.«

»Und wenn ich nicht mitarbeite?«

»Du wirst«, sagte Steve.

Andy war verblüfft. Das Borgmann-Archiv! Er erinnerte sich, dass er ein paarmal danach gesucht hatte – als er vierzehn oder fünfzehn gewesen war. Alle waren hinter dem Borgmann-Archiv her. Es war wie die Schatzsuche nach dem sagenhaften El Dorado, nach König Salomons Minen, dem sagenhaften Goldschatz am Ende des Regenbogens. Die legendäre Borgmann-Datensammlung, der Schlüssel zu allen Geheimnissen der Wesen.

Aber die Suche hatte sich für ihn nicht ausgezahlt, und er hatte bald das Interesse daran verloren, nachdem die Suche sich auf verschiedene unergiebige Fährten verzettelt hatte. Man schnüffelte einer vielversprechenden Fährte nach, dann der nächsten, und eine Zeit lang war man überzeugt, dass man den Weg zu dem Schatz gefunden hatte, den der schlaue Borgmann zu seinem eigenen Vergnügen in einer unspezifischen Datenspeicherzone in jemandes Computer irgendwo versteckt hatte. Und dann, gerade wenn man sich auf der Straße zum Erfolg wähnte und sich in Schweiß gearbeitet hatte, entdeckte man, dass man im Kreis geführt worden war, ohne es zu bemerken und in der eigenen Analöffnung verschwand, sozusagen, und das geisterhafte Gegacker von Borgmanns Gelächter widerhallte in den Ohren. Nach einigen derartigen Erfahrungen hatte Andy sich gesagt, dass es bessere und lohnendere Dinge im Leben gab.

Dies alles erzählte er Steve und Anson und Frank, der sie auf dem Weg hinüber zur Kommunikationszentrale begleitet hatte. Trotz seiner Jugend schien Frank während Andys Abwesenheit ziemlich wichtig geworden zu sein.

»Wir möchten, dass du noch einen Versuch machst«, sagte Anson.

»Was bringt euch auf die Idee, ich würde jetzt weiterkommen?«

»Weil ich hier einen Datenpfad habe«, sagte Steve,

»den nach meiner Überzeugung noch niemand vor mir begangen hat, jedenfalls nicht sehr weit, und ich bin überzeugt, dass er direkt zu Borgmann führt. Ich weiß seit Jahren davon. Immer wieder arbeite ich daran, aber es ist da eine Blockade, die ich nicht durchbrechen kann. Vielleicht kannst du es.«

»Du hast mir nie davon erzählt. Warum hast du mich damals nicht eingeweiht?«

»Weil du nicht hier warst. Kurz bevor ich darauf stieß, hattest du dich heimlich nach Los Angeles abgesetzt, mein Freund. Wie hätte ich es dir sagen können?«

»Richtig«, sagte Andy. »Gut. Und wenn ich jetzt hineingehe, was soll ich für dich suchen?«

»Den Aufenthaltsort von Nummer Eins«, sagte Anson.

Andy wandte den Kopf und starrte ihn an. »Du bist immer noch auf diesen Scheiß fixiert, wie? Ich hörte, was mit Tony gewesen ist. Hat dir nicht gereicht, dass er ums Leben kam?«

Er sah Anson zusammenzucken, als ob er mit der Faust auf ihn losgegangen wäre. Und einen Augenblick lang bedauerte Andy beinahe, dass er es gesagt hatte. Es war ein niederträchtiger Hieb, das war ihm bewusst. Anson war in diesem Punkt zu verwundbar. Vielleicht noch mehr als früher. Etwas in Anson hatte sich während der Jahre von Andys Abwesenheit verändert, und nicht zum Besseren. Als ob irgendein Schlüsselteil in ihm zerbrochen wäre. Oder als ob er in fünf Jahren dreißig gealtert wäre. All die Todesfälle, die Anson nacheinander getroffen hatten: seine Frau, sein Vater, dann sein Bruder. Der Schmerz von alledem musste noch in ihm sein.

Trotzdem, Andy hatte Anson nie sehr gemocht. Ein Wichtigtuer; ein Fanatiker; eine Nervensäge. Ein Carmichael. Wenn er sich noch immer um Leute grämte, die vor fünf oder zehn Jahren gestorben waren, war ihm nicht zu helfen. Zum Teufel mit ihm und seinem Zartgefühl, dachte Andy.

Anson wahrte die Beherrschung und ließ sich nichts anmerken, als er sagte: »Wir glauben nach wie vor, dass es ein Wesen wie Nummer Eins gibt, Andy, und dass wir, wenn wir es finden und töten könnten, der gesamten Herrschaftsstruktur der Wesen enormen Schaden zufügen würden.« Er presste einen Moment lang die Lippen zusammen. »Wir schickten Tony, aber Tony war irgendwie nicht gut genug. Irgendwie kamen sie darauf, was er vorhatte, aber sie ließen ihn die Bombe legen, weil wir den falschen Ort gewählt hatten. Und dann griffen sie zu und schnappten ihn. Das nächste Mal müssen wir den richtigen Ort haben. Und wir hoffen, dass du ihn für uns ausfindig machen kannst.«

»Und wer wird der nächste Tony sein, sollte es mir gelingen?«

»Lass das meine Sorge sein. Dein Job ist es jetzt, in das Borgmann-Archiv zu gehen und festzustellen, wo Nummer Eins ist und wie wir an ihn herankommen können.«

»Was macht euch so sicher, dass ich solches Material finden werde?«

Anson warf Steve einen genervten Blick zu. Aber davon abgesehen, wahrte er eiserne Selbstbeherrschung.

»Ich bin mir dessen in keiner Weise sicher. Aber es ist eine vernünftige Annahme, dass Borgmann in Anbetracht seiner Leistungen und der Autorität, die er unter den Wesen in der Frühzeit der Eroberung erreichen konnte, einen Weg gefunden hatte, um in direkte Verbindung mit der Führung der Wesen zu treten. Und die Führung definieren wir als eine Persönlichkeit, die wir Nummer Eins nennen. Es ist daher vernünftig anzunehmen, dass Borgmanns Protokoll über die Herstellung dieser Verbindung irgendwo in seinen Unterlagen archiviert ist. Ich weiß nicht, ob es sich so verhält. Niemand weiß es. Aber wenn wir nicht hineingehen und nachsehen, werden wir nie weiter kommen, verdammt noch mal …«

Ansons Stirn und Wangen, von Falten und Linien durchzogen, an die Andy sich nicht erinnerte, liefen rot an. Sein linker Arm zitterte. Frank machte ein besorgtes Gesicht und näherte sich Anson. Steve warf Andy einen Blick von solch grimmiger Wut zu, wie Andy ihn nie zuvor in seines Vaters friedlichem runden Gesicht gesehen hatte.

»In Ordnung«, sagte Andy. »Schon gut, Anson. Zeigt mir das Zeug, und ich werde sehen, was ich tun kann.«

Es war kurz vor Mitternacht. Sie saßen Seite an Seite, Steve und Andy, Vater und Sohn, und Frank stand hinter ihnen. Steve hatte einen Datenanschluss in der Kommunikationszentrale, Andy einen zweiten. Während Andy zusah, wanderten abstrakte Muster über den Bildschirm seines Vaters, die flüssigen Linien von Datenketten, die in visuelle Äquivalente umgewandelt waren.

»Gib mir dein Handgelenk«, sagte Steve.

Andy sah ihn mit Unbehagen an. Es war sehr, sehr lange her, dass sie durch Implantate miteinander gearbeitet hatten. Andy hatte noch nie Schwierigkeiten gehabt, Biocomputerverbindung mit anderen aufzunehmen, aber auf einmal zögerte er, seinen Biochip Steve zugänglich zu machen, als ob ein bloßer Datenaustausch eine allzu erschreckende Intimität wäre.

»Dein Handgelenk«, wiederholte Steve.

Andy streckte ihm den Arm hin. Sie stellten die Verbindung her.

»Meiner Meinung nach könnte das die Borgmann-Zugangslinie sein«, sagte sein Vater. »Das hier.« Daten begannen von Vater zu Sohn zu fließen. Steve wies auf

Knoten in Andys Bildschirmdarstellung hin, grüne und purpurne Wirbel auf lachsfarbenem Grund. Andy schaltete seinen Bioprozessor in das System ein und begann die Daten zu bearbeiten, die ihn über das Implantat seines Vaters erreicht hatten. Was vor einem Moment abstrakt, sogar formlos schien, begann jetzt Bedeutung zu bekommen. Er folgte der Linie, nickte, murmelte vor sich hin.

»Und hier«, sagte Steve, »stieß ich auf die Blockade.«

»Richtig. Ich verstehe. Jetzt bitte ganz still, ich muss mich konzentrieren.«

Er beugte sich zum Bildschirm. Außer dieser leuchtenden rechteckigen Oberfläche war nichts zu sehen. Er war allein im Raum, allein in der Welt, im Universum. Anson, Frank, Steve waren aus seiner Wahrnehmung verschwunden.

Irgendein Großrechner in Europa begrüßte ihn jetzt online. Andy schaltete sich ein.

Wo war er? Frankreich? Deutschland? Das waren nur Namen. Alle ausländischen Orte waren bloße Namen für ihn. Obwohl er kreuz und quer durch die einstigen Vereinigten Staaten von Amerika gereist war, hatte er ihre früheren Grenzen nie verlassen. Prag brauchte er. Das war in Tschechenland. Tschechei. Tschechien, wie immer sie es nannten. Klick, klick, klick. Prag bitte. Prag. Borgmanns Heimatstadt. Ist es das? Ja. Das ist es. Die Stadt Prag, in Tschechien.

Die Muster auf dem Bildschirm sahen sehr vertraut aus. Er war schon einmal dieser Fährte gefolgt, erkannte er. Vor langer Zeit, noch als Junge: dieser sich verengende Tunnel, diese Verzweigungen. Ja. Ja. Er war hineingegangen und hatte nicht einmal gewusst, wo wer war, wie nahe er vor dem Goldschatz gestanden hatte.

Aber damals hatte er den Weg verloren, natürlich. Würde er ihn jetzt wieder verlieren?

Er stieß auf Sprachaufzeichnungen. Worte in einer

fremden Sprache schwebten auf ihn zu. Aber in welcher Sprache? Er hatte keine Ahnung. Es musste einen Grund gegeben haben, warum sein Vater gedacht hatte, dies sei der Weg in Borgmanns Datenspeicher. Nun, Borgmann war Tscheche gewesen, oder? Also war es vielleicht Tschechisch, oder was immer sie im Tschechenland sprachen. Andy rief ein Übersetzungsprogramm ab und verlangte Tschechisch und bekam eine Fehlanzeige. Er ließ das Übersetzungsprogramm eine linguistische Suche vornehmen. Geheimnisvolle Sprache hier. Was ist es?

Deutsch.

Deutsch? Was, zum Teufel, war Deutsch? Die Sprache von Tschechien? Das klang nicht richtig. Jedenfalls brauchte Andy die Übersetzung. Er gab dem Programm einen Befehl, es mit Deutsch zu versuchen. Jawohl. Es übersetzte Deutsch.

Aber was für ein Deutsch! Eine Flut von Schimpfworten und Gossensprache, die sogar Andy erschreckte, wanderte über den Bildschirm. Wer immer dies geschrieben hatte, deckte ihn mit höhnischen Beleidigungen und Beschimpfungen ein, überschüttete ihn mit beispiellosem Unflat.

Ja. Ja. Dies musste die Borgmann-Fährte sein! Er ging ein wenig tiefer in diesen Tunnel sich verzweigender Wege. »Und nun«, sagte Andy nur zu sich selbst, weil außer ihm niemand im Universum übrig war, »sollte ich auf die Blockade treffen, die Steve aufhielt – genau hier.«

Ja.

Es war ein richtiger Hammer, diese Blockade. Oberflächlich betrachtet, war sie ziemlich harmlos und sah wie eine freundliche Einladung zum Weitergehen aus. Was Andy auch tat, obwohl er wusste, was geschehen würde, und sorgfältig seine Position markierte, bevor es dazu kam. Weiter, weiter. Dann ein Schritt zu viel, und er fand sich abgestürzt. Er hätte nichts tun können, um sich zu retten. Die Falltür hatte sich im Bruchteil einer Nanosekunde geöffnet, und er war hineingetappt. Lebwohl, du Trottel!

Richtig. Wenn diese Blockade einen Hacker wie Steve in den letzten fünf Jahren immer wieder abgewiesen hatte, musste sie etwas Besonderes sein.

Und so war es.

Andy ging zurück zu seiner Markierung und begann von neuem. Den Tunnel entlang, ja, diese Abzweigung, dann jene. Ja. Die Blockade kam ein zweites Mal in Sicht und sagte ihm treuherzig, dass er auf dem richtigen Wege sei, lud ihn ein, weiterzugehen. Andy aber begnügte sich mit Beobachtung, schickte einen virtuellen Kundschafter vor und beobachtete durch dessen Augen, bis er die Vorhaltungen des Schlosses sehen konnte, die am Rand der Datenspur unauffällig auf ihn warteten. Er ließ den Kundschafter in die Falle laufen und zog sich wieder zu seiner Markierung zurück.

Langsam, langsam. Dieses Ding konnte überwunden werden.

Seine zahlreichen Ausflüge durch die Großrechner der Wesen hatten ihn im Laufe seiner Hackerarbeit gelehrt, wie man mit Hindernissen dieser Art fertig wurde. Wenn einem eine Route nicht gefiel, musste man sich eine andere suchen.

Es gab hier genug Megabytes, um damit zu arbeiten. Er konnte Hilfe herbeirufen, wenn er sie brauchte, sich mit anderen Gebieten der Operation verbinden. Einen Weg um die Blockade graben. Borgmann war ein schlauer Bursche gewesen, das war klar, aber seit seinen Tagen hatte sich viel verändert und weiterentwickelt und verfeinert, und Andy hatte den Vorteil von allem, was im vergangenen Vierteljahrhundert über die Computer der Wesen in Erfahrung gebracht worden war.

Er näherte sich den Borgmann-Daten seitwärts. Er

arbeitete sich durch Computer in Istanbul, in Johannesburg, in Djakarta; er ging durch Moskau, Bombay und London, und gleichzeitig schlich er auf Zehenspitzen aus verschiedenen Richtungen an das tschechische Datenversteck heran. Er schuf sich einen doppelten, einen dreifachen Weg, ließ sich scheinbar an verschiedenen Orten zugleich sehen, so dass niemand ihn zu irgendeinem bestimmten Punkt auf seiner Reise verfolgen konnte, um ihn kurz zu schließen. Und endlich schoss er durch die Hintertür in den Prager Großrechner und huschte zu Borgmanns Datenversteck.

Er konnte die Blockade hell wie der lichte Tag im Tunnel strahlen und auf neue Einfaltspinsel warten sehen. Aber sie lag hinter ihm.

»Hallo«, sagte er, als das geheime Datenmaterial Karl-Heinrich Borgmanns wie ein Schwarm freundlicher kleiner Fische, die gekitzelt werden wollten, in seinen Zugriff geschwommen kam.

Selbst für Andy war es erstaunlich, von welch vulgärer Geschmacklosigkeit manches von Borgmanns Zeug war.

Lage um Lage von Pornos, kilometerhoch gestapelt. Nackte, europäisch aussehende Frauen mit haarigen Achselhöhlen, die in mürrischer Resignation in die Kamera blickten oder sich in allen nur denkbaren Stellungen präsentierten.

Andy hatte keine Probleme mit dem Anblick nackter Frauen. Aber die verdrießlichen Blicke, der kaum verhüllte Widerwille dieser Frauen, der allzu offensichtliche Eindruck, dass sie genötigt wurden, vor der Kamera zu posieren – all das wirkte mehr peinlich als erotisch. Andy konnte sich vorstellen, was vorgegangen sein musste. Borgmann war der oberste Puppenspieler gewesen, nicht wahr, durch welche die Wesen ihre Befehle an die unterworfene Menschheit kundtaten. Der Statthalter, sozusagen, die höchste Autorität unterhalb der

Ebene der Eroberer. Er musste diese Position jahrelang gehalten haben, bis diese Frau in sein Büro gekommen war – anscheinend war sie jemand gewesen, der er vertraut hatte – und die ihm das Messer in den Wanst gerammt hatte. Mit der Macht, über die er gebot, konnte er jedem abverlangen, was er wollte. Wer ihm nicht zu Willen war, musste mit harter Bestrafung rechnen, bis hin zur Deportation in ein Arbeitslager in glühender Wüste oder im Eis jenseits des Polarkreises. Und was Borgmann gewollt hatte, war offenbar nichts Tiefgreifenderes als dass Frauen sich vor ihm entkleiden und seinen Anweisungen folgen mussten, während er Videos von ihnen aufnahm und archivierte.

Es gab auch anderes Material, das darauf hindeutete, dass Borgmann sich nicht damit begnügt hatte, unwillige Frauen auf Befehl tanzen und posieren zu lassen, während er sie filmte. Offenbar hatte Borgmann auch viel mit versteckter Kamera gearbeitet und als heimlicher Voyeur nichtsahnende Frauen bei ihren intimsten Verrichtungen beobachtet.

Andy fand riesige Dateien von Videodokumenten, die nur entstanden sein konnten, indem er versteckte Kameras in den Wohnungen seiner Objekte installierte. Diese Frauen waren allein, gingen ihrer Arbeit nach, zogen sich um, putzten sich die Zähne, nahmen Bäder, saßen auf der Toilette. Masturbierten oder kopulierten mit Liebhabern oder Ehemännern. Und alles wurde vom unersättlichen Karl-Heinrich aufgenommen und archiviert – um dreißig oder vierzig Jahre später von Andy Carmichael Gannet ausgegraben zu werden.

Es gab so viele dieser Videofilme, dass Andy den Eindruck gewann, Borgmann müsse halb Prag mit seinen versteckten Kameras verdrahtet haben. Zweifellos hatte er die Kosten als notwendige Sicherheitsüberwachungen deklariert und im Haushalt der Stadt Prag untergebracht. Wie es schien, hatte seine Überwachung sich jedoch auf weibliches Fleisch beschränkt. Man musste kein Puritaner sein, um der Fülle des Gebotenen rasch überdrüssig zu werden. Obwohl Andy zügig von einer Aufzeichnung zur nächsten überging, merkte er, wie seine Augen glasig wurden und sein Kopf zu schmerzen begann. Wie viele Brüste konnte man anschauen, bevor sie allen erotischen Reiz verloren? Wie viele wackelnde Hinterteile?

Doch wie es schien, gab es keinen Weg, an das Material heranzukommen, das er suchte, ohne zuvor durch diesen Sumpf zu waten. Vielleicht hatte Borgmann einen zeitsparenden Übersprungbefehl gehabt, der ihm das erlaubte, aber Andy sah keinen raschen und erfolgversprechenden Weg, danach zu suchen, und wollte nichts riskieren, was ihn vom Hauptweg ablenken würde. Also arbeitete er sich auf die altmodische Weise von Datei zu Datei weiter, durch Berge von T & A, immer in der Hoffnung, dass in diesem lange gesuchten Archiv außer der manischen Fleischbeschau Tausender Mädchen und Frauen einer vergangenen Zeit wichtiges Material über die Herrschaftsstruktur der Eroberer zu finden sein würde.

Nach endlos langer Zeit brachte er die Pornoebenen hinter sich.

Eine Weile dachte er, dass es ihm nie gelingen würde. Doch plötzlich befand er sich in Dateien, die ein völlig neues Inventursystem hatten, ein im Archiv vergrabenes Archiv, und wusste nach wenigen Minuten des Herumstocherns, dass er den Schatz gefunden hatte.

Es war eindrucksvoll, wie gründlich Borgmann die geheimnisvollen Datensysteme der Wesen infiltriert hatte, um so mehr, als er von null hatte anfangen müssen. Wie viel er wahrgenommen, gefolgert und erreicht hatte, wie geschickt er die Sperren der Großrechner des fremden Kommunikationsnetzwerkes unterlaufen hatte. Der alte Borgmann mochte ein erpresserischer Wüstling gewesen sein, aber ohne Zweifel war er ein scharfsinniger und herausragender Meister der Datenverarbeitung gewesen, dass er so tief in ein fremdartiges Codierungssystem hatte eindringen und lernen können, wie damit umzugehen war. Trotz seiner Abneigung gegen den Mann konnte Andy nicht umhin, ein gewisses Maß an Verehrung für den Meister zu empfinden, der Borgmann gewesen war.

Hier gab es vieles, was für den Widerstand von Nutzen sein konnte. Die Aufzeichnungen aller Vereinbarungen Borgmanns mit der Besatzungsverwaltung von Mitteleuropa. Seine Schnittstellenzeilen, die ihn befähigt hatten, mit den hohen Stellen der Eroberer zu kommunizieren. Seine Listen nützlicher Kanäle für den Datenaustausch mit ihnen. Seine geheime Sammlung von Dekreten und Bekanntmachungen der Wesen. Am besten aber war sein digitales Wörterbuch, Borgmanns Sprache im Vergleich mit der Sprache der Eroberer, ein ganzer Satz von Code-Äquivalenten – vielleicht der Schlüssel zur vollständigen Übersetzung der geheimen Kommunikationssysteme der Wesen.

Andy hielt sich nicht mit einer detaillierten Untersuchung dieses Materials auf. Seine Arbeit bestand nur darin, es zu sammeln und für spätere Studien zugänglich zu machen. Alles, was halbwegs relevant schien, kopierte er Datei um Datei und arbeitete sich weiter durch seine parallelen Datenketten, von Moskau über Bombay nach Istanbul, von Jakarta über Johannesburg nach London, verschlüsselte und speicherte sie für späteren Bedarf. Alles, was er an nützlichen Informationen finden konnte, wurde an Borgmanns bösartiger kleiner Blockade vorbei in eine offene Datei übertragen, so dass es nicht mehr notwendig sein würde, alle Schritte nachzuvollziehen, die Andy im Laufe dieser Nacht getan hatte.

Zuletzt blickte er von seinem Bildschirm auf. Sein Vater, übermüdet und mit geröteten Augen, saß noch immer neben ihm und beobachtete ihn in unverhohlener Verblüffung. Frank lehnte gähnend an der Wand. Anson war auf der Couch neben der Tür eingeschlafen. Andy hörte das leise Rauschen von Regen draußen. Graues Licht drang zum Fenster herein.

»Wie spät ist es?« fragte er.

»Halb sieben Uhr früh. Du hast keinen Augenblick Pause gemacht, Andy.«

»Nein. Tatsächlich, nicht wahr?« Er stand auf, reckte sich, gähnte, rieb sich die Augen mit den Knöcheln. Er fühlte sich versteift müde, hungrig, leer. »Ich muss aufs Klo. Und vielleicht könnte mir jemand eine Tasse Kaffee bringen.«

»In Ordnung.« Steve nickte Frank zu, der sofort ging. Als Andy gähnend zur Toilette tappte, fragte Steve ohne einen Versuch, seine Wissbegier zu verbergen: »Na, Junge, Glück gehabt? Was hast du darin gefunden?«

»Alles«, sagte Andy.

So war ihre Spekulation schließlich aufgegangen. Der unauffindbare Andy war zur Ranch zurückgekehrt und hatte für sie das unzugängliche Archiv geöffnet, und nun hatten sie eine Bestätigung der Nummer Eins-Hypothese. Als er staunend und mit aufkommendem Triumphgefühl das Inhaltsverzeichnis durchsah, das Steve aus Andys Analyse der Borgmann-Dateien für ihn zusammengestellt hatte, fühlte Anson, wie die Bürde von ihm genommen wurde, das niederdrückende bleierne Gewicht von Kummer und Selbstvorwürfen und Bedauern. Alles, was ihn in den vergangenen fünf Jahren vorzeitig hatte altern lassen. Nun war er wie durch ein Wunder verjüngt, voller Energie und voller Träume, wieder bereit, vorwärts zu stürmen und die Menschheit von ihren Eroberern zu befreien. Jedenfalls schien es ihm jetzt so. Er hoffte, die Stimmung würde bleiben.

Aufmerksam las er die Ausdrucke durch, während

die anderen wortlos zusahen. Dann blickte er auf und sagte: »Wann können wir auf dieser Basis etwas unternehmen? Haben wir genug Information, um gegen Nummer Eins vorzugehen?«

Mit ihm im Kartenzimmer waren Steve Gannet und Steves Frau Lisa, Pauls ältester Sohn Mark und Marks Schwester Julie, und Charlie Carmichael mit seiner Frau Eloise. Der innere Kreis der Familie, wie er sich jetzt herausgebildet hatte, alle bis auf Cindy, die alterslose Urahne der Sippe, die gerade anderswo war. Aber es war jetzt Steve, von dem Anson die meisten seiner Antworten erwartete. Und die Antwort, die Steve ihm gab, war nicht eben die Antwort, die er hören wollte.

»Tatsächlich«, sagte Steve, »haben wir vorher noch eine ganze Menge Arbeit zu erledigen, Anson.«

»So?«

»Das Oberhaupt der Wesen, mit dem Borgmann zu tun hatte – und ich denke, wir können davon ausgehen, dass es wirklich dasjenige war, das wir Nummer Eins nennen –, residierte in Prag, in einer großen Burg, die dort auf einem Hügel steht. Wie du weißt, sind wir zu dem Schluss gekommen, dass das Prager Hauptquartier vor geraumer Zeit herabgestuft wurde und dass Nummer Eins nach Los Angeles übersiedelte. Aber wir müssen das bestätigt finden, und ich hoffe, Andy wird das für uns tun, sobald er den Zugangsweg erkundet hat. Sobald wir den Aufenthalt von Nummer Eins zweifelsfrei festgestellt haben, können wir an Mittel und Wege denken, ihn auszuschalten.«

»Und wenn Andy sich entschließt, wieder zu verschwinden?« fragte Anson. »Wirst du die notwendigen Daten selbst herausbringen können, Steve?«

»Er wird nicht verschwinden.«

»Und wenn du dich irrst?«

»Ich glaube, er will wirklich an diesem Projekt teilnehmen, Anson. Er weiß auch, wie entscheidend seine

Mitarbeit für das Gelingen ist. Er wird uns nicht im Stich lassen.«

»Trotzdem würde ich deinen Sohn gern rund um die Uhr unter Bewachung halten. Um sicher zu gehen, dass er da bleibt, bis er die Borgmann-Daten fertig aufbereitet hat. Würdest du das als sehr kränkend empfinden, Steve?«

»Andy würde es sicherlich als kränkend empfinden.«

»Andy hat uns schon mal im Stich gelassen. Ich möchte jedes Risiko vermeiden, ihn wieder zu verlieren. Ich glaube, ich muss es dir sagen: Ich habe Frank und ein paar von meinen anderen Jungen gebeten, ihn abwechselnd zu bewachen, solange er hier auf der Ranch ist.«

Steve machte aus seinem Missfallen kein Hehl. »Nun, wie du meinst, Anson. Nachdem du bereits gehandelt hast, war deine Frage wohl überflüssig, nicht wahr? Meine Meinung über die Notwendigkeit, ihn wie einen Gefangenen zu behandeln, habe ich zu Protokoll gegeben.«

»Lisa?« sagte Anson. »Er ist dein Sohn. Wie denkst du darüber?«

»Ich denke, du solltest ihn wie ein Falke beobachten, bis du bekommst, was du von ihm brauchst.«

»Da hast du's«, sagte Anson triumphierend. »Ihn wie ein Falke beobachten! Das wird Frank tun. Das tut er übrigens schon jetzt. Martin und James wechseln einander im Dreischichtendienst ab, jeder acht Stunden pro Tag. Das wäre also geregelt, ja? – Steve, wann etwa wirst du genauere Informationen über den Aufenthaltsort von Nummer Eins haben?«

»Ich werde sie haben, wenn ich sie habe, nicht wahr? Dieses Problem hat für uns Priorität.«

»Langsam, langsam. Ich wollte bloß eine Schätzung.«

»Nun, ich kann dir keine geben«, sagte Steve. »Und ich glaube nicht, dass es Andys Motivation verbessern wird, wenn er rund um die Uhr unter Bewachung steht. Aber lassen wir das. Vielleicht wird er auch so kooperationsbereit sein. Angenommen, es gelingt uns, dir die Information zu beschaffen, welche Methode willst du anwenden, um Nummer Eins auszuschalten?«

»Wir werden es so machen wie letztes Mal. Nur besser, hoffe ich. – Hallo, Cindy«, sagte Anson, als sie ins Kartenzimmer kam. Sie bewegte sich langsam, mit der etwas vorsichtigen Anmut einer gebrechlichen alten Frau. Ihre Augen waren lebhaft wie immer, ihr Ausdruck verriet Wachsamkeit und Präsenz, als sie sich neben Mark setzte. »Wir sprechen über den Anschlag auf Nummer Eins«, erklärte Anson. »Ich habe Steve gerade gesagt, dass ich das Unternehmen genauso wie beim ersten Versuch durchführen möchte. Das heißt, dass jemand hineingeschickt wird, um eine Bombe an dem Haus anzubringen, das wir zuvor zweifelsfrei als das Hauptquartier von Nummer Eins ermittelt haben. Oder sogar im Haus, wenn möglich. Diesmal sollte es Andy gelingen, den genauen Aufenthalt von Nummer Eins herauszufinden, und dazu die richtigen Losungsworte, um unseren Mann durch die Sicherheitskontrollen der Wesen zu bringen.«

Mark sagte: »Hast du schon jemanden für den Job ins Auge gefasst, Anson?«

»Ja. Meinen Sohn Frank.«

Das hatte Anson bis zu diesem Augenblick noch niemandem mitgeteilt, nicht einmal Frank selbst. Der Aufruhr kam sofort und ließ an Vehemenz nichts zu wünschen übrig. Alle redeten durcheinander, riefen, gestikulierten. Mitten im plötzlichen Chaos saß Cindy hoch aufgerichtet auf ihrem Stuhl, steif und abgezehrt und grimmig wie eine alte ägyptische Mumie. Sie starrte ihn mit einer so wilden Aufsässigkeit in ihren glitzernden schwarzen Augen an, dass es ihm mit einer beinahe physischen Gewalt traf.

»Nein«, sagte sie mit ihrer brüchigen, aber eisig entschlossenen Altstimme, die den Lärm wie ein Säbelhieb durchschnitt. »Nicht Frank. Du darfst nicht einmal daran *denken*, Frank zu schicken, Anson.«

Die anderen verstummten, und es blieb still, bis Anson sich gefasst hatte.

»Weshalb nicht, Cindy?« fragte er schließlich.

»Vor fünf Jahren schicktest du deinen einzigen Bruder dorthin in den Tod. Nun willst du deinen Sohn schicken? Sag nicht, dass du drei weitere Söhne in Reserve hast. Nein, Anson, nein, wir werden nicht zulassen, dass du Franks Leben für dieses Vorhaben aufs Spiel setzt!«

Anson presste die Lippen zusammen.

»Frank wird kein Risiko eingehen. Wir wissen, welche Fehler wir letztes Mal machten. Wir werden sie nicht wiederholen.«

»Wie kannst du dessen sicher sein?«

»Wir werden jede Vorsichtsmaßnahme ergreifen. Meinst du nicht, dass ich alles in meiner Macht Stehende tun werde, um dafür zu sorgen, dass Frank die Mission sicher ausführt und unversehrt zurückkehrt? Aber dies ist ein Krieg, Cindy. Risiken sind unvermeidlich. Ohne die Bereitschaft, Opfer zu bringen, werden wir nie etwas erreichen.«

Aber sie war unerbittlich. »Tony war dein Opfer. Es wird nicht von dir verlangt, ein zweites zu bringen. Was ist das überhaupt für eine verrückte Demonstration von Härte und Selbstverleugnung? Meinst du, wir wüssten nicht, was du bereits gegeben hast, und wie viel es dich gekostet hat? Frank ist die Hoffnung für die Zukunft, Anson. Er ist die nächste Generation von Führerschaft hier. Du weißt das: alle wissen es. Er darf nicht vergeudet werden. Selbst wenn die Wahrscheinlichkeit, dass er nicht zurückkommen würde, nur eins zu zehn beträgt, wäre das ein zu hohes Risiko. Außerdem gibt es hier jemanden, der für das Unternehmen weit besser geeignet ist als Frank.«

»Wer soll das sein?« verlangte Anson zu wissen. »Du? Ich? Oder meinst du vielleicht Andy?«

»Rede mit Khalid«, sagte Cindy. »Er hat jemanden, der diesen Auftrag sehr gut ausführen kann.«

Anson war verwirrt. »Wen? Sag mir, wen du meinst?«

»Sprich mit Khalid«, sagte sie.

»Ich würde bestimmte Vorsichtsmaßnahmen für ihn verlangen«, sagte Khalid. »Er ist mein ältester Sohn. Sein Leben ist mir heilig.«

Er stand wie ein Soldat vor ihnen, gerade und aufrecht, kühl und selbstbewusst, als ob er und nicht Anson diese Versammlung leitete. Nur beim Betreten des Kartenzimmers hatte Khalid einen Anflug von Unbehagen gezeigt, als er so viele Familienmitglieder versammelt sah, ähnlich einem Gerichtshof mit Anson als dem obersten Richter; aber das war sehr schnell verflogen, und seine gewohnte Aura übernatürlicher Ruhe hatte sich wieder durchgesetzt.

Khalid war hier eine ungewohnte Gestalt. Er war niemals bei einer der Zusammenkünfte im Kartenzimmer anwesend; vor Jahren schon hatte er klar gemacht, dass der Widerstand ihn nichts angehe. Tatsächlich hatte er sich in den letzten Jahren sehr selten im Herrenhaus blicken lassen. Khalid verbrachte den größten Teil seiner Zeit in seinem kleinen Blockhaus jenseits der Gemüsefelder oder in seinem Umkreis, zusammen mit der ebenso zurückgezogenen Jill und ihrer großen Schar seltsamer, ungewöhnlich schöner Kinder. Dort schnitzte er seine Statuetten und die gelegentlich größeren Arbeiten, wenn die gemeinsame Feldarbeit ihm Zeit dafür ließ, pflegte seinen Gewürzgarten und saß, wenn seine übrigen Pflichten es erlaubten, im wundervollen kalifornischen Sonnenschein und las das Wort Gottes. Manchmal durchstreifte er die höheren Bereiche der Berge auf der Jagd nach Wild, das sich in den Jahren verringerter menschlicher Population stark vermehrt hatte. Bisweilen begleitete ihn sein Sohn Raschid bei der Jagd auf Hirsche und Wildschweine, aber gewöhnlich ging er allein. Er führte ein zurückgezogenes, nach innen gewandtes Leben, benötigte außer der Gesellschaft seiner Frau und Kinder sehr wenig und hielt sich oft sogar von ihnen fern.

Anson fragte: »Welche Vorsichtsmaßnahmen meinst du im Besonderen?«

»Ich meine, dass ich ihn von dir nicht in den Tod schicken lassen werde. Er darf nicht umkommen, wie Tony umgekommen ist.«

»Im Besonderen, sagte ich.«

»Gut, ja. Er wird diese Mission nicht übernehmen, wenn der Weg nicht sorgfältigst für ihn vorbereitet ist. Damit will ich sagen, es muss vollkommene Gewissheit bestehen, dass er zum richtigen Ort geschickt wird und dass die Türen für ihn offenstehen, wenn er hinkommt. Er muss die Losungsworte kennen, die ihn einlassen werden. Diese Losungsworte sind von wesentlicher Bedeutung. Er muss imstande sein, in vollkommener Sicherheit in das Hauptquartier von Nummer Eins zu gehen.«

»Andy arbeitet daran, den genauen Aufenthalt von Nummer Eins und die Losungswort-Protokolle in Erfahrung zu bringen. Wir werden Raschid nicht schicken, bevor wir dies alles haben. Das versichere ich dir.«

»Eine Zusicherung ist nicht genug. Ist dies ein heiliges Versprechen?«

»Ein heiliges Versprechen, ja«, sagte Anson.

»Das ist nicht alles«, sagte Khalid. »Du wirst dafür sorgen, dass er sicher zurückkehrt. Es werden Wagen warten, mehrere Wagen, und es wird dafür gesorgt, dass Verwirrung entsteht, damit die Polizei nicht weiß, in welchem Wagen er ist, und er zur Ranch zurückgebracht werden kann.«

»Einverstanden.«

»Du erklärst dich sehr rasch einverstanden, Anson. Aber ich muss überzeugt sein, dass du es aufrichtig meinst, andernfalls werde ich dafür sorgen, dass er nicht geht. Ich weiß, wie man ein Werkzeug macht, aber auch, wie man es stumpf macht.«

»Ich habe meinen Bruder an dieses Projekt verloren«, sagte Anson. »Ich habe nicht vergessen, was für ein Gefühl das war. Ich habe nicht die Absicht, das Leben deines Sohnes aufs Spiel zu setzen.«

»Sehr gut. Achte darauf, Anson.«

Anson schwieg eine Weile. Er wünschte, es gäbe eine Möglichkeit, Khalid telepathisch seine absolute Überzeugung mitzuteilen, dass es diesmal richtig gemacht würde, dass Andy in Borgmanns Archiv jede Information finden würde, die sie benötigten, um Raschid zum wahren Aufenthaltsort von Nummer Eins zu schicken und ihm alle Türen zu öffnen, so dass Raschid den Anschlag ausführen und entkommen konnte. Aber das war Anson nicht möglich. Er konnte Khalid nur um Hilfe bitten und das Beste hoffen.

Khalid beobachtete ihn ruhig.

Dieser kühle Blick distanzierter Gelassenheit war entnervend. Khalid war so fremdartig. So war er schon dem sechzehnjährigen Anson damals vor Jahrzehnten vorgekommen, als Khalid mit Cindy gleichsam aus heiterem Himmel hier angekommen war; und nach all den Jahren war er noch immer fremdartig. Obwohl er so lange unter ihnen gelebt, in ihre Familie eingeheiratet und an der Schönheit wie der Abgeschiedenheit ihres Lebens hier am Berg teilgenommen hatte, als ob er selbst ein geborener Carmichael wäre. Er blieb noch immer geheimnisvoll, dachte Anson, andersartig. Es war nicht so sehr, dass er von ausländischer Herkunft war, oder dass er diese seltsame, beinahe überirdische körperliche Schönheit hatte, oder dass er einen Gott namens Allah verehrte und nach dem Koran Mohammeds lebte, der vor anderthalb Jahrtausenden ein Wüstenprinz in einem unvorstellbar fremden Land gewesen war. Das war ein Teil davon, aber nur ein Teil. Diese Dinge konnten Khalids unglaubliche innere Disziplin nicht erklären, diese granitharte Ruhe seines Wesens, die hochmütige, abgesonderte Unvoreingenommenheit seines Geistes. Nein, die Erklärung seines Geheimnisses musste irgendwo in Khalids Kindheit liegen, in der Zeit, die seine Persönlichkeit geformt hatte, in den frühesten und härtesten Jahren der Eroberung, unter Härten und Spannungen, von deren Natur Anson nicht die entfernteste Vorstellung hatte. Diese Härten und Spannungen mussten ihn geprägt und zu dem gemacht haben, der er war. Aber Khalid sprach niemals über seine frühen Jahre.

»Eins würde ich gern wissen«, sagte Anson. »Wenn du so wenig Verlangen hast, Raschid einem Risiko auszusetzen, warum unterzogst du ihn der gleichen Ausbildung wie Tony? Ich erinnere mich sehr klar, wie du mir einmal sagtest, dass es dir völlig gleichgültig sei, ob Nummer Eins getötet würde oder nicht, dass das ganze Projekt dich nichts angehe. Also war es sicherlich nicht deine Absicht, Raschid zum Nachfolger Tonys auszubilden, falls dieser scheitern sollte.«

»Nein. Das war absolut nicht meine Absicht. Ich bildete Tony für das Attentat aus. Raschid aber bildete ich aus, er selbst zu sein. Die Ausbildung war zufällig die gleiche, die Ziele aber verschieden. Tony wurde eine vollkommene Maschine. Raschid wurde auch vollkommen, aber er ist viel mehr als eine Maschine. Er ist ein Kunstwerk.«

»Das du uns nun für eine sehr gefährliche Mission zur Verfügung stellen willst, natürlich mit dem Wissen, dass wir alles in unserer Macht Stehende tun werden, um ihn zu schützen. Gleichwohl bleibt ein Element von Ungewissheit und Risiko. Warum? Wir hätten niemals gewusst, was Raschid ist, wenn du nicht zu Cindy gesagt hättest, dass er deiner Ansicht nach den Auftrag ausführen könnte. Was bewog dich, ihr das zu sagen?«

»Weil ich ein Leben hier unter euch gefunden habe«, sagte Khalid ohne zu zögern. »Ich war niemand, ein Mann ohne Heimat, ohne Familie, sogar ohne eine Existenz. Alles das war mir genommen worden, als ich ein Kind war. Ich war bloß ein Gefangener; aber Cindy fand mich und brachte mich hierher, und danach änderte sich alles für mich. Ich schulde euch eine Gegenleistung. Ich gebe euch Raschid; aber ich möchte, dass ihr ihn entweder weise oder überhaupt nicht gebraucht. Das sind die Bedingungen, Anson. Du wirst ihn beschützen, oder du wirst ihn nicht haben.«

»Er wird beschützt«, versicherte ihm Anson. »Wir werden Tonys Aktion nicht in gleicher Form wiederholen. Das schwöre ich, Khalid.«

»Kommst du weiter?« fragte Frank, als Andy erschöpft vom Bildschirm aufblickte.

»Hängt davon ab, was du unter ›weiter‹ verstehst. Ich entdecke die ganze Zeit Neues. Manches davon ist tatsächlich brauchbar. – Würde es dir was ausmachen, mir noch ein Bier zu besorgen, Frank? Und hol dir auch eins.«

»Gut.« Frank bewegte sich zögernd zur Tür.

»Keine Sorge«, sagte Andy. »Ich werde nicht aus dem Fenster springen und weglaufen, sowie du den Raum verlassen hast.«

»Ich weiß das. Aber ich soll dich bewachen, weißt du.«

»Meinst du, ich werde einen Fluchtversuch machen? Wenn ich so nahe daran bin, den geheimsten Code der Wesen zu knacken?«

»Ich soll dich bewachen«, sagte Frank geduldig. »Nicht darüber nachdenken, was du tun oder nicht tun würdest. Mein Vater würde mich bei lebendigem Leibe rösten, wenn ich dich entkommen ließe.«

»Ich würde besser arbeiten, wenn ich nicht so durstig wäre, Frank. Hol mir ein Bier. Ich werde nirgendwo hingehen. Vertraue mir.« Andy lächelte schlau. »Glaubst du nicht, dass ich eine vertrauenswürdige Person bin, Frank?«

»Wenn du doch irgendwohin verschwindest und ich nicht bei lebendigem Leibe geröstet werde, werde ich dich persönlich zur Strecke bringen und rösten«, sagte Frank. »Das schwöre ich bei den Gebeinen des Obersten, Andy.«

Er ging hinaus. Als er ungefähr anderthalb Minuten später zurückkehrte, saß Andy wieder über den Bildschirm gebeugt.

»Ich war abgehauen«, sagte Andy. »Dann fiel mir ein neuer Zugang ein, den ich ausprobieren wollte, und ich kam zurück. Gib mir das verdammte Bier.«

»Andy ...«, sagte Frank und reichte ihm die Flasche.

»Ja?«

»Hör zu, eins muss ich dir sagen. Ich möchte mich für das Herumfuchteln mit der Schrotflinte entschuldigen, an dem Tag deiner Ankunft. Es war nicht sehr schön. Aber ich wusste, was mein Vater und Steve sagen würden, wenn sie entdeckten, dass du dagewesen warst und ich dich wieder fortgelassen hatte. Ich konnte das Risiko nicht eingehen.«

»Vergiss es, Frank. Glaubst du, ich wüsste nicht, warum du mir die Schrotflinte ins Gesicht gehalten hast? Ich nehme dir das nicht übel.«

»Das würde ich gern glauben.«

»Du kannst es ruhig glauben.«

»Warum bis du eigentlich hierher zurückgekommen?« fragte ihn Frank.

»Das ist eine gute Frage. Ich weiß nicht, ob ich eine gute Antwort habe. Zum Teil war es bloß eine momentane Regung, nehme ich an. Aber auch … hm … hör zu, Frank, ich bring dich um, wenn du irgendjemandem etwas davon erzählst. Aber in meinem Kopf ging noch etwas anderes vor. Als ich auf eigene Faust im Land herumzog, tat ich manches Schlechte. Und als ich von Los Angeles nordwärts fuhr, dachte ich darüber nach, dass ich vielleicht hier haltmachen und meiner Familie von Nutzen sein sollte, wenn ich könnte, statt mich die ganze Zeit wie ein egoistischer Scheißkerl zu benehmen. Ungefähr so.«

»Aber du warst drauf und dran wieder umzukehren. Bevor du noch durch das Tor warst.«

Andy grinste. »Es ist nicht leicht für mich, nicht wie ein egoistischer Scheißkerl zu handeln, verstehst du?«

Elf Uhr nachts. Kein Mond, keine Wolken, viele Sterne. Frank hatte dienstfrei; Martin hatte Andys Bewachung übernommen. Frank stand vor der Kommunikationszentrale, blickte in die Dunkelheit auf und dachte an zu viele Dinge gleichzeitig.

Sein Vater. Diese Mission, und ob sie etwas erreichen würde. Andy, über den so viel Schlechtes gesagt worden war und der plötzlich so bußfertig geworden war und am Computer schwitzte, um das Geheimnis zu finden, das zum Sturz der Außerirdischen führen sollte. Und wie schön alles sein würde, wenn sie durch irgendein Wunder die Wesen stürzen und ihre Freiheit zurückgewinnen könnten.

Er schloss für einen Moment die Augen; und als er sie wieder öffnete, schienen die funkelnden Sterne in diesem gewaltigen Himmelsgewölbe ihn zu umschließen und in ihre Mitte hinaufzuziehen.

Cindy wusste die Namen. Sie hatte ihm vor langer Zeit die Sternbilder erklärt und die Namen der hellsten

Sterne gesagt. Das dort oben war Orion, wegen der drei Gürtelsterne leicht zu finden. Mintak, Alnillam und Alnitak hießen sie. Seltsame Namen. Wer hatte sie so genannt, und warum? Der in der rechten Schulter war Beteigeuze. Und dort, im linken Knie des Himmelsjägers, war Rigel.

Frank überlegte, von welchem Stern die Wesen gekommen sein mochten. Wahrscheinlich werden wir es nie wissen, dachte er. Gab es verschiedene Arten von Wesen auf den verschiedenen Sternen? Gab es vielleicht eine Welt von Wesen irgendwo, die mächtiger waren als unsere Wesen und die jene eines Tages besiegen und ihre Zivilisation verschlingen und ihre Sklaven befreien würde? Wie sehr hoffte er, dass das geschehen würde. Er verabscheute die Wesen, die so viel Leid und Elend über die Menschheit gebracht hatten. Er beneidete Raschid, dass er derjenige sein sollte, der die Nummer Eins töten würde, eine Aufgabe, die er selbst gern übernommen hätte.

Sterne sind Sonnen, sagte er sich. Und Sonnen haben Planeten, und Planeten tragen Leben, manchmal intelligentes Leben.

Er fragte sich, was die Sterne daran hinderte, vom Himmel zu fallen. Manche taten es, er hatte es selbst gesehen. In Augustnächten sah man sie oft über den Himmel schießen und irgendwo in weiter Ferne abstürzen. Aber warum fielen manche, und andere nicht? Es gab so vieles, was er nicht wusste. Er würde Andy bei Gelegenheit danach fragen müssen.

Vielleicht war der Stern der Wesen einer von denen, die gefallen waren. War das der Grund, dass sie zu anderen Sternen gingen und den Leuten, die dort lebten, ihre Welten wegnahmen? Ja, dachte Frank, das musste es sein. Der Stern der Wesen war gefallen. Und so waren auch sie in einer Weise gefallen: auf uns. Als er in die dunkle, glitzernde Schönheit des Nachthimmels aufblickte, verspürte Frank ein zweites wildes Aufbranden von Hass auf die Eroberer der Erde, die aus diesem Himmel gekommen waren, um die Welt ihren rechtmäßigen Bewohnern wegzunehmen.

Eines Tages werden wir aufstehen und sie alle töten.

Es war ein sehr gutes Gefühl, das mit diesem Gedanken einherging, obwohl er Schwierigkeiten hatte, sich selbst glauben zu machen, dass es jemals geschehen würde.

Er sah sich nach der Kommunikationszentrale um und fragte sich, wie Andy dort drinnen vorankommen mochte. Dann blickte er ein letztes Mal zu den Sternen auf und ging, um sich schlafen zu legen.

Andy arbeitete die ganze Nacht durch, was seine bevorzugte Arbeitsweise war, und setzte die letzten Stücke des Puzzles zusammen, als die Sonne aufging. Es war auch die Zeit des Wachwechsels; James' Schicht endete, und Martins begann. Oder vielleicht war es anders herum, Martins Schicht endete, und James kam ihn abzulösen. Andy war oft in Verlegenheit geraten, wenn es darum gegangen war, die beiden voneinander zu unterscheiden. Frank hingegen unterschied sich durchaus von den beiden anderen – irgendwo in ihm gab es einen Extrafunken von Intelligenz oder Intuition, dachte Andy –, aber Ansons übrige Jungen schienen alle auswechselbar, wie eine Gruppe von Androiden. Es lag hauptsächlich daran, dass sie alle gleich aussahen, gegossen aus derselben Form: nach dieser eindrucksvollen Carmichael-Matrize, die ihren bestimmenden Einfluss auf das Familienprotoplasma nie aufzugeben schien. Schimmerndes blondes Haar, kühle blaue Augen, gleichmäßige Züge, lange Beine, flache Bäuche – die ganze Sippe von ihnen hier auf der Ranch war so gewesen, Jungen und Mädchen in gleicher Weise, ein Jahrzehnt ums andere. Martin und James und Frank und Maggie und Cheryl in dieser Generation, ebenso wie La-La, Jane und Ansonia; Anson und Tony, Heather und Leslyn, Cassandra und Julie und Mark, Jill und Charlie und Mike vor ihnen; und vor diesen die drei Kinder des Obersten, Ron und Anse und Rosalie. Und der beinahe mythische Oberst selbst. Generation um Generation, bis zurück zu den ersten Carmichaels am Anbeginn der Zeit. Außenseiter mochten hereinkommen, Peggy, Eloise, Carole und Raven, aber die Gene der meisten von ihnen wurden verschluckt und nie wieder gesehen. Nur der Beitrag der Gannets, die Gene für braune Augen und Übergewicht und braunes Haar, das frühzeitig ausfiel, hatte sich irgendwie behauptet. Und natürlich Khalids, dessen vielköpfige Brut nur zu deutlich seine Merkmale trug. Aber Khalid war ein echter Außenseiter, so wenig carmichaelmäßig, dass sein genetisches Erbgut sogar das des unbeugsamen Obersten dominiert hatte.

Andy gestand sich ein, dass er unfair war: tatsächlich mussten sie in ihrem Wesen sehr verschieden sein, Martin und James und Maggie und der Rest der Sippe, verschiedene Personen mit individuellen Identitäten. Sie würden zweifellos empört sein, so in einen Topf geworfen zu werden. Also sollten sie sich empören, und zum Teufel mit ihnen! Andy hatte sich von ihnen allen immer überwältigt gefühlt, an den Rand gedrängt, untergebuttert von den blonden Riesen. Wie es auch seinem Vater ergangen sein musste. Und wahrscheinlich auch seinem Großvater Doug, an den er sich kaum erinnerte.

»Sag deinem Vater, dass ich fertig bin und das Zeug habe, das er will«, sagte Andy zu Martin, oder vielleicht war es James, als der junge Mann seinen Schichtdienst beendet hatte. »Alles was er braucht, fertig aufbereitet. Wenn er herüberkommt, werde ich ihm alles darlegen.«

»Ja«, sagte James, oder vielleicht war es Martin, in

völlig neutralem Tonfall. Was Andy ihm gesagt hatte, schien an seinem Verständnis vorbeizugehen; geradeso gut hätte Andy sagen können, er habe eine Methode entdeckt, wie man Längengrade in Breitengrade umrechnen könne. Und er ging, Anson die Nachricht zu überbringen.

»Guten Morgen, Andy«, sagte der eben eingetroffene Bruder, der seinen Schichtdienst antrat.

»Morgen, Martin.«

»Ich bin James.«

»Ach ja. James.« Andy quittierte die Berichtigung mit einem Kopfnicken und wandte sich wieder dem Bildschirm zu.

Die gelben Linien unterteilten das rosa Feld mit seinen blauen Markierungen und dem scharlachroten Kreis. Es war alles da, ja. Er empfand kein besonders ausgeprägtes Triumphgefühl, eher erschöpfte Erleichterung. Nach tage- und nächtelangem Durchwühlen des Borgmann-Archivs, dem anschließenden Vorstoß in den Bereich der entscheidenden transformatorischen Karteien und schließlich der zehnstündigen Datenauswertung zur Ortsbestimmung hatte er alles offengelegt, was Anson von ihm erwartete. Jetzt konnte Anson den Schlag führen, der ihm in seinem Krieg gegen die Eroberer den Sieg bringen sollte. Was Andy in dieser Stunde seines großartigen Erfolgs dachte, war im wesentlichen, dass sie ihn nun in Ruhe lassen und wieder seinem eigenen Leben zurückgeben würden.

»Ich höre, du hast großartige Nachrichten für uns«, sagte eine Stimme von der Tür.

Frank stand dort, strahlend wie die eben aufgegangene Sonne.

»Ich erwartete deinen Vater«, sagte Andy.

»Er schläft noch. In letzter Zeit geht es ihm ziemlich schlecht, weißt du. Lass sehen, was du hast.«

Andy beschloss, nicht auf einer Zeremonie zu bestehen. Wenn ihnen nicht danach war, Anson herüberzuschicken, würde er es eben Frank erklären, und damit basta. Während der Suche hatte er ohnedies den Eindruck gewonnen, dass Frank mehr als Anson davon verstand, was er tat.

»Hier«, sagte Andy, »ist das Hauptquartier, wo Nummer Eins residiert.« Er zeigte auf den roten Kreis. »Im Zentrum von Los Angeles, auf dem Streifen zwischen dem Santa Ana Freeway und dem ausgetrockneten Bett des alten Los Angeles River. Das ist ein paar Meilen südöstlich von dem Punkt, wo mein Vater ihn zur Zeit des Anschlags von Tony vermutete. Ich habe ein altes Adressbuch aufgetrieben, aus dem hervorgeht, dass die Nachbarschaft dort ein Lagerhausbezirk ist, aber das war natürlich im zwanzigsten Jahrhundert, und seitdem kann sich viel verändert haben. Der digitale Code der Wesen für Nummer Eins lässt sich als Einheit, Identität übersetzen, also war unser Name für ihn ziemlich zutreffend.«

Franks Grinsen wurde breiter. »Phantastisch. Was für Sicherheitsmaßnahmen haben sie für ihn?«

»Einen Ring von drei Toren. Sie arbeiten genau wie die Tore in der Stadtmauer, mit Torwächtern, die biochipgesteuert sind.« Andy schickte zwei Klicks die Zeile entlang, und eine Gruppe von Codes erschien in einem Fenster des Bildschirms. »Dies sind Zugangscodes, die ich von Material abgeleitet habe, das Borgmann gesammelt und in Prag archiviert hatte. Sie waren gültig, als Nummer Eins dort in der Burg lebte, und ich denke, sie sind nach wie vor gültig. Soweit ich es beurteilen kann, scheinen sie nach dem Umzug nach L. A. keine der Nummern geändert zu haben. Die Zugangscodes werden euren Mann durch die Tore bringen, so weit er gehen will, und seine Mission sollte auf den Bildschirmen des Sicherheitssystems völlig legitim aussehen.«

»Wie steht es mit der Zentralität der Nummer Eins

für das neurale Netzwerk der Wesen?« fragte Frank. »Siehst du Anzeichen einer gemeinschaftlichen Verkettung?«

Das waren kluge Worte. Andy warf ihm einen schnellen Blick zu, der neuen Respekt erkennen ließ. »Ich kann dir nur eine informierte Vermutung bieten«, sagte Andy.

»In Ordnung.«

»Zu Borgmanns Zeit liefen alle Kommunikationslinien überall auf der Erde in Prag zusammen, wo Nummer Eins sein Hauptquartier hatte. Eine ähnlich starke Konvergenz finden wir heute in Los Angeles. Das ist ein gutes Argument für die Zentralität der Nummer Eins in ihrem Computersystem, beweist aber nichts über die angenommene telepathische Verknüpfung zwischen Nummer Eins und den anderen Wesen, an die Anson glaubt und die von kritischer Bedeutung für den ganzen Attentatsplan ist. Wenn es andererseits keine solche telepathische Verknüpfung gibt, müsste es meines Erachtens sehr viel mehr Stränge von online-Kommunikation geben als ich ausfindig machen konnte. Und das führt mich zu der Vermutung, dass ein Teil, vielleicht sogar der größere Teil der Kommunikation zwischen Nummer Eins und den geringeren Wesen durch eine Form von Telepathie stattfinden muss. Die wir natürlich nicht messen oder ausmachen können.«

»Dies alles sind Vermutungen, sagst du.«

»Ja.«

»Zeig mir noch mal das Hauptquartier von Nummer Eins.«

Andy brachte den roten Kreis wieder auf den Bildschirm, der sich in leuchtender Farbe vom grauen Hintergrund eines Stadtplans von Los Angeles abhob.

»Wir werden ihn himmelhoch in die Luft jagen«, sagte Frank.

Raschid hatte kein Implantat, und Khalid wollte nicht, dass er eins einpflanzen ließ. Implantate, sagte Khalid mit Festigkeit, seien Teufelswerk. Da Andy keinen Weg sah, die Mission auszuführen, ohne Raschid durch ferngesteuerte online-Impulse durch die Sicherheitskontrollen zu steuern, schuf dies ein gewisses Problem, das erst nach wochenlangen Verhandlungen gelöst werden konnte. Schließlich lenkte Khalid ein, nachdem Anson ihn überzeugt hatte, dass sie Raschid nur dann lebendig von der Unternehmung zurückbringen konnten, wenn sie ihn durch ein Implantat steuerten. Ohne ein Implantat aber würde es zu einem Himmelfahrtskommando und wäre von vornherein zum Scheitern verurteilt, und angesichts dieser Alternative entschied Khalid, das Teufelswerk in den Unterarm seines ältesten Sohnes einpflanzen zu lassen, wenn auch nur unter dem Vorbehalt, dass das Ding nach erfolgter Mission wieder herausgenommen würde. Aber bis alles das geregelt werden konnte, war es Juni.

Nun musste das Implantat eingesetzt werden, was der Mann aus San Francisco besorgte, der das Exemplar für Tony gebaut hatte. Raschids war von ähnlicher, aber verbesserter Konstruktion, mit allen Merkmalen, die sein Vorgängermodell gehabt hatte, aber einem breiteren und vielseitigeren Bereich von Audiosignalen, durch die der Leiter der Operation, als der Andy vorgesehen war, Raschid durch drahtloses Modem oder notfalls durch direkte mündliche Anweisungen lenken konnte. Weitere drei Monate vergingen, während das Implantat konstruiert und eingepflanzt wurde, verheilte und Raschid zum Studium und Training diente.

Andy war beeindruckt von der Schnelligkeit, mit der Raschid die von seinem Implantat empfangenen Signale zu interpretieren und nach ihnen zu handeln lernte. Raschid, der zwanzig Jahre alt, schlank und noch größer als sein Vater war, hatte den scheuen, wachsamen Blick eines feingliedrigen Waldtiers, das stets bereit war, auf das Knacken eines Zweiges die Flucht zu ergreifen. Für Andy war er ein Rätsel der tiefsten Art, schwer durchschaubar und distanziert, praktisch unerreichbar. Er sprach fast nie, außer in Antwort auf eine direkte Frage, und auch dann nicht immer; und wenn er antwortete, geschah es unweigerlich auf die einsilbigste Art und Weise und gerade an der Schwelle der Hörbarkeit. Die außerordentliche Anmut und Schönheit seiner Erscheinung, die ans Engelhafte grenzte, trug zu der außerirdischen Aura bei, die ihn umgab: die großen, dunkel glänzenden Augen, die fein geschnittenen Züge, der makellose Schimmer seiner Haut, umrahmt von dichten bronzefarbenen Locken. Er lauschte ernst allem, was Andy zu sagen hatte, speicherte es in einem Winkel seiner undurchschaubaren Seele und konnte es mit vollkommener Genauigkeit wiedergeben, wann immer Andy ihn es abfragte. Das war sehr eindrucksvoll. Raschid hatte die Effizienz eines Computers; und Andy verstand sich sehr gut auf Computer. Dennoch war Raschid mehr als bloß ein Mechanismus; es schien eine Persönlichkeit in ihm zu sein, ein wirkliches menschliches Wesen, scheu, gefühlvoll, wahrnehmungsfähig, hochintelligent. Und eines, was Andy vor allem anderen von Computern wusste, war, dass sie nicht im mindesten intelligent waren.

Ende November erklärte Andy ihn für bereit.

»Am Anfang, weißt du, hielt ich dies für einen absolut verrückten Plan«, sagte er zu Frank. Andy und Frank hatten sich in letzter Zeit angefreundet. Andy war nicht mehr unter ständiger Bewachung; gleichwohl verbrachte Frank viel Zeit mit ihm, einfach um ihm Gesellschaft zu leisten. Sie hatten sich beide daran gewöhnt. »Von dem Augenblick an, als Anson und dein Vater mir den Plan erläuterten, sah ich nicht, wie er überhaupt eine Erfolgschance haben könnte. Einen Attentäter mit einer Bombe in das Hauptquartier telepathischer Außerirdischer schicken und erwarten, dass er unbemerkt bleiben würde? Es schien heller Wahnsinn. Raschids Gedanken, überlegte ich, werden seine tödlichen Absichten auf jedem Schritt des Weges verkünden, und die Wesen werden sie auffangen, bevor er auf fünf Meilen an Nummer Eins herankommt. Und sobald sie zu dem Schluss gelangen, dass es ein ernsthafter Anschlag ist, nicht bloß ein krankhafter Scherz, werden sie ihm den Stoß geben, und dann heißt es gute Nacht, Raschid.«

Aber das, fuhr Andy fort, war vor seiner ersten Begegnung mit Raschid gewesen. Jetzt wusste er es besser. Die letzten Monate mit Raschid hatten ihm dessen besondere Fähigkeiten zu Bewusstsein gebracht, die Raschid von seinem ebenso geheimnisvollen Vater gelernt hatte: die Kunst, nicht da zu sein. Raschid war fähig, vollkommen hinter der Wand seiner Stirn zu verschwinden. Seine Ausbildung hatte ihn gelehrt, sein Bewusstsein vollkommen frei zu halten. Die Wesen würden nichts darin zu lesen finden, wenn sie Raschid mit ihrer Telepathie durchleuchteten. Es war der weit entfernte Andy, der als der wahre Attentäter fungieren würde. *Tue dies, tue das, wende dich nach rechts, nach links.* All das würde Raschid tun, ohne darüber nachzudenken. Und nicht einmal die Wesen würden ein Mittel haben, mit ihrer Telepathie Andys ferngesteuerte Computerbefehle aufzufangen.

Anson, der sich den ganzen Sommer und Herbst um den landwirtschaftlichen Betrieb gekümmert und absichtlich aus den Vorbereitungen herausgehalten hatte, schaltete sich jetzt ein, um die endgültigen Anweisungen zu geben.

»Vier Wagen«, erklärte er, als alle für das Vorhaben wichtigen Personen im Kartenzimmer versammelt waren, »werden in Abständen von zehn bis fünfzehn Minuten nach Los Angeles abfahren. Die Fahrer werden Frank, Mark, Charlie und Cheryl sein. Raschid wird zunächst mit Cheryl fahren, aber irgendwo bei Camarillo wird sie ihn absetzen, worauf er von Mark aufgenommen wird, und Mark wird ihn Northridge an Frank weitergeben …«

Er warf Andy, der vornüber gebeugt an einem Datenanschluss saß und die Erläuterungen als Computergrafik auf den großen Bildschirm im Kartenzimmer brachte, einen Blick zu. »Hast du alles, Andy?« fragte er in dem knappen, spröden Ton, der von jedem auf der Ranch als die Stimme des Obersten verstanden wurde, obwohl dieser selbst wahrscheinlich erstaunt darüber gewesen wäre.

»Ich bin auf dem Laufenden, Chef«, sagte Andy. »Nur heraus damit.«

Anson quittierte das mit einem Stirnrunzeln. Er sah abgespannt aus und hatte dunkle Schatten unter den Augen. In der linken Hand hielt er einen gedrehten Knotenstock, den er vor Jahren aus dem glänzenden roten Holz eines Astes vom Manzanitabaum geschnitten und poliert hatte, und mit diesem klopfte er jetzt gleichmäßig gegen den linken Stiefel, als gelte es, seine Zehen wachzuhalten.

»Na gut. Um fortzufahren: In Glendale übergibt Frank ihn Charlie, und Charlie fährt ihn ostwärts und durch Pasadena, wo er ihn am Golfplatz Monterey Park wieder Cheryl übergibt. Sie wird ihn dann am Kontrollpunkt Alhambrator durch die Mauer schleusen, wie wir es gleich im Einzelnen besprechen werden. Nun, was die Sprengladung betrifft«, sagte Anson, »die in der Widerstandsfabrik in Vista hergestellt wurde, nördlich von San Diego, so wird sie vom Lieferwagen einer Gärtnerei nach Los Angeles gebracht, der Poinsettien für den Weihnachtsverkauf transportiert …«

Endlich der große Tag. Zweite Dezemberwoche, sonnig und klar und warm in Südkalifornien, ein paar hohe Wolkenfelder, kein Regen im Anzug. Andy in der Kommunikationszentrale, ausgestattet mit Kopfhörer und Kehlkopfmikrofon, umgeben von einer Phalanx von Computern. Er war bereit, an die Arbeit zu gehen. Heute würde er ein großer Held der Widerstandsbewegung werden, wenn er es nicht schon war. Heute würde er die Nummer Eins durch einen Bevollmächtigten töten, über einhundertfünfzig Meilen Entfernung als Puppenspieler für Raschid die Fäden ziehen.

Tatsächlich würde Andy alle an der Mission Beteiligten steuern, sie in Position bringen und während des Ablaufs der Ereignisse von Ort zu Ort leiten. Die Stunde seines Ruhms; seine größte Tat.

Steve saß neben ihm, bereit, die Leitung zu übernehmen, sollte er müde werden. Andy erwartete nicht, müde zu werden. Noch glaubte er, dass Steve oder sonst jemand in der Lage sein würde, eine Operation zu leiten, die das Aufrechterhalten ständiger gleichzeitiger Verbindungen mit vier Fahrzeugen und einem zu Fuß marschierenden Attentäter umfasste. Dazu kam noch die Bewertung und Integration von Meldungen zusätzlicher Beobachter aus dem Widerstand von Los Angeles. Aber Steve sollte nur bleiben, wenn er wollte. So konnte er mit eigenen Augen sehen, was für eine Art Hacker er in die Welt gesetzt hatte. Auch Eloise war da, und Mike, und ein paar von den anderen, eine ständig wechselnde Mannschaft im Hintergrund. Auch La-La kam für eine Weile, mit dem kleinen Andy junior an der Hand, der seinen noch unvertrauten Papa anstarrte. Leslyn, Peggy, Jane. Leute kamen und gingen, aber sie hielten sich im Hintergrund, und es geschah sowieso noch nicht viel. Anson, nominell der Leiter der Mission, ließ sich ungefähr alle halbe Stunde blicken, war aber sehr unruhig und außer Stande, länger an einem Ort zu bleiben. Auch

Cindy schaute herein, um den Fortgang der Aktion zu verfolgen, doch auch sie blieb nicht länger.

Der erste der vier Wagen, Charlies, war um acht Uhr früh gestartet, in kurzen Abständen gefolgt von den anderen. Zwei hatten die Küstenstraße genommen, zwei die Inlandroute, alle auf Umwegen, um den verschiedenen Sperren und Gefahrenpunkten auszuweichen, die von den Wesen im Laufe der Jahre scheinbar willkürlich auf den Fernstraßen zwischen Santa Barbara und Los Angeles angelegt worden waren. Andy hatte jeden Fahrer auf dem Bildschirm markiert. Die rote Linie war Frank, die blaue Mark, die violette Cheryl und die hellgrüne Charlie. Der Wagen, der zur Zeit Raschid beförderte, war außerdem mit einem roten Ring gekennzeichnet. Zur Zeit fuhr Raschid mit Frank in San Fernando Valley und steuerte die Nordumgehung der Mauer an, um seinen Treffpunkt mit Charlie weiter östlich in Glendale zu erreichen.

Es gab keinen Hinweis auf ungewöhnliche Aktivität der LACON-Polizei. Warum sollte es auch? Zu jedem gegebenen Zeitpunkt mochten im Großraum Los Angeles ein paar hunderttausend Wagen in Bewegung sein. Welchen Grund gab es für die Annahme einer mörderischen Verschwörung mit dem Ziel, der Besatzungsmacht das Haupt abzuschlagen? Aber Andy hatte für alle Fälle Beobachter um die Peripherie der Mauer stationiert, Angehörige der örtlichen Widerstandsgruppen. Sie würden ihn verständigen, wenn sie verdächtige Bewegungen bemerkten.

»Wir nähern uns jetzt dem nächsten Treffpunkt«, verkündete Andy. »Frank und Charlie, West Colorado Street, Ecke Pacific.« Mochten diese Straßennamen jemandem von ihnen etwas bedeuten? Wahrscheinlich nicht, außer vielleicht Cindy, wenn sie sich in ihrem Alter noch an ihr Leben in Los Angeles erinnern konnte. Oder Peggy vielleicht, obwohl die Jahre auch ihren Verstand ziemlich umnebelt hatten. Aber Andy war innerhalb der letzten fünf Jahre tatsächlich in Glendale gewesen. Hatte dort in seinen Hackertagen eine Frau gekannt und den Fuß tatsächlich einmal oder zweimal auf die Colorado Street gesetzt. Während diese anderen ihr Leben im sicheren Versteck der Ranch verbracht hatten und kaum etwas von der Welt außerhalb ihrer Grenzen wussten.

Anson wurde wieder nervös und ging hinaus, um sich die Beine zu vertreten.

»Raschid steigt um«, sagte Andy, als der rote Kreis Franks Wagen verließ und sich zu Charlies bewegte. Andy, der mit allen Beteiligten durch Audio ebenso wie online verbunden war, sandte Frank ein paar schnelle Signale hinunter, um ihm zu sagen, er solle zum Glendaletor fahren und dort weitere Anweisungen abwarten. Auch Mark hatte seine Morgenarbeit hinter sich und parkte bereits außerhalb des Burbanktors. Cheryl war noch unterwegs, östlich von Charlies Position und fuhr südwärts durch Arcadia und Temple City, um ihren Treffpunkt mit Charlie im Monterey Park anzusteuern. Beinahe vier Stunden waren seit Beginn der Unternehmung vergangen.

Es war interessant, dachte Andy, dass Anson entschieden hatte, die Schlüsselrolle Cheryl zu übertragen. Sie war ein oder zwei Jahre älter als Andy, und er konnte sich aus Kindheitstagen einiger fröhlicher Balgereien mit ihr erinnern. Auch sie hatte diese großen blauen Carmichaelaugen mit nicht viel dahinter. Andy hatte nie den Eindruck gehabt, dass außer einem schlanken und angenehm gerundeten Körper etwas an ihr war, was mit Intelligenz, Geistesgegenwart oder Phantasie zu tun hatte. Und doch bekam sie hier den Auftrag, Raschid durch den Kontrollpunkt in die Stadt zu bringen, am Rand des Zielgebietes abzusetzen und nach dem Anschlag wieder hinauszubringen. Man konnte nie wissen. Vielleicht war sie klüger als er vermutet hatte. Sie war die Tochter von Mike und Cassandra, erinnerte er sich, und Mike war auf seine Art ein tüchtiger Kerl, während Cassandra mit ihren Kenntnissen der Medizin und Heilkunde von allen, die auf der Ranch lebten, einer Ärztin am nächsten kam.

»Sprengstoffübernahme«, erläuterte Andy, da außer vielleicht Steve niemand im Raum in der Lage sein würde, das Durcheinander auf dem Bildschirm ohne seine verbale Anleitung zu verstehen. Ein rascher Blick über die Schulter zeigte ihm, dass sein Publikum gegenwärtig aus seiner Schwester Sabrina und ihrem Ehemann Tad, Mike und seiner Schwägerin Julie und Ansons Schwester Heather bestand. Auch Cindy war zurückgekehrt, schien jedoch schon wieder unterwegs zur Tür, immer in ihrem quälend langsamen, aber zäh entschlossenen Schritt.

Eine punktierte gelbe Linie kennzeichnete die Fahrt des Gärtnereilieferwagens, der die Bombe von der Fabrik in Vista brachte, versteckt unter den dichten grünen und roten Blättern der Weihnachtssterne. Die Idee gefiel ihm. Ein hübsches kleines vorzeitiges Weihnachtsgeschenk für Nummer Eins.

Der Lieferwagen war jetzt in Norwalk und fuhr den Santa Ana Freeway in Richtung Santa Fe Springs. Andy setzte sich über Audio mit dem Fahrer in Verbindung und sagte ihm, er solle sich beeilen. »Ihr Kunde ist unterwegs zum Depot«, sagte Andy. »Wir wollen ihn nicht warten lassen.«

Charlie, der Raschid an Bord hatte, war inzwischen in Pasadena angelangt und fuhr den San Gabriel Boulevard nach Süden zum Monterey Park. Dort sollte die Übernahme der Sprengladung durch Raschid stattfinden, kurz bevor Charlie ihn zu Cheryl brachte.

Die punktierte gelbe Linie schien jetzt ein wenig schneller voranzukommen.

Die grüne Linie mit dem roten Kreis näherte sich dem Treffpunkt.

Aus der entgegengesetzten Richtung schob sich die violette Linie näher heran.

Die punktierte gelbe Linie vereinigte sich mit der grünen. Von Charlie kam das Signal, das die erfolgreiche Übernahme anzeigte.

»Raschid hat jetzt die Bombe«, verkündete Andy. »Fährt weiter zum Treffpunkt mit Cheryl.«

Bis jetzt verlief alles planmäßig. Andy fand sogar, dass es ihm Spaß machte.

So etwas sollten wir jeden Tag machen.

Eine halbe Stunde später: Die violette Linie mit dem roten Kreis nähert sich dem dicken schwarzen Strich, der auf Andys Bildschirm die Mauer um Los Angeles darstellt. Ein blinkender, zinnoberroter Pfeil kennzeichnet den Kontrollpunkt am Alhambrator. Andy bittet Cheryl über Audio um Bestätigung der Position und bekommt sie. Alles ist in Ordnung. Cheryl ist im Begriff, vor den elektronisch gesteuerten Schlagbaum des Kontrollpunktes zu fahren. Raschid sitzt still neben ihr, und die Bombe ruht in seinem Rucksack.

Andy verfolgt den Ablauf des Routineverfahrens, die Aufforderung, sich auszuweisen.

Cheryl muss jetzt ihr Implantat aus dem Wagen strecken, um es vom Torwächter überprüfen zu lassen. Andy hat ihr eine Codenummer gegeben. Es ist die Codenummer eines der LACON-Männer, die ihn an jenem schlimmen Tag auf der Figueroa Street so unfreundlich gefesselt hatten. Ob der Code akzeptiert wird? Ja, er wird angenommen, der Schlagbaum geht hoch, Cheryl fährt unbehelligt weiter ins Stadtinnere.

Andy blickt mit zufriedenem Lächeln auf und sieht sich nach der momentan in der Kommunikationszentrale versammelten Zuschauergruppe um. Sie besteht aus Steve, Cindy, Cassandra, La-La und dem kleinen Jungen. Warum sind die anderen nicht hier, nun, da der große Augenblick unmittelbar bevorsteht? Sind sie nicht interessiert? Besonders Anson. Wo, zum Henker, ist Anson? Ist die Spannung zu viel für ihn?

Zum Teufel mit Anson.

»Raschid ist jetzt innerhalb der Mauer«, erklärt Andy mit stolzgeschwellter Brust.

Der rote Kreis hat sich von der violetten Linie getrennt und bewegt sich gleichmäßig durch die schäbigen Straßen des Lagerhausviertels. Andy vergrößert den Stadtplan, der den Hintergrund des Geschehens bildet, und sieht, dass Cheryl knapp östlich der Santa Fe Avenue nahe den rostenden alten Bahngeleisen parkt, und dass die Straße, die Raschid entlangmarschiert, die Second Street ist, die zur Alameda führt.

Andy lässt weitere fünf Minuten verstreichen. Nach dem Bildschirm ist Raschid jetzt praktisch auf der Schwelle zum Hauptquartier von Nummer Eins. Zeit für eine letzte Bestätigung.

»Raschid?« sagt Andy über den Audiokanal.

»Ich bin hier, Andy.«

»Wo ist das?«

»Äußere Begrenzung des Zielgebiets.«

Raschids Stimme kommt leise und von fern durch Andys Kopfhörer, aber sie ist völlig ruhig. Andy bewundert diese kühle, völlig gleichmütige Ruhe. Sicherlich geht auch sein Puls normal. Alles ruhig in Raschid, ruhig wie das Grab. Der Junge ist ein Wunder, denkt Andy. Er ist ein Übermensch. Geht mit einer Bombe im Rucksack auf dieses Gebäude zu und schwitzt nicht einmal.

»Dies ist unsere letzte Audioverbindung, Raschid. Von nun an alles digital. Bestätige digital.«

Auf Andys Bildschirm leuchten drei Blinklichter auf.

Raschids Implantat funktioniert einwandfrei. Genauso wie er selbst.

In diesem Augenblick streckt Steve den Arm aus und lässt die Hand leicht auf Andys Unterarm ruhen, nur für einen Augenblick. Ermutigung? Ein Zeichen des Vertrauens in Andys Fähigkeiten? In Raschids? Vielleicht alles zusammen. Andy wirft seinem Vater ein schnelles Lächeln zu und konzentriert sich wieder auf die Bildschirme. Steve hat die Hand schon zurückgezogen.

Der rote Kreis bewegt sich unbehelligt weiter. Raschid muss beinahe die erste Kontrolle erreicht haben. Er wird sich mit der geisterhaften Ruhe eines Schlafwandlers bewegen, in keiner Weise beunruhigt durch Gedanken an die Tat, die zu verrichten er gekommen ist, wie es ihn sein Vater gelehrt hat. Andy gibt Acht, dass sein eigenes Atmen langsam und gleichmäßig geht, sein Herzschlag normal bleibt. Er wird niemals die gleiche übernatürliche Körperbeherrschung haben, die Raschid erreicht hat, aber er möchte so gut wie möglich die Ruhe bewahren. Dies ist nicht der Augenblick, um Aufregung zu zeigen.

Kontrollpunkt.

Raschid ist stehengeblieben. Er hält sein Implantat an den Scanner. Der Losungswortcode, den Andy aus Borgmanns antiquierten Dateien gefischt und erst gestern durch die Schnittstelle zum Zentralrechner der Wesen bestätigen ließ, wird jetzt überprüft.

Ein langer Augenblick vergeht, dann bewegt sich der rote Kreis wieder vorwärts. Losungswort akzeptiert!

Kontrollpunkt zwei.

Wo ist Raschid jetzt? Andy kann sich nicht einmal vorstellen, wie die Anordnung der Sicherheitszonen um Nummer Eins aussieht. Ein Jammer, dass er keine Videoverbindung hat. Nun, Raschid kann uns hinterher alles erzählen, denkt er. Wenn er überlebt.

Bewegt er sich zwischen Reihen schimmernder Marmorwände? Oder umgeht er einen beängstigenden feurigen Ring, hinter dem das Oberhaupt der Wesen auf einer prachtvollen goldenen Liegestatt mit seidenen Kissen ruht, umgeben von dienstbaren Wesen, die unbesorgt ihren Beschäftigungen nachgehen, während der undurchschaubare menschliche Eindringling, felsenfest in seinem inneren Gleichmut, ausgestattet mit den richtigen Losungsworten, tiefer und tiefer in das Allerheiligste eindringt? Und gibt es dort auch ein paar Menschen, fragt sich Andy, Sklaven der Wesen, demütige Diener des großen Monarchen? Borgmanns Dateien hatten angedeutet, dass es sich so verhielt. Natürlich würden sie Raschid keine Beachtung schenken, weil er nicht hier sein würde, wenn er dazu nicht berechtigt wäre. Also muss es in Ordnung sein, dass er hier ist. Die Sklavenmentalität, ja.

Am Kontrollpunkt zwei wird das Losungswort verlangt. Raschid gewährt Zugang zu seinem Implantat.

Ströme von digitalen, von Andy gelieferten Informationen gehen von Raschid zum Kontrollpunkt, der die Tür bewacht.

Losungswort akzeptiert.

Wieder geht der rote Kreis weiter.

Sechzig Sekunden verstreichen. Keine weiteren Nachrichten von Raschid, aber er ist noch in Bewegung. Achtzig Sekunden. Einhundert. Andy starrt wie gebannt auf den Bildschirm und wartet. Blaue Schatten umgeben das Gerät, dessen leises Summen sich in eine Melodie zu verwandeln scheint, etwas aus einem Wagnerschen Musikdrama.

Keine Nachricht von Raschid. Keine Nachricht.

Andy fragt sich, wie lange es tatsächlich dauert, bis Raschids verschlüsselte Botschaften ihn über die 150 Meilen erreichen, die ihn von Los Angeles trennen. Lichtgeschwindigkeit: schnell, aber nicht augenblicklich. Er teilt 186 000 Meilen pro Sekunde durch 150 Meilen, was nicht allzu schwierig ist, irgendwo um 1200, aber als er versucht, dieses Resultat in den Sekundenbruchteil umzurechnen, der die tatsächliche Zeitverzögerung ausmacht, versagt sein Kopfrechnen. Er muss es falsch angefangen haben, denkt er. Vielleicht hätte er 150 durch 186 000 teilen sollen. Gewöhnlich ist er bei so etwas besser. Konzentrationsschwierigkeiten. Wo, zum Teufel, ist Raschid? Ist jemand darauf gekommen, dass dieser schweigsame junge Mann dort nichts zu suchen hat, wo er ist?

Ein Impuls von Raschid trifft ein. Gott sei Dank.

Kontrollpunkt drei.

Gut. Dies ist ein entscheidender Augenblick, und nur Raschid kann die Entscheidung treffen. Vielleicht ist er weit genug in das Zielgebiet vorgedrungen, dass er die Bombe legen kann, wo er ist. Oder vielleicht muss er durch einen weiteren Kontrollpunkt. Andy kann ihm nicht sagen, was er zu tun hat; Andy hat keine Möglichkeit, zu sehen, was dort tatsächlich ist, keine Vorstellung von den Entfernungen, und Raschid kann außer durch Audio nichts beschreiben, und das ist jetzt zu gefährlich. Raschid wird selbst beurteilen müssen, ob er durch Kontrollpunkt drei weitergehen soll oder nicht. Aber diese Losungswort-Codes enthalten keine Garantie. Zwei haben funktioniert, aber wird der Dritte vielleicht einen eigenen, anderen Code benutzen? Wenn Raschid es versucht und abgewiesen wird, werden sie ihn mit ihren elastischen Zungen packen und in einen Sack stecken und zum Verhör fortschleppen, und dann gerät alles außer Kontrolle, wird alles möglich.

Andy hat eine Zuflucht, wenn das geschieht. Er kann die Bombe zur Detonation bringen, während sie noch in Raschids Rucksack ist, was für diesen tödlich sein würde, aber auch die Nummer Eins mitnehmen könnte, während Raschid überwältigt und fortgeschafft wird.

Raschid ist sich dieser Option bewusst. Sollte es notwendig werden, von ihr Gebrauch zu machen, soll er Andy das entsprechende Signal geben.

Aber das ist eine letzte, verzweifelte Zuflucht.

Andy wartet. Atmet. Zählt Herzschläge. Versucht im Kopf 150 durch 186 000 zu teilen.

Raschid gibt das Losungswort am Kontrollpunkt drei. Offenbar hat er entschieden, dass er dem Aufenthaltsort von Nummer Eins noch nicht hinreichend nahe ist, um die Bombe zu deponieren.

Andy merkt, dass er zu atmen aufgehört hat. Er ist in einem Schwebezustand zwischen einer Sekunde und der nächsten. Durch seinen Kopf geistern immer wieder die Kombinationen zum Auslösen der Detonation. Ein paar schnelle Fingerbewegungen genügen zu ihrer Einleitung. Raschid braucht ihm nur das eine verzweifelte Signal zu senden, das bedeutet, dass er gefangen ist, und …

Der rote Kreis setzt sich wieder in Bewegung.

Raschid hat den dritten Kontrollpunkt hinter sich gebracht.

Andy beginnt wieder zu atmen, die Zeit nimmt ihren Fortgang.

Aber von Raschid kommt keine weitere Nachricht, und die Sekunden vergehen. Die einzige Information, die Andy hat, ist der langsam über den Bildschirm gleitende rote Kreis, das Symbol für Raschid, das ihn durch Telemetrie erreicht. Neunzig Sekunden. Nichts geschieht.

Was nun? Ein unvermuteter vierter Kontrollpunkt? Eine effiziente Sicherheitssperre, die Raschid augenblicklich und tödlich ausgeschaltet hat, bevor er auch nur ein Notsignal senden konnte? Oder hat Raschid überraschend entdeckt, dass Nummer Eins in Puerto Vallarta Urlaub macht?

Endlich kommt ein Signal von Raschid durch.

Andy, dessen Sinne durch all dies bis zum Äußersten angespannt sind, erlebt unerträglich quälende Zeitverzögerungen zwischen den eingehenden Signalen.

Meldet Raschid ihm, dass er gefangen wurde? Dass er sich verirrt hat? Dass dies das falsche Gebäude ist?

Nein.

Raschid meldet, dass er das Ziel erreicht hat.

Dass er die Bombe aus dem Rucksack genommen und an einem unauffälligen Platz an der Wand befestigt hat, wo er ist. Dass er seine Arbeit getan und den Rückweg angetreten hat.

Nun wickelt sich alles in umgekehrter Reihenfolge ab. Raschid ist auf dem Rückweg zu Kontrollpunkt drei. Ja. Dort hält er an, geht durch die Sperre. Alles ist gut.

Kontrollpunkt zwei. Der rote Kreis bleibt in Bewegung.

Kontrollpunkt eins. Werden sie ihn hier festhalten? »Tut uns sehr leid, junger Mann, aber wir können Ihnen nicht gestatten, innerhalb dieses Sicherheitsbereichs Bomben zu legen.« *Zack!*

Kein Zack. Er hat es geschafft. Er hat Kontrollpunkt eins hinter sich, ist außerhalb des Sicherheitsbereiches. Verlässt das Zielgebiet rasch, aber nicht im Trab, nicht der ruhige, nervenstarke Raschid. Er geht mit seinem üblichen langbeinig ausgreifenden Schritt durch die Straßen.

Jetzt hat Andy es mit vier Leuten gleichzeitig zu tun, die er mit verschlüsselten Botschaften überschüttet. Auf Andys Befehl hat Cheryl ihren Parkplatz verlassen und fährt ihm entgegen, um Raschid aufzunehmen. Sie wird versuchen, das Alhambrator zu passieren, durch das sie gekommen ist. Charlie wartet außerhalb des Tores und wird Raschid von ihr übernehmen, wenn sie durchkommt. Frank am Glendaletor und Mark in Burbank sind die Ersatzfahrer, wenn das Alhambrator aus irgendeinem Grund für den Fahrzeugverkehr geschlossen sein sollte; in diesem Fall wird einer oder werden beide in die Stadt fahren, wenn sie können, und sich mit Cheryl an einem Punkt treffen, der noch von Andy bestimmt werden muss, um dort Raschid zu übernehmen und durch ein anderes Tor in Sicherheit zu bringen – wenn es geht.

Eine Vielzahl von Fragen liegt Andy jetzt auf der Zunge, aber er wagt nicht, die Audioverbindung zu benutzen. Sie ist zu leicht abzuhören; dies muss alles durch verschlüsselte Impulse geschehen, kryptische Blips, die auf der elektronischen Schnellstraße zwischen der Ranch und der Stadt dahinsausen. Funken scheinen über den Bildschirm zu fliegen, als die Farben tanzen. Andy beugt sich vor, bis seine Nase fast den Bildschirm berührt. Seine Finger streichen über die kühle Kunststoffoberfläche, als hätte er plötzlich beschlossen, den Rest dieser Operation in Blindenschrift zu leiten.

Der rote Kreis ist jetzt in der Mitte der violetten Linie. Cheryl hat Raschid aufgenommen. Fährt mit ihm zum Alhambrator.

Der Augenblick ist gekommen, da die Serie kalkulierter Risiken zum Entscheidungsschlag drängt. Die Detonation muss warten, bis Raschid sicher durch das Tor ist. Sie werden mit höchster Wahrscheinlichkeit alle Tore wenige Sekunden nach der Detonation schließen. Zuerst muss Raschid außerhalb der Mauer sein, das steht außer Frage. Aber wenn Andy mit dem Detonationssignal zu lange wartet und die Umgebung von Nummer Eins die Bombe bemerkt, könnte alles vergeblich gewesen sein. Sie ist unauffällig, aber keineswegs unsichtbar. Wenn das Alhambrator geschlossen ist und er ein zweites Treffen arrangieren und Raschid durch Burbank oder Glendale hinausbringen muss, und die Bombe inzwischen gefunden und womöglich entschärft wird …

Wenn. Wenn. Wenn.

Aber das Alhambrator ist offen. Der rote Kreis geht

über zur grünen Linie. Raschid ist sicher außerhalb der Mauer und in Charlies Wagen. Mit fünf Händen und mindestens neunzig Fingern sendet Andy gleichzeitig Signale an alle Beteiligten.

Frank, Mark, fahrt sofort heimwärts.

Charlie, du fährst auf dem Freeway 210 Richtung Sylmar, wo du mit Cheryl zusammentreffen und ihr Raschid übergeben wirst.

Und du, Cheryl, beschattest Charlie auf dem Freeway, für den Fall, dass er auf eine Straßensperre stoßen sollte, in welchem Fall du Raschid an Bord nehmen und schnell mit ihm in die andere Richtung fahren kannst.

Und noch eine weitere Botschaft.

He – Nummer Eins! Hier ist etwas für dich!

Andy grinst und gibt den Code für die Zündung der Bombe ein.

Natürlich gab es keine Möglichkeit, die Explosion aus 150 Meilen Entfernung wahrzunehmen. Außer in seiner Einbildung. In Andys Einbildung wurde die ganze Welt wie von einem Erdbeben der Stärke Zehn auf der Richterskala erschüttert, der Himmel verfärbte sich schwarz mit roten Streifen. Aber was tatsächlich in Los Angeles geschehen war, blieb ihm einstweilen verborgen. Die Bombe war von hoher Sprengkraft, aber es war nicht Ansons Absicht gewesen, das ganze Stadtviertel in die Luft zu jagen. Wahrscheinlich war die Explosion nicht einmal in Hollywood oder Pasadena bemerkt worden.

Aber dann sagte eine Stimme in Andys Kopfhörer: »Ich bin gleich um die Ecke vom Sunset Boulevard, nicht weit vom Dodger Stadion. Zwei Wesen fuhren gerade auf einem Wagen vorbei, und sie schrien. Kreischten. Als ob sie die fürchterlichsten Schmerzen hätten. Die Explosion muss sie um den Verstand gebracht haben. Der Tod von Nummer Eins.«

»Wer ist da, bitte?« fragte Andy.

»Verzeihung, hier ist Hawk.«

Das war einer der Beobachter. Andy sagte: »Können Sie das LACON-Hauptquartier in der Figueroastraße sehen, wo sie sind? Was geht dort vor?«

»In den oberen Stockwerken blinken zahlreiche Lichter. Sieht ziemlich hektisch aus. Das ist alles, was ich sehen kann, die oberen Stockwerke. Ich höre auch Sirenen.«

»Hörten sie die Explosion?«

»O ja, ganz deutlich, und eine Rauchwolke, wie ...«

Ein anderer Beobachter aus Los Angeles meldete sich, und Andy schaltete zu ihm hinüber. Es war Redwood, der von der Kreuzung Wilshire und Alvarado rief, von der Ostseite des MacArthur Parks. »Am Ufer des Sees ist ein Wesen umgekippt«, sagte Redwood. »In dem Augenblick, als die Bombe explodierte, brach es zusammen.«

»Ist es lebendig?«

»Ja, es ist lebendig. Ich sehe, wie es sich windet. Es liegt da und schreit wie am Spieß. Man muss sich die Ohren zuhalten, so laut kreischt es.«

»Danke«, sagte Andy. Wild aufbrandende Freude durchfuhr ihn wie ein elektrischer Schlag. *Windet sich. Schreit wie am Spieß.*

Musik in seinen Ohren. Mit verbissenem Grinsen schaltete er auf eine weitere Leitung. Dort meldete sich Clipper, der vom entfernten Santa Monica anrief und Nachricht von großer Verwirrung dort hatte. Nach ihm meldete sich Rowboat mit einer ähnlichen Meldung aus Pasadena. Jemand hatte ein Wesen gesehen, das auf der Straße lag und bewusstlos zu sein schien. Und ein anderer hatte vier äußerst aufgeregte Wesen von der Gespenstersorte gesehen, die sinnlos im Kreis herumtappten, als hätten sie den Verstand verloren.

Andy bekam einen Rippenstoß von Steve, der neben ihm saß. »He, sag uns, was vorgeht.«

Er merkte, dass er während der letzten Minuten in Gedanken in Los Angeles gewesen war. Los Angeles mit seinen sich windenden, kreischenden Wesen war für ihn realer als die Ranch. Es bedurfte einer ernsten Anstrengung, um wieder ins Hier und Jetzt der Kommunikationszentrale zurückzufinden. Der Raum hatte sich gefüllt, und viele Gesichter beobachteten ihn mit fragenden, forschenden Blicken. Anson stand jetzt neben ihm, und Mike, Cassandra, Jill und ein halbes Dutzend weitere waren gekommen, nicht aber Khalid. Die Gesichter waren angespannt und besorgt. Sie hatten nur seine Antworten auf die Meldungen der Beobachter in der Stadt gehört, sich nur ein bruchstückhaftes Bild des Geschehens machen können und wollten jetzt alles wissen. Sie überschütteten ihn mit Fragen und redeten alle gleichzeitig.

Andy musste die Lautstärke seiner Antworten dem Stimmengewirr anpassen. Er sagte ihnen, dass Raschid es geschafft habe, dass die Bombe losgegangen und Nummer Eins tot sei, dass die Wesen vor Schock und Schmerz den Verstand verloren hätten, auf den Straßen zu Boden fielen und wie Verrückte kreischten, in Santa Monica wie in Pasadena und wahrscheinlich überall auf der Erde, und dass alle Wesen gleichzeitig einen einzigen gewaltigen Schrei ausstießen, ein schreckliches Geräusch, das wie Sirenengeheul die Luft erfüllte …

»Was? Was? Was? Was willst du damit sagen, Andy?«

Verwirrte Gesichter umdrängten ihn. Er vermutete, dass er ihnen die Information nicht ganz in der richtigen Reihenfolge nahe brachte, das Pferd vom Schwanz aufgezäumt wurde, dass er vielleicht ein wenig plapperte. Es machte ihm nichts aus. Er war den ganzen Vormittag an sechs Orten gleichzeitig gewesen, mindestens sechs, und nun wollte er bloß ein ruhiges Plätzchen und sich eine Weile hinlegen.

Aber er wünschte, er könnte diesen Schrei hören. Die Sterne mussten schreien.

»Wir haben es geschafft!« rief er in ihre Gesichter. »Wir haben gewonnen! Nummer Eins ist tot, und die Wesen haben den Verstand verloren!«

Das drang durch. Steve begann mit beiden Fäusten triumphierend auf den Tisch zu hämmern. Mike tanzte mit Cassandra und Cindy tanzte mit sich selbst.

Aber Anson tanzte nicht. Er stand da und sah ein wenig benommen aus. »Ich kann einfach nicht glauben, dass es geklappt hat«, sagte er sinnend und schüttelte den Kopf. »Es ist beinahe zu schön, um wahr zu sein.«

Mit einem Ohr hörte Andy seinen Vater Anson sagen, er könne sich den Pessimisten ausnahmsweise mal abschminken, und mit dem anderen Ohr, über dem er noch den Kopfhörer hatte, hörte er den Beobachter namens Redwood, der draußen am MacArthur Park war, um Aufmerksamkeit für eine dringende Meldung bitten. Er erzählte ihm jetzt von einem sehr eigenartigen Vorgang, dass nämlich das am Ufer des Parksees zusammengebrochene Wesen sich wieder aufgerichtet habe und ziemlich energisch in Bewegung sei; und dann versuchte Hawk mit einer Meldung aus seinem Bezirk durchzudringen, die auch beunruhigend war: ein paar Wesen hatten sich danach von ihrem Anfall wieder erholt. Zwei oder drei der anderen Beobachter versuchten gleichfalls durchzukommen, und Andys Schalttafel wurde von immer mehr blinkenden Lampen belebt. »LACON«, sagte jemand. »Überall schwärmen LACON-Polizisten aus!«

Hier zeichnete sich eine unvorhergesehene Wendung ab, die nicht geheuer war. Andy fuchtelte mit beiden Händen zornig in der Luft. »Still, alle miteinander! Ruhe! Lasst mich hören!«

Sofort trat Stille ein.

Andy lauschte den Meldungen Hawks, Clippers,

Rowboats und der übrigen Beobachter unten in Los Angeles. Er schaltete von einem zum anderen, sagte selbst sehr wenig und lauschte um so aufmerksamer. Alle um ihn herum schwiegen.

Dann blickte er zu Anson, zu Steve, zu Cindy, Jill, La-La und allen anderen im Raum Versammelten auf. Aller Überschwang war auf einmal verflogen. Bange, forschende, angespannte Gesichter begegneten ihm, versuchten in seinen Augen zu lesen. Man hätte eine Stecknadel fallen hören können, und das Geräusch wäre wie Donner gewesen. Sie alle sahen ihm an, dass die Nachricht unerfreulich war. Dass ein unerwarteter Faktor in die Gleichung eingegangen war, etwas, womit sie nicht im mindesten gerechnet hatten, und dass die Situation nicht ganz so zufriedenstellend war, wie sie gedacht hatten. Dass sich womöglich eine Katastrophe anbahnte.

»Na, was ist?« fragte Steve. Andy schüttelte den Kopf. »Ach, Scheiße«, war alles, was er hervorbringen konnte. »Scheiße! Scheiße! Scheiße!«

Frank hatte den Freeway verlassen und benutzte Verbindungsstraßen, die ihn um die nördliche Ausbauchung der Stadtmauer führen würden, wo sie den Topanga Canyon Boulevard durchschnitt. Nun, als er durch die Vorstadt Reseda im San Fernando Valley fuhr, blickte er in den Rückspiegel und sah eine mächtige schwarze Rauchsäule hinter sich aufsteigen.

Das verwunderte ihn zuerst. Dann erkannte er, was es wahrscheinlich war, und die Erregung, die über ihn gekommen war, seit Andy Nachricht von der erfolgreich verlaufenen Mission durchgegeben hatte, die wilde Euphorie, die ihn während der letzten vierzig Minuten beflügelt hatte, schmolz schneller dahin als Schnee im Juli.

»Andy?« sagte er auf dem Audiokanal zur Ranch. »Andy, hör zu, irgendwo um Beverly Hills oder Bel Air muss ein großes Feuer ausgebrochen sein. Ich sehe eine

Rauchwolke über dem Hügel aufsteigen, eine riesige Rauchsäule.« Er bekam nicht gleich Antwort von der Ranch.

»Andy? Andy, hörst du mich? Hier ist Frank, ich bin auf dem Reseda Boulevard.«

Er empfing nur knisternde Störgeräusche. Die Funkstille war beunruhigend. Hinter ihm stieg die Rauchsäule hoch in den Himmel. Ihr Scheitel musste inzwischen eine Höhe von tausend Metern erreicht haben. Und nun glaubte Frank die dumpfen Schläge entfernter Explosionen zu hören.

»Andy?« Nach einer weiteren Minute war von Andy noch immer nichts zu hören.

Dann auf einmal: »Tut mir leid. Bist du es, Frank?« Endlich. »Ich hatte zu tun. Wo bist du jetzt?«

»Ich fahre auf dem Reseda Boulevard nordwärts durch das Tal. Hinter mir ist ein gewaltiges Feuer ausgebrochen.«

»Ich weiß. Es gibt mehrere Brände. Die Wesen schlagen zurück, üben Vergeltung für den Tod von Nummer Eins.«

»Vergeltung?« Das Wort prallte wie ein Querschläger in Franks Kopf hin und her.

»Verdammt richtig. LACON-Flugzeuge bombardieren Ziele überall in der Stadt.«

»Aber die Mission war erfolgreich«, sagte Frank verständnislos. »Nummer Eins ist tot.«

»Ja. Anscheinend ist es so.«

»Und vor einer halben Stunde erzähltest du mir, die Wesen überall auf der Welt seien durch den Schock völlig durchgedreht, wankten schreiend herum und fielen übereinander. Sie seien erledigt, sagtest du.«

»Das sagte ich, ja.«

»Wer hat dann die Vergeltungsschläge befohlen?« fragte Frank. Er brachte die Worte nur mühsam hervor, als müsste er durch einen Mundvoll Watte sprechen.

»Die Wesen, natürlich.« Andys Stimme klang müde und erschöpft. »Sie scheinen sich irgendwie aufgerappelt zu haben. Und sie haben eine ganze Armada von LACON-Streitkräften ausgesandt, um Luftangriffe zu fliegen, allem Anschein nach ziemlich wahllos, um zu zeigen, wie verärgert sie über uns sind.«

Frank beugte sich über das Lenkrad und atmete langsam ein und aus. Es war hart, dies alles aufzunehmen und zu verarbeiten. »Dann war alles, was wir getan haben, bloß Zeitvergeudung? Mit dem Ausschalten von Nummer Eins wurde in Wirklichkeit nichts erreicht?«

»Für ungefähr zehn Minuten waren sie gelähmt. Aber wie es aussieht, haben sie Ersatz für Nummer Eins. Das war aus Borgmanns Dateien nicht ersichtlich.«

»Nein. Herrgott noch mal, Andy!«

»Sobald ich von den Vorgängen in Los Angeles erfuhr«, sagte Andy, »ging ich wieder hinein und suchte herum und entdeckte, dass es anscheinend eine weitere Nummer Eins in London gibt, und eine in Istanbul, und eine noch immer in Prag. Und vielleicht mehr. Sie sind untereinander austauschbar und miteinander verbunden. Wenn einer stirbt, wird sofort der Nächste aktiviert.«

»Mein Gott«, sagte Frank. Und dann, in besorgtem Ton: »Was ist mit Raschid? Und den anderen?«

»Alles in Ordnung. Raschid fährt gegenwärtig mit Charlie westwärts, irgendwo in der Nähe von La Cañada. Cheryl fährt hinter ihm. Mark ist auf dem Freeway in der Gegend von Mission Hills und fährt nach Norden.«

»Nun, Gott sei Dank dafür. Aber ich dachte, wir hätten sie geschlagen«, sagte Frank.

»Ich auch, ungefähr zehn Minuten lang.«

»Sie alle auf einmal erledigt, mit einem großen Knall.«

»Das wäre hübsch gewesen, nicht? Nun, wir versetzten ihnen einen ziemlich harten Schlag. Das ist auch etwas. Aber nun geben sie uns Saures. Und dann, denke ich, wird alles ziemlich so weiter gehen wie vorher.« Das Geräusch, das von Andy hereinkam, klang so, dass Frank es als ein Auflachen interpretierte, mehr oder weniger. »Man kommt sich wie Scheiße vor, was?«

»Und ich dachte, wir hätten sie«, sagte Frank. »Wahrhaftig.«

Ein Gefühl, das ihm gänzlich neu war, ein Gefühl völliger und überwältigender Hoffnungslosigkeit durchfuhr ihn wie ein bitterkalter Wind. Sie waren seit so langer Zeit so vollständig auf das Projekt konzentriert gewesen, überzeugt, dass es sie zum Ziel führen würde. Sie hatten ihr Bestes dafür gegeben, mühselige Kleinarbeit, Schweiß und Tapferkeit. Raschid war direkt in die Höhle des Löwen gegangen und hatte die Bombe hineingetragen. Und wofür? Es hatte ein Faktum existiert, das sie nicht gekannt hatten; und deswegen hatten sie nichts erreicht.

Es war zum Verrücktwerden. Am liebsten hätte Frank laut geschrien und um sich geschlagen und Gegenstände zertrümmert. Aber das würde nichts besser machen. Er holte mehrere Male tief Atem. Es half nicht. Genauso gut hätte er Asche atmen können.

»Verdammt noch mal, Andy. Du hast so hart gearbeitet.«

»Wir alle. Das einzige Problem dabei war, dass die Theorie hinter dem, was wir taten, zufällig nicht stimmte. – Hör zu, Junge, komm zurück zur Ranch, und wir werden versuchen, uns etwas anderes auszudenken, okay? Ich habe ein paar Anrufe zu machen. Wir sehen uns in ungefähr einer Stunde, Frank. Ende.«

Ende, ja.

Versuch nicht daran zu denken, sagte sich Frank. Denken schmerzt zu sehr. Stell dir vor, du seist Raschid.

Mach dein Bewusstsein frei von allem bis auf die Aufgabe, nach Haus zu kommen.

Das funktionierte eine Weile. Dann aber nicht mehr.

Und schließlich, ungefähr eine Stunde später, hatte er an etwas Neues zu denken. Inzwischen war er ein gutes Stück die Küste heraufgekommen, hatte Carpinteria hinter sich und beinahe die Außenbezirke von Santa Barbara erreicht, als er am Himmel vor sich seltsame Lichtstreifen sah, etwas, das einem goldenen Kometen ähnelte, der in einem Schauer von grünen und purpurnen Funken explodierte. Feuerwerk? Er hörte gedämpftes Donnergrollen. Einen Augenblick später kamen drei dunkle, schnittige Flugzeuge über den Vorbergen in Sicht und jagten in südöstlicher Richtung die Küste entlang, zurück nach Los Angeles.

Ein Bombenangriff? Hier oben?

Er schaltete die Audioverbindung ein.

»Andy? Andy?«

Das Knistern von atmosphärischen Störungen. Ansonsten Stille.

»Andy?«

Er versuchte es weiter. Von der Ranch kam keine Antwort.

Er war an Summerland und Montecito vorbei und kam nach Santa Barbara. Die vertrauten Vorberge erhoben sich hinter der Stadt. Noch ein paar Meilen geradeaus, und er würde die Ranch hoch auf ihrer Bergterrasse zwischen den eingeschnittenen Tälern sehen können.

Und dann sah er sie. Oder vielmehr die Stelle, wo sie hätte sein müssen. Rauch stieg dort auf, keine gigantische schwarze Rauchsäule wie jene, die er beim Verlassen der Stadt über Los Angeles gesehen hatte, sondern nur eine weißlichgraue Rauchfahne, die vom Seewind mitgenommen und verblasen wurde, bis sie sich im dunkelnden Spätnachmittagshimmel verlor.

Wie betäubt fuhr er durch die Stadt, erreichte die Abzweigung der Bergstraße und fuhr ihre Windungen hinauf, beobachtete immer wieder den Rauch und versuchte sich glauben zu machen, dass er von einem anderen Teil der Vorberge käme. Die Straße wand sich in so vielen Kehren hinauf, dass die Perspektive ständig wechselte, und eine Weile glaubte Frank tatsächlich, dass der Rauch von einem weiter nordwestlich gelegenen Teil der Vorberge komme, aber dann war er auf der letzten Strecke, wo die Straße einen Bogen beschrieb und auf dem ebeneren Gelände der Terrasse zum Tor der Ranch führte, und nun war kein Zweifel mehr möglich. Die Ranch war bombardiert worden. All die Jahre war sie unversehrt geblieben, als wäre sie durch ein besonderes Privileg vor dem Zugriff der Eroberer geschützt. Aber dieses Privileg galt jetzt nicht mehr.

Er gab das Signal, das den automatischen Toröffner betätigte, und die schmiedeeisernen Flügel gingen auf. Wenigstens gab es noch elektrischen Strom.

Von der Zufahrt zum Herrenhaus aus konnte Frank erkennen, dass aus den Fenstern der Rückseite Flammen schlugen. Die ganze Front des Gebäudes schien verschwunden zu sein, und das ziegelgedeckte Dach über dem Mittelbau war eingestürzt. Hinter dem Haus, wo der Pfad zur Kommunikationszentrale führte, war ein flacher Krater. Die Kommunikationszentrale selbst stand noch, hatte aber Schäden davongetragen und schien von ihrem Fundament abgeschert zu sein. Die meisten anderen Gebäude, die Seitenflügel und die Landarbeiterwohnungen, Stallungen, Scheunen und Geräteschuppen sahen mehr oder weniger unversehrt aus.

Durch den Dunst und Rauch sah Frank eine kleine Gestalt scheinbar ziellos und wie betäubt umherwandern: Cindy. Die alte, tapsende kleine Cindy. Ihr Gesicht war rußig. Er sprang aus dem Wagen, lief zu ihr und nahm sie in die Arme. Es war, als umfasste er ein Bündel dürrer Äste.

»Ach, Frank«, sagte sie. »Ach, sieh dir das an! Sieh dir das an!«

»Ich sah die Flugzeuge. Drei sah ich.«

»Drei, ja. Sie kamen direkt von Nordwesten und stießen auf uns herab. Sie feuerten Raketen ab, aber viele von ihnen gingen daneben. Andere nicht. Es gab einen Volltreffer.«

»Ich sehe. Das Haupthaus. Hat es Tote gegeben?«

»Einige«, sagte sie. »Einige. Es ist schlimm, Frank.«

Er nickte. Als er über Cindys Kopf hinweg zur Kommunikationszentrale blickte, erschien Andy dort in der verschobenen Eingangsöffnung. Seine Bewegungen waren langsam, und er schien erschöpft und zum Umfallen müde. Trotzdem brachte er ein Grinsen zustande, das schiefmäulige Andy-Grinsen, das Frank immer so hinterhältig und falsch vorkam. Aber jetzt war dieses Grinsen ein willkommener Anblick.

Frank trottete zu ihm hinüber. »Bist du okay?«

Das Grinsen wurde zu einem müden Lächeln. »Gut, ja. Wirklich gut. Eine kleine Gehirnerschütterung, sonst nichts. Nichts Ernstes. Aber das ganze Kommunikationssystem ist hinüber. Falls du dich gefragt haben solltest, warum bei mir Funkstille herrschte, weißt du es jetzt.« Andy zeigte zu dem Krater, der den Pfad unterbrach. »Da hat es nicht weit gefehlt. Den meisten Schaden hat der Luftdruck angerichtet. Und das Haupthaus ...«

»Ich sehe.«

»Wir haben hier oben lange Zeit ein feines Leben geführt, waren scheinbar gefeit gegen alles. Aber ich fürchte, Junge, wir versuchten einen Trick zu viel. Es ging alles sehr schnell, mit dem Angriff. Whusch, whusch, whusch, blam blam blam, und sie waren hier und schon wieder weg. Natürlich könnten sie in einer halben Stunde zurückkommen und reinen Tisch machen.«

»Meinst du?«

»Wer weiß? Alles ist möglich.«

»Wo sind die anderen?« fragte Frank, umherblickend. »Was ist mit meinem Vater?«

Andy zögerte einen Augenblick zu lange. »Es tut mir leid, dir das sagen zu müssen, Frank. Anson war im Haupthaus, als die Rakete einschlug. – Es tut mir sehr leid, Frank.«

Ein dumpfes, pochendes Gefühl war alles, was Frank wahrnehmen konnte. Der eigentliche Schock, vermutete er, würde später kommen.

»Mein Vater war bei ihm«, fügte Andy hinzu. »Auch meine Mutter.«

»Mein Gott, Andy. Andy ...«

»Und auch deines Vaters Schwester.« Andy stolperte über den Namen. »Les ... Leh ... Lesl ...« Frank erkannte, dass er am Rand des Zusammenbruchs stand.

»Leslyn«, sagte Frank. »Du solltest hineingehen und dich hinlegen, Andy.«

»Ja, das sollte ich wirklich.«

Aber er blieb stehen, wo er war, an den schiefen Türrahmen gelehnt. Seine Stimme erreichte Frank wie von fern: »Mike ist unversehrt. Auch Cassandra. Und La ... La ... Lorraine, meine ich. Peggy wurde ziemlich schwer verletzt. Ich weiß nicht, ob sie durchkommen wird. Was aus Julie geworden ist, weiß ich nicht. Hinter den Landarbeiterwohnungen schlugen zwei Raketen ein. Du siehst es von hier aus nicht, aber die Rückseite ist ein Trümmerhaufen. Khalids Blockhaus blieb unversehrt. Nicht einmal die Fenster wurden eingedrückt. Es dient jetzt als Lazarett für die Überlebenden. Mike und Khalid gingen ins Haupthaus und brachten alle heraus, die noch lebten, kurz bevor das Dach einstürzte. Cassandra kümmert sich um sie.«

Frank machte ein ungewisses Geräusch der Bestätigung, wandte sich einen Augenblick von Andy weg und starrte hinüber zum brennenden Haupthaus. Der

Gedanke an die Bücher des Obersten, die Pläne und Landkarten im Kartenzimmer, die ganze Geschichte der verschwundenen freien Menschenwelt, die in Flammen aufging, kam ihm in den Sinn. In der Benommenheit des Schocks wunderte er sich, dass er jetzt daran denken konnte.

»Meine Brüder und Schwestern?« fragte er.

»Die meisten sind gesund, nur erschreckt und durchgeschüttelt. Aber einer deiner Brüder ist tot. Ich weiß nicht, ob es Martin oder James war.« Andy sah ihn kläglich an. »Tut mir leid, Frank; ich konnte sie nie richtig auseinanderhalten.« In einer mechanischen Art und Weise fuhr er fort, da Frank ihn mit seiner Frage wieder in Gang gesetzt hatte: »Meine Schwester Sabrina ist okay. Nicht Irene. Was Jane und Ansonia angeht …«

»Schon gut«, sagte Frank. »Ich muss jetzt nicht die ganze Liste hören. Du solltest zu Khalid hinübergehen und dich hinlegen, Andy. Hast du gehört? Geh zum Blockhaus und leg dich hin.«

»Ja«, sagte Andy. Er hob die Hand, ließ sie in resignierter Geste fallen und entfernte sich mit schleppenden Schritten.

Frank wandte den Kopf und spähte nach links hinüber, wo entlang der Bergflanke ein Abschnitt der gewundenen Straße zu sehen war. Bald mussten die anderen Wagen kommen – Cheryl, Mark, Charlie. Nach dem Abenteuer der großartigen und glorreichen Expedition nach Los Angeles erwartete auch sie eine herrliche Heimkehr. Vielleicht wussten sie schon vom Fehlschlag der Mission. Aber wenn sie erst von dem Luftangriff auf die Ranch erfuhren, die Schäden sahen, von den Todesfällen hörten …

Von der ganzen Gruppe, die nach Los Angeles gefahren war, würde Raschid der Einzige sein, vermutete Frank, der den Schlag mit Fassung hinnehmen konnte. Der seltsame Übermensch Raschid, der von seinem

Vater, dem ebenso seltsamen Khalid ausgebildet worden war, jeden Schock und jeden Schicksalsschlag ohne Wimperzucken hinzunehmen. Diese unheimliche innere Ruhe und Distanz, die es ihm ermöglicht hatte, eine Bombe in den innersten Sperrkreis um Nummer Eins zu tragen, würde ihn auch ohne jede Schwierigkeit über den Schock der Rückkehr zur ausgebrannten Ranch hinwegtragen. Raschids Eltern, Brüder und Schwestern waren unversehrt geblieben, ebenso sein Elternhaus. Und vielleicht war ihm der Erfolg oder Misserfolg der Mission von Anfang an gleichgültig gewesen. Gab es überhaupt etwas, das diesen Stoiker aus der Fassung bringen konnte? Wahrscheinlich nicht.

Und sehr wahrscheinlich war das die Einstellung, die sie jetzt alle kultivieren mussten: Gleichmut, Unerschütterlichkeit, Hinnahme des Unabänderlichen. Es gab jetzt keine Hoffnung mehr, nicht wahr? Keine Phantasien, an die man sich klammern konnte.

Langsam wanderte er zurück zum Parkplatz hinter dem Haus.

Cindy stand noch beim Wagen und fuhr in einer seltsam zärtlichen Weise mit der Hand über die eleganten Linien der Karosserie. Frank kam der Gedanke, dass die gebrechliche alte Frau den Verstand verloren haben müsse, dass das unerwartete Erlebnis des Luftangriffs mit seinen Raketeneinschlägen und Explosionen zu viel für sie gewesen sei; doch als er näher kam, wandte sie sich ihm zu, und er sah den unverkennbar klaren, beherrschten Blick von Vernunft in ihren Augen.

»Er sagte dir, wer alles tot ist?« fragte sie ihn.

»Ja. Steve, Lisa, Leslyn. Einer meiner Brüder. Und mein Vater.«

»Armer Anson, ja. Aber ich muss dir etwas sagen. Es war besser für ihn, denke ich, dass er starb.«

Die beiläufige Brutalität der Bemerkung erschreckte ihn. Aber Frank hatte schon bei anderen Gelegenheiten bemerkt, wie erbarmungslos die sehr Alten sein konnten.

»Besser für ihn? Weshalb?«

Cindy wedelte mit einer krallenartigen Hand zum Schauplatz der Zerstörung. »Nachdem er dies gesehen hätte, würde er nicht mehr mit sich selbst leben können, Frank. Das prachtvolle Ranchhaus seines Großvaters in Ruinen. Die Hälfte der Familie tot. Und die Wesen noch immer Herren der Welt, trotz allem. Er war ein sehr stolzer Mann, dein Vater. Wie alle Carmichaels.« Die Hand fuhr scheinbar ziellos durch die Luft, kam an Franks Unterarm zur Ruhe und umfasste ihn mit festem Griff. Ihre Augen glitzerten zu ihm auf wie die Augen einer Hexe. »Es war schlimm genug für ihn, als Tony ums Leben kam. Aber Anson wäre jeden Tag tausend Tode gestorben, wenn er dies überlebt hätte. Mit dem Wissen, dass sein zweiter großer Plan zur Befreiung der Menschheit von den Wesen ein noch größerer Fehlschlag als der erste gewesen war – dass er Tod und Zerstörung über uns alle gebracht hat. Er ist viel besser dran, dass er jetzt nicht hier ist. Viel besser.«

Besser dran? Konnte das wahr sein? Frank musste darüber nachdenken. Er machte seinen Arm los und ging ein paar Schritte von ihr fort zu den schwelenden Ruinen und rauchgeschwärzten Gesteinstrümmern, welche noch vor ein paar Stunden die Vorderfront des Hauses gewesen waren, und stieß mit dem Stiefel in den verkohlen Holzstücken herum, die verstreut lagen.

Der bittere Brandgeruch stach ihm in die Nase. Cindys harte Worte klangen ihm in gebetsmühlenhafter Wiederholung in den Ohren, eine traurige Litanei, die nicht enden wollte.

Anson wäre jeden Tag tausend Tode gestorben … tausend Tode … tausend Tode …

Sein zweiter großer Plan ein noch größerer Fehlschlag …

Ein Fehlschlag …

Ein Fehlschlag …

Fehlschlag … Fehlschlag … Fehlschlag … Fehlschlag …

Nach einiger Überlegung schien es Frank, dass er mit ihrer Einschätzung beinahe übereinstimmen konnte. Anson hätte der Ungeheuerlichkeit des Fiaskos, seiner Totalität niemals widerstehen können. Sie hätte ihn zerbrochen. Diese Einsicht machte es jedoch nicht leichter, sich mit seinem Tod abzufinden. Oder mit allem anderen. Es war schwer zu ertragen. Es nahm allem, woran Frank jemals geglaubt hatte, Sinn und Bedeutung. Sie hatten ihren großen Schlag geführt. Er war daneben gegangen und Schluss. Das Spiel war aus, und sie hatten verloren. War das nicht die nüchterne Wahrheit? Und was nun?

Nun, dachte Frank, überhaupt nichts. Keine großartigen Pläne mehr, das Joch der Eroberer mit einem einzigen dramatischen Aufbäumen abzuwerfen. Mit solchen Projekten war jetzt Schluss.

Das war ein seltsamer, düsterer Gedanke. Seit Generationen hatte seine ganze Familie ihre Energien auf den Traum verwendet, die Eroberung rückgängig zu machen. Sein ganzes Leben war auf dieses Ziel hin angelegt gewesen, seit er alt genug war, um zu verstehen, dass die Menschheit einst frei gewesen und dann von Außerirdischen versklavt worden war: Dass er ein Carmichael war und der bestimmende Wesenszug der Carmichaels das Verlangen war, die Menschheit von ihren fremden Herren zu befreien. Nun musste er alledem den Rücken kehren. Das war traurig. Aber, fragte er sich hier vor den Trümmern der Ranch, welche andere Haltung war möglich, nachdem dies geschehen war? Welchen Sinn hatte es, weiterhin so zu tun, als ob doch noch ein Weg gefunden werden könne, um die Wesen zu vertreiben?

Sein großer Plan …

Ein Fehlschlag ... ein Fehlschlag ... ein Fehlschlag ...

Jeden Tag tausend Tode. Jeden Tag tausend Tode. Anson wäre jeden Tag tausend Tode gestorben.

»Was denkst du?« fragte Cindy.

Er brachte ein mattes Lächeln zuwege. »Willst du es wirklich wissen?«

Sie ersparte sich eine Antwort und wiederholte die Frage einfach mit ihren unerbittlichen Augen. »Dass jetzt nach dem Scheitern der Mission alles vorbei ist«, sagte er. »Dass wir fertig sind mit den großartigen Projekten zur Befreiung. Wir uns einfach mit der Tatsache abfinden müssen, dass die Wesen Herren der Welt sind und bleiben werden.«

»O nein«, sagte sie und verblüffte ihn zum zweiten Mal innerhalb weniger Minuten. »Nein. Falsch, Frank. Untersteh dich, so etwas zu denken.«

»Warum sollte ich nicht?«

»Dein Vater ist noch nicht in seinem Grab, aber er würde sich schon darin umdrehen, wenn er es wäre. Und Ron und Anse, und der Oberst in ihren Gräbern. Wenn sie dich reden hörten! ›*Wir müssen uns einfach damit abfinden.*‹« Die Schärfe und Nachdrücklichkeit ihres Widerspruchs trafen Frank unvorbereitet. Röte stieg ihm in die Wangen. Er bemühte sich, ihren Standpunkt zu verstehen. »Ich möchte nicht wie ein Drückeberger klingen, Cindy, aber was können wir tun? Du sagtest eben selbst, dass der Plan meines Vaters gescheitert ist. Ist das nicht das Ende für uns? Ist es vielleicht realistisch, weiterhin zu glauben, wir könnten sie irgendwie besiegen? War es jemals realistisch?«

»Hör mir gut zu!« sagte sie. Sie durchbohrte ihn mit einem starren Blick ihrer glitzernden schwarzen Augen, vor dem es kein Zurückweichen gab. »Du hast Recht, dass wir sie nicht besiegen können. Das hat sich gerade erwiesen. Aber du hast ganz und gar Unrecht, wenn du sagst, dass wir alle Hoffnung auf Freiheit aufgeben sollten, weil wir sie nicht besiegen können.«

»Ich verstehe nicht.«

»Frank, ich weiß besser als irgendjemand unter den Lebenden, wie weit die Wesen uns in jeder Hinsicht überlegen sind. Ich bin fünfundachtzig. Ich war am Schauplatz des Geschehens, als die Wesen landeten. Ich verbrachte Wochen an Bord eines ihrer Schiffe. Ich stand vor ihnen, nicht weiter entfernt als du von mir bist, und ich fühlte die Macht ihres Geistes. Sie sind wie Götter, Frank. Ich wusste das von Anfang an. Wir können sie verletzen, was wir gerade demonstriert haben, aber wir können sie nicht ernsthaft schädigen und ganz gewiss können wir sie nicht stürzen.«

»Richtig. Und darum scheint mir, dass es nutzlos ist, weitere Energie in die falsche Hoffnung …«

»Hör auf mich, Frank. Kurz vor seinem Tod hatte ich ein Gespräch mit dem Oberst. Du kanntest ihn nie, nicht wahr? Nein, ich glaube nicht. Er war ein großer Mann, Frank. Und sehr weise. Er verstand die Macht der Wesen. Auch er verglich sie mit Göttern. Das war der Begriff, den er gebrauchte, und er hatte Recht. Aber dann sagte er, dass wir weiterhin von einem Tag träumen müssten, wo sie nicht länger hier sein werden. Dass wir den Gedanken des Widerstands trotz allem am Leben erhalten müssen, sagte er. Dass wir die Erinnerung, wie es war, in einer freien Welt gelebt zu haben, wach halten müssten.«

»Wie können wir uns an etwas erinnern, was wir nie kannten? Der Oberst erinnerte sich daran, ja. Du erinnerst dich. Aber die Wesen sind seit fünfzig Jahren hier. Sie waren schon hier, bevor mein Vater geboren wurde. Es leben zwei Generationen Menschen auf der Welt, die niemals …«

Wieder durchbohrte ihn der glitzernde schwarze Blick. Er brach ab.

»Gewiss«, sagte Cindy unwillig, »ich verstehe das. Dort draußen leben Millionen von Menschen, Milliarden, die nicht wissen, wie es war, in einer Welt zu leben, wo es möglich war, frei zu entscheiden. Es macht ihnen nichts aus, die Wesen hier zu haben. Vielleicht sind sie sogar zufrieden mit ihrem Leben, die meisten von ihnen. Vielleicht ist das Leben für sie leichter als es vor fünfzig Jahren gewesen wäre. Sie brauchen nicht zu denken. Sie brauchen keinen Idealen nachzueifern, brauchen nicht an sich zu arbeiten. Sie tun einfach, was die Computer der Wesen und ihre menschlichen Sprachrohre ihnen befehlen. Aber dies hier oben ist Carmichael-Territorium. Wir denken anders. Und was wir denken, ist, dass die Wesen uns zu nichts gemacht haben, dass wir eines Tages aber wieder etwas sein können. Irgendwie. Vorausgesetzt, wir vergessen nicht, was wir einst waren. Die Zeit wird kommen, ich weiß nicht wie oder wann, da wir unter dem Joch herauskommen und es so einrichten werden, dass wir wieder als freie Menschen leben. Und wir müssen diesen Gedanken, diesen Glauben am Leben erhalten, bis es so weit ist. Kannst du mir folgen, Frank?«

Sie war gebrechlich und unsicher, aber ihre zittrige alte Stimme war erfüllt von einer unbeugsamen Willenskraft und Entschlossenheit.

Frank suchte nach einer Erwiderung, aber es fiel ihm keine logisch überzeugende ein. Natürlich wollte er die Traditionen seiner Vorfahren aufrecht erhalten. Natürlich fühlte er die Last aller Carmichaels, die er gekannt und die er nicht gekannt hatte, und die ihn zu einem Kreuzzug gegen die Feinde der Menschheit drängten, auf seiner Seele. Aber er war gerade von solch einem Kreuzzug zurückgekehrt, und die Ruinen seines Elternhauses schwelten noch um ihn. Jetzt war es wichtig, die Toten zu begraben und die Ranch wieder aufzubauen, nicht über den nächsten vergeblichen Kreuzzug nachzudenken.

Also gab es nichts, was er sagen konnte. Er wollte sein Erbe nicht verleugnen, aber es schien töricht, irgendein edles Gelübde abzulegen, das ihn verpflichtete, einen weiteren Versuch zum Erreichen des Unmöglichen zu unternehmen. Plötzlich erschlaffte Cindys faltiges Gesicht, und der harte, glitzernde Ausdruck verlor sich aus ihren Augen. »Recht so«, seufzte sie. »Denk darüber nach, was ich gesagt habe. Denk darüber nach.«

In der Ferne hupte es dreimal. Cheryl kam zurück, oder Mark, oder Charlie.

»Geh hin und sprich mit ihnen«, sagte Cindy. »Du hast jetzt die Verantwortung, Junge. Erklär ihnen, was hier passiert ist. Geh hin, sei so gut, und sieh nach, wer es ist.« Als er sich zum Tor aufmachte, hörte er sie noch sagen: »Bring es ihnen schonend bei, Frank. Wenn du kannst.«

9

Nach fünfundfünfzig Jahren

Der dritte Frühling nach der Bombardierung der Ranch war ins Land gezogen, bevor die Narben des Luftangriffs sich zu verwischen begannen. Die Toten waren bestattet und betrauert worden, und das Leben ging weiter. Neues Grün überwucherte die Bombentrichter, und großzügige Winterregen hatten den jungen Sträuchern und dem frisch angesäten Gras zu gesundem Wachstum verholfen.

Die beschädigten Gebäude waren entweder repariert oder abgerissen und ein paar neue errichtet worden. Der Abriss des ausgebrannten Haupthauses, das Heraussuchen wiederverwertbarer Mauersteine aus dem Schutt und die Beseitigung der Trümmer war die schwerste Arbeit gewesen, die fast zwei Jahre in Anspruch genommen hatte; das Haus war massiv und wie für die Ewigkeit errichtet worden, und das Abreissen der Mauern mit einfachem Handwerkzeug war eine monumentale Arbeit für eine kleine Gruppe von Menschen. Aber schließlich war auch das getan. Es war gelungen, wenigstens den rückwärtigen Flügel des Hauses zu retten, die fünf Räume, die noch intakt waren, und aus den geborgenen Mauersteinen, Bodenfliesen und Dachziegeln waren weitere Räume dazugekommen. Auch die Kommunikationszentrale war abgetragen und auf ihrem Fundament neu errichtet worden, und Andy war es sogar gelungen, online-Verbindungen mit Widerstandsgruppen in anderen Teilen Kaliforniens und des Landes wiederherzustellen.

Es war ein ruhiges, arbeitsames Leben. Die Feldfrüchte gediehen. Rinder, Schweine, Schafe und Hühner vermehrten sich. Kinder wuchsen heran; Paare fanden sich; neue Kinder wurden geboren. Auch Frank, inzwischen zweiundzwanzig Jahre alt, war jetzt Vater. Er hatte Marks Tochter Helena geheiratet, und sie hatten bisher zwei Kinder, beide nach seinen Eltern benannt: Raven war der Name des Mädchens, Anson der des Jungen – des neuesten Anson Carmichael in der langen Abfolge. Manche Dinge änderten sich nie.

Die Bibliothek des Obersten war unwiederbringlich verloren, aber auf Franks Anregung hin gelang es Andy, Bücher aus Bibliotheken in Washington und New York herunterzuladen, und Frank verbrachte jetzt einen großen Teil seiner Freizeit mit Lesen. Geschichte war seine große Leidenschaft. Er hatte nicht viel über die Welt gewusst, die vor der Landung der Außerirdischen existiert hatte, aber nun verbrachte er viele Stunden damit, sie zu entdecken. Griechische und römische Geschichte, die europäische Geschichte des frühen und späten Mittelalters, das Zeitalter der Entdeckungen – die ganze Menschheitsgeschichte schwamm bruchstückhaft in seinem Kopf herum, ein Schwarm großer Namen, Erbauer und Zerstörer durcheinander: Alexander der Große, Julius Caesar, Augustus, Dschingis Khan, Tamerlan, Napoleon, Hitler, Churchill, Stalin.

Er wusste, dass Kalifornien einst Teil des Landes gewesen war, das als die Vereinigten Staaten von Amerika bekannt gewesen war, und so warf er sich auch auf die Geschichte dieses Landes und lernte, wie es als Bund kleiner Staaten aus der Kolonialzeit hervorgegangen, beinahe zerfallen und gewaltsam wieder zusammengefügt worden war, um zum mächtigsten Staat der Welt zu werden. Zum ersten Mal hörte er die Namen der berühmten Präsidenten Washington, Jefferson, Lincoln und Roosevelt, und der beiden Generäle Grant und Eisenhower, die auch Präsidenten geworden waren. Die Namen und Einzelheiten verloren sich rasch in einem chaotischen Durcheinander, aus dem da und dort Jahreszahlen wie Wegmarken ragten. Aber die Entwicklungsmuster blieben erkennbar und unterscheidbar, und zeigten, wie überall in der Geschichte der Menschheit Staaten und Reiche gegründet wurden, zu Größe und Bedeutung gewachsen waren, sich schließlich übernommen hatten und untergegangen waren, um von neuem verdrängt zu werden, während in all diesen Ländern und Reichen die Völker in ständigem Ringen ihre Eigenarten und Kulturformen entwickelten und nach gesetzlicher Ordnung, Recht und allgemeiner Freiheit persönlicher Entfaltung strebten. Vielleicht war die Menschheit nahe daran gewesen, einen wenn schon nicht idealen, so doch wenigstens erträglichen Gleichgewichtszustand zwischen den unterschiedlichen Interessen großer und kleiner Staaten und Kulturkreise zu erreichen, als die Eroberer gekommen waren. So schien es ihm jedenfalls ein halbes Jahrhundert später, unwissend bis auf das, was er in den Büchern finden konnte, die Andy in den online-Archiven der besiegten Welt für ihn plünderte.

Niemand sprach jetzt noch von offenem Widerstand, von Anschlägen gegen die Wesen oder überhaupt von anderen Dingen als der Notwendigkeit, die Saat rechtzeitig in den Boden zu bringen, Dünger zu streuen, eine gute Ernte zu erzielen und die Tiere gesund zu erhalten. Frank hatte gleichwohl seinen Hass auf die Wesen, die ihre Welt gestohlen und seinen Vater getötet hatten, nicht eingebüßt. Er war praktisch in seinen Genen, dieser Hass. Noch hatte er vergessen, was Cindy am Tag seiner Rückkehr aus Los Angeles vor den schwelenden Ruinen des Ranchhauses gesagt hatte. Dieses Gespräch – das letzte, das er mit Cindy geführt hatte, denn sie war wenige Wochen später friedlich eingeschlafen, umgeben von Menschen, die sie liebten –, blieb in seinem Denken gegenwärtig, und hin und wieder nahm er sich die Ideen vor, die sie ihm anempfohlen hatte, betrachtete sie eine Weile und legte sie wieder zurück. Er sah die Kraft und den Wert dieser Einstellung. Er würde sie pflichtschuldig an seine Kinder weitergeben. Aber er sah keine praktische Möglichkeit, sie mit Leben zu erfüllen.

An einem Apriltag im dritten Jahr nach der Bombardierung, nach dem Ende der Regenperiode, einem sonnigen warmen Tag voll Blütenduft, ging Frank hinüber zu Khalids Blockhaus, wo Khalid und Jill und ihre vielen Kinder abseits von den anderen lebten.

Wenn seine Zeit es erlaubte, besuchte Frank des öfteren Khalid und manchmal seinen freundlichen, aber schwer durchschaubaren Sohn Raschid. Er fand es seltsam tröstlich und beruhigend, bei ihnen zu sein und den Frieden zu genießen, der im Kern ihres Wesens war, Khalid beim Schnitzen seiner Plastiken zuzusehen, die jetzt häufiger abstrakte Formen und Bildnisse seiner Kinder zeigten als die zahlreichen Portraits von Jill aus früheren Jahren.

Er sprach auch gern über Gott mit Khalid. Dieser nannte ihn Allah, meinte aber, es mache kaum einen Unterschied, welchen Namen man Gott gebe, solange man die Wahrheit seiner Weisheit und Vollkommenheit und Allmacht annehme. Niemand hatte Frank viel über Gott erzählt, als er herangewachsen war, noch konnte er Beweise für die Existenz Gottes finden, wenn er die blutige Geschichte der Menschheit betrachtete. Aber Khalid glaubte bedingungslos an Allah. »Es ist eine Sache des Glaubens«, sagte er mit sanfter Stimme. »Ohne ihn gibt es keine Bedeutung in der Welt. Wie könnte die Welt existieren, wenn Allah sie nicht gemacht hätte? Er ist der Herr des Universums. Und er ist unser Beschützer: der Barmherzige, der Mitleidige. An ihn allein wenden wir uns um Hilfe.«

»Wenn Gott unser mitleidiger und barmherziger Beschützer ist«, erwiderte Frank, »warum sandte er uns dann die Wesen? Und warum schuf er Krankheit und Tod und Krieg und alle anderen schlimmen Dinge?«

Khalid lächelte. »Als kleiner Junge stellte ich die gleichen Fragen. Du musst verstehen, dass es nicht an uns ist, Gottes Wege in Frage zu stellen. Er ist jenseits unseres Verständnisses. Aber jene, die von Gott geleitet sind, werden sicherlich triumphieren. Wie es schon auf der ersten Seite dieses Buches steht.« Und er hielt Frank sein altes, vielgelesenes Exemplar des Koran hin, das er sein Leben lang von Ort zu Ort bei sich getragen hatte.

Das Problem der Existenz Gottes beschäftigte Frank weiterhin. Immer wieder ging er zu Khalid, um Belehrung und Unterweisung zu finden; und jedesmal ging er nicht überzeugt und doch fasziniert wieder fort. Er wollte, dass die Welt Sinn und Bedeutung habe, und er sah, dass sie es für Khalid hatte; und doch konnte er nicht umhin, zu wünschen, dass Gott der Welt einen greifbaren Beweis seiner Gegenwart gegeben hätte, dass er sich nicht nur besonders ausgewählten Propheten gezeigt hätte, die vor langer, langer Zeit in weit entfernten Ländern gelebt hatten, sondern in modernen Zeiten, tagein und tagaus, überall und für jedermann erkennbar. Gott aber blieb unsichtbar. »Es ist nicht an uns, Gottes Wege in Frage zu stellen«, pflegte Khalid zu sagen. »Er ist jenseits unseres Verständnisses.« Geradeso verhielt es sich anscheinend mit den Wesen. In ihrer Distanziertheit waren sie so geheimnisvoll wie Gott, und genauso unbegreiflich. Aber sie waren von Anfang an sichtbar gewesen. Warum zeigte Gott sich seinen Gläubigen nicht einmal für einen Augenblick?

Wenn er Khalid besuchte, machte Frank gewöhnlich einen Abstecher zum nahen Friedhof, um ein paar Minuten an den Gräbern seiner Eltern und Cindys zu verbringen; und manchmal an denen der anderen, die im Luftangriff umgekommen waren, Steve und Peggy und Leslyn und James und die anderen. Und manchmal verhielt er sogar vor den Gräbern von Vorfahren aus alten Zeiten, die er nie gekannt hatte, dem Oberst und seinem Sohn Anse und Andys Großvater Doug. Es verschaffte ihm ein Gefühl für den Gang der Zeit, die Kontinuität menschlichen Lebens durch die Generationen, wenn er zwischen den Ruhestätten all dieser Menschen ging und das Leben betrachtete, das sie geführt hatten, und die Ziele, die sie zu erreichen gesucht hatten.

Aber an diesem Tag kam er nicht bis zum Friedhof, denn er war erst ein paar Schritte auf dem Weg dorthin gegangen, als er Andy vom Eingang der Kommunikationszentrale mit sonderbar heiserer Stimme herüberrufen hörte. »Frank! Frank! Komm schnell her!«

»Was ist los?« fragte Frank. Er sah mit einem Blick Andys gerötetes Gesicht, seine geweiteten Augen. Andy sah schwer erschüttert aus: benommen, fast wie betäubt. »Ist ein Unglück passiert?«

Andy schüttelte den Kopf. Seine Lippen bewegten sich, aber nichts Zusammenhängendes schien herauszukommen. Frank rannte zu ihm. *Die Wesen,* schien Andy zu sagen. *Die Wesen. Die Wesen.* Er hörte sich so eigenartig an, schwerzüngig, beinahe unhörbar. War er betrunken?

»Was ist mit ihnen?« fragte Frank. »Ist eine Gruppe von Wesen unterwegs zur Ranch? Haben sie dir eine Botschaft überbracht?«

»Nein, nein. Nichts dergleichen.« Und dann stieß er mit einer Anstrengung hervor: »Sie gehen, Frank!«

»Gehen?« Frank starrte ihn an. Das unerwartete Wort traf ihn mit voller Wucht. Wovon redete er? »Gehen wohin?«

»Sie verlassen die Erde. Packen ein, verschwinden!« Andy blickte wild, wie verstört. »Manche sind schon fort. Der Rest wird bald folgen.«

Seltsame, unverständliche Worte. Sie überrollten Frank wie eine Lawine. Aber sie hatten zuerst keine Bedeutung, so wenig wie eine Lawine haben würde, nur Wirkung. Sie waren bloße Geräusche ohne Relevanz für irgendetwas, was Frank verstehen konnte.

Die Wesen verlassen die Erde. Gehen fort, packen ihre Sachen, verschwinden.

Was? Was? – Allmählich entschlüsselte Frank, was Andy gesagt hatte, hatte aber dennoch Schwierigkeiten, seinen Verstand darauf einzustellen. Verschwinden? Die Wesen? Andy redete dummes Zeug. Er musste Opfer einer Wahnvorstellung sein. Zugleich aber verspürte Frank eine schwindelnde Welle von Erstaunen und Verwirrung über sich kommen. Er blickte unwillkürlich auf und starrte in den Himmel, als könnte er ihn voll von Raumschiffen sehen, die emporstiegen, kleiner wurden und im Blau verschwanden. Aber er sah nur den weiten leeren Himmel und ein paar wattige Wolken im Osten.

Andy packte ihn beim Handgelenk, zog ihn in die Kommunikationszentrale. Dort zeigte er auf den Bildschirm eines eingeschalteten Computers und sagte: »Ich bekomme die Nachricht von überall herein – New York, London, Europa, überall. Auch Los Angeles. Es geht schon den ganzen Morgen so. Sie packen ein, gehen an Bord ihrer Schiffe, ziehen ab. Aus manchen Gegenden sind sie schon ganz verschwunden. Man kann ungehindert in ihre eingezäunten und ummauerten Anlagen gehen. Niemand ist dort.«

»Lass mich sehen.«

Frank spähte auf den Bildschirm. Worte waren darüber ausgebreitet. Andy drückte eine Taste, und die Worte kamen in Bewegung, andere nahmen ihren Platz ein. Wie Andys gesprochene Worte vor wenigen Minuten schienen auch diese zunächst keinen Sinn zu ergeben. Erst langsam und mit großer Anstrengung gelang es Frank, ihnen ihre Bedeutung zu entlocken. Sie gingen … gingen … verließen die Erde! Es war so unerwartet und so seltsam. So verdammt verwirrend. Konnte man es glauben?

»Schau her«, sagte Andy. Er bearbeitete die Tastatur, und die Worte verschwanden vom Bildschirm und machten einem Bild Platz.

»Das ist London«, sagte er.

Ein Raumschiff stand auf einem Feld, einer breiten Grünfläche, vielleicht in einem Park. Ein halbes Dutzend der kolossalen Wesen bewegten sich feierlich im Gänsemarsch darauf zu, bestiegen eine Plattform, fuhren hinauf zu der Luke, die sich in der Bordwand für sie öffnete. Sie schloss sich, und kurz darauf stieg das Schiff auf einer Säule von Flammen und Rauch empor.

»Siehst du?« rief Andy. »Es ist überall das gleiche. Sie haben es satt, hier zu sein. Die Erde nervt sie. Sie gehen nach Hause, Frank!«

So schien es. Frank lachte.

»Ja. Verdammt komisch, nicht?« sagte Andy.

»Sehr komisch, ja. Zum Totlachen.« Und wirklich, es war nicht aufzuhalten. Frank wurde von einem Lachanfall nach dem anderen geschüttelt. Endlich riss er sich zusammen. »Fünfzig Jahre lang sitzen wir hier am Berg und versuchen uns Mittel und Wege auszudenken, wie wir sie uns vom Hals schaffen können, und nichts klappt, und schließlich resignieren wir und sagen uns, dass es einfach nicht gelingen kann. Wir geben die ganze Sache auf. Und dann, ein paar Jahre später, verschwinden sie von sich aus, einfach so. Warum? Warum?« Er lachte nicht mehr. »In Gottes Namen, Andy, warum? Was für einen Sinn ergibt das alles?«

»Sinn? Du solltest es besser wissen, als von den Wesen etwas zu erwarten, was für uns einen Sinn ergibt. Sie tun, was sie tun, und es ist nicht unsere Sache, die Gründe zu wissen. Und wir werden es nie erfahren, vermute ich. – He, Frank, weißt du was? Du siehst aus, als würdest du gleich in Tränen ausbrechen!«

»Wirklich?«

»Du solltest dein Gesicht sehen.«

»Lieber nicht.« Frank wandte sich von Andys Computern ab und ging im Raum umher, unfähig, einen klaren Gedanken zu fassen.

Die Möglichkeit, dass dies alles tatsächlich geschehen mochte, begann ihm aufzugehen. Und dabei war ihm, als ob der Boden sich unter ihm verflüssigte, die ganze Bergterrasse, auf der er stand, substanzlos würde und langsam zum Meer hinabzufließen begönne.

Die Wesen verließen die Erde!

Dann sollte er vor Freude tanzen. Aber nein; statt dessen war er ratlos. Die Augen brannten ihn vor Zorn. Und plötzlich verstand er, warum.

Es erboste ihn, dass sie die Welt verließen, bevor er eine Möglichkeit gefunden hatte, sie zu vertreiben. Zu seiner Verblüffung wurde ihm klar, dass die plötzliche Abreise der Wesen eine gähnende Leere in seiner Seele erzeugen würde. Sein Hass auf ihre Anwesenheit auf Erden war ein großer Teil von ihm; und wenn sie fort waren, ohne dass er eine Gelegenheit erhalten hatte, diesen Hass angemessen zum Ausdruck zu bringen, hinterließen sie eine Leere. Der Hass hatte seinen Gegenstand verloren und wandelte sich zu Enttäuschung.

Andy trat zu ihm.

»Frank? Was hast du, Frank?«

»Es ist schwer zu erklären. Ich fühle mich auf einmal so eigenartig leer. Es ist wie – du weißt, wir hatten hier dieses große und hohe Ziel, diese heilige Sinngebung. Alles konzentrierte sich darauf, die Wesen loszuwerden. Aber wir schafften es nicht, und dann geschieht es trotzdem, ohne dass wir auch nur einen Finger rühren, und nun stehen wir da.«

»Und? Ich verstehe nicht, was du sagen willst.«

Frank suchte nach den richtigen Worten. »Ich will sagen, dass ich mich – ich weiß nicht, irgendwie enttäuscht fühle, nehme ich an. Es ist wie wenn du dich dein Leben lang gegen eine Tür stemmst und anrennst, und die Tür gibt nicht nach, und dann gibst du auf und gehst weg, und schließlich – siehe da! – öffnet die Tür sich von selbst. Es bringt dich aus der Fassung, verstehst du?«

»Das würde es wohl, ja. Ich verstehe.«

Aber Frank merkte, dass Andy es überhaupt verstand. Und dann gingen seine Gedanken in eine ganz andere Richtung. Dies alles konnte nicht wirklich geschehen. Es war idiotisch zu glauben, dass so etwas wie ein freiwilliger Rückzug der Wesen vor sich ging.

Er deutete mit einem Nicken zum Bildschirm. »Wie, wenn gar nicht wirklich ist, was wir hier sehen?«

Andy starrte ihn verdutzt an. »Natürlich ist es wirklich. Wie könnte es nicht wirklich sein?«

»Ausgerechnet du solltest diese Frage nicht stellen. Es könnte ja eine Art Hackerschwindel sein, nicht? Du weißt über diese Dinge mehr als ich. Könnte es nicht sein, dass jemand all diese Bilder, diese Meldungen zurechtgemacht und über das Netz ausgesandt hat, und dass nicht ein Körnchen Wahrheit daran ist? Das wäre möglich, nicht wahr?«

»Möglich, ja. Aber ich glaube nicht, dass es ein Schwindel ist, was da geschieht.« Andy lächelte. »Aber wenn du willst, könnten wir es aus erster Hand nachprüfen, weißt du.«

»Ich verstehe nicht. Wie?«

»Wir setzen uns in einen Wagen und fahren hinunter nach Los Angeles.«

Sie schafften es in nur zweieinhalb Stunden, einer Stunde weniger als üblich. Die Straßen lagen verlassen. Die LACON-Kontrollpunkte waren nicht besetzt.

Die Route, die Frank gewählt hatte, führte sie über die Küstenstraße den westlichen Rand der Mauer entlang und zum Santa Monica-Tor. Die Schranken waren weit geöffnet, und nirgendwo waren LACON-Polizisten oder Funktionäre in Sicht. Er fuhr durch nach Santa Monica hinein.

»Siehst du?« sagte Andy. »Glaubst du es jetzt?«

Frank antwortete mit einem kurzen Kopfnicken. Er glaubte es, ja. Das Undenkbare, absolut Unerklärliche schien wirklich wahr zu sein. Aber er fand es schwerer zu verdauen als er jemals erwartet hätte. Es war, als ob eine hohe innere Wand ihn von der Freude, die er über die verwirrende Abreise der Wesen empfinden sollte, fern hielte. Statt des Glücksgefühls empfand er etwas, das der Verzweiflung näher war, eine tiefe innere Verwirrung. Das war das Letzte, was er sich für einen Tag wie diesen vorgestellt hätte.

Es ist dieses plötzliche Gefühl des Fehlens, dachte er. Das wurde ihm jetzt klar. Sein zentraler Lebenszweck war ihm im Laufe eines einzigen Tages abhanden gekommen, war ihm unbekümmert und beinahe leichtfertig von den stets rätselhaften Außerirdischen weggenommen worden, und es mochte nicht leicht für ihn sein, damit fertig zu werden.

Frank parkte den Wagen ein paar Blocks innerhalb der Mauer am Rand der alten Third Street Promenade. Dort hatte es einmal ein riesiges Einkaufszentrum mit vielen Geschäften gegeben, die aber vor langer Zeit aufgegeben und mit Brettern verschlagen waren. Santa Monica war eine stille Stadt. Hier und dort waren vereinzelte Passanten zu sehen, die sich langsam und mit leeren Gesichtern umherbewegten, als hätten sie Drogen genommen oder wären Schlafwandler. Keiner kümmerte sich um den anderen, niemand sagte etwas. Sie waren wie Geister.

»Ich dachte, eine wilde Feier wäre im Gange«, sagte Frank. »Leute, die auf den Straßen tanzen, einander umarmen, Musik machen.«

Andy schüttelte den Kopf. »Nein, falsch, Frank. Du verstehst nicht, wie diese Leute sind. Du hast nicht wie ich unter ihnen gelebt.«

»Wie meinst du das?«

»Schau da hinüber.«

An der Straße, die das verlassene Einkaufszentrum flankierte, stand ein altes graues Hochhaus mit den LACON-Insignien über dem Eingang. Dort hatte sich eine kleine Menschenansammlung gebildet. Alle starrten schweigend am Gebäude hinauf. Aus einem Fenster im fünften oder sechsten Stock blickte ein LACON-Mann stumm und mit steinerner Miene zu ihnen herab.

Andy deutete mit einem Nicken zu dem Gebäude. »Da ist deine Feier«, sagte er.

»Was starrt er zu ihnen herunter? Befürchtet er, dass sie hinaufgehen und ihn lynchen werden?«

»Vielleicht werden sie das tun, später. Es würde nicht viel erfordern, um so etwas auszulösen. Aber wenn ich es richtig sehe, wollen sie im Moment bloß, dass er ihnen die Wesen zurückgibt. Und der Ausdruck in seinem Gesicht ist seine Art zu sagen, dass er es nicht kann.«

»Sie wollen die Wesen zurück?«

»Sie vermissen sie, Frank. Sie lieben sie. Verstehst du das nicht?«

Frank machte Front gegen ihn. Sein Gesicht wurde heiß. »Bitte lass diese Scherze, Andy. Ich bin nicht dazu aufgelegt. Nicht jetzt.«

»Ich scherze nicht. Denk darüber nach, Mann. Die Wesen waren schon hier, bevor wir geboren wurden. Lange vorher. Sie gaben der Zivilisation einen kleinen Stoß, und sie fiel einfach in sich zusammen, Regierungen, Armeen, alles. Und nachdem sie ungefähr die Hälfte der Weltbevölkerung ausgerottet hatten, um zu zeigen, dass sie es ernst meinten, errichteten sie ein neues System, in dem sie die Gesetze erließen, und alle taten, was sie ihnen anschafften. Kein Privateigentum, keine Privatinitiative, nur den Nacken beugen und die Arbeit verrichten, die von den Wesen verordnet wird, und leben, wo und wie sie es wollen, und alles ist schön und gut, kein Krieg, keine Armut, niemand leidet Hunger oder muss auf der Straße schlafen.«

»Ich weiß das alles«, sagte Frank, ein wenig ärgerlich über Andys belehrenden Ton.

»Aber verstehst du, dass die meisten Leute mit der Zeit das neue System dem alten vorzogen? Sie schätzten es, Frank. Nur ein paar isolierte Knallköpfe wie diejenigen auf einer gewissen Ranch in den Bergen über Santa Barbara dachten, es könnte etwas faul daran sein. Aus irgendeinem Grund entschieden die Wesen, diese Knallköpfe in Ruhe zu lassen, aber fast alle anderen, die das System nicht schätzten, landeten irgendwo in einem Gefängnis oder Arbeitslager oder starben sehr schnell. Und nun sind die Wesen fort, und es gibt kein System mehr. All diese Leute fühlen sich verlassen. Sie wissen nicht, wie sie selbst mit dem Leben fertig werden sollen, und niemand ist da, der es ihnen sagt. Verstehst du, Frank?«

Er nickte mit rotem Gesicht. Natürlich verstand er. Und kam sich sehr einfältig vor, dass er sich alles so ausführlich hatte darlegen lassen müssen. Wahrscheinlich war er heute einfach schwer von Begriff, inmitten der allgemeinen Verblüffung über die verwirrenden Ereignisse dieses Tages.

»Weißt du«, sagte Frank, »an dem Tag, als die Ranch angegriffen wurde, führte Cindy ein ganz ähnliches Argument an. Sie sagte mir, es gebe viele Millionen Menschen auf der Welt, die es viel leichter fänden, einfach zu tun, was die Wesen ihnen vorschrieben.« Er schmunzelte. »Es ist ungefähr so, als wären die Götter hier gewesen, und auf einmal gingen sie einfach nach Hause, und nun weiß kein Mensch, was es alles zu bedeuten hat. Wie Khalid gern sagt, die Wege Allahs sind jenseits unseres Verständnisses.«

Nun war es an Andy, ein verdutztes Gesicht zu machen. »Götter? Wovon redest du, Frank?«

»Das hatte Cindy mir einmal gesagt. Dass die Wesen wie Götter seien, die vom Himmel herabgekommen sind. Auch der Oberst habe das geglaubt, sagte sie. Wir hätten nie etwas von ihnen verstanden. Sie seien zu hoch über uns gewesen. Niemand sei je darauf gekommen, warum sie herkamen oder was sie von uns wollten. Sie kamen einfach, fertig. Sahen, siegten. Organisierten die ganze verdammte Zivilisation nach ihren Bedürfnissen um. Und als sie erreicht hatten, was immer sie hatten erreichen wollen, gingen sie fort, ohne uns auch nur zu erklären, warum sie gingen. Also waren die Götter hier, und dann gingen sie fort, und nun stehen wir ohne sie im Dunkeln da. Das ist es doch, nicht wahr, Andy? Was machst du, wenn die Götter nach Hause gehen?«

Andy sah ihn seltsam an. »Waren sie das auch für dich, Frank? Götter?«

»Für mich? Nein. Für mich waren sie Teufel. Ich

hasste sie.« Er ließ Andy stehen und ging hinüber zu der Gruppe schweigender, benommen aussehender Leute vor dem LACON-Gebäude. Niemand beachtete ihn.

Er ging zwischen ihnen durch, blickte in ihre Gesichter, die leeren Augen. Sie waren wie Schlafwandler. Es war beängstigend, sie anzusehen. Aber er verstand ihre Furcht. Etwas davon verspürte er selbst. Diese Verwirrung, die Verzweiflung, die über ihn gekommen war, als er von der Abreise der Wesen gehört hatte; sie rührten von der gleichen Unsicherheit her, die diese Leute bedrückte. Was, fragte sich Frank, würde nun, da die Episode der Wesen vorüber war, in der Welt geschehen?

Episode. Das war es gewesen. Die Invasion, die Eroberung, die Jahre der Fremdherrschaft – nur eine Episode, wenn auch eine sehr seltsame, in der langen Menschheitsgeschichte. Nicht einmal sechzig Jahre unter Tausenden. Die Jahre der Aliens würde man sie nennen. Und wenn man sie so betrachtete, als Episode, lichtete sich endlich der Nebel der Verwirrung, der ihn in diesen wenigen Stunden seit der ersten Nachricht vom Abzug der Wesen eingehüllt hatte.

Die Jahre der Aliens hatten das Leben der Menschen gewaltig verändert, ja. Solche Episoden taten es immer. Aber dies war nicht das erste Mal, dass großes Unheil die Welt verändert hatte. Es war immer wieder geschehen. Die Hunnen waren gekommen und gegangen, der Mongolensturm, der Schwarze Tod, die beiden Weltkriege, oder außerirdische Wesen, und danach hatte man immer geglaubt, würde nichts mehr so sein, wie es vorher gewesen war.

Aber komme, was da wolle, dachte Frank, die grundlegenden Fakten des Lebens blieben immer bestehen: Frühstück, Mittagessen, Liebe, Sex, Sonnenschein, Regen, Furcht, Hoffnung, Ehrgeiz, Träume, Befriedigung, Enttäuschung, Sieg, Niederlage, Jugend,

Alter, Geburt und Tod. Die Wesen waren gekommen und hatten die bestehende Ordnung auf den Kopf gestellt, Gott allein wusste, warum; und dann gingen sie fort, dachte er, Gott allein weiß, warum; und wir sind noch immer da und müssen jetzt von vorn anfangen, genau so unausweichlich, wie der Frühling von vorn anfängt, sobald der Winter vorbei ist. Jetzt müssen wir die Dinge in die Hand nehmen, ja, und wir tun es nicht. Er würde mit Khalid darüber sprechen müssen, wenn er zur Ranch zurückkehrte.

»Frank?«

Andy war ihm nachgegangen. Frank blickte über die Schulter, sagte aber nichts.

»Ist was mit dir, Frank?«

»Natürlich nicht. Mit mir ist alles in Ordnung.«

»Einfach so von mir wegzugehen und unter diesen Leuten herumzuwandern. Irgendetwas beschäftigt dich stark. Vermisst du die Wesen am Ende genauso wie sie?«

»Ich sagte, dass ich sie hasse. Ich nannte sie Teufel. Aber ja, in gewisser Weise vermisse ich sie. Weil ich jetzt weiß, dass ich niemals eine Chance bekommen werde, welche von ihnen zu töten.« Frank wandte sich um und fasste Andy ins Auge. »Weißt du«, sagte er, »als du mir erzähltest, dass sie fort sind, machte es mich wütend. Nach dem Tod meines Vaters war es mein größter Wunsch, derjenige zu sein, der sie vertreiben würde. Obwohl ich wusste, dass wir wahrscheinlich nicht dazu in der Lage sein würden. Aber nun ist mir diese Möglichkeit genommen.«

»Der Apfel fällt nicht weit vom Stamm, wie?«

»Was ist dagegen einzuwenden?« erwiderte Frank.

»Anson war so begierig, als der Mann in die Geschichte einzugehen, der uns von den Wesen und ihrer Herrschaft befreite. Dieser Wunsch war so stark, dass er daran zerbrach. Möchtest du, dass es dir genauso ergeht?«

»Ich bin nicht so empfindlich und nervenschwach wie mein Vater es war«, sagte Frank. »Weißt du, Andy, die einzigen Leute, die jemals wirklich Wesen töteten, waren Khalid und Raschid, und ihnen war es im Grunde einerlei. Das ermöglichte ihnen den Erfolg. Und mir war es nicht einerlei, aber ich werde niemals etwas daran ändern können, und als ich das heute erkannte, war es ein echter Rückschlag für mich. Also denke ich, dass es für mich ziemlich das Gleiche ist wie für die da«, sagte er und machte eine Geste zu den schweigenden, Füße scharrenden Leuten um sie her. »Sie sind bestürzt, weil sie ihre geliebten Wesen verloren haben und nicht wissen, wer ihnen in Zukunft den Lohn ausbezahlen wird. Ich bin bestürzt, weil ich den Gegenstand meines Hasses verloren habe.«

»Dann möchtest du etwas tun, um deinen Hass abzureagieren? Geh in das Gebäude und schleppe diesen LACON-Quisling heraus und bring die Leute hier dazu, dass sie ihn an einem Laternenpfahl aufhängen. Er hat mit dem Feind kollaboriert. Kollaborateure werden bestraft, nicht wahr?«

»Ich bin nicht der Meinung, dass das Umbringen von Quislingen die Antwort ist, Andy.«

»Was ist es dann?«

»Die Mauern niederreißen, als erstes. Dabei können sie fleißig mithelfen. Wie groß wird diese Aufgabe sein?«

Andy starrte ihn an. »Riesig. Gewaltig.«

»Nun, es muss getan werden. Wir haben sie erbaut, wir können sie abreißen.« Frank holte tief Luft. Die andere Mauer, die in ihm, diese Mauer von betäubter Verzweiflung und Bestürzung, begann aufzubrechen und zu zerfallen. Alles fiel von ihm ab, seine Unsicherheit, seine Verwirrung angesichts des Abzugs der Wesen.

Er blickte zum sonnigen, klaren Himmel auf, durch den Himmel zu den verborgenen Sternen, zu dem unbekannten Stern, der die Heimat der Wesen war. Er hätte diesen Stern mit seinem Blick eingeäschert, wenn er es gekonnt hätte, so stark war sein Verlangen, Vergeltung an ihnen zu üben.

Aber welche Vergeltung war möglich, wenn man es mit Göttern zu tun hatte, die gekommen waren und die Welt bis zur Unkenntlichkeit verändert hatten und dann wie Diebe in der Nacht geflohen waren?

Die Antwort war klar: man musste die Welt wieder so herstellen, wie sie gewesen war; und sie dann noch besser machen. Das war seine Aufgabe. Das würde seine Vergeltung sein.

Er glaubte jetzt zu verstehen, was der Welt widerfahren war. Mit den Wesen hatte das Universum der Menschheit eine Botschaft gesandt. Das Problem war, dass sie nicht wussten, wie die Botschaft lautete und was sie bezwecken sollte. Unsere Aufgabe in den nächsten hundert oder fünfhundert Jahren wird es sein, sagte er sich, die Bedeutung der Botschaft zu finden, die uns von den Sternen zugegangen ist.

Und einstweilen …

Einstweilen waren sie durch ein Wunder wieder frei. Und nun, sagte er sich, muss jemand nach vorn treten und sagen: *Dies ist die Freiheit, dies ist, wie freie Menschen leben.* Und aus dem Schutt der Welt, welche die Wesen aufgegeben hatten, würde eine neue erstehen.

»Wir werden die Mauern überall niederreißen«, sagte Frank. »Ich möchte herumreisen und zusehen, wie es geschieht. In New York; Chicago, Washington, all den Städten im Osten, von denen ich gehört habe. In London, Paris, Rom. Warum nicht? Wir werden es tun.«

Andy starrte ihn schweigend an.

»Du meinst, ich sei verrückt?« fragte Frank. »Sieh mal. Wir können nicht einfach herumsitzen. Es wird jetzt ein Chaos geben. Anarchie. Ich weiß aus der Geschichte, was geschieht, wenn eine Zentralmacht plötzlich zusammenbricht, und es ist nicht gut. Wir müssen etwas unternehmen, Andy. Ich weiß noch nicht was, aber das Niederreißen der Mauern ist ein guter Anfang. Zuerst abreißen, dann aufbauen. Ist das so verrückt, Andy?«

Er wartete nicht auf eine Antwort, setzte sich wieder in Bewegung und ging schnell davon.

»He!« rief Andy. »He, wohin willst du?«

»Zurück zum Wagen. Ich möchte mir die Mauer genauer ansehen, wie sie gebaut ist. Dann kann ich überlegen, wie man sie am besten beseitigen kann, durch Abbruch oder Sprengung oder was auch immer.«

Andy blieb stehen, wo er war und sah Frank nach.

Der Gedanke ging ihm durch den Kopf, dass er Frank die ganze Zeit sehr unterschätzt hatte. Er hatte ihn als ein Leichtgewicht betrachtet, einen von diesem Schwarm auswechselbarer blonder Jungen auf der Ranch. Nein, dachte Andy. Falsch. Frank ist anders. Frank wird derjenige sein, der aus diesem Nichts, das die Wesen uns hinterlassen haben, etwas bauen wird – wer kann sagen, was es sein wird? Nicht einmal Frank wusste, was er tun würde. Aber Frank wird der Menschheit eine zweite Chance geben. Oder uns alle bei dem Versuch umbringen.

Er grinste. Schüttelte den Kopf. »Diese Carmichaels«, murmelte er.

Frank war inzwischen beim Wagen. Andy begriff, dass Frank einsteigen und ohne ihn wegfahren würde, wenn er noch länger wartete.

»He! He, Frank, warte auf mich!« rief er. Und rannte los.